王逢振　主编

詹姆逊作品系列

论现代主义文学

[美]弗雷德里克·詹姆逊（Fredric Jameson）著
苏仲乐 陈广兴 王逢振　译

Fredric R Jameson

中国人民大学出版社
·北京·

总　序

众所周知，弗雷德里克·詹姆逊（Fredric Jameson，1934—　）是当代著名的思想家和批评家，也是公认的、仍然活跃在西方学界的马克思主义者。其作品已经被翻译成十多种文字，产生了广泛的影响。因此，在“詹姆逊作品系列”出版之际，对詹姆逊及其作品做一简要介绍，不仅必要，而且也不乏现实意义。

一、弗雷德里克·詹姆逊其人

20 多年前，我写过弗雷德里克·詹姆逊，当时心里主要是敬佩；今天再写，这种心情仍在，且增添了深厚的友情。自从 1983 年 2 月与他相识，至今已经 35 年多，这中间交往不仅没有中断，而且日益密切，彼此在各方面有了更多的了解，因此我称他为老友。他也把我作为老朋友，对我非常随便。例如，2000 年 5 月，他和我同时参加卡尔加里大学的一个小型专题研讨会，会后帕米拉·麦考勒姆（Pamela Macclllum）教授和谢少波带我们去班夫国家公园游览，途中他的香烟没有了（当时他还抽烟），不问我一声，便从我的口袋里掏出我的烟抽起来。此事被帕米拉·麦考勒姆和谢少波看在眼里，他们有些惊讶地说：“看来你们的关系真不一般，这种事在北美是难以想象的。”

其实，我和他说来也是缘分。1982 年秋季我到加州大学洛杉矶分校作访问学者，正好 1983 年 2 月詹姆逊应邀到那里讲学，大概因为他是马克思主义批评家，想了解中国，便主动与我联系，通过该校的罗伯特·马尼吉斯教授约我一起吃饭，并送给我他的两本书：《马克思主义与形式》（*Marxism and Form*，1970）和《政治无意识》（*The Political Unconscious*：*Narrative as a Socially Symbolic Act*，1981），还邀请我春天到他当时任教的加州大学圣克鲁兹分校访问。

说实在的，他送的那两本书我当时读不懂，只好硬着头皮读。我想，读了，总会知道一点，交流起来也有话说，读不懂的地方还可以问。4月，我应邀去了圣克鲁兹。我对他说，有些东西读不懂。他表示理解，并耐心地向我解释。我们在一起待了一个星期，我住在他家里，并通过他的安排，会见了著名学者海登·怀特和诺曼·布朗等人，还做了两次演讲——当时我在《世界文学》编辑部工作，主要是介绍中国翻译外国文学的情况。

1983年夏天，我们一起参加了在伊利诺伊大学厄本那-香槟分校召开的“对马克思主义和文化的重新阐释”的国际会议。正是在这次会议上，我认识了一些著名学者，如佩里·安德森（Perry Anderson，英）、G. 佩特洛维奇（G. Petrovic，南斯拉夫）、亨利·列斐伏尔（Henri Lefebvre，法）和弗朗哥·莫雷蒂（Franco Moretti，意）等人（我在会议上的发言与他们的发言后来一起被收入了《马克思主义和文化阐释》[*Marxism and the Interpretation of Culture*]一书）。此后，1985年，我通过当时在北京大学国政系工作的校友龚文庠（后任北京大学传播学院副院长）的帮助和安排，由北京大学邀请詹姆逊做了颇有影响的关于后现代文化的系列演讲。詹姆逊在北京四个月期间，常到我家做客。后来我到杜克大学访问，也住在他家里。

詹姆逊生于美国的克里夫兰，家境比较富裕，自幼受到良好的教育，幼年还学过钢琴，对音乐颇有悟性。他聪明好学，博闻强记，20岁（1954年）在哈弗福德学院获学士学位，22岁

（1956年）获耶鲁大学硕士学位，接着在著名理论家埃里希·奥尔巴赫的指导下，于25岁（1959年）获耶鲁大学法国文学和比较文学博士学位；其间获富布赖特基金资助在德国留学一年（1956—1957年），先后就读于慕尼黑大学和柏林大学。1959年至1967年在哈佛大学任教，1967年到新建的加州大学圣地亚哥分校任教，在那里，他遇到了一度是法兰克福学派的重要人物和激进学生领袖的赫伯特·马尔库塞。此后，从1976年到1983年，他任耶鲁大学法文系教授，1983年转至加州大学圣克鲁兹分校。1985年夏天，杜克大学为了充实和发展批评理论，高薪聘请他任该校讲座教授，专门为他设立了文学系（Graduate Program in Literature），由他当系主任，并决定该系只招收博士研究生，以区别于英文系。记得当时还聘请了斯坦利·菲什（Stanley Fish）、简·汤姆金斯（Jane Tomkins），以及年轻有为的弗兰克·兰垂契亚（Frank Lentricchia）和乔纳森·阿拉克（Jonathan Arac，后来没去）。从那时至今，他一直在杜克大学，2003年辞去系主任职务，不过仍担任批评理论研究所所长和人文学科教授委员会主任。2014年才辞去所有职务。

1985年他刚到杜克大学时，该校给了他一些特殊待遇。正是这些特殊待遇，使他得以在1985年秋到中国讲学一个学期（他的系列演讲即后来国内出版的《后现代主义和文化》），并从中国招收了两名博士研究生：唐小兵和李黎。唐小兵现在是南加州大学教授，李黎是中美文化交流基金会董事长。由于詹姆逊对中国情有独钟，后来又从中国招收过三名博士研究生，并给予全额奖学金，他们分别是张旭东、王一蔓和蒋洪生。张旭东现在已是纽约大学教授，蒋洪生任教于北京大学中文系。

虽然詹姆逊出身于富裕之家，但因为马克思主义的影响，生活上并不讲究。也许是为了有更多的时间读书，他几乎从不注意衣着，在我与他的交往中，只见他打过一次旧的、过时的领带。他总是随身带着一个小本子，每当谈话中涉及他感兴趣的问题，他就会随手记下来，过后再进行思考——这也许是值得我们学习的方法。在我看来，他除了读书写作和关注社会之外，几乎没有什么业余爱好——当然，他喜欢喝酒，也会关注某些体育比赛（我记得他很关注世界杯足球赛的结果）。他并不像某些人讲的那样，旅行讲学必须住五星级宾馆，至少我知道他来中国旅行讲学时，大多住在学校的招待所里。1985 年他第一次来中国时，当时交通条件还不像现在这么便利舒适，我和他曾一起坐过没有空调的硬卧火车，在小饭馆里喝过二锅头。他与许多衣着讲究的教授形成鲜明的对照。可能由于他住在乡间的房子里，加上不注意衣着，张旭东在杜克大学读书时，他的儿子曾把詹姆逊称作“农民伯伯”。詹姆逊妻子苏珊也是杜克大学教授，是个典型的环保主义者，自己养了许多鸡，还养羊（当然詹姆逊有时也得帮忙），鸡蛋和羊奶吃不完就送给学生。因此，在不甚确切的意义上，有人说詹姆逊的生活也体现了他的马克思主义情怀。

二、詹姆逊的学术成就

到 20 世纪 70 年代中期，詹姆逊已被公认是最重要的马克思主义批评理论家。但直到《政治无意识》出版之后，他的独创性才清晰地显现出来。他在该书的一开始就鲜明地提出自己的主张：“总是要历史化！”并以此为根据，开始了对他称之为“元评论”的方法论的探讨，对于长期存在的美学和社会历史的关系问题，从理论上给出了一种自己的回答。与传统的历史批评形式相对，詹姆逊不仅把文化文本置于它们与历史语境的直接关系之中，而且从解释学的角度对它们进行探讨，探讨解释的策略如何影响我们对个体文本的理解。但与其他现代解释理论不同（例如罗伯特·姚斯［H. R. Jauss］的接受理论），詹姆逊强调其目标是一种马克思主义的意识形态分析，并认为马克思主义包含所有其他的解释策略，而其他的解释策略都是片面的。

《政治无意识》奠定了詹姆逊在学术界的地位。有人说，詹姆逊是“第二次世界大战以来美国最重要的马克思主义文学批评家。只有英国的雷蒙德·威廉斯写出过和他同样重要的作品”①。“詹姆逊是当前文坛上最富挑战性的美国马克思主义思想家。他对法兰克福学派主要人物的解释，他对俄国形式主义、法国结构主义、后结构主义的解释，以及他对卢卡奇、萨特、阿尔都塞、马克斯·韦伯和路易斯·马丁的解释，都对20世纪马克思主义和欧洲思想历史做出了重大贡献。詹姆逊对小说发展的论述，对超现实主义运动的论述，对巴尔扎克、普鲁斯特、阿尔桑德洛·曼佐尼（Alessandro Manzon）和阿兰·罗伯-格里耶（Alain Robbe-Grillet）这些欧洲作家的论述，以及他对包括海明威、肯尼思·勃克（Kenneth Burke）和厄休拉·勒奎恩（Ursula Le Guin）在内的各类美国作家的论述，构成了强有力的政治的理解。”② “詹姆逊是当前杰出的马克思主义批评家，很可能是我们这个时代最重要的以社会历史为导向的批评家……他的《政治无意识》是一部重要著作，不仅文学家要读，历史学家、社会学家以及哲学家都应该读它。”③ “在大量的批评看法当中，詹姆逊坚持自己的观点，写出了最动人的谐谑曲式的著作。”④

---

① *Contemporary Literary Criticism*（University of Oklahoma Press，1986），p. 111.

② *Postmodernism and Politics*（University of Minnesota Press，1986），p. 123.

③ Hayden White 写的短评，见 *The Political Unconscious*（Cornell University Press，1981）封底。

④ *New Orleans Review*（Spring，1984），p. 66.

詹姆逊的理论和学术贡献是多方面的。就文学批评而言，主要表现在历史主义和辩证法方面。他是一个卢卡奇式的马克思主义者，但超越了卢卡奇的怀旧历史主义和高雅人道主义。他所关心的是，在后结构主义对唯我论的笛卡尔主义、超验的康德主义、目的论的黑格尔主义、原始的马克思主义和复归的人道主义进行深刻的解构之后，人们如何严肃地对待历史、阶级斗争和资本主义非人化的问题，也就是说，“面对讽刺的无能，怀疑的瘫痪，人们如何生活和行动的问题”[①]。詹姆逊认为非常迫切的问题是：对“总体化”（totalization）进行马克思主义的探讨，包括与之相关的整体性的概念、媒体、历史叙事、部分与整体的关系、本质与表面的区分、主体与客体的对立等等，是不是要预先构想一种理想的哲学形式？是否这种形式必然是无视差别、发展、传播和变异的某种神秘化的后果？他大胆而认真地探讨这些问题，但他尽量避免唯心主义的设想，排除神秘化的后果。

在詹姆逊的第一部作品《萨特：一种风格的始源》（*Sartre: The Origins of a Style*，1961）里，他分析了萨特的文学理论和创作。该著作原是他在耶鲁大学的博士论文，由于受他的导师埃里希·奥尔巴赫以及与列奥·斯皮泽相关的文体学的影响，作品集中论述了萨特的风格、叙事结构、价值和世界观。这部著作虽然缺少他后来作品中那种典型的马克思主义范畴和政治理解，但由于20世纪50年代刻板的因循守旧语境和陈腐的商业社会传统，其主题萨特和复杂难懂的文学理论写作风格（那种以长句子著称的风格已经出现），却可以视为詹姆逊反对当时的守旧思潮，力图使自己成为一个批判型的知识分子。如果考察一下他当时的作品，联想当时的社会环境，人们不难看出他那时就已经在反对文学常

① *Postmodernism and Politics*, p. 124.

规，反对居支配地位的文学批评模式。可以说，詹姆逊的所有作品构成了他对文学批评中的霸权形式和思想统治模式的干预。

20 世纪 60 年代，受到新左派运动和反战运动的影响，詹姆逊集中研究马克思主义，出版了《马克思主义与形式》，介绍新马克思主义文学理论的辩证传统。自从在《语言的牢笼》（*The Prison-House of Language*，1972）里对结构主义进行阐述和批判以后，詹姆逊集中精力发展他自己的文学和文化理论，先后出版了《侵略的寓言：温德姆·路易斯，作为法西斯主义的现代主义者》（*Fables of Aggression：Wyndham Lewis，the Modernist as Fascist*，1979）、《政治无意识》和《后现代主义，或晚期资本主义的文化逻辑》（*Postmodernism，or，the Cultural Logic of Late Capitalism*，1991），同时出版了两卷本的论文集《理论的意识形态》（*The Ideologies of Theory*，第一卷副标题为"理论的境遇"，第二卷副标题为"历史的句法"，两卷均于 1988 年出版）。随着文化研究的发展，他还出版了《可见的签名》（*Signatures of the Visible*，1991）和《地缘政治美学》（*The Geopolitical Aesthetic*，1992），收集了他研究电影和视觉文化的文章。此后他出版了《时间的种子》（*The Seeds of Time*，1994）和《文化转向》（*The Cultural Turn*，1998）两部论述后现代主义的著作。这期间，他仍然继续研究和阐释马克思主义理论和马克思主义美学，出版了《晚期马克思主义》（*Late Marxism*，1990）、《布莱希特与方法》（*Brecht and Method*，2000）和《单一的现代性》（*A Singular Modernity*，2003）。最近一个时期，他从乌托邦的角度探索文化的干预功能，出版了《未来的考古学》（*Archaeologies of the Future*，2005）。

在詹姆逊的作品里，除了《萨特：一种风格的始源》一书之外，他一直坚持两分法或辩证法的解释方法。应该说，他的著作具有明显的连续性。人们不难发现，从 20 世纪 70 年代初到 80 年代后期，随便他的哪一篇文章或哪一本书，在风格、政治和关注的问题方面，都存在着某种明显的相似性。实际上，今天阅读他的《理论的意识形态》里的文章，仍然会觉得这些文章像昨天刚写的一样。然而，正如詹姆逊在论文集的前言里所说，在他的著作里，重点已经发生了根本变化："从经转到了纬：从对文本的多维度和多层面的兴趣，转到了只是适当地可读（或可写）的叙事的多重交织状况；从解释的问题转到了编史问题；从谈论句子的努力转到（同样不可能的）谈论生产方式的努力。"换句话说，詹姆逊把聚焦点从强调文本的多维度，如它的意识形态、精神分析、形式、神话-象征的层面（这些需要复杂的、多种方式的阅读实践），转向强调如何把文本纳入历史序列，以及历史如何进入文本并促使文本的构成。但这种重点的转变同样也表明詹姆逊著作的连续性，因为从 20 世纪 60 年代后期到 90 年代，他一直优先考虑文本的历史维度和政治解读，从而使他的批评实践进入历史的竞技场，把批评话语从学院的象牙塔和语言的牢笼里解放出来，转移到以历史为标志的那些领域的变化。

因此，人们认为詹姆逊的作品具有一种开放的总体性，是一种相对统一的理论构架，其中不同的文本构成他的整体的组成部分。从结构主义到后结构主义，从精神分析到后现代主义，许多不同的观点都被他挪用到自己的理论当中，通过消化融合，形成他独创性的马克思主义文学理论和文化理论。马克思主义一直是詹姆逊著作的主线，以马克思主义为主导，他利用对意识形态和乌托邦的双重阐释，对文化文本中意识形态的构成因素进行分析和批判，并指出它们的乌托邦内涵，这使他不仅对现行社会进行批评，而且展现对一个更美好的世界的看法。可以说，在马克思主义理论家恩斯特・布洛赫（Ernst Bloch）的影响下，詹姆逊发展了一种阐释的、乌托邦的马克思主义文化理论观。

詹姆逊早期的三部主要著作及其大部分文章，旨在发展一种反主流的文学批评，也就是反对当时仍然居统治地位的形式主义和保守的新批评模式，以及英美学术界的既定机制。20 世纪 60 年代末和 70 年代初，黑格尔式的马克思主义在欧洲和美国出现，《马克思主义与形式》可以说是对这一思想的介绍和阐释。在这部著作中，詹姆逊还提供了其他一些马克思主义者的基本观点，如阿多诺、本雅明、马尔库塞、布洛赫、卢卡奇和萨特等，并通过对他们的分析形成了自己的观点和立场。他偏爱卢卡奇的文学理论，但坚持自己独特的黑格尔式的马克思主义，并在他后来的作品里一直保持下来。

卢卡奇论现实主义和历史小说的著作，对詹姆逊观察文学和文学定位方面都产生了相当大的影响。但詹姆逊一直不赞同卢卡奇对现代主义的批判。不过，他挪用了卢卡奇的一些关键的概念范畴，例如物化，并以此来说明当代资本主义的文化命运。在詹姆逊的著作里，黑格尔式的马克思主义的标志包括：把文化文本置于历史语境，进行广义的历史断代，以及对黑格尔的范畴的运用。他的辩证批评主要是综合不同的立场、观点和方法，把它们融合成一种更全面的理论，例如在《语言的牢笼》里，他的理论融合了结构主义和符号学，以及俄国形式主义。在《政治无意识》里，他广泛汲取其他理论，如弗洛伊德的精神分析、拉康的心理学、德里达的解构主义、萨特的存在主义等等，把它们用于具体的解读，在解读中把文本与其历史和文化语境相联系，分析文本的“政治无意识”，描述文本的意识形态和乌托邦的时刻。

对詹姆逊来说，辩证的批评还包含这样的内容：在进行具体分析的同时，以反思或内省的方式分析范畴和方法。范畴连接历史内容，因此应该根据它产生的历史环境来解读。在进行特定的、具体的研究时，辩证批评应该考虑对范畴和过程的反思；应该考虑相关的历史观照，使研究的客体在其历史环境中语境化；应该考虑乌托邦的想象，把当前的现实与可能的选择替代相对照，从而在文学、哲学和其他文化文本中发现乌托邦的希望；还应该考虑总体化的综合，提供一种系统的文化研究的框架和一种历史的理论，使辩证批评可以运作。所有这些方面都贯穿着詹姆逊的作品，而总体化的因素随着他的批评理论的发展更加突出。

20 世纪 70 年代，詹姆逊发表了一系列的理论探索文章和许多文化研究的作品。这一时期，人们会发现他的研究兴趣非常广泛，而且因其理论功底具有相当的洞察力。他的研究范围包括科幻小说、电影、绘画、魔幻叙事和现实主义与现代主义文学，也包括马克思主义文化政治、帝国主义、巴勒斯坦民族解放问题、马克思主义的教学方法，以及如何使左派充满活力。这些文章有许多收入《理论的意识形态》里，因此这部论文集可以说是他在《政治无意识》里所形成的理论的实践。这些文章，以及《后现代主义，或晚期资本主义的文化逻辑》里的文章，可以联系起来阅读，它们是他的多层次理论的不可分割的部分，表明了文学形式的历史、主体性的方式和资本主义不同阶段的相互联系。

三、政治无意识

应该说，《政治无意识》是詹姆逊的最重要的作品。在这部著作里，詹姆逊认为，批评家若想解释文本的意义，就必须经历一系列不同的阶段，这些阶段体现在文本之中，通过系统地解码揭示出来。为了做到这点，他汲取 20 世纪各种理论资源，从诺斯罗普·弗莱（Northrop Frye）的四个解释层面到拉康的无意识理论，从俄国形式主义到后结构主义，从德里达的解构主义到阿尔都塞的意识形态论述，几乎无一不被加以创造性地利用。在他看来，马克思主义批评不是排他性的或分离主义的，而是包容性的和综合性的，它融合各种资源的精华，因此可以获得更大的“语义的丰富性”。批评家应该考察文本指涉的政治历史、社会历史（按照传统马克思主义也就是阶级斗争的历史）和生产方式的历史。但这些方式不是互相取代，而是互相交叠融合，达至更高层次的普适性和更深层次的历史因果关系。

詹姆逊一向注重对总体化的探讨，包括伴随它的总体性概念、媒介、叙事、部分和整体的关系、本质和表面的区分、主体与客体的对立等等。他认为，总体性是在对矛盾的各阶级和对抗的生产方式的综合的、连贯性的叙事中表现出来的，对这种总体性的观察构成现时“真正欲望的形象”，而这种欲望既能够也确实对现时进行否定。但这种概念的作用不同于后结构主义的欲望概念，它是一种自由意志的结构，而不是存在意志的结果。

詹姆逊对总体性的设想，在他对欲望、自由和叙事等概念之间的联系中，清晰地展现了出来。他在讨论安德烈·布勒东（André Breton）的《超现实主义宣言》（*Premier manifeste du surréalisme*）时写道：

> 如果说超现实主义认为，一个真实的情节，一个真实的叙事，代表了欲望本身的真正形象，这并不过分；这不仅按照弗洛伊德的看法纯心理的欲望本身是意识不到的，而且还因为在社会经济关系里，真正的欲望很可能融化或消失在形成市场体系的那种虚假满足的大网之中。在那种意义上说，欲望就是自由在新的商业语境中所采取的形式，除非我们以一般欲望的方式来考虑自由，我们甚至认识不到自己已经失去了自由。①

① *Marxism and Form* (Princeton University Press, 1970), pp. 100-101.

詹姆逊认为，当代批评的主要范畴不是认识论而是道德论。因此他不是构成某种抽象的存在，而是积极否定现时，并说明这种否定会导向一种自由的社会。例如，德里达虽然揭示了当代思想中的二元对立（如言语与写作，存在与虚无，等等），但他却没有注意善与恶这种类似的道德上的二元对立。对此詹姆逊写道：

> 从德里达回到尼采，就是要看到可能存在一种迥然不同的二元对立的解释，按照这种解释，它的肯定和否定的关系最终被思想吸收为一种善恶的区分。表示二元对立思想意识的不是形而上的玄学而是道德；如果我们不能理解为什么道德本身是思想的载体，是权力和控制结构的具体证明，那么我们就忘记了尼采思想的力量，就看不到关于道德的丑陋恶毒的东西。①

詹姆逊把西方哲学和批评从认识论和形而上学转向道德的这种观点，给人们留下了深刻的印象。他对欲望概念的政治化的阐述，在西方具有重要的意义，因而也比后结构主义的欲望概念更多地为人们接受。

大体上说，詹姆逊在《政治无意识》里所展现的理论思想有四个层次。第一，他坚持对各种事物的历史参照，比如人类的痛苦、人类所受的控制以及人类的斗争等；同时他也坚持对著作文本的参照，比如文本中充满对抗的历史语境，充满阶级和阶级矛盾的社会条件以及自相矛盾的思想意识的结构等。采用这种方式，他既接受后结构主义的反现实主义的论述，同时又否定其文本的唯心主义；他承认历史要通过语言和文本的解释进行思考，

---

① *The Political Unconscious*, p. 114.

但他仍然坚持历史的本体存在。第二，他坚持自己的解释规则，即资本主义社会物化过程的协调规则。这种协调采取谱系的结构形式，既不是遗传的连续性，也不是目的的一致性，而是一种“非共时性的发展”（nonsynchronous development）。按照这种观点，历史和文本可以看作一种共时性的统一，由结构上矛盾或变异的因素、原生的模式和语言等组成。因此詹姆逊可以把过去的某些方面看作现时物化因素的先决条件。第三，他坚持一种道德或精神的理解，遵循阿尔都塞的意识形态概念，认为再现的结构可以使个人主体想象他们所经历的那些与超个人现实的关系，例如人类的命运或者社会的结构等。第四，詹姆逊坚持对集体历史意义的政治理解，这一层次与第三个层次密不可分，主要论述超个人现实的特征，因为正是这种超个人的现实，把个人与某个阶级、集团或社会的命运联系在了一起。

实际上，《政治无意识》包含着他对文学方法的阐述，对文学形式历史的系统创见，以及对主体性的形式和方式的隐在历史的描述，跨越了整个文化和经验领域。詹姆逊大胆地建构他的马克思主义文学批评，他认为这是广阔的、最富包容性的理论框架，可以使他把各种不同的方法融入他自己的方法之中。他在从总体上考察了文学形式的发展历史之后，通过对意识形态和乌托邦的“双重阐释”（坚持乌托邦的同时对意识形态进行批判）的论述，确立了真正的马克思主义的解释方法。受卢卡奇启发，詹姆逊利用历史叙事说明文化文本何以包含着一种“政治无意识”，或被埋藏的叙事和社会经验，以及如何以复杂的文学阐释来说明它们。在《政治无意识》里，詹姆逊还明确谈到了资本主义初期资产阶级主体的构成，以及在当前资本主义社会里资产阶级主体的分裂。这种主体分裂的关键阶段，在他对吉辛、康拉德和温德姆·路易斯的作品的分析中得到了充分表现，并在他对后现代主义的描述里得到了进一步深化。

《政治无意识》是理解詹姆逊著作的基础。要了解他的理论，必须读这本著作，或者说读懂了这本著作，就克服了他的著作晦涩难懂的问题，就容易理解他所有的其他著作。

四、后现代主义文化研究

詹姆逊对后现代主义的研究，实际上是他的理论计划的合乎逻辑的后果。他最初对后现代文化特征的分析见于《后现代主义和消费社会》一文，而他的综合思考则见于他的《后现代主义，或晚期资本主义的文化逻辑》。根据马克思主义关于资本主义的理论，他对作为一种新的“文化要素”的后现代主义进行了系统的解释。

詹姆逊根据新马克思主义的资本主义发展阶段论的模式，把后现代文化置于社会阶段论的理论框架之内，指出后现代主义是资本主义新阶段的组成部分。他宣称，后现代主义的每一种理论，都隐含着一种历史的断代，以及一种隐蔽或公开的对当前多国资本主义的立场。依照厄尔奈斯特·曼德尔（Ernest Mandel）在其著作《晚期资本主义》（*Late Capitlism*）中的断代方式，詹姆逊提出，资本主义有三个基本阶段，每一个阶段都标志着对前一个阶段的辩证的发展。它们分别是市场资本主义阶段，垄断资本主义阶段或帝国主义阶段，以及当前这个时代的资本主义（通常人们错误地称作后工业资本主义，但最好称作多国资本的资本主义）阶段。他认为，与这些社会形式相对应的是现实主义、现代主义和后现代主义等文化形式，它们分别反映了一种心理结构，标志着某种本质的变化，因而分别代表着一个阶段的文化风格和文化逻辑。后现代主义的主要特点是商品化的思想渗透到各个文化领域，取消了高雅文化和通俗文化的界限；同时，由于现代传媒和电子计算机的广泛应用，模仿和复制也广泛流行。与这两种情况相关，人们开始产生一种怀旧情绪，出现了怀旧文化。詹姆逊指出，后现代主义还是一个时间概念，在后现代社会里，时间的连续性打破了，新的时间体验完全集中于“现时”，似乎“现时”之外一无所有。在理论方面，后现代主义主要表现为跨学科和注重“现时”的倾向。

在《后现代主义，或晚期资本主义的文化逻辑》、《可见的签名》和《文化转向》里，詹姆逊进一步发展了他的主张，从而使他成为著名的马克思主义文化理论家：他一方面保持和发展马克思主义的理论，另一方面对极不相同的文化文本所包含的政治、意识形态和乌托邦思想进行分析。他的著作把文学分析扩展到通俗文化、建筑、理论和其他文本，因此可以看作从经典文学研究到文化研究这一运动的组成部分。

《时间的种子》是詹姆逊论后现代主义的一部力作，是他根据在加州大学欧文分校一年一度的韦勒克系列学术演讲改写而成的。虽然篇幅不长，但因那种学术演讲十分重要，他做了精心准备，此后还用了两年多的时间修改补充。在这部作品里，詹姆逊以他惯有的马克思主义辩证观点和总体性，提出了后现代性和后现代主义的种种内在矛盾：二律背反或悖论。他关心整个社会制度或生产方式的命运，心里充满了焦虑，却又找不到任何可行的、合理的方案，于是便发出了这样的哀叹：“今天，我们似乎更容易想象土地和自然的彻底破坏，而不那么容易想象后期资本主义的瓦解，也许那是因为我们的想象力有某种弱点。”然而他并不甘心，仍然试图在种种矛盾中找到某种办法。出于这种心理，詹姆逊在《时间的种子》里再次提出乌托邦的问题，试图通过剖析文化的现状，打开关于未来世界的景观。确实，在《时间的种子》里，每一部分都试图分析判断文化的现状，展望其未来的前景；或者说，在后现代的混沌之中，探索社会的出路。

詹姆逊对后现代性和后现代主义的理论阐述，其基本出发点是对美国后期资本主义文化的反思和批判，是对后现代之后社会形态的思考。这在《时间的种子》的最后一节表现得非常清楚。他这样写道："另一方面，在各种形式的文化民族主义当中，仍然有一种潜在的理想主义的危险，这种文化民族主义倾向于过高地估计文化和意识的有效性，而忽视与之同在的经济独立的需要。可是，在一种真正全球性的后期资本主义的后现代性里，恰恰是经济独立才在各个地方又成了问题。"

从总体关怀出发，詹姆逊认为，现在流行的文化多元主义应该慎重地加以考虑。他以后福特主义为例指出，后福特主义是后现代性或后期资本主义的变体之一，它们基本上是同义词，只是前者强调了跨国资本主义的一种独特的性质。后福特主义运用新的计算机技术，通过定制的方式为个人市场设计产品，表面上似乎是在尊重各地居民的价值和文化，适应当地的风俗，但正是这种做法，使福特公司浸透到地方文化的内心深处，传播其消费主义的意识形态，从而难以再确定地方文化的真正意义。詹姆逊还通过对建筑的分析指出，跨国公司会"重新装饰你们自己本地的建筑，甚至比你们自己做得更好"。但这并不是为了保持自己已有的文化，而主要是为了攫取高额的利润。因此詹姆逊忍不住问道："今天，全球的差异性难道会与全球的同一性一致?"显然，詹姆逊认为，美国所谓的多元文化主义只不过是一种策略，其目的是推行消费主义的文化意识形态，因此必须把它与社会生产关系联系起来加以审慎的考虑。

詹姆逊的所有著作都贯穿着他的辩证思想。但他只能比较客观地面对后现代资本主义的现实，而没有提出解决现实社会问题的办法——这也是当前普遍关注的一个问题。尽管如此，詹姆逊的探索精神仍然是值得尊敬的。也许，一切都只能在实践中求取。

进入古稀之年以后，詹姆逊仍然孜孜不倦，从理论上对资本主义及其文化和意识形态进行探索。在全球化的形势下，他关注世界经济的发展变化，关注全球化与政治、科技、文化、社会的关系，揭露资本主义的内在矛盾，并力图从理论上阐述这些矛盾。在他看来，资本的全球化和高科技的发展可能会导致新的社会和文化革命，出现新的政治和文化形态，但马克思主义的原理并不会过时，而是应该在新的条件下进行新的解释和运用。他仍然坚持乌托邦的想象，认为随着全球化的发展，可能会出现新的世界范围的“工人运动”，产生新的文化意识，而知识分子的任务就是要从理论上对这些新的情况进行描述和解释，提出相应的策略，否则谈论文化研究和文学研究就像空中楼阁，既不实用也没有基础。《未来的考古学》，就是他的一部论述乌托邦的力作。而《辩证法的效价》（*Valences of the Dialectic*，2009）则是他对自己所依托的理论的进一步阐述，该书根据辩证法的三个阶段（黑格尔、马克思，以及最近一些后结构主义者对辩证法的攻击），对从中产生的问题进行理论探讨，把它们置于商品化和全球化的语境之中，借鉴卢梭、卢卡奇、海德格尔、萨特、德里达和阿尔都塞等思想家的著作，通过论述辩证法从黑格尔到今天的发展变化，尤其是通过论述“空间辩证法”的形成，对辩证法提出了一种新的综合的看法，有力地驳斥了德勒兹、拉克劳和穆夫等人对辩证法的攻击。詹姆逊自己认为，这本书是他近年来最重要的作品。（原来他想用的书名是《拯救辩证法》，后改为现在的名字。）

随着年事增高，詹姆逊开始以不同的方式与读者分享他的知识积累，近年来先后出版了《黑格尔的变奏》（*The Hegel Variations*，2010）、《重读〈资本论〉》（*Representing Capital*，2011）、《现实主义的二律背反》（*The Antinomies of Realism*，2013）和《古代与后现代》（*The Ancients and the Postmoderns*，2015）。这些著作虽然不像《政治无意识》或《后现代主义，或晚期资本主义的文化逻辑》那样富于理论创新，但他以自己深厚的知识积累和独特的视角，对不同的理论和文学及艺术问题所做的理论阐发，仍然对我们具有明显的启示意义。

五、詹姆逊的历史化

在某种意义上，文学批评与现实世界的关系取决于文学作品的价值。因此，爱德华·萨伊德不止一次说过，这种关系贯穿着从文本价值到批评家的价值的整个过程。在体现批评家的价值方面，詹姆逊的批评著作可以说是当代的典范。2003 年 4 月，佩里·安德森在一次和我的谈话中也说，在 20 世纪后期和 21 世纪初期，詹姆逊的著作非常重要，不论是赞成还是反对，都不可能忽视，因为他以重笔重新勾画了后现代的整个景观——带有宏大的、原创的、统观整个领域的气势。这里安德森强调的是詹姆逊的大胆创新，而这点对理解詹姆逊的著作以及他的学术经历至关重要。

如果全面审视詹姆逊的著作，人们肯定会对他的著作所涉的广阔领域表示赞叹。他的著作运用多种语言的素材，依据多国的民族历史，展示出丰富的文化知识——从城市规划和建筑到电影和文学，从音乐和绘画到当代的视觉艺术，几乎无不涉及。他最突出的地方是把多种不同的思想汇聚在一起，使它们形成一个整体。这种总体化的做法既使他受到赞赏也使他受到批评，但不论是赞赏还是批评，都使他的作品充满了活力。由于他的大胆而广泛的融合，在某种意义上他成了当代设定批评讨论日程的人文学者之一。

因此，有人说，詹姆逊的著作历史体现了对一系列时代精神的论述，而对他的著作的接受历史则体现了对这些论述的一系列反应。对詹姆逊著作的接受大致可分为两类人：一类根据他对批评景观的一系列的测绘图，重新调整自己的方向；另一类继续使用现存的测绘图或提出自己的测绘图。第一类并不一定是不加批判地完全接受詹姆逊的著作；相反，他们常常采取质疑的态度。例如，在《后现代性的起源》里，佩里·安德森虽然基本上同意詹姆逊关于后现代主义的看法，但对他的阐述方式还是提出了批评。第二类基本上拒绝詹姆逊总体化的历史观，因此不赞成他的范式转换的主张。这一类的批评家认为詹姆逊论后现代主义的著作只不过是一种风格的批评，因为它们无视后现代主义更大的世界历史的含义。换句话说，他们忽视了詹姆逊的主要论点：后现代主义是深层的历史潜流的征象，需要探索它所体现的新的社会和政治组织的状况。

对这两种不同的态度的思考可能使我们想到詹姆逊著作的另一个重要方面。也就是说，几乎他每一本新的著作都介入一个新的领域，面对一些新的读者。这并不是说他无视过去的读者，而是他不愿意老调重弹，总是希望提出一些新的问题和论点。就此而言，这与他在《文化转向》里对齐美尔的评论有些相似：“齐美尔对 20 世纪各种思潮的潜在影响是无法估量的，这在一定程度上是因为他拒绝将他的复杂思想整合到一个单一的系统之中；同时，那些非黑格尔派的或去中心的辩证法式的复杂表述经常由于他那冗长乏味的文体而难以卒读。”当然，詹姆逊因袭了黑格尔的辩证法，除此之外，就拒绝铸造特定体系和以沉重的散文隐含思想观念而言，他对齐美尔的评价显然也适合他自己。此外，在某种意义上，詹姆逊的影响也常常是潜在的。

总的来说，詹姆逊的影响主要在方法论方面。在他第一部作品《萨特：一种风格的始源》里，他的一些解读方法就已经出现。该书出版时正值冷战时期高峰，单是论述一个马克思主义者本身就具有挑战性，但今天的读者似乎已经没有那种感觉。因此一些批评家认为那本书缺乏政治性，至少不像它的主题那样明显地具有政治性。确实，詹姆逊没有论述萨特哲学的政治内容，而是重点强调他的风格。不过，他实际上强调的是风格中的“无意识的”政治，这点在他第二部作品《马克思主义与形式》里得到进一步发展。无论是其目的还是内容，《马克思主义与形式》都具有明显的政治性，而且改变了政治问题的范围。这两部作品预示了他后来著作发展的某些方面，他对风格的分析不是作为内容问题，而是作为形式问题。

对形式的强调是詹姆逊把非政治的事物政治化的主要方法。正如他自己所说：“艺术作品的形式——包括大众文化产品的形式——是人们可以观察社会制约的地方，因此也是可以观察社会境遇的地方。有时形式也是人们可以观察具体社会语境的地方，甚至比通过流动的日常生活事件和直接的历史事件的观察更加充分。”① 在这种意义上，形式批评为詹姆逊独特的辩证批评提供了基础。在构成这种方法的过程中，他融合了许多人的思想，如萨特、阿多诺、本雅明和卢卡奇等等，但很难说其中某个人对他有直接影响，然而他的著作中又都有这些人的影子。可以说，他的著作既是萨特式的、阿多诺式的、本雅明式的或者卢卡奇式

① Fredric Jameson, “Marxism and the Historicity of Theory: An Interview with Fredric Jameson,” *New Literary History* 29 (3), 1998: 360.

的，但同时也不是他们任何人的。有人简单地说他是黑格尔式的马克思主义者，但这种说法也不够确切，因为他的立场更多的是挑战性的综合。1971 年，他的获奖演讲“元评论”（Metacommentary）所提出的“元评论”的概念，实际上就表明了他的方法。虽然最近这个术语用得不那么多了，但它一直没有消失。“元评论”的基本活动是把理论构想为一种符码，具有它自己话语生产的规律，以及它自己的主题范围的逻辑。通过这种符码逻辑的作用，詹姆逊寻求揭示在这种文本和文本性的概念中发生作用的意识形态力量。

在《马克思主义与形式》之后，詹姆逊出版了他的最重要的著作《政治无意识》。这是一部真正具有国际影响的著作，据我所知，至少已有十种语言的译本。该书刚一出版，就在大西洋两岸引起了强烈反响，受众超出了传统的英文系统和比较文学系，被称为一本多学科交叉的著作。当时多种杂志出版专号讨论他的作品。《政治无意识》产生了多方面的影响，对当时新出现的文化研究领域影响尤其明显。它通过综合多种理论概念，如黑格尔、马克思、康德、弗洛伊德、阿尔都塞、德里达、福柯、拉康等人的，为文化研究的实践者提供了一种有效的方法，使他们可以探索和阐述流行文化和大众文化文本的意识形态基础。

就在詹姆逊写《政治无意识》之时，他已经开始构想另一部重要著作，也就是后来出版的那本被誉为具有划时代意义的论后现代主义的作品——《后现代主义，或晚期资本主义的文化逻辑》。《政治无意识》出版于 1981 年，同一年，他在纽约惠特尼现代艺术博物馆发表了“后现代主义，或晚期资本主义的文化逻辑”演讲。正是以这次演讲为基础，他写出了那本重要著作。在他出版这两部重要著作之间，詹姆逊在许多方面处于“动荡”状态，1983 年他离开了耶鲁大学法文系，转到加州大学圣克鲁兹分校思想史系，1985 年又转到杜克大学文学系，其间于 1985 年下半年还到北京大学做了一个学期的系列讲座。这种“动荡”也反映在他的著作当中。这一时期，他的写作富于实验性，触及一些新的领域和新的主题，而最突出的是论述电影的作品。在此之前，他只写过两篇评论电影的文章，但到 20 世纪 80 年代末，他完成了两本专门论述电影的著作：一本是根据他在英国电影学院的系列演讲整理而成，题名《地缘政治美学》；另一本是以他陆续发表的与电影相关的文章为基础，补充了一篇很长的论装饰艺术的文章，合成为《可见的签名》。与此同时，他至少一直思考着其他四个未完成的项目。

有些人可能不太知道，詹姆逊对科幻小说很感兴趣，早在《政治无意识》的结论里，他对科幻小说和乌托邦的偏好已初见端倪，而且在 20 世纪 80 年代确实也写了不少有关科幻小说的文章。后来由于其他更迫切的项目，他搁置了一段时间，直到 2005 年才出版了专门研究乌托邦和科幻小说的著作《未来的考古学》。当时他想写一本关于 20 世纪 60 年代的文化史，虽然已经开始，但由于种种原因而未能完成，只是写了三篇文章：《六十年代断代》（“Periodizing the 1960s”）、《多国资本主义时期的第三世界文学》（“Third-World Literature in the Era of Multinational Capitalism”）和《华莱士・史蒂文斯》（“Wallance Stevens”）。尽管他说前两篇文章与他论后现代主义的著作相关，但他从未对它们之间的联系进行充分说明。关于华莱士・史蒂文斯的文章是他的“理论话语的产生和消亡”计划的部分初稿，但这项计划也一直没有完成，只是写了一篇《理论留下了什么?》（“What's Left of Theory?”）的文章。

在探索后现代主义的同时，詹姆逊对重新思考现代主义文本仍然充满兴趣，尤其是与后殖民主义文化相关的文本，如乔伊斯、福楼拜和兰波等人的作品。2003 年他出版了《单一的现代性》，以独特的视角对这些作家进行了深入探讨。随后，他将陆续写的有关现代主义的文章整合、修改、补充，于 2007 年出版了《现代主义论文集》（*The Modernist Papers*，该书由中国人民大学出版社以《论现代主义文学》为名于 2010 年出版）。这些著作仿佛是对现代主义和后现代主义之间的过渡进行理论阐述，但奇怪的是它们出现在他的论后现代主义重要著作之后。关于这一点，也许我们可以认为，他试图围绕后现代主义从各种不同的角度进行验证。

20 世纪 90 年代中期以后，以他的《文化转向》为始，詹姆逊开始从文化理论方面阐述新出现的世界历史现象——全球化。简单说，詹姆逊认为，全球化的概念是“对市场的性欲化”（libidinalization of the market），就是说，今天的文化生产越来越使市场本身变成了人们欲求的东西；在今天的世界上，再没有任何地方不受商品和资本的统治，甚至美学或文化的其他方面也概莫能外。由于苏联的解体和东欧的剧变以及社会主义遇到的困难，资本主义觉得再没有能替代它的制度，甚至出现了“历史的终结”的论调。实际上，詹姆逊所担心的正是这种观念，就是说，那种认为存在或可能存在某种取代资本主义的社会制度的看法，已经萎缩或正在消亡。正如他自己所说，今天更容易想象世界的末日而不是对资本主义的替代。因此他认为当前最迫切的任务是揭露资本主义的内在矛盾以及掩饰这些矛盾所用的意识形态方法。就此而言，詹姆逊的项目可能是他一生都完不成的项目；而我们对他的探讨，同样也难有止境。

此次“詹姆逊作品系列”包括十五卷，分别是：《新马克思主义》《批评理论和叙事阐释》《文化研究和政治意识》《现代性、后现代性和全球化》《论现代主义文学》《马克思主义与形式》

《语言的牢笼》《政治无意识》《时间的种子》《文化转向》《黑格尔的变奏》《重读〈资本论〉》《侵略的寓言》《萨特：一种风格的始源》《古代与后现代》。这些作品基本上涵盖了詹姆逊从 1961 年至 2015 年的主要著作，其中前四卷是文章汇编，后十一卷都是独立出版的著作。考虑到某些著作篇幅较短，我们以附录的方式补充了一些独立成篇的文章。略感遗憾的是，有些作品虽然已在中国出版，但未能收入文集，如《可见的签名》、《未来的考古学》和《辩证法的效价》等，主要是因其他出版社已经购买中文版权且刚出版不久，好在这些书已有中文版，读者可以自己另外去找。

对于“詹姆逊作品系列”的出版，首先要感谢中国人民大学出版社，在几乎一切都变得商品化的今天，仍以学术关怀为主，委实令人感动。其次要感谢学术出版中心的杨宗元主任和她领导下的诸位编辑，感谢他们的细心编辑和校对，他们对译文提出了许多建议并做了相应的修改。当然，也要感谢诸位译者的支持，他们不计报酬，首肯将译作收入作品系列再版。最后，更要感谢作者詹姆逊，没有他的合作，没有他在版权方面的帮助，这套作品系列也难以顺利出版。

毫无疑问，“詹姆逊作品系列”同样存在所有翻译面临的两难问题：忠实便不漂亮，漂亮便不忠实。虽然译者们做了最大努力，但恐怕仍然存在不少问题。我们期望读者能理解翻译的难处，同时真诚欢迎读者提出批评和建议，以便今后再版时改进。

王逢振

2018 年 5 月

序　言

2006 年 10 月，我应邀到杜克大学参加国际会议，借此机会，能再次与老友詹姆逊相聚，自然是一大幸事。我到杜克大学那天，原想请在那里读博士的蒋洪生来接我，但詹姆逊告诉我，他要来机场接我。我当然高兴，却也有些出乎意料，毕竟他已是七十多岁的人了。见了面，他才告诉我，因为他妻子苏珊次日要去外地开会，想在那天见到我——他妻子也是杜克大学的教授，尽管不像詹姆逊和我来往多，但我们也是二十多年的朋友了。

那天天气很好，我下午四点左右到达，詹姆逊直接从机场把我接到他家里。他的家我去过几次，还是老样子，只是比以前显得更旧了些，但与乡间的环境却也更加协调。房子后面的棚子里仍然养着十来只鸡（以前多的时候有几十只，鸡蛋吃不完便送给同事或学生），但羊圈里只剩下堆在一起的干草——他妻子告诉我已经把羊送到纽黑文的家里去了。五年前詹姆逊戒了烟，但仍然喝酒。所以一到他家，他便拿出一些干果和葡萄酒，我们边喝边聊。由于我在纽约休息过几天，从纽约到杜拉姆只飞一个小时，一点不觉得累，而他因为和我两年多未见，也显得非常兴奋。我们谈彼此的工作和生活，也谈到他的几个孩子（我都见过）。后来当我们谈他的作品时，他告诉我他把以前有关现代主义的文章收在了一起，准备出版，正在看清样。我问他是否全是发表过的，他说大部分是，也有几篇新的，以前发表过的也都做了校订，有些还做了不少修改。说着他便把目录拿给我看——也就是我们现在这本《论现代主义文学》的目录。

目录的标题使我大感兴趣，可以说全都是关于现代主义作家和作品的。虽然在他以前的著作中也多有论及文学作品的章节，但这么集中论述一个时期的文学作品的论著却从未见到。随后我又翻阅了他的清样，当即觉得这是一本独具特色的著作，并产生了翻译它的念头。我问他是否可以授权给我翻译，他欣然表示同意，并说“翻译权是你的”。由于中国人民大学出版社曾出过他的四卷本文集，所以2007年英文版刚一出版，我就和该出版社联系，希望将此书作为他的第五卷文集；出版社慨然答应出版，但要求书面授权。鉴于詹姆逊曾答应授权，我以为不会有什么问题，便请求他寄我书面授权。出人意料的是，他说这次国外的出版社不同意授权，理由是中国某家出版社已经主动提出购买版权。因为我觉得该书确有价值，而且已与人大出版社谈好，只好请他协助解决。最终，经过他的努力，总算以原报价的一半购得翻译版权。在此我对詹姆逊的帮助和人大出版社的支持表示衷心的感谢。

《论现代主义文学》英文原名是《现代主义文选》(*The Modernist Papers*)，由于所有文章都论述现代主义文学，所以征得他的同意，中译本改为《论现代主义文学》。这本书自始至终贯穿着詹姆逊的基本思想：辩证法和历史观。可以说这是一本理论著作，也可以说是一本文学批评，因为它以分析具体文学作品为基础，体现了詹姆逊关于内容和形式、文化和政治尤其是现代社会和现代性的理论见解。在这本书里，詹姆逊集中讨论了波德莱尔、兰波、马拉美、华莱士·史蒂文斯、乔伊斯、普鲁斯特和托马斯·曼等现代主义经典作家，探讨他们的作品在现代社会境遇里的意义和特点。同时他还探讨了美国文学的独特性，通过对威廉·卡洛斯·威廉斯和美国史诗的分析以及对格特鲁德·斯泰因的语言理论的考察，对形式和内容以及诗学进行了深入的理论阐述。应该特别指出的是，詹姆逊认为现代主义思潮并非只是出现在西方，因此他除了探讨英国、法国、德国、爱尔兰和北美的作家之外，还特别分析了日本作家大江健三郎和夏目漱石等人的作品，把他们置于整个现代主义运动之中。作为马克思主义者，詹姆逊一如既往地关注社会政治，几乎在每一篇文章中，他都直接或间接地涉及政治和社会，尤其在最后一篇文章里，他通过分析彼得·魏斯的三卷本历史小说《抵抗的美学》，集中讨论了晚期现代主义对 20 世纪政治表现的复杂性，体现了詹姆逊强烈的历史感和对历史建构的关注。在某种意义上，全书可以说是对他的《单一的现代性》的深度阐释，也可以作为在当前语境中对与传统决裂的现代主义运动的再思考。

总之，《论现代主义文学》是一部内容非常丰富的力作，它对我们以前关于现代主义文学的理解提出了挑战，因此有人预言它将成为研究现代主义的经典之作。然而，正如阅读詹姆逊的其他作品一样，我们必须拥有相关的背景知识才能理解其中的内涵。如果我们不了解现代主义思潮的社会根源，如果我们没有读过他分析的文学作品，那么我们很可能读起来如在云里雾里，觉得晦涩难懂。换句话说，读这部作品是一个综合工程，如果结合相关的文学作品深入研读，不仅可以体验其中的奥妙，而且可以使我们获得对现代主义比较全面的认识。打个比方，这是一座富矿，如果你拥有工具并深入挖掘，将得到巨大收获。

这里，我要特别感谢中国人民大学出版社，没有他们的支持和合作，本书恐怕难以顺利出版。

本书导言和第一部分由王逢振翻译，第二和第三部分由陈广兴翻译，第四至第七部分由苏仲乐翻译，王逢振负责全书统稿。由于本书涉及面广，难度大，且经常有法文和德文出现，因此翻译中难免有错误和不当之处，真诚希望广大读者和方家提出批评和建议。

王逢振

纪念克劳狄奥·吉伦

目　录

第五部分

第六部分

第七部分

导　言

任何严肃的、持续的与文化经验交锋的连贯性都依赖于某种有效的协调：在偶然性和理论之间协调，在偶然遭遇和理性计划之间协调。诚然，我们总是试图以这种或那种方式来解决这种张力，或从哲学上确认文化经验的偶然性质，或把个人经验归纳到某种理论意义之下。但是，交锋的活力却依赖于保持这种张力的存在。在实践中，这可能意味着某种格式塔的构成，它可以从两个方面理解：作为对文本的评论，或作为对理论的说明。尽管可以在理想上同时实现这两种作用，但两者最终都会使我们回到历史本身，回到文本的历史，同样也回到理论的历史。 ix

这就造成了大量的异质性，它既体现在这里考察的文学文本之中，也体现在三十年来试验过的多种理论的语境之中。我倾向于认为，面对关于写出和说出的材料的选择——某些写得过分，某些在修辞上夸大——这种不平衡性本身将证明是对读者的一种解脱。至于重复，我会因它们的不在场比读者更感到不安；不论是好是坏，不论你觉得自己是否能够做到，辩证法都要求你同时说明一切相关的事物；而这必然意味着你不可能回避某些问题，因为你已经在其他地方谈到了它们。人们从未明确地论述这些问题；但可以肯定，从艾森豪威尔时期到全球化时期，产生这些问题的境遇已经大大地改变了它们的面貌。

但是，并非只是理论参照的论点（萨特、黑格尔、德勒兹、格雷马斯、卢卡奇、阿尔都塞、阿多诺，等等）可能采取折中的方式，或者说得更严重一些，遵循更可疑的知识方式的规则。文学文本也可能被认为形成某种个人的经典，即使实际上不是更普遍的有效性的集合。但那是进行没有缺失的推断，不论我感到多么遗憾，缺失本身也是偶然的事情。似乎只有日本被要求代表非
x 西方世界——实际上我甚至可以说是非欧洲世界；它们很少记录拉丁美洲、北非或中国对我的影响。确实，就我自己的事业构成而言，我不能不感到困惑的是缺少了庞德或福克纳，或与我密切相关的整个法国的现代传统。诚然，有时会对这种空白做些职业的解释：这本文集里所讨论的一些文本，乃是因为我在课堂上或在讨论课里教授它们；就像我觉得同样重要的作品和作家常常缺失完全是因为我太过经常地教授它们。

然而，这些说法和辩解恐怕难以消除读者的怀疑，他们会认为，这些分析——尤其它们意味着是伴随我的《单一的现代性》的源著作——其目的是为了说明现代理论的这种或那种构成因素。但《单一的现代性》是在本书大部分论文之后才考虑的，而且它对现代主义的理论阐述是有些勉强的应时之作，基本上围绕着卢曼关于强化社会世界不同因素和层次的区分的概念组织的。较早的版本，或柏拉图式的神话，从正在全球弥散的物化现象的文化后果方面[1]讲述了这个故事。（根据我对卢卡奇的物化概念的理解，它本身包含着韦伯的理性化，而这种修辞本身显然与卢曼的概念密切相关。）不过，本书收入的文章也调用了一些其他解释的信条：阅读公众的分裂，第三世界和第一世界观点的不可调和，乌托邦语言的消失（或试图发明一种的努力），关于特定历史内容不可再现性的内在局限，关于语言和叙事结构的某种新的空间感的压力，个人语言和分类系统之间的张力，革命的时刻和叙事构成的时间之间的张力，非普遍化的感觉或身体资料的出现，等等。毫无疑问，这些信条或解释的框架相互关联，但他们的概念语言却会把我们带到不同的方向，而这些不可能汇聚在

一起。

然而，即使在很大程度上与我的哲学和风格信念相悖而把这些文章读作这种理论的例子，即使它们以某种方式使“历史主义”戏剧化——我从不想抛开“历史主义”这个词，琼·考普杰克（Joan Copjec）有效地将它概括为“把社会［可能还有它的文化产品］归结为它的内在的权力和知识的关系网络”[2]——那也决不是我看待它的方式。我甚至不在乎这些讨论隐含着使旧的基础和上层建筑的对立长期存在的意思，尽管雷蒙德·威廉斯（和其他许多人）很久以前就告诉我们应该放弃这种对立。稍后我会更多地谈对立问题，但这里我想坚持说，即使基础和上层建筑仍然相关，我对它们的关系或它们的相互关系的看法也决不只是一种反映或重复。毋宁说它是一种境遇和反应，是各种上层建 xi
筑的一种创造，虽然上层建筑涉及国家和社会一经济基础的境况，但这种境况并不是“它们自己造成的”。诚然，那种基础境况的性质可以重新构建，可以根据反应重新构建，可以根据解决矛盾的或摆脱死亡控制的努力重新构建，也可以根据强加给“社会象征行为”的限制重新构建，因为这种象征行为涉及那种特定的而非其他的历史境况。

但是，还有一种论点也可以用来支持“历史主义的归纳”——如果你仍然愿意用这个术语。这种论点是：在英美20世纪50和60年代理论兴盛之前的氛围中，在美国（不包括英国）当时的主观主义和心理主义的语境中，在一切都被事先“归纳”为私有的和个人的社会里[3]，任何坚持公共的、经济的、政治的看法，任何强调“包括历史”的主张，都具有扩大文化文本意义而不是缩减其意义的价值，都具有扩大它们反响的价值，即增加它们的复杂性和象征层面的数量，在特定的行为或象征姿态或表达被定位和理解的语境中变得更加丰富。

因此，值得进一步坚持境遇论的哲学创新性，尽管在这里有些冒险。实际上，正如理论论证的，如果我们通过某些概念范畴对现实资料进行加工——我们将会看到，这是一种由康德首创的认识论模式——那么我们应该增加熟悉的提示，不仅因为这种范畴是历史的，可以进行修改，而且因为它们在现代时期所经历的明显的历史修正之一是这样一种转变：从由实在的或以事物组织的范畴体系——通过这种范畴体系外部世界被理解为大量的事物或静止的物质——转变到由一系列新的过程组织的范畴，而各种这样的范畴通过当代哲学可以得到确定。人们不太注意的是“境遇”范畴[4]作为构成人类活动力量的中心作用（不论用什么术语）：这是因为我们把特定的现时资料组织成一种境遇，我们被迫以某种方式对它做出反应，即使这种反应缺乏生气或是被动地接受影响，我们也可以从行为和实践方面重构或重新解释这样的相互作用。当我们必须论及艺术作品时，这种重构决不是容易的或普通的问题；但是，我们很快就会看到，它会变成所说的表征批判的一个本质的特征。

然而，这种假定的境遇中的新的行为对立——不论受到海德
xii 格尔同样首创的存在世界的概念什么影响——在本书中仍然可能被认为是最古老的伪问题的牺牲品，或最古老的意识形态陷阱的牺牲品；这种陷阱就是主体和客体对立的问题，对海德格尔本人来说，就是围绕现代性堕落了的一切事物的根源（实际上，正是这种基本错误的观念，他本人首先命名为“表征”并产生了相当的影响）。[5]是否这里提出的境遇概念——它本身也许可以看做是试图不正当地偷偷回到前面提到的旧的甚至更声名狼藉的基础和上层建筑的对立——只是另一种关于主体－客体二分法的无效的新发明？

正是在这一点上，我想对二元对立本身进行某种辩解，或者

赞扬结构主义的重新发现，因为我一向觉得这种发现是通向辩证法新发明之路的一个里程碑。当然，这种重新发现可能有多种解释：对列维-斯特劳斯来说，在所有我们的概念构成里，关于对立的中心作用的证明已经指向了两个方面。一方面，它可能呼吁我在这里提出的那种赞扬；另一方面，它表明任何有意义的观念或意识形态批判的更深层的使命，恰恰应该是找出（并根除）这种二元对立，而二元对立可以被看做是意识形态本身的原始形式。

事实上，这两种方案都可以接受，只要它们不使我们回到某种德国唯心主义的概念，如先于二元对立的超验的、不确定的同一性概念（在对谢林的一次激烈抨击中，黑格尔称这等于说“夜里所有奶牛都是灰色的”[6]）。另一种同样谨慎的考虑可以在萨特所认可的回忆他的一个老师的警告中发现：“一切事物都始于思维，除非你能摆脱它。”当然，如果人们不是从一开始就试图以某种方式摆脱他们最初的封闭或双重约束（尤其如果人们预先就被警告：很容易地申明自我意识或内省性本身并不能解决任何问题），那么寻求对立只不过是一种机械的或附加的过程。

于是，这就是一切事物都始于二元对立的意思，除非发明出某种摆脱它的策略：以某些方式超越它，这些方式与那种旧的但仍有影响的对辩证的讽刺无关，因为它一般假定辩证的结论是论点和对立面的某种“综合”，而二元对立被断定由对立面构成。但是，人们如何摆脱二元对立不可能提前预告；解决的办法对于特定历史或形式的境遇总是具体的和独特的，而境遇本身总是独特的。

但是，如果问题总是和解决办法一样独特，那么这种观点怎么能导向对方法有用的陈述？实际上，也许每一种所谓的二元对立本身都非常独特，以至它在“对立”这种概念范畴之下首先失

xiii 去了自己的类别？当然，倘若如此，不仅我在这里建构的理论框架会倒塌，而且关于“对立”的意识形态性质的批判也会随着倒塌（并使海德格尔最初对表征的判断也随之失去意义）。

如果我们认识到，摆脱二元对立并不是要消除它们，而是常常意味着使它们增多，把最初的意识形态起点作为一种更复杂的构成的开始，同时这种构成又是一种更复杂的判断，那么它们的前景在某种程度上就会改变。作为这一过程的实例，我要提出另一种对立，它像我们已经提到的那些一样也受到强烈的指责——这也不足为怪，因为它密切地与那些对立相关——但这种对立更密切地关系到本书文章中的文学的对立，也就是把形式和内容联系起来的那种传统的对立。

因为已经说过，我在这里和我作品其他地方所赞同的绝对历史主义（这一术语是葛兰西对马克思主义特征的概括），同样也是一种绝对的形式主义。这一点很快会得到证明，甚至对很随意的读者也可以这么说，因为在后面的文章里有大量关于形式的讨论（更普遍地出现在对现代主义的讨论里）。但是，谴责这种形式主义并根据对现代主义文本的讨论为强调内容的主张进行辩护，难道不是一切严肃的马克思主义批评的责任吗？确实是，但20世纪的现代历史在某些方面充满了不应该这么做的可资教训的实例，因此这里重新进行某些严肃的理论阐述也许是适宜的。

每个人都懂得，只强调形式或内容的一个方面而不考虑另一个方面，必将导致歪曲和无益的后果（不论它们对未来的著作和论述具有什么启示性）。作为一个贬义词，“形式主义”常常被限定为强调纯粹的形式，本身没有任何内容：但是，如果我们谈到某些时刻，例如福楼拜的时刻，其中形式生产的真正目的是消除内容[7]，这时我们就再次接触到历史。与此同时，对内容的排他性的强调不可避免地、不知不觉地被变成了对这种或那种特定内容的规定，对于这种规定形式是透明的、确定的，但这种规定的失败（偶尔也会成功）很可能会重新唤起某些方面的生产意识，其中，正如内容是形式的前提条件，形式也是内容的前提条件。

我一直觉得，要克服形式和内容的对立（即使它富有成效），必须使它复杂化，而不是消除其中的一个方面。这是不是说这里重又出现了前面提到的那种旧的伪黑格尔式的幻景，其中真理在中间某个地方，而形式和内容以某种新的综合最终相合（这种综合当然指艺术作品本身）？并非如此；然而正是通过对两个方面 xiv
的每一个方面都坚持一种双重的视角，我们才可能找到一个更满意的答案，而那种双重视角也才不像是单一的，而是一系列的部分的综合。

无论如何，答案在于把形式和内容之间的二元对立看成是四方面观点的组合，而不只是一种简单的二元论，而对于这些可能性，我从赫捷姆斯列夫（Hjelmslev）的语言学借用了一种简单的通俗化的模式[8]，它和一种更纯粹的以形式为主导的观点（“形式的形式”）和以内容为主导的观点（“内容的内容”）一起增加了两种新的对立，而这种新的对立是把每一种关于现实的观点纳入思考的结果。我们由此达成了新的关系，它分别表示为“形式的内容”和“内容的形式”，而一旦新增加的对立使我们陈旧的形式和内容观受到足够的震惊和遏制，即使不是挑战，我们便会处于一个更好的地位来评价这一古老的二元论仍然可以提供的可能。通过从同一范畴的观点观察形式和内容——平行的现象——我们就可以使那些可能清晰可见，现在它们分别以垂直的表示方式来运作：

	形式	内容
内容	内容的形式	内容的内容
形式	形式的形式	形式的内容

实际上，这些结合或这些观点中的每一个都会投射出某种类型的文学批评，这种批评既有自己的实效也有自己的局限；同时，在外部边界上，从描述转入规定时，每一种都会假定一种特定的美学，并假定作者遵循的计划。我要提出的是，这种规定是不合理的，正如它们对冷战的极端看法现在所证明的那样：一方面是陈旧的社会现实主义，另一方面是充满反讽、悖论和自身指涉的令人厌倦的语言形式主义。对于历史时刻和境遇的判断或解释，本书的文章肯定要对特定的审美实现预设一些征象的价值；但首先还得有作品。在实际政治生活里，我们不可能没有对未来的设想，但我们并不一定要预言未来的艺术，而艺术总是以一种双重的方式做这样的事情：首先，通过艺术家自己的形式实验，对形式的检验是为了使它们得以继续；然后，通过个人的趣味和审美倾向及直觉，我们自己的历
xv 史经验使我们作为鉴赏家和消费者面对它们。无论如何，当前这本书里没有任何东西要构成某种规定，而非常好的理由是，这里讨论的文本的存在有赖于现代主义的条件和境遇，而这些都不再是我们今天的状况。

现在我们回到任何关于形式和内容的假想都可能提供的四重可能性，我将尽量简要地概括每一种的最熟悉的结果的特征。对“内容的内容”的强调必然是一种指涉活动，在这种活动中，我们会尽力辨识社会和历史现实，因为文本产生于这种现实，一般也表现这种现实。我想，文本产生于某个真实的社会，它的语言不论怎样虚构也必然使用一个时期有其自身指涉的语言，对这种看法不可能有什么严重分歧。对于希望读者具有历史境遇的某些知识，对相关词语的历史意思有某种语言背景（例如，康拉德用的“帝国主义”是什么意思——见本书第七篇文章），同样也不至于有多大分歧。

对于可能出现问题的地方，已经根据我们的模式提出了预告：具体说，这一特殊的条件或因素——内容的内容——还没有一种形式，或者说，还不能明确地表达或定型。这种困境也许可以通过弗洛伊德的情况来很好地说明。当假定欲望的各种体现时，弗洛伊德不得不面对这样的困境：把各种体现看做是对母亲的替代和再现虽然不错，但母亲再现的是什么呢？换句话说（从字面上说），幼儿在所有的修辞和再现之前，因此必然包含一个直接体验冲动的阶段，就是说，没有各种再现和修辞系统的传递。然而这个阶段必定仍然是纯粹假想的，因为我们没有办法对它思考或进行理论阐述。[9]

在一个给定的文本里，当我们试图对其所说的历史境遇或社会现实假定某种客观的看法时，我们是否会发现自己也处于类似的困境？在任何地方，这种困境最突出的表现就是构成社会阶级的真正的现实。从来没有任何人直接看到或经历一个阶级：同时社会阶级只有在巨大的社会危机出现和加剧的时刻来限定自己。在那种程度上，任何试图以过去头脑里先在的形式和语言来表示阶级特点的努力都会陷入康德所说的事物本身的问题，其实际存在必然是假定的，就像它不可能表达或描述一样。在一般所称的“语境”里，我们通常用于表达指涉的语言，实际是历史学家和社会学家的语言和修辞，而这种语言对于它们学科的作者同样是比喻的，同样是一种“形式”。这就是为什么无人怀疑在狄更斯的时代存在着贵族，而且它包含着与其他阶级和与新兴的资本主 xvi
义复杂的、历史上明显不同的关系；但很少有人愿意接受狄更斯对贵族讽刺描写的表面价值。换言之，他对这一阶级独特的个人修辞，还有社会科学家的看似客观的修辞，二者都会逐渐把我们从内容的内容这一视角引向一种新的关于后者形式的可能的视角。

实际上，在意识形态这个词最广泛地被接受的意义上，内容的形式可以说包括人们称为意识形态的一切东西。贵族作为事物本身是存在的；但若为了各种实际的目的而召唤贵族，那就只能通过某种先在的把贵族作为一个社会阶级的再现，而那种再现必然是意识形态的，并拥有它自己的作为一种意识形态（或作为某种社会意识形态的一个因素）的历史。关于社会秩序如何运作，它对人民做些什么，还有贵族寄生虫们自己扮演的角色，狄更斯都有他自己强烈的信念；在他的描绘里，只有教育和慈善似乎可以提供某些小范围的肯定行为。然而这种社会再现的明显的意识形态性质，不应该使我们相信历史学家和社会科学家（包括马克思主义者）的社会再现较少意识形态。

因此，这种文学境遇与康德面对理论现代性刚开始时的哲学境遇并无太大的不同，当时，他已经认识到，所有我们看似具体的经验都以某种方式是主观的经验，并且传递我们自己对现实的经验而不是任何影响事物本身现实的东西，因而他推断出组织那些经验的有效的范畴和形式在思想里存在。在文学里，事物本身是社会和历史现实，但也是内在的心理现实，文学文本极力与那些现实达成一致；而意识形态构成扩大了的整套范畴，这些范畴必须加工和组织强烈的无形式的内容，力求达成对它的再现。于是，康德那种有力的调和表明，在文学批评里，我们不可能没有形式一内容这一观点最初的两个阶段，而且必须承认最初的两种视角不可避免地影响我们的主张。

但真正令人厌恶的是，我们发现自己受到这种康德境遇的令人窒息的钳制——存在着不可再现的指涉，而且必须在我们和那些现实之间对意识形态进行解释——这种情况表明，什么在这个过程中是新的一步，什么又是从那种困境中出现的问题。因为意识形态的传播无处不在的情况，也会促使我们像福楼拜那样很想知道，通过新的巨大的努力完全消除意识形态的声音，通过使纯 xvii 粹的形式脱离再现并以那些形式范畴的运用代替旧的或现在已成为传统的内容的再现，是否就真的不能获得某种新的、不同的东西。

显然这里我们已经开始过渡到形式自身的观点，即形式主义的形式生产的观点；同时也过渡到标示为现代主义的历史时刻，其中旧的内容的意识形态形式在某种程度上变成了中性的，并被一种抽象的形式取代，而这种抽象只是力求保持它们纯粹的形式结构，并使之处于某种自治状态。这一过程如何运作，以及它证明能够生成的多种文本，是一个考察个体现代主义本身的问题。但是，我已经概括的整个过程的特征至少最低限度地表明，“形式主义”这个术语不一定采取否定的理解。诚然，我们可能愿意坚持认为，这种抽象过程不可能真正完成，除非它变成那种最终也不能成为完全非再现的语言（赫列勃尼科［Khlebnikov］）或视觉（马列维奇［Malevich］）或废话（应和了德勒兹对这个词的运用）。因此形式主义必然失败；我们不可能摆脱我们在世界上的存在，甚至通过它的形式化的否定。然而，试图摆脱那种世界意识形态的努力也必须忠实地加以记录，并把它当做一种乌托邦的企图。

由于这样一种认识，即纯粹的形式仍然带有它们力图消除的内容的痕迹和标志，我们发现我们已经进入第四种观点，即形式的内容本身的观点。[10]实际上，前面三个时刻每一个都构成某种观点的看法，其含义本身就辩证地预先假定了这第四种观点，根据第四种观点，它们的不足可以单独地被记录下来。我认为，这并不是一种邪恶的循环，因为这种新的观点也是唯一可以探讨其他三种的用途及其不可缺少的观点。它也对形式和内容的对立构成唯一有效的协调，但不是把一方归到另一方，或者假定不适当的综合，或同样不适当地使对立消失，而是要同时保持它们之间的张力，因为我们知道它们彼此之间在哲学上多么不可调和。于是出现了一种方式，按照这种方式，形式的内容这一概念可以作为对最初二元对立的一种哲学的和辩证的解决办法，作为对康德的问题观的一种理论的超越：对此这里不可能再进一步探究。

然而，确实值得补充的是，整个这一“形式一内容”的问题既不是纯粹局部的、美学的问题，也不是局部的、技巧的哲学问题，而是在各种当代语境中不断反复出现的问题。为了了解“以内容为导向”是和纯粹的形式主义同样傲慢的判断这一困境的更
xviii 大的反响，我们还需要对“内容”一词略加阐述——从某种观点出发这个词已经变得和它的对立面一样受到指责。但是，内容似乎更像是无产阶级和底层阶级的一种标志，使人想到“苦难论”和自然主义者在胡同里到处搜索的那种“对卑劣的怀念”（自然主义是非常突出的那种迷恋内容的美学，现代主义的陈规也是如此）；而形式主义给我们的印象是某种更理想、更高雅的东西，包含着规则和高尚的趣味，注重修饰，保持适当的形式，等等（一种接近亨利·詹姆斯而非左拉的“内容”?）。事实上，形式主义一向是对学术和知识分子的职业性扭曲，因为真正的资产阶级和中产阶级对内容美学的回答总是一种人文主义和意义（人类的条件，生活的意义，永恒的真理，或者关于存在主义的流行心理学的漫画）。

无论如何，也许因为受到基本上是通俗马克思主义或大众一文化共产主义的影响，人们在严肃的政治讨论中仍然不断地看到一种不同的表达，也就是常说的这种或那种观点“没有内容”，或者更确切地说，“没有政治内容”；这就像在回应所有可以想象的社会问题时，提出“自由选举”作为不可避免的机械的解决办

法，完全不在乎所处境遇的具体内容，不在乎发生作用的力量，它们的组织发展，以及当地困境本身的历史特性。（或许人们宁可把这个句子改成“表面上不在乎”，因为事实上一开始没有任何“纯粹形式主义的”政治建议或观点，没有任何计划或方法不带有——作为它自己的“内容”——某种意识形态的特征和功能。）无论如何，在这种境遇中召唤内容经常意味着布莱希特所说的间离效果，即陌生化，它要求我们想象什么是具有实际内容的真正的政治建议或计划。

非常清楚，以这种方式来理解，对某个“没有内容”的观点的判断不仅跨越多种领域，甚至可以表示整个学科自身的特征。例如，人们可以引证伦理和伦理反映的虚夸，关于意图和可能、诚实和不完整认识的某种内省的细致分析——这种分析开始总是括除伦理困境中真正的历史或社会的内容。因此，当前关于资本和惩罚的争论，更确切地说，关于美国在判决过程中要求受害者提供证据的可悲的发明的争论，非常明显地忽略了报复和惩罚本身的前历史：难道它不是部落本身的事务或集体的事务（在这种情况下它必然是无止境的循环），或另一方面关于被冤枉的个人的决定（只有在分裂的个体化的社会秩序才可能想象）？但这两 xix
种选择可能都被基督教的那种“打了左脸再给右脸”的精神取消了。不过很少有伦理的问题，而更多的是具体的、不可调和的历史境遇。更深奥的哲学伦理了解这种情况，因此它力求把历史境遇纳入伦理决定（是否我应该抵制我自己社会的准则?），但这并不是一种解决办法，而是哲学亚领域结构的一些判断和征象，与困境本身没有什么联系：因为等到伦理已经纳入历史内容，它就已经变成了另外的东西——政治。

这就是说，内容和形式的问题大大超越了它们纯粹的美学指涉，从长远看，会不断涉及社会的各个角落。实际上，难道共产主义本身不是试图赋予纯粹的形式主义和康德学派的第二国际社会主义以真正内容的努力？难道当前关于差异、多元文化主义和自然或国际法则的争论——这种争论一般以普遍性和单一性不可比较的形式展开——不也是内容和形式之间一种更新的、扩展的争论？

很久以前，巴特就抱怨左派以仪式般的方式援用关于“具体事物”的魔幻般的程式；但是，如果不是渴望修正那种最终形式与变成纯粹形式的内容相一致的怪圈，那么这种理想是什么呢？（所有这一切美学看法的语言因其援用“具体的普遍性”又回到了黑格尔主义。）今天，我们不一定被提醒关于政治、社会或经济等具体观念的局限：但内容的问题还是有用的，有助于我们测绘现代主义艺术内在的或结构的局限，因为在现代主义里，把最后残存的内容转变为纯粹形式的努力——不论普通的自我指涉还是夸大的世界之书的计划——服从于同样极端的冲动。通常所说的“绝对”，恰恰是形式和内容的同一性这一最终幻象的名称，而现代主义的形成就是对那种“绝对”的追求。

在社会体制里，乌托邦是坚持那种“绝对”的另一个名称。这种社会体制要么是纯粹的内容——无止境的商品集中的无限偶然性——要么是纯粹的形式——金融的抽象和纯粹的交换关系。但是，如果你愿意，这也是它们彼此同一失败的标志，因此本书的文章可能会前后变化，有时聚焦于内容的形式——在特定的历史境遇及其矛盾的范围内——有时聚焦于形式的内容，换句话说，就是修
xx 辞或再现的种种可能。但是，甚至这种疏离也可以使我们保持它们之间的差别：它也构成这里历史的一个重要部分——从波德莱尔（或至少从第三共和）一直到最近的第二次世界大战以后时期。

2006年6月于基林沃斯（康州）

【注释】

[1] *A Singular Modernity* (London, 2002), pp. 141－160; and *Postmodernism, or, The Cultural Logic of Late Capitalism* (Durham and London, 1990), pp. 95－96.

[2] Joan Copjec, *Read My Desire* (Cambridge MA, 1994), p. 6.

[3] 由于 Hannah Arendt 再度流行，很可能指她的有倾向性的私有化概念，特别是其中的政治。见 *The Human Condition* (Chicago, 1958), pp. 50－58。

[4] 这显然是 Karl Jaspers（在 *Psychologie der Weltanschauungen* [Berlin, 1925] 里）提出的一个范畴，后来在海德格尔那里没有多大发展，但在萨特的作品里得到了发展；见 *Being and Nothingness* (New York, 1963)。甚至萨特也只是从本体论上或形而上学地发展了他的境遇概念，而没有在这里所说的更广泛的意义上把它突出为一个范畴。

[5] 见 Martin Heidegger, "Die Zeit des Weltbildes," in *Holzwege* (Frankfurt, 1950)。English trans. J. Young and K. Haynes, "The Age of the World View," in *Off the Beaten Track* (Cambridge, 2002)。

[6] Hegel, "Preface," *Phenomenology of Spirit*, trans. A. V. Miller (Oxford, 1979), p. 9.

[7] Gustave Flaubert, *Correspondence II* (Paris, 1980), p. 31:

> "我觉得美的东西，我喜欢写的东西，是一本没有内容的书，一本不依赖任何外部东西的书，它会通过风格的内在力量独立支撑起来，就像地球，没有支撑物，悬在空中；一本几乎没有任何主题的书，至少在书里主题几乎是看不见的，假如这样的事情是可能的话。最好的著作是那些包含东西最少的著作。" Letter to Louise Colet, 16 January 1852.

[8] Louis Hjelmslev, *Prolegomena to a Theory of Language* (Madison, 1963). 我打破了 Hjelmslev 的更复杂的变换方式，他的方式把两组对

立——表达/内容和形式/实质——协调成一种程式，使单独（传统的）一个发生作用。

［9］关于争论的回顾，见 Jean Laplanch and Jean-Bertrand Pontalis,
xxi "The Vorstellungsrepräsentaz or Representational Representative," in *The Language of Psychoanalysis*（London，1973）。

［10］*The Content of the Form* 是 Hayden White 一本相关的著作的书名（Baltimore，1987）。

第一部分

一　总体性诗学

正如某种可承认是后现代性的事物的奇遇已经提供了机会，3
而实际上是提出了一种责任，使我们以某种新的方式重新思考“现代主义”——正如意识形态和一系列的经典作品一样，它们不会消失，而是获得了更多的经典或历史地位。同样，由于相关的理由，对这些现在显得奇怪的经典作品的分析在技术上已经变得更加困难。我们必须以双重的聚焦或立体的聚焦看待它们，因为这些作品同时带有整个现代的意识形态；由于这些作品可以以新的方式重新解读，它们还可以被认为包含至少某些后现代特征的因素（对此我们必须小心，避免夸大或完全歪曲成后现代性，更不可把这样的作家不恰当地重写成后现代的先驱）。最后，我们必须做出一种假设，对文本分析工作本身提出质疑——就是说，预先假定我们已经使之成为现代主义经典的作品事实上并不成功，而是失败。这种假设对于使这些现在已经制度化的文本成功地非物化是必需的。在哲学上，毫无疑问它与许多现代哲学更深刻的看法相关（例如，在萨特死后出版的伦理著作中就公开地把它主题化）；这种看法认为，只有失败才可能构成人类的经验，而成功则使我们更安全地、不可避免地与事物的外部世界相联系或疏远（外部世界的事物不仅指金钱、商业和市场，因此失败作为一种社会精神与资本主义体制本身相联系）。最后，失败的美学被纳入作品本身，至少那些对自己的目的有着更清楚、更具内省性意识的作品，这种意识并未要求神话意识形态那种盲目生产的自我欺骗，因而它们也不可能形成存在。

在对现代主义重新思考时，有多种方式来探讨这种关于失败的必要假设。巴特（在《写作的零度》里）的看法就是其中之一：

> 最伟大的现代作品会尽可能长地延续，像是某种奇
> 4 妙的平衡，在文学的门槛上徘徊，它在这种期待的状态
> 下获得生活的广度，并通过这一阶段得到扩展，但还不
> 会破坏符号的秩序。[1]

巴特在这里想到的不仅是关于文学机制本身的一切瘫痪的东西（在美国主要采取大学课程的形式），而且首先想到的是伟大的个人风格的事实，因为它使个体文本失去了直接性，并把它变成了只是某种想象本质的一个实例（如福克纳、史蒂文斯等）。于是文本拼命想摆脱这种只是实例的状况；它不是想成为另一个典型的福克纳或史蒂文斯，而是某种更直接也更非个人的东西；然而它又不能通过非个人化来做到这点，因为我们现在所知道的作为风格的东西本身就是令人绝望的条件，通过这些条件某个福克纳或某个史蒂文斯设法说话并首先说出了某种东西或任何东西。因此，这些“现代”作家被判定是对巴特所说的“符号系统”的发明和制造，而它们充分和确定的实现必然同时意味着他们事业的失败，因为在它所标示的那个时刻，系统成功地掌握了它的内容，变成了一种冻结的风格，并具体体现着互文性和意图，而意图以各种流动的和无形的、刚开始的和尚未创造出来的方式，促使他们首先走向这种制造。借用萨特以同样精神所说的名言，也就是“赢者失败”（它产生于关于文学构成的困境和第二次世界大战后法国文学的某些相同的经验）。

但是，这种必然失败的特殊看法中存在着一个矛盾的推论，

这就是所说的作家不仅试图成功，而且相信成功是可能的。然而他们这样做的能力，以及在现代性的条件下保持真正美学构成的某种具体的可能的看法，无疑还表现出缺乏某种更深刻的洞察力和思想的征象，它缺乏深入洞察首先使现代艺术不可能实现的条件。因此，这些胜利者在另一方面是失败的，因为他们在体制上需要自我欺骗来保持那种可以维持其计划的自负（通过把神秘化和促成力量结合起来，马克思认为，在革命实践最富成效的时刻，至少在中产阶级团体因无法控制的力量和意图而被迫通过创新来介入那些时刻时，可以确定这种情况）。

然而，似乎确实存在一些作品，它们比这些构成的、自我拆
台和无意识地自我破坏目的的作品更加奇特。它们是传统的现代 5
经典作品：威廉·卡洛斯·威廉斯的《佩特森》（*Paterson*）显然就是这样的作品之一，它是一部现代史诗，在其最深层的结构冲动中——不像庞德和艾略特小型史诗的伟大样板，其方式与哈特·克瑞恩（Hart Crane）的《桥》之类著作的朴实也大不相似——它知道它一定不会成功，因为它的实现的条件依赖于失败中的基本成功，同时它也一定不能体现任何对失败的意愿，不论是出于传统上自卑的综合心理，还是因容易出现问题或作者的障碍而故意自残。

不过，还有其他方式来描述这种奇特的现代境遇的结构，它常常因新颖和创新受到赞扬，并通过比较与科学发现进行类比（这是威廉斯的诗也难以摆脱的情形，其证据是居里夫人在第四卷第二部分里的出现，以及对“光明”［LUMINOUS］和“根据”［gist］的赞扬，它们明确地与诗歌创新、与经济效率等同起来）。显然，这种创新的概念在意识形态上与整个目的论的现代理论是合谋的，而现代理论作为它的后果和后来的形象很自然地产生于持续创新的范畴。

但是，阿多诺对创新动机的阐述我觉得是更合理也更有用的形式，他是从禁忌和否定方面阐述的：促使现代主义创新的不是某种关于未来或新的想象，而是深信某些形式和表达、某些程序和技巧不再适用，它们由于与过去的联系已经陈旧或被滥用，而过去的东西已经变成了常规或矫揉造作，必须创造性地避免它们。于是这种禁忌产生出绝望的境遇，其中创新的性质——如果继续用这种语言——并没有提前加以描绘或给定；反而出现了决定形式的东西，并通过这种形式支配下一代的遏制和禁忌（在这种意义上，后现代性及其多元论被看做是最后的控制，其中似乎恰恰是这种禁忌和否定的限制本身变成了禁忌）。但是，这种阐述现代境遇的方式提出了一种分析和呈现的方式，按照这种方式，某种类似伟大的史蒂文斯在《关于最高虚构的札记》里的连续句的对立面（“它必须是抽象的，它必须变化，它必须带来乐趣”）可以被有效地加以调用。因此在下面部分，我力图通过它必定要回避的事物和形式来对《佩特森》进行勘测，希望以此尽量避免传统上明确列出的突出特征和已经实现的某些方面所隐含的物化。

但是，所有这些特征都可以根据语言本身来阐述的看法，显
6 然是威廉斯作品最终的“现代主义”预想，而且不可能在解释中消除：与其他物体比较——

这首诗
最完美的岩石和寺院，最高的
瀑布，在透明水花的云雾中，应该是
可有一比。(etc.，80/80[2])

——并不像仍然是相对古典的或新古典的构想“这首诗”的最初

方式（如“一个支柱；赤手空拳回答古希腊和罗马人”[2/2]）那么意味深长。竞争对手是历史和死亡，丛林中的野兽（22-23/22：“如果我们离它的臭气很近/我们就会晕倒。岩石上的/寺院是它的弟兄”）：但基本概念仍然是伟大的现代作品的概念，它的原型是文学的或诗的（虽然不一定再是古典意义上的史诗），而它的基本理论（和意识形态）将因此从文学语言方面被主题化（如在从形式主义者和普鲁斯特一直到新批评的计划和声明里，偶尔也通过最富幻想的先锋派的方式，而先锋派——见证了超现实主义！——仍然必须努力协调文化过程的语言概念与越来越看得见的经验资料）。与此同时，超级著作或世界之书的概念，随之带来了一种相当不同的关于普遍和特殊的辩证，对此后面将单独进行论述。

但是，语言仍然处于本质上是现代主义的“美术体系”的核心，而且正是根据它的独特的特征，当其他艺术接近真正的现代实现和转变时，它们才受到赞扬——这里的理解是，某种类似语言的事物的真正概念是“独特的”，一开始就具有某些“特征”，仿佛它是一种可以或不可以比做其他“事物”的事物，而其本身就是这里所说的意识形态。例如，威廉斯的传统诗歌形象寺院——换言之，作为中心的权力，围绕它来组织城市空间和集体活动——意味深长地重新出现在海德格尔的同类的《艺术作品的始源》(*Origin of the Work of Art*)[3]里，在这部作品里，作为实例，它沿用凡·高的绘画《农民鞋》的纯视觉形象，以及莫里克（Mörike）关于罗马喷泉的纯意象主义诗歌的视觉形象——这位哲学家似乎把喷泉用作一种特定的视觉的解释——因此喷泉的象征结构产生于文字或语言客体的情形，相对而言好像是第二位的、不连贯的或偶然的。海德格尔的寺院极力遵循着那些静止的鞋的形象，它们本身内部似乎集中了多年辛劳的苦工以及踏遍

那个假定的“农民妇女”的田野的活动，同时它也遵循着喷泉的
7 形象，而喷泉的活动与他的其他部分是一致的（“流淌激动”）：于是寺院的作用是，最静止的东西，围绕它运动的东西的真正静止的核心，同时又是一切张力和对立的最惊人的所在，一个持续斗争的地方，充满了鸿沟或断裂，其中“**世界**”[①] 和“**土地**”似乎要互相撕碎。适当的做法是把海德格尔对寺院的召唤和华莱士·史蒂文斯优美的“罐子的轶事”并置——不仅欣赏它使形式在以前静止的地方突然活跃起来的方式（在罐子之后，“荒原”开始运动，起伏蔓延，等等），而且要把一部像海德格尔的文本那样产生美感的作品与威廉斯非常不同的运作方式进行比较，威廉斯极力以矛盾的、难以实现的方式调用美学，产生出一种迥然不同的语言。史蒂文斯的抒情诗是一种寓言——它（像史蒂文斯所有的作品）实质上都转向表达、说明甚至分析美学本身——但并不会特别使他的文本远离在所有现代主义中出现的那种自我指涉性，而这种自我指涉性在威廉斯的史诗里以一种与众不同的方式呈现出来（在他的史诗里，说明和赞扬美国同时就是确定一种特定的美国语言，因此诗的形式在这里也是它的内容）。

关于这些运作，尤其我们现在谈的对海德格尔那些继续的说明，非常关键的是它们的方式，这些绝妙的实在的、非词语的物质会逐渐把读者引向对作为语言的艺术的赞美，而这时语言给读者的印象——假如不是事后的思考——至少是一种补充性的形式，在结构上与康德的崇高是对他的美的解释的补充并无不同。“作为嵌入作品的真理，或艺术是诗”的看法，由于德语的“诗”

---

① 原文用斜体或大写以示强调，译文则用黑体对应。下文悉循此例，不再一一注出。——译者注（以下脚注均为译者注）

这个词的更一般的意义无疑被扩大和改变了（虽然可以说，在英美传统里，现代主义对语言和诗的赞扬本质上是为了扩展那些英语方式，逐渐成为像不可翻译的德语那样具有普遍性和启示性）。但这里关键的一点是，不论在现代主义美学任何极端的地方，语言本身都是作为基本的参照点出现的，不论我们必须把它与绘画和视觉的宣言相联系，还是把它与音乐或建筑的理论相联系。因此，海德格尔自己的文本变化虽然并没有以可辨识的批评或注释方式特别注意词语或句法，但其方式却有明显的特点，即在没有任何特殊准备的情况下，语言必须具有最后的决定权。

我的工作设想是，在后现代时期，这种对语言的信念已经消
失：视觉和空间的统治地位造成了一种非常不同的境遇，在这种
境遇里，通过把这种现象回归到词语和句子的作用不再有任何特 8
别的优势；净化语言，重新创造它的更深刻的共同的或集体的功能，排除它的一切工具的或商业的东西，这种伟大的乌托邦思想似乎已经消失得无踪无迹，就像在镜像和电子媒体社会里，出人意料地发现的东西竟是使语言自身物化和商品化的无限能力，而完全预想不到的是，语言远不是提供抵制陈词滥调的力量，自身却首先变成了这种堕落的源泉。这并不是要假定某种黑格尔式的“诗的终结”，而是强调在后现代的“艺术体制”内诗歌功能本身的变化：撇开新的媒体结合以及新出现的合成艺术、装置和混合媒体，人们还是可以看到——例如在语言诗里——新的诗歌目的的出现（它们现在被界定为反再现的和非人文主义的），它们采取一种从内部疏远商业语言的分析性的解剖方式，而不是以思索的方式迅速进入乌托邦的、完全是另外类型的语言，即以这种或那种方式是一切现代的冲动的语言。

2. 现代主义和语言[①]

这并不是说，现代主义诗的使命必须设定这种乌托邦语言的成就，而是它必须肯定它是一种坐标和一种参照系，如像威廉斯在《佩特森》的斜体字的题词中所做的那样——这一题词还可以在诗的前言里已有的引语中发现。如若不然，乌托邦语言的缺失将同样可行，而且在乌托邦观念本身的特定的那种奇特的在与不在的辩证中，它还可以独特地刻写在这里（如在许多其他典型的美国作品中那样），表现出美国语言的失败，它的沉默，它的不连贯性和含混不清，它的笨拙和非欧洲的愚蠢，以及缺乏修辞的优美雅致——所有这些特征可能同时表明美国经验的例外性，并说明威廉斯的计划既是现代主义的又是乌托邦的，而且非常独特的是，他的计划从不寻求以自己和自己的语言能力（惠特曼和史蒂文斯可能被认为非常不同）来替代美国语言的无能（宁可说一种独特的、可以承认是美国的语言，而不要说英语）：

> 一种错的语言。一种真实。一种错误的语言倾诉——
> 一种（被错误理解的）语言倾诉着（被错误地解释），但
> 没有尊贵，没有部长，撞击着一个石耳。(15/15)

9 立刻，在这些开始的书页里，出现了在这方面充满象征意义的两个轶事：卡明夫人和山姆·潘奇之死。二者都从大瀑布坠下，潘奇之死是因为绝技出错，而卡明夫人（前面引用的“部长”的妻

① 原书无1。

子）之死是因为事故——如果不是自杀——包含着补充的关于美国妇女生活沮丧的象征意义：

潘奇跃起，卡明夫人蜷缩着，
坠下——（20/20）

但是，由于瀑布本身被想象成语言的一种无限的低语和表达，两个事件都以某种方式与言说的失败相关。这种任意的比喻联系在威廉斯对潘奇插曲的散文描述中表现得非常雅致，其中身体坠落的运动可以被解读为一种表达的形式，或毋宁说一种忧郁，一种延宕，有效语言本身的失败：

那天，人群聚集在四周。他出现了，像他习惯做的那样，做一次简短的演讲。一次演讲！他必须拼命跳起完成，他能说什么呢？接着他跳向下面的急流。但是，不是像铅锤那样落下，他的身体在空中摇晃——他说不出话来。他慌乱不堪。词语失去了它的意义。山姆·潘奇并没有错。他冲到他这一边的水上，消失了。（17/16）

我们很快会看到，对于这首诗必须发生作用的方式，至关重要的是这个插曲不能解读为象征，甚至也不能从主题上解读。但它们为更明确的主题表达做了准备，例如基本上是现代主义的表达：

语言，语言，
　　他们无法言说。
他们不知道那些词
　　或者没有

使用他们的勇气。(11/11)

与此同时，这些语言主题的社会后果也在诗的技巧方面被歪曲了，它们超越更传统的现代创新的主张，采取新发明的特殊的格律形式——

除非有
新的思想，不可能有新的
诗行。(50/50)[4]

10 ——于是，在对“残缺的”抑扬格的附注里，某种偏见巧妙地指向社会。附注出现在第一卷的结尾，强调这首诗的某些特征与后面将会讨论的某种社会边缘性之间的联系。

然而，所有这一切对诗的强调，很容易纳入某种更传统的现代意识形态，纳入威廉斯作品里的某种民主的非个人化，并通过他的各种文献和插入的通信的拼贴方法而得到加强，因此这种强调去掉了那种超凡的魅力，不再促使人们赋予诗人以先知或预言家的作用，实际上它使我们回到了某种超越主体和客体的境遇，非常像是海德格尔留恋前苏格拉底的那种精神：

诗的领域是世界。
太阳升起时，它在诗里升起，
太阳落下夜幕降临时，
诗也变得黑暗。(99/100)

这是一种微妙的宁静，它不同于其他经典现代主义的超级唯美主义，如在马拉美著名的论断中所看到的那种：“世界上一切事物的存在，都是为了在书里结束”；尽管这一重要术语（“诗歌”）

含有行会驱使的职业特性，但这使人想到团体内部闪烁着某种新批评的学术传统。这里威廉斯似乎调用了史诗更大的结构机制（史诗在很大程度上已经因庞德的新形式而得到解放），以便把类似环境的东西（如在“多水的环境”里）或整个包容的空间写进去，从而使连接单个的主体和客体的范畴不再必要，即使它们并不多余。

这样做（遵循海德格尔），更大的空间或领域概念类似于“道”（Dao）或“原野”（Feldweg）的概念，并不是因为它模仿后者仪式似的运动和节奏，而是因为——借用肯尼斯·伯克的话说——它（像东方的风景绘画那样）投射出比个人之间相互作用的戏剧性事件更大的、可理解的画面。这就是为什么关于叙事观点的问题——必然再次出现在它们必须得到解决的散文叙事里——在这里可以成功地回避或中性化：这种特殊的形式回避似乎最终比《荒原》里的情况更加成功。在《荒原》里，它的成功是通过部分地回到存在和现象实现的——诗最后表示的是个人的命运和个人救赎的范畴。形式的回避也比《诗章》里的情况成功，在《诗章》里，指涉的巨大力量和重负最终完全消解了多重暂时性的结构。因为所谓的“观点”最终是对文学形式生产的挑战，它是由个体化的和主观化的社会生活的内容提出的：前面的参照（例如援用海德格尔）不应该被用来缩小回避观点的尝试所 11
面临的巨大困难——人们不可能因为接受某种思想而完全放弃主体和客体的范畴；人们也不可能放弃“认识论”的范畴，因为人们已经读过罗蒂并认为其论点令人信服。即使当代主体性的范畴（及其相当多的笛卡儿的遗产和谱系）并不令人满意，它们也不可能被简单地抛弃；那种认为主体此后是“去中心”的观点也不可能使它们被抛弃。

3. 寓言

因此，正是在一种境遇里所有的解决办法才必然是特定的；威廉斯的境遇出现在两个层面上，一个是作为形式主义者所说的"方法的动因"，另一个是在寓言构成的层面上。对于威廉斯在《佩特森》里特殊的方法动因的传统类比，可以通过在现代社会里传达不同社会阶级的多种多样的生活经历所面临的困难来进行解释——或者，如果你愿意那么考虑，甚至可以通过自己的经验获得对那种多样性的某种个人感受，因为，甚至必须想象其他阶级生活的根本差异，它本身也需要动因，更不用说还要提供解决的基本元素。因此，必须以某种方式找出社会的和叙事的作用，使主人公进入社会生活领域的可能性——访问非常富有的私人空间，同样穿越最可怕的、极其痛苦的破旧房屋和空间——有其动机，并显得合乎情理。当然，在流行小说里，这种作用实际就是私家侦探的作用：这里，对"观点"问题的这种特殊解决取得了巨大的形式上的成功，而这种成功使侦探小说的形式近些年来作为社会评论的方法实际上占据了统治地位（尽管它有明显的、日益增多的历史问题，尤其是否还存在私家侦探的问题，或者他们是否尚未被由警察开始的体制化的监督形式取代的问题）。[5]

当然，在威廉斯的实例里，解决的办法现在已经清楚：正是老派的开业医生才具有超级的能力与私家侦探竞争，因为他也必须访问和面对各行各业的人，接连不断地听到美国的社会素材和轶事。与侦探故事不同，这种变体以其形式在意识形态上承载着
12 某种平民主义的诱惑，这点通过《彻夜之旅》（*Journey to the End of the Night*）里塞莱纳的实践可以得到见证（见后面）；但是，甚至威廉斯自己的平民主义在这里也是一种有益的减少意

识形态冲击的方式，由于产生于20世纪30年代巨大的左派力量领域，《佩特森》避免了冷战时期耻辱的背叛——在这些背叛的同时美国出现了美学的现代主义意识形态——并可以在“意识形态终结”之后，在不需要巨大努力而“变成”该时期的马克思主义者的情况下（人们会回想艾略特评论布莱克努力构想他自己的个人意识形态的框架[6]），继续坚持一种进步的、沿着左派方向的看法（包括某些经过庞德修改的经济学——“信贷的辐射”[182/181]）。

威廉斯为这种特殊的“方法动因”付出了自己的生命，就是说，贡献了他整个一生（作为一个职业医生），这一点只有那些低估俄国观念含义的人才感到吃惊，按照这种观念，颇像在马拉美的作品里已有的那样，生命和艺术不可分割地交织在一起，而作为这种结果的“代价”——威廉斯自己有意识地、经过思考地选择了付出这种代价——只有当你想象那种作为结果的可能的形式不值得为之付出时才显得伟大。这种情形再次把禁忌的传记素材引进到北美现代主义的美学核心里，而其所用的方式此后被新批评的立法派认为是违法的——例如，读者是否需要知道威廉斯是个家庭医生？是否我们真的以心中的这一事实来评价《佩特森》里的各个插曲，在非医学发明的实例中允许作者侥幸地获取一些我们不会放过的社会素材？——我想，这是一个只有在“观点”框架之内才出现的问题。威廉斯对此所做的跨主体的消解以及对主体范畴本身的消解，模糊了文本和传记之间的旧的法定界限；而这更像是那本书的实际情况，在那本书里，纪实的素材使一切虚构的东西都无法辨认，因此它超越并取消了虚构本身的范畴，从而开放文本使之接受更多的投入，而不只是那些为了获取明显的虚构叙事的投入。

但是，由威廉斯的生涯重新促发的可能性，正如我们看到的那样，在另一个结构层面上被加倍地扩大了，因为它出现了第二个更合适的、无疑最初从乔伊斯的神话艺术衍生的寓言结构。这开始于该书第一卷第一页——“佩特森躺在帕塞克瀑布下面的山谷里”（6/6）——但是，这里“躺”表示一个庞大的人的身体，瀑布的“失去冲力的水”“形成他背部的轮廓”。于是整个城市被理解为一个独特的人，在更朦胧虚幻的情景中由一个——即使不是几个——同样富于寓意的“女人”陪伴着：

13 一个男人像个城市，一个女人像朵花
——他们相爱。两个女人。三个女人，
无数个女人，每人都像一朵花。但是
只有一个男人——像个城市。(7/7)

但是，有时候女人是大山：

园林是她的头，雕琢出来，在静静的
河边的瀑布上面。(8/8)

在这种形式里，“她”还有一种寓言的、普遍化的与各种（女性）个体的关系，她们居住在她的空间：

所有这些
和更多的——闪光的、挣扎的苍蝇
陷入它的发网，坚实的看不见的网，
对它们不可能抱怨——来自背后的国土，
半清醒着——都充满欲望。(192/191)

有个嘉丽妹妹注意到这种从背后的国土对妇女的召唤（“不是一个/逃避，不是一个”［192/191］），她们渐渐漂流到那个小城，消磨她们的失意和未满足的欲望（在最后一卷的开始，有时发现她们穿过草坪到曼哈顿的道路）。但更常见的是从男人的观点观察这些妇女，她们是他们的妻子或情人（最臭名昭著的召唤是：

一幅**地理的**图画，某个非洲
首领的九个女人半裸身体
双脚分开站在一根原木上，大概是
官方的原木，头朝左方。［13/13］）

这里的不平衡是古典的男权制，其中寓意的男人既代表他自己是个个体的人（有不同的情人、妻子，等等［见 192/191 页］），又代表城里所有的人（男性和女性），而寓意的女人只代表她自己（以及城里的女人）。那么《佩特森》是否纯粹是男性的史诗，或者，作为现代主义的作品，它是否参与了女性主义的后现代主义所指责的整个现代运动的性别排斥？这个问题很难说是一个没有根据的问题。该诗忠实地再现了它那个历史时期的不平衡，它还通过对这一寓言的清晰的解构从结构上表明了那种不平衡。这些也许并不是特别令人满意的辩护。但是，正如我们将在下面看到的，妇女的声音在这部作品里具有一种非常特殊的作用（而且 14
“打断”它的方式完全不同于《尤利西斯》里莫利・布鲁姆在任何虚构和叙事的自白中的声音），而“结婚”和“离婚”的人物也都以技巧独特和内省的方式处理，防止她们成为主题。

无论如何，《佩特森》的寓言因素具有“转换器”的作用，而其性质俨然不同于《为菲尼根守灵》的扩展和收缩的人物，他们扩大到历史的维度和文化的相关性，然后又收缩为现代都柏林城市景象中实际存在的“现实主义的”人物：在《佩特森》里，在对“巨人”本身的召唤中，显然对古代的、神话的以及落后于时代的维度进行了探索（巨人的“描写”事实上提供了整个第一卷的标题）：

巨人
已经在过去逝世并已经
返回到那些不满足的场景
而他并非不满足，
沉寂，掠过石头肩膀
从岩石中出现。（etc.，25/24）

但在这种意义上，巨人折回到地上和原始的场景本身，因此与诗的一个非常不同的维度相联系，对此他们粗暴的人物个性表明，它既是存在而又不可知道或不可再现：美国是一种人间的或阴间的现实，从某种被贬低的商业现代性的不可避免的观点看，它也是诗的想象的夸大的虚构——在停车场的碎石下面，或在 20 世纪 30 年代古典的市中心的脆弱下面，永远不会看到最终的“存在的基础”。因此巨人本身“非现实化了”，成为对不真实的事物（即使是事实）的一种不可能的暗示：对于坏的诗歌意义上的幻想，这是一种“否定的存在”，其中某种东西由于形式本身的不真实性而仍然保持着存在——我们将会看到，这是整个《佩特森》的基本的本体论的“策略”。

但是，这也适合寓言或人物性格的层面，在这个层面上，“巨人”还表示对最早的或原始的美国种族的某种形式的召唤，不论是印第安人还是殖民定居者——同时也是一种徒劳和无意义的姿态，因为那种原始的历史总是以一种无限性向后推延，永远在最早可以想象的东西之前，而与此同时，在这本充满历史素材以及不断召唤美国各种过去的书里，它参与了所有美国历史中矛盾的不可再现性。知道了巨人并不存在，也就表达了我们更深层的无意识的肯定：美国的过去也不存在。

同样，“佩特森先生”也不存在；然而他作为一个超级的寓 15
言结构和框架的存在，却是这首诗里基本的、暂时的、多个有能力的人物之一，诗里的人物特征并不是他的各种版本（如在乔伊斯的作品里那样），而是他的想象的虚构：

永恒地睡眠，
他的梦在城里漫游，并保持着
隐匿的姓名和身份。(6/6)

因此这种奇特的寓言更密切地与算数级数的增加相关，而不是与那种不同的、普遍和特殊的哲学范畴相关：接近“佩特森先生”，作为一种“不可总体化的总体性”（萨特）来理解这个城市意味着：

使太阳
冉冉升起，用不完美的方式。(3/3)

——合计成个人的纯粹数量的增加。愚笨天真的数学数字在某种程度上比艾略特更富诗意的或波德莱尔式的对大众本身的看法（“不真实的城市！充满梦想的城市！”等等）更加真实——在《荒原》里，他无疑提出了一种看法，但是从什么样的特权观点出发的呢？——更不用说庞德所推测而很少看到那种历史的大众。在任何这样的意义上，美国的小城既不是神话的也不是诗意的（新泽西对舍伍德·安德森也不应是感伤的）：事实上，数字是行不通的，人们无法想象如何把分离的人或分离的生活“总合”起来——这种行不通的事实本身在这里是诗的根据，而且通过奇特的比喻结构对它反复强调，但这种结构同样是行不通的：

说出来！没有思想只在事物之中。
佩特森先生走开了
静下来并进行写作。在汽车里人们看到
他的思想起伏。他的
思想发光四射——

这些人是谁（多么复杂的
数学），在他们中间我看见自己
在规则有序的玻璃板上
他的思想，在鞋和自行车前面闪光？
他们不愉快地走着，
问题无法解决，然而
它的意义清楚——他们会实践
他的思想，这记录在
电话簿里——（9/9—10）

16 个体的人，包括医生—诗人自己，怎么能成为某种更广泛的意识或“绝对精神”的思想或虚构，正是这段诗要求我们想象并同时防止的东西：它提供了我们可以称之为比喻的字面化的实例，一种分析方法或解释的疏离效果，由此一种给定的思维方式的更深层的、隐蔽的修辞比喻被带到表面，像是一幅充分洇透的水印图案呈现出它的最大的字面意义和后果。最常见的是，这种比喻的字面化被用于宗教概念，而当这些概念以绝对的字面或字面化的

方式出现时，它们非常清晰地变得明显地支离破碎。例如，在福楼拜的《圣安东尼的诱惑》（*Temptation of Saint Anthony*）里，人们会想到“古代的神的死亡”，在那本书里，与古代众神相关的信仰和实践的漫长的历史衰退，通过个体的神的衰落而被戏剧化了：裘比特身体日渐虚弱，密涅瓦变得像“女人一样软弱”，黛安娜穿着丧服自杀了。这种字面化并没有破坏比喻，而是把它重新置于另一个层面，在这个层面上它仍然是一种叙事，一种不同类型的叙事：现在比喻并没有变得神秘化而受到破坏，而是以其作为历史事实本身的实质结构而突显出来，在这里，它继续以一种不同的性质存在，不是包含着那种和比喻相伴的字面或散文的精确再现的存在，而是比喻修辞本身的永恒性和不可避免性。因此，空洞的人物，或“佩特森先生”的性格的作用，贯穿着全诗，并且有他的事件：

> 啊，佩特森！啊，结了婚的男人！
> 他是这个由廉价旅馆和私人
> 门口，由门口的出租车，
> 连续几小时停在路边客栈旁边
> 的小汽车构成的城市。（154/154）

或者在星期天休息：

> 于是他从其他人中间穿过
> 在他的新车里驶向郊区，外面
> 靠近大黄农场。（etc.，38/37）

然而，刻写在寓言比喻里的这种距离，本身就是对该诗整体结构的构成距离的一种回应，即使不是对所有我们可以称为现代的重要作品的回应——这距离是作品的概念和它的一行接一行的方法之间的必然的断裂。这是《尤利西斯》书名非常典型地象征的一种断裂，它为一个可能偶然指涉的计划命名，但这个计划保
17 持它自身的存在，并按照某种不同的、不相称的逻辑在文本上面流动。这种作品的概念必然总是与作品保持某种程度的距离，对它所涵盖的特定文本并不是普遍性的（并不比佩特森的寓言比喻涵盖更多，在非惠特曼的意义上，佩特森“包含大众”）。这种不相称性柯勒律治在他对幻想和想象的区分时已经开始预见性地进行了理论阐述，它也许是放弃古典文类体系的后果，但更明显的仍然是对统一性的破坏进行补偿，在新古典时期，统一性总是可用的，以便使戏剧甚或小说（如《汤姆·琼斯》）的分散时间在思想里重新汇聚在一起，成为一种人们可以同时占有的独特的客体。但是现在，作品的思想，它的概念，由于它的不可能的技巧而四分五裂，占据了作者或知识分子活动的不同空间，并脱离了完全是时间延续的事实——使作品或者扩展或者收缩，达到巨大的力量，甚至达到可怕的比例，如像瓦格纳歌剧中的无休止的旋律或马勒的交响乐进行曲，或者缩短到表现主义音乐的那种瞬间或各种抽象的最小的因素——因为此后作品的纯粹时间或维度都与思想无关，它不再确切地是思想的实现，而仿佛是后者的标志，它的提示或定位。因此思想的发明有时作为纯粹的内容进入作品，就像在《指环》（*Ring*）开始的那个时刻首先做的那样。在《指环》里，沃顿突然构想了一个计划，准备创造一个沃尔桑根种族来恢复指环，换句话说，把《指环》的思想构思成一个情节。在某个地方，如果说沃顿变成了瓦格纳本人的一种再现未免轻率（且不说反之亦然），但其中最后折射的火花却跨越了整体和部分之间的鸿沟（在作为现代主义常规的一般的自身指涉蜕变为自我放纵之前）。

4. 数字

但是，这种距离也把思想限定为一种新的形式，即使形式范畴只是把标题依照事实确定为某种非文类的东西（假定以新的方式不是文类的），而这种非文类的东西必须以唯名论的方式命名为某种源自《诗章》（袖珍史诗）或源自《尤利西斯》（描写单独一天的著作）的东西。这里，实际上它有些像维特根斯坦的家族相似的概念：不论这些新的特别命名的形式与旧的形式（多种残存的史诗理论，在弗莱和巴赫金召唤麦尼普的讽刺中重复出现的边注）的联系多么遥远，它们也代表一种赋予现代内部一般和特 18
殊的辩证关系以主体的方式，并且它们本身以某种方式对抗抽象，只有通过具体的比较才能看见，而这种比较充分表明那种家族的相似性，以及它如何以另外的方式回避抽象的概念性。在我们亲历休斯敦之前，我们认为洛杉矶是独特的，而休斯敦是一个完全不同的城市空间，具有非常不同的内在潜力的联系和投入，它创造了一种停顿，在这种停顿中，似乎可能出现某种新的然而尚未归类的城市类型，对于这种城市，类似“阳光地带的城市”这样的抽象或分类的术语是不适用的，因为它压制了发现所介入的实际过程。那些在黑格尔之后接触到谢林的人，可能对不同的事物秩序有类似的体会，突然之间，许多只与经典或古典辩证思想家相联系的理论独特性，反而证明是这个时期整个支配思想和体系建构的特征。因此，问题不是论证第一部《诗章》某种创造观和自由观的实现，把它作为从艾略特到奥尔森和祖考夫斯基（附带着包括《桥》和迈克亚当斯）的一切事物的先驱，而是首先要理解何以是《诗章》的形式思想发挥了这种作为起爆剂的基本作用，而不是诗行中间的任何其他东西，甚或它的内容，更不要说庞德自己特有的风格和趣味——虽然对这种思想更多的字面反应毫无疑问包括对所有那些事物的无意识的或机械的模仿。但是，这是一种并不特别容易抽象或命名的形式思想——微型史诗只能以概括和排斥或限定的方式这么做，因为它非常确定地使这些作品脱离了任何常规的抒情诗的概念，甚至脱离了一般诗歌的概念。

关于《尤利西斯》类似的限定问题，虽然它们必须标出某个整体时间的框架，即承认不是回到古典的统一性，而是承认现代城市经验中单独一天一夜的那种新的统一性（这种统一性在弗洛伊德值得注意的看法中以另外的方式得到强调：梦中的一切事物必然以某种方式经过前一天的事件、甚至刚睡醒那段时间的事件的塑造和联想的过滤）——但真正的限定问题是，它甚至不是乔伊斯作品的这种时间的素材，而是它构成独特的、分离的、半独立的章节的组织结构——一种有力的原则，它迫使后面的每一个章节都明显具有自己的风格，从而如像按照语言本身那样与其他章节分开——这在某种程度上是问题的关键和基本的线索。[7]

所以这里基本的发现并不是庞德的作品“包含历史”——虽然它是我们前面联系威廉斯谈到的那种个人主体归纳的标志，它的文献资料也允许所有虚构的范畴分散并保持传统的叙事主体的
19 地位（如在小说里）——而是把书卷、诗章、各个部分等分开的某种相关的东西——就是说，在把那些单位堆集混合当中，与特别假定的某种统一性相关的东西。这些单位太大，或者说它们包括各种各样的句子、指涉、事实、语调，多得难以通过思想组织成任何一种独特的统一体（甚至乔伊斯的叙事和时间单位也难以做到）。因此，拼贴、蒙太奇、表意文字、群集装饰等这些词都是结果，而在那种意义上，就像它们必不可少一样不能令人满意。于是，这些大的单位倾向于从外部相互联系：通过艾略特给

他的五个部分取的神话名字而形式化了的东西，但也许是通过威廉斯的四个标题更满意地实现了的东西，因为这些标题并不以任何叙事方式协调一致，或者投射某种隐秘叙事的（或神话的）统一。然而需要注意的是纯粹的数字事实出现的方式，它如何成为作品相互关系的具体性的某种隐秘的线索，或按照数字本身抽象的量性成为某种矛盾的东西，并且只能在数字理论和数字学的神秘主义中得到可疑的补偿。（甚至庞德的"前三十诗章"也带有流露隐情的纯数字的标志，后来对诗章的处理也总是把数字划分的出版批量具体化……）但是在艾略特和威廉斯的作品里，数字的某种更早的文化意义——例如传统上把交响乐分为四个乐章——似乎重又以残存的暗示发生作用，这种暗示与音乐以及它的历史和发展无关，而只是使人确信把作品分为四个或五个部分有其自己内在的意义：内在性在这里肯定是关键的特征，因为它禁止任何更抽象的表达，并表明我们所说的意义（不论我们所说的意义是什么）在这里只能根据对这四、五部分之间的差异和相互关系的纯粹的体验来理解（艾略特补充的第五部分，即"弗里巴斯"那部分，与马勒"附加的"乐章一样是偏离了的部分），它自身内部以它自己的方式具有某种可理解性。（这也就是为什么我们有些人反对威廉斯的第五卷的经典性，因为它倾向于使《佩特森》开放，成为庞德、奥尔森和祖考夫斯基那种不断进行的日记；而前四卷的事实似乎在某种程度上是不朽的和不可改变的，就像乔伊斯/维柯的循环，当然它们的联系非常遥远："于是奔向内地，狗跟在后面"［203/202］，在那里，空间的循环无疑重新开始，不管在海上如何结束——"海不是我们的家"［202/200］。）事实上，我相信，这种生产思想的过程本身就刻写在诗里，其形式是第二卷里蚱蜢的插曲：

什么时候！从他的脚前，一半轻松，
挑选着道路，在那里开始
紫色翅膀的飞行！(47/47)

顺便说一下，我们不仅需要研究威廉斯的标点（首先是作为停顿呼吸的神秘的、隔开的句号，它采取了自由诗“新诗行”的独特反常的模式），而且更重要的是还要研究威廉斯的感叹号哲学，它特别标志着我们对当前瞬间及瞬间兴奋的非隐喻性的注意，并可能撕扯整个句法结构，把它作为在世俗的计划和经验结构内部不断出现的一种散文关系。蚱蜢（后来以物化的形式作为哥伦布之前的制品出现在查普尔特贝克［Chapultepec］博物馆里——这里阿兹台克语的名字指的是“蚱蜢山”）是那种情况的最好体现，对它必须使用先验的或诗的感叹号：它是当前时刻的特殊性，短暂但却完全与普遍性或作品本身的思想一致——

还有一个红褐色的蚱蜢，靴子那么长，
从他思想的核心翻腾落下（47/47）

——这有些像是与第三卷对立，在那一卷里，所有旧的思想和死亡的“现在”都堆积在尘土里，除非它们被爆发的火焰掀起：阅读可以作为大火的燃烧和毁灭，但不会留下文本的任何东西，或者阅读在某种程度上是“狂热的，/脸颊燃烧。借血/给过去”（101/101），力图重新燃起那种在所有过去历史的死亡时刻燃烧的烈火以及它们的文字痕迹。但在这里，火是抓住特殊性的那种绝对的思想，而在开始时刻——**现代**出现的时刻——正是“翻腾出”现时经验的那种特殊性揭示出它本身就是作品的思想。

因此，在我看来，理想的做法是为现代颠倒文类抽象的秩序，并努力把这些定名而又无名的形式首先理解为自身具有的具体意义。这样，威廉斯的四卷诗就以某种方式成为一个概念，它们或它与其他现代的概念发生某种联系，如艾略特的概念，但威廉斯的概念作为一个特定的客体或概念现象可能受到哲学解释的影响，任何按照旧的文类方式把它重新归类的努力，在开始之前就要以某种方式颠倒事物本身的优先性和更深层的逻辑。

5. 禁忌

无论这种情况如何，那种外在的秩序肯定会在四卷诗的内部 21
重复自己，这四卷每一卷分成三个部分，而随着我们进入更小也更容易把握的单位，它们与音乐的联系就变得更加突出（但在那种情况下那些联系也必定受到更有力的抵制），直到最后，在三个组成部分的每一个内部，我们面对音调的突然变化，以及与诗歌文本的流动一致的东西。我想说的是，并不是（很少是）这种流动的任何特定时刻的本体具有巨大的意义：就是说，它们谈到许多轶事，记录了许多表达的时刻，这些都留在我们的思想和记忆之中；但所有这些本身都没有终极的意义——稍后我们会考察其必然的原因。它们也没有任何一个有美学意义（如果美学是与前者分开的话），因为这里审美的东西——也是有意义的东西——是所有这些各不相同的素材之间的转换变化。但是不能简单地说一切都在于诗歌插曲之间的空白，事实上，我认为，面对这么长的一首诗，人们要不停地阅读，不停地翻页，情况决不会是那样：远不是保持沉默，佩特森投射出的景象充满了振聋发聩的声音：

　　　　其中一条看不见的瀑布
翻滚而下，恢复常态

又翻滚而下——不停不止，落下
又落下，咆哮如雷，回响着
不是瀑布，而是它的喧嚣
　　　　　　　　毫不减弱（96/97）

因此，可以说，《佩特森》的独特之处并非在于停息或静止的时刻，而是在于不停地转换变化，当然其基本的效果依赖于各种素材之间的距离。这恐怕需要一台程序精细的计算机来列出这些具体的转换变化（如像在某些“先进”形式的十二调音乐中已经做的那样），但肯定也可以做些一般的说明，这些说明会超出明显的规则（超现实主义在另一种联系中所发现的规则），因为随着相关的素材拉开距离，其效果会相应地按比例更大也更有意思，而且——这里的参照不是超现实主义对意象的定义，而是伊佛·温特斯（Yvor Winters）对自由诗体规则的分析（在很大程度上以威廉斯自己的“新诗行”为基础）——转换的次数和多重性在
22 这种审美中也至关重要。也许可以否定地说——这里我们返回前面关于技巧提到的一些看法——不应总是把转换变化以表意的方式来理解，或按照蒙太奇甚或表意符号的顺序来理解。

毫无疑问，在这首诗里存在着那种表意时刻，其中不同的素材被用于传递某种非抽象的观念。例如，有这样绝妙的时刻，在对乔叟未能创新诗体做了某些看似不相关的评论之后，接着在居里夫人夜里返回实验室并第一次发现镭的迹象之后——

光芒四射！

——突然一个令人惊讶的变化把一些散文式的句子带到我们面前：

> 十月十二日，星期五，我们停靠在陆地边缘，准备登陆［……］在那段时间里，我在林间散步，那可真是从未有过的美妙的事情（178/177）

——这里，哥伦布和对镭的发现同时被纳入现代时期有力的诗歌表意符号和经济创新：**“根据”**（185/184），等等。

但是，我认为，这并不是《佩特森》最重要的时刻，实际上与它更深层的逻辑也不一致，因为它一度投射出一种观念，而不是否定地加以描述。诚然，这些庞德式的时刻是重要的辅助性的构成：对伟大的现代层面或类似情况进行详尽论述，其中艺术、科学、经济、个人生活全都以某种方式暂时被纳入一种乌托邦结构（如果不是一种想象）。然而，正如已经看到的，创新的概念（及其在诗歌语言或诗行创新中的特殊形式）是现代主义意识形态的基本标志，因此并不令人感到吃惊的是，正是在这种本质上肯定意识形态的时刻，我们发现威廉斯回复到一种更传统表意实践或观念的蒙太奇。

关于转换变化还有一种相当不同的用法，它出现在我所说的纯形式之中，或者叙事本身的华丽修辞之中，当然，在诗的结尾，在某种抽象的、类似叙事的修饰里，这种情况非常明显，例如诗行

> 这是疾风劲吹 23
> 永恒的封闭
> 盘旋
> 最后翻转
> 终止（204/202）

把结尾本身变成了类似奇巧的想象或修饰。

然而重要的是，要明白它们指的是1850年4月30日在加莱特山处死约翰·约翰逊一事，那件事发生在一次可怕的谋杀之后，而关于谋杀已经在作品的轶事片段和细节中一再提起（见72/72和198/197），因此它暗中破坏了我们一开始对叙事逻辑以及后来对结局的更深刻的信念。因为这种修辞使我们怀疑，如果认为死亡（处死，等等）是结尾最可接受的转义，那么这种想法是否就不是人类平常的思维习惯？接下来还会问，对这种形式的结尾，我们自己是否一开始就真正有合适的范畴？（就在处死之前，选择了周期性地使人和狗从海里返回内地——一种不同的修辞，虽然不能完全代替另一个，但作为纯粹的修辞方式而不是实在的本体论的形式或运动，它同样产生距离并得到强调。）但这里发生的是，叙事性的碎片被从轶事的素材中抽象出来，而这些素材本身就具有作为新的叙事成分的功能，也具有作为新的元叙事的可能的构筑块料的作用（爱森斯坦有时好像也是描述蒙太奇，而不是把它仅仅作为具体概念性的一种形式，就此而言，故意提到爱森斯坦是指形式上相关，就像提到庞德本人时一样）。

这种新的构成期望成为纯形式的运动，而不是甚至由集体行动的多样性构成的叙事。对于这种新的构成的某种合乎规范的证明，作为实例人们可以考察构成第二卷第三部分结尾的一系列的成分，众所周知，这部分的结尾是威廉斯以前的女作家弟子的充满指责和压抑的信件：一种诗里的感情的低点，但它开始了那种结尾的变化——仿佛以不断的反复为马勒的交响乐的发展勾勒一个正在开始的结尾——它以最后部分的开篇开始："降落的召唤"（77/78，指季节），然后是"倾注的水"（79/79），诗的失败，以及词语"令人晕眩，围绕它们/水编织着条条缕缕"（81）。可以预料，随后是重复卡明夫人从悬崖边的坠落，接着是那些散文信
24 件，它们记录了威廉斯与那个女人要求的关系的失败，以及她自

己的诗歌的失败。这里似乎是所有意义上的“降落”，既是空间和物质的，也是比喻的、情感的、历史的，这就是再现的目的，它并不在于某种思想或观念，而是在于某种发展变化的纯粹形式，这种形式把所有不同的素材都作为它的综合体现。

6. 关于主题的污染

然而，开始和结尾是众所周知的容易体现的变化，为了进一步弄清它们之间的情形，也可以说是诗的实质，我们现在需要回到单个组成因素的问题。这些因素许多都明显地涉及历史；而且它们许多也都展现了佩特森地区自然风光的某个方面。我们将在后面谈这两方面的内容。现在需要做的是，按照这些素材在文本流动中的彼此连接顺序，更仔细地观察对它们所做的反实质的或以进程为导向的处理。但这就要求我们回到现代主义禁忌的概念，因为《佩特森》明显地使我们可以解开并展现这些否定的形式戒律的运作。事实上，我们已经在前面的例子里开始抓住这些运作的情形：它在很大程度上依赖于我们如何看待哥伦布的蒙太奇，尽管它令人惊讶而且非常漂亮，但它仍然突出地像某个外国人的身体，与诗的真正精神相对（也与它的官方的诗歌意识形态的精神相对，这一点我们还没有提到）。于是第一个禁忌可以说是排除概念的蒙太奇，或毋宁说——因为在一首把复杂的工业社会作为它的领域的诗里，社会里的观念几乎不可能不是基本社会素材的组成部分——至少阻碍这种概念蒙太奇（通过延伸或预想不到的方式）可能产生的表意效果。

对这种美学禁忌的精神，最好的说明也许是通过其深层的原因，探索它为何属于勋伯格十二调音乐体系的那种发明。勋伯格的十二调音乐禁止回到音阶的任何单调，直到其他所有的音调都被用过，其绝好的理由是：甚至最局部的、插曲的音调停留在一个单调上面，都可能恢复一种整体的——即使是暂时的——音调中心。如果人们以这种方式考虑哥伦布蒙太奇的“意义”，把它作为瞬间赋予史诗的一种主题的意义并使它进入作品，而作品的深层信息是那种——创新——只是那种创新！那么就可能欣赏到一种另外看似自我拆台的逻辑，其中这种特殊的表意修饰要被排
25 斥、阻止、中立化或破坏，因为它构成一种不需要的协调（自相矛盾的是，“不协调”本身是围绕这一段的素材的主题之一，但这一事实无助于使这一段回避那种陷阱，而这却是诗的“成功”的所在）。

接下来考察的那种形式的抽象（降落和坠落，封闭，高潮和结束）在这方面似乎呈现较少的问题，但在那种情况下它们的威胁在另外的地方：在于产生一系列的变化和修饰，一种相对空洞的和各种各样的视觉形式主义。事实上，我们会看到，这种特殊的危险——虽然仍保持它的形式力量的优势——是通过一种非常特殊的物质因素的概念处理的，而这些物质因素会把我们带到作品的其他方面。

但是，对意义的禁止——或者更确切地说，意义的中止，意义一开始构成就努力把它消解，一旦意义的组成部分变得断断续续一致时就利用这些部分服务于其他性质的发展过程——其实是一种文体形式，或巴特描写的那种现代力图避免物化的显微形式（前面已经引用过巴特的看法），它采取多重形式的禁忌，包括对比喻的语言、象征、主题、“伟大的”风格或成功的诗歌语言的禁忌，甚至包括对连贯叙事本身的禁忌（在另一种语境中，通过“观点”的中立化我们已经能够确定连贯的叙事）。威廉斯引人注目地（独特地）敌视从亚里士多德到普鲁斯特每个人的“天才的标志”的隐喻，这一点无须再做任何论证：这是他特殊的处理问

题的方式，不仅对现代时期同代知识分子的一般文化罪行如此，而且对以欧洲及其大写的文学和高级艺术传统的残余来蔑视文化的那种相关的文化罪行也是如此。

然而这种文学性不论多么理想，实际上并不存在；不可能只是选择它，喜欢它，说它胜过修饰和对诗歌传统的践踏，然后“两手空空”地运用它。相反，正如自由诗的形式那样，它必须从诗行之内解析出来，而在诗行当中，对时间和诗体的注意无疑会取代对隐喻和意象相对更多的空间上的注意，并倾向于破坏这些视觉修辞的不停的改变。但是，正是所有语言和思想中不停的修辞变化，对审美提出了最迫切的问题，而只有在“意象主义”那种历史框架的狭隘无效的范围之内，这种审美问题才不成问题，因为意象主义的框架通过时间中的小的形式戒律，以及逐个脱离感觉的偶像的节制，把自己封闭起来，不考虑观念和修辞关系。

另外，关系必然产生一个修辞网，它的发展和命运在于伴随
主题、意义和象征而出现的隐喻：如果从一开始就排除它实际上
等于自杀，也就成了完全阻止思想形成存在的一种方式——这是
更可悲的事情。这里我们就不得不联系美国贫乏的现实，它缺少 26
思想，甚至缺少古老欧洲文化中死的思想和语言修辞的僵化的残
余。于是，修辞方式便从这种社会贫乏的印象中出现：

> 生活是美好的
> 他们说：语言！
> 　　　　——语言
> 脱离了他们的思想，
> 语言……语言！(12/12)

这是一种无害的短语转换，无论如何它被用到了某种东西（语

言）上面，而这种东西没有实体或类似事物那样的存在，在任何情况下都只能以修辞比喻的方式援用或讨论。我们能够想象多少其他的方式来传递那些无法表达自己的精神的不幸？如果已经知道或已被占用，那么表达的力量与谁以某种方式拉开距离或分开？但修辞有它自己的生命：

常绿的嫩芽，
紧紧地卷着，在人行道上，完美
充满生机，但与它的伙伴分离了，
分离了，低低地坠下……（18/17）

现在，一种自我批判的意象主义出现了，其中完美的意象（“像一朵花”）与生态语境的分离被主题化了，表示一个花蕾从花茎落下的相当可笑的怜悯情绪（因此这段像前面一段那样，使我们回到了现代的意识形态，至少开始可以认为它是对艺术及其文字命运的一种暂时的调解）。同样，当谓语出现时，如果不是像前面那样用作隐喻，那么它也就常规化为纯粹的修辞方式，就像人们说到任何事物与它的语境“分离”一样。然而正是那种常规性，现在使这个词可以适用于最不可接受的进一步发展——如在紧接着出现的夸张的声音里：

分离是
我们时代知识的标志，
分离！分离！

这种技巧被改变了，不可挽回：“分离”突然变成了诗的正式主题，同时相应地产生出它的对立的事物：结合（这可以看做是前面第三节“寓言”中提到的非洲首领的妻子一节的继续，而且在后来几乎每个地方都作为一个“主题”重复出现)。显然，这种“主题的意义”具有扩展的、污染的力量，并且逐渐扩展到包括 27
诗歌本身的结构，于是关于“佩特森先生”的普遍性和他的性别之间的矛盾的寓言问题，即在空间上需要为躺在他身后的瀑布上面的女人的寓言保留第二块地方，现在也在新形成的体系内取得了它的位置。最终，其他戏剧性的高潮——来自“C.”的痛苦的信件(作为“被轻蔑的女人”，她唤醒了贪婪的伙伴所有的陈规或原型的男性的恐惧)和残疾女诗人及其女仆的“田园”插曲(包括它的女同性恋色彩)——也都把自己列进了充斥着整个作品的某种主题。但是，这种主题的扩展很容易被转变成一种对威廉斯史诗的女性主义的解读和批判(尽管事实上他自己已经在作品里写到这点)，因此显然也会破坏使诗成为一种整体的形式的主张，也就是使诗成为关于一切而不是只是“某种特别事物”的主张；而正是这种新史诗的使命(志向或意图)必然要抵制把诗归纳为特定的主题以及它们产生的“意义”。

这就是为什么必须有一种颠倒修辞过程的方式，而通常的修辞过程倾向于只在生产正式“主题”中把自己形式化(正如这个词所暗示的，这样做就使作品变成了纯文学)。素材的迅速转换，其他文献和声音的拼凑，以及它们先入为主的看法和新形成的主题，为这样做构成一种基本的“技巧”，而且非常清楚的是，这种转换变化越快越多，思想就越会脱离当代的固执和迷恋……因为，关于整体性的审美，这种主题化——且不说彻底象征化，甚或观念的物化——可以看做纯属一种病态，一种把活动性固定于一种单一的修辞方式的企图——

> 蔑视固定的概念像

烤过的泥潭（等等，32/32）

但是，也可以有其他颠倒修辞过程的方式，它们有些像汉密尔顿为佩特森和国家经济设想的宏伟计划：

鸟，鹰，使他自己
变小——爬进接合的蛋里
直到他在里面消失，
只有一条腿（等等，73/73）

28 这是一个典型的时刻，在这个时刻，诗人懒洋洋地用发卡掏着他的耳朵（30/29），发现客体改变了性质

对于巨大的想象的兴奋
他要探索

像是探索眼珠
闪耀着一圈火光，出现
掩盖在外衣里面

随着光流动（等等，31/30）

不清楚的是，从纯主观的、个人的观点逐渐消失的视角来看，这种放大了的诗歌灵感时刻的快照，是否通过与发卡的联系把“宏伟的”语言缩小成平凡的琐事，或者相反，它继续改变日常生活，因为至少自乔伊斯以来改变日常生活一向是现代主义呈现的功能。不论哪一种情形，修辞比喻本身已经被疏远，失去了它作

为“诗歌语言”的合法性。

因此，这些新的诗歌禁忌的合乎逻辑的后果是排除现实化的诗歌语言——不只是排除在几乎所有伟大现代文学作品中都至关重要的个人风格和个人风格范畴（现代文学名著即使不是有意为之，其结果也是创造签名和独特的、可以辨认的、个人签名的世界）——即威廉斯不仅通过他的非虚构性和多次插入各种文献（毕竟不太像多斯·帕索斯），而且首先通过一种奇特的与美国语言的直接关系而实现的某种东西，因为美国语言在文学和“文学性”形成之前就以某种方式存在。

但这意味着排除文学有时能够形成的伟大的时刻，如风格的巨大效果，豪斯曼的令人惊讶，在各种现代意义上的“崇高”。因此它同样说明了威廉斯简明史诗里存在着某种极坏的诗歌——

> 这里是给幼儿的，
> 但愿它繁荣！（等等，193/192，但也可参见 68/68、160/159-160 页上的打油诗）

坏诗和打油诗不仅标志着误导的美学和流行的矫揉造作，更重要的是标志着无法表达者的渴望，他们渴望引起注意并表达他们没有语言表达的独特的、存在的时刻：因此正是在这种坏诗的时
刻——在“C.”的失败中[8]，主要在第五卷残疾女继承人（以 29
及她企图神话般地把东河的石头变成她牧场的绵羊）的坏诗里（152-153/151-152；161/160-161），这种时刻以叙事的方式得到体现——威廉斯自己诗歌本身的辩证以含蓄的方式集中体现出来：为了成功它必须失败，只有语言的可能性可以传递尚未形成存在的某种美国语言的困境。

7. 反对抽象

但是，失败的意图并不是一个非常令人满意的出发点，因为它很可能自我拆台并一开始就使过程瘫痪。威廉斯美学的意识形态根源肯定在其他地方，而他对象征、主题、意义和风格的颇有成果的禁忌的根源则可以在某个更熟悉的地方发现（我们提到意象主义作为一次运动时对此已有所预示）。这地方就是那个熟悉的口号：

> 说出来，没有观念只在于事物（6/6，以及174/173）

让我们撇开这个命令本身是否更像一种事物而不是一种观念的问题：它影响着这里驱动发明前进的基本禁忌，同时又与当代的态度非常一致，以致最好暂时拉开一些距离，以便疏远这样一种奇怪的戒律，把它更多地置于历史当中。

潜在的感觉无疑与信念相关，即相信事物及其经验怎么也比纯粹的观念更值得相信，因为观念总是以某种方式成为绝对意见或纯意识形态的所在，也许还是不可信的个体化的所在：未言明的信念，即相信抽象是坏的，而具体——不论你们如何定义——总是更好或更可取的；因为可以通过感觉（即使通过语言中介）理解的东西，肯定比概念语言的含混性所引发的联想更实在、更像事物；等等。在威廉斯青年时期，通过赫尔米恩对意象主义和客观化的选择，这些态度有力地促进了维多利亚时期诗歌传统的净化，因此它们也可以说是对标准的哲学经验主义意识形态的重构，是对英美许多反理性主义的主流形式的重构。（值得探讨的是，如果我们自己发现这些态度在诗歌方面比哲学更有吸引力，我们内心会产生什么矛盾。）

威廉斯的诗学在总体上肯定与现代非常一致，因为它怀疑理 30
性法则的多样性。这些法则（正如巴特和萨特告诉我们的）标志着与社会里这个或那个群体、这个或那个知识或职业阶层的合谋，或者与这种或那种基本意识形态的合谋。从这种观点出发，威廉斯对他所说的“观念”的拒绝可以看做是一种乌托邦的渴望，渴望没有阶级和普遍的民主，而这些只有通过共享的事物而不是学会占用它们的表征才可能实现。

但是，正因为如此它也是深刻地反理性的，并可能反对阿多诺对现代社会普遍的实证主义的文化分析。对于现代社会，阿多诺以双重的方式进行解释，一方面把它解释为工具主义和对世界及其他人的技术占有和统治；另一方面把它解释为一种可能的策略，以期使理性的距离和否定性中性化，把一切观念的事物蔑视为非科学的和迷信的，更不用说辩证了，而它们可能导致一种对现存秩序进行判断的危险的批评立场。于是，阿多诺对否定性和批判思想衰落的看法（这种看法可能因他在美国的流亡经历而得到加强，而他流亡的那些年正是威廉斯写《佩特森》的时间）与北美史诗的激进性形成了鲜明的对照——史诗的形式对大陆的欧洲人完全是陌生的（除了和本雅明的理性审美以及他在拱廊计划里追求的“群星荟萃”的实践有间接的关系）。从威廉斯的蒙太奇和表意文字得出的“理论”，尽管与本雅明希望从自己的“群星”中得出的理论一样有力，但这一事实丝毫无助于解决这种特殊的矛盾；也许最好根据顺势疗法来考虑，以毒攻毒的，首先考虑如何利用毒品——实证主义，反理性主义。

无论如何，这种迫使作品进入围绕抽象和观念性本身的匝道的诗歌策略，现在可以认为与其他前现代的某些思想模式相关，那些思想在 19 世纪和 20 世纪的哲学里曾发生过重要作用。列维-斯特劳斯的“野性的思维”的概念，或者可以更好地翻译成“感性的科学”，指的是一种部落民族的思维，这种思维不依靠科学抽象，而必须通过感知的物质本身表达它的发现，如本土医药和自然知识中的树叶和风光。这种思维无疑是当代最有影响的一种思维模式，它被迫在具体事物之内寻求必需的抽象距离。列维-斯特劳斯对这个阶段人类的智力的认识必然是含混的，他在赞扬西方科学的同时肯定这个阶段与“结构主义”密切相关，并认为只有西方科学可以对它说明并把它的创造性理论化：列维-
31 斯特劳斯轻蔑地拒绝这些文化怀旧的任何特征，而与之匹配的只能是含蓄地肯定后来他称作“结构主义”的具体思想优于西方思想和哲学的更抽象的形式，并成功地把它从西方思想和哲学中解放出来。因此，在这种对抽象的态度里隐含着一种完整的历史哲学，他提醒我们注意威廉斯作品中一些我们本来可能忽视的特征。但是，在黑格尔的作品里，关于这种在纯粹抽象之前或之外的思维的概念，可以发现一种更有启示性的版本。

实际上，对黑格尔来说，非西方传统的思维（更确切地说，非西方的宗教和宗教文化）的特征恰恰是它们缺少抽象，就是说，未能写出概念的作品。在他的《美学》里，这个大的阶段被称作象征的阶段，与古典时期的理性或观念的内在性相对（从理性或观念产生出哲学和纯粹人体形式的雕刻），或者与浪漫时期的现代主义相对，或者与基督教文明相对（在这种文明里，思想支配物质和世界的观点得到保证和扩展）。相比之下，在象征阶段，物质居统治地位，而理性和观念的冲动徒劳地力求通过没有抽象维度的物质实现自己（奇怪的是，对黑格尔来说这也是“崇高”的时刻，而从康德本人以降，许多思想家都把“崇高”视同为现代阶段）。在其最充分地实现的形式里，即埃及的形式，从象征出现了一种物质辩证的象形文字，在这种象形文字里，如像在后来对奥西里斯（埃及神话中的地狱判官——译者注）的特征描述里，“象征”未能构成它自己，而是以寓言的方式来来回回地进入各种同样具体的象形版本，从人到河流，从太阳到活的生命：

> 人类生命的过程与尼罗河、太阳和奥西里斯的对应不应只是视为一种寓言——仿佛出生、力量增长、精力和生育力达到顶点、衰落和变弱的原则，在这些不同的现象中以同样或相似的方式展现自己；但在这种多样性里，想象只构成**一种主体**，一种生命力。然而，这种统一性是相当抽象的：不同性质的因素急切地展现自己，处于与希腊的明确性形成鲜明对照的混乱状态。奥西里斯代表尼罗河和太阳：另一方面，太阳和尼罗河是人类生命的象征——每一个都表示意义同时又是象征；象征被变成表示意义，这种表示意义又变成那个象征的象征，而它本身又变成表示意义。这些存在的阶段没有一个成为一种不同时是表示意义的**类型**；每一个都是两者兼而有之；此一个要通过另一个说明。于是出现了一个孕育着的概念，它由多种概念构成，其中每一个结节都保持它的独立性，因此它们不会融合为一种总的观念。总的观念——使相似概念联结在一起的思想——不会纯粹地、自由地把自己原样呈现给意识，而仍然隐蔽起来，作为一种内在的联系。我们有一种强化的独立个 32
> 性，它把各种现象的不同方面结合在一起；这一方面显得非常奇怪，因为它把明显不同的物质结合起来，但另一方面又是内在的、本质的联系，因为这些不同的现象都是某种特定的、实在的事实。[9]

但这是一个必须如此表示自己的过程，因此黑格尔所说的“象征”和“表示意义”不停地变化位置，互相取代，而不会发现在“总体观念”或概念中停息，同样，这些时刻每一个的物质性既代表它自己也象征它自己，并同时作为寓言和不完整的再现。这有些像是一种永恒的折射，它奇怪地通过失败而不是成功重复现代，其中象征的物质永远被迫表示自己，因为它重新投入它于中既能表达自己又不能表达自己的“事物”。

8. 元素

但是，威廉斯的寓言框架排除了黑格尔分析奥西里斯时所描述的那种发展变化，因为它已经提前就那样表明并确认了寓言结构——于是巨人或更高大的佩特森都不再适用于这种性质的内在变化和区分。因此，在一个科学的时代，象征的投入必然会降到看上去最少投入的物质本身，降到最缺少概念内容的东西，也就是自然的元素，是最贫乏而又最具体的事物。甚至“自然元素”的观念——宇宙的四种主要物质成分：土、空气、火和水——也表现出一种古老的思维方式，这种方式明显与海德格尔的看法一致，而不是与现代（但已经在工业上衰败）美国的土地－城市－空间的看法一致；它也与威廉斯精确记录的时间感一致，他强烈地感到过去是一种卷帙浩繁而有偶然性的档案，我们所说的遥远的过去或时间的原始其实都已经出现过，都是对过去某个时刻回溯的幻觉，是在它背后增加的海市蜃楼（巨人）。

土在这些要素中事实上是最有问题的，它好像只在 139 页钻石机的部分直接出现，那一页列出了各种底土，从红色的沙石一直到 2 100 英尺的页岩沙石：然而毫不奇怪，土地抵制直接的观察，无论何时，如果我们没有中介直接面对土地，它都会退回到自己之内：

> 一块石头向下压，证明它的重量。但是，当这种重量产生一种对抗的压力时，它就拒绝我们深入它。如果我们试图把它打开而深入，它仍然不会以碎片展现被打开后的里面的东西。石头只是再次缩小成同样顽固的压力和大量的碎片。如果我们把它放到秤上试图以另外的方式了解它，我们只是把它的重量变成一种计算出来的重量的形式。这种也许是非常精确的对石头的确定，仍然是一个数字，而重量却避开了我们。 33

可能的情况是——至少在威廉斯的诗里——这些元素展现自己的能力会发生变化，火以不同的方式发生，水也以不同的方式出现，它们与土地和空气对我们封闭的方式大不相同。但这种土地也不是古老意义上的自然，在《佩特森》的结尾部分绝妙地唤起对边远地区的怀旧（“有一座旧的木桥通往曼彻斯特”[196/195]），并不是产生于纯物质的一种效果，而是产生于城乡之间范畴对立的效果。因此威廉斯的边远地区并不是土地，而是某个城市的乡村（还不是郊区），它是社会的而不是自然的，是人类的构成而不是存在的揭示。

但是，如果土地只能以迂回的方式展现自己，那么似乎可以说它基本上是通过地志学或地理来形成这里感觉到的存在。加莱特山，公园和瀑布的所在，市中心和从它开始的街道，远处看不见的曼哈顿的存在——所有这些实质上相关的位置，都使我们想到城市本身试图隐蔽的东西，或者它试图使现代城市忘却的东西，即我们仍然居住和活动在一个尚未开发的非人类的空间，甚至还不是美国的土地。

但是，这是一种我们只能通过城市的存在而获得的意识：这也是海德格尔伟大思想的更深刻的真理。他认为，土地和世界通过它们的斗争和对抗互相揭示，彼此展现：

士兵、思想和天空之间有一场战争。

不过，在海德格尔的作品里，这种互相揭示的可能性——“世界成为世界［Welt *weltet*，（H671/41）］，是比触知和感知领域更大的某种东西，而在那个领域我们相信自己是在家里”——贯穿整个作品，这一点我们很快就会看到，因为正是在作品里，世界和土地本质的不可兼容性才呈现出来并被重新体验。在那一点上——“作品揭示出一个世界”（H671/40），并且“作品使土地
34 成为一种土地”（H673/43）——非常清楚的是，在这两个维度之间存在着一种基本的不可通约性。也许这两个维度可以分别翻译成“物质”和“历史”，虽然可能失去海德格尔的语言意欲引起的陌生性质。偶然性是它们相互作用的结果——独特的身体患上遗传基因疾病，地域事件和自然灾难事件，与主张生活命运和集体计划的激烈冲突：这仿佛是土地和世界、物质和历史是两种截然不同的语言，进入语言的事实必须完全被转化，不留先前在其他领域里存在的任何痕迹，也没有任何东西显示更深层的潜在联系，或明显只是同一存在某些“方面”之间的本体论的关系。许多是这种特殊对立在思想史里已经采取的形式，但几乎它们全都受到一种要克服它们的意志的影响，力图生产某种类似在文字之前的统一的场理论的东西，其中人类和历史的事实或实践可以在自然的语言中被充分记录下来，反之亦然。于是，这些不可能实现的决心一方面被认为产生出各种唯心主义（其典型的德国唯心主义采取“假定”形式，即认为意识以其决定使外部世界和事物的存在形成存在），另一方面也产生出各种唯物主义（其经典

形式是以肯定的想象确定意识的根源在于人脑的神经纤维组织)。这些不可压制的企图极力通过使土地和世界一致并(以多种不同的方式)把一个纳入另一个来克服它们之间的鸿沟或分裂，因此可以说对它们的共存有一种无意识的接受，而它们的共存采取多种传统的主体和客体(或精神和肉体)关系的模式，于是问题便以一种同时是重复和隐蔽的物化形式被认为是想当然的。这里，海德格尔的“解决办法”的独创性在于提出了只有强化土地和世界之间的不兼容性才能得到某种东西；就是说，既然想象不出任何解决这种对立的办法，那么最好对矛盾有一种强烈的意识，从而加强我们在两个方面同时存在的生活。对海德格尔来说，这是真正的艺术作品应该做的事情(但他觉得其他领域可能也是如此，这我们在后面会看到)：

> 在确立世界和阐述土地当中，作品是对斗争的煽动。但这不是为了使作品以一种无生气的一致而结束冲突，而是为了使冲突仍然是一种冲突。(H675/46-47)

这似乎正是《佩特森》要确认的东西，在这种情况下，正是地志
学和城市集中的偶然历史的间接性，使人可以感觉到佩特森脚下 35
非人的土地；但同时也正是通过物质的元素，社会的共同性以及它永远被压制的过去才被作为世界进入视野：

> 世界从来是非客观的领域，从生到死它一直庇护着我们，祝福我们也诅咒我们，暴露我们的存在。不论在哪里对我们的命运做出实质性的决定，我们接受或者放弃，误解或重新审视，那里的世界就成为世界。(H671/41)

但是，甚至像说过的那样，在这首关于河流和瀑布的诗里，水和火的揭示方式也相当不同，在第三卷“图书馆”里，它也试图从一场大火来考虑档案中的过去，那场大火极大，造成了巨大灾难，世界历史上有名，就像亚历山大图书馆的那场火灾。然而间接的性质，对直接性的拒绝，仍然以更强烈的水的表现形式记录下来，但这些形式不是出现在水的运动中，而是出现在雨后着火的地域完全湿透了的情形之中：

> 但愿它只是肥沃。实际它是一种腐殖土，一片瓦砾，
> 在这种情况下——一种发酵的泡沫，一种腐烂，一种淤塞的
> 死物——树叶和泥土在雨后粘成一团（140/140）

但是，在这种唤起对“污染精神”的潮湿的强烈感觉里，我们可以抓住威廉斯决心选择“感性分离”的方式，因为在某种意义上，图书馆的这些残迹以及文化上保留的过去无疑是他等同于庞德《诗章》里的地狱的东西，并且提供了一个生动的例子，说明《佩特森》的物质成分在它们通往意义和纯“象征”的进程中如何被故意地加以遏制。于是文化堕落的这种概念脱离了它在“腐败”中的感觉的实现，仿佛完全封闭到一种不同的精神成分之中，因此它不能进行交流，就像世界不能与土地交流那样。

事实上，在这里，水仿佛只有通过它与火的污染才得到表达；而在其他地方，援引下水道和阴沟表明，水必须通过土地本身（在土地和泥土更狭隘的物质意义上）才能得到再现：

> 水下有马达的
> 嘭嘭声，推进器推进。
> 耳朵是水。脚

在听。多骨的鱼闪光
追索的眼睛（等等，129/129）

当然，甚至最重要的瀑布，水也是通过空气展现的： *36*

　　它们现在汇集
以快速奔流光滑如镜，
平静或看似平静
在入口处它们跃到边沿
落下，在空气中落下！仿佛
飘动，失去了它们的重量，
分开，撕成条带；茫茫然，陶醉于
体面的巨变
没有支撑地飘动
冲到岩石上面（等等，8/8）

火也是如此，它需要空气的元素来再现，因此它自己也提供对空气的再现，否则空气既摸不着也看不见。例如，它所提供的上升气流的巨大运动：

可怕的铁屋顶（1880）的景象，
半个街区长，整个像裙子似的
掀起，被火冲着——最后升起来，
几乎伴随着一声叹息，升起并飘动，
飘在火苗上面，像是在美妙的风中，
傲然地飘去，乘坐着空气，自在地
　　　　滑行

在空气上面，远方卷曲的榆树
似乎在它下面弯曲，它穿过树下的铁道
落在远处的屋顶之上（等等，121-122/122）

这些结合起来的元素（如在当前的例子里）常常体现一种可以转换的抽象活动，例如瀑布向下的运动在燃烧的屋顶可怕地落下的运动中得到重复，而这两种运动在前面部分的结尾都有预示。在前面部分，鹰乘着上升的气流俯瞰着城市景象，而图书馆的读者在向下运动时进行了模仿，他再次向下看

在书中间寻找；别处的精神
向下看
探索。(112/112)

37 于是产生出一系列具体而抽象的运动，它们大大超过了海德格尔的罗马喷泉和希腊寺院（或华莱士·史蒂文斯的罐子）的那些运动，但本质上可能与那些并无不同，因为它们基本上代表了感性认识必须捕捉土地元素发生作用的方式。

但是，最关键的是要理解威廉斯运用四种元素的方式，他的四种元素——感知又把它们彼此分开，最后作为宇宙建筑的块料——如何既在真实意义上又在可能的“文学”意义上成为诗的素材，因为文学无法以物质的方式纳入这些物质的东西（不像寺院的“好色之徒和石头的闪光”——H669/38）。他的诗应该被认为是一种庞大的物质拼凑，在此之上，除了佩特森“世界”的各种文献，如书信、剪报和个人回忆等，还有他亲自连接的那些元素本身：水与火相连，空气加进来又与土相连——一种在音乐意义上真正的“具体的”艺术作品，其中物质世界原始的、感觉

的构成因素或成分全都纳入到美学的构成，并且“赤手空拳地”穿越其他素材进行循环。没有任何其他现代作品如此间接地追求这种对物质的还原（非常不同于当代或后现代的对身体的还原）：在任何明显的意义上，它都不是走向庸俗的唯物主义，而是通过同样必然失败的努力表明“文明”与物质的距离，因为《佩特森》不可能把水和火带到我们面前，更不要说感觉的方式。

9. 包括历史

但是，关于世界，它的历史性首先是间接的，就像“土地”的这些元素处于中介状态一样：佩特森的城市意味着许多“重要的”历史事件，从美国革命和汉密尔顿的民族制造业方案一直到第一次世界大战前夕约翰·里德报道的世界产业工人组织大罢工（这种公开形式的“政治”贯穿着威廉斯的诗，一方面他通过庞德的经济对信贷反思，另一方面通过各种断断续续出现的暴民场景［例如第46页］)。但不像卢卡奇的历史小说的再现概念，这种物质只是通过引喻和联想出现：如像叙事学中传统的行为者，这里既没有正面的也没有反面的主人公，因此20世纪30年代政治艺术中典型的形式矛盾或二律背反也就被一笔勾销。（正面主
人公的不利之处是把阶级主体理想化，掩盖了组织和意识问题； 38
反面主人公的结果是使同样的主体成为受害者，产生出“失败主义”；显然，这种特殊的、不可接受的选择仍然是新社会运动的政治文学的特征，它尤其缠绕着女性主义和黑人政治文学。）不过，世界历史人物也变得无足轻重，虽然没有被完全抛弃：华盛顿将军的出现是为了访问报纸《制造差别》上的矮子皮特（10/10)，而约翰·里德和大比尔·海伍德根本就没有露面。（不过，通过可以任意选择的人物世系，某些叙事兴趣得到了持续，如后来在第五卷［193］看到同一个矮子皮特重又出现，他的头盖骨

于 1885 年被重新发现。）因此，以某种形式的或寓言的方式，人们可以说，卢卡奇在《历史小说》里的直觉决不是错误的，它可以转换成轶事和素材，因为世界历史上更“高贵的”或严肃的轶事（包括伟大的人物和名字）的距离保证了那些纯属普通或平凡日常生活的轶事的历史效能，例如在 1878 年的一份独特的剪报里，特使古德里奇枪击水貂的事情（49/49）。这种对矫揉造作和日常生活的历史化——在美国，两者之间的关系有些像是形式对内容或意识对境遇或素材——实际上是诗的基本运作方法之一，在这方面，诗是以美学的方式对威廉斯的《真正的美国性》（*In the American Grain*）的伟大散文构成的颠倒或反转，因为后者提出要发明一种非个人的、严肃的但也许是非文学的风格（它与拼贴和戏仿的关系仍然有待于探讨），以便表现从“征服墨西哥”到林肯我们历史中官方确定的伟大的时刻。

但是，与官方历史及其指明的人物拉开距离是更基本的社会态度的形式方面，它与当时居统治地位的平民主义并非没有关系，不过我不想用本来很确切的词“边缘性”来表示它的特征（在新的社会运动的政治里，边缘性有特定的相当不同的当代的意义联想，显然在这里不适用也不合时代）。但是边缘的语言以及与中心（既指社会中心也指地理中心）拉开距离的语言，确实特别适合这首具体的诗，因为它只能越过新泽西的草坪从远处瞥见纽约市——

　　　比塔尖还高，甚至
比办公大楼还高，从泥泞的田野
被放弃而成为灰色的枯草的土地（6/7）

——一种在第五卷里只有通过反拍的曼哈顿公寓的背景重新确认

的感觉。然而，最终更适合这种更传统的“远离中心”的语言很 39
可能是同样更传统的都市和外省的语言，对威廉斯的作品尤其如此，因为他所描写的地点排除了所有可能的怀旧或地方主义中的外省经验，而是以一个实际上完整的国家呈现给我们。

《佩特森》接着再次确认了这种直觉：某些现代主义与地方性的经验深刻地相互联系，不论在世界范围（在世界范围里，正是复杂的、厌世的古代城市，例如亚历山大和里斯本，才感到它们远离了真正的历史或商业权力的中心）还是在文化上，无不如此。在文化上，就美国本身或其他美洲国家而言，它们以后殖民的方式面对居统治地位的欧洲文化，并且证明它们是美学现代主义（鲁本、达里奥、庞德、艾略特）的真正的温床；在国内，外省的城镇和地区渴望大城市的自由，它们生产一种新的艺术作为对渴望的补偿，这种形式自由的艺术模仿大都会的精神和性的自由，而它的抽象与城市的抽象密切相关，就像西迈尔在《大都会和精神生活》（“Metropolis and Mental Life”）里描写的那样，但是这种艺术的轻巧形式也以某种方式反驳了国家特殊空间里居统治地位的居民对中心性的所有主张。

正是这种基本的、空间的地方主义这时发现它自己被记录了下来，不仅在《佩特森》的社会立场和意识形态当中，而且还在诗的社会素材当中，甚至以工人阶级为基础时，诗也从医生办公室的视角而不是社会学的调查来看它的主体——移民，星期天公园里下层阶级的人，黑人女孩，妇女。正如在阶级、种族和性别之间，这种地方主义肯定是最后的也是最突出的，但它们全都以某种方式服从于卢卡奇的原则，即这些范畴的真理最好间接地出其不意地表达出来，而不是通过官方的再现来表达。围绕社会主题的变化涉及从全部畸形（如在已经提到的矮子皮特的例子里，在他身上整个美国经验的畸变和荒诞得到了表达）到性的“不知羞耻”（59/59）以及普遍的声名狼藉和缺少资产阶级的尊重——

　　在工人
阶级当中某种
衰败
已经出现（等等，51/51）

一直到医学的变态——

　　一个大肚子
不再笑而是哀痛
因为它的毫无表情的黑色肚脐
情人的欺骗。　　　（28/27）

必须注意的是，这种社会的“边缘性”并不产生一种平民主义的意识形态效果，即使在政治上、在这一历史时期的境遇中它明显是产生于平民主义。威廉斯的间接方式——我们很快会看到，还有他对日常生活的新的强调——能够把他作为意识形态的平民主义因素中性化，防止它们不可避免地重新构成直接的意识形态：这种中性化应该随着前面提到的过程展开，而这个过程的运作是为了阻止或遏制一般意义的构成，特别是主题的具体化。

如果妇女的挫折（首先在C. 的一系列信件中得到表达）是这种社会素材的主要表达方式，那么它的典型的象征的标志反而成了一种迷恋——我的学生惊讶地发现它整个贯穿着这首特殊的诗，但也注意到，这种象征的标志无处不在而且不可避免，这就是狗：各种形态的狗，从金特·凯叶（132/132）祭献的高贵的动物到在公园奔跑的杂种狗，再到令人怜悯的真正的宠物（“他真是太有意思了”［131/131］，“你的狗要生小崽儿了”［54/53］）。很少现代作品如此明显地通过非象征的动物来加强，动物的实际存在一般不被文学注意，它们只有通过矫揉造作的感伤主义或极端夸张的、不可能的象征主义来转变成意义，而象征主义因其外部的局限也难以避免矫揉造作（不过在电影里人们可以想到《洛索维达多斯》［*Los Olvidados*］里癞皮狗的死亡）。普鲁斯特和穆西尔的作品里有狗吗？我很怀疑。虽然人们经过一番努力可以想象里尔克的狗（托马斯·曼确实写了《绅士和狗》），但很难想象人类最好的朋友会在T. S. 艾略特的作品里偷偷地穿过地狱或天堂的空间[10]，或出现在瓦勒里最有影响的诗篇当中。不过，在一定程度上，这可以构成一种对它们的判断，因为在威廉斯的作品里，狗是日常生活的真正标志。这种新的内容在20世纪通过现象学社会学（首先是亨利·勒费弗尔）形成了一种理论，而在实际生活里，它的出现是由于城市的转向和民主化，从过于重视伟大人物和政治历史过渡到更多地欣赏社会的丰富多样性。（同时，公共/私人比率和这种在现代社会因而也是在现代主义文学中的日常生活实质创新之间的关系，可以通过在后现代社会它的倾向的消失历史地加以评价；在后现代，日常生活被扩大到一切事物，并因此消失在无处不在的大众文化的形象之中。） *41*

因此，在威廉斯的作品里，狗是公共领域的非常特殊的标志，也是他的新的史诗形式要描写的日常生活的特殊标志，就像他的新的方法、他的自由诗体要把握物化的语言一样。与此同时，可以说，这种日常生活既不是事实也不是虚构；矫揉造作是它的文化表现，尤其在美国，但通过矫揉造作的文献（剪报和《读者文摘》之类）只是表明日常生活的存在有许多征象。然而，威廉斯的史诗还能够避免现代小说叙事那种强制的虚构性的危险：例如，在物化变成存在中，这些经验基本的匿名性必然被主观化，然后作为存在的“匿名”被主题化——一个指定人物的特殊命运，他的“个人”经验也因此被严格地限定。甚至乔伊斯也不能完全摆脱他的形式所固有的这种意识形态。人们可以比较一下乔伊斯和威廉斯的区别，在《尤利西斯》第三章，斯蒂芬在海滨看着狗；在《佩特森》最后一页（203/202）重复这一主题时，人和狗神话般地转到了内地：如前面所说，小说赋予它以主观性；而《佩特森》作为一种史诗形式则能够使主/客体范畴断断续续，因而比强调真实的哲学家提供一种更真实的匿名感觉。

所有这一切最终依赖于史诗形式本身的物质，依赖于“诗包括历史”的能力；因此，我们必须转向这点来做出结论。这里历史性的标志被称作偶然性：“最后的狼于 1723 年在威斯惠斯附近被杀死”（97/97）——这种标志本质上是独特的，因为那是通过历史本身的轴心揭示的，而这轴心纵横穿越了无数私人的生活和大量尚未评价的文献。因此，这种史诗性质的偶然性只能从两个轴心的交叉产生，因为历史以任何官方或单一的形式都无法再现（旧的编年史或世界历史人物的模式最不能令人满意），虽然个人资料除非有形式上的准备和规定不可能形成彼此联系：这种准备决不是“语境化”（contextualization）这个讨厌的词现在所表示的意思，因为这些文献的任何一种都可以有多重研究语境，而其中没有一种会被威廉斯真正喜欢，他只是冒险把他的素材主题化并传递一种关于素材的论点。对于这些大量的轶事，不论平凡的还是重要的，真正要做的是把它们置于历史本身的元素之中，作为证据潜在的载体，而对它们最终表达什么或记录什么不设任何前提。它们被集中到一个通过聚焦于历史而照亮的空间，在这个空间里，它们所包含的一切历史性的事物都可以释放出来。人们很容易想到把它们作为历史的声音，作为某种庞大的不同性质的
42 词语库，直接构成这一特定地方的历史时间的回响：正如我们看

到的，除了《佩特森》不是一个地方而是地方的隐匿，这些美国的生活和经验也是声音的隐匿，或主体未能重构他们自己，甚至缺少那些多重的主体性，而这种主体性本身就可以持续并包含巴赫金的一种精神民主的看法。威廉斯仍然不只是现代的，因为他深信这些不是声音而是写出来的文献，甚至还没有写出来的东西也必须由他自己打字写出，以便达到对存在的坚持。

偶然性是以这种或那种方式对现代（或庞德式的微型）史诗形式的最伟大的征服，它超越了现代小说机制中任何可能的东西（但萨特的小说《恶心》却努力从思想和小说方面在那种机制内部重新纳入偶然性）。它坚持抓住短暂的时刻——

大鸟的影子在我脸上掠过——

对过去某个人的短暂一生的记载，在时间和瞬间里都是绝对的——

那年解冻早，我们再次穿过波（Po）——

这里有对时间更真实的征服，而不是任何表示悲哀的东西，因为它们不提供任何结论，并表明时间使事件消失，而不是事件的纪念征服短暂的时间。因此史诗的形式达到它的构成的两种极限：一种显然是庞德的表意符号本身的信息——这里（尤其在第四卷）表述为同系的根据（镭）或信誉——和诗歌的创新：一种现代主义的目的，正如庞德建议的那样，它在经济学里达到顶点。毫无疑问，汉密尔顿（73-74）就是《诗章》里更具美国形式的约翰·亚当斯和孔子，虽然并不那么容易看出威廉斯如何考虑国家银行（罪恶!）的创始人和流产的民族制造业（好!）计划的设计者：也许正是威廉斯的经济思想的这种不确定性（与庞德的过于明确的经济思想相对）标志着一种形式的优势，因为在《佩特森》里，“包括经济”的要求比在庞德的计划里更抽象地、没有具体内容地突出出来。在庞德的计划里，社会信誉表示一种具体政治和意识形态的特征，而汉密尔顿被折回到轶事中的过去，作为失败者之一；而在威廉斯这里，“信誉”和价值一样是普遍性的。

至于史诗以某种方式依据的另一个极点，可以把它视为处于
43 真正的暴力领域，它使这一作品的素材摆脱了过于美国的感伤主义和矫揉造作——那些素材通过无处不在的一种暴力死亡的气氛而得到救赎，因为这种气氛有时把第三卷的那种大火似乎变成了某种装饰和审美的东西。我们说过，这首诗排除了形式的诱惑以投射出古代。但是，《佩特森》里的暴力和死亡可以在更一般的意义上看做是精神和历史、土地和世界之间的一种交叉。因此，真正超越这一美国史诗界限的东西，并不是确切的神话意义上的某种古代的东西，然而它又是与美国现实不同的东西，而美国现实很快将跨越这种地理进行控制和扩展：在《真正的美国性》里已经以一种不同的方式承认，它是以前的文化和生产方式，是美国土著社会的文化和生产方式，但这个社会已经被《佩特森》非常生动地记录的暴力消灭了。于是落在美国社会之外的东西便是印第安人面对这种必然打败并摧毁他们的终极暴力的方式：金特·凯叶的仪式，反抗死亡和处决的舞蹈——它的断断续续的声音（102/102-103）不仅在关键的时刻加强史诗，为记录恢复一种恐怖的统治和帝国主义历史，而且在更深刻的意义上，像是一首伟大的挽歌伴随着史诗并环绕着它的发展，而这种富于意味的音乐在北美白人文化中是找不到的，它是一种面对死亡的姿态，佩特森的居民是达不到的，但是他们的记忆——诗却在其他地方和时间以它自己的世俗历史展开的方式保留了下来。

【注释】

[1] Roland Barthes, *Writing Degree Zero* (New York, 1968), p. 39.

[2] William Carlos Williams, *Paterson* (New York, 1963)；文中的页码前面的指这个版本，后面的指新的注释版本，编者：Christopher MacGown (New York, 1992)；例如 80/80。我应该补充的是，我认为前四卷构成一首完整的诗，第五卷是后来的想法，它削弱了前面的形式，其原因在文章的后面曾经提到。

[3] 文中的参考用 H 标出，后面是页码，第一个指英文翻译本，载 *Philosophies of Art and Beauty*, ed. A. Hofstadrer and R. Kuhns (New York, 1964)；后面的指德文本，*Der Ursprung des Kunstwerkes* (Stuttgart, 1960)。

[4] 见 Allen Ginsberg's reflections on Williams's "new line" in *Paterson*, pp. 174-175/172/174。这里还值得提出 Yvor Winters 从威廉斯和他自己早期的实践中所接受的所谓"自由诗"的规律的基本教育。见 *In Defense of Reason* (Athens OH, 1987)。

[5] 我已经更深入地讨论过这些，关于侦探小说，见我的分两部分的 44
文章："On Raymond Chandler" in *Southern Review*, no. 6 (1970), pp. 624-650；关于医生，见"Celine and Innocence" (*South Atlantic Quarterly* 93.2, Spring, 1994)。见后面文章。

[6] T. S. Eliot, *Selected Essays* (New York, 1950), p. 279.

[7] 见后面论乔伊斯的文章，关于内部系统重叠，见论 *The Magic Mountain* 一文。

[8] For a Williams's exchange with Marcia Nardi, see *The Last Word*, ed. Elizabeth Murrie O'Neill (Iowa City, 1994).

[9] G. W. Hegel, *The Philosophy of History* (New York, 1956), p. 209. 我讨论过阿多诺进行比较的努力，他试图通过自然史和人类历史的互换来实现陌生化，见我的 *Late Marxism*: *Adorno, or, the Persistence of the Dialectic* (London and New York, 1990)。

[10] 猫是更高贵的动物。

二　塞利纳和天真

45　我想谈谈法西斯主义和感伤主义，或许最好说，反犹太主义和感伤主义。这并不是另一种反犹太主义的理论，我们已经有多种反犹太主义的理论——在我自己的传统里，最值得注意的是奥古斯特·里贝尔（August Rebel）的傲慢的评论概括：反犹太主义是愚蠢的社会主义。但塞利纳并不愚蠢，因此值得对此更仔细地思考。

实际上，作为仔细观察的开始，我想后退拉开某种距离，对德斯塔奇斯医生的职业问题采取迂回的方式，这一问题还会用于把塞利纳和另一个美国作家——即威廉·卡洛斯·威廉斯博士——并置（虽然无须肯定相互影响）。

我想通过俄国形式主义的某些信条把医疗实践和叙事问题加以联系。现代时期最富戏剧性的解释行为之一，实际上主要是维克托·什克洛夫斯基提出的，他认为，堂吉诃德这个人物（关于他的意义已经有大量的论述）在任何拟人法的意义上根本不应该视为一个人物，而应该看做是形式主义者所说的一种“方法的动因”。这就是说，塞万提斯——文艺复兴时期艺术－情节故事伟大的实践者之一——收集了大量故事和轶事，为此需要一个“框架”：于是鲁弗尔·康丁内斯骑士这个四处漫游的人物本身就成了一条合适的线索，在这条线索上面，所有的故事叙事都可以以某种方式连接在一起。因此堂吉诃德只是这一线索的名称，这种叙事的支架或“方法”；而为了促成故事和插曲的连续性或使它们合理，则必须赋予人物以某种心理内容，这种心理内容产生出一个行动者甚或一个人物的“影响”，从而后来一代又一代的批评家和评论者可以解释他们并进一步分析他们内心的内容。

在某些北美的文学作品里，医生可以被看做具有某种类似的 46
结构作用：但在这一点上我必须强调，由于法国的社会空间和阶级组织体系与美国的根本不同，我最终的比较（并非完全是威廉斯和塞利纳的比较）如何将受到巨大的限制。因为在美国的社会空间的视域分配中，文学总是面临着一个难以驾驭的问题：即在来自广泛不同职业的、来自城市毫不相关地区的和来自不同阶级的人们当中，如何促成合理的叙事交叉——而对于不同的法国社会，这个问题曾经被“流浪汉”解决。

在这一方面，真正悠久而成功的“方法的促动因素”之一——至少对美国社会来说——是私家侦探：侦探不仅有权而且有职业责任探查这种封闭的、完全不同的社会空间，探访富人也探访失业者，聆听工人的声音也聆听官僚和政治家的声音。因此侦探小说变成了测绘社会空间的一种特殊的工具，一种对它进行X光透视和手术探测的精密仪器；而且，在我们这个时期，它对这种认知测绘继续提供一种特殊的工具，它突破了专用纸皮本或“流行”形式的文类限制，扩展到其他大众文化文类的领域，最引人注意的是扩展到“重要小说”或“畅销书”领域。

但是，为了这种特殊的叙事机制也要付出代价：在侦探和“人们”之间必然持续存在结构上的鸿沟——侦探作为认知的载体和观察探索社会的工具，作为一种认识论的手段；而“人们”或人物是他研究的客体，他们的关系是这种特殊形式加工的内容。甚至今天，侦探与他的或她的（今天更多的是她的！）委托人和提供信息者，与目标和怀疑对象，并不完全是同类的人：符号学认为被阐述的东西应该与阐述分开，而形式主义者早已断定在情节线索或故事与情节构成之间存在着差异。诚然，读者会粗暴地否认这两个层面，虽然并非没有某种模糊的前意识的感觉，觉得侦探的情况（他不断返回，并且，至少在经典侦探小说里，常常表现得古怪和执著，从单枪匹马到备受赞扬）与这些人世间来去匆匆的人物的情况并不完全相同，这些人物的故事一旦被讲完或得到解决，他们就会变得空空如也。因此这里有某种第二位的形式问题，它紧跟着第一个出现：对后者来说，那种现在称作侦探的“方法的促动因素”需要把它的痕迹掩盖起来，并消除形
47 式和内容、侦探和“人物”之间的叙事—本体论的鸿沟。我们会看到，塞利纳的小说，至少《通宵漫游》(*Voyage au bout de la nuit*)，也没有摆脱这种困境。

但是，首先我们要回到医疗并使我们自己相信，在某些情况下，特别是在美国的社会空间里，医生可以填充某些作为私家侦探的相同的叙事和认识论的功能，可以以相似的方式提供一种对美国社会进行认知测绘的工具。或者说，至少普科医生可以提供，如果他仍然到家庭出诊。无论如何，威廉斯医生作为“穷人医生”的经验，与德斯塔奇斯医生的经验相似，为他提供了丰富的素材来源，而一般的故事和小说作者是得不到这些素材的。但还不止如此，这种经验还为他的诗《佩特森》提出了一个独特的结构框架。不只我一个人相信，这首诗是（惠特曼之后）伟大的民族诗歌，是美国唯一的民族史诗。

现在，“方法的促动因素”即医生可以用于一种任意选择的框架，产生出在史诗语境中不宜称作观点或叙事意识的东西：就是说，不可能对“佩特森先生”这个寓言的英雄进行总体化的观察，它包含着威廉斯医生以及城市其他居民的更受限制的观察：

　　　　威廉斯
先生走了

休息和写作。在公共汽车里人们看见
他的思想起伏不定。他的
思想飞落飘散——
谁是这些人（多么复杂的
数学）在他们中间我看见自己
在他的思想的秩序井然的
平板玻璃里，在鞋和自行车前闪耀?[1]

通过与它所包含的每一个个体生活的这种总体化的、寓言的距离，史诗实现了非个人化：

——他们可以生活
在他的思想里，在电话簿里
被听到——

与此同时，侦探故事通过它的观察者的地位不同而确保它的客观性，观察者决不会与他观察的人物具有共同的兴趣和感情。

但是，在文类常规缺失的情况下，主人公内心的某种东西必须保证他的认识论的正确性：在塞利纳的作品里，这将是费迪南 48
德的天真，无疑也是伟大小说首先冲击读者的东西，或阅读的最初质量，因为阅读一步一步地逐渐确定我们与塞利纳的作品事物的基本关系，把握连续爆发的惊讶，与我们看见在我们面前示意的一个又一个的人形成自己的距离。这种"观点"并不完全是现在熟悉的"去中心的主体"的观点，也不是它的反常地中性的非个人化（例如在普拉托诺夫的作品里）：但它不进行判断，而且在这个语境里，也许值得回顾塞利纳（还有福楼拜）的作品，因为对于韦恩·布思（Wayne Booth）为不变的反讽所做的经典辩护（在《小说的修辞》里），对于他对现代文学里的虚无主义和相对论的抨击——失于道德判断的观点——塞利纳的作品可以作为核心的展示和可怕的足资教训的实例。

天真者结束观察的东西总是以这种或那种方式激发其他人，引起他们对尚未理解为感情的事物做出无意义的激烈的反应：这些场景包括从孤立的个体的愤怒到它们在圣维塔斯的整个群体舞蹈中的可以预见的化解，而这一活动本身保证了在这些章节里某些反复出现的进展，或一种重复的节奏，然而并不是确切的叙事。通过如此思索的莫名其妙的行为，这种观察的内容还保留了某些侦探故事的结构：这里，在所有其他人都觉得“自然”和极其人性的东西当中，形式主义者著名的“奇特化效果”产生出一个老实人睁大眼睛不参与的情形。使困惑强化并要求调查和解释的是情感展开的方式：这些情感其他人明显觉得十分正常，而且是其人类状况的不可避免的部分，但通过几乎是自然而吸引人的过程，它们怎么能导致其他人受骗？塞利纳以一种特殊的、难以确认的风格概括了那个时期对群众的看法，即革命的“暴民”，不可救药地没有理性和残忍，难以驾驭和不可预测，只能引发社会的危险。

“疯狂”一词被用来表示这种持久迷人的事件，这种所有个人激情都可能导致的不可避免的结果。它的促动因素，它的直接的借口或社会内容，这些都不重要：重要的是形式本身，它一次又一次在疯狂中重复，集体因疯狂而趋于暴躁，而现代战争是唯一使疯狂绝对形式化的东西：

> *49* 在这个世界上，使穷人死亡有两种方式，一种是在和平时期他的同伴绝对忽视他，另一种是战争发生时杀人的疯狂。如果其他人开始想到你，那是在算计怎么折

> 磨你，只能是如此。这些坏蛋想看着你流血，不然他们就觉得没意思。[2]

爱国主义是这种集体疯狂唯一最奇怪和不可理解的一种——正如德斯塔奇斯医生职业性的关注所表明的那样（在这个例子里，他表明外部的医务观察者如何像所有其他人一样变成了普通的人）：

> 他抓住我们当中一个人的肩膀，像父亲似的亲切地摇摇他，以安慰的语气解释规定，指出最快、最保险的方式使我们回到前方，再受更多的打击。
>
> 不论他们来自何处，只有一条路，那是他们唯一的想法。这似乎是踢了他们一脚。这是新的罪恶。[3]

这实际上同时是范畴和诊断：疯狂是人类上瘾的罪恶；集体实际是“邪恶”的集合，而不顾诱发它的内容，诱发只是一种借口，它可以同样震撼被殖民的人群，迫使他们进入格拉帕中校的审判室，完全像施加私刑的爱国者人群那样旨在把巴达穆送回到前线。

这些是一个真正喜剧作家的重要时刻，而他与卓别林比与大部分小说家更相近，因为让写作叙事包含集体的这种爆发在技巧上是个困难的问题。因此，在形式上，塞利纳写集体的能力对文学史是具有重大意义的成就。然而人们对此想说的第一点是它还不是叙事：在最坏的情况下，可以出现（即从叙事的视角）一种累积的然而单调的节奏，依此各种着迷的个体互相激发形成一个难以控制的集体的爆发；在最好的情况下，这个过程达成某种相互关系，观察者—叙述者最终被驱使着以自己的爆发对这种具有感染力的景象做出反应，形成一种谵妄的攻击，其中有意识的理性限制被突破，带来不可预料的后果，而一般都是无意识的结局。（我的印象是，在《为信誉而死》里，这些情况甚至比在《通宵漫游》里更经常出现。）

50 假如有这种疯狂和谵妄的蔓延，塞利纳的章节中另一种典型的节奏就变得可以理解——中断或停止，努力寻找庇护、休息、沉默，努力在康复的人和其他一般人之间保持某种最低限度的距离。由此医院就成了理想的空间，“在那里，你会觉得被人忘记，不受外界人干扰，不受老板的驱使”[4]。这是对那种职业常规动机的一种有趣的颠倒：现在，医生有各种原因像病人一样躲在医院里。

但是，没有任何叙述的东西可以达成这种结构：费迪南德描写成爱情故事的那些女人（也许莫莉可以除外）最后全都像是群众的拉拉队长。在一些更少见的时刻，集体的疯狂集中于一个单独的高大人物——人们首先会想到《为信誉而死》里的库尔蒂亚——这些时刻至多使侦探或观察者的地位转变成后来者的地位；唯一跨越这一鸿沟的东西是感情，一种几乎不能激发进一步行动的巨大同情：一种悲惨主义或平民主义，可以说它们构成了“穷人医生”的第一个诱惑，第一个感伤主义。

在我看来，这就是为什么塞利纳有些像一个不真实的小说家。在传统的小说家当中，甚至包括左拉，找不到任何一个他的前辈，但他的前辈在不同的、同样光荣的法国道德家之中：因为正是在那里，在他们精确论述的语言里，我们才见到对人类的疯狂和愚蠢以及对人类的“激情”的放纵的诊断——一种看上去大致可与塞利纳专心戏剧化的东西相比的“剖析”。心理学对这一特殊的聚焦并不是最好的词，因为对于人类本性的扭曲，它力图抓住令人压抑地重复的东西并使之持久化；它无论如何都是一种不同类型的聚焦，不同于19世纪伟大小说家的那种对经验性、偶然性和瞬间性的注意。如果像纪德评论的那样，罗彻福考德的格言真正是潜在的微型小说，那么塞利纳就表明了什么样的特殊结构可以被创造出来赋予它们以小说的巨大力量。

然而，非常清楚，那些相同的结构——在塞利纳作品中妨碍叙述的鸿沟——也是他的现代主义的深层根源：因为对一种迷恋的人性的持续回归的这种再现，要求发明并运用一种特殊的语言；一种说不出的罪恶范畴和一种疯狂的形容词的积累；谵妄的、自持的谩骂讽刺和长篇指责，它们彼此激发，可以单独填充叙事的空白，并因此使塞利纳归于普鲁斯特而不是巴尔扎克一边。

但是，像医生（或侦探）的孤立一样，这种非叙事难以长久容忍：这种不可容忍需要费一番周折——以他自己的方式对明显是替罪羊的版本进行启发性的颠倒之后（在巴达姆乘船到非洲的 51
不幸旅途中）——才能解释为什么塞利纳想发明一种真正的叙事（某种我觉得他从未在他的小说中做过的事），创造一个坏人来说明这么多的痛苦和悲惨的存在。我认为，这就是常说的艺术的统一：在书写的作品里，塞利纳尊重形式的限制，因为只有形式首先使他的写作成为可能。实际上，在那些限制里，不可能出现坏人，因为人类注定全都是疯子，并通过人性痛苦本身而提前得到了豁免。

不过，把所有那些变成因果关系和“真实生活”的叙事充满诱惑，而感伤主义是对这种诱惑的让步。如果德斯塔奇斯医生像任何其他古典小资产阶级一样，按照常规和陈旧模式让步，并确认犹太人和布尔什维克是一切痛苦和邪恶的源泉，那么我们就把塞利纳的小说抛在后面，并转向历史及其相当不同的意识形态的病理。

（1994）

【注释】

［1］William Carlos Williams，*Paterson*（New York，1963），1：p. 9.

［2］Louis-Ferdinand Celine，*Voyage au bout de la nuit*（Paris，1981［1932］），p. 82；*Journey to the End of Night*，trans. Ralph Manheim（New York，1983），p. 68.

［3］Celine，*Voyage*，p. 86；*Journey*，p. 71.

［4］Celine，*Voyage*，p. 145；*Journey*，p. 124.

第二部分

三　《魔山》中的形式建构

1. 作为内容的阅读

历险小说遵循饱和原则。所谓饱和原则，指时间和空间被尽可能填满。传统上，饱和原则体现为主人公的疲于奔命，由于情景本身充满了诸如酷热、暴雨等阻碍因素，主人公必须披荆斩棘，排除万难，才能前进，就如同人造卫星进入大气层，必须经历与空气的剧烈摩擦。对读者而言，其乐趣并不在困难本身的重现，而在于对人类时间的乌托邦式的理解。在这种理解中，人类时间的分分秒秒因具备人性的意义而超凡脱俗，换言之，乏味无聊和日常习惯的死寂区域被奇迹般地赶出人类时间。然而诚如本雅明所言，“无聊乃梦想之鸟，可孵化经验之卵”[1]；闲暇是忙碌的前提，或至少是我们感受忙碌的前提；这里讨论的作为前提条件的闲暇，毫无疑问，自然是历险小说的读者起先拥有的空闲时间。读者的闲暇无事与英雄的艰苦卓绝奇妙地对立，并互为陪衬。英雄每次攀岩而上的勇敢行为，都能导致读者心满意足的哈欠与四肢的伸展，这就是所谓的放松或娱乐（放松或娱乐的概念妨碍人们更加深入的思考，在此种意义上，我们或许应该搁置这种概念，或干脆将其取消）。

但更有趣的是，在历险小说这种大众文化作品内部，对此类闲暇的描绘本应出现在自我意识或自省意识缺乏的地方，我们却能从中发现它对阅读过程的呈现。因此，马丁·贝克能够忙里偷闲，从繁重的工作中脱身，把家人送去周末旅行，在腾空的空间和时间里毅然决然地安排自己的闲暇光阴：

> 此外，他还买了一瓶科涅克白兰地和六瓶高度啤
> 56 酒。然后他用星期六余下的时间安装卡迪·萨克号快速帆船模型的甲板，他已经有好几周没时间碰它了。晚餐时，他吃了肉丸、鱼子、奶酪粗面包，还喝了两瓶啤酒。他还喝了些咖啡和白兰地，在电视上看了一部美国老警匪片。然后他铺好床，泡在浴缸中阅读雷蒙德·钱德勒的《湖中女人》，时不时拿起放在马桶上的白兰地啜上一口。[2]

一旦涉及侦探，不管是公交车司机的假期（这正好是多萝西·塞耶斯的一部小说的名字），还是兴趣爱好，都不会使我们惊诧；很显然，警察的兴趣爱好总是比声名显赫但生性古怪的私家侦探要平凡得多，因为后者总是一边养兰花，一边拉小提琴，同时还吸食可卡因。但帆船本身就是此类历险的象征和标志，而帆船模型则是使用帆船空间的借口。如果让一个人日复一日地待在帆船空间里，那才是极其痛苦无聊的事情。但帆船空间可以构成最令人心醉神迷的阅读内容。同时，这类美国式的套盒故事，在具有强烈瑞典特色的现实主义讽刺语境中，并没有蕴含多少微言大义。但我们还是可以就此提问：为什么在小说中插入贝克的休闲场景，能够使我们更加乐于欣赏他经常性的劳苦与困扰？作为大众文化产品的历险小说，对自身的这种独特的指涉，能否归入简·福伊尔（Jane Feuer）所谓的布莱希特式的自省特征？与任何传统看法相左，福伊尔认为如好莱坞音乐喜剧般高度商业化的作品中，都充满了这种布莱希特式的自省特征。[3]

或许“高雅文化”文本必须对自我指涉更加审慎：我记得在左拉的小说中，有一个描写普法战争的场景，其写作形式当处于现代大众文化的边缘，而且已经具备我们已经提到的填充时间和空间以及主人公的疲于奔命等“技巧”。在这一美妙的场景中，一个度假的士兵对洁白的颜色醉心不已，而这种白色让人不由自主地联想到书页本身：

> 洁白的桌布让莫里斯开心不已，在玻璃杯中闪烁的白葡萄酒更是让他难以抑制心头的喜悦。莫里斯吃了两个煮鸡蛋，他从来没有这样贪婪地吃过东西……[4]

现实中的贪婪在读者身上引发相似的贪婪：阅读本身成为一种度假，也就是黑格尔或格诺（Queneau）所谓的“周日生活”。在这种假日心态下，那些平常难以让人欣赏的东西，包括那些最令人厌恶的东西，最琐碎的细节，诸如臭烘烘的战壕、永远湿漉漉的袜子、几乎令人眩晕的瞌睡，都有可能被读者所欣赏。这种欣赏往往具有沉思和替代的性质。

此类写作指向人类现实，同时它可以为人类现实提供一种象 57
征或再现。不管人类现实具有何种自相矛盾而延宕的结构，我们必须调整自己的看法，把阅读看做一种完全异常的行为（即马拉美所说的“绝望的行为”）：的确，在伴随而来的对阅读的解构式阐释中，阅读的这种奇特的人为性得到了一定程度的揭示。对阅读的解构式阐释，总是让那些曾经宣称已经成功获得的或完成的意义分崩离析、难以为继，而那些意义往往具有意识形态倾向。然而，为了考察阅读的比喻意义，弗洛伊德关于货币的阐释值得一提，他认为货币有能力产生象征意义：“后来……对金钱的兴趣开始逐渐显现，这是一种在童年时期所缺乏的全新的兴趣。”[5]他还认为在这一主题中蕴含的延迟至成年和全新的特征“使得早期的冲动［即对排泄物的兴趣］……更易于被新出现的目标所继承”。就好像成年人的关注并没有被那种以孩童时期的欲望为形式的力比多所占据（孩童时期的欲望也就是机体正在成熟阶段的欲望）：从历史角度讲，新的“目标”或“兴趣”（使用弗洛伊德的术语）具有人为的性质，因为它们与发展中的“文明”（或资本主义）相对应，而不是与以前的更加朴真的社会结构相对应，而那种社会结构我们更为熟悉。因此这些“目标”或“兴趣”彼此之间拥有共通之处（最早的写作形式实际上与计算过程相关，即使没有涉及金钱本身）。现在这些新的“目标”或“兴趣”变成了一个个符号，承载着各种不同的无意识内容。换句话说，这些新的符号可以用于象征，而且其灵活程度远甚于孩童欲望的象征，而孩童欲望总是非常刻板地与特定的意义相联系。弗洛伊德自己把金钱同象征紧紧联系在一起，并强调金钱与肛门期之间似乎有着更加可靠的联系，然而弗洛伊德这样做并没什么关系；在这里，更令我们感兴趣的是另外一个成年人的主题——阅读主题——所具有的变动不居的特性，特别是当这一主题被纳入供人阅读的文本本身的时候。

但是，如上述所示（上文中我们使用的关于有机的和自然的语言可能会有失贴切），这些新的体验或现象在孩童时代没有对应之物，并且携带着一些特定的内疚感。关于金钱的体验或现象（把这一主题同弗洛伊德描述的孩童时的欲望相结合，使得问题复杂异常）与阶级体系本身相联系；关于阅读，以及阅读所隐含的娱乐与教益的体验或现象与一种更为普遍的文化内疚感相联系，而这种文化内疚感同样由阶级社会产生。在当今社会中，金钱和阅读仍然受到压抑，从而处于边缘的地位；这个社会好像对阅读和金钱的结构上的不平等，并没有多少内疚感（我想到了亚里士多德关于“美好生活”和奴隶制的观点）。

有些现代作品前所未有地积极投入到与这种文化的令人内疚 58
的同谋关系中，同时又同样积极地想摆脱这种同谋关系。不管怎样，这些作品不会自暴自弃地四处张扬这种文化的内疚感，这种内疚感与休闲和阅读相联系，而且一旦成为一个关于教导或“文化资本主义”的内疚感的问题，就会被人们用各种不同而且愈加复杂的方式进行口诛笔伐。它们能够达到这点，往往通过把高雅艺术同大众文化区分开来，并赋予前者一些独特的跨文化价值，这种价值可以是政治的、哲学的，或宗教的。

虽然文人学者们醒着的时间被阅读占去了相当大的一部分，但在他们的作品中，阅读却起着微乎其微的作用。由于上文提到的原因，这一点并没有想当然地让人吃惊。只有极少数的长篇小说——这些小说中阅读往往是消遣的手段或怪癖的佐证：福楼拜的《布瓦与佩舒舍》（*Bouvard et Pecuchet*）就是其中一例——才能够慷慨地用一些篇幅描述主要人物的阅读体验；即使有某本书的确很意外地发挥了作用，那么它通常也是代表别的东西而已（这很像弗洛伊德的理论，他描述了一个遗世独立的部落，它发展出一套对睡梦中性的解释，其逻辑上唯一无法解释的就是那些有着明确性内容的梦）。

因此，当托马斯·曼在描述汉斯·卡斯托普的学习活动的时候，所体现出的志得意满的样子就显得越发不同寻常了：汉斯·卡斯托普“从家里订购了一些书，其中一些与他的职业有关……但这些与职业有关的书被扔在一旁，他的注意力全在一些教材上，这些教材分属截然不同的领域，对这些领域的兴趣完全占据了这位年轻人的心思：解剖学、生理学、生物学，以及德语、法语和英语的著作，都由村里的书商送到了名为贝格霍夫的疗养院”[6]。对知识分子的阅读，传统理解具有很强的模式化倾向。

很显然，托马斯·曼通过两种途径改变和置换了这种模式化的理解：首先，通过强调书册的物理属性和书本所用外语隐含的所有非透明的、物体一般的特征（以及科学技术的专业术语）。这就是博尔赫斯的观点：书籍本身的物质性用物体、集聚、癖好或执著等主题代替了对行为的评价。托马斯·曼采取的第二种方式也是更加根本的方式，即汉斯·卡斯托普自己并非真正的知识分子（如托马斯·曼反复强调，这是一个非常平庸的年轻人），然而就是他把阅读的行为变成了一个不同寻常的事件，变成了一个不符习惯、不合常规的事物，因此阅读拥有了比喻意义，这种意义需要我们进行阐释。但我们仍然可以相当自信地指出，汉斯·卡斯托普的出发点与马丁·贝克的爱好具有某种微弱的相似，虽然马丁·贝克这位文化程度更高一点的旅行者，在其家乡最主要的商业活动和他本人的职业选择的驱使下，在长达三周的假期中，选择《海洋汽船》作为自己的读物。

59 即使我们通过弗洛伊德关于金钱的理论对阅读进行了类比分析，也并不意味着这种经过精心隔离、凸显并经过陌生化处理的阅读体验，可以在托马斯·曼的作品中被重新转化为某种特殊的象征意义：相反，阅读在《魔山》中仅仅为此类永恒的自我反省提供场合。阅读被确定为文学艺术基本的和必要的特征——由于现代主义具有如语言、缺场、意象和力比多等多种标榜自我的选择途径，因此，阅读作为文学艺术的基本特征，一开始并不容易被发觉——阅读就其本身定义而言，已经把我们囊括其中，因此阅读在任何时候都能够提供机会，为我们触手可及的现实（就像马丁·贝克放在手边的白兰地一样）进行类比阐释：我们可以借取萨特的专业术语“类似物”（analogon），用于基本上处于外在的残余的客观现实，人类的心灵总是试图用自己的观点与这一现实进行比较，就好像在提示自己客观存在性本身的存在——往往以比较为主，而非仅仅着眼于自身。在黑格尔式的或现象学自我意识形态的上行阶梯中，这一比较或许构成某种初始起点，或构成某种基本的脑力活动。

然而，这就意味着我们需要确定的不是阅读本身的价值，而是与阅读几乎零距离地进行比较的东西。把这种东西称为更加根本的建构艺术或建构单位似乎有点过头；把它定义为《魔山》的意义或许在目前更容易为人接受，虽然这话说了等于没说。要想确定托马斯·曼的“现代主义”成分，并确保其结构上的准确性，我们必须用与小说和文本难以分割的初始体验去替代它所表达的内容——即替代它的叙事。所谓叙事，仅仅是一个借口，可以对加诸阅读体验的、或被拉长、甚至稀释的阅读时间的更加具体的现实加以利用——同时，在《魔山》的正典性之外，我们还应该关注其在大众读者中的流行所带来的模糊性。正是在大众读者中的流行性，使得曼的作品从精英现代主义降格为普通层次。这种流行性可以用对阅读本身的系统使用懵懂无知进行解释，当然这种懵懂无知也是相对的：在读者通读长篇巨著的时候，在读者咬紧牙关坚持到底的时候，在读者的阅读能力更上一层楼的时候，对阅读本身的系统使用，能够在读者心中激发出强烈的自豪感。[7]

但如果我们在此把阅读看做一种独特的抽象之物或精英文化的初始因素，或甚至一种罕见而专业的体验，则大错特错：因为要如此强调阅读，并用一定篇幅把阅读塑造成为我们时代的基础低音，从而让人们能够听见它，那么就必须唤醒身体，让它充当这一过程的参与者，实际上也是唯一的参与者。就好像阳台上的汉斯——

夜幕降临，一轮几乎盈满的月亮出现在天空，整个

> 世界如梦似幻。远近都呈现出一片水晶的闪烁和钻石的光芒……（LP267、W271、D380）

60 ——发现月光在黑夜中投射出的影子，就像模仿的事物，存在于魔山自身的表达之中（正如柏拉图的岩洞一样）——所有这一切都应该内化为主人公的思想感情，并把身体自身看做这部作品的内部空间：上文中描写的星空（对康德来说，这是律令的典型体现）在一定意义上而言，必须由休息的身体通过无声的能量和有声的阅读进行重新建构。

2. 羞赧的单子

现代作品总是以某种方式表达感性的内容，这一点可以被大量的作品证明，而福楼拜和波德莱尔首当其冲；然而就在遵循这一现代“传统”（如果“传统”没有用词不当的话）的同时，托马斯·曼的风格具有独创性和独特性。我们固然需要从作家生平的角度对其进行解释，但他的独一无二的风格在文学形式史上的确占有重要的一席之地。因为语言操作系统地提供，或甚至其本意就是为了提供，（根据其内部逻辑）能够支持这一症状的特征，或能够支持一个症候学的特征。症候学同时对最细微的症状和其症候进行观测，所谓这些症候，就是指他们志得意满的鼓励，和身体想要伸展和发展从而发出的细微而永不停歇的痉挛和抽动。当然，我们一旦谈到症状，就必然在某种根本的意义上讨论身体；因为即使是对外在事物所产生的虚妄的机警——一个人物发现有不祥预兆的时候（例如《威尼斯之死》中水泥墙上的塌鼻男子），是最外在于托马斯·曼的时刻——也总是表现为一种身体的姿态，眼睛的偷窥，以及警惕的观察和分析的一种特定方式。

同样清楚的是，这种症状是我们跟自己玩的一种游戏，自其产生
以来就是欲望的替代品，并且是战胜后者的一种途径。自我满足
本身是一种更加强烈的意识工具，本身隐含着一种声名狼藉的东
西，或者说，自我满足揭示了托马斯·曼颓废的一面（他沉溺其
中并因此洋洋自得），因为它好像为弗洛伊德的思想（“无意识将
被意识和自我身份代替”）提供了一种独特的误读方式。在这种
误读中，推崇的不是坚韧不拔的英雄主义，而是退让。这是一种
放任自由的态度，有点类似于瑟茜岛上遭遇的危险（“你们将以
四肢走路——你们已经朝自己将要变成的奇形怪状迈出了一步，
而且你们马上就要发出猪的哼哼声——要当心啊！”［LP247、
W243、D347］）。的确，这种模糊性可以证明托马斯·曼具体的
辩证关系：它仅仅具有表面的自相矛盾，因为很显然，正是压抑
的独特性导致了以下的情形：一个人的退让反而是积极进取，放 *61*
纵恣肆反而是英勇无畏：弗洛伊德的自由联想规则，成为这种双
重性的本质特征：被动即主动，弱点即优点，更别说恶即善——
就像疾病自身、或生命机体、或达沃斯的空气，是否也具备这种
辩证的双重性呢？

然而，显而易见，只有付出一定的代价，托马斯·曼才能够
实现自己的风格。这种代价就是肯定和鼓励这种症候性的自鸣得
意，并形成对身体的独特感觉，其感觉对机体的微弱欲望进行自
恋式的、瘾病式的褒扬。托马斯·曼风格的表达效果，并不在于
那些可圈可点的精彩表达，他与其他伟大的现代主义作家一样，
都在努力建构这样独具一格的创作和表达时刻，这些时刻创作出
这样的句子，即作为事件的句子（LP570、W561、D810）。的
确，在托马斯·曼的作品中，偶尔存在着对这种策略的拒绝。这
并不仅仅体现在曼的这部小说和《浮士德博士》（*Doktor Faus-
tus*）中塑造音乐形象时采取的抑制策略，在这一策略下，音乐

形象始终没有在语言上上升到可与普鲁斯特或乔伊斯笔下的一些场景一比高下的程度。我们还须注意，托马斯·曼对一些诸如写作、表达或模仿的目标等的外在体验，进行更有力的抵制：例如“最后做出了保证，但保证并不是在用法语的交谈中给出的，而是在谈话中断后的无声中给出的，在这段时间里，我们决定阻止我们的故事沿着时间之流前进，而是让时间摆脱任何事物的限制，自由而纯粹地流动”（LP347、W342、D347）。但是对两性内容的省略使托马斯·曼的感性特征与其他现代主义作家更为普遍的对身体的首要关注区别开来；使托马斯·曼的语言表达观念同模仿性更加强烈的语言写作的观念区别开来，后者就像画家作画一样，选定一个模特或对象，然后着手对其进行呈现。在这一症状里，最重要的不是事物的形状或感觉自身，而是它在身体上引发的影响和后果、一种战栗的感觉。这种感觉难以界定、难以命名，依然保持着无人性或非人性的特征，它使一个人做出的判断在肯定与否定之间摇摆不停。因此只有当它从表达本身的非感觉状态中脱颖而出的时候，才能以新颖的方式记录下来，此时，它处于一种疏离效果当中，它的独特性是由于缺乏传统的或熟悉的感觉而造成的：

> 然而不知是陌生人的朝圣气质激起了他的幻想，抑或是其他身体的或心理的因素影响了他，他都无从得知；但他非常惊异地发现，自己能够感觉到内心的障碍在不断地膨胀，这是一种难以抑制的狂躁不安，一种年轻人对异国他乡的热烈渴望——这种感觉异常强烈，异常新颖，或至少在很久以前他就已经因年龄因素而不再拥有这种感觉，并将它彻底遗忘。他站在原地一动不
> 62 动，眼睛盯着地下，双手握在身后，体会着他的感觉，

以及这种感觉的内容和范围。不错，他感觉到的只不过是想旅行的强烈愿望；然而这种感觉的降临如此突然，而又如此充满激情，就好像内心情感突然迸发，甚至某种幻觉骤然产生。[8]

然而《魔山》要比这部作品还要雄心勃勃，因为它的目标是揭示能够解释这种压抑一发生现象的结构本身。在传统表达中，身体性是我们可以通过盖革计数器对句子进行检测观察到的一个事件；在这里，身体性通过阅读过程的特征提前提出，在这一阅读过程中，身体同意从外部世界撤离，并退回至自身。因此现在的问题就变成了用一种推理的方式探讨身体性的功能，并（在汉斯的纯朴和天真的试验性场景中）揭示阅读可以在身体中汲取养分的更加普遍的方式（“你在这里只是一个客人，就像待在阴暗王国的奥德修斯一样？”［LP57、W56、D78］）并借用后者的具体性使自己获得一种密度。

那么最关键的身体特征在这种意义上而言就是身体的温度，具体表现为脸红（不论是微微泛红还是发烫）：这些体验都依然是非正式的、平凡的、非戏剧性的或非官方的，可以用来沟通汉斯的故事和我们自己的生活情形。它们依然可以形成这种联系，甚至对一次脸红经历的记忆（不管是由于用力过度还是感情所致），就可以成为叙事本身详细讲述的第一个真实事件的实质和内容（填充物或填塞物）。在小说中，这一记忆就是汉斯持续发红的脸，就好像汉斯的身体自己胆怯地、徒劳地、做贼心虚地、无声地、微不足道地宣布将脱离主人而独立：“我的脸很烫，”他告诉我们，“真的很不舒服”（LP10、W10、D13），但是同任何其他症状一样，他脸红是很正常的，坐长途火车的劳累和室外寒冷的天气都可以导致他的脸变红，更不用说此地海拔的高度。但是这一细节一直在持续，进而变成了一件令人厌烦的事情：

> 在这里汉斯·卡斯托普惊奇地说，在他新剃的面颊上出现的红晕还没有消失，而且伴随着红晕的发烫感也没有消失：他的脸颊同前一天晚上一样泛着发烧的颜色。他在睡觉的时候，红晕消失不见了，但现在又出现在了他的脸上。（LP40、W39、D54）

这段引文讲述的是他对隔壁夫妇发出的能揭示内情、有伤风化的声音的反应（这种反应本身遵循着《威尼斯之死》的外在可见的、不祥的、更加偏执多疑的方式，在更广泛的意义上而言，这一症状同时包括两者——可以揭示内情的置换，或斑点/瑕疵，
63 以及可以揭示内情的身体反应，不管这种反应有多异常）；但是这些反应持续增多，而且大多数反应都具有同等的理由：例如有些反应就是由巨量的饮食所引起的。这里的病人为了治疗的需要，每个人每天进食五次，而每次的量都非常惊人，而汉斯·卡斯托普拿这些饮食就着啤酒当早点。啤酒、丑闻和室外寒冷的天气——所有这一切为一种概括性的身体上的过度反应提供理由。而且这种身体上的反应逐渐获得了一定的独立性：正如汉斯·卡斯托普高兴地发现的那样，追赶健康忙碌的身体本身："过着一种非常积极的生活，长着头发和指甲，并以物理的和化学的方式忙个不停……"（LP71、W69、D98；虽然这里的引文描述的是尸体的繁忙活动。）

我们可以肯定一点，在一种乏味无趣的意义上而言，这一切迹象都仅仅预示汉斯·卡斯托普发现自己轻度地感染上了肺结核（除非的确如塞特姆布里尼警告的那样，他的"感染"是疗养院自己的官员们发动的恐慌宣传的结果，或推而广之，是那些无知

和迷信的政府及传统所发动的恐慌宣传的结果，而他作为一个信奉伏尔泰思想的哲学家，一生的使命就是同此类政府和传统作斗争）。但在托马斯·曼句子的感觉层面上而言（以及在一种迷恋的层面上而言，就好像以完全不同的方式对待普鲁斯特一样，我们都具有阅读这些无穷无尽的书页的迷恋），他的脸上出现红晕是由多种原因所致，并且由这些暗示和症状逐渐建构起来的发烧状态，同时也通过对外界刺激的零散化和中和化，建构了阅读的身体。

如此，我们肯定触及了所有现代美学的根本主旨：以退让和沉思来界定文学艺术，其中康德的名言“无目的的合目的性”则仅仅是众多说法中的一种。[9]换种方式来说，美学的独立概念好像提供了一种更为肯定的描述，而即使其他一些说法认为纯粹象征性的或虚构性的东西与行为和实践的类型互不相容，它们也强调这种独特的搁置状态。我们在上文已经提到的莱布尼兹的单子概念受阿多诺钟爱，并用之为比喻，阿多诺曾说过，单子概念的提出是为了解决技术哲学的问题。但不管它在这方面多么有效，这一思想在无意中预见性地对艺术本身进行了理论评价。当然，是单子被赋予的封闭性特征同时吸引了其他的读者，因为它很明显地为一些关于作品的经典理论提供了一个戏剧性的新解释，这些理论包括作品的“无目的性”、“独立性”和“纯粹的象征人物”等等。

我们先介绍一下莱布尼兹的这一奇特新概念的三个特征，然后集中讨论其中与托马斯·曼的作品最相关的一个特征。首先，单子的概念假设有轻微差别的不同世界的存在，每一个世界紧邻其他物质和存在（这些世界在范围上可以小至微不足道的事物的 64
存在、难以觉察的石头和其他非生命物体的缓慢迟钝的知觉——莱布尼兹称其为“感知”）。这里单子的封闭性特征具有非常引人注目的意义：并非我们不愿向外观看，而是我们的世界并没有通往其他世界的直接通道。而这一点现在成为世界艺术多元化的特征。

至于对何者为外部的、更加传统的观念，需要提到的第二点就是外部世界已经被纳入单子本身之中，因此单子就是整个世界，只不过是从一个具体的立场看到的世界（从近旁植物的立场看，或从邻近的动物、人类或裸露的花岗岩的立场来看；如此，同样的整个世界只是轻微地有所不同，有时其带来的共鸣性也会略微降低）。在美学术语中，这一观点似乎在重申一种美学原则，即任何文本的创作语境在一定程度上都包含在文本自身身上，就好像某种生态体系构成了文本，而文本则把这种生态体系的痕迹携带在自己身上。（阿多诺把历史定义为单子的内容，是对这一观点的独特而更强有力的应用，因此这一观点可以改写为一种二元对立的不相关性，即文本自身的外部和内部的对立根本不存在，因为任何事物最终都是内在的，虽然其推理过程可能会经历辛苦的折中和调停。）但是同关于一个世界的绝大多数理论不同，单子理论具有其独特的优势，它把这种结构解释为一个整体，尽管这一整体无论在程度上还是最终的细节上都非常难以把握和理解：这是单子理论的第三个特征，同样使得这一概念适用于（建立在文本之上的）美学体验，其适用程度明显超过了对现象学的内部世界信息的适用程度（现象学以类似于单子理论的方式试图重新获得这方面的信息）。

上述特征中，有些似与《魔山》的象征结构相关，特别是与赋予《魔山》叙事框架的高山疗养院相关。无论是作为理论还是作为写作模式，象征概念在今天都已不大令人信服，这应当归因于目前对寓言的推崇；但很显然，象征曾经是托马斯·曼作品批评的中流砥柱，而疗养院则是第一次世界大战之前欧洲社会的缩影，是从前所有那些封闭的社会结构的代表——塞特姆布里尼自己就曾把疗养院比做一艘汽船——这些封闭社会结构的封闭性本身鼓励人们对其进行不同的象征解读。

象征手法在托马斯·曼批评中的优先地位把曼推向了卡夫卡的位置，因为两者都强调影响人物命运的机构的本质。对于这种批评方法我有两点意见。很肯定的是，不仅仅塞特姆布里尼把这一机构视为过时的专政形式，和古代政权权力的虚妄存在，托马斯·曼还曾在其他的语境中说过一些酷似卡夫卡的话：例如霍夫拉特·贝林斯就把自己描述为“为死神服务的官僚”。但我认为在这里和在其他地方一样（例如，在《浮士德博士》中的类似场景与莱韦库恩的性病医生相关），这种卡夫卡式的共鸣仅仅构成 *65*
了托马斯·曼创作的诸多可选模式和风格中的一种（而托马斯·曼的创作，很显然，同其他诸多现代文学作品一样，都比较接近诺斯洛普·弗莱用“梅尼普讽刺作品”所概括的一大类文学话语，而不是接近传统形式的小说）。例如它与更加典型的俄罗斯模式或陀思妥耶夫斯基模式相提并论（正如费尔格先生在描述西伯利亚群狼的时候一样），这种并列同时还说明，这些“模式”或许更应该被看做文学典故。

把疗养院视为“第一次世界大战前的社会象征”，我的第二点意见是，这是《魔山》自己通过结构的设计特别投射出的一种幻觉。《魔山》的结构事先经过特殊的设计，使得它就像瓶中的信件或对流逝时光的追忆一样，产生一种延迟的效果。这种延迟感的存在，并不是由于战争的爆发中断了托马斯·曼当初的设计，他本来准备写作一部长度如《威尼斯之死》的中篇小说；而是因为《魔山》所竭力证明的阅读模式本身正在走向衰落，阅读的衰落迹象当时已经先见性地体现在了（想象性的、预兆性的）各种形式的媒体之中，特别是电影和留声机（例如，另一种机械就是X光，在《浮士德博士》中被当做一个巫婆厨房里的魔法和一个古老的残留物而遭到驱逐）。同样，为成长小说所钟爱的普遍性的结构也遭到衰落的命运，而且正如福兰克·墨罗蒂所指出的那样，这种结构本身在《魔山》出版之时就已经绝迹了。但这两者的雷同并非偶然，而是蓄意的设计：托马斯·曼希望《魔山》在某种程度上具有历史性的遗腹子特征，使它成为一种封闭结构的最后形式，这种封闭结构确保了小说的单子特征，同时这一单子特征在另一方面也得到了证实，即疗养院无处不在，充当着一个巨大的、统一的、延及一切的空间和社会机构。因此这一具有强烈象征意义的机构，自然而然地让人把它同一个外部世界建立起比喻或提喻的关系，当然这一外部世界首先表现为“平原地区”，或山下的“现实世界”。从提喻的意义上而言，贝格霍夫迥异于现实世界；从比喻的意义上而言，贝格霍夫与现实世界相同；语境可以随意地使这两种阐释策略互相争斗，并使其中一方占据上风。但这种阐释对立本身具有的节奏并非我们从小说背景中得出，而是早在其他地方初露头角，对此我们将立即进行讨论。

因此，就是在这一语境当中，我们再次回到作为美学理论范式的单子理论上去。在此我们必须谈及马尔库塞的“文化的肯定性特征”[10]，但这种“肯定性”绝对不是一种积极的特征——它实际上表示文化对任何事物的同谋性——但文化浮于现实世界之上，并充当现实世界的幻影般的镜像（或如同“颠倒的世界”，黑格尔在《精神现象学》中用它来指称可见自然世界的不可见自
66 然法则的集合），从而文化既可以用于对存在现状的含蓄的乌托邦批评，也可以用于思想和象征体验对存在现状的简单的复制和保持，文化因此可以在这两种任务之间来回转换，不为人所察。这一点又可以作为另一个比喻，用来说明文学艺术隐含的自相矛

盾性：文学作品一方面同直接的现实存在相区别，但同时又传达了一种一般意义上的艺术和文化的内疚的模糊性，这种自相矛盾性会受到《托尼奥·克勒格尔》作者的极力欢迎，同时也是《魔山》所极力强调的内容，只要我们还一直被它的魔力所控制——也就是说，只要还在继续阅读。

我们必须第四次，也是最后一次提到莱布尼兹，才能使我们回到文本和文本获得其独特的美学独立性的方式上：因为，虽然仅仅是附带提及，也无论单子理论有多么简单，或在更加复杂的理性作用方面有多么欠缺，但我们还是应该强调单子持续感觉和充当记录的各种细微感觉，或如他所说，感知的工具的方式：即使在昏厥或“无梦的熟睡”中，“我们也不能断言那些最简单的物质全无感知能力……当出现成千上万种细微的感觉，却没有任何东西能够把它们区分开来的时候，我们就会变得茫然而不知所措，就好像我们沿着同一个方向不停地转圈，我们很快就会感到天旋地转一样……”[11]。而恰恰就是这种令人眩晕的“细微感觉”的集合，即使没有构成一般意义上的写作，最起码构成了阅读这种刻意强调感觉和症候学的写作的最根本特征，因为这些细微感觉能够微妙地阅读身体的特征，而阅读的身体为这些细微感觉提供了一种终极样板或单子式的外部环境。

但我们并不能据此认为《魔山》中的脸红（无论程度深浅）——最后一次回到这一症状——仅仅是一种形式手段，用来连接读者的身体和这种阅读机制（如果愿意，我们完全可以有别的选择，例如可以利用呼吸，无论在谁身上，呼吸总是无时不在，随时可以用于这类目的）。但脸红，以及它的社会伴随物，羞愧，都构成了这部小说的核心内容。因为托马斯·曼正是围绕脸红和羞愧，从一开始建构了汉斯与疾病和死亡的关系：并非仅仅是趋于死亡的机体为自己的状况而羞愧尴尬（“这个蜷缩在一个角落里等死的生物，体现出的羞愧是多么奇特啊，他确信，对他的痛苦或死亡，他不可能从外部世界获得任何关注和同情”［LP533、W522、D755］）。然而，在某种更加深刻的层面上，恰恰是疾病与死亡的意义本身成为关注要点：如果疾病同身体的独立性有关（例如健康忙碌的身体——当霍夫拉特兴致勃勃地用粪便学的方式描述尸体的腐烂过程，结果吓跑了汉斯的叔父。这一场景构成了小说喜剧性的高潮之一［LP438－439、W431、D620］），那么我们就需要知道，对喜剧和幽默的经典分析，特别是柏格森的分析，也非常强调身体相对于精神的具有喜剧色彩的独立性。
67 那么疾病在此是否多少有点滑稽，或成为他人的笑料？一个人能否对这样的不以人力为转移的自然事物嘲笑揶揄呢？当然，一些极端和终极的讽刺作品（如斯威夫特）就达到了这样的程度；但这里的情形并没有那么笃定，从一开始起就存在疑惑犹豫的语气：

> 然后他开始吃加了桂皮和糖的米饭，他的眼睛转来转去地看着饭桌上摆满的珍馐美味，和其他六张饭桌上就餐的客人，这些人是约阿希姆的伙伴和病友，他们虽然从表面看不出来，但实际上都受到了感染，现在都坐在那里吃早饭。（LP43、W41、D58）

这种羞愧感的突然出现采取了毫不引人注目的、悄无声息的方式，堪与普鲁斯特笔下的一个重要时刻相比，在那一刻，夏吕斯男爵的羞愧感要强烈得多，他的眼睛“极其灵活，转个不停，只有面对一个陌生人，而且那个陌生人出于某种原因，引发了一些别人所不曾产生的想法时，一个人才会有这种眼神”[12]。但在普鲁斯特作品中，这种羞愧感是一种阐释的手段，它能够产生名副其实的考古学，来解释“他者”和一切难以理解和难以预测之物，并把好奇心铸造成为狂热的激情和病态的嫉妒。而在托马斯·曼的作品中，羞愧是全然不同的认识论的线索：它赋予了汉斯·卡斯托普第一次真正的“思想”（这一思想将逐渐导向“顿悟”［即“redieren”——伍兹将其翻译为“playing king”；LP390、W383、D552］——在成长小说的经典解读中，这种顿悟是不经意的教育的成果）——也就是对施图尔夫人的惊讶，即为什么这种蠢笨如牛的人，也享受着疾病的无上荣耀：“我们总是倾向于认为，一个愚顽之人是完全健康与普通的，而疾病总是使一个人举止优雅、聪明智慧、卓尔不群”（LP97、W95、D135）；这是对启蒙运动构成威胁的第一个思想，在这点上塞特姆布里尼的说法完全正确。可以肯定，羞愧也是打破压抑的迹象，就如同在《威尼斯之死》中一样；其中的志得意满是一种经过训练的违反规则的行为，对此我们已经在前文有所提及，这些经过训练的违反规则的行为许诺为我们带来未知的“教养”提高，这种感觉的确可能会拥有一定的“优点，甚至拥有在范围上几乎无限的优点。他竭力在想象中把自己置于阿尔宾先生的位置，然后去想象，一旦最终摆脱体面生活的负担，一旦摆脱了那些能够带来羞愧的无穷无尽的领域，一个人将会是何种状态；这个年轻人一想到这点，一股甜蜜的狂野浪潮袭遍全身，他整个身体不由地开始战栗、早已不堪重负的心脏也开始狂跳不已”（LP81、W79、D111-112）。

但是羞愧主题，以及对疾病的任何丢脸和不光彩的成分，并没有引导汉斯通向一个全新的解放和自由的境界，却赋予了汉斯眼中最可憎的人物以充分的解放和自由，这些人包括好色的来访者、卧床的病人，以及时刻受着病态的窥阴癖煎熬的一脸严肃的祝福者。在被意味深长地命名为“死亡之舞”的一章中，是读者 *68*

自己为汉斯感到羞愧，在这里，这些垂死者分属各类，令人同情（包括年轻姑娘、生意人、小孩等等），但他们没有一个人能够达到汉斯的高标准：虽然疾病正在这些人身上发挥其最后的功能，但他们没有一个人能够摆脱最细小的自私和缺点。寡妇黑森斐尔德就是活生生的一个例子，她喜好赌博，善于调情，“汉斯·卡斯托普对她的这些毛病不屑一顾，认为她的存在本身就是对严肃治疗的尊严的伤害。因为他在内心深处一直在保护这种尊严，并渴望亲眼看到这种尊严——虽然现在他与他们待在一起几乎达半年之久，而保护这种尊严几乎已经耗尽了他的一切。他从这些人的生命和行为、活动和观点中逐渐得出了自己的结论，但这一结论并不十分乐观”（LP296-297、W291-292、D417）。“没有什么是真正严肃的，”他感觉（299）自己面临着病人不同的态度，同时也面临着不同的命运和性格：

> ［坡柏甫］绝对不是一个能够使汉斯·卡斯托普更加尊重苦难的人；他的妻子也是如此，只是采用她自己的独特方式，汉斯·卡斯托普与之斗争的轻浮易变在她身上发挥得更加淋漓尽致，汉斯希望通过加强自己与疗养院中的受苦和垂死病人的交往，抵消这种轻浮易变的风气，虽然他此举与整体氛围完全相悖。（LP300、W295、D422）

但是虽然汉斯有点刚愎自用，或许正是由于他的刚愎自用，才构成了《魔山》中最动人、也是最恐怖的篇章，这些部分同约阿希姆临终的故事一样，都在描写死亡，其中不乏深情与感伤，采取了主题或理性以外的表达方式。但所有这一切都已经隐含在脸红自身之中——发烧和羞愧一起——同时也隐藏在我们自己阅读的身体和像我们一样寻求与之妥协的小说文本之间得天独厚的交流之中。

3. 独立性和外在性

因此，在这一点上，描写相对细微的感觉——预示全面发烧状态的各种程度的脸红、向我们悉数列举的令人恐怖的大餐、空气本身科幻小说般的无菌状态（空气中“没有香味，没有内容，没有湿度”[LP8、W9、D11]），使所有这些细微的感觉逐渐构成了一种情景，其中可以采取更加复杂的行为；同时，这些细微的感觉还通过身体感受的记忆证明了这些文字的真实性。此外，这些细微的感觉还为名副其实的现代主义读者提供了着迷点（对于那些现代艺术的开创者——坡、波德莱尔、瓦格纳——阿多诺恰如其分地称他们都属于“令人上瘾的那一类”）。但与此同时，
即使是最封闭的单子也需要一些外在或外部世界的感觉，然后它 69
才能万无一失地保护好自己，以免受到外部世界的伤害：比如由汉斯的雪茄（从平原地区送上来的奢侈品）为我们提供的一种直觉，而这支雪茄被新的环境（这一环境既包括机构的环境和汉斯已经被感染的身体的接受环境）逐渐改变了性质，因此，它只有逐渐调整自身，使自己在新环境里能够给人带来的快乐成为完全出自新环境内部的快乐。

然而这仅仅是一个小小的比喻，用来说明内化过程和它建构一个补充的外在性的方式：更加强大的形象被更加公开地建构为阅读自身：这就是新鲜空气卧疗法，汉斯由此首度被带入“横向生活”的神秘地带（LP73、W71、D101），特别是开始把自己身体的其余部分裹在毯子里，使毯子成为身体的套子：

> 约阿希姆打开灯，含着一个体温计躺下了，开始以令人叹为观止的灵活程度，把自己裹在两条驼毛毯子里，这两条驼毛毯子本来搭在他的椅子上。汉斯·卡斯托普看着他，对他的高超技术由衷地佩服。他一条接一条，把毛毯抛在自己身上：首先从左侧开始，然后一路拉上去直至肩膀，接着从脚向上拉，最后从右往左拉，当他完成的时候，他完全变成了一个紧凑的包裹，其中只有头、肩膀和胳膊露在外边。(LP88、W86、D121)

“你会学会的，”约阿希姆对汉斯说，“明天我们必须给你搞到两条毯子……”在这种情况下，卡斯托普有点类似于读者的情形，转向内部，只留下几个身体器官露在外面，例如一个冰凉的鼻子，充当给外界的抵押——它仅仅是提醒外界存在的一个身体部位，而且这一身体的提醒物非常必要，内部的温暖与舒适需要这一提醒物来否定外在或外部现实。单子化过程或独立化过程所需要的一点外部现实——它可以小到“封闭性”概念本身中否定的对象——很显然是纯净化的作品中的最后一丝内容。这种纯净化的作品有点类似于马拉美或福楼拜对《包法利夫人》的理解，他们把它称为“一部没有内容的作品”。它的残余的外在性可以理解为过去，即处于作品之外，并充当作品的历史前提或时间前提：因此关于汉斯的贵族商人家庭的第二章，是对《布登勃洛克家族》的重复。然而它的精髓在于把祖父转化成为他自己的没有生命的肖像和形象——一个“永远都穿得真实而得体”的更加真实的祖父，但“一点也不像他的祖父，而是像一个真人大小的玩偶”(LP27、W27、D37)，或更好一点，像墙上的那些肖像，而这些肖像是这个家族历史的最终产物：用肖像代替真人，或汉斯
70 把这个有血有肉的老人仅仅看做“一个暂定的祖父，而的确也是

如此”（LP25、W25、D34），标志着内化过程本身，标志着能指从作品的阅读魔咒中被抽取出来，然后被转化成为纯粹的表达。在同等的程度上，我们或许可以说——除了小说末尾的战争——作品中唯一的真正的“外来的事物”，唯一真正穿越时间而来的物体，是来自遥远的过去的古代“洗礼盆”，汉斯的祖父曾经在非常庄严的场合下向他展示过这个盆子——这个“洗礼盆”有点像瓦格纳的圣杯，而圣杯总是宣称自己与一段历史时间密切相关，而这段时间与我们进入达沃斯的虚构的阅读时间全然不同。

现在应该非常清楚——让我们遵循维克托·什克洛夫斯基所举的例子，他把《项迪传》称为所有小说中最具有小说性的小说——《魔山》中披着各种复杂外衣的时间——飞快而逝的时间、无聊乏味和苦苦等候的时间、首尾相继的环形时间、一些重大时刻的时间；还包括时间单位时间（“我们最小的时间单位是月份”，塞特姆布里尼解释说［LP58、W56、D79］），同时还包括对事件的自相矛盾的记忆（时间如飞而逝，但在记忆中却绵延长久；空虚的时间令人痛苦地缓缓流过，但在记忆中却只是短暂的一瞬［LP104-105、W102、D143］）——所有这些对时间的呈现，同奥古斯丁的作品一样，经常具有寻根究底的特点，这些呈现本身就是阅读本身的后效应；或阅读的具体体验，通过一定的策略，毫无觉察地替换了真正的、存在的时间。在这部作品中，对真正的、存在的时间的阅读往往构成一个严肃的问题。从这个意义上而言，普鲁斯特具有很强的参考价值，他依靠读者通过个体经验或生平记忆来赞同或肯定，并进而评价他对时间和记忆的描述：没有任何事物能够代替玛德琳蛋糕的体验，这种体验我们必须无条件地接受和相信。但在《魔山》中

> 同［讲故事的规则］一样，时间对我们而言或长，

> 或短，或膨胀而加长，或收缩而变短，其遵循的方式，其变化之程度，与我们年轻的主人公汉斯·卡斯托普的感受无异…… [LP183、W180、D256]

而这些规则恰好是《项迪传》中首先得到阐释的内容：

> 这个月，我比12个月以前的这个时候整整大了一岁；就如同你已经发现的一样，几乎还没有进入我的第四卷——也没有超过我第一天的生活——也就是说，除了我开始写作的这一天，我还需要三百六十四天的生活用来仅仅书写现在；所以，我并没有像一个普通作家那样，在我正在写作的这部作品中向前推进——恰好相反，我已经落后了好几卷的内容——我每天的生活都会像现在一样事务繁忙——为什么不呢？——对此事的记录和观点会占据相当大的篇幅——难道为了这个缘故它们就应该被删减截短？因为按照目前的写作进度，我活
> 71 着的速度必须比我写作的速度快364倍，也就是说，我写的越多，我需要写的也就越多——结果阁下必须读的也就越多。这对阁下您的眼睛会有好处吗？
>
> 这将对我有好处；难道不是我的观点本身构成了我的死亡吗，我发现我可以在我本来的生命中好好地生活；或者，换句话说，我发现我能够同时在几个生命中生活着。
>
> 至于那些一年写十二卷，或一个月写一卷的建议，并不会影响我的展望——我会继续写作，我甚至会像贺拉斯建议的那样，一头扎进事物的中间——但我决不会超过并打败我自己，把自己逼上绝路；万一不行，我会在某一天开始奋笔疾书——一天足够写两卷——而两卷

> 足够写一年的事。
>
> 老天保佑那些纸张制造商生意兴旺发达，我们现在都生活在一个政治清明的时代——因为我坚信上天会使其经手过的其他任何东西都兴旺发达。[13]

那么，这就是针对能够赋予作品单子的这种新内容的一个首选对策；虽然我们与世界相隔离（因为我们被裹进暖和的毯子里，待在一个茧里，并获得人为的新体验），我们依然发现一个新的时间性在这里产生，我们依然可以认为这一时间性在很大的程度上依赖于这种长度；因为如果不是这样，则控制速度和方向的传动装置的变化就根本不会发生。而在小说中，这种变化既是由微妙的自我指涉和叙述变化促成的，也是由以记忆的方式存储的阅读资本的纯粹原始积累导致的。

但长度并不是现代作品固有并逐渐要求的唯一的形式特征：勋伯格的《5 首管弦乐曲》和其他任何表现主义作品——以及一些并非极简主义的诗歌作品——都暗示，即使对极度简洁原则的违反也可以为作品服务（而事实上我们甚至可以证实，《包法利夫人》中的开拓性的现代因素就在于删减和去除）——任何对正常的、习惯性的日常时间的违反，都足以凸显美学接受的过程，都足以在同时使作品作为迥异于外部世界的一个连续统一体被人接受。但是关于冗长篇幅的长度的假设依然是一个基本的形式特征——我们可以指出，这种长度包括它自身的长度和为它服务的长度。虽然事实并非完全如此，它必须寻找内容和途径为自己难以解释的持续性进行辩解并提供理由。瓦格纳的无穷无尽的旋律、马勒的交响乐乐章的无休无止的膨胀、自然主义小说对巨大循环的渴望，在这些巨大的循环中，我们不能确切地说任何一部单独的作品可以终结——所有这些都预示了伟大的现代作家的毕生使命，以及他们几乎无法终结的工作。只要他们的作品尚存，

他们的工作就会提供一种神秘的不朽，创作者生命中的任何偶然的、经验的事情在转化成为作品本身的潜在内容后被美化。这种
72 作品的结尾往往会变成一个关于结束的概念，而不是结束本身：恰恰由于需要创造的是关于结尾的概念，因此格特鲁德·斯泰因关于《美国人的形成》的决定非常具有代表性。她准备在这部小说中“彻底全面地”描绘曾经存在过的和可能存在的任何一类人（她告诉我们，当她意识到她居然能够结束这部小说的时候，就停止了写作）。同样的道理，如果《荒原》是极简主义作品，那么庞德的《诗章》则不是，其原因并不在于它的未完成特色，也不是由于庞德缺乏结束它的能力，而是由于缺乏任何关于结束的概念。随着一页页纸张的累积，我们开始感觉到并怀念这种缺乏（对穆西尔的《没有个性的人》[*The Man without Qualities*]，我们也可以发现一些相同点：用战争这一事实来充当结局，很显然不够充分，但在《魔山》中，战争被聪明地编织在其中，就像有碍睡眠的嘈杂一样，我们总是把睡眠编织在梦境中，借此延迟醒来）。然而在这种情况下，长度受到明确的肯定，被当做想继续阅读的欲望（就像想继续睡觉的愿望一样），而阅读本身，如同前文所述，既把自己当做习惯，又完全沉迷其中：托马斯·曼和他的作品中的任何有问题的成分都来自于这种独特的唯意志论，它以独特的方式承认读者的存在，并热切地恳求读者的关注，而不像绝大多数现代作品所表现的那样，不动声色。

4. 形式—问题：三种情形

无论如何，阅读时间本身必须具有内容：这里我们基本上接触到了作品本身的基本形式一问题，或作品本身的零力矩的问题，即获得一种绝对意义上的单子的空洞无物与隔离状态。而单

子的这两个特征往往很不稳定，难以持久。也就是在这一点上，我们必须建构某种类似于超验美学原理的东西，这一美学原理必须迥异于康德用这些术语所表达的内容，而同费希特的思想更加相似。费希特希望至少能够在想象中建构一种宇宙大爆炸在哲学上的对应物，也就是创造本身的对应物，即假设一旦给定主题和对象的实际存在，我们就可以在一定程度上追溯到一种最初的本原状态，在这种状态下，存在这样一种合理性，它在一定程度上不仅可以证明自身，而且如同实际情况那样，在其得以出现的所有逻辑条件中重新得到展示。虽然两者之间存在有一定的相似性，但我认为费希特的伟大的想象行为同新柏拉图主义的文本大相径庭。新柏拉图主义的文本确切来说，并非来自演绎推理，而是来自叙事，就像过去发生的事情，现在可以通过想象神秘莫测地将其成功捕捉。但费希特的初始场景——因为这也是他的主观意识——在任何时候都是存在的，因此至少在可能性上而言，即使不能被准确地再现，也随时可以被（演绎推理的思维）重新考察：但同时由于初始场景非常抽象（纯粹身份的空洞无物；A＝A，并从中生产非 A；非我；或换句话说，整个物质世界，这个物质世界仅仅是通过恰到好处地提出这种抽象的自我概念，从而 73
在骤然之间诞生的），因此虽然它在自身中包含着所有的内容，但它自己却空无一物，因此无法确切地进行讲述，更不可能被记忆。最后，费希特的这种逻辑情景具有太强烈的述行性，因此无法对其进行精确的阐释，而只能简单地指出而已。所以费希特尽其余生书写前言，继续总结和重复建构这一初始的体系。但是同莱布尼兹的单子概念一样，费希特的这一伟大的演绎推理更明显地与美学范围相关，如果我们不能把这种理论解读为美学在认识论中的投射，我们也可以将其解读为美学的无意识前兆，或预兆。

一旦谈及《魔山》，也需要展开同样的演绎推理：这一演绎推理必须在一定程度上体现从阅读单子的空空如也之中产生内容的过程。但这一过程绝不稀奇，因为“双重性与对立性是所有‘精神’的变动不居的、充满热情的、辩证的原则”（就如同那夫塔所说［LP374、W368、D529］）：“把世界看做分裂的两极，这就是‘精神’”。这样说，就是想说明一点，即这种富有洞见的思想在小说一开始就已经存在；但如同那夫塔和塞特姆布里尼的谈话所示，这一思想本身是文本辩证发展的后期产物。

我们必须重新追溯我们的足迹，回到小说的最开始，当时只能看到最基本的、最初期的双重性，表现为两表兄弟本身的存在，他们构成了贝克特所谓的“虚假的一对”[14]：由两个不完美的个体形成的互补组合：布瓦和佩舒舍、哈默和科尔弗、菲德列克和戴罗耶，更别提福尔摩斯和华生、但丁和维吉尔。我们可以在这些组合中发现各种类型的等级秩序，但他们最关键的特征都是任何一个独立的个体都无法单独存在（而亚里士多德则认为有一种物质或一种独立存在的实体可以做到单独存在：它本身就是一个最初推动者，具有独立自足的特性）。但事实上，我想讨论的是独立个体想要通过叙事建构自我的无能为力，因为仅仅心理学就威胁到任何在主体性之中或就主体性本身讨论主体性或“主体”的行为，然而我们的讨论本身就已经预设并强调个体的独立性。这种个体的独立性，作为一种意识形态，属于自由竞争资本主义的全盛时期。由于这一类作品具有的历史悠久的名称——成长小说（Bildungsroman），即成长或教育的小说——（这里的成长小说是在传统意义上而言），我们不应该先入为主地判断这种教育发展过程的结果；我们也不应该用主观术语对其进行界定（而我们常常用这些主观术语对其进行建构）。我们只需要注意到“两表兄弟在病人群体中形成了一个自成一体的小团体”（LP238、W235、D334）；以及当这个“虚假的一对”解体之后，和约阿希姆在一种最离经叛道的、最懦弱的、最缺乏日耳 74 曼民族特色的叛逆精神中，毅然离开贝格霍夫，回到平原地区之后，我们发现整部作品以辩证的方式服从一种全新的组织原则（对此我们将在下文进行更详细的论述）。

从主体中创造出客体的变色龙似的过程，与从生活中创造出客体的过程全然不同——根据费希特式的原则，自然界伴随自我突然出现——当情欲本身诞生之时，就达到了从主体中创造客体的第二阶段：当我们回到汉斯的儿时记忆，包括关于学生希佩的记忆和关于借铅笔的场景（这一场景，同托马斯·曼笔下的其他场景一样，强调其自身的“重要性”，使那些自以为发现了阴茎象征物的人的窃笑变得无关紧要，但它后来重新回到“成熟”的爱情故事的时候，却具备一种在睡梦中由多种因素决定的梦游般的力量）的时候，同时根据时尚的一种理论，即“双性恋”中自恋情结发挥了根本性的结构建构作用。这并不是要认可或提出任何具体的精神分析理论，这些精神分析理论在今天被解读为多种多样的、并且在文化上和历史上呈多元状态的同性恋。这种自恋情结能够从自我中产生一个他者，即从一个相似物中制造出一个相似物，这一过程依赖关于差异的最小的近似点（拉康的“一元连接线［trait unaire］”），在小说中体现为“亚洲特色的”“吉尔吉斯人的眼睛与高耸的颧骨”（LP123、W118、D167）。不管所指的这一新的补充隐含了多少力比多的含义，正是它引入了一个完全意义上的他者形象：波兰女人克罗娃蒂尔·肖夏，她的意义和功能既体现为性别的差异，又表现为东方特征。

但我们一定不能忘记上文已经提到的症状因素，症状因素在这里使用了它出乎意料的——它的理所应当的或意料之中的出乎意料——令人震惊的力量，因为正是克罗娃蒂尔摔门发出的能让

人的牙齿咯咯作响的声音

> 他们听到时正在上鱼类课程。汉斯·卡斯托普异常恼火地耸了下肩膀，并咬牙切齿地决定，这一次他无论如何都要找出是谁干的。他不仅在心里说着这些话，而且他的嘴唇也做出说这些话的形状。“我一定要找出来”，他带着夸张的严肃表情压低声音说出了这些话。鲁滨逊小姐和女校长都吃惊地看着他。他把上半身转向左边，睁开了两只充血的蓝眼睛。（LP76、W74、D105）

事实上，我们甚至可以说，如果小说中存在着爱情，那也是与一种痛苦的听觉和触觉刺激的相爱，是与一种外界困苦的相爱，这种外界困苦能够促使有机体进行内在的成长和提高。

在这种情况下，如果我们追求的依然还是持续不断的加强和提升的状态，如果自恋主题依然还可以充当一个可信的指导原则，那么我们可以继续坚持并肯定在这部小说中提出的关于“爱
75 情”的更大的概念和类型（并在结束语中展开），在逻辑上而言，从异性外部他者又一次转向艺术理解和艺术消费的内化目标（在关于留声机唱片的高潮性章节中）：音乐因此既是与我最接近的东西，也是与我全然不同的东西，它通过我的占有而成为我的财产，然后我就可以把它看做我的另一个自我，并以一种强化的或超验的黑格尔式的自恋情结来爱它——它同时还可以驱逐死亡，因为一旦我了解了它，我也就了解了叔本华式的对蝇营狗苟的个体自我的废除，我就已经形同寂灭与涅槃了；或从另一方面来说，我已经经历了生命中最根本的体验，因此再不会有所希冀、有所遗憾了。

当然这种假定也并非一无是处，但它的确抹去了小说中的断裂和不连贯性，而这种不连贯恰恰构成了小说的骨架，并导致了小说的各种时间形态。我们同样可以说，这里讨论的初始双重性来自于不连贯的本质，来自于一种几乎带有地质学的特征。因此把“虚假的一对”的初始情景简单化地理解为潜在的同性恋（以期掩饰第二阶段或性爱阶段的出现）是完全错误的；同样，我们也不应该把第三个场景中的一种新颖的、强烈的双重性形式简单地划入关于理想主义的或浪漫主义同性恋的第二阶段，这种新颖的、强烈的双重性形式产生于一些激烈的哲学争论，而这些哲学争论对很多人而言，即使不是托马斯·曼所有作品的特征，也是《魔山》的特征。当然，我们可以援引精神分析的动机理论来解释小说向思想和沉思性言语的巨大转变：不仅塞特姆布里尼从天性来说，还是从性情来说，“非常渴望能够发挥自己的影响力……汉斯·卡斯托普，就他自己而言，同样非常渴望接受他人的影响”（LP149、W146、D208）：这一症候群有点超出了亲法西斯主义的暗示性（如同在短篇小说《马里奥与魔术师》中一样），虽然家庭历史好像为这种接受教育的能力提供了俄狄浦斯情结式的先决条件。

但还有其他一些先决条件，需要我们将其纳入一种情形进行考察。这一情形一直在向我们说明汉斯的普通性，从而表明其故事的相对的非个人性。例如作者（在向汉斯本人告别的时候）迫不及待地提醒我们“毕竟，这是你的故事，它降临在你的身上，你身上发生的这种故事远比我们认为的还要多”（LP715、W706、D1021）。他自己同时小心翼翼地在前面的追述章节中，埋下一颗关于另一个社会的、历史的故事种子。在这些章节中，面对资本主义世俗社会的各种欲望和追求，作者让汉斯流露出一种根本的不屑一顾，他无法“把工作当做一种积极的价值、一种能够证明自身合理性的原则”（LP34、W33、D46）：这种态度在托马斯·曼的作品中还没有成为一种积极的东西，但仅仅是一种匮乏状态，只有在特定的情形之下（例如这部小说中一些情形），这种匮乏状态才会具有某种价值，产生某种意义：

76 > 在这样一个时代里，我们已经无法满意地回答诸如“为什么”或“要达到什么目的”等永恒的问题，如果一个人能够获得超越常人的成就，但同时又无欲无求，要么他具有非常罕见的、英雄气的超然物外和坚定不移的道德观念，要么他具有异乎寻常的强大的活力。（LP32、W31、D44）

汉斯并没有被这种魔鬼般的力量驱使（卢卡奇早已在现代戏剧中将其定义为一种形式一问题，在现代戏剧中，只有病理和症状才能导致真正的行为[15]），因此对汉斯的人物塑造是托马斯·曼提出的卢卡奇其他理论的对应物。卢卡奇的这些理论与司各特的平庸主人公相关（卢卡奇是在讨论到底什么样的小说才能真正构成历史小说领域的成长小说时，提到这一点的）。[16]但在诺斯洛普·弗莱提出的小说形式的循环型阶梯中，汉斯并没有沦落到反英雄的境地。反英雄往往没有任何动机，而且被剥夺了一切，充其量也就是具有一种“高尚的拒绝”的英雄主义。我们在前文曾经几次蜻蜓点水地提到，至少从主人公不断发展的主体性上来说，这是一部成长小说。在这部独特的成长小说中，问题的关键并不是发展强烈自信的主体性和个性，而是根据叔本华的理论，摆脱这种强烈自信的主体性和个性：因此汉斯的开头在一定意义上而言就已经是他的终结，这种超然物外和缺乏动机本身就是发展所需要的奋斗目标，虽然我们假定这一目标“处于较高的层面上。”

5. 两卷本的设计原理

但恰恰就是这一较高的层面——这一层面具有模糊的辩证的或发展的螺旋结构，以及各种未经详察的教育和成长的模式——需要我们首先进行解释，我们必须通过假设对其进行阐释。但这种阐释并不着眼于其内容（在某种对“发展”的新的理解中，其内容可以是心理学的、精神的或主体性的），而是着眼于其形式的创新；更确切地说，着眼于托马斯·曼所独创的一种新的形式范畴，虽然这一形式范畴在其他一些伟大的现代作家的作品中不乏相似者。此处最重要的批评参照是普鲁斯特对福楼拜的赞誉，普鲁斯特称赞后者“是这样一个人，他凭借对限定式过去时、非限定式过去时、现代分词、某些代词和介词的全新而个性化的运用，使我们的世界焕然一新，其功效几与康德用其范畴、认识论和外部世界现实论所达到的相同”[17]。当然康德没有发明这些范畴本身（我们把这些词语的创建归于亚里士多德），就如同福楼拜并未发明现代法语的时态体系一样；但在一定意义上而言，康德的确通过系统化把这些范畴“创建”为一个概念，从而使这 77
一术语现在好像表示一个置换模式的统一体，而不是一个类属词汇，用来表示一个由语法特征随机组成的集合。根据普鲁斯特的充分的比较（普鲁斯特在另外一篇文章中否认福楼拜具有任何独特的比喻力量），我们可以这样认为，福楼拜对时态体系的系统的再组织是一整套关系（一般过去时和未完成过去时两种时态的转换，往往表明了叙事方向和速度等叙事控制机制的转换，而任何一个时态术语身上并没有携带任何永恒的具体的时间意义），标志着叙述领域一个全新范畴的出现——是一个范畴，而不是一种类似的新的形式。用“范畴”一词，可以表示一种全新的故事类型，或组织故事讲述过程的一种全新的“技巧”。电影意义上的剪辑穿插（《包法利夫人》中的乡村交易会场景中创造了这一手法，而后被乔伊斯略加调整，用于《尤利西斯》的“漂泊的石头”一章）可以被认为是这种意义上全新的技巧；然而与法国大革命同时代的英国哥特小说，有时候被用来制造一个全新的故事类型。同样，这一新范畴的观点并不等同于一个新模式的观点，就如同哈米特和钱德勒认为侦探小说是一种全新的表达模式一样。当然我们更不能把这种新范畴等同为在任何（福楼拜之后的、但不包括福楼拜的）现代作品中随处可见的类似风格。作为一种新颖的形式范畴（当然免不了有一些历史上的先行者），它可以用来说明乔伊斯在《尤利西斯》中的章节划分。《尤利西斯》的章节划分只有在两种意义上才具有合理性，即《尤利西斯》与《奥德赛》的对应关系，以及其他主题意义的确定（身体的部位、颜色、修辞格，如此等等）。很显然，福楼拜的《情感教育》中章节的巨大膨胀，标志着与此前的或传统的小说写作方式的决裂，并赋予章节整体性的概念本身一种独立性或半独立性，而这种独立性或半独立性前所未有：现在章节的长度和划分章节的特征把自己塑造成为一种相对独立的艺术语言，这一语言的调整和使用既可以独立于叙事本身和叙述语言的组织，也可以对叙事本身和叙述语言的组织构成补充。

术语“层面”以引人注目的方式出现在这里，它的意义在于暗示了小说和其他艺术的相似性：人们对绘画或音乐出现了新的兴趣和关注，在这些艺术领域里，在形象建构之外出现一种关于绘画本身风格的补充性兴趣，从而对以前的、更加程式化的观赏方式形成补充。然而这一术语也具有误导性，因为它好像在表明这一新事物本身就是基本要素或媒介一样的东西（当然，就像对油画的纯粹的绘画性或乐器的音色的强调一样）：在章节划分处，

一种纯粹的虚无的联系性受到挑战，因此当章节形式的独立性引 78
导乔伊斯赋予他的每一个章节不同的风格，并对每一个章节从内部进行重新组织的时候，这并非内容变化导致的结果，甚至也不是一种新的叙事概念所导致的结果，而是如康德或福楼拜的时态所示，是一种抽象结合的新体系所导致的结果，而小说内容就是通过这种抽象的结合得以表达。

我们在《魔山》的发展中发现了一些类似但不失独特的东西，在《魔山》中，很显然，后面的章节改变了前边章节表达的更加个人化的主题和体验，把这些主题和体验重新塑造为政治和哲学层面上的思考。但恰恰就是这种分类计划的性质在这里构成关注的要点，因为好像是文本自身创造并呈现了这种分类；我们似乎可以猜想，有某种更加深刻的形式原则在其中发挥作用，甚至赋予传统的个人与集体的二元对立——如果这的确是小说的关键的话——一种我们可以清楚地感受的发展主题。但谁能认定与克罗娃蒂尔的恋爱故事就是特别地个人化，或甚至比与那夫塔和塞特姆布里尼的对话都更加个人化？我们需要把眼光投向别处，来寻求答案，解释在这里到底改变了什么，克罗娃蒂尔的求婚高潮与第一卷的结束不谋而合，因而好像揭示出某种意义。

从另一个角度来说，毫无疑问，这种两卷本的格式完全是偶然事件：这一格式在英文译本中也的确被清除掉了，虽然在任何一个一卷本的德语版本中，这种两卷本的格式一直都被保留着，其中前五章依旧被命名为“第一卷”，而超长的第六章和第七章则对应于以前的整个第二卷。很显然在章节划分本身上有一个不同的“范畴”在发挥作用，其中神奇的数字“七”曾引起众说纷纭，它能够为组织材料的这种独特方式提供更深层次的动机（或许还能够为小说的长度本身提供更深层次的动机，这部小说必须忠实地一路向前，直至第七章，也就是最后一章，方能停止）。但相当引人注目的是，这种两卷本的组织体系与七部分的章节序列相互对立，而且上文已经提到，章节之间的长度极为不均衡，不管需要编排的章节的数量本身有多么重要，这种不均衡还是表明，它们的内在统一性很显然随着各自长度的不同而不同（在第一卷中，每一章的长度依次增加，并且以 25 的倍数增长，分别为 25 页、75 页、125 页和 250 页；而最后两章为 300 页，在页码分配上要比第一卷均衡得多）。在这里我想说明，我们必须面对几种迥异的分类模式的叠加，诚如列维-斯特劳斯在把传统的历史叙事用类比的方式拆解为一些完全不同的体系的时候，他很可能会用这种方式为这些组织原则命名。

我们现在开始称为“两卷本的原则”并非简单的偶然事件（即使它是由于出版的需要而导致的偶然事件，那它也早已经被
79 作品吸收，并内化为一种纯艺术的需要。就像霍夫拉特·贝林斯星期天系列绘画所用的画布的瑕疵一样，这些画布偶然的“粗糙的质地……被巧妙地用来表现皮肤天生的凹凸不平”[LP258、W254、D362]），两卷之间的间隙本身还揭示了（汉斯品尝爱情禁果的情景被两章之间的空隙略去了）对风格的组织安排：因为第五章以一段用法语写成的疯狂的爱情场景结束（“别忘了把我的铅笔还给我”），而第六章则继续以缓慢的节奏进行深刻的哲学思考（“几点了？”“现在是什么时间？”）。这种风格上的转换与鸣奏曲中乐章的转换相仿。而且毫无疑问，托马斯·曼当初在建构这种风格转换的时候，他心里所想的正是音乐本身的范畴，因为他为马勒对他的作品表现出的兴趣无比自豪，甚至大吹大擂：“无论你们有心无心评判我的艺术作品，我所弹奏的从来就是好的乐章”[18]。那夫塔仅仅出现在第二卷也并非无关宏旨，他的出场用“还有人”大张旗鼓地进行了宣告，而克罗娃蒂尔稍晚出

场，就像被降级的乐旨一样，从首要地位下降到次要的、功能性的地位。

无论如何，我们不应该在章节本身的思想内容或叙事内容中去寻找这种“两卷本的原则”的动机，而是应该在文学史上的先例中去寻找。或许这种先例本身的确可以解释（或至少支持）后来更加“哲学化”的（存在主义的/政治的、个体的/集体的）阐释冲动。因为在我看来，这一先例不是其他，而是歌德的《浮士德》的两部分，这一两分法以其宿命般的对称性而受到特别的强调。这一对称性由长达整个一生的间歇分割而成（《浮士德》第一卷的主要内容完成于歌德的年轻时代，而第二卷在 1832 年歌德去世前夕才得以出版，差不多是在 60 年以后了）。但歌德事先为这种二分结构提供了理由，他借用了靡菲斯特之口，后者正在描述返老还童后的浮士德将度过的新的一生：

> 首先是这个小世界，接着是这个硕大的……

靡菲斯特在这里的意思是，从偏僻的田园风光式的德国农村，到神圣罗马帝国在维也纳的都市宫廷的转变；同时也指从与格雷琴的个人恋爱故事到第二卷的国家事务的转变（其中甚至连“浮士德与海伦娜”之间传奇的婚姻都是上层政治的产物，是一种哲学的“政治理由”）。我们可以把这两段内涵截然不同的伟大时间的并置同另外一种时代的对立或双重性进行比较，例如可以与由柏克和康德晚近在美与崇高之间确立的对立或双重性进行比较。但在这里我们可以更加准确地遵循卢卡奇的观点，他在歌德和黑格尔之间建立了一种更加深刻的意识形态的共鸣，来确定他关于《浮士德》和黑格尔于 1807 年发表的《精神现象学》之间“选择 80
性的相似点”的观点。黑格尔的《精神现象学》对我们而言在任何情况下都具有相关性，并不仅仅因为它经常被人描述为一部成长小说，甚至也不是具体地因为在形式影响方面和文学典故方面未曾言明的作用，这种作用在马里沃的《成长小说，玛丽安的生活》得到完美的体现——这部小说是歌德之前使用这一形式的极少的例子之一，这一文本很明显地把黑格尔拉入到我们目前这一类形式的参考体系中来——而特别是因为有如此多的人乐此不疲地在《魔山》中寻找各种“辩证”性的特点（我们自己也将继续这样做；详见下文），尽管托马斯·曼声明自己在哲学观点上同反黑格尔的叔本华相近，而且他（同本雅明一样）对黑格尔的思想表现出相对冷淡的态度。

但依目前分析之精神，我们应该调查《精神现象学》在这方面的形式，而不是去比较其内容的各个时刻：我们在此也发现，一个最基本的章节划分在结构上发挥着重要的作用。黑格尔在组织各个相互独立的场景，并使之相互对照时，遵循着一种音乐般的节奏，各个不同场景之间的空白，标志着几乎是体裁类型式的叙事方向和速度的改变，区分出不同的时间和节奏、不同类型的事物（认知的/经验的、神秘的/分析的）甚至不同的历史时刻。虽然黑格尔的作品赋予（陈规化的）三合一组合（或实际上的三位一体）很重要的意义，但我们依然发现我们讨论的这些章节以根本的（二元）对立方式建立起彼此相对的关系：这八个章节的组织方式，同歌德两部分的简单性不可同日而语，但可以与托马斯·曼的多重划分的复杂性一较高下。[19]在《精神现象学》中，我们被迫特别关注两组独特的矛盾所具有的切分效果或非同步的效果，这两组矛盾相互抵触，贯彻始终：其中一组是意识和自我意识之间的矛盾，而另一组是一般的意识现象（包括前文提到的两种情景）与“精神”现象之间的矛盾；换句话说，是个体的和集体的或文化的现象之间的矛盾：因此，在这里，生活与自省之间的矛盾与另外一组矛盾相互对立。后者虽然看起来有点像传统的个人与社会的二元对立，实际上是对传统的个人与社会矛盾的暗中的替换和重新组织。在此的确有一些看起来是普遍的、非个体性的事物，如科学本身，被归入意识范畴之下（而意识范畴好像一直包括个体性的或经验主义的内容），而一些特定的伦理体验被归入精神（Geist），或类似的客观精神。而今天我们会用精神分析法来对待这些伦理体验（道德寓意，或所谓的“高尚的灵魂”）。（这一点与《魔山》中的“话题顺序”具有明显的相似之处，在这部小说中，汉斯对科技书籍的阅读和对有机生命的沉思为第二卷中关于社会和哲学秩序的大讨论做了铺垫。）

但在传统上，《精神现象学》往往被比做成长小说，因为它 *81*
好像从一种纯感觉的状态（即第一个场景，关于纯身体的感受和对“此地”和“此时”的有限呈现）一路发展下去，成为没有实体的意识。这种意识通过容纳万物的理解，特别是通过一种来之不易的观点，即任何发生的事情只能以它发生过的方式发生，超越了所有的历史，在自己内部囊括了过去所有的历史阶段，调和了所有的争斗和流血冲突，以及所有那些彼此难以相容的激情和意识形态。然而这里让我们特别感兴趣的却是这种上升效果本身，即这种形式阶梯的“效果”，这种形式阶梯被看做各种坐标或分类模式叠加的结果，而这些不同的分类模式通过彼此的对立从对方中创造出“更高的”或至少相反的“层面”或情景。这是一堂关于形式的课程，而我们永远不可能从叔本华那里学到这堂课。但它部分地来自于黑格尔和他的《精神现象学》中的一些“观点”，即使不是来自文本本身的话；虽然我依然有所保留，认为这其中还有一种更加深刻的黑格尔式的东西，讲述“爱”的终极体验，其实质上是对他者的内心化过程，而汉斯最终将会达到这一境界。为了下文的方便，关于黑格尔我们还应当注意，当我们面对更多历史的和文化的因素的时候，不仅仅是独特“场景”的概念，而且是它们逐渐增强的差异性，让我们从《浮士德》第二卷和《魔山》的末尾的有利位置出发，对这种更加严重的松散的不连贯性加以关注。

6. 矛盾的变形

不管怎样，我们现在需要考察一个问题，即为什么在这一过程中需要这种关于一般的哲学（而且经常是修辞）讨论的二元论。虽然在那夫塔和塞特姆布里尼之间发生的最后一场哲学讨论中，他们的争论好像达到了自省的程度，其中涉及了知识分子的本质（在这种共谋的镜像中，那夫塔是耶稣会会员，而塞特姆布里尼是共济会会员），讨论了修辞和雄辩的价值，以及终极的文学和语言的价值：那夫塔对维吉尔的诋毁尤其导致了最终的灾难。但我们还是应该明白，一部隐蔽地质疑“文学”的现代主义作品，不仅使自己超越了文学的范畴，而进入一个更加安全的超文学的范畴，而且对曾经写过一部冗长的开拓性文本《一个与政治无关之人的思考》（*Betrachtungen eines Unpolitischen*，写于战争中，发表于1918年）的托马斯·曼而言，“文学性”——而文学性远远不是现代或现代主义唯美主义者的真正目标——往往采用法国特色的“文人学者”方式与政治性相结合，这种结合在公民意识的层面上早已实现（这一传统可以从伏尔泰追溯到罗
82 曼·罗兰）：因此那些在今天标榜为“文学”的东西——也就是一般意义上的高雅艺术——通过那夫塔对它的攻击而在另一种意义上获得拯救（大众文化本身，以一种独特而又极为睿智的方式，与视觉艺术特别是电影艺术和电影时间相联系，并往往具有浅显易懂和随心所欲的特征［LP316ff、W310ff、D445ff］）。同

时，这一联想似乎对塞特姆布里尼的大胆的断言——“没有任何东西与政治无关。任何东西都是政治性的”（LP515、W505、D729）——提出质疑。实际上，塞特姆布里尼的断言可以被看做此类现代主义的初始阶段，其中包括庞德和马雅可夫斯基，而托马斯·曼自己则从20世纪20年代起，就更加全心全意地以明显而公开的方式支持这一观点。

但是二元论的习惯——

> “形式”，塞特姆布里尼说道；然后那夫塔气势汹汹地接着说道：“逻各斯”。但不相信逻各斯的这一方回答了“理性”，而支持逻各斯的这一方回应以“激情”……“客体”，一个吼道，另一个则大叫：“自我！”“艺术”与“批评”被抛来抛去，然后是更多的“自然”与“灵魂”，以及在这两者之间，哪一个更加高贵并与“贵族问题”相关。但整场讨论既没有遵守秩序，也没有搞清问题，甚至连二元论的观点和固执的观点都没有。事物不仅针锋相对，而且乱七八糟。辩论双方不仅互相拆台，而且在各自拆各自的台……（LP466、W457、D659）

——在《一个与政治无关之人的思考》中得到具体的体现，其中托马斯·曼自己以第一人称讲述一种国家精神：“音乐和政治之间的真正对立，德国和文明之间的真正对立”（24），后一对矛盾被纳入到当时斯宾格勒理论（Spenglerian）对现代社会作为文化的相对物的机构和科技的接受当中。《一个与政治无关之人的思考》——一部怪异而令人上火的非书之书（non-book），其中明显地以排泄的方式，释放出一股文学与语言学的力量之流，托马斯·曼自己后来为此进行了辩护，把它描述成为一种“诗歌”（“近乎于诗歌”）——既非艺术著作也非完全意义上的议论作品——是在托马斯·曼和他哥哥亨利希·曼（Heinrich Mann）之间发生的冗长的爱国方面的争论。托马斯·曼认为自己的一篇关于弗雷德里克大帝的文章受到了攻击，这篇文章发表于战争初期，很显然是一部国家主义的作品，因此他撰写本书进行回应。《一个与政治无关之人的思考》让人流连忘返，首先因为在各种各样完全料想不到的地方和话题上都发生激烈的讨论（这一点非常像后来在塞特姆布里尼和那夫塔之间发生的讨论），还因为书中所有的二元论都意味深长地呈非对称的辩证关系，而不是完全对等的双重性。然而如前文所示，这种表面上的爱国主义根植于一种弱势的地位；托马斯·曼的讨论建立在一定的意识之上，不仅德国是受伤害的一方（正如他自己一样），而且法国（以及与
83 法国相连的价值观、“西方”、文学、政治、文明、民主等等）是霸权强国，因此任何为德国的辩护肯定是反动性的。因此，为德国的辩护将是非政治的或反政治的；或者，这种辩护的政治性必须是反政治性，必须是美学的，而不是政治的，诸如此类。然而在这种情况下，对唯美主义而言，其问题——作者自己已经认识到了这一问题，特别是当他最终决定终止这一对话性的或论战性的独白的时候，而这一独白可以被无限制地拉长——是这里以德国的名义所维护的反讽和唯美主义依然不具备足够的反讽性和美学性，而且托马斯·曼在这里依然采取一定的立场，并有所辩护，从而占据了两个根本对立面之一端。然而根据其中的逻辑，他应该在一定程度上心平气和地保持超然的态度，而不应积极介入其中。他因此依然是一个故事人物，而不是“作者”本人；对这种介入态度的消除——以及一种随之而来的视野的改变，这种视野的改变导致了一种更加重要的结果，即对以前的“亲密的敌

人”所具有的“法国的”政治和美学观持一种更加理解的态度，现在这种“法国的”政治和美学观被塞特姆布里尼的自由主义所占据——就是我们在《魔山》中所观察到的内容：首先通过真正意义上的消失，即从带有任何此类法国特征的“多国音乐会”中消失；然后通过对德国立场的真正抵消，在小说中，表面上由主人公和他的表兄所代表的德国立场，被小心翼翼地弱化为秩序性和准军事服从性等德国文化习惯（这是一种压迫的形式，它为强大的力比多的“突破”扫清了道路，而托马斯·曼就是表达这种“突破”的史诗诗人）。现在，国家之间的对立被重新组织为其他不断变化的二元对立，其中法国和德国之间的对立所引起的担忧在一定程度上被欧洲和亚洲之间的对立所代替，当然还包括其他一些形式的对立——启蒙运动与中世纪天主教相对，罗马传统与犹太教传统相对，自由主义与共产主义相对，诸如此类；而经典的中庸解决之道——德国自己处于法国和东方之间，或处于西方消费主义和东方集权主义之间——也失灵了（我们可以参照《浮士德博士》，它主要提出问题，而不是解决问题）。

也就是说，在《一个与政治无关之人的思考》中创造出的辩证对立的动机本身在这里发生了变化，虽然它还保留着作为一种原材料被创造出来的地位。在此我想说，这种矛盾或二元对立的原则本身是对上文提出的费希特问题的确定回答：主体如何建构出客体，或自我如何建构出自然，或阅读如何建构出内容？

在这方面，我们不应该以一成不变的眼光来看待这些二元对立，而是应该以敏锐的眼光密切关注这些二元对立如何变化，如何重新组合：首先，这个由表兄弟俩组成的“虚假的一对”与其他的民族相互对立，而后又同塞特姆布里尼相互对立，塞特姆布里尼被认为即使不是“魔鬼”，起码也是罪名昭著（这种看法与他后来充当的角色相去甚远，因为他后来成为最坚定的人文主义

者和理性、光明以及相对而言比较温和的资本主义自由主义的代
84 言人)。然后，人物克罗娃蒂尔在一堆难以分辨的、由各种具有喜剧色彩的民族组成的人群中出现时，她身上具有一种色情的含义。此时一个新的二元对立随之诞生，把她同塞特姆布里尼相互对立（或更准确地说，把塞特姆布里尼同她相互对立)：因此她被明确地当成瑟茜般的人物形象，因为她通过瓦普几司之夜的魔法和狂欢，把汉斯牢牢地拴在这一中了魔法的山上，从而把他同死亡与幻觉绑在一起，吸引他的注意力，让他忘却现实世界的生活职责，而塞特姆布里尼一直试图让他承担起这些职责。此后，当塞特姆布里尼和那夫塔之间的确定的对立最终出现的时候，我们发现，一个新人物明希尔·皮佩尔科尔恩的堕落使得两者成为“背靠背的对立关系”，明希尔·皮佩尔科尔恩以完全不同的态度看待两人，把他们分别看做理性和学术的代表，把两者分别当做身体的消耗和生命的欲望，从而使他们相互“抵触”。

塞特姆布里尼和那夫塔之间的辩论一直被恰当地看做这部小说中二元对立的核心所在，而且那些零散的观点和随意闲聊的话语，被出人意料地梳理成为哲学思考的高雅主题，变成了真正意义上的柏拉图研讨会，其中贫乏无聊的程式化言语层出不穷，而且各家之言都从完全相反的方向，激发出汉斯的激情和信仰（以及读者的激情和信仰)。托马斯·曼自己内心的混沌——或许有人会说，他生性对这些混沌情有独钟，并且对每一种矛盾详加阐发——在读者立场的来回波动中发挥了不小的作用，然而对读者的立场进行评价，又必然陷入客观性和历史性的混沌之中。

对这些对话而言——这些对话中二元对立的精神本身突然间获得这方面的主题，并上升到自省的高度（我们已经引用过那夫塔首次出现时对话的明确的主题意义和自省意识［LP374、W368、D529］)——它们的内容功能是扬弃，此前把疾病和身

体的衰败以不同的方式置于截然不同的、更加知性的层面上，这一层面最终被证明为政治学和更广泛意义上的政治理论——虽然第一次交锋非常符合逻辑地以当前的国际形势展开，这一话题使得辩论双方都能够很方便地一方面讨论教会，一方面讨论世界共和国，同时还能够不经意地提出一些重大问题，诸如国家主义、殖民、一种“资本主义生活观”、经济学，以及寂静主义和躬行实践的对立。

在高潮性的第三部分中，矛盾双方与身体、堕落、内疚、折磨、受难和疾病息息相关：从而支持和确认它们的意义上升到“更高层面”，这一层面是逻各斯的、政治哲学和形而上学的、雄辩和知识分子职业的，因此应该加强这些话题的敏锐度，使其在 *85*
第三部分中，矛盾双方发生这一意义上的联系之前拥有意识形态的——或更好、拥有“世界一历史的”——意义，它们必须确保崇高的世界观（在第二个对话中）的出现，而现在矛盾双方更多地和生与死、光明的力量与黑暗的力量联系在一起。关于知识分子的职业问题，将在下文，也就是在这些讨论的次要阶段进行探讨，而这些讨论至此已经严重脱离了汉斯·卡斯托普的艺术体验：就如同在《一个与政治无关之人的思考》中一样，亲法派和政治“文人”的美学关注与德国唯美主义者关于音乐和讽喻的非政治性活动截然不同。

虽然此处关于生与死的强有力的二元对立在这里很显然会使我们如此作想，但没有任何东西比我们在此观察到的永恒的“向对立面的逆转”更加难以确定，其中的二元对立双方被均衡地搭配。任何一个具有思考能力的人都会受到诱惑，暂时采取其中一方的立场，从而支持肯定的一方或否定的一方。我们假定，这一过程进行如此的设计，是为了能够通过某种精神分析的手法，分析、演示和洗刷《一个与政治无关之人的思考》中采取的政治立场（事实上，托马斯·曼在一篇关于这部小说的文章中，明确提出这一观点，这篇文章收录在勒维—波特译本重印本的第 721 页）。然而事实上，这部小说中没有任何一个人物采取了德国国家主义的立场，或认为德国具有哲学上的义务，把欧洲从西方肤浅的物质主义中解救出来，而托马斯·曼在那部不断引起争议的作品中，的确认为西方正陷入肤浅的物质主义：这里有各种不同的民族，但（除了在小说末尾如同症状一般突然爆发的反犹主义）没有此类国家主义，塞特姆布里尼和那夫塔两个人都以各自不同的方式表现出跨民族和多民族的倾向。因此他们两个人的立场形成一种超验性，而这种超验性是《一个与政治无关之人的思考》坚持不懈地想要表达的立场。因此《一个与政治无关之人的思考》可以令人信服地被看做一部更加辩证的作品，它的非政治性立场恰恰表现在它宣称自己的政治性的时刻。也就是说，虽然塞特姆布里尼和那夫塔各自的立场相互真正对称（也就是构成完全的双重性），而《一个与政治无关之人的思考》中的各种立场——法国作为一种优势的、霸权的政治、文学和世俗文化，德国作为一个追求美学的地位低下者——更加有力地代表了这种“相同—他者”矛盾的非对称性。

在我看来，我们还需辨别对这类二元对立的两种使用途径，即结构的使用和辩证的使用。在经典意义上而言，这种结构上的对立（如同最后被格雷马斯用符号学方阵将其条理化）是一种途径，一个看起来孤立的或独立的术语可以借此生发出整个语义的世界，主要采用各种形式的否定手段。这种符号的步步为营法，或生发出整个宇宙本身的二元对立逻辑，与这部小说的自我生成机制大致对应。如上文所示，这部小说始于独立个体的阅读身体的最低起点，始于阅读本身的茧子之中，因此必须逐渐从起点出发，生成整个世界：身体的温度导致生命和疾病或死亡，正如性

欲逐渐导致学问和政治；最后，通过戏剧性的分裂，生发出一整 86
套历史性的世界观。然而这些世界观都受到辩驳，然后被“对生命的肯定”所降格，仅仅停留在知识的层面上。唯有通过艺术本身，也就是说，唯有通过我们正在阅读的这部小说，才能够超越生命极度的短暂性，特别是在乱世年间生命的短暂性。但任何一个新的瞬间，都必须是一个绝对的开端——“还有人!”——根据前文绝难预测的内容突然出现，从而导致行文的断裂：既体现出一种逻辑上的联系，其中文本深层的连续性只有在事后才能被感受和分析；又体现出一种纯粹的难以完全消除的偶然性。

因此二元对立成为文本结构所必需的一种生产原则，它总是被用来揭示一种意识形态的适应性和从一种立场向完全不能相容的另一种立场毫无顾忌地来回转换。意识形态的意义暗自受到另外一个在此起作用的根本的二元对立的强化。这个根本的二元对立就是原初的二元对立，任何次要的二元对立都来自其中。但在这里，一如既往，与它的世俗体现相区别，好像能够自由地使它们逆转或与它们自由地重新结合。当然这种原初的二元对立就是善与恶，或积极与否定的二元对立：它最富有戏剧性的功能就是通过各种逆转向我们揭示，死亡是好的，或疾病是积极的，诸如此类。

7. 反讽与审美化

然而这些效果——伪装成为一种辩证关系——与反讽的意识形态立场非常接近，而托马斯·曼在《一个与政治无关之人的思考》和其他作品中把它表现为一种主题的标志；但在认可这一观点之前，我们必须对他独具一格地使用这一术语进行分析。因为在两部作品中，反讽在其本质上都指审美化，指以审美的眼光看待对立的两种立场的能力，能够从审美思考的角度出发同时“欣赏”两种立场：在《一个与政治无关之人的思考》中，托马斯·曼大力赞扬了福楼拜和托尔斯泰的这种能力（第 214－222 页），例如在《包法利夫人》的末尾，福楼拜能够把对立双方的意识形态立场，即神父和自由思想家的立场，纳入单一的整体形象中，虽然这一形象有待商榷。

如果是这样，我们现在需要做的就是，确定这些哲学讨论和争辩如何转化为这样的审美材料，并如何成为作品本身的内容。但这并无神秘之处，正是因为汉斯对这些讨论的理解就本质而言属于审美范畴，所以这些讨论（在作品的单子中）的审美化和内在化成为可能。他的肯定或赞同其实并不十分必要：他觉得塞特姆布里尼像一个“街头靠演奏手摇风琴谋生之人”（LP56、
87 W54、D77）。他的这一反应使得他与个人保持了一种充分的审美距离，就像他对后者漂亮的言辞充满了幼稚的充分的崇拜一样（“词语从他的嘴里脱口而出，圆润而令人陶醉”[LP101、W99、D139]）。然而到了后来，标志几场大辩论的发展的，不是真正具有说服力的信仰与劝导，而是审美的崇拜。对那夫塔来说，他以经验式的思考来应对——“投入、引退，——其中大有深意，它听起来蛮有道理。我们高高地待在这儿，差不多从世界上引退了。对此毋庸置疑”（LP376、W370、D533）——但在一些适当的场合，他也同样支持塞特姆布里尼：“不，这儿我必须支持塞特姆布里尼先生……我的表兄，我很荣幸地能够经常就这样或那样的主题同他聊天……所以我可以确保这一事实……那就是塞特姆布里尼先生不止一次、带着极大的激情谈论过这一革命原则”，如此等等（LP381、W375、D539）。

汉斯对语言声音的关注与他对语言意义的关注一样充分，这一点可以通过小说的另一个特征得到证实——它的志得意满的另

一体现——这一特征具有把它的单子式的语言编制在一起的功能。这一特征就是汉斯的“储存过程”，也就是说，在汉斯心中逐渐建构了一种个人化的语言，这种语言由那些对他具有一定特殊含义的、或能够让他长时间思索和困惑的表达组合而成。但这种个人化的语言同样确保了普通的日常语言与其语境的脱离，并能够把它进行重新调整，使其融入单子本身的范围：通过汉斯的深思，非个人性的德语词汇库和表达方式的集合被个人化，从而与《魔山》本身的独特风格合而为一——这种建构风格的方式完全不同于其他伟大的现代作家，他们总是通过一定的原则赋予作品个人的风格。然而这种被作者当做一种真正的道德准则的审美的自我放纵，所导致的结果（或成就，如果有人更喜欢这样表述的话）是，放弃原先的思维模式，转而采取这种看起来有点怪异的思维习惯；专注于无关紧要的遣词造句，直到遣词造句本身成为可以重复的意义焦点。

关于汉斯主体性的发展我们可以略加评论，即关于他作为一个主体的真正的成长故事。但我们迄今为止一直没有对成长主题加以充分的关注，因为它好像标示着一种严重的误解，要么把它看做主体意识发展的目标，要么把它看做小说中真正发生的事件。但是这种与语言的联系，以及事件和体验的审美化，还可以在汉斯的鲁莽性格中得到证实。正如肖夏夫人和其他人指出的一样：汉斯的鲁莽，主要指他在表达所有的内心感受和描述他对他人的心理反应方面具有梦游般的自由（例如，他后来确实告诉塞特姆布里尼，他最初认为他看起来像一个街头靠演奏手摇风琴谋生之人）。但这种鲁莽和傲慢完全不同，或者和强大、“自信”之
人所表现出的漠视全然不同；实际上汉斯的鲁莽是他感觉自己地 88
位低下的征兆，想证明此点，可以通过他自己的第二身份、他对他人和环境的屈从，或甚至他的学徒姿态（他从来没有幻想有朝

一日自己能够成为大师）看出来。因此，这种可以被称为审美鲁莽的东西本身就是通往这部成长小说中所预见的真正的发展或成长的一个阶段，这部成长小说强调佛教的个体的寂灭，或至少是它的去中心化，对自己主体性的漠不关心，而不是自我的征服。这种自我的征服在自我心理学和现代主义意识形态的时代里，形成一种传统，并且被反复应用。

这很显然就是我们对汉斯最后评价的意义，他最终走到“破破烂烂的俄式饭桌”旁，坐在那里，“下巴上蓄着最近才留起来的金黄色短须，修剪的式样含含糊糊，我们不由得把他的胡须看做一种证据，证明他对自己外部形象的哲学般的忽视。是的，我们甚至可以更进一步，把他对自己的漠不关心同这个世界对他的漠不关心联系起来”（LP706、W696、D1008）。然而汉斯的这一命运老早就在一个关键的场景中做好了铺垫，当时汉斯的叔叔来看望他——这一场景是《魔山》中没有使用汉斯的叙事视角来看世界、而是用外部视角来看汉斯的为数不多的情形之一——这当然正好就是这一特殊场景所发挥的功能。现在让我们从汉斯叔叔的立场，重新体验汉斯首次到达疗养院的时候所面临的一切；但这一次我们从一个更加“进步”的立场来观察一切。汉斯叔叔很显然在受惊之余警觉之心顿起，然而他能够及时逃之夭夭；但他还是观察到了汉斯的“平静的、毫不做作的、显而易见的沉着冷静，这种沉着冷静就像一套盔甲一样把他严严实实地裹在其中；就像他对秋日夜晚的凉意无动于衷一样，就像他轻描淡写地说‘我们感觉不到冷’一样”（LP431、W423、D609）。这是一个我们无法适应的汉斯（因为我们一般从他的内心来看他，往往通过他自己真实的兴趣和好奇来看他）；但这种外部视角还是让我们做好了准备，从而能够接受小说最后阶段非个人性的、审美的汉斯，这时候的汉斯，仅仅是一具亡者的躯体，将被送往“伟大战争”的屠宰场。

8. 它是辩证的吗?

然而，托马斯·曼的反讽所体现出的辩证关系，在历史上更有其渊源，同辩证思想本身的渊源相一致。辩证思想产生于一个历史情景的矛盾冲突中，这一历史情境包括古老的（尤指1789年法国大革命前的）社会及政治制度向资本主义制度转变，以及随之而来的如何评价这种转变的问题（对这一问题最著名的论述是《共产党宣言》）。资本主义制度比此前的封建制度更加自由、更加开放，但同时也带来新的各种异化。这些异化在性质上完全属于不同的类型，在封建制度下相对人性化的残暴和个性化的暴 89
力中找不到这些类型的异化。因此出现了第三个、也就是乌托邦的术语，它能够同时否定两种制度，因此也就能够通过对两者的特点进行比较，在逻辑上提供解决问题的途径，使得这两者之间本来难以解决的徘徊不定的纠缠迎刃而解。正是这种三元对立对二元对立的暗中的替换，或三元对立在二元对立之下暗中的存在，构成了这一辩证结构以及它的新逻辑能力；这一三元式的辩证结构能够代表各种认知的可能性，这种能力是无论多么复杂的对立组合结构都无法具备的。而且，我们假定这一辩证结构所具备的能力在任何现代或当代的思想中并没有遭到否定，遭到否定的只是它作为一种具体的思考形式的存在和可能性。

不管怎样，现在已经很清楚，《魔山》中那些重要的争论所具有的弹性，本质上来自于这种三元的体系，同时还可以解释塞特姆布里尼的形象——首先是魔鬼的形象，因为在这两个一丝不苟的德意志表兄弟看来，他表现为在文化上难以想象的批判形式本身——如何逐渐变成西方自由主义的相对而言更加肤浅的体现。但只是因为同时体现了另外两种系统的可能性：首先他为教会说话，为类似于教权主义和蒙昧主义的立场说话，我们可以确定地认为——不仅塞特姆布里尼这样认为——那夫塔体现了那些被文艺复兴所批判的、古老的（尤指 1789 年法国大革命前的）社会及政治制度在本质上所具备的、具有更加明显的中世纪特征的迷信和专制等因素。

但与同一时期其他人对中世纪的重新思考一样（例如，芒福德对中世纪城市的研究），对中世纪的意义和中世纪的价值观可以有完全不同的理解，这种不同的理解来自那夫塔，他精彩绝伦地把中世纪重新理解成为“匿名的和共有的”（LP393、W386、D556）：相比托马斯·曼最初的魏玛共和国的读者，这一理解对处于后现代的我们更加具有吸引力，因为它好像能够为那些“自我为中心的主体”，以及一般化或零散化的个人主义等问题提供一种社会的解决途径，而这些问题都是我们早已密切关注的。这就是为什么当最终的情节逆转到来时，产生了如此强烈的逻辑力量：毫无疑问，那夫塔的这一理解与他身上存在的另外一组双重性密切相关（“既是天生的贵族，又是天生的革命者”［LP443、W436、D627］），这一双重性又为另外一组双重性提供了基础，即他既代表犹太教，又代表天主教，就像两种非国家性的原则一样，而它们不能完全适用于在贝格霍夫的国家名单（塞特姆布里尼的民族性则肯定了由修辞、罗马文化、阶级政治和雷瑟尔吉孟托自由主义组成的统一整体）。后来那夫塔被证实是一个耶稣会士（而同时，塞特姆布里尼是一个共济会会员），这一事实更加具有情节剧的特征，因为它体现了精心编排的情节中出现的虚张声势：揭露了恶行千篇一律的面具，对两种政治立场都进行了质疑，从而为皮佩尔科尔恩事件中的生机论式的省悟做好了准备。

但那夫塔从信仰中世纪精神到信仰共产主义的突然转变本身 90
则更加关乎根本：这一转变从他对西方自由和议会制传统的批判中，创造出一种超乎简单回归过去的观点，并将关于一个真实未来的颇具威胁性的言外之意赋予这种观点，关于这一未来世界，托马斯·曼很乐意保持适当的模糊性（那夫塔的身体特征和性格特征，众所周知，借自乔治·卢卡奇，就像皮佩尔科尔恩的身体特征和性格特征来自格哈特·豪普特曼一样）。

这种辩证结构一旦确立，就会在这部作品中其他任何二元对立出现的时候开始发挥作用，特别是那些关于疾病和关于死亡的二元对立：因为甚至是关于死亡的二元对立，在艺术的外衣之下，也能够通过适当的美学魅力，体现出某种乌托邦的含义。但我们还必须特别关注最后一组更加纯粹地关乎结构形式（更不用说纯粹双重性的）的二元对立，这一结构形式是一个纯粹的、难以解决的二元对立本身的结构形式。因为最后一个逻辑上的可能性还有待挖掘——对费希特的事物模式的最后挑战还需要提供一个答案——当托马斯·曼在标题为“雪”的一章中对这一问题应付自如的时候，我们对他充满了深深的敬佩之情。除了康拉德是唯一的例外，与其他现代主义全盛时期的作品截然不同，自我在这里能够生发出一个与自我完全相对的绝对的非我或反我，非我和反我往往表现为一种不祥的自然现象、一种难以估量的力量，如同康拉德在《台风》中所说，这种力量总要伺机对你加以伤害。很显然，汉斯通过一种挑衅的手段，自己招来了暴风雪；然而一旦真正困在其中，他也必须面对这种“冲他的感觉而来的难以匹敌的暴行”，他所处的情景可以与康拉德精彩的描述进行一番比较：“一阵狂风攻击着他，就像一个宿敌，竭尽全力地想抓住他的手臂、禁锢他的思想、找到并击溃他的灵魂”。

9. 瓦解

至此，双重性原则达到了双重的高潮。一方面是那夫塔与塞特姆布里尼之间的争论的高潮，另一方面是与自然的最终对抗的高潮。然而一旦达到双重高潮之后，叙事朝越来越高的（我们姑且称之为越来越高的）情景或阶段、朝越来越复杂的组合前进的运动进程被打断了：文本依然在继续，但现在却依靠一种截然不同的、巨大而断裂的、并且几乎呈静止的独立事件来推动小说的进程（可以说，标题为“雪”的一章早就为这种独立事件做了准备，其中包含了一种选文一般的、实质上自我完整的独立结构）。如前文所示，与黑格尔和歌德的平行关系在此得到强化，当然同时也是因为关于它们的最后一些片段看起来具有更加强烈的模范和训导特征：这些最后片段包括黑格尔的不连贯的文化和宗教的历史时刻，以及《浮士德》第二卷中腓利门和博西斯的寓言。然而这些不连贯性——在新古典主义、浪漫主义或现实主义语境中相对显得离经叛道——在现代主义逻辑出现后获得了一种预言的功能，因为这种不连贯性具有一种对此类独立性的一种身体式的
91 投入（乔伊斯的“身体”主题实际上表达了各种自治功能，而不是象征统一体。这种象征统一体存在于浪漫的意识形态传统中，是其崇尚自然的体现）。人们已经不大重视托马斯·曼同乔伊斯的多种风格能力的比较（虽然如果我们将范围限制在“太阳之牛”一章的话，这一比较颇有道理，因为托马斯·曼非常擅长模仿书面的风格，这一点在《浮士德博士》中的中世纪主义方面显得尤为明显）：但我们还是可以找到一种更加深刻的相似性（根据马尔罗所谓的后者的“沉寂之声”，我们可以这样认为，在普鲁斯特笔下，这种相似性表现为他模仿其他声音的纯口头上的能力）。

这种近乎风格的独立性在拉长了的皮佩尔科尔恩插曲中展示得更加充分，而皮佩尔科尔恩插曲也最后一次，以其自己戏剧性的和最公开透明的方式演示了从虚无中创造出内容、从静止的抽象概念中创造出情节和事件、从阅读情景中创造出超凡脱俗的精神世界的独特的操作过程，这一生发过程是这部卓尔不群的作品所具有的具体的形式一问题的关键特征。而皮佩尔科尔恩本人——作者设计这一人物，其用意在于让他代表生命力本身，或至少在涉及具有肯定生命特征的食欲方面，或在他主持的吃喝赌博的盛大节日上，他代表了生命力本身。而这两种情形都属于集体的层面——同时也代表了没有内容的人物本身；还表明，这些术语隐含的形式主义概念本身具有一种完全不同的扩张能力，从而不同于纯粹的抽象概念或通常意义上的唯美主义的表现。正因为皮佩尔科尔恩是任何东西，因此他难以真正成为任何东西：同样他也没有任何东西可说——除了任何东西！这并不仅仅因为他的句子残缺不全：

> 这些数量众多、引人注目、干净利索的手势——种类如此丰富，差别如此细微——具有乐队指挥式技巧。他会弯曲食指和拇指，形成一个圆圈；他会伸开手掌，而手掌甚宽、指甲甚尖；或让听众停止说话、或警告听众、或引起听众注意——通过这些手段，会自然而然地引发振聋发聩的发言，说一些听众不大能听懂的语言，制造出一种反高潮的效果。（LP550、W540－541、D781）

这就是关于“一个人物”的虚无的观点（560）：它与煽动群众不无关联。如果不是时间有误，我们甚至可以说它预示了领导原则。豪普特曼自己后来的变化，托马斯·曼的一些零散的观点和反讽可以证实这一点[20]，特别是当问题涉及“他生来就有的那种精明的亲和力，这种亲和力能够把任何东西都罗入网中，不仅把品位不同、性格各异的人物与自己绑在一起，而且施展足够的力量，把他们彼此也绑在一起”（LP580、W571、D825）。我们
92 还需要关注这种虚无力量的破坏力和自我破坏力，但我们所重点关注的对象是建设原则，特别是掀起高潮的显著手段：也就是说，在瀑布场景中，皮佩尔科尔恩发表了激情洋溢的演讲，同时辅以极其生动的表情和各种可见的手势。人们猜想他肯定在传达某种最为隐秘、最为重要的人类体验，但大家根本听不见他，因为瀑布的声音完全掩盖了他的声音。

然而，从风格上来讲，这一长篇插曲的主题——如果没有这一主题，我们就会为这一插曲缺乏内容而头痛不已——在身体的欲望中找到了更深层的动机：就好像身体的欲望朝口唇的味觉发展，而这一味觉因此能够在皮肤发红的层面上发挥作用。在前文关于香槟的引文中，我们已经看到了对味觉的独特使用和味觉独特功能的发挥；但现在让我们来看其他形式的液体样品：

> 皮佩尔科尔恩指了指桌上的药瓶，里面装着褐色液体，他从肖夏夫人的手里拿来喝了一勺。这是一种退烧药，主要成分是奎宁，他说。他让客人们品尝它特别的苦涩和辛辣的味道；他滔滔不绝地赞美这种药品能够杀死细菌、制造奇迹的功效，它的滋补作用，以及它在调节体温方面所具有的保健功能。它能够减缓蛋白质的分解代谢，能够提高身体的吸收能力，如此等等、如此等等。（LP577、W586、D821）

这些味道在文本中并置，就像各种数量庞大的新型原材料一样，就像画布上的各种油画颜料一样：它们一方面深入到阅读的身体中，另一方面伸展出去，穿过世界帝国体系；在这一体系中，荷兰和印度尼西亚丛林之间的密切关系得到明确的强调，从而把一小撮纯欧洲人物扩大到了全球范围，并确立了新的基调。然而这种液体不仅仅具有辛辣和刺激性的特点，而且有毒。正是皮佩尔科尔恩插曲的审美化倾向，使得它的外部表象能够被纳入单子的感觉一思考范畴。因此，当皮佩尔科尔恩使自己中毒以后，不仅令这种独特风格的主要因素达到高潮，而且整个插曲也将在一个独具特色的审美—静止的可视场景中结束。从在这一场景中，就如同在一个远景镜头中一样，我们退回一大截距离。

> 通往皮佩尔科尔恩客厅的门敞开着，通往他卧室的
> 门也敞开着，卧室里灯火通明。两个医生，女院长和肖
> 夏夫人，还有玛丽都在里面，玛丽的衣着与往日大异其
> 趣，她穿着一套民族服装，包括一件像裙子一样的条纹
> 外套，袖子又宽又长，一条色彩艳丽的裙子，头上是一
> 顶黄色布料制成的圆锥形状的怪异帽子。他在胸口上戴
> 着一个护身符，袖手站在床头，床上仰面躺着皮特尔·
> 皮佩尔科尔恩，胳膊直直地伸在前面。汉斯·卡斯托普 93
> 脸色苍白，观察着这一场面。肖夏夫人背朝他坐在床脚
> 的一把矮椅子里。她把双肘搁在床单上，下巴在手心
> 里，手指埋在上嘴唇里，她一直盯着她的保护者的脸。
> (LP622、W613、D887)

我们还需要注意，汉斯正是通过这种新的身体表达性的氛围，才能够系统地表达自己的教育，这一表达具有其独特的物理和身体

的含义：让人想起“炼金密术般的教育、质的改变、从低级向高级的转变、不断提升的程度”（LP596、W587、D849）。

然而这种理解本身受到了皮佩尔科尔恩主导风格的支配，因为到了这一阶段，发展的概念本身早已中断，从而使最后几个孤立的场景体现出集体的消沉和集体的狂躁。就像在被颠倒的黑格尔的最后层面中一样，开始向我们传达这一时代本身的疯狂性。一般情况下，我们不应该把托马斯·曼和布莱希特相提并论，因为布莱希特有种种理由讨厌托马斯·曼（但很显然，其主要的原因是曼的唯美主义保守态度和他喜欢表现出的造物主般的姿态和反讽的装腔作势）；但无论如何，甚至从辩证的角度来看，在马哈根尼的最后解体——

盛大的示威游行反对通货膨胀，最终导致了城市的灭亡

——和这些最后的疯狂症状（留声机、打翻桌子、会议、寻仇、斗殴）之间具有很多的共同点，而《魔山》本身充满了上述的疯狂行为（毕竟《魔山》完成于 20 世纪 20 年代的魏玛共和国时期，而这一历史时期在小说表面上的第一次世界大战前的历史背景中得到曲折的反映）。这就是托马斯·曼症状美学的终极的、高级的、形式的发展，这一发展超越了纯粹身体的感觉系统，达到真正“公众范围”的诊断、容易受到暗示和容易兴奋的人际间的感觉系统、对集体氛围任何细微的转化和改变的过敏反应：战争必定能够消除这些集体的感觉症状，可以通过模糊性和压迫性，使得内部世界和外部世界在完全相反的意义上稀里糊涂地纠缠在一起。因此对艺术的肯定，在这里艺术表现为探勒鲍姆的歌曲，使我们回到叔本华的艺术作为暂时涅槃的定义，即艺术是世

俗欲望意识的消除：正是在这种意义上，汉斯的所有戏剧的核心主题都是死亡。但到了现在，翻过了这么多页的文本，“艺术”也是拉长的阅读体验的回忆，这一阅读体验在一种自省意识中最终宣告自己的结束。这种自省意识不仅是一般现代主义作品创造形式的主要特征——在其采取的方式中，各种孤立的符号—系统需要在它们各自最低的指涉能力中，在更为传统的语境的缺失情
形下，重新确立自己的位置——同时也是作为唯美主义杰出典范 *94*
的《魔山》的主要特征。这部作品从头至尾充满了模糊性，就像它洋洋自得地陶醉其中的模糊性本身一样。

（1992）

【注释】

［1］Walter Benjamin，*Gesammelte Schriften*，vol. II－2，p. 446（Frankfurt，1977）.

［2］Maj Sjöwall and Per Wahlöö，*The Fire Engine that Disappeared*（New York，1971），p. 34.

［3］Jane Feuer，*The Hollywood Musical*（Bloomington，1982）.

［4］Emile Zola，*La Debacle*，in *Les Rougon-Macquart*（Paris，1967），vol. V，p. 446.

［5］Sigmund Freud，*The Standard Edition*（London，1959），vol. IX，p. 175.

［6］文中的引文主要来自 H. T. Lowe-Porter 的翻译（New York，1967），在文中以 LP 注明；同时还注明引文在 John E. Woods 的译本中的页码（New York，1995），在文中以 W 标示；还标明了引文在所谓的 Stockholmer Gesamtausgabe 德语原文中的页码（Stockholm，1950），并以 D 标示。因此，目前的引文出处是 LP273、W269、D384。

［7］见 Janice Radway，*A Feeling for Books*（Chapel Hill，1997）。

［8］*Death in Venice and Other Stories*，trans. H. T. Lowe-Porter

(New York，1991)，p. 6.

[9] Kant，*Critique of Judgement*，55，第 10 段。Michael Fried 在 *Theatricality and Absorption*（Chicago，1988）中提出的投入概念也可以用在这里。

[10] Herbert Marcuse，*Negations* (Boston，1968).

[11] Leibniz，“Monadology”，trans. G. H. Parkinson，in *Philosophical Writings*（London，1973)，p. 182.

[12] Marcel Proust，*Àla recherche du temps perdu*（4 vols；Paris，1987—1989)，II，pp. 110-111.

[13] Laurence Stern，*Tristram Shandy*，chapter XIII，book IV.

[14] 见 Samuel Beckett，*Mercier and Camier*（Paris，1970)；但关于这方面的详细论述，请参考拙著 *Fables of Aggression*（Berkeley，1979)，pp. 58-61。

[15] Goerg Lukács，*Entwicklungsgeschichte des modernen Dramas*（Darmstadt，1981 [1911]).

[16] Goerg Lukács，*The Historical Novel*（Lincoln，Nebraska，1983).

[17] Marcel Proust，*Essais et articles*（Paris，1994)，p. 282.

[18] Thomas Mann，*Betrachtungen eines Unpolitischen*（Frankfurt，1988)，p. 311.

[19] 关于这两者相互交叉的组织原则的学术论述，可以参看 Otto Pöggeler，*Hegels Idee einer Phänomenologie des Geistes*（Munich，1973)。

95 [20] 我最喜欢的一句话重现了豪普特曼的勾结行为：“……只要与希特勒见面，一切都完了，希特勒用他那愚蠢的蛇怪般的眼睛瞪着这双细小、苍白而非常非歌德的/反歌德的眼睛，竟然毫无廉耻地盯了一分钟时间，然后‘大步’离开。” *Die Entstehung des Doktor Faustus*（Amsterdam，1949)，p. 174.

四　卡夫卡的辩证法

人们对卡夫卡的小说进行反复阐释，乐此不疲。这些阐释不 96
仅关乎其意义，而且关乎其讲述的对象，而后者甚至更为根本。概括卡夫卡的主题，无外乎以下三种：俄狄浦斯情结或自惭形秽的内疚感；官僚专政或现代性的反面乌托邦；上帝、我们与上帝的关系或我们与上帝缺场的关系。即使你能够发现其作品所表达的此类深刻主题，也不必就此得出一些诸如“痛苦”或“人类生存状态”等轻率的结论。无须过人的才智，就可以轻易地把这三层主题进行归并和叠加：权力可以被安置在父亲、国家或上帝自己身上。但问题是，这些有趣的主题今天依然有用吗？关于这些主题的讨论今天还值得我们关注吗？（甚至在考虑到更加恒久的犹太身份的前提下，情况又是如何呢？）

或许，直接调查阅读经验本身，反而更有成效。很显然，阅读经验可以提供最可靠的证据，证明卡夫卡的永恒魅力和我们在阅读他的作品时获得的无限愉悦。虽然他笔下为人熟知的噩梦都已经被贴上了种种标签，被传统塑造成为僵化的模式，但阅读的愉悦依然存在。任何一个不带偏见的读者都会发现，阅读卡夫卡的作品，会使我们陷入一种几乎无穷无尽的选择之中，我们在正面和反面之间来回奔波、摇摆不定，而正反两面的任何一方，都可以继续展开，导致难以穷尽的多种结果，由此循环往复，以至无穷。这一无穷的过程随时可以终止。这就是为什么卡夫卡的多个文本虽然没有“完成”，但丝毫不会影响一般读者的阅读的原因。

我们可以这样设定，除了几个不同寻常的例外，卡夫卡的叙事很少讲述获得某种确定结局的故事，这几个例外包括格里高尔之死和对约瑟夫·凯的处决。我们甚至可以进一步认为，这些表面上看起来的例外在一定程度上而言，也不是例外，因为它们敷衍塞责式的结尾可以无限拖延和推后，只需给全书增加一些额外的页码，在其中塞入更多的选择即可，反正不可穷尽的选择正是卡夫卡作品的特点。

97 这一观点对卡夫卡作品的适用性，可以通过考察一些情节展开模式与之类似的小说来佐证，我所说的小说指的是 18 世纪的一些重要的英国小说，特别是《汤姆·琼斯》和《克拉丽莎》。在这两部小说中，情节的任何新的发展，总会触发对新情景的各种可能性的充分演绎，直至这一情景被彻底改变，从而引发新一轮的发展。但在这些小说中，各种合乎逻辑的可能性都存在于叙述（diegetic）的现实世界本身之中，都是现实世界自身中一个事件所能导致的各种各样、合乎逻辑的后果。卡夫卡的作品则不然，各种选择性都体现为主观性的思考，探讨不可穷尽的各种逻辑上的可能性，甚至在这些选择性真实发生的时候也是如此。例如《变形记》中就是这样。但对《变形记》而言，读者总会试图把这些事件重新放置在一个假设的情景之中，然后把它们看做对一个问题的各种回答：如果我变成了一个巨大的甲虫，又将如何？我们无法在 18 世纪的现实主义小说中找到类似的假设。

对这一个开首提出的问题，作者的回答为读者所熟知。为了了解其中逻辑演变的大致脉络，我们有必要对其进行粗略的概括。甲虫式的讨论起点首先包括对甲虫和乌龟相似点的“定义”，这一相似点就是指一旦仰面朝天的时候，它们都无法翻过身来。但人们又会如何解释格里高尔没有按时起床和上班呢？首先是懒惰（但他一贯都很早），其次是生病（但“在他工作的五年期间从未生过病”[1]）。公司的管事远远地隔着上了锁的门，在思考别的可能性：格里高尔天生就是一个惹人生气和恼火的蠢材（“让自己在人前出丑”——97/71）；或格里高尔卷走了公司的钱。

格里高尔对每个敲门者都开了门；当然出现了另一种可能性：他们无法理解他发出的声音。对他的形象，众人的反应自然也各不相同：公司管事大叫一声：“啊！”母亲起先向他走去，然后又退了回去，父亲则捏紧了拳头。妹妹的反应将在小说的第二部分出现，而妹妹自己的多种反应自成为一个变化的组合。

但首先，我们必须探讨食物的各种可能性。其次，我们需要考虑空间本身，即装修的房间和未经装修的房间。最后，母亲的怜悯与父亲的愤怒形成对比（或许妹妹更加积极和保护的姿态构成了第三种逻辑上的可能性）。对空间的关注伴随着格里高尔身体的变化：经过第一部分中身体最开始的无力行动，他能够移动身体（爬出房间或爬进房间是其中最主要的选择）；他能够藏匿在床单之下；他能够在屋顶爬行；在小说的一个发展高潮中，人们发现他能够伸直肢体，悬挂在墙上。母亲的昏厥和父亲不祥的变化（父亲的变化对卡夫卡来说，具有其他方面的重要意义）完成了这一发展过程。到了小说第三部分，小说的推进又需要增加 98
外在的观察者和他们全新的、不同的反应：女佣对格里高尔既不害怕，也不惊讶，而是威胁着要殴打这个看起来充满敌意的居住者；而房客们则把格里高尔当做借口，企图索回自己所付的租金。

然而，把第三部分作为一个整体，就出现了另外一种选择：格里高尔已不再是一个丑闻，不再是一个经常令人恐惧的事物，对人们而言，他已经是一个非常熟悉的存在，甚至不值得关注。在这一可能性之中，客观的可能性已经没有多少新的内容可供挖掘；所有的变数都存在于观察者身上。因此，在经过与母亲竞争的某个阶段之后，妹妹放弃了自我牺牲和保护格里高尔的立场，转而采取以自我为主的态度：她再也无法忍受甲虫，从而改变了对哥哥身份的认识（“如果这就是格里高尔，那么他早就应该意识到，人类无法同这样一个生物生活在一起，他早就应该自动地离开”——134/107）。

至此，一个更重大的选择已然出现：我们看到这一切，并不是通过格里高尔的视角，而是通过外部视角，通过一个真实的第三者的眼睛。这个时候，格里高尔已经消失（死去），小说的整个色调发生了变化。世界摆脱了困境，获得了重生；我们也摆脱了死亡，转向生命、春光、乡间踏春和女儿自己的重生。

这个结尾的确是卡夫卡作品中最令人欢欣鼓舞和人间天堂般的时刻，全家人都穿着最好的服装，暂时地踏入在一个全新的天地里：只有此刻，他们第一次处在一个没有犯罪感的世界里，所有的犯罪感都让替罪羊格里高尔承担了，并被放逐在荒野之中。或许有人会说，这并非个体事件，作者并非有意开脱格里高尔的家人，也不会真的认为格里高尔确实有罪，应该为乔治·班德曼必须听取的所有的指控负责（《审判》中的内容）：这一审判实际上永难定论，总是在对立面之间来回摇摆。然而，这种新的净化超越了个体，也超越了个体主体性的类型；它是世界本身的转变。（对此，我们只想停下来提出一个关于耻辱感的问题：这一净化是对犯罪感的克制，还是导致犯罪感的微妙的根源？）

因此，一度沉闷枯燥的研究变成了对生命获得拯救的赞美和欢欣鼓舞：“好像是为了肯定他们新的梦想和美好的计划，在他们的旅游即将结束的时候，女儿开始蹦蹦跳跳、舒展四肢”（139/113）。的确，读者可能会这样去理解，整个格里高尔令人心酸的叙事似乎是被要求，“仅仅需要”它去激发和促成这一非凡的、富有生命活力的快乐场景、这一开心的结局（在《饥饿艺术家》中，这一场景以更典型的方式得到了重现：作为生命力象征的黑豹取代了主人公的位置，进驻了他闲置的笼子）。

我在概括中省略了几个方面的关键内容：最重要的是家庭的 99
经济状况、父亲的变化、墙上带框的画、音乐本身、女儿的职业，或最后，小说末尾出现的欢愉场面，很可能预示着这个家庭正在考虑利用女儿来摆脱困境（当然是通过有利可图的婚姻），用来代替失去了利用价值的儿子。我还遗漏了叙述语气本身的辩证的转变（这种转变并不仅限于小说末尾的人间天堂般的场景中），我会在后面讨论叙述语气的转变问题。有一个最基本的事实需要指出，那就是目前我们所讨论的卡夫卡的叙述程序依然停留在叙述性的真实层面上，也就是说，还停留在故事的客观事实的层面上（这一故事绝非荒诞怪异的想象，而是同19世纪的小说一样真实可信）。

有一点至关重要，我们必须搞清楚这一“程序”到底是什么：如果称其为方法，则会产生误导，因为方法会暗示一个已成定型的、呆板的公式，用来处理叙事的原材料。然而事实正好相反，每个人都知道卡夫卡的创作手法变化多端、灵活多样，也正是因为卡夫卡超群的发明和创新吸引我们对他一读再读。叙事本身并非我们阅读的目的（我们对此早已耳熟能详），我们的阅读目的是每个句子和接下来的句子。

不妨模仿一下卡夫卡的一贯风格，我们现在应该停下来进行思考，这里使用“发明”（invention）一词是否合适，当然这样做绝非贬低卡夫卡书写叙事性句子的天赋。至少，“发明”并非形容情节本身的发展，因为在小说第一个场景之后，大致可以预测情节的发展方向；或者，我们换一种更加贴切的说法，如果读者按照我们刚才所讨论的方式掌握了情节程序，以及这种程序中如何安置一种逻辑的可能性和这种可能性导致的逻辑选择，那么情节的大致方向可以被预测。这些简单而令人惊异的语言，这些中性而引人入胜的符号，它们变化多端，难以揣测；而语言层面上难以预测的东西，一旦被置于叙事和讲述层面，则会变得易于预见，因为在叙事层面上，当前的情景总是蕴含着一些唯一的可能性，随着叙事情景的变化，一种可能性会紧接着另一种可能性，其间的联系简单明了，毫不含糊。

在这里，有一种逻辑上的饱和原则在起作用，让我们想起以前结构主义的美学理论。结构主义美学理论就整体而言，并不能令人特别信服，而当我们想到卡夫卡的时候，它却会突然焕发出勃勃生机。诚然，结构主义认为，任何一部作品都默默地遵循一种概念上的或类型上的范式，这种范式就像机器一样，可以制造出逻辑上的各种变化和各种选择的可能性，其采用的方式可以是逆转或否定、反驳、中和，或采取渐进原则，通过对一项活动的操作逐渐衍生出类似的各种效果，这种理论可以在格雷马斯、巴特，或许还有热奈特和其他一些人的作品中找到，而对列维-斯特劳斯而言，情况比较特殊，因为他认为故事的可能性是无法穷尽的。但这些活动的价值并不仅仅存在于与这些行动的关系之
100 中；这些活动本身都是每一个行动内部可能性的体现，这种可能性不仅体现为存在与不存在，即行动的执行与不执行，而且在其内部表现为行动的模式和它的微观的展开。

这个过程就像普鲁斯特作品中的一段话所体现出的逆转和相对应的结构，巴特对这段话欣赏有加：开电梯的男孩对叙事者礼貌的问话保持了令人难解的沉默：

> 但他没有回答我，不知是诧异于我的问话，或是专注于工作，还是顾虑到礼节，抑或是听力不敏、场合所

> 限、担忧安全、反应迟钝，还是上头有禁令。[2]

在普鲁斯特笔下，此处可能的动机反复被替代，使得单个的行为或举动（或非行为和非举动）也多次被转换；而在卡夫卡的作品中，动机始终保持不变（自我保护），然而其举动和行为的可能性在逻辑上呈现出多样化的倾向，一种行为总是试验性地对另一种行为构成替换关系。

但这里的巴特还是那个巴特吗？后者认为在单个的行为或举动中，或一个行为中更加微观的成分中，包含着各种可能性和变化，这些可能性和变化组成了一个扇形结构，巴特对这种扇形结构曾进行了理论上的总结。的确，在《S/Z》中，那个具有奇特名字的动作语码（proairetic code，proairesis 在亚里士多德的作品中意为“选择”[3]）所指的就是这种由多种可能性构成的扇形结构：

> 何谓一系列动作？一个名词的展开而已。进门？我会这样展开：“通报”和“进去”。出去呢？我会说：“想到”，“停止手头的事情”，“离开”。[4]

对卡夫卡而言，我们必须调整这个扇形结构本身，才能够囊括结构上的诸多变化，这些变化包括否定（本不想去做某件事，但结果还是做了）、次要的结果和以共时的行为来判断这些结果的需要、各种更具全局性的撤销和修改，诸如此类，不一而足。行为本身变成格雷马斯方阵的核心，格雷马斯方阵从自身可以生出无穷的新的可能性，同时以独具一格的方式，为短命的结构主义美学作了注解。在格雷马斯方阵中，一旦所有合乎逻辑的可能性和变化都实现后，结局也就相应地出现了，完成的目标、也就是一件艺术作品，也因此被赋予了价值。

这种观点存在一个问题，即它是一种静态的，或非时间性的动态过程，其静态性和非时间性是由于它完全依赖于各种逻辑模式。换句话说，它总是始于像克莱因组阵（Klein group）或格
101 雷马斯方阵那样的一些基本系统，并没有为各种逻辑上的可能性提供确切的方向，这些逻辑上的可能性可以被人随心所欲地以任意的顺序进行排列，而且随着逻辑分析变得越来越精细和微妙，这些逻辑上的可能性或许会变成一个无穷无尽的序列。格雷马斯认为，叙事本身通过这一方阵的各种因素可以产生事情的解决方案，但这一说法显然不能完全解决问题。不过，既然这一问题被重新界定为一个封闭的现象，那么就产生了一种更加抽象的解决方案，也就是让作品穷尽一个既定模式或既定起点的各种可能性，然后在一切可能性都完成之后，结束作品。这一解决方案虽然使得逻辑可能性的数量成为一个悬而未决的疑问，但至少可以满足所有美学理论的古老的愿望，即把一部作品或一类作品所实施的封闭的形式理论化。

这一解决方案我们至少在卡夫卡的作品中发现了，卡夫卡让一个既定情景面临一整套的可能性——而不是像其他绝大多数叙事中，只是满足于让一种可能性紧接另一种可能性——其复杂程度超过了任何其他作家。我们可以说，通过他独特的方式，他的确在所有的可能性被穷尽之后，在这一列表终结之时，终止了小说的叙事（且不管这种终止是通过叙事者的死亡来体现，还是通过他的失踪来体现）。初始情景有时似乎并不能提供各种选择的可能性，但即使在这种情况下，上文的讨论依然有效：《向一家科学院提交的报告》（“A Report to an Academy”）的初始情景就是如此：“在我的生命中，这是我第一次感觉到走投无路”（252/168）。但这种可能性的缺乏本身不仅可以转变成一个难以

预料的新变化的起点（在这种情况下，为何不停止当一只猿猴，而摇身一变为人呢?)，而且好像在对人类的生活做出哲学的评价（人类的生活被定义为猿猴的“自由”的对立面），同时还体现了对自己写作程序本身的自省意识；而这里的写作程序必须穿越起始场景的“走投无路”，以便实现对各种逻辑可能性的罗列，这种独具特色的行为是卡夫卡风格的关键所在。

但这种做法与独创性完全相悖：就好像一旦文本的起点确定，初始场景或既定场景确定——格里高尔变成了甲虫；猿猴变成了人类；禁食成为一种公共艺术——创造便已经停止，其他的东西则会占据它的位置。独创性仅仅存在于小说的起点，这一起点可以是最初的启示、突然闪现的思想或念头、事实、无意识想象和其他东西；此后就会有紧随其后耐心的、逻辑的探讨和实施，最后要么以主人公的死亡结束，要么以作者的厌倦结束，作者此刻已拒绝对作品继续缝缝补补，辛苦经营。

虽然这样解释并不够全面，但它能够让我们在卡夫卡的作品中找到一种初始的分裂、一种独特的分工。这一分工不仅向我们展示了他的独特性，同时引发了其他的一些问题。我们可以在这里重新启用科勒律治很久以前对“设想”（fancy）和“想象”（imagination）的区分，让“想象”指称文本的最初想法，此时的文本完全是凭空产生的天外来物——如果我是一只甲虫，将该如何？——而让“设想”指称创造各种后果的艰辛而耐心的劳作 102
过程，这一过程不仅要严格遵循逻辑原则，还包含了作者在创作每个前后相继的句子（和读者对这些句子的阅读）时所产生的力比多式的快乐。这种区分甚至可以用在卡夫卡作品中噩梦般的或反面乌托邦的问题的解决中，这些问题虽然得到文本自身的充分支持，但读者并没有相应的实际经验去给予肯定。但根据上述分工，噩梦的焦虑可以被看做“想象”的初始行为的特征，而“设想”的内容与第一下灵感闪现全然不同，它是生产和消费的过程，是旺盛的劳动和生产力的产物，而绝非停滞僵化的产物。

但这种划分的双重性也决定了阐释的双重性，或——由于这样的措辞好像仅仅在说明双义性或多义性，我们不妨换种说法——这种双重性决定了我们在评价机制和评价标准上不能是单一的。因此，心理学阐释的冲动——当然也包括传记的、历史的，或政治的批评（无所不在的奥匈帝国、官僚帝国和其中的流浪者、疆域之外的野蛮人）——只能适用于“想象”的时刻，即小说场景的最初设定上。至于行文的展开，和“设想”在遣词造句方面的操作，都无法用这种方法进行解释；尽管我们将在后文证明，这种方法其实能够引向更加纯粹的哲学分析。

因此，在《变形记》的起始部分，父亲所体现的最关键的主题含义就已经历历在案、一目了然：格里高尔在养活全家人，或全家人通过向格里高尔身上施加责任来剥削他。情境使然，父亲不仅衰老，而且无能（无论从他对生意的经营不善这方面来看，还是从他所从事的工作对他要求极低那方面来看，均是如此）；《审判》——实际上开启了卡夫卡成熟作品之门，因此在卡夫卡创作史上是非常关键的一篇小说——也设定了一个类似的场景，虽然在《审判》中，小说预设主人公对自己的成就心满意足，对自己和自己的力量充满信心，感觉生活平静而幸福，而《变形记》则赋予格里高尔自卑、内疚、自惭形秽和其他与作为甲虫相关的心理特征。

弗洛伊德的术语“逆转”（reversal）可以很好地解释接下来的情形，乔治的父亲出人意料地变成了谴责方，父子关系发生逆转，父亲成了强者，而乔治成了弱者，这一转变与“坏”父亲和“好”父亲的分裂相对应（弗洛伊德的例证是另一部作品，即霍夫曼的《睡魔》[“The Sandman”, by E. T. A. Hoffmann]）。坏父亲之后变成了冷酷残暴的怪物，再后则成为魔鬼的化身；好父亲往往软弱无能，不能保护或拯救主人公，而坏父亲却时时想伤 *103*
害主人公。如在原始神话中，坏父亲要么杀死自己的孩子（伊凡大帝，菲利普二世），要么把他们吃掉（农神萨杜恩）。但在这个短暂的逆转中，好父亲在我们的眼前变成了坏父亲，从一个残废，摇身一变成了巨人："'不！'他父亲大喝一声，打断了他的回答，使劲扔出毯子，一时间毯子四处乱飞，然后他一挺身从床上站了起来"（《审判》，84/83）。在这篇开拓性的小说中，父亲的变形主要通过其咄咄逼人的语言来实现。而在《变形记》中，父亲外在的、身体上的变化要明显得多："他站在那里，体型相当不错……他黑色的眼睛焕发着活力，发出逼人的目光。"（121/95）有一个细节尤为重要："他巨大的鞋底使格里高尔目瞪口呆"（121/95），这一事实犀利地凸现了格里高尔变形后的矮小和在地板上爬行的情形，同时也暴露了一个作为冷酷怪物的坏父亲的存在。在《审判》中，父亲逼死小说主人公的手法很简单，但在《变形记》中，作者提供了更多导致主人公死亡的细节，父亲不仅用脚踢，而且用苹果砸儿子，结果就是这只苹果打破了儿子背上的壳，留下一个溃烂化脓的伤口。

的确，所有这些发展变化都服务于双重目的，因为它们都是由我们已经讨论过的、同样的逻辑选择过程所引发的，父亲要么强壮，要么虚弱；他要么保护，要么攻击，诸如此类，不一而足。但这种阴郁而悲伤的俄狄浦斯情结式的内容一直延续到下文，从而赋予这些细节和选择以强大的叙事力量，使得每一个时刻本身都成为引人注目的场景。

的确，我们甚至可以走得更远，认为这种引人注目的效果，无关心理分析，而是纯粹形式需要的逆转（peripeteia）。甚至作为纯粹形式的逆转本身，在这里都可以归结到我们已经讨论过的逻辑选择所导致的叙事结构中。《审判》整篇小说都可以被看做一个简单的选择，小说最开始，乔治是叙事主体，他从外部来观看世界（而且还对这个世界颇为满意）；随后转变成为完全相反的逻辑可能性，乔治变成了叙事客体，被他人用审视的眼光轮流观看，包括他的父亲、朋友、外部世界和其他人。那么在逆转和逻辑选择中，到底哪一个才是最关键的，决定另一方的结构？对此我们不应该提出一个勉为其难的（对此我们不可能提出一个无懈可击的）概括的原理或普适的哲学命题，但我们至少在这里可以肯定地说，即使其他作品有所不同，在卡夫卡的作品中，很显然逆转是由逻辑选择产生的。而且至少在《审判》这篇小说中，逆转屈从于逻辑选择。事实上，我们在下文讨论到《洞穴》时将
104 会看到，甚至两个主人公之间、自我和他者之间公开的斗争，都并非真正的人际冲突，他们看似人与人之间的斗争，其实只不过是逻辑系统的投射而已。

我们可以在其他文本中发现这种无处不在的最简单的逆转（其效果包括从好变坏，或从坏变好，从中心走向边缘，从内部转为外部）。例如在《亚洲胡狼与阿拉伯人》（“Jackals and Arabs”）中，前者怀有迫害和报复的罪恶想法，但因后者的醒悟，及其坦诚的胸怀和良好的幽默感而彻底逆转。而在《乡村教师》中，几乎永恒不变的逆转手法获得了一种相对确定的形式：谦和、但因阴险狡诈而略微讨人嫌的主人公，表面上在保护乡村教师，但同时根据选择交替的节奏，主人公是被乡村教师放置在这样一种位置：儿子以一种含混的方式帮助父亲，这种帮助往往也在暗中伤害着父亲，而父亲对儿子的阴谋诡计洞若观火，这一情形符合很宽泛的父子关系。

在“想象”的功能（它总是试图通过精神分析模式，表达个人性的内容）和“设想”的纯形式（它总是像对待句子一样，把

小说情景进行分割，然后一个接一个制造出小说情景所有可能的变体）之间，存在不平衡且变动不居的斗争关系，构成了卡夫卡创作的关键操作模式和创造文本自身的核心机制，因此，不管是何种调节力量在控制这二者之间的相互作用和彼此之间的比例，都决不可能对它们之间的斗争关系视而不见。

我们拒绝对小说的全部建构过程进行阐释，而把阐释仅限于一个方面，也就是仅针对确定文本的初始场景或起点的“想象”（用音乐术语来说，就是乐段的起始），一旦我们这样做，就为更高层次的阐释打开了一扇门。认识到这一点，有助于我们更好地理解这一问题。既然“想象”的内容是小说中唯一真正与外界或外部相联系的方面，那么我们完全可以以外部分析的形式把外部世界引入到小说阐释中来。然而，这种对阐释的限制在无意间和不经意间导致了一种新的二元论，指“想象”与“设想”的对立本身，或内容与操作的对立，它存在于这些情形本身的层面上，需要我们在更高的层面上对其加以阐释。

但还存在一种完全不同类型的假设，可以更有成效地解释这种发展，且能够处理卡夫卡传统批评中的一个中心议题和谜团。这种假设就是“法律”问题，它在卡夫卡作品令人苦恼的不确定性中，包括两部主要的长篇小说或一些短篇小说，体现得尤为明显。这些短篇小说包括各种关于中华帝国的幻想作品（如“尽一 *105*
切可能去揣测上峰的法令，但必须适可而止”——《中国长城》，240/337；“这是某种误解”——《一份旧手稿》，417/48；《圣谕》中秘密本身）。虽然法律难以理解，但短篇小说《拒绝》是关于拒绝废除法律的；或许最令人动容的是，鼠人们拒绝免除约瑟芬作为公民所应尽的责任：“我们的人民，太容易被感动了，因此在有些时候就根本不可能被感动”；“……这里的人民冷漠而审慎……就像沉思中的成人对孩童的牙牙学语充耳不闻，从本质而言他们都心地善良，但却无法接近”（《歌手约瑟芬，或鼠人》，372/204-205、374/207，在这里，甚至从“冷漠”到“心地善良”就是一种选择的转换）。从“心地善良”的父亲到“冷漠”而恶毒的怪物，是一个确实的但像噩梦般的转变。这一转变在这里被降格，成为各种可能性往复变化的永恒过程中的一个瞬间。

弗洛伊德理论方面的训练，让我们把难以接近的“父亲”看做“法律”及其难以理解的源头：因为仅就日常生活中的他人而言，我们也是知人知面不知心，更不用说一个绝对他者的内心想法。毫无疑问，这种看法不仅可信，而且不可避免。但我还是想做一个不同的解读，即“法律”只不过是“想象”或小说起点决定论导致的后果而已，而这里的“想象”或小说起点在文本内部再也不会受到任何挑战。情况就是如此，不出其右：对其他情况的渴望也好，对为何如此的疑问也好，都显得没有任何价值和必要。“设想”现在只能在“想象”允许的范围内从事卑微的工作，没有疑问，却充满了永恒的惊奇：“法律”的主题因此最终只能自我指涉。它并不指向传记中的父亲或俄狄浦斯情结等外在事实，而是指向讲述故事的结构本身，而讲述故事的结构则将“法律”的秩序赋予讲故事的执行过程。“法律”有时的确是对真实死亡的执行（《审判》、《囚犯隔离区》），它在遵循一种类似于安德烈·尤勒的案例式操作原则——这是一条具有普遍适应性、但空洞无物的律令，任何具体的案件都必须艰难地调整自身以符合这条律令。由于总是无法适用，所以必须不停地赋予这条律令新的解释资格，由于普遍规则和具体事件总是不能用同一标准进行衡量，所以赋予普遍规则新的解释资格在所难免。[5]

“法律”的终极象征可以在《猎人格拉库斯》（*The Hunter Gracchus*）中找到，作为一个死人，主人公永存不灭，他孑然一身，穿越时代和历史航行，在沿途港口时不时稍作停留，然后拔锚起航，继续前行。它为我们描绘了一幅别具一格的恒定不变的宇宙图像，其中，任何东西都不会变化（格拉库斯已经死亡），任何事情也不会发生（他永存不灭）。格拉库斯的航行和他靠港停留的历史具有无休无止的形式主义特色，这种形式主义与“设想”生成所有句子的方式并无二致（我在其他地方曾经提过，杜雷的画《忧愁的天才》[*Melencolia*]本身就是“设想”和“想象”的象征，其中后者是身穿丧服黑衣的大天使，而前者则是一 106
刻不停地在纸上涂涂写写的小天使）。

但是我们说“想象”处于阐释的位置，并不是说“设想”与阐释没有任何关系。诚然，“设想”的无穷无尽的逻辑选择并不能通过自身得到解释，“设想”的逻辑选择无法阐释，源于一个自相矛盾的事实，即它自身在本质上就是一种阐释。或许我们可以列举《向一家科学院提交的报告》或《乡村教师》为例，把它们看做这种阐释过程的原型，不过这两篇小说的确都以一个无法理解的既定场景或初始场景开始（无论是最开始猿人本性中蕴含的令人难以理解的自由，还是巨型鼹鼠的出现，都没有得到充分的解释）；但我们有一个更加完美的例子：在《一条狗的研究》（*Investigations of a Dog*）中，一方面，小说充满了阐释的冲动；另一方面，对职业本身进行解释的尝试总是屡屡受挫，小说为两者提供了尚属明确的展示，这其中的职业涉及性与音乐、沉默与集体。

在另外一篇同样没有发表或者说在卡夫卡去世后才发表的短篇小说《洞穴》中，“设想”的创意似乎在某个时刻以接近主题的方式浮现出来。我们将对这篇小说进行研究，以期考察这一时刻。在这里，事件逐渐展开，并没有依次揭示它们互相抵触的可能性，这些可能性的可能性是在小说中被讲述出来的。《洞穴》中的无名主人公（卡夫卡笔下又一个身份不明的动物）条理清晰地描述他的洞穴：从入口到中央储藏室（Burgplatz 在这里被翻译成为“castle keep”，即城堡的把守要塞）；但随着每一个细节的揭示，朦胧的选择出现了，先前该怎么做才更好；洞穴的完成带来的满足感、洞穴的幽僻与静谧带来的舒适感，与主人公的脆弱感相互交替，愈演愈烈。主人公的担忧越来越强烈，以至于洞穴本身变成了危险的来源：

> 仅仅因为拥有了这样一座宏伟而易受攻击的建筑，我显然无法抵挡任何来自外界的猛烈攻击。拥有它的快乐毁了我的生活，洞穴的脆弱使我脆弱；它所遭受的任何伤害都让我受到伤害，就好像受到攻击的是我自己。(355/440)

这一看似高潮式的逆转紧随在其他一系列小的逆转之后，这些小的逆转按照叙事视角的正面和反面变化组织在一起。就视角而言，叙事者首先从内部向我们展示了洞穴；后来叙事者认为从外部看守洞穴，监视任何接近洞穴的举动，将是更加审慎的选择（“在这些时候，我感觉我好像并不是看着我的房子，而是看着我
107 自己在睡觉，在熟睡的同时警惕地守护着自己，这种感觉让我无比开心”——334/420）。

为了与古代前黑格尔三段式的节奏保持一致，小说的第三部分让主人公重回洞穴，不仅详细记述了主人公对洞穴防御的加强和试图用各种新方法重建洞穴的尚未付诸实施的计划，而且略述了另外一些挖洞的构想。主人公认为另外有人正在偷偷摸摸、心怀叵测地朝这个地点挖洞，意在抵达他的洞穴，实施谋杀和破坏。随着小说往前推进，这个他者的威胁变得越来越真实。但实际上，这个他者形象早已被叙事者自己的行为所勾勒，因为叙事

者在洞外看守（在小说的第二部分），他自己已经扮演了外来入侵者的角色。因此，和卡夫卡其他作品一样，这里表面的他者，或对话者/敌人，往往是主人公/叙事者自己的投射，主人公的软弱呼唤着他者的强壮，主人公的内疚和卑劣呼唤着他者的审判；即使在最志得意满的时候，他都需要有一个能够驳斥和谴责他的他者出现。但我们还是应该强调，这种自我的投射，并非心理事件，而是逻辑事件：他者在这种情况下仅仅是自我的否定、另一种可能性、逻辑上的另一种变数，以及内在事物的外部表象而已。对卡夫卡而言，真正的“他者”并非另一个自我，而是一种集体。这一点将在下文提到。

《洞穴》对我们目前的讨论非常有用，因为它标示出一个自省的层面。处在这一层面上的，不是各种逻辑可能性本身的罗列，而是对构成故事（或用格雷马斯的话，同位素学）表层的罗列的自我意识。同《变形记》和其他大多数标准的叙事不同，我们在这里不能依次了解事件的发展：叙述重点从客观性转向了主观性（或许称之为主观性有鲁莽之嫌），因此小说中的句子讲述的是对各种选择可能性的想象。卡夫卡小说中的双重性，我们已经在上文将其定义为“想象”与“设想”的对立，现在变成了自我与意识的对立。现代哲学反复教导我们，“自我”或身份不同于意识，自我本身是不具人格的意识流所表达的目标，而意识流自己则不具备身份——自我决定于初始场景、启示或插入、既定情景或出发点的各种信息：与此同时，“设想”则是逻辑可能性的罗列，是缓慢地依次积累一句又一句的语言，它现在取代了意识本身的位置。至于作为一种媒介的意识，我们永远都不可能（即使在睡梦中）真正摆脱它。但绝大多数时候，要么是因为我们的入世存在，要么是因为我们从事的日常事务转移了我们的注意力，我们对意识熟视无睹。只有在像《洞穴》中那样的妄想症

108 式的场景中，我们才能够发现意识不可避免的存在，才能注意到人类面临的要求，即我们不停地思考，制造出一个又一个的想法。

如果想象的场景是焦虑之所，那么无休无止地遣词造句的操作过程就是 sorge 之所，虽然信奉海德格尔思想的人们把 sorge 忠实地翻译为“关切”，但实际上应该更准确地翻译为“烦恼”：永不停歇地往前走，并思考下一步该怎么办。这种思考往往采用正反逻辑，首先考虑这一种逻辑选择可能导致的结果，然后考虑另一种逻辑选择可能导致的结果。对海德格尔而言，sorge 是人类现实（或生活）的核心而永恒的经验。但在他描述这一概念的时候，他对“关切”进行了强化和戏剧化处理，以便让它昭然若揭。因此他赋予夸大化的“关切”一些病理学的特征，这些病理学特征是法国精神病学，特别是拉康非常关注的“强迫观念性精神病”（对拉康而言，这种疾病在病理分类上与更常见的癔病相对，两者构成一对可能性选择项）。这两种概念，这两个术语，都是对我们在卡夫卡作品中所见现象的诊断和阐释，它们能够凸现这种现象在任何现代体系中所发挥的作用。除此之外，别无他长。其实，我们也可以寻求其他类似的对应物，比如一种官僚习气的自我赋予（从《布法与佩居谢》到《书记员巴特尔比》，及其他作品），在官僚机构中，对正确和合法的吁求会在人们心中引发畏惧，从而不断自我监督。但这种社会的对应物早已失去了对我们的约束力（虽然它依然具有传记上的相关性），而其他诸如存在主义的或精神分析的表达或模式则全然不同。所有这些分析都被用来阐释卡夫卡作品中无名而独特的创作机制和处于创作过程中的文本的永恒的当下性。这种阐释也因此避免了一个更加有趣的问题，即如何把这种义务加诸读者身上——迫使他沉浸在意识的所有活动中，而意识对所有可能选择加以充满焦虑的利用——从而使读者陷入句子的丛林难以脱身。如果让卡夫卡笔下的猿猴来解释这种情形，他肯定会说“走投无路”——以及这种体验怎样决定快乐和狂热的力比多的投入，对这种投入我们已经做过讨论。

所有这一切都预设了一种其中没有任何事情发生的文本（或许这种文本与贝克特的一部小说更加相像，甚或超过了目前我们所讨论的文本）；包括《洞穴》在内的、多个此类文本的第三阶段和最后阶段的行为，具有一种出人意料的独特性。但迄今为止，我们尚未对此进行讨论。这里所说的出人意料的独特性是指 109
暂时性。本来暂时性只有在文本的操作中，和句子与选择可能性一个接一个的积累中才能够显现，但现在暂时性本身受到强调，走入前台，让人感觉到它不是一个新的主题，而是一种疲惫感，在很多情况下这种疲惫感甚至是对疲惫本身感到疲惫不堪。时间就像一摊巨大的污渍，沿着小说的每个句子扩散；小说主人公突然开始衰老；这种令人恐慌的情形本身为读者谙熟，以致产生厌恶。因此，那个可怜的格里高尔逐渐沦为一个纯粹令人厌烦的东西、一个熟悉而令人不快的日常负担，以及一个让人逐渐失去耐心、想早日摆脱的尴尬的生活事实。《洞穴》的叙事者现在醒悟自己的错误，醒悟了他当初应该做什么和建什么，但他已经精疲力竭，无力再重新来过。《歌手约瑟芬，或鼠人》是卡夫卡境界最高的一篇短篇小说，主人公约瑟芬遁入人群，消失无踪，“就像她的几个兄弟一样被所有的人完全遗忘”(376/209)。

这是一个具有训导意味的警示：时光流逝、递速行远。光阴荏苒通常通过人之衰老来体现，但在这里，时光流逝与遗忘相关联：在这种不寻常的关联中，被人遗忘不再是一件消极或痛苦之事，恰恰相反，是快乐的源泉，能够导向美好的前景和幸福的结局：在某种程度上，遗忘的拯救和天佑特征对卡夫卡的重要性，远超过那些更善于开解的乐天作家。毫无疑问，这种快乐只能借助忧伤，而且只能借助对忧伤的排解，才能真正被体验到。

但第三阶段行为（这一阶段还不是小说的结尾部分，不过《饥饿艺术家》中的黑豹就是本篇小说的结尾）重新获得的暂时性具有多层色调，并不仅限于拯救和快乐。不管归结到拯救的可能性有多大，总会存在一个警示，让整个世界都来倾听。经典的描述总是让我们感受到这种警示。让我们看看普罗米修斯传奇中逐渐的衰败：根据卡夫卡这一最新的版本，“每个人都对这种无聊的事情感到厌倦了。众神厌倦了，老鹰厌倦了，伤口疲惫不堪地愈合了。只留下了一堆莫名其妙的乱石”（《普罗米修斯》，432/351）。这有点像弗洛伊德通过“俄狄浦斯情结的警告”所表达的独特思想。在卡夫卡的这些小说叙事中，同样存在着初始场景的警告，这种警告通过厌倦和无聊，以及当前时间的凝固得以表达。然而我们对这种凝固往往熟视无睹：文本和句子都在表达令人昏昏然的时光之流，直到一切彻底结束，或在最后的逆转中转移目标。

但这个世界也应该为兴趣的逐渐丧失负责，亚历山大大帝的战马的命运清楚地表达了这一点：“人们在内心寻思，现代社会就是这个样子，布塞弗勒斯的处境堪忧……现在——不可否认——已经没有了亚历山大大帝……没有人，没有一个人，能够指明一条通向印度的道路……现在，进入印度的大门隐藏在更加遥远、更加高不可攀的地方”（《新律师》，415/139－140）。因此，亚历山大的战马布塞弗勒斯也研读起了法律著作，然后做起了律师。同时，海神波塞顿在现代官僚机构和现代资产阶级的失魅世界中安顿下来，沦落为地球水域的首席管理者：“他端坐在
110 世界大洋的深处，永不停歇地检查各种账目，只有偶尔去觐见主神朱庇特的时候，这种单调的生活才被暂时地打断”（435/354）。

不论是时尚，还是浮躁浅薄的现代中产阶级大众，转瞬即逝的嗜好都具有相当的危害性，正是饥饿艺术家的悲惨命运才让我们真正地认识到这种危害的程度。然而也正是在时尚或嗜好的变化中，暂时性和时光的流转被记录下来，即使我们无法确定这种“公众兴趣改变”的发端：“似乎在一夜之间发生了变化；或许存在深刻的理由，但没有人会为此劳心费神；不管怎样，受宠的饥饿艺术家在一个天气极好的日子里，发现自己被那些找乐子的人们抛弃了，他们一个个从他面前走过，去观看他们更感兴趣的东西去了”（273/189）。

鉴于资本主义世界肤浅的时尚和短暂的狂热，对卡夫卡而言，变化与遗忘等同于无聊而乏味的资本主义世界的到来。这一反现代主义的卡夫卡好像在暗示对一个被人遗忘的世界的怀旧之情。但我认为这样评价卡夫卡与事实不符：拥有骑兵和野蛮人、长城和紫禁城的古老帝国，窃以为很难构成怀旧的对象，虽然它在自己内部包容和产生的自我对立的集体性，和在《一份旧手稿》中由那些精疲力竭的手艺人和工匠构成的“我们”，都具有非常强烈的怀旧意味。卡夫卡的作品中的确存在一些与布莱希特笔下的农民阶层、犹太人村落的集体和温顺的市民相似的地方，那些温顺的市民假想自己睡在“房子里，在安全的屋檐下，在安全的床上”，但“事实上他们一群人四处流浪，待在一个荒无人迹的地方，在旷野中歇脚，无数的人，既有老百姓也有军人，在寒冷的苍穹之下、寒冷的大地之上宿营”（《夜晚》，436/354）。他们的情形，无疑颇像约瑟芬的鼠人，生命短暂，危机四伏，脆弱无助。小说赋予无名的叙事者第一人称复数的声音，而这个复数的叙事声音预言一切将归于遗忘。但我认为这不是怀旧情怀，而是卡夫卡在历史上和政治上的伟大之处，他摒弃了主观的焦虑和人际交往中的个人主义，重新发明了真正意义上的史诗结构，在这一史诗结构中，唯一能够与名叫个体的孤独者做伴的，是集体自己，是部族和人民。

这种语气的转换、拯救性的欢欣鼓舞、感情的辩证特征本身出人意料的逆转，都不是私人性的或个体性的：它有多少可能性发生，并不取决于那些参与其中的人，这些参与者只顾打自己的小算盘——现在我们可以把女儿嫁出去了，诸如此类——并不能影响小说用反讽的手法营造一个更加乐观的结局。恰恰就是这一时刻标示了个体和个性类别的消失，个体和个性早已随着格里高尔的死亡而死亡了，从此世界进入了一种超越人类个体的状态。
111 在现代哲学领域，海德格尔放弃了以个人为中心的存在主义，转而信奉前苏格拉底哲学，或如同德勒兹的作品所示，相信强大的超越个体的力量或循环已经替代了心理学或存在主义，现代哲学具备与卡夫卡小说相似的特征。因此，不论好坏，我们在这里可以瞥见一个多种力量和情感的世界，一个真正关于存在本身的情感世界。

卡夫卡的多数小说都有一个充满希望和乐观情绪的结局，比如《饥饿艺术家》中，黑豹用纯粹的生命活力取代了饥饿艺术家的孱弱、内疚与失败。但在最后一个文本中，发生了一件更加奇特的事情，影响了最后的“幸福结局”。约瑟芬消失了，与此同时，她被奉为鼠人的英雄和传说中的半人半神：这种通过丰功伟绩和后人记颂来营造的幸福结局，在文学作品中司空见惯，从荷马开始一代代传将下来。然而经过漫长的传递，这种套路在今天未免显得陈旧不堪。传统的对英雄人物的颂扬和神化需要建构和延续一些特定的历史记忆，而英雄人物则被历代诗人和颂扬者重新发明和重新塑造（顺便提一句，约瑟芬从来就不是这样的英雄）。但鼠人没有历史（“通常我们会完全忽视历史研究”），因此约瑟芬不朽的姓名无从得以保存并传世。事实上她会逐渐地（或迅速地，因为老鼠中新老交替需时极短）被忘却：恰恰就是这一点构成了她最终命运的独特性，同时也构成了这最后一篇小说的最终结局：约瑟芬就是在被人遗忘中变得不朽，她的荣耀就存在于这种遗忘（在这点上，她的命运与其他所有鼠人的命运一样），她的神化就存在于她从世界和公众记忆中完全消失："她将上升到救世主的高度，然后就像她的几位兄弟一样被人忘却。"据此，我们可以揣测为什么卡夫卡让人烧掉他所有的作品和手稿，因为他想通过遗忘，把自己即将到来的死亡转变成为一种奇特的幸福结局。就如同萨德侯爵在他的遗嘱中所说："我的坟墓将在地下消失无踪，正如我所言，我的声名不会在人类精神上留下一丝痕迹……"[6]

但最后还有一个转折：不管是否历史，约瑟芬的名字得以流传，而讲述者并非诗人或歌手，而是卡夫卡的集体讲述者的原型代表，这个集体讲述者以"我们"称呼自己，并把自己融入鼠人的群体之中，在代表鼠人的同时，维持着他们本质上的无名身份。因此，毕竟还是存留了一首颂歌，这些没有历史记忆，这些必须依靠他人赋予或向他人假借才能获得声音的鼠人，在这里获得了记忆，并言说着他们的集体声音——他们都成了见证者，就像长城的建造者和其他充斥于卡夫卡作品的被动而旁观的一代代人一样——他们冷漠而有点无动于衷，客观而不乏同情怜悯：酷似鼠人对她提出法外施恩的请求的拒绝，心平气和，毋庸置疑， 112
坚定不移——"冷漠而决断……无情而不为所动"——通过这种方式，叙事者耐心地列举了约瑟芬的过激行为、她的怪癖行径和难以言表的伟大之处，并展示了言说所有这些事物时的困惑。集体声音和非个人叙事者的最后出现，似乎给了本已衰落的单个的人物或有名有姓的个体最后一击，而约瑟芬就是最后一个单个的人物和有名有姓的个体。她的消失无疑是集体性的独特而自戕的胜利，对立双方的辩证关系赋予这种集体性以独奏乐曲的效果，只不过这乐曲与沉寂相差无几。

（2005）

【注释】

［1］此后文中对《变形记》的引用，首先提供英文版的页码，后跟德语版的页码。Franz Kafka，*Complete Stories*（New York，1995）；*Samtliche Erzahlungen*（Frankfurt，1973）.

［2］参见 Marcel Proust，*A l'ombre*，vol. II（Paris，1987—1989），p. 26。

［3］Aristotle，*Nichomachean Ethics*，book III，chapter 2.

［4］Roland Barthes，*S/Z*（Paris，1970），p. 88.

［5］Andre Jollés，"Kasus" in *Einfache Formen*（Tübingen，1982）.

［6］D. A. F. de Sade，*Oeuvres*，vol. II（Paris，1966）. Gilbert Lely，*Vie de Sade*（Paris，1965），p. 632.

五　寓言与历史：重读《浮士德博士》

托马斯·曼过时了吗？这个问题同时涉及形式与内容，除非形式与内容的二分法也过时了。很显然，《布登勃洛克家族》名列经典（但这恰恰是另一种过时的方式）；而时至今日，《魔山》中自由主义和共产主义（或法西斯主义）之间的大讨论，对很多人而言，已经过时。又有谁曾经通读《约瑟夫》四部曲？这一问题可以使人联想到 20 世纪 20 年代罗斯福新政的过时。至于《浮士德博士》，即使是那些最盛气凌人的批评家有时也会对它做出例外的评价，并将纳粹主义和魔法等量齐观。然而到了今天的世界历史环境中，纳粹主义和魔法早已不复存在，其比喻的相关性业已丧失殆尽：也就是说，问题（纳粹主义）和答案（撒旦、魔鬼）都已经从历史中消失（或都已经融入历史，但意思是一样的）。同普鲁斯特、乔伊斯和卡夫卡不同，托马斯·曼从来没有真正质疑过现实主义小说模式，他从 19 世纪现实主义作家那里继承了这一传统；而且，他乐此不疲地以保守主义知识分子自居，当然从今天社会情形来看，已经没有了保守主义知识分子一说：即他是一个伟大的公众知识分子，有别于那些命运坎坷的天才或波西米亚式的局外者，而众多“伟大的现代作家”都被冠以这些名字（伟大的现代作家人数如此众多，托马斯·曼大可以无穷无尽地描写两类作家之间的对立——光明之子如歌德和托尔斯泰，与黑暗之子如尼采和陀思妥耶夫斯基之间的对立——他这样做，也不过是把同一问题颠来倒去地反复讲述而已）。在这方面，我们对托马斯·曼的看法，有点像我们对亚里士多德开出的快乐配方的看法（这一快乐配方包括：健康、男性、富有、理智的行为、兴旺的大家庭）。我们无法彻底推翻这些观点，因为它们都是一代人的观点，也就是说，都是历史性的；我们只能用迥异于过去阅读程式的解读方法来取而代之。

I

114 首先，《浮士德博士》从表面来看，仅仅是一部 19 世纪现实主义小说：它不是通过积累一个又一个的场面来推进，而是通过一系列省略叙事来推进，这种省略叙事只有在为数不多的情况下才点缀以短暂的姿态（这种姿态既可以是身体的，也可以是语言的），从而使行文富有生气。《浮士德博士》中传统的视觉性场景（镜头、对抗镜头、全部由对话组成的内容）往往是那些叙事者不在场的场景（例如艾德里安请求鲁迪居中调停求婚事宜的对话就是如此）。可以肯定，叙事者经常期待我们的异议，也就是说，期待我们对这一异乎寻常的特点进行审美的关注：

> 发生了什么，又是怎样发生——我知道，肯定有人认为我无从得知这一切，因为当时我并不在现场，让这些反对意见十倍百倍地向我涌来吧。是的，我的确不在现场。但在今天说来，我当时就在现场，已经变成了一个心理学事实，因为任何一个有过类似经历的人，也经历过此事，就像我真的经历过这一件事情一样，烂熟到甚至能够使他耳闻目睹此事隐藏的内容。（XLI；LP434、W455、D648）[1]

作为一种对形式的反驳理论，这一段说词不堪一击，缺乏说服力；但我们可以从一个完全不同的角度去理解，也就是说，结构特征（直接叙事与间接叙事相对立、呈现与关系相对立）同时也包含了另外一种超越了它本身存在的象征意义。就德国而言，蔡特布洛姆的在场和缺场实际上就是托马斯·曼的在场和缺场，托马斯·曼虽然在讲述德国的命运，但他自己却并不与之同甘共苦：因此在一种象征意义上而言，形式特征本身自有其象征功能，这种象征功能超越了它仅仅推动叙事发展的工具性功能。因此，在观察和罗列这部小说独特的形式特征时必须慎之又慎，对此，我认为这些形式特征同时具备象征意义。在近来的文学批评中，我认为关于"形式的意识形态"的观点，即作品的形式而非内容有可能表达一定的意识形态倾向的观点，已经被人普遍接受。这里，我们必须面对并理解这一过程的自省性：一部非常了解形式的意识形态和象征功能的艺术作品，把这种意识形态和象征功能包含进自身，把它们加以内化，并通过我称之为象征的形式使其重新得到强化。（很显然，它这样做，并不能回避意识形态，因为意识形态在阶级社会里本来就是难以回避的：但它能够在一个更高的层面创造出自己的意识形态功能和含义，这一必然过程可以被称为一种社会的哥德尔定律。）

然而我正在讨论的省略叙事——以讲述为主，展示为次，以间接的、中介的叙事特征为主（让我们借用雷蒙·费尔南德斯 115
［Ramon Fernandez］创造的、经纪德［Gide］推广的术语，这种叙事采用描述性的，而非传奇式）——很难用否定的方式把握其真正的内涵，因为它辩证性地产生一种完全相反的、具有丰富艺术特色的独特品质，我把这种品质称为轶事性的姿态效果（anecdotal gesturality）。所谓轶事性的姿态效果，是指关于讨论、言语、情景和情境的特征的长篇表达，突然之间具体化为一个栩栩如生的单独的叙述事件，例如那位法国农民妇女，朝德国

军队晃着拳头，嘴里喊着："我是最后一个！［……］可恶！可恶！可恶！"（XXXI；LP310、W327、D464）整个第一次世界大战都浓缩在这一姿态效果中了，在具体化方面再无须增加任何东西；在这里我用布莱希特的姿态效果（gestus）一词来描述这种情景，而不是使用意象这一传统词汇，目的在于强调这些情景强大的创造力，使读者能够明白无误地感受到叙事在收缩，并产生一个可圈可点的独立的戏剧性特征，这些时刻往往是特定的时间过程和叙事过程的高潮阶段。我们可以把叙事比做讲述宗教故事，无服装、背景和戏剧动作的宗教清唱剧，而不是正儿八经的戏剧：大段的合唱和乐队演奏（长篇大论的间接话语），中间偶尔杂以正式的独唱曲或咏叹调。在普鲁斯特或乔伊斯笔下找不到类似的内容，我甚至可以说，在托马斯·曼的《魔山》中也没有类似的内容；在一封写给阿多诺的非常有名的信中，托马斯·曼自己（或许按照爱森斯坦式的传统，他的这种表述很不精确）把这种情景命名为蒙太奇，也就是说，把从其他地方拿来的材料、往往是历史材料插入文中。[2]我把这种情景称为轶事性的，因为我们向他人讲述的奇闻轶事，往往就是这种引人注目的细节：因此这一场景，关于第一次世界大战中德国军队在法国的活动，或许就是托马斯·曼从一个目击者那里听来的，或在一本回忆录中找到的。

然而在绝大多数时候，这些轶事性的姿态从本质上而言都是语言的姿态（而且的确，轶事性文学同笑话一样，主要依赖于出人意料的高潮或奇思妙语）：艾德里安的父亲把他对自然力量的"思考"进行了长篇总结，并得出结论，无机化合物在模仿有机生命，就好像它们也在渴望进化到一种更加高级的形态，然后艾德里安的父亲，眼睛里噙着眼泪，嘴里喃喃自语道，"就为了这个，它们都是死的！"（III；LP20、W23、D35）——他的这一观点使儿子难以压抑狂笑的冲动，结果浑身发抖，这毫不出奇。克雷奇马尔的伟大的演讲也以这种方式结束，他的这些演讲把教育学的实践同此类（见下文）现代主义叙事结合起来，而且把艾德里安老师的口吃所表现出的惊人困难的物质性赋予前者。对这种口吃的物质性的描述就非常具有戏剧性和姿态性：

> 毫无例外地、一次又一次地，每当人们持续等待着，而且也很有理由等待的时候，灾难性的时刻就来临了；他站在讲台上，满脸涨得通红；要么在发齿擦音的时候，他大张着嘴巴，痛苦不堪地发出发动机排出蒸汽的声音；要么在唇音上苦苦挣扎，双颊高高鼓起，双唇间爆发出短促、无声的一连串快速的爆破声；或最后，当他心慌意乱、无所适从的时候，嘴巴张得像一个隧道，就像离了水的鱼一样，开始大口大口地喘气；他开始狂笑，两眼泪汪汪，好像他自己也觉得这件事很搞笑。（VIII；LP50、W54、D77-78）

116

但这还不是轶事性的高潮：这是每时每刻都在发生的事情，而不是绝无仅有、独此一家的事件。的确，这只是对肖像画法的恶意而讽刺的运用，这种肖像画法是托马斯·曼的拿手好戏，也是一个非常古老的文学手段，下文将展示这一点。在这一部晚期作品中——在谈论这种表达形式的时候，我们必须提到阿多诺关于“贝多芬晚期风格”的文章[3]（这篇文章本身被克雷奇马尔的演讲“引用”并嵌入其演讲的蒙太奇之中）——似乎托马斯·曼把各种技巧和手法彼此区分开来，把它们置于大胆新颖的孤立状态和特别为展示它们而设计的华彩乐段之中，让它们各自独立发挥作用；而在他的前期作品中，他总是结合使用各种技巧和手法，以制造一种叙事密度。

不管怎样，当这位口吃者开始谈论“人类通用的机器”，即钢琴的时候，这一痛苦的演讲终于达到了轶事性的高潮：

> 但钢琴课不应该是——从本质上来说不是，从总体上来说不是——培养一种特殊能力的课程，这门课程应该是关于音—音——
>
> “音乐的!”在一小撮听众中传来这样的声音，因为演讲者很显然就是说不出这个词，虽然他经常在使用这个词语，但总是在“音”字上磕磕绊绊。
>
> “对，就是它”，他说，一下子如释重负，全身顿时放松了下来。他喝了一大口水，然后径自走了。(VIII；LP62、W69、D96)

口吃者获得释放了——我们几乎需要在神学的意义上来理解这句话，它体现出的精神同《暴风雨》(*The Tempest*)行将结束之时，普洛斯彼罗“释放”埃里厄尔的精神相似：“回归大自然去吧。从此以后自由自在，无所挂碍，再见吧!”——这是艾德里安在小内波穆克死后所说的话(XLV；LP479、W503、D714)。很显然，这种能力的缺乏同样在表达一定的主题意义，而且通过给语言制造障碍(同时突出语言的虽不和谐悦耳，但宏大响亮、富有节奏的特征)给我们留下了非文字的音乐语言。同时，克雷奇马尔的教学最大的优点是他表现出的激情，这种激情达到能够克服口吃障碍的程度，这种情形下确立的一种模式，不仅可以解释克雷奇马尔的情景，而且还为我们预示了艾德里安的职业本身和他的独特命运：有非常重要的点评对此进行强调，而且轶事式的格式更是赋予其几乎斜体般的强化，这一极端重要的章节就是这样结束的：

> “像音乐一样的生命礼物，”我应答说，“千万别说来自上帝的礼物，我们不应该通过讥讽的二律背反来解释它，它仅仅与她丰满的天性相关。我们必须爱她。” 117
>
> “你认为爱情是最强烈的感情吗？”他问道。
>
> “你知道有比爱情更强烈的？”
>
> “是的，兴趣 。”（VII；LP69、W76-77、D107）

蔡特布洛姆的回答具有转化的功能，把主题意义转化为其他的象征意义，这种象征意义在小说的后几部分中将得到发展：

> “这样说，你是在假定一种爱情，这种爱情中没有动物般的温暖。”

然后艾德里安的回答肯定了这一轶事，并用开门的姿态结束了这一章：

> “咱们在定义上就达成一致了！”他大笑道。“晚安！”
>
> 我们回到了莱韦尔库恩的家里，他打开了门。

“兴趣”因此向前指向冷漠和一种纯粹理性和非人性的追求，而向后指向克雷奇马尔的教育学：

> 文德尔·克雷奇马尔对这一原则深信不疑，我们反复听他讲述（第一次是用英语讲述的），激发他人的兴

> 趣，并非是关乎他人兴趣的问题，而是关乎自己兴趣的问题；激发他人兴趣的途径唯有一条，而且屡试不爽，如果一个人自己对某件事物从本质上很感兴趣，那么他在谈论该事物时，必然会引起他人的关注，使他人受到感染，在他们心中激发出一种他们本来没有或从未想到过的兴趣来。通过这种途径激发他人的兴趣，要比仅仅迎合他人已有的兴趣高明得多。（VIII；LP50－51、W55、D78－79）

这种教育学概念，以其隐讳的方式表达了托马斯·曼自己称为“蒙太奇”的东西[4]，但这种蒙太奇是符合他自己兴趣的“蒙太奇”（而不是在视觉上“引人注目”的爱森斯坦式的蒙太奇）——而且同时是一种关于“世界之书”的现代主义概念，如同下文所示，这一概念包括对世界本身的认识论的范畴。因此这部小说如同当代理论一样，提出了自己可以任意使用的标准。

因此，“兴趣”现在被看做一种囊括一切的、火焰般冷静的激情和一种极致的智慧。现在我们以这种“兴趣”为出发点，重新定义那些我们曾经用来定义美学的更加古老、也更加熟悉的效果——净化、美、情感（感动得流泪，或被逗得大笑）、移情和
118 其他诸如此类的审美效果——这种重新定义还表明，这部小说通过一定的方式内化和主题化了它自己的阅读模式和关注模式，并且用我们与文本的关系，来象征它的更加隐晦和更加邪恶的秘密。

当然，这次教育学演讲——就像布道本身一样，在撒旦的布道中，撒旦向艾德里安描述了地狱的景象，魔鬼的布道简直可以与《青年艺术家的画像》中的伟大布道相提并论；这次教育学演讲深深地根植于“三十年战争”的忏悔双方的长篇激烈的演讲

中——同样可以视之为一种古老的体裁形式，嵌入一个文本之中，而后者越发接近弗雷的综合的，或百科全书式的形式。然而，显而易见，（如上文提到的）讽刺性描述本身就是一种非常古老的写作形式，从拉布吕耶尔的《品格论》和圣西门在《回忆录》（Saint Simon，*Mémoires*）中零星的描述中都可以找到，可以追溯到远至古罗马帝国的文学创作中。这种讽刺性描述手法和文学漫画总是与一些非常复杂世故的（或衰落颓废的，具体措辞取决于使用者的角度）社会空间相联系，例如佩特罗尼乌斯的时代，或法国路易十四王朝，第一次世界大战之前的慕尼黑时代或魏玛共和国时代可与之相提并论（我们会发现，托马斯·曼一度放弃了这种对上层社会的讽刺性描绘，但在《浮士德博士》对第二次世界大战的描述中，他又重拾了这一手法），而讽刺性描述手法和文学漫画与这些特定社会空间之间的联系绝非偶然现象。但在这里，讽刺因为具备了一种历史预兆功能而显得更加锐利深刻，这种预兆比任何对社会腐败或衰落的道德批判都要集中和切中要害：因为那些高度专业化和修养深厚的知识分子的思想，与他们所呼吁的政治上的倒退之间，形成严重的对立，从中产生出一种喜剧因素（参见第二十八章和第三十四章）：牺牲中产阶级个体的权力和自由，服从于一种死灰复燃的"礼俗社会"；放弃议会制的民主制度，转而采取一种新的集权政治（法国政治哲学家索列尔和意大利独裁者墨索里尼都是这一思想的先行者）。这就是亲法西斯主义的喜剧，这就是对希特勒式社会风气产生根源的探索，其探索的范围并不是为纳粹投票的主要人群，即穷人、失业者和退伍军人，而是知识分子和社会精英。

在这一系列借鉴而来的固定形式和体裁中，我们还应该加入绍尔·菲特伯格长达一章的个人独白（第三十七章）。这是一出充满炫耀色彩的精彩表演（如果世上还有精彩表演的话），这些借鉴而来的固定形式和体裁，与其说是戏仿（用艾德里安的话说），还不如说是模仿或形式上的引用（可以与更加常见的主题上的引用或语言上的引用相提并论），因此，在这一列举的最后，我们还应该加入“小说”本身的外部特征，对此我们不应该大惊小怪：从外部特征来看，这是一部资产阶级情节剧，它在罗德家庭的悲惨故事中得到充分的体现，其悲剧性的高潮就是鲁迪的命运（确切地说，我们并不想把这个传奇般小孩的最后故事包括进来，虽然它即使算不上资产阶级情节剧的最崇高的例子，在一定程度上也是其升华的体现）。很显然，这就是为什么托马斯·曼
119 在他的创作生涯中，在最基本的叙事线条之外，往往还需要加入这些插入性的叙事，而托马斯·曼最基本的叙事线条的最初形成（以及为其提供能量的罪恶的事件）以可以理解的方式，被限制在一系列没有多少行动的想象性作品中。然而这种结构上的需要，被各种各样更小的固定形式所决定和救赎。与其说它让我们想起乔伊斯和他的《尤利西斯》，毋宁说想起阿尔本·贝尔格的《沃采克》（Alban Berg，*Wozzeck*），后者也是由各种传统的固定形式所建构而成的，这些固定形式一直潜藏在叙事的进程之中。[5]

无论这种传统结构人物和结构模式的纯蒙太奇形式是多么的必要，它同时也与作品本身最深层的主题相对应：即，再也不会有旷古未闻的新鲜事物，眼前的事物往往是古老事物的重现。从政治层面而言，一种新科技创新与最古老事物的重现（超理性主义与非理性主义）的结合，与纳粹本身相对应。海德格尔对此进行过思考，他认为纳粹主义成功地发现了一种具有历史意义的创造性方法，能够利用科技现代化服务于人类[6]，但他创造性地把新科技成果（收音机、大众汽车、高速公路、电视机，等等）与纽伦堡集会和其他类似事件中体现出的准古老仪式结合在一

起，已然是众所周知的事情。从艺术层面而言，正是由于现代性/现代主义（modernity/modernism）提出的要求决定了艾德里安绝望中做出的协定。19 世纪音乐的巨大发展，不仅使艺术创作日益艰难，而且在 20 世纪里，它的压力迫使所有的成果具有了非人的特征：

> 我本来认为我具有智慧和才能是上帝仁慈地从天堂赐予我的礼物，我一直很诚实地谦逊地使用我的智慧和才能，而且一直感觉还是相当不错的：但突然之间在虔诚的冷静的聪明的状态下，没有魔鬼的帮助和火山口之下的地狱之火，我不能完成任何作品，艺术变得不可能……（XLVII；LP499、W523、D744）

这就是艾德里安最后的公开忏悔（在这个忏悔中，路德对“好作品”功效的怀疑态度依然存在）；同时，这段话也不能简单地从美学意义上来理解，而是应该从被置于反现代主义传统流露的完全绝望之中去理解；而对这一反现代主义传统而言，海德格尔对科技的分析要比其他的理论作品更加贴切。以这样的精神，以不再畏惧科技的后现代精神，或，换句话说，以自然本身已经被消除（自然本身现在正在变成基因科技和生态科技）的精神，来理解《浮士德博士》的过时性（如果《浮士德博士》真的已经过时了），同样非常重要；而且也因为我们所讨论的科技结构本身——已经不再是重工业科技，而是控制论科技——已经变得面目全非，难以辨认。导致这一切的并非是后现代避之唯恐不及的、令人难以接受的浪漫主义恶魔般的特征，而恰恰是人类的无力感，这种无力感是科技时代造就的结果，也是每个个体在社会 120
实践和美学中所面临的日益难以克服的困难所导致的结果。法兰克福学派把这种主体独立性的逐渐萎缩，比做大型托拉斯、垄断组织以及大型公司代替自由竞争资本主义时代的过程，在这一时代里，橡胶大王依然是英雄的象征。

然而魔鬼的言辞仔细地列举了一些美学形式，社会经济危机或世界历史危机可以之自我表述：

> 任何一个杰出的作曲家，在其内心都保留着一部被禁止的和自我禁止的经典作品，这一经典在不同程度上包括所有的音调，换句话说，包括所有的传统音乐。(XXV；LP239、W254-255、D358)

这正好是阿多诺的现代主义理论，或至少他的理论关注现代主义终极目标、追求更伟大创新的永无止境的努力、无休止地对新事物的追求或利用马克思的著名论断，在艺术中体现出的同追求资本积累一般的“饥渴”。然而阿多诺对这一奇怪的难题提出的著名的哲学“答案”，是把它进行颠倒，置于一种否定的程式中。现代主义被赶入陌生领域，并不是因为新鲜的和新奇的事物本身具有极强的吸引力，而是因为过去的和传统的事物已经变得难以接受，甚至成为忌讳的话题。[7]形式已经变得毫无新意，音效已经不再可闻，感情本身已经成为模式化和漫画式的产物，熟悉的词汇已经不再锋利有力，颜色模式也变得乏味无聊，旧艺术已经寡然无味。与这种大面积的衰败相对比的，是艺术和文化的巨大扩张，因而我们想要创造一种从未被一遍遍重复的东西，日益变得困难无比。

面对这种历史困境，有两种解决途径，而艾德里安拒绝接受其中的任何一种。第一种解决方法是采用众所周知的戏仿，重新利用失去生命力的形式，对其进行再创造：

我："一个人能够了解这点，排除任何批评的干扰，认识到自由的价值。他可以通过玩弄形式，使戏剧得到提高，就他所知，生活已经从那些形式中消失。"

他："我知道。我知道。就是戏仿。如果它不是这样贵族般的虚无主义，不是这样忧郁哀伤，它也会很好玩。但你肯定你能够从这些把戏中获得快乐和好处吗？"

我（很生气地反驳道）："不能。"（XXV；LP241、W257、D362）

第二种解决途径是同样著名的"艺术终结论"：

作品的禁忌性困难深藏于作品自身。音乐材料的历史运动开始与自给自足的文本作对。它在时间上进行收 121
缩，嘲笑时间的延伸；而时间的延伸是一部音乐作品的关键纬度，因此时间上的收缩使得一部音乐作品空荡无物。并非江郎才尽，亦非无能为力，使其无法提供形式；而是因为残酷的压缩要求，使得过剩成为一种禁忌，拒绝接受短句，把修饰旋律的音符敲得粉碎，反对任何时间上的延伸；然而时间上的延伸是一部作品的生命形式。作品、时间和虚饰，三者合而为一，但它们一起都沦为批评的牺牲品。它不再容忍虚饰和表演、虚构、形式的自命不凡，而自命不凡的形式对激情和人类的苦难进行审查，将其划分出不同的章节，并转化为一幅幅图画。唯有非虚构的内容依然是允许的，即把困境置于其本来的场景下进行非夸饰的、非抑制的和非转化的表达。它的无能为力和极端倾向如此根深蒂固，以至于禁止任何对它们的游戏。（XXV；LP241、W256、

D360-361)

然而这一解决途径同样遭到艾德里安的拒绝（“太感人了，太感人了：魔鬼拥有了同情心。可怜的魔鬼开始道德说教了。人类的苦难进入了他的内心。他太高尚了，把艺术破坏得一塌糊涂！”）。现在仅剩下的就是艾德里安自己在魔鬼的帮助下，在他最多产的几年中应该早已完成的作品，也就是伟大的“作品”本身，如“世界之书”的“新式风格”、歌剧世界[8]，它实际上不是一部作品，而是两部（乔伊斯的不同色调！），其展示的广袤的宇宙空间同时定义了客观性（天启）和主观性（悔恨）；我们可以认为艾德里安应该完成的作品，实际上是托马斯·曼自己创作理想的体现；但在一定意义上而言（在恩斯特·布洛赫的意义上而言），托马斯·曼把其作为一部将要完成的作品，一部虽没完成但的确存在的作品。用布洛赫的话说，这样的作品是位于艺术家的小说中心的本体论的洞穴。[9]的确，如果我们可以把所有的作品，特别是那些最雄心勃勃的作品都视为失败之作，那么我们就会对一种情形更加了然于心，那就是“失败者如何获胜”（借用萨特的术语），即一部失败的作品——残缺不全、零星散乱，甚至因为所有表达的不可能，导致作品根本无法实现——如何通过在无法自我实现的同时投射出自己的艺术观点，而摇身一变成为一部成功之作。从这个意义上说，《浮士德博士》投射出一种艺术观，而这种艺术尚不存在，或许永远都不会存在。

II

这就是这部小说引起的形式方面的讨论；但我们尚未提到另外一样东西，它既不是形式也不是体裁，而是寓言，借助叶尔姆斯莱夫把它解释为“内容的形式”的说法，我们可以更好地把握寓言的内涵。要想真正理解寓言（allegory），我们必须把它同象征（symbols）或一般意义上的哲学过程区分开来。而在这部小说中，存在大量的象征和一般意义上的哲学过程。这方面的阅读培训最初已在第三章发生，第三章是对艾德里安父亲的描绘和他“思考自然界基本要素”的爱好的介绍，关于这一细节在前文已经稍有提及。然而，在这些几乎是炼金术指南般的关于有机体的章节中，作者为我们详尽而令人难忘地列举了动物世界里的各种 *122* 伪装手段，特别是一种热带蝴蝶，能够融入到周围的背景中去，它的翅膀是透明的，上面有一些令人叹为观止的彩色斑点（虽然它们漂亮异常，但捕食者往往对它们敬而远之，因为它们不仅口味极其不堪，而且有毒）。这种独特的鳞翅类昆虫变成了艾德里安的个人象征（它的名字的字母后来成为一个反复出现的音乐主旋律或音列），当然，这一象征手法很显然是这部小说的主要任务之一，然而，模仿主题是这部小说另一个关注重点，对此我将在本章中作不懈的讲解和强调。毫无疑问，托马斯·曼在罗杰·凯洛依斯（Roger Caillois）[10]的著名作品中发现了模仿主题，而且凯洛依斯作品中的模仿主题因材料和例证之丰富而显得格外完善，凯洛依斯的作品同样（分别地）使瓦尔特·本雅明和托马斯·曼之后的“未来音乐顾问”T. W. 阿多诺大为吃惊、印象深刻。然而，模仿在这里体现为物质世界的特征，实际上是一种普遍的法则，如前所述，艾德里安的父亲在有机世界和无机世界中发现了这种普遍法则的运作。那么在这里，小说好像在挑战自身的极限，远远超越了小小的凯泽萨西恩镇，甚至远远超越了德国自身的特殊情形，极力把整个物理宇宙的根本吸纳进来。这种印象直到后来才变得清晰。在第一次世界大战前夕的慕尼黑时代（在第二十七章），艾德里安开玩笑地给儒勒·凡尔纳的一个故事配了乐，这则故事讲述在钟形潜水船里潜入深海，周围可以看到各种美妙绝伦的发光生物。在这里，同样有一整套的（我们可以漫不经心地称为）科学的内容或宇宙的视角被嵌入文本之中，用来扩展它的框架，或实际上扩展它的内涵框架。

的确，“世界之书”不仅想成为历史的和心理学的世界之书，而且想成为宇宙哲学的世界之书；它想设计一套工具，用以记录物理学和化学、银河系的亚原子和星尘，并“为其配乐”。从但丁到乔伊斯，此类作品很难真正获得人们的赏识，除非它们能够努力吸收和涵盖当时的科学知识。从目前来看，我们可以把这种做法看做最初的、前基督教的和亚历山大学派的象征传统的特征，这一象征传统的根本特征是它的三分法结构。这种独特的寓言类型被用来赋予荷马史诗——古代教育学的基础文本——隐含的意义和公开的意义、知识的内容和训诫的内容；但无论是这些意义还是内容，在今天看来都显得随意而牵强。对于荷马史诗中充满了血腥残杀和屠戮的各种战斗场面，我们应该将其字面意义置于另外一个层面上进行理解，即善与恶相互较量的层面上去理解：这并非是一个陌生的道德层面，这种读解在普鲁登蒂乌斯（Prudentius，基督教拉丁语诗人）和《玫瑰传奇》（*Roman de
123 la Rose*）中一直延续，它利用拙劣的隐喻性，在很大程度上破坏了一般寓言的可信度。但是我们正在讨论的科学内容指向我们并不熟悉的第三个层面，这一层面不仅确立了形式，而且使亚历山大学派式的或三分法的寓言具有了结构上的独创性：这就是开拓了宇宙论的层面。荷马史诗中的人物在这一层面上，并不仅仅服务于善恶较量的粗糙潦草的模仿，并不满足于在这种模仿中互相砍斫和残杀，而是同时代表自然界的基本要素本身，例如行星或原子，相互交叉、相互碰撞、相互作用，从而展现出一幅宇宙建筑材料本身的广袤无垠的模式和全景图。我冒险做此假设，任何对此类科学内容的使用（例如，在托马斯·品钦的作品中，就有大量对科学内容的使用）总是不由自主地把作品纳入三分法模式的逻辑之中，总是重新组织作品，使其成为某种形式的亚历山大学派式的寓言：因此这里的道德意义蕴含在蔡特布洛姆和艾德里安本人之间、天主教—人文主义与新教—魔鬼之间，从而沿着三分法的逻辑，寻求最终重新建立一种关于自然的和非自然或超自然的意识形态。

然而教会的神父们发明了一种完全不同于这种三分法逻辑的寓言模式，这是一个由四个层面、而不是三个层面组成的动态结构。它把耶稣的生活当做第一个寓言层面，并由此把叙事引入了静态的亚历山大学派模式，结果使得这一新的模式能够记录一个严格意义上的历史运动，基督教正是通过这一运动使古典世界的思维模式发生了革命性的变化。我不会在此罗列使用这四重寓言模式的浩如烟海的文学作品[11]，但我会把这四重模式举要如下：

《圣经》的神秘解释（ANAGOGICAL）（历史、人类之命运）

道德判断（MORAL）（独立个体的命运）

寓言意义（ALLEGORICAL）（耶稣的生活）

字面意义（LITERAL）（文本自身，首先体现为《旧约全书》的首次发表）

我现在想要表明，托马斯·曼向我们提供了一个独特的模糊结构，我们可以无所谓地将其视为三分结构或四重结构的寓言：将其视为宇宙哲学的“世界之书”，或与维柯的学说的现代性的雷鸣电闪，即“真理即成事”原则保持一致，它使我们能够理解历史，而不是自然；因此可被视为一种叙事，而这种叙事以自己的（德国式的）独特方式，试图讲述“部族的传说”。

但为了能够正确地使用我们的模式，我们需要在字面意义本身的性质上达成一致。我早已试图说明，《浮士德博士》与现实主义传统的正面表达之间存在巨大的距离；我认为，这就意味着我们不能简单地假定《浮士德博士》的字面意义体现为艾德里安
124 的生活（我想我们应该把字面意义转向第二个或寓言层面：我们无须过分强调基督学的典故，这一寓言意义不管怎么说，或许来自尼采，而不是《新约全书》）。不，这部作品的字面内容就是它的书写[12]，在书写的最后（在纪德的关于伪币制造者的个人日记中，这一点体现得尤为成功），托马斯·曼对本书的构思（如在《浮士德博士创作过程》［*Die Entstehung des Doktor Faustus*］中所说的那样）叠入了蔡特布洛姆自己的书写：他们在同一天开始书写小说，听着关于战争“进程”的同样的新闻报道（纳粹从斯大林格勒撤退），在战争中缓慢地推进自己的小说写作（虽然托马斯·曼比蔡特布洛姆大约晚一年才完成小说）。这个文本的时间性是《项迪传》中两种时间相互纠缠的冷静再现（“我开始写作这部作品已经长达一月时间，但我的主人公还只有一周大，按照这种速度……”），其中，如魔鬼睿智的观察一样，虚构小说开始让位于历史事实（“只有非虚构的东西才仍然被允许”），而且纳粹德国的真实命运（以及托马斯·曼自己的命运——他是否会在 70 岁的时候去世，这部小说是否他的最后一部作品，写作是否非常艰难?）赋予虚构的人物一种现实生活中的悲剧命运。

我们必须停下来讨论蔡特布洛姆风格，他的风格不是保守主义的（这一词汇经常用来形容托马斯·曼），而是语文学的。这种语文学是指把自己确立为文艺复兴人文主义继承者的德国语文学（从沃尔夫以降，直到施皮茨尔和奥尔巴赫）。很显然，德语

句型的各种可能性在这里都得到了一种炫耀性的展示，我不愿意将其使用的展示方式看做自恋般的自鸣得意（即使在一种能使这些风格上的特殊习惯呈现出各种含义的背景中也是如此，例如在费利克斯·克虏尔“着手写作”时，便具有过分的谨慎和强烈的自我意识）。我认为，华兹华斯的“自我本位的崇高”中体现出的相对非个人性，更适合于描述托马斯·曼与他总体文本写作之间的关系。阅读他的文本，并不能激起恼怒和气愤，而弗洛伊德认为，恼怒和气愤是他人欲望的表达或泄露所激发出的反应，虽然托马斯·曼的文本毫无顾忌地把第一人称当做支点，在其周围罗织句子。[13]“古罗马轶事”一章（第三十章）中提到克莱斯特，引用了关于提线木偶（提线木偶纯粹的物质性可以单独与上帝恩典的纯精神性相提并论）的一篇著名的文章；但后者不仅让我们想起克莱斯特自己内在结构错综复杂的句子，而且让我们想起这篇文章的姐妹篇《通过说话逐渐完成思考的过程》，它认为意义来自于你完成自己语句的结果。（我们很有必要关注一下克莱斯特在此文中所列举的两个例子之间的对比：首先是法国大革命的激烈演说；其次是学校关于国家和个人财产的枯燥乏味的具体课程：其隐含之意昭然若揭——革命现在已经成为新兴语言的“力量的组成部分”，这一新兴语言一旦用于书面写作或机构描述，就会变得固定而僵化。）不管怎么说，关于蔡特布洛姆的写作，我们必须首先从中发现现代句型本身是一个象征行为，象征 125
人文主义和文明对难以驾驭的古语的征服，这种征服沿着从对古典语言的模仿到现代语言的标准化这条路线发展。因此，在多种动机的驱使下（例如，自我隐藏的动机），艾德里安最终沉浸在更加古老的（因此也就是更加“意识形态的”）令人费解的语言中，他利用这种语言进行了最后一次公开忏悔：

> 我当时不该为他各种各样不规则的发音而痛苦不堪，当时他在使用一种古德语，他总是喜欢在写作中使用这种语言，这种古德语具有诸多的缺点和开放的句子结构，而且经常包含一些难以确定和毫无规则的东西：是啊，多久以前我们的语言才摆脱了这种野蛮的语言，并在语法和拼写方面略具规则啊！（XLVII；LP495－496、W520、D738）

我们还应该注意一下一种想要囊括各种方言资源的努力，这些方言构成了德国性，而德国性则是这部小说的核心问题；同时我们还应该关注瑞士的独特地位，托马斯·曼选择在这个国家度过余生——瑞士德语是最后作为艾德里安爱的目标的神圣小孩的语言，而且对托马斯·曼来说，瑞士摆脱了中欧的魔鬼诅咒，构成了唯一真实的西欧形式的德国。

这种叙事风格的自我中断和清嗓子的行为，很显然，叙事者自己也通过反复道歉对其进行了强调，但叙事者的道歉行为反而进一步阻挠了叙事的进程。我们应该通过时间的模糊性来理解这种叙事的中断。这种中断可以被视为恐惧：对即将发生的事物的焦虑，例如德意志帝国的垮台、艾德里安自己陷于梅毒性全身麻痹，以及那些意想不到且不可避免的事物。但不管其模糊性有多强，这种犹豫和退缩，这种“抵制”（按照精神分析的严格程序来说），必须通过能够赋予它力比多积极性和满足感的事物来理解。换句话说，在一种不同的意义上而言，人们不希望它结束：让写作过程一直继续，让这一过程不断地延宕，让我们不要过快地抵达这本书、这部传记的终点！同时我们也不应忽略在这种模糊性中蕴含的深刻内疚感：蔡特布洛姆肯定希望自己的国家战败，不仅希望彻底破坏希特勒帝国，而且希望彻底破坏德国过去的一切，这一切以希特勒帝国为巅峰；也就是说，彻底破坏“传统”本身，而蔡特布洛姆在某种职业意义上而言是这种传统的守护者（V；LP30、W33-34、D49-50）。我想，这就是蔡特布洛姆哆哆嗦嗦的双手的另一面，他正是用这双手把他的朗诵记录下来；这就是那种激动状态的另一面，“在这种激动状态中，我发 126
现我已经开始了这项传记大业”（IV；W30；同时还可以参见LP27、D45）。但是被伍兹翻译成负面意义的词“激动，兴奋，混乱，骚动”，还可以仅指“激动”；或说得更加确切一点，它在自身中包含了一种表示内在混乱的概念，这种概念同时可以暗指激励和激动，就像我们有时很难区分焦虑和期待一样，我们很难确定这种概念到底在表达激励还是激动。读者反应在这里遵循一种原则，我们姑且称之为克雷奇马尔原则：因为蔡特布洛姆本人在经历一种自己的语言带来的内在的、句法的激动，而读者也可以在他的语言中找到同样的愉悦和享受。句型在这里被转化成为一种时间本身的象征：被夸大和强调的句型变成了时间的化身；因此它能够充当一种字面的表达基础，只要其象征或引申的契机超越了所讨论句子的字面意义，就可以在其上建构其他的寓言层面。

然后就是它们在相关的不同历史维度间来回切换——艺术家在威廉二世时代和在魏玛共和国的生活、盟军在欧洲前线的猛烈攻击、孤独中的蔡特布洛姆一页页积累起来的作品（以及托马斯·曼在他太平洋普斯里萨德斯的书房中一页页积累起来的作品）、中欧自身的独特命运，而中欧是宗教改革发源地和三十年战争发生地（以及其他更多的即将“震惊”世界的事件的发生地）——这些独特的时间性形成一条条独立的线条，相互纠缠在一起，最终，我们通过对寓言的分辨过程将其联结成整体。

不连贯性——一种时间性被另一种时间性打断——因此在这

里成为寓言意义（使用意义，而不使用“结构”一词，是为了强调一种“结构”所缺乏的生成过程）的操作者自身。它使得我们有可能把第二层面——艾德里安作为作曲家的生活，即纯粹的音乐内容——分离出来，使其具有某种更加独立和更加专业化的特征，这种特征是三分法寓言模式所不能赋予的。在三分法寓言模式中，音乐技巧的细节仅仅表示更加普遍的道德意义——因此它与经典现实主义的各种相似的表达方式相对照，同时赋予这些方面一种非虚构半独立的特征。比如，当关系性问题在音调系统危机中作为一种专业性问题出现的时候，我们就可以对这一问题进行全面的关注，它概括起来就是：“相互关系就是一切”（D74、W51、LP47）。单独的音符就自身来说毫无意义，它只有处在一个具体的音调语境中才能获得音乐价值。但在音调体系中，语境从本质上而言“模糊不清、模棱两可”（原文用歧义的、多义的“zweideutig”一词，W 用“ambiguous”，LP 用“equivocal”）；它可以朝各种完全不同的方向发展：

> 他弹了一个和弦：全部都是黑键，包括升 F、升 A、升 C 和 E，从而暴露出和弦的类型，看起来好像升 F 大调，就好像其主要调性为 B 大调一样。“这种和
> 127 弦，”他说，“自己没有调性。一切都是相互关系，而相互关系构成一个循环。”A 音向升 G 过渡，从而使 B 大调向 E 大调过渡，引导他经过 A 键、D 键和 G 键，到达 C 大调和降半音键，就像他向我演示的那样，在音阶序列中 12 个半音的任何一个音上面，我们都可以建立一个全新的大调音阶或小调音阶。（VII；LP46、W51、D73）

就是这种不稳定的古典体系在 20 世纪分崩离析；12 半音系统代替了一个由 12 个音以特定的序列形成的既定调性，其意图在于通过一种难以确定的方式，改变我们的整个听觉接受模式，并用一种截然不同的音调关注代替原先的音调关注。[14]

事实上，这部小说绕开了一个难题，这一难题让我们想起恩斯特·布洛赫的伟大的描述，他把艺术家小说描述为侦探小说的反面和对处于它自己的叙事中心的空洞或空白的"呈现"：这是未来艺术的作品、有待实现的艺术作品；与之相随的是未来接受模式本身，以及未来的超人和共产主义新人类，或许这些都有点乌托邦和难以想象。然而，即使用预言的方式，一部小说并不能教会我们这些新的习惯和接受模式，也不能教会我们这种未来艺术作品——无论它有多么雄心勃勃，正如由阿多诺推崇的最后两部伟大的代表作《启示录》（*Apocalypse*）和《浮士德博士的哀歌》（*Lamentations of Doktor Faustus*）一样；因此，对那些我们目前还无法知晓或看见的事物，我们必须找到一些更加微不足道的主题来解释。这一主题（并不在勋伯格问题之外，而是早已蕴含在其中）将是复调主题，即用一种横向的结构组织乐队和弦，而不是如 19 世纪"现实主义"的经典音乐作品一样用纵向的结构组织乐队和弦。音调系统在自身的丰富性的重压之下，和更多的组合乐队声音的更大的重压之下，早已不堪重负：它的墓志铭的确应该是那个"黑色的正方形"，即那个最后的静止的不和谐和弦，也就是贝尔格的《璐璐》（Berg，*Lulu*）结尾时所使用的音阶序列中的 12 个相结合的音。

而 12 音系统却相反，它允许我们使用那些受人推崇的复调节奏，在这些节奏中，"同样的节奏"在变动不居的整体声音层面上不断重复自身，回应自身。但在何种意义上，这种系统才能为我们提供一种新的表达途径，才能允许我们填补布洛赫称之为艺术家小说中心的空白点或盲点，而不管我们使用的填补方法多么不完善？它可以通过其寓言意义来达到这一目的，或者可以说，通过直接进入寓言意义的下一个层面达到这一目的。

这种横向的或复调的结构作为一种古老的历史时刻，被利弗休恩（Leverhühn）的现代性所利用，用来逃避调性的自相矛盾，因此我们可以把这种横向的或复调的结构看做一种社会形式，对其进行分离和描绘。我们只需要回到艾德里安的童年（第四章）和“谷仓空地上汉娜”领着孩子们进行音乐轮唱那里：

128 这样，我们每个人在时间上总是彼此分开，但每个人所唱的曲调总是令人愉快地与他人的曲调结合在一起，我们所创造的高雅的集合、这样一个声音的整体是合唱永难企及的；这种复调结构令我们开心不已，虽然我们对其性质和原因不明所以……我们谁也没有意识到，在一个在马厩里干苦力的姑娘的带领下，我们到达了一个已经相当高的音乐文化层面，这是15世纪的人们所发现的能够赋予我们快乐的一种途径。（IV；LP28－28[①]、W32、D48）

在和谐体系中，所有的音要么是主人，要么是仆人（这就是约翰·康拉德·拜塞尔所谓的不同的色调），都必须在（借用芒福德的话）一个小型的、艺术的巨大（和前面小型什么关系）机器（mega-machine）中盲目地承担起各自不平等的职责。而在这里，一种平等性把所有的声音统一在一起，而所有的这些声音可以说并没有自己真正的个体性；就好像手工艺人一样，每个人的

① 原文如此。

技艺就本身而言都是独特而富有意义的，但与此同时他们都给整个村子的繁荣做出了贡献。我曾经使用了社会隐喻法来做这种描绘，借以支持下述观点，那就是在另外一个层面上，横向和纵向之间的对立、复调和和谐之间的对立，在一定程度上，同样是法理社会（Gesellschaft）和礼俗社会（Gemeinschaft）之间的对立、古老的朴真的社区和19世纪晚期城市新兴的工业聚结区之间的对立。我们在今天已经不大记得（但托马斯·曼的慕尼黑的一章——第二十八章——对此专门进行了强调），礼俗社会一度是非常流行的纳粹词汇，令人联想起“民族的，种族的”和德国国家主义，而不是回想到德国古老的、神化的传统。就这一层面而言，艾德里安想“克服现代性”的努力[15]——利用古代的优势，解决现代音乐的危机——可以等同为纳粹把神话的煽动性、神话的景象与技术上最先进的各个领域的工业设备相结合的行为。但至此我们已经（蔡特布洛姆会这样说）大大超前，已经在期待我们尚未完成的故事的高潮。

正如我想揭示第四层面，即最后的“《圣经》的神秘解释”层面的社会主题意义一样，我们必须首先全面了解第三层面，即道德判断层面，也就是个体灵魂的命运。我想在这一独特的层面上把战争本身视为一条时间线条：在传统的第三（或道德判断）寓言层面的心理学的或存在主义的限制下，这一点已经显得自相矛盾了。但同样自相矛盾的是，在我看来，希特勒主义的整个历史现象在这里并不适用（的确，我们通常将其置于第四层面或集体层面来讨论）：对于这一点，有一个完美的理由，就在于此类文本的更深处的模糊性（以及托马斯·曼与纳粹主义关系的内里的模糊性，托马斯·曼与纳粹主义都具有相同的“浪漫”基础[16]）。这种本质的模糊性导致一种结果，即作为一个历史时刻和一个社会运动、作为这种特殊层面上所要求的伦理对立的承担者的纳粹

129 主义本身是无法实现的：不管纳粹主义产生何种伦理二元对立，都会立即被纳入辩证的反面和尼采式的超验。不幸的是，为了让模糊自身成为一个根本主题并为其寻找具体的表达，我们必须预设善与恶之间的截然对立，这种对立的设置，对中世纪（又是中世纪）晚期的神学家来说，要比对我们来说顺手得多。

但是一旦我们面临曾经被称为最后一场“正义战争”的第二次世界大战和摩尼教的行动（其中对善与恶的分辨不再存有疑虑）时，这种模糊性则完全消失。当每个人必须选择一方时，这场战争便制造了最后关头的存在主义选择，“反讽”在其中已无容身之所。但这场战争还具有另外一种美学特征，即这场战争是一个时间过程，而且其速率越来越大，并且至少在斯大林格勒战役之后（以及在时间上来说，从这本书的创作开始之后），战争具有了不可避免的、宿命的、注定的结局。我们可以借用这种时间性，把它转化到蔡特布洛姆的写作和艾德里安的厄运等其他层面。同时它还打开了这部单子性作品的外部或外在面（阿多诺认为对任何艺术作品来说，单子性既难以呈现，又不可或缺），并将其纳入形式之中，纳入我们已经提到过的关于身份和差异的辩证之中（当前事件和世界历史的发展速率与存在主义体验截然不同，更不用说阅读过程，但正是由于两者之间的差异和不可比较性本身，使得当前事件和世界历史的发展速率成为存在主义体验的一部分）。

然而，一旦涉及个人体验，这场战争提供了一种独特的主题，我们不可能在其他任何领域的原材料中发现这种可以转换的主题，这种主题就是“突破心理学”（XXX；D459、W323、LP306）：它具有多种形式，贯穿整部文本（而突破也可以指打断；但并非所有的打断都是真正的突破）。在极端意义上来说，这是一个地缘政治主题，它来自于这样一个事实：德国是一个世界强国，但却是一个后来者，而且被他国孤立，没有尊重、没有盟友、没有殖民地、（凡尔赛合约之后）没有军队、没有生活区域，等等。两场战争都可以被视为为了突破这种孤立状态、与外部世界建立或发展新的联系，而做出的最后的、绝望的、拼死的努力（托马斯·曼著名的《一个与政治无关之人的思考》就明确地记录了德国的这种内部国家感情）。

我们没有任何必要去判断这种国家感情是否有足够的理由：
的确，想要判断任何一种类似的集体表达正确与否是非常困难
的。对我们的目的而言，有一点更为重要，即“突破”可以在一
种更加受到限制和更加具体的意义上体现为那些具体的军事行 130
动，而对战争时间性的关注往往着眼于这些军事行动。在两次世界大战中，西线都是多次战役想要“突破”的关键地点（最有代表性的是著名的施利芬计划，它在第一次世界大战中实施失败，但在希特勒的闪电战中成功了）；我们并没有把“突破”与东线上的攻击特别联系起来，但很显然，当苏联红军开始向西攻击时，东线以最严峻的方式开始发挥作用。

无论如何，这一比喻在战场上显得最具体可感，此后将其用于心理学意义——例如用于艾德里安对埃斯梅拉达疯狂的追求——不仅毫无问题，而且非常贴切。在此方面，这一比喻尽可以移用于各种各样的场合和表述，例如，这就是蔡特布洛姆必须对时代发表的言论：

> 文化一度非常独立，它高高地站在一个令人敬仰的高度。如果它早已习惯于和国家保持一种秋毫无犯的关系，那么其后世的表述则希望把这场已经爆发的国家大战当做一种路径，可以借它获得突破，达到一种焕然一新的生活形式，国家和文化在其中合而为一。（XXX；W317、LP300、D450）

然而这一特殊的表述把我们带回寓言等级的第四或最后的层面，即集体层面，并促使我们做出一些关于这本书的“终极”意义的概括性思考，虽然这一意义只不过是众多寓言意义之一而已。然而包含在这一问题中的，还有另外一个关于小说普遍性的问题，在这种视角之下，集体的终极层面只能导致对德国自身、德国的命运和德国例外论的探讨：这一主题很容易衰变成为一种普遍的惊讶情绪，即面对贯穿德国历史的文明与野蛮的结合时所产生的惊讶情绪，这种文明与野蛮的结合既可以把贝多芬和希特勒联系起来，也可以对路德和尼采进行对比分析。让我们明白所有国家的传统都很血腥野蛮，虽然轻而易举，但是难以令人满意（不管他们各自国家的历史课本试图告诉他们什么内容）；而认识到并非所有的国家文化都像这一文化同样杰出，更让人沮丧不堪。现代性和现代化的框架能够提供一个更加可行的背景，在这一背景中可以提出（如黑格尔常做的那样）例外**就是**规则，就这种意义而言，并无一般事物存在。把现代性视为与古代的契约进行分析，在后现代状况下并无多大的吸引力，因为后现代已经彻底地消除了古代的最后一点痕迹，而只剩下后者的幻象。（是的，对这样一部从本质上属于现代主义的作品来说，它对后现代读者的吸引力依然是一个值得考虑的问题，而这些后现代读者已经非常成功地重新发掘了其他的诸如乔
131 伊斯、普鲁斯特或卡夫卡等现代主义“经典作品”。）

我认为，在上文刚刚引述的一段话能够引导我们走上一条富有成效的探索之路：它的确提出了威廉二世时代的年轻人的理想，这些年轻人即将成为魏玛共和国的公民，如果不是死亡王国的公民的话，他们的理想就是把已经分离的一些维度重新进行融合，具体而言，就是把国家和文化重新融合。然而这样说，无非是要记住这种独特的显微学象征，阿多诺经常这样来称呼，在整部小说中揭示出一些更加强大和更加显著的表述，特别是传统社

会中艺术获得的“盲目崇拜”或宗教的功能与现在社会中艺术仅仅作为一种“文化”的世俗地位之间的对立。的确，如果艾德里安还具有一些社会思想或政治思想的话，那么他的思想就是关于这一问题的，他从克雷奇马尔那里了解到这一问题的重要性（VIII；W64、LP59、D91-92）。这位年轻的作曲家还流露出一种对从前教会和国家尚未分离的社会状况的怀旧情愫：

> 我不能赞同你的激进主义——这种激进主义肯定不能持久，因为它凭借的仅仅是学生的身份——我不能赞同你的关于教会和基督教在克尔恺郭尔之后分离的观点。即使教会在今天已经完全世俗化，并且降格为资本主义意识形态，但我还是发现教会依然是秩序的大本营，是一个能够教育、疏导、促进宗教生活的机构，如果没有了教会，宗教生活将会沦为主观主义的道德败坏、神的力量和魔鬼的力量相交织的混乱局面、离奇怪诞的世界和魔鬼泛滥的牺牲品。把教会和宗教分离，就是把宗教同疯狂混为一谈。（XIV；LP119、W128、D180-181）

艾德里安“激烈的嗜古癖”（XXXIV；W396）让他非常具体地提出用音乐的名义使教会和国家重新结合，他的这一意识形态诱惑与我们已经讨论过的前法西斯的魏玛共和国知识分子的观点不谋而合，魔鬼自己对这一问题做出了最明晰的解释：

> 你能理解吗？你不仅要突破时间的让人丧失能力的困难——你还要突破时间本身，这里的时间指的是文化时期，及其崇拜对象，同时你敢于变得野蛮，而且是双重的野蛮，因为这种野蛮是在人文主义之后，是在所

> 有可能的根处理和资本主义精炼之后出现的。相信我，一旦文化背离了崇拜，而且这种崇拜即使在宗教领域也只能看到文化，那么，没有极端倾向、没有自相矛盾、没有神秘的激情、没有经历纯粹非资本主义考验的人文主义对神学的掌控，还赶不上野蛮对神学的掌控。（XXV；LP243、W259、D365）

在我看来，讨论在这部伟大作品的现代主义概念中起作用的宗教的、中世纪的、狂热崇拜的残余因素（例如但丁的《神曲》中的
132 迷惑效果，同样在乔伊斯的作品中发挥作用）——或甚至关于艾德里安的最后两首伟大的乐曲的宗教框架——远远不如根据区分过程重新提出这一问题更有意义。

卢曼的确把区分过程看做现代性本身诞生的过程[17]：不管他的解释是一种定义，或仅仅是一种形式的描述，我们不必在这里进行讨论。但是由于世俗化是这一过程最直接的特征，因此我们有必要提起托马斯·曼作品中的一个早期人物，他构成了这些难题的焦点。在历史上而言，其方式完全不同于《浮士德博士》处理这些难题的方式，但无论如何他的例子具有强烈的教育意义：我指的是《魔山》中的人物那夫塔，以及这位共产主义的耶稣会士沿着中世纪的路线致力于教会与国家的重新结合。事实上，我们知道，当托马斯·曼在塑造人物那夫塔的时候，他被一本书深深吸引，这本书为他强调了布尔什维克主义和中世纪世界观；宇宙观之间的类比。[18]那么按照卢曼的观点，我们可以提出，现代性的致命诱惑、它的罪恶的诱惑，实际上恰恰是区分过程的倒退。它想把教会和国家等已经被历史截然分开的不同的层面重新结合起来。为了把对立双方结合起来，它在绝望中不惜使用武力。从这种角度阅读托马斯·曼对德国命运的思考，不仅仅是将其置于后现

代状况下而非现代状况下对其重新考虑，而且要洞察一种缝隙，即他忧患忡忡地考虑的对区分过程的消解（正是这种观点导致了晚近、后冷战时代反乌托邦文章和哲学讨论的大量涌现）和一种形式相对不同的反区分过程之间的缝隙，这种反区分过程指专门化和独立的层面之间彼此互相转化，这也是后现代的根本特征。

然而，只要涉及《浮士德博士》，我们必须牢记，寓言操作本身是一种历史意义上独特的区分形式：这部小说因此就像受到邪恶的诱惑一样，对重新融合和重新界定抱有强烈的怀旧情结，而这种重新融合和重新界定将会从一开始就断然不把这部小说看做一个寓言。

（1997）

【注释】

［1］所有引文都来自 H. T. Lowe-Porter 的译本（New York，1948），但我还是更加喜欢 John E. Woods 的新译本（New York，1999），虽然很多人会以充分的理由加以反对；此后的引文将给出章节和引文分别在 Lowe-Porter（LP）的译本、Woods（W）的译本、德语原著（D）（Frankfurt：Fischer Verlag，1951）中的页码。

［2］参见 Adorno/Mann，*Briefwechsel 1943—1955*（Frankfurt，2003），pp. 18–20。

［3］参见 Adorno，*Essays on Music*，ed. Rihard Leppert（Calif.，2002），pp. 564–567。 *133*

［4］参见托马斯·曼于 1945 年 12 月 30 日写给阿多诺的信件，Adorno/Mann，*Briefwechsel 1943—1955*（Frankfurt，2003），pp. 18–22。

［5］参见 Pierre Boulez，"*Wozzeck* and Its Interpretation，" in his *Orientations*（Harvard，1986），pp. 374–379。

［6］参见拙著"Heidegger and Fascism"（即将发表），海德格尔关于科技的分析还可以参见"Die Frage nach der Technik，" in *Vorträge und Aufsätze*（Pfullingen，1954），pp. 9–40。

［7］参见 Adorno，*Aesthetische Theorie*（Frankfurt，1997），p. 57（trans. Hullot-Kentor，Minnesota，1997），p. 34。

［8］参见 Franco Moretti，*The Modern Epic*（London，1996）。

［9］Ernst-Bloch，"Philosophische Ansicht des Künstlerromans，" in *Verfremdungen* I（Frankfurt，1963），pp. 64－80.

［10］Roger Caillois，*Méduse et cie*（Paris，1960）.

［11］但可以参见 Henri de Lubac，*Exégèse mediévale*（Paris，1959—1964，4 vols.），特别是 vol. I，pp. 139－169 和 pp. 200－207。

［12］从另一方面来说，《魔山》的字面意义对我而言，好像是由现象学的时间构成的，也就是说，是由阅读时间，而非书写时间构成的。

［13］参见"Creative Writers and Daydreaming，" in Sigmund Freud，*The Selected Edition*（London，1959），vol. IX，pp. 152－153。然而当读者从这些句子的魔力中挣脱时，这一切便失去了真实性：把托马斯·曼的人物置于传记体文学中进行批判，在近年来相当普遍。

［14］对这一问题的经典论述是 *Adorno's Philosophie der neuen Musik*（Frankfurt，1958），在托马斯·曼正在写作《浮士德博士》的时候，他阅读了这部书的书稿。

［15］这一引文来自 1942 年召开的具有历史重要意义的日本哲学研讨会，引自 Harry Harootunian，*Overcome by Modernity*（Princeton，2000），chapter 2。

［16］这是 Hans Wisskirchen，*Zeitgeschichte in Thomas Mann*（Thomas Mann Studien VI：Ben，1986）坚定不渝的观点。很显然，这种反对意见在很大程度上依赖于谴责托马斯·曼自己的理由，即对立本身：赋予德国文化一种"非理性"传统（从施莱格尔兄弟，或甚至路德，到尼采和其他），这种传统与理性的或启蒙的边缘传统相对（莱辛、歌德、海涅、马克思和海因里希，如果不包括托马斯·曼的话）。这种理性和非理性之间的对立依然是卢卡奇和哈贝马斯的核心关注：有人会想，这一对立在后现代是否依然适用。

［17］Niklas Luhmann，*The Differentiation of Society*（Columbia，1982）. 同时还可以参考 *A Singular Modernity*（London，2002）。

［18］Wisskirchen，op. cit.，pp. 61ff.

第三部分

六　从历史看《尤利西斯》

我一直想谈谈《尤利西斯》中最乏味的两章内容：绝大多数人都赞同，欧迈俄斯和伊萨卡两章，也就是出租马车车夫的住所和问答集的内容最为乏味。但我发现，要正确地讨论这一问题，我们必须对小说其他部分的内容进行比较详细的讨论，从而证明它们在乏味程度上远远不及这两章。然而，由此你需要考虑众多问题，其中包括乏味自身，以及我们在处理此类文学文本的时候，特别在处理典型的现代主义作品甚或后现代主义作品时，我们应该如何使用乏味这一概念。我仍然会对这一问题进行一定的解释——我认为我们可以富有成效地使用乏味的概念，它往往能够告诉我们关于我们自身和我们今天生活在其中的世界的非常有意义的东西——但我同时打算在极不确定的意义上使用这一概念。因此我首先会说，如果《尤利西斯》中有一些非常乏味的章节，我们必须在一定程度上学会容忍的话，那么《尤利西斯》的评论中也有一些乏味的阐释。在其发表 60 年之后，若加以努力，我们也可以摆脱这些乏味的评论，毕竟今天的社会环境和世界环境迥异于《尤利西斯》的经典解读产生的时代。

的确，如果我们不能发明出一些新颖和不同的方法来解读乔伊斯的话，那才是咄咄怪事呢；从另一方面而言，我将在下文提到的传统阐释已经深深地沉淀在《尤利西斯》的文本之中——《尤利西斯》属于那些“永远被人读过”的作品，在你开始读它的时候，总是已经有人对它进行了阅读和阐释——我们很难以全新的观点审视这一文本，也不可能在阅读它的时候，无视这些阐释的存在。

我认为，对《尤利西斯》的阐释可以分为三类，我将其分别称为神话批评、精神分析批评和伦理批评。换句话说，这些对《尤利西斯》的评论分别是：第一，从与《奥德赛》的平行结构出发进行阐释；第二，从父与子关系的角度进行阐释；第三，从某种幸福结局的可能性出发进行阐释，根据这一幸福结局，布卢姆日这一天将改变一切，特别会改变布卢姆先生在家里的地位和他与妻子的关系。

138 让我们首先讨论最后一种阐释。我不想就莫莉的独白多加评论，也并不仅仅追问为什么我们都关注一个事件，即一定要在小说讲述的一天中发现有确定的事情发生，而是首先发问，为什么我们都应该关注一件特殊的事情，在这件事情中，人们认为布卢姆先生在家庭中重新获得了一种权威，而据此假定他的家庭重新成为一个充满生机的家庭单位。（你可以回忆这样一个细节，布卢姆先生曾叫莫莉在第二天把早餐端到床上——这是对所有追求者的胜利！）今天，好斗的女权主义使尽浑身解数在反对原子家庭和父权家庭，我们还能否沿着婚姻咨询的路子对《尤利西斯》重新进行解释，还能否热衷于从挽救婚姻和拯救家庭的角度孜孜地分析人物性格和他们的命运？我们还能否把布卢姆先生在都柏林的所有体验归结为对“幸福结局”的追求，在这一“幸福结局”中，不幸的主人公将重拾男子汉气概，从而成功地变成了一个支配的、父权的、独裁的男性？

但我们依然可以把这种特殊的解读，归结为对《尤利西斯》与《奥德赛》进行平行结构分析的一贯做法。关于神话阐释——无论是《尤利西斯》文本本身，还是一代又一代盲从的阐释者，都向我们强调了《尤利西斯》与《奥德赛》的平行关系——我们也需要考虑一些别的东西。我们现在已经在很大程度上，如愿地超越了经典现代主义及其意识形态的时代。正如萨特曾经说的，在现代主义意识形态中，有一种“关于神话的神话”，也就是说，人们坚信在神话中存在一种统一性和一致性，人们在神话批评中使用这种观点，甚至把这种观点当做神物一样来崇拜。这种神话意识形态的丧失仅仅是整个现代主义意识形态丧失的一个特征；但这种丧失尤其富有意味，对其进行考察将会很有示范意义。在没有深度的消费社会里，在我们这个本质上受表面逻辑支配的幻象世界里，为什么这种深层统一性的神话理想已经不再具有吸引力？为什么它再也不能充当一种可能的或可行的解决之道？很显然，这种神话理想或神话幻觉的衰落，与经典或全盛时期现代主义所钟爱的另一主题和体验的消失之间联系密切，这种主题和体验关乎时间性、“持续时间”、一生的时间和时间的流逝。但或许解释神话和神话批评的衰落，最容易做的就是指出列维-斯特劳斯等人类学家对我们的帮助，让我们突然之间意识到，神话根本就不是我们曾经认为的那样：神话并不能反映自我的荣格式深层统一，实际情况恰恰相反，神话先于精神或主体本身、自我、人格、身份等的建构：它先于个人性而存在，属于集体的范畴，几乎不能为我们提供神话批评本应当为我们提供的安慰。

从另一个角度而言，我们几乎不能把《尤利西斯》看做别 *139*
的东西来解读。如果这样的话，我认为，就相当于转移了阐释行为或阐释操作本身。《尤利西斯》与《奥德赛》的平行结构从而可以被视为《尤利西斯》叙事文本的一种组织框架：但这种平行结构本身并不像神话理论家们所鼓吹的那样，是对《尤利西斯》叙事的阐释。实际上，这种平行结构本身——作为一种组织框架——需要阐释。就其本身而言，与《奥德赛》的平行结构——同整个经典模仿传统的诸多例子相似，例如从科克托或甚至从《倾城佳人》（*La Belle Hélène*）一直到季洛杜、卡夫卡、约翰·巴斯或佩列文（Pelevin）等——是一种机智的体现，作为读者，我们需要进行一种匹配操作，其中的现代细节与其古典超文本（overtext）之间的对应因其简单明快而受人青睐，比如奥德修斯与妻子帕涅罗佩之间长达十年的分离，在《尤利西斯》中对应于布卢姆家庭中伴侣之间长达十年之久的不完全性交或肛交。然而，你会赞同，确立这种平行结构很难成为一种阐释——也就是说，用反讽的手法并列二者，既不会赋予荷马的经典文本新的意义，也不会赋予当代控制生育的行为新的意义。

真正的阐释绝非如此，它涉及形式本身的激进的历史化；我们需要阐释的，其实就是这种独特而复杂的文本结构或解读方式的历史必然性。我们可以通过提出一个叫做“偶然性”的哲学概念或存在体验，来开始讨论这一问题。在现代历史上的某个时刻，事物所具有的古老的确定的意义发生了变化，或我们称之为体验性的东西发生了变化；这一变化同任何时候一样，首先得以在美学层面感受分明。一种危机发生了，我们可以称之为细节危机。在我们的叙事过程中，人物需要房子居住，需要房间与人交流，但我们并不能提供具体的理由来解释，我们为什么选择这一座房子，而不是另一座，或选择这一个房间，这一种家具，这样的风景，而不是其他的房间、家具和风景，诸如此类。这是一种非常独特的两难境地，巴特以及其他人对此进行过解释。巴特当时用意义与存在的分离来解释现代或现代性的根本体验：

> 对“真实事物”的纯粹而简单的“呈现”，对“当下的事物”（或曾经存在的事物）毫不矫饰的描述，由此表明对意义的拒绝；这一拒绝又一次确定了 vécu［也就是存在的事物或存在主义的“生活体验”］和事物意义之间的至关重要的神秘对立；这不由得让我们想

> 起，在我们这个时代的意识形态里，存在一种对“具体”的执著追求（例如人们要求科学、文学和社会实践要尽可能具体），而这种对“具体”的追求往往成为反对意义的有力武器，根据一种略微带有法律倾向的概括，就好像存在的事物从结构上而言，不能携带意义——反之亦然。[1]

如果我们想要纠正这种观点的话，只需要说生活、生命、生机也 140
是一种意识形态，在乔伊斯的整体作品中可以发现这一点；但总体而言，巴特提出的关于存在之物和表意之物之间的对立，能够使我们理解经典现代主义作品中一整套的形式策略。这些形式策略包括从对艺术作品的去物质化（例如弗吉尼亚·伍尔芙对自然主义的攻击、纪德对人和事物描述的省略、同“纯诗歌”一样的“纯”小说理想的出现）到象征主义本身的实践等一系列内容，而象征主义把现存的事物用非常规的手段转化成为非常丰富的具体可感的意义。我相信，就算我们自己有这样那样美学上的缺陷或片面误导的观点，我们已经相当充分地领会了这一思想：对我们而言，任何采用象征主义的艺术作品无须再考虑其真实性，它本身就是不可信而无须计较的。经典现代主义的漫长体验，最终让我们意识到了文学中象征的破产；我们不满足于艺术家轻描淡写地告诉我们存在之物同时也表达意义，或告诉我们事物同时也是象征符号。这恰恰就是我非常迫切地想把乔伊斯从极端可疑的象征作家名头下解救出来的原因。

但在我尝试描述《尤利西斯》文本中真正发生了什么之前，我想做一件在面对上面引文时巴特不屑于做的事情，即为这种现代主义危机寻找历史原因。这种现代主义危机是存在之物和表意之物的分离，是我们所讨论的强烈的偶然性体验。我们必须从历史的角度解释这种体验，因为它并非一目了然，特别从意识形态角度——存在主义的或尼采式的——更加不易被发觉。罗兰·巴特同其他众多的批评家一样，就是从意识形态角度考察这一问题的。从意识形态角度来看，对我们物质世界的荒诞、强大的偶然性和无意义性的发现，只能是人类在后宗教的、世俗的、科学的时代中日益增强的洞察力和自我意识导致的结果。

但在以前的社会（或生产模式）中，无意义的或反人性的恰恰是“自然”。现代主义历史体验的自相矛盾之处，在于它非常具体地指出了一段历史时期，在这段时期里，自然——或非人性或反人性的东西——在任何地方都正在被人类活动和人类生产的成果置换、破坏、消除。伟大的现代主义文学——从波德莱尔和福楼拜，到《尤利西斯》等等——是一种城市文学：它的目标因而是反自然的、人化的。确切地说，它的目标是一种人造景观，那里遍地都是人类劳动的结果，任何事物——包括以前的自然、草木和我们自己的身体——最终都是由人类所创造。这就是偶然性体验（连同其意识形态——存在主义和虚无主义——及其美学观——现代主义）带给我们的历史矛盾：一个城市怎么能够毫无意义呢？既然在另一种意义上，我们会认为正是人类的劳动创造
141 了真实的意义，那么人类的生产又怎么会给人一种荒诞和偶然的感觉？

但同样明显的是，这种对偶然性的体验是真实而“客观的”，并不只是幻想或虚假的意识（虽然它的确也是一种幻想或一种虚假的意识）。这里缺少了一个环节——现代的社会现实是人类劳动所创造，但这一创造的结果或产品却毫无意义，这两者之间存在一个裂缝——基本的中介很显然就是工作过程本身，工作过程的组织形式阻止生产者与最终产品建立联系；同样在市场体系中，不允许顾客触及产品的集体生产的源头。

在此我们或许应该或不应该泛泛地谈论一番异化与物质化、资本的运作与交换价值的性质，但我的确想花更多一点的篇幅讨论一下物质化过程的一种基本形式，这种形式可以被称为从前的朴真的或至少天然的或传统的过程的解析的碎片化。[2]我们可以在众多层面上发现这种碎片化：首先是在劳动过程层面上，在这一层面上，过去的手工业生产的整体性被打破，被“泰勒化”(taylorize)，变成工业化大生产中的毫无意义但效率很高的一些环节；在精神层面或心理主体层面，人的主体被分割为迥然不同的各种心理功能，有些功能——测量判断功能和理性计算功能——受到重视，而有些功能——感觉功能和一般美学功能——则被边缘化；在时间层面上，人生经验和故事讲述都难以避免地被打碎，使其成为各自最小的单位，成为路人皆知的“光天化日之下的一堆碎片”；最后是以前的等级制社区、邻里关系和朴真的团体本身的碎片化，由于金钱和市场体系的侵入，它们都系统性地分解成为对等的个体、“自由而平等”的单子、能够平等自由地出卖自己劳动力的孤立主体，这些孤立的个体生活在现代都市的大聚结中，彼此之间仅仅是一种附加的关系。

恰好就是最后一种形式的物质化，可以用来解释上文提到的《尤利西斯》的第三种阐释的不足，这第三种阐释就是用父子关系“原型”模式来解读文本，将其解释成为对理想父亲或丢失儿子的寻找。但可以肯定，经过了这么多对原子家庭的旷日持久的分析，今天我们对这种来自原子家庭本身的极为简化的人际关系模式的青睐，显而易见，可以被解读为我们所熟知的社区的消亡所导致的副产品或针对这种消亡的保护机制。爱德华·萨义德和其他批评家试图证明这种家庭模式在现代叙事中比比皆是，但他 142
们并不是想证明这种家庭模式的终极优越性，而是恰恰相反，他们把这种家庭模式当做极其贫乏的人际关系的社会病理学和分析，而这种贫乏的人际关系是以前集体的人际关系被破坏所导致的。[3]《尤利西斯》中的父子关系在任何方面而言都是痛苦的失败，特别是布卢姆和斯蒂芬之间最后神秘的“相遇”；如果有人还想就这一主题阅读更多的内容，他可以阅读德勒兹和瓜塔里的《反对俄狄浦斯情结》，其中对俄狄浦斯情结这一思想本身进行了尖刻异常的批评，我并不一定赞同他们的观点，但他们的论述足以让我们打消这方面的阐释冲动。

但这种精神分析的阐释或俄狄浦斯式的阐释本身就是《奥德赛》平行结构或神话学阐释的一部分，讲了这么多题外话之后，我将回到这一问题上来。关于《尤利西斯》与《奥德赛》之间的平行结构所决定的这种阅读模式，我认为，这种在写作的文本和超文本两个层面之间的平行关系和它所鼓励的匹配操作，在这里只是充当一种空虚的形式。就像经典意义上的统一性一样，这种空虚的形式能够提供一种有用的但完全外在的框架，作家可以在这一框架内进行写作，而成为一种纯粹机械的限制，防止写作中细节的无限扩张。[4]就像我们刚刚提到的那样，以前传统的叙事统一性已经在全面碎片化的过程中消失无踪、破坏殆尽，因此叙事的有机统一性已经不能作为体验统一性的象征，也不能作为生产叙事语言的形式界限：一整天的时间——《尤利西斯》整体形式统一性——既不是一个人类体验的有意义单位，也不是一个叙事自身的意义单位。但在这一点上，如果曾经的人类体验——人类的命运和其他相类似的东西——被碾碎成为一些细枝末节，例如午饭时间从上班地点步行至饭馆，买一块肥皂，喝一杯酒，或在医院看望一位朋友——任何一件事情又可以无限制地再分——那么，这些内容转化成的叙事语言，在一定程度上而言，可以无限地延长，永远持续发展。《尤利西斯》与《奥德赛》的平行结构帮助作者避免了这种不受人欢迎的发展，确立了这种外在的范围，最终成为乔伊斯创作的最小单位，即每一个章节本身。

而除了这种神话平行结构所鼓励的解读方式外——我称之为匹配操作——还有一种完全不同的解读方法，它想方设法拒绝前一种解读方法，并最终将其推翻。这种解读方式打断了另一种连贯的解读方式，在文本中向前或向后来回阅读，以积累的方式寻找后文的照应或前文的暗示：正如肯纳和其他人指出的一样，这是一种阅读模式，也是一种思维过程，在印刷之前，在编排页码之前，特别在一些命名为字典或百科全书的自命不凡的事物体制 143
化之前，这种阅读模式和思维过程并不存在。[5]现在我们总是试图把这种解读与通常的主题阐释结合起来，在主题阐释中，我们往往搜寻一系列常见的主题，诸如不同的意象、具有主题含义的词汇和术语、独特的手势或感情反应；但这一切在《尤利西斯》中并没有发生，交叉指涉行为的目标总是一个事件：带着年老的赖尔登女士去散步，借一条本·多拉德在一个重要的音乐会上穿过的紧身裤，或 22 年前在凤凰公园发生的谋杀案。也就是说，那些看起来似乎具有主题的东西在这里总是指涉性的：因为它们总是指向文本之外的内容，它们指向的内容总是超出了任何给定文本内容的表达范围或设定的范围。在这种交叉指涉中，我们的确可以说，产生了能指本身，而这种能指超越了任何可以发现的文本化（textualization）。这种交叉指涉的恰当类比是巴尔扎克的《人间喜剧》中人物的反复出现，其中同一人物在不同的小说中地位完全不同——在第一本小说中是主人公，第二本小说中是性格演员，第三本小说中是客串的龙套演员，第四本小说中是名单列表中的一个名字——同一人物的不同地位会有效地瓦解我们所讨论的任何一种叙事形式的稳定性，赋予所有的形式一种超验性，从而为它们打开了众多相关的视角。

《尤利西斯》中这种类似的人物和事件的反复出现，同样可以被理解为一个文本本身被颠覆和瓦解的过程。小说的术语、叙事符号和表达具有一种普遍的倾向，即共同形成一个巨大的叙事表面，和一个完整系统的象征结构，但在《尤利西斯》的这一文本本身被颠覆和瓦解的过程中，这一目标永远难以实现。我把这一过程叫做“去物质化”，我想首先通过城市本身来描述“去物质化”的运作过程。经典的城市并不是建筑物的集合，甚至也不是一个重叠生活人群的集合；甚至主要或首要并不是道路的集合，或人们穿越这些建筑或都市空间所留下的轨迹的集合，虽然这样说，已经有点接近城市的本质含义。不，经典城市并非如此，有人会说——大家一致认为，我们所讨论的经典城市，在郊区化或大都市化或私家车的时代里，早已绝迹——从本质上而言，经典城市是所有这些道路和轨迹相汇集或交叉的枢纽：我们可以称之为集结地，这种集结地使得人们能够相互交流经验，同时能够存储经验和信息，总而言之，这种集结地就像客体（地点）和主体（人口）的结合，是一种能够统一各种视角和意象的聚焦点，凯文·林奇视之为成功的、非异化城市的象征和体现。[6]

144 从空间的角度谈论城市，把它当做一种神殿和集市、酒馆和邮局、公园和公墓的公共中转站和汇集点，并没有真正说明这种中介性的本质；而正是凭借这种中介性，这些空间形式与公共经验才形成同一关系。不足为怪的是，这种中介性必须是语言的，而且这种语言既不是独特的个人性语言，也不是非个人的、公共形式下的令人生畏的标准化语言，它是这样一种形式的话语，其中同样的东西通过各种变化的事件一遍遍重复，但每一遍重复都有自己独特的价值。这种话语叫做流言蜚语：从城市生活的最上限——顾客世界、机器政治和选区领导的上下起伏——一直到最细小的私人生活的越轨行为。正是通过轶事形态的流言，城市的方方面面都维持在一个人性的范围之内，而且城市生活的统一性由此得到确认和赞美。在本身即村庄的原始形式的城市里，情形亦如此。正如约翰·伯杰在《猪地球》中所说：

> 流言其实就是身边的、口头的、日常的历史，它的作用是帮助整个村庄定义自己……村庄……是勾勒自身正存活着的肖像：一种社区的肖像，每个人在这一社区肖像中获得自己的肖像，同时每个人都在参与制作这一社区肖像。就像罗马式教堂的圆柱顶端的雕刻一样，在雕刻的内容和表达的形式之间存在着精神上的同一性——就好像被刻画的肖像同时就是雕刻者本人。但每个村庄的自我肖像不是由石头建构而成，而是由语言建构而成，包括讲述的语言和回忆中的语言，有观点、故事、目击者的描述、传奇、评论和道听途说。这是一个连续不断的肖像，人们永不停歇地在制作这一肖像。直到最近，村庄和村民们唯一能够定义自己的东西是他们自己口头上的语言……如果没有这样的肖像——以及作为其原材料的流言——村庄将不得不怀疑自身的存在。[7]

因此在乔伊斯的都柏林这个大村庄里，帕内尔依然是一个关于打掉、捡起、归还的帽子的轶事，尚未成为一个电视影像或甚至报纸上的一个名字；基于同样的原因，就如同在乡村里，这种表面上的私人或个人的事情——莫莉的不忠，或布卢姆先生想去看看希腊雕塑家在刻画女性解剖方面的进展如何——所有这些事情也是公共的事情，都是无穷无尽的流言和四处传播的轶事的素材。

这里，对某种特定的保守思想而言，对20世纪20年代英雄法西斯主义而言（对这种法西斯主义而言，所谓的“群众”和他们标准化的城市生活已经成为现代生活中一切堕落事物本身的象征），流言——海德格尔称其为“das Gerede”——被诬蔑为不真实性的语言本身和一种空虚的和什么也不表达的语言本身，这些思想家们把关于死亡焦虑或英雄主义式选择的极端私人和个人
145 的语言同流言相对立。但乔伊斯——虽然是一个激进主义者，但既不是左翼分子，也不是右翼反动分子——至少是一个平民论者和平头百姓。“我不知道为什么共产主义者不喜欢我，”他有一次抱怨说，“除了普通人以外，我没有写过别的任何东西。”的确，从经典立场出发，在描述贵族的才能和兴趣方面，乔伊斯不如狄更斯；在劳动阶级人民或农民的经验方面，乔伊斯不如巴尔扎克。（的确，与本质上属于城市的乔伊斯相比，贝克特是爱尔兰乡村或城市贫民窟的更称职的向导。）

用经典术语说来，乔伊斯的人物毫无疑问都是小资产阶级：而恰恰是殖民状态本身赋予了这种明显的缺陷以表达的价值和力量。虽然乔伊斯对爱尔兰文化国家主义充满了敌视，但他的作品却是帝国主义压迫下的都市的史诗。在这一都市里，资产阶级和无产阶级的发展都受到阻碍，从而有利于国家小资产阶级的发展。的确，正因为帝国主义在人民头上强加严峻的桎梏，遏制其力量的发展，促进了各种雄辩、修辞和演讲语言中人民力量的象征性转移和繁荣：象征手法从本质上而言并不特别适用于商业阶层或劳动阶层，但它在前资本主义社会里受到高度的重视，《尤利西斯》本身，就像一个时间太空舱，把它保留了下来。现在我们应该矫正此前对城市的描述，我们可以发现，对我们而言，如果《尤利西斯》也是对某种柏拉图式的城市生活理想的经典而高超的描绘的话，那么这部分源于，确切来说，都柏林并不是一个

全面发展的资本主义大都市，而是像福楼拜的巴黎一样，依然非常落后，依然与村庄依稀相似，其发达程度依然十分低下，因而能够被表达出来，这一切当然拜它的外国主子们所赐。

现在我们应该讨论流言在我称为去物质化的过程中所发挥的作用，或在独特的交叉指涉网络中所发挥的作用。这种交叉指涉让我们像阅读一本手册一样，忽而向前忽而向后地翻阅《尤利西斯》。确实，在流言本身之中，相互指涉——或“能指”本身，如果你认为这个表达更好——不停地扩张和收缩，被无休无止地从简单的标志、符号、速记事物转化成为详尽的叙事。人类和事物一样，都是这种潜在的故事讲述的物质化的标志：经典现实主义眼中的人物和个人自我的真实性，在这里都被一视同仁地纳入一系列的轶事中——从一方面而言，它只是一个专有名词，从另一方面而言，它是不断存储流言的容器。但是，当这一过程作用于物质实体上的时候，它会显得更加具体可感，更加富有戏剧性：雕塑、商店橱窗里的货物、连接都柏林和郊区的叮当作响的电车轨道（由于迪斯先生对口蹄疫的担心，这一电车轨道消解成为布卢姆关于运送牛羊至码头的电车轨道的空想计划）；或三桅船，其作为一个意象所体现出的静默的优雅和高贵，最终消解成为一个关于絮聒的、讲述奇闻怪谈的船员的有失体面的现实；再 146
举最后一个例子，戴着三明治式广告牌的人，他们身上的字母在底板的成列文本上起伏行进，好像正在走向布卢姆先生想象中与马拉梅的“书”相类似的视觉上的最终物质化：

> 有一些独特的广告，能够吸引行人驻足观看，让他们叹为观止。一幅新奇的广告牌，排除了任何无关的细枝末节，获得一种最简略最有效的形式，这种形式没有赶超现代生活的步伐，而是与其保持

和谐一致。(592)[8]

如同居伊·德波（Guy Debord）所说，这种视觉的、空间醒目的、意象的事物，是商品本身的最后形式，是物质化的终点站。然而在前往出租马车夫住所的路上，斯蒂芬听到一个穷困潦倒的朋友说："我想去戴三明治广告牌，但是办公室的姑娘告诉我，接下来的三周都已经排满人了。唉，你必须要提前下手！"（505）这样，即使如三明治广告牌这样非常明显的物质化信息，再次被毫不费力地去物质化和消解。突然之间，旅游城市都柏林的这种富有异国情调的明信片式的景观，被还原成为关于工作、合同、下一顿饭之类的我们熟悉的枯燥乏味的现实。当然，这也并不一定是一个令人沮丧的结果；相反，它打开了另外一种视角，让我们去假定，在某种理想的外在界限内，都柏林本身的任何看起来物质的、堂皇的事物，都能够消解成为由人类关系和人类行为构成的社会根本现实。

然而，这些三明治广告牌上活动的字母，也是文本性本身的象征。现在我们应该指出，《尤利西斯》的物质化和去物质化操作产生了一种似乎无限的力量，但它同时必须为此付出一定的代价；换句话说，我们必须真正了解乔伊斯的现代主义特征。说白了，《尤利西斯》必须付出的代价是彻底的去个人化，换言之，乔伊斯完成了福楼拜把作者从文本中移除的计划——这一计划同时把读者从文本中移除，最后也移除了作者和读者心中的具有统摄性和组织性的幻想或后幻想（aftermirage），这种幻想或后幻想就是"人物"，或更准确地说，是"视角"。在这一点上发生的事情可以非常简略地概括为：这种本质上而言理想主义的（或理想化的、或想象性的）范畴，以前支撑着作品的整体性或过程的整体性，而现在它们已经从文本中撤离，只剩下一个物质整体性的形式，也就是印刷出版的书本身。它的物质整体性体现为装订在一起的一叠纸张，上文提到的交叉指涉就包含在其中。一种对现代主义的定义——克莱门特·格林伯格（Clement Greenberg）的定义——提出了对材质本身（这种材质可以是乐器的材料，也可以是油画的颜料）日渐重视的物质性意识，以及开始出现的对物质性材质的强调。当然，提出语言的物质性是一种自相矛盾的做法；而印刷或手稿这种独特的物质材质的物质性，在一种感觉或知觉的意义上，显然远远不如油画颜料或乐器音色的物 *147*
质性那样令人满意；不管怎样，在乔伊斯的作品中，书本本身的作用同其他艺术的物质主义动力学具有功能上的相似性。

在某种意义上而言，文本化现在可以被视为物质化本身的一种形式或部分体现：但即使如此，它也是一种独特的物质化类型，它在建构或确立的同时，也在打乱和拆解。的确，它可以提供一种最贴切的当前的方式，用来处理约瑟夫·弗兰克（Joseph Frank）在其现已成为经典的“空间形式”的论文中描述的现象。比如说，我现在正想到《尤利西斯》中的一个时刻，它详细地描述了一个妙不可言的法子来跨越大西洋传播凤凰公园谋杀案：记者手拿一份广告（布卢姆先生所谓的“一份独特的广告”），然后用它的空间特征描述杀人凶手行进的路线和谋杀案发生的地图（112）。这就是在视觉的物质化的事物和历史的事件之间建立一种独特的流动的关系，从此，这些范畴不停地互相转换。

这一发展从多个意义上来说在“不夜城”一节中达到了高潮，这一节堪比福楼拜在《圣安东尼的诱惑》（*La Tentation de Saint Antoine*）中达到的效果，只是外部范围扩展了而已。的确，我们可以非常愉快地讨论这两部“阅读戏剧”所创造的独特的表达空间，这两部“阅读戏剧”看起来是叙事表达空间和小说表达空间——无论这种空间多么富有试验性——中突然出现或侵入一个截然不同的严格戏剧空间。对乔伊斯和福楼拜两者进行比较可以看到，这种带有外在戏剧形式（场景指示、人物属性、印制的语言、表达符号）的新型空间，毫无传统戏剧表达所具有的完整封闭性；而是更多地呈现为一种幻想空间，福楼拜就经常以之描述他自己的创作过程。在《圣安东尼的诱惑》中，他这样写道：

> 突然，在空荡荡的空气中穿过一个污水坑，然后是一个妓女、庙宇的墙角、一张士兵的面孔、两匹后腿直立的白马拉着的马车。这些图像突然地、急切地出现，好像乌木上的红漆，无法融入夜色。它们更快地移动，一个接着一个，快到令人头晕目眩。到了某个时刻，它们便停了下来，然后逐渐消退，消失；或者转瞬即逝，然后别的东西立刻取而代之。[9]

利用格式塔心理学语言，这种幻想体验可以被描述为对没有背景的形式的感知，这些形式或图像与各自的环境或语境相分离，以横向的运动断断续续地穿过视野，就好像它们在某种程度上与我们相邻，比可见世界的事物更加靠近我们。这种空间或体验的不稳定性，源于这些孤立的或单独的图像无法创造任何背景或深
148 度，或任何它们可以在其中扎根的物质世界。在印刷的书页之上，这在本质上意味着叙事的背景，叙事的预见—回溯结构——格雷马斯称其为它的同位素学（isotopies），它的前指和后指（ana- and cata-phoric）关系——被颠覆：因此它只能依赖戏剧和舞台提示的排版和物质机制把这些孤立的意象联结（或重新联结）在一起。因此排版印刷变成了文本和其他事物中的一个事

件。你也许可以这样认为，由于我们在这里诱发和激发出一种可视物品的物质化意识，这一意识可以在虚无中开始发挥作用，其目标是物质的能指、印刷的文字本身，而不是后者的所指、表达或意义。

无论如何，《尤利西斯》在这种戏剧表达的表面直接性中达到了独特的高潮，而这种戏剧表达实际上是印刷书本的无中介的直接体验，这一高潮将有助于我们理解以下两点：紧随其后的章节体现出的独特的反高潮特征（我终于可以谈论这些章节了），和《尤利西斯》的叙事的去个人性的文本化得以发生的背景。有人或许想把这种文本化称为一种“自我中心的文本化”，也就是在虚无中建构语言。在这种去个人性的文本化的情况下，书本开始建构自己的文本，并完全受自身动力的驱使，而不再需要人物、视角、作者甚或读者：

> 布卢姆先生到达了埃塞克斯桥。是的，布卢姆先生穿过了耶塞克斯桥。(215)
>
> 爱人就爱爱爱人。护士爱新来的药剂师。警官 14A 爱玛丽·凯利。格蒂·麦克道维尔爱有自行车的男孩。M. B. 爱一个英俊的绅士。李奇汉爱茶普州。大象强宝爱大象艾丽斯。戴助听器的老弗斯科伊尔先生爱斗鸡眼的老弗斯科伊尔太太。[……] 你爱某人。某人爱他人，因为每个人都在爱某一个人，而上帝爱每一个人。(273)

这种段落在《尤利西斯》中比比皆是，对此，我的评论是：“视角”理论对它们毫无用处，同时我们在其中找不到任何隐含作者的蛛丝马迹，除非 IA 是一个弱智者或精神分裂症患者。没有谁在说这些话或想这些话：我们可以说，它们仅仅是印刷的语言而已。

现在我要回到《尤利西斯》最无聊乏味的两章内容上，并做一总结。在欧迈俄斯一章中，乔伊斯退回到了更加传统的“视角”叙事：也就是说，我们在《尤利西斯》中破天荒第一次，又得到了“他想/她想”形式的间接话语，我称其为第三人称模糊
149 话语，以及由此而来的对中心思考意识的传统信任，这种中心思考意识贴切而反讽地出现在布卢姆和斯蒂芬相遇的一章里。两人最终坐在了一起，两个封闭的或唯我论的单子投射出我们自己时代的最乏味的主题，即“缺乏交流”。的确，我不禁想说，从句子结构、精心编排的拐弯抹角的说法、偶尔使用的一些外来表达，和小心翼翼地使用的一些孤立的“口语”表达来看，这一章确实构成了乔伊斯试图对另一个他无甚好感或尊重的作家的模仿或戏仿，这个作家就是亨利·詹姆斯。（若果真如此，它谈不上是出类拔萃的模仿，只不过我们对乔伊斯模仿能力的极度信任，和对他赋予一切事物优美风格的能力的极度信任，阻碍我们发现这一点。）或更加准确地说，这一章运用亨利·詹姆斯的独特风格，来记录一种典型的 H. G. 韦尔斯特色的社会内容和心理内容，而韦尔斯是詹姆斯的敌对的朋友和典型的对手——也就是说，来记录一种本质上的小资产阶级内容。詹姆斯的叙事风格特别适合这种小资产阶级内容，在一定程度上，这一事实会使韦尔斯和詹姆斯两人都感到屈辱，因为它使两人显得趣味相投，好像他们之间在小说形式和小说功能问题上的著名分歧，不是出自互不相容的立场，而是因为他们不过是同一问题，即自信主体的、封闭单子的、孤立或私人化了的主体性的问题内部的——用一个更时髦的表达——不同变体。与亨利·詹姆斯相连的叙事“视角”理论与实践，不仅仅是哲学选择和个人偏好的结果，甚至也

不仅仅是小说形式史上技巧的发展（虽然它很显然两者兼而有之）；相反，视角是一种根本性的社会发展本身的准物质表达，这种根本性的社会发展就是后资本主义社会日益增强的社会碎片化和单子化，以及这一社会主体日益增强的私人化和孤立化。

我们已经讨论了这一发展的一个方面——物质化，现在我们可以从另一方面展开讨论，把它看做资本主义社会中私人和公共之间、个人和政治之间、休闲和工作之间、心理学和科学之间、诗歌和散文之间日益强烈的分裂，或概言之，主体和客体之间日益强烈的分裂。这种中心化的而又是从心理角度分析的主体和物质化的客体，的确是欧迈俄斯和伊萨卡两个总结性章节各自的倾向：乔伊斯在此似乎想迫使我们细细体验关于这种对立的种种不堪。那么，我们称为无聊乏味的地方，不是乔伊斯的败笔，反而是他的成功之处。它为我们提供了一个信号，我们自身作为有机体可以借此记录一种最终令人窒息的情景和形式。

或许在伊萨卡一章或在教义问答序列中，更易于说明这一点：这种问答模式，我认为，其实并非真正回到前面章节的试验性——或更确切地说，文本性——中去。相反，它是一个完全不同的事物，即对一种话语形式的建构，在这一话语形式中，主
体——发送者和接收者——被彻底地排除在外：亦即，这种话语 150
形式在一定程度上，具有彻底的客观性，只要世上还存在彻底的客观性。我们发现，这种看似不带任何个人倾向的轮换问答，随着该章行将结束，逐渐涉及布卢姆先生的内心想法和幻想，换句话说，逐渐改变其客观性，变得主观起来。即使如此，我也认为，在消费社会的优良传统中，这种幻想（布卢姆先生的“包法利夫人性情”，乔伊斯妙曰之“志向”）在很大的程度上与客体难分难舍。它们是一些虚假的主观幻想：在这里，商品实际上通过我们来梦想自身。

布卢姆的最后两章，提出了一些令人不安的问题，这些问题着重针对叙事本身：主观的或视角的一章，即欧迈俄斯一章，向我们发问道：在所有个体体验被严重相对化，而且这些个体体验的内容被转化成为诸多纯粹的心理学反应的情况下，我们为什么还要对私人的故事感兴趣？同时，客观的一章，即伊萨卡一章完成了对叙事客观内容的无限再次分割，把“事件”打碎为它们最小的物质组成部分，从而提出问题：在这种形式下，它们还能否让我们感到任何兴趣？两个人一边喝可可饮料、一边聊天的情形，在一些紧要关头也可以显得异常有趣；但是把壶放在炉子上烧水——这是同一事件的一个部分，这一动作是否仍然很有趣呢？详细分解烧水的过程（548-550）在三种意义上是穷极无聊的：第一，就本质而言它是非叙事的；第二，它是不可靠的，这些批量生产的物质工具（与荷马史诗中的长矛和盾牌不同）不能构成“其主人命运的有机组成部分”；第三，这些物品就其工具形式而言都是随机而毫无意义的，只有转化成为象征符号后，它们才能在文学中重新获得意义。因此这些段落提出了三个问题：

1. 到底为什么我们需要叙事？什么是故事，我们与故事的存在主义式的关系如何？我们能够维持一种与世界和“存在”的非叙事的关系吗？

2. 如果我们周围的事物在某种程度上而言都是外部的、外在的、与我们相隔离的，那么我们在过着一种什么样的生活呢？我们又是在一个什么样的世界中生活呢？（这是一个关于工业社会幻象的问题，特别是关于城市的问题，但其采用的形式至少同德国浪漫主义对希腊文化“完整性”的拷问一样古老。）

3.（我已经提出过这个问题，但好像至今尚未回答）为什么人类的劳动产品会显得毫无意义或纯属偶然？

151　但乔伊斯的形式至少对最后一个问题提供了某种答案，这可以在我已经提到的去物质化的伟大行动中找到。在“问答集”一章中，都柏林客观世界的整个死寂的网络，最终在去物质化过程中被消除隔离状态，然后通过最隐秘的迂回道路，重新回到被揭示出来的人类和集体活动对“自然”的改造，而非其在“自然”中的源头。因此，相比莫莉著名的最后独白所体现出的活力论意识形态，我更加喜欢这一例子：

> 布卢姆在火炉旁干什么？
>
> 他把煎锅挪放到左边的铁架上，站起身，把铁水壶拿到水槽边，准备打开水龙头让自来水流出来。
>
> 水流出来了吗？
>
> 是的。从威克洛县的 24 亿加仑容量的朗德伍德水库，通过当初以每码 5 英镑建造的单行和双行管道构成的地下过滤水管系统过滤而来……（548）

（1980）

【注释】

［1］Roland Barthes，“L'Effet de réel，”*Communications*，no. 11 (1968)，p. 87.

［2］关于物质化的更加详细的论述可以参见拙作：*The Political Unconscious; Narrative as a Socially Symbolic Act*（London and Ithaca，1981)，esp. pp. 62-64，225-237，and 249-252。

［3］Edward Said，*Beginnings*（New York，1975)，pp. 132-152.

［4］关于句子的无限扩张可以参见拙作：*Fables of Aggression: Wyndham Lewis, the Modernist as Fascist*（Berkeley，1979)。

［5］请参见 Hugh Kenner，*Flaubert, Joyce, Beckett; the Stoic Comedians*（Boston，1962)。同时参见 Marshall MacLuhan 和 Walter Ong 的作品。

［6］Kevin Lynch，*The Image of the City*（Cambridge，MA，1960).

［7］John Berger，*Pig Earth*（New York，1981），p. 9.

［8］*Ulysses*（New York，1986），p. 720；所有引文都引自这一卷本的盖博尔版本。

［9］Gustave Flaubert，*La Tentation de Saint Antoine*（Paris，1951），vol. 1，p. 69.

七　现代主义与帝国主义*

在目前这样一个时代里，至少部分由于所说的后现代主义的缘故，人们似乎对现代主义究竟是什么的问题重又发生兴趣（注意这里是过去时态），并以新的方式重新思考那个现已成为历史的现象，这些新的方式并不是我们从参与者和表演者、倡导者和实践者本人那里继承来的方式。但也是在这样一个时代里，也许在更长的一个时代里，关于帝国主义是什么的问题，以及帝国主义如何发生作用的问题，一直是理论家们激烈争论和讨论的主题，而且不仅仅包括经济学家、历史学家和政治学家。一系列非常复杂的理论和模式——或许比大多数当代文学理论形式更不可思议——的确已经出现，这是关于这一问题的任何严肃讨论都必须承认的。 152

因此，关于现代主义与帝国主义之间关系的任何讨论一般都需要两个而非一个长的前奏才能开始其话题。然而，重要的是要首先弄清这个话题是什么：在目前的情况下，这个话题不涉及人们所说的帝国主义文学，因为那种文学（吉卜林、赖德·哈加特、凡尔纳、威尔斯）大体上都不是形式意义上的现代主义者，都产生于如冒险故事的亚经典样式，在现代主义及其意识形态和价值观独霸天下的时代里仍然是“二流的”或“边缘的”（甚至康拉德也明显依赖于比较古老的叙事形式）。[1]

---

* 此文曾收入《詹姆逊文集》第四卷，但后来作者作了一些修改，这里是修改后的译文。陈永国译。

这里所要探讨的假设比下面的证实更具形式意义，更具包容性，这个证实就是，这种帝国主义产生其特殊的文学，在当时宗主国文学作品的**内容**上留下了印迹。[2]我实际想要说的是，帝国主义的结构也在新变化的文学和艺术语言的内在形式和结构上打下了印迹，而“现代主义”所松散地指涉的正是这些内在形式和结构。这当然具有多重的社会决定因素：任何关于现代的一般理
153 论——首先假定可能会有这样一种理论——都希望把一系列在历史上新生的其他现象的预示性在场确定下来：现代化与技术；商品的物化；货币的抽象概念及其对符号系统的影响；读众在社会上的辩证分化；大众文化的出现；新型精神主体在物质感觉上的体现。在这些“决定因素”中，一种全新的全球和帝国体系的出现，其相对价值和重要性甚至在纯理论上也不是清楚的。本文仅限于探讨从这些决定因素中分离出来的一股新生力量，而不能将其还原为上述任何一种。

帝国主义不管初看起来是多么外在于和超越于文学的一个事实，都至少可以以编年史的方式探讨它的影响。如果我们把1884年这个象征性日期——“先进的”列强瓜分非洲的柏林会议——看做新的帝国主义世界体系的编码，那么，就会想到一系列的文学和艺术事件，它们至少意味着类似的突破和危机的出现：比如，翌年维克多·雨果的逝世常常被视作一种全新的象征主义和马拉美美学的肇始，雨果的逝世突然揭示出在这位巨人的背后，这种美学早已经发展起来了。对这种象征性突破的选择并不是经验上可证实的事物，而是历史编纂的决策；比之要建构新的、更复杂更有趣的历史叙事的动机而言，与这些突破相平行的编年史事件起初也不是明确的，在既成事实之前不能预示其有用性。但是，如我们将看到的，当这些平行事件在这个编年序列的另一端，在现代主义的一端，恰与古典的帝国主义世界体系的重

建相偶合时，我们对二者间可能的相互关系的兴趣无疑只能愈加强烈，即便只限于另一种方式。

对形式和形式革新与变化的强调意味着，我们的特殊文本和研究客体将是那些几乎不可能使人想到帝国主义的那些文本和客体；它们初看起来并不具有特别的政治内容；它们为分析提供了纯粹的风格或语言特点。人们对现代主义所持的惯常看法一般包括其非政治性质，其内向性和对与现实主义相关的社会素材的背离，其愈加强烈的主观化和内省心理化，而同样重要的，还有其唯美主义和对现已自治的一种艺术的最高价值的意识形态承诺。而在我看来，所有这些特点都不再充分和具有说服力了；它们是旧的现代主义意识形态的组成部分，是任何论述现代主义的当代理论都希望予以详察和消解的对象。但是，即便仅仅是为了更有力地展示开始于现代主义的形式主义原型内部的政治和经济即文学外的因素的预示性在场的话，在当下的语境中也仍有需要说明的东西。[3]

但这不是对本文话题的唯一限制：这还涉及关于其另一个术 154
语的一些限制，即帝国主义，这个术语现在也必须加以限定。比如，我认为，只有承认马克思主义理论框架的那些关于帝国主义的理论（不管在方法上多么旁门左道或修正主义）才是我们所关注的，因为只有在那个框架内，政治现象（暴力、统治、国家权力）与经济现象（市场、投资、剥削、低于消费的水平、危机）之间的协调才能得以系统探讨。关于帝国主义的纯政治理论（如舒姆彼得的理论）不仅仅滑向了道德化，而且滑向了形而上的人性观（对权力或统治的贪欲），其结果只能是对事物本身的历史特殊性的消解和帝国主义现象在整个人类历史上的扩散，哪里有血腥的征服，哪里就有帝国主义。无论如何，如果这里所论的问题是帝国主义与现代主义之间的联系（而且是帝国主义与**西方**现代主义之间的联系），那么显而易见，在此，帝国主义必然是指资本主义本身的帝国主义原动力，而不是各个古代帝国的征服战争。

但是，甚至在马克思主义的帝国主义理论内部，也需要进一步的历史定义：就是说，马克思主义的帝国主义论在 20 世纪中叶经历了重大的变革和重建。[4]人们都记得，列宁在第一次世界大战期间写了一本非常有影响的论帝国主义的小册子；人们也许怀疑太经常地使用“帝国主义”这个术语的人是否是一个马克思主义者；而如果经常讨论帝国主义的问题，他们就会知道这个术语与第三世界社会的问题有关，与不发达有关，也与债务有关，与国际金融基金、美国投资和外国基地有关，与独裁者和对苏联影响的焦虑有关，也许最终——作为最后一个例子！——只与舰炮介入或与形式上的殖民结构有关。现在所必须观察到的是，“帝国主义”这一术语在所谓马克思的经典中应用时，在马克思本人、列宁、西尔佛丁和布哈林——唯只罗莎·卢森堡除外——等人的著作中，丝毫不具有这些内涵。就大多数来说，老一代的马克思主义帝国主义理论家步马克思本人的后尘（关于印度的那些著名信件），都假定资本主义的渗透将直接导致现在人们所知的第三世界国家的经济发展。当代广为接受的观点——按照瓦尔特·罗德尼颇有影响的著作的标题所示——恰恰相反，即资本主义将导致“不发达的发展”，而且，帝国主义系统地摧残了其殖民地及其附庸的发展——这一观点在马克思主义最初的帝国主义理论中根本
155 不存在，实际上是与这些理论明显相矛盾的，即使它们提到这个问题的话。[5]然而，问题在于，这些理论并非总是以那种形式提出这个问题，当时，“帝国主义”一词所指的不是宗主国与殖民地的关系，而是不同的帝国和宗主国民族—国家之间的竞争。这样，即刻明显的是，如果我们忽视该词的这种用法，用我们自己

时代的用法指称现代主义时期的语境，那么，我们就陷入了各种历史混乱和时代错误之中。

因为在我们的时代，自第二次世界大战以来，帝国主义的问题似乎得到了重构：在新殖民主义和反殖民主义的时代，随着跨国资本主义和大跨国公司的出现，触目惊心的已不是宗主国列强之间的竞争了（比如，我们时常碰到的关于日本的问题投射的并不是迫切需要解决的那种搅扰黄金时代感性的世界大战式的冲突）；相反，从保罗·巴朗到现在的当代理论家所一直关注的是第一和第三世界国家之间关系的内在动力，尤其是当这种关系——现在恰恰是我们所说的“帝国主义”一词的意味——已经成为一种必然的臣属或附庸关系和一种经济关系而非基本的军事关系时。这意味着从第一次世界大战到第二次世界大战期间，他性的轴心已经被置换：它最初控制着不同帝国主体之间的相互关系；现在则表指一个普遍化了的帝国主体（通常是美国，但往往也有英国或法国和日本，自不必说像南非或以色列这样新兴的宗主国核心了）与其不同的他者或客体之间的关系。这将是历史的说法；但是，由于我们（非常自然地）认为与列宁时代的祖先相比，我们已经发现了一些更基本的关于帝国主义原动力的事实，所以，也可以以这种方式描写这种置换：即在那个过去的时期，从1884年到第一次世界大战期间，第一和第三世界之间的统治关系被一种专横的（也许是意识形态的）帝国主义意识所掩盖和置换，这种意识从本质上把帝国主义视作第一世界列强或帝国的拥有者之间的关系，而且，这种意识倾向于压制更基本的他性轴心，而只是偶尔才提出殖民地现实的问题。

文化上，这种转变的原因和结果是不难回首的。我们今天以一种不同的方式考虑第三世界，不仅仅因为反殖民主义运动和政治独立，而更重要的是因为这些各相迥异的文化现在都在言说它

们各自不相同的声音。这些声音也不再是我们可以随意忽视的边缘的了；至少它们中有一个——自繁荣期以来的拉丁美洲文
156 学——今天也许已经成为世界文化舞台上的主角，不仅仅对其他第三世界文化，而且对第一世界文学和文化都发生了不可避免的、难以逃避的影响。要表明美国以外的第一世界文化境遇中这些其他声音的在场并不难，如在今日英国。同时，颇有意义的是，在美国本土，我们已经开始考虑和谈论一个**内在的**第三世界和诸种内在的第三世界声音的出现，如黑人妇女文学和西班牙裔文学。当他者说话时，他或她就成了另一个主体：这个主体肯定会被帝国或宗主国主体视作一个问题——于是，大致仍然属于西方的诸种帝国主义理论便采取了新的取向，转向了那个他者，转向了我们应为之负责的不发达性和从属性的结构。

但是，在现代主义时期，情况绝非如此。19 世纪末**他者**的原型范式——如左拉的《毁灭》(*La Debacle*，1892）——是另一种帝国的民族国家：在这种情况下，德国人实际上已经成为童年梦魇中的食人魔和恶鬼，他们在相貌上怪异可怕，野蛮，未开化，而作为原型，他们与古代“中世纪的野人”相距并不遥远，体现了对农业和乡村社会奔放不羁的本能冲动的全部迷恋和惧怕。[6]然后，这些“他者”将以更苍白的、更可敬的形式在这个时期的高雅文学中流行——如各种外国人给英国小说中的高雅社会增加一种异国情调一样（E. M. 福斯特的《霍华兹别墅》中的德国人以一种治疗性的自由容忍和自我批判颠倒了这种恐外症）；而非西方的被殖民者的更加激进的他性则试图在我们已经提到的非经典的帝国主义冒险文学中找到代表性位置。[7]

但是，以一种非常不同的他性掩盖另一种他性，用竞争代替剥削，用第一世界的人物代替第三世界的在场，这可能被认为是一种再现遏制的策略，这种策略几乎不能改变殖民地占有的基本

的帝国主义结构，或雅克·伯克所说的令人难忘的对“被殖民者的世界的剥夺”。其影响是再现性影响，即系统地遏制对帝国体系结构的充分认识，但是，这些显然是客观影响，将在美学领域产生最明显的后果，在美学领域中，对新的帝国世界体系的测绘是绝不可能的，因为被殖民的他者，即本质的异己因素或对抗力量，已经成为看不见的了。

现代主义再现正是在这种环境中产生的：总起来说，这确实是形式和文化变化与我们所说的社会“决定因”的关系，这些决定因表现了一个发生了根本变化的环境（一种社会、心理或物质 157
类型的新素材），对此，要求在形式、结构和语言方面予以新的、前所未有的审美反应。但是，从文化或审美生产的角度来看，现在需要对这个新的帝国主义环境加以描述，而且似乎最好是通过将其问题与正在实现现代化的宗主国的内部工业化和商品化的问题区别开来。这最后一点往往似乎（自相矛盾地）依赖于普遍的意义丧失，仿佛其主体随着传统和宗教绝对值的衰落而否定地迎合了人类权力的增长，同时，实践和生产的事实又极易受到商品形式的物化逻辑的扭曲和掩盖。

由殖民制度所决定的东西现在已是与此相当不同的一种意义丧失：殖民主义意味着整个经济制度的一个重要的结构部分现在被置放在别处，为宗主国所不及，在本土的日常生活和生存经验的范围之外，而在海外的殖民地，其自身的生活经验和生活世界——与帝国强权的生活经验和生活世界相当不同——不管属于哪个社会阶级，都是帝国强权的主体所未知和不可想象的。这种空间断裂直接影响到对整个制度功能的失控。因此，与民族或市场资本主义的古典阶段不同，拼图上的拼块缺失了；而且再也不会完全重建起来；任何扩大的个人经验（如对其他社会阶级的认识），任何高度的自我审视（以各种社会良心的审视），任何基于

第一世界内部数据的科学推断，都不足以包括殖民地生活、殖民地的痛苦和剥削的这种根本他性，自不必说彼与此、宗主国缺失的空间与日常生活之间的那些结构关联了。换言之，上述因素——宗主国的日常生活和生存经验——必然是民族文学自身的内容，现在已不再能够对其加以内在地掌握了；它自身内部已不再具有意义，不再具有更深刻的存在理由了。作为艺术内容，它从此将永远有所缺失，但在匮乏的意义上说，仅仅把缺失的因素弥补回来是不能使其复原或再次成为整体的：它的缺失可以比做另一个维度，仿佛一面镜子的另一面的外表，它在构成上就缺少某种因素，因此是永远不能补救或好用的。这个新的具有历史原
158 创性的问题本身是一个新的内容，它构成了现代主义试图解决的环境、问题、困境和形式矛盾；确言之，只有那种新的艺术才能反射性地透视这个问题，正视可被首先称作现代主义的这个形式问题。

当然，面对在构成上使你无法琢磨的仿佛第四维度的这种全球空间问题，人们最容易产生的想法就是绘制一张地图：《尤利西斯》决不是第一张这样的地图，自不必说以地图属性为赌注的描写帝国主义时期的唯一一部文学作品了。康拉德的《黑暗的心脏》，不管产生什么样的共鸣，其标题都直接具有绘图法的指涉意义。但绘图法并不是问题的解决，而恰恰是问题本身，至少就理想的认识论形式来说是一种全球规模的社会认知测绘。这种地图如果有的话，就一定产生于个人空间认知的要求和界限；由于英国一般被认为是道地的帝国主义强权，所以首先举英国的空间经验为例也许是有用的：

> 火车穿过无数的隧道向北疾驰。这只是一个小时的旅程，但蒙特太太不得不一次又一次地打开和关上窗

> 子。她穿过以悲剧闻名的南维尔文隧道。她跨过宽阔的高架桥，其无数拱洞跨越无忧无虑的草地和梦幻般流淌的特文河。她绕过政治家的花园。有时，宽广的北方大路伴随着她，与其说使人想起沉睡百年之后觉醒的铁路，毋宁说使人想起无限，铁路在醒来后所看到的竟是弥漫着汽车臭气的生活，和防治黄疸病药的广告所暗示的那种文化。蒙特太太对历史、对悲剧、对过去、对未来都同样冷淡；她所关心的是这次旅行的终点，并把可怜的海伦从这可怕的混乱中拯救出来。[8]

这是引自《霍华兹别墅》开首几页的一段插曲，典型地体现了福斯特的欺骗性，提供了充满陷阱和歧途的一种和蔼可亲的素朴性。复杂的哲理都被隐藏在面表之下，其中包括对自然和工业化的反思，对真实的和不真实的生存时间的反思（在蒙特太太身上体现的海德格尔的 Sorge［烦］)，以及对英国阶级现实肯定而机智的意识。然后，小说将把所有这些表达出来，表明作者在此怂恿读者忽视的东西将逐渐成为无法避免的一个信息，根据这个信息，我们再回过头来详细解释眼前的文本。但所解释的从本质上说仍然是一种空间再现和空间认知：哲学思想（如我们将看到的，无论如何都会涉及空间）最终将依赖于空间，没有空间就无以言表。这当然是一种电影式的空间，爱因斯坦式的观察者坐在 159
火车上穿过大地景色，每一时刻都在改变着它使其成为可能的观察。然而，最重要的并不是关于福斯特或关于一般的现代主义小说的新电影所产生的影响，而恰恰是这两种不同的形式发展的汇合，即电影技术与特定的现代主义或原型现代主义语言的汇合，二者似乎在主体与客体之间提供了某个空间，某个第三条件。在那个意义上，电影认知既不是主观的，也不是心理的：没有什么隐私或个人的东西（而正是由于这个原因，我才在前面提出把现代主义说成是内向转向是令人误解的）。但在任何传统的现实主义或经验主义的意义上，这种电影认知也不是客观的：实际上，对于真正的后现代人来说，没有什么能像“照相式现实主义”这个论战式的表达这样荒谬和失常的了——仿佛作为在今天如此神秘和矛盾的一种体验的照相术具有值得信赖或可靠的东西一样，对我们来说则是最不可能保证似真性的东西！因此，尽管**风格**仍然是各种现代主义的一个基本范畴，随现代主义的出现而出现，并随心理主体在后现代时刻的消失而消失，但仍然急需把风格从传统的心理学和主体性概念中解脱出来：电影的治疗用法在哪里并行，机械便在哪里取代人类心理学和认知。但这要通过把风格的概念与新近叙事的空间经验加以重新调和才能达到最佳效果，二者的调和标志着现代主义的兴起，以及一系列令人眼花缭乱的现代主义开始繁荣的地方。

福斯特充其量是个密室现代主义者，似乎不足以说明这一过程；但使我们感兴趣的正是其出现的苗头，而不是完全成熟的事物。同时，如果认为作为帝国主义中心的英国也是最不利于本土现代主义的发展的民族地区[9]，那么，这当然也与我们目前的话题相关。

然而，在目前的历史进程中，至少有一个时刻看上去具有从波德莱尔到艾略特的某种真正现代主义语言的所有可能性，无论过去还是未来都内在于其中：像蒙特太太周围疾驰而过的环境一样的比喻，只有其虚假的质朴把人们的注意力引向了自身（福斯特的作品一向如此）。这是“宽广的北方大路……暗示着无限”，“无限”这个词奇怪地中断了对旅行的常规描写，仿佛在经验世界之外打开了某种陌生的空间。当然技术是这里的动因，根据福斯特反对技术的偏见（如在科幻故事《机器滚动》中所表明的），最好记住现代主义并不以反对或赞成技术现代性为特征（想想未来主义的热情！），而是以它的必然的内涵为特征。实际上，这里 160 真正包含的也许不是火车而是速度本身；最初宽广的北方大路在我们面前是一种方法，通过它，那种现象得到再现并真的被记录下来：通过爱森斯坦式的类比，一种本身无法看见的线路首先以它越过的景象间接地被传递出来，并最终在那种变化的景象中分离出一种东西（一种因此既是静止的又是运动的东西），以电影摄影的方式唤起巨大的速度以及既沿着铁路又与之分离的弯曲的道路。然而，由于福斯特重复地使用“无限”这个奇特的词，我们逐渐认识到这种古老的公路可能是对现代铁路的转喻，它不仅是一种再现铁路的方式，而且是铁路的现代性被用来揭露第三种现实的方式，这第三种现实既不是传统的空间也不是现代经验的空间，而是某种更超验的东西的压力，一种以此时此刻为背景的康德式的崇高。那种另外的、更大的、无法再现的空间对于可命名、可观察的物质客体，就像“无限”这个抽象的词对体现它的常规语言一样，亦如事后思考的手势或者无关紧要的低语（但令人想到其他奇怪的抽象，它们突出这一时期的叙事语言，如像在《诺斯特洛莫》［*Nostromo*］里“物质利益”那种表达）。

然而现在同样的双重性再次出现在这种修辞结构当中，无法确定宽广的北方大路是趋势还是工具；公路是否类似于波德莱尔作品中的比喻，意在把五里雾一样的形而上概念“无限”具体化，并借助其视觉属性的瞬间转化使那个模糊但却崇高的词在文本游戏中成为更生动的语言表演者；或者，另一方面，是否正是这种崇高理念的形而上学的声望，被认为与平凡的公路形成共鸣，赋予公路以神奇的功能，从而将其改变成纯表现性的期待，而无须将其视作传统上虚假性质的官方“象征”。现代主义本身就是这种犹豫不决；它出现在福斯特这个比喻内部的空间的缝隙之中；它融会于物质客体的偶然性与对不可能的意义的要求之间的矛盾之中，在此通过死的哲学抽象而标示出来。对这个我们称之为“风格”的矛盾的解决，就是用一种空间或感知的“意义”（不管它现在是什么）代替另一种空间或感知的“意义”（不管它过去是什么，或将来可能是什么）。

在此过程中甚至一种更明显的比喻——常规意义上的空间观察因这里或那里出现非感知空间的总体性（福斯特的“无限”）的明显意义而被打断——可以在弗吉尼亚·伍尔芙的
161 《到灯塔去》这一更明显是“现代主义”的文本里被发现，其中往来那个岛的自然路线网络的中断采取了李莉·布里斯托的绘画形式：

> 于是，她轻快地停顿一下，挥动画笔，在她的画布上勾勒出连续有力的线条，它们超出包围的空间（她觉得它隐隐地对她呈现出来），在那里慢慢地散开。在一个波浪的凹处，她看见又一个波浪涌起，越来越高，超过了她。还有什么比那种空间更令人畏惧？这里，她再次后退，望着它，她想，画出闲言碎语，画出生活经历，画出社群的人，使它们成为她的这种古老可怕的敌人的存在——这种另外的事物，这种真实，这种现实，突然抓住了她，明显地出现在表面背后，要求她注意。[10]

伍尔芙面对这种超越空间的非经验的空间，这种无法再现的总体性，在对它的人格化和召唤事件方面远比福斯特的暗示更有戏剧性，然而单只促动这种新空间的修辞现象的审美框架，同时也是可能损害它的东西，可能使读者回到艺术或神秘主义的传统意义。

但是，福斯特的比喻也证明具有一个更传统的“意义”，如该小说的其余部分告诉我们的：只要我们不忘记其最初的空间和认知基础，不忘记某一新的现代主义语言对我们的身体和感觉系统也即其先决条件发生的作用，我们就完全有理由解释这个意义。实际上，福斯特继续将其空间的时代精神作为“一切大地美的基础”（204）。他把这种大地美详细描述为一个双重的救赎系统，即亲密的人类关系与直接的大地景色这两条道路。在谈到可怜的列奥纳多·巴斯特时玛格丽特说，“我们要向他表明，他怎样才能报复生活。如我所说，朋友，或国家，某……某个非常亲密的人或某个非常亲密的地方似乎有必要摆脱生活中每日的灰暗，并表明那是灰暗的。如果可能，应该做到这两点”（145）。这里的地点当然是小说标题所指的霍华兹区的乡宅；“亲密的人”指已故威尔考科斯夫人，她开始与这个地方融合，甚至几乎成为“当地的守护神”。然而，如我们在前面举的例子所示，再现的困境仍在：作为一个人物，威尔考科斯夫人从那个具体的地点汲取了各种可能性，这个地点就是霍华兹区，而反过来这个地点又从威尔考科斯夫人的精神中汲取了感召力。把机遇改造成由一个女人主持的一个乌托邦的社会群体，这个女人实际上就是这个群体的精神支柱；而在第19章中对某一乌托邦式景色的恢复与几近莎士比亚式的对某一理想的（和反爱国主义的）英格兰的赞颂相契合——这种契合，实际上，这两个幻想结构的认同就是福斯特在这部小说中的政治和审美议事日程。

然而，如他自己清楚地说明的，这个日程能否在历史上得以 162
实现和完成，这并不明确（即便小说本身已经完成）。他继而暗示说，现代文明的发展趋势——现在是“现代化”而非美学上的“现代主义”！——正处于关闭个人“救赎”或精神“救赎”的道路的过程之中（如果“救赎”不是过于崇高的字眼儿的话）。大地景色正在被涂抹，留下的仅只是更加脆弱和昙花一现的人际关系的安全网络：

> 伦敦只不过是这种游牧文明的尝试，它如此深刻地改变了人性，给人际关系带来了自其出现以来的最大的张力。在国际主义制下，如果它到来的话，我们将得不到大地的帮助。树木和草地和山峦只不过是景象而已，它们曾经施与性格的那股约束力只能给予**爱**。(261)

但我们现在必须补充的是，现在重又使我们回到起点的是这样一个事实：伦敦恰恰是我们在宽广的北方大路上瞥见的那种“无限”，或至少是描写那个“无限”的一幅“漫画”（福斯特语，p. 280）。但现在一整套术语一股脑地出现，开始相互配合：国际主义，伦敦，游牧生活方式，汽车的臭气，预防黄疸病的药片，都作为一个历史倾向而聚合起来，出乎意料地与“无限”融会在一起，而“无限”也同样出乎意料地成为地点、霍华兹区、此时此地的救赎的对立面（无独有偶，从未存在过的一个旧的英格兰，第19章中描写的英格兰也获得了再生）。但这并不简单是浪漫主义反城市、反现代的怀旧；这根本不是面对面目全非的工业荒原即现代工业世界的那种保守的反感。而就终极的决定因而言，这是这个现象链环上的最后一次认同：这个意义上的无限，这个新的灰暗的无位置性，以及导致这种无位置性的一切，也有另一个熟悉的名称。在福斯特的著作中叫做**帝国主义**，或帝国，即其时代的指称。使条条大路延绵通向无限、超越民族国家的疆界和界限的，正是帝国；它把伦敦抛在了后面，形成一个新的空间集团或疾病，其商业主义现在抛弃了像威尔考科斯夫人这样讲究实际的场面人物，福斯特也将传达关于这种人物的个性压抑的信息，所采取的是我们无暇在此检验的新的形式：

> 在汽车里是得到自然青睐的另一种类型——帝国。它健壮，不停地运动，希望继承大地。它像自由民一样迅速而健康地繁殖；将其称作把自己国家的美德带到海外的超自由民，这种诱惑十分强烈。但仔细想来他看上去并不是帝国主义者。他是破坏者。他为国际主义铺平道路，尽管他可能完成大志，但他所继承的大地将是灰暗的。(323) *163*

随着这种认同——“无限”与“帝国主义”的偶合，我们画满了一个圆，帝国主义环境的一个因素以人的形式或以叙述人物的再现性语言出现了。然而，这种再现是不完整的，因此在认识论上是曲解的和令人误解的：我们只能看到“帝国类型”转向内向、转向内在宗主国现实的那副面孔。在这种关系的另一端，从根本上和本质上限定其“帝国主义”功能的那一端，即被殖民化了的个人，仍然被封闭在结构之中，作为制度限制的结果他们必然而且只能被封闭在结构之中，而内部的民族或宗主国的日常生活与从此附属于它的这个他者世界绝对地割裂开来了。[11]但是，由于再现以及作为再现的认知测绘是由“趋于总体性的意图”控制的[12]，那些限制也必须被拉回到这个系统之中，这个系统用一个意象标志着那些限制，这就是比做无限的宽广的北方大路的意象：一种新的空间语言，因此也是现代主义的“风格”，现在成了不可再现的总体性的标志和替代（用拉康的话说是“租赁的场所”）。由此产生了一种新的价值（也正是这一点一般被松散地和令人误解地称作现代主义唯美主义）：如果“无限”（和“帝国主义”）在福斯特的作品中是坏的或否定的因素，那么，其作为身体和诗意过程的认知就不再是坏的或否定的了，而恰恰是肯定的成就，是对我们的感觉系统的扩大：这样，这个新比喻的美就与作为其内容的社会和历史判断奇怪地毫无关联了。

关于位于再现边缘或界限的这一“事件”我试图要说明的东西，也可以表示为对内部或宗主国空间本身的再现，对依然是其基本原材料的民族日常生活的再现。[13]由于在帝国的世界体系内这种再现仍然是相当不完整的，因此，作为补偿，必须将其构成一种维持自身生存的总体性：这是福斯特试图借助上帝的观念而特别要获得的东西，这种观念把孤立主体之间的巧遇、偶合、偶然和任意的相遇变成了已经实现了的群体的乌托邦瞬间。这个瞬间同时既是道德的又是审美的，因为这是颇似诸种关系的一个审美形式的实现，证实了这个瞬间不管多么短暂，都是一种社会现实：而社会与审美之间的偶合（在道德的意义上）恰恰使其他相关的著作（如弗吉尼亚·伍尔芙的著作）通过看起来比福斯特更审美化的手法而重新聚焦于这个瞬间。这里，内部的社会总体性仍将是不完整的；但是，尽管如此，内部的社会阶级仍然是明显缺场的（如列奥纳多被细腻地刻画为非无产阶级，处于“绅士
164 阶层的最边缘。他并未处于深渊之中，但能够看到深渊，他所认识的人中不时有掉入这个深渊的，从此不再重要了”）（45）。这种内部包容迥然有别于对异族或被殖民者的排除（他们的缺场甚至没有明显的标识）：这种区别大体上相当于弗洛伊德在压抑（神经官能症）与精神病（foreclusion）之间所作的区别。

这里暗示的假设——在正统现代主义“风格”的出现与新的帝国世界体系的再现困境之间的假设，只能由它所促成的那种新作品加以证实：即现代人采用的新的（形式和结构的）方法加以证实，比之从其同时代人那里继承来的描写，他们用这种方法能

更充分地为我们描述其历史特殊性。然而，还有另一种方法可以“证实”这一假设，至少可以采用爱因斯坦式的“思想—实验”：这像是一种实验变体或审美证伪性的原则，根据这一原则，这种特殊的宗主国或第一世界的现代主义实验将受到根本不同的环境条件的检验。在这个时期，在将被称作第三世界或殖民地的地方还不曾存在这些实验：在那里，帝国主义的面目是残酷的武力，赤裸的权力，公开的剥削；但是，帝国主义世界体系的测绘在结构上仍然是不完整的，因为殖民地主体不可能接受伴随帝国关系而来的宗主国或第一世界生活的特殊改造。从被殖民者的角度看，接受这些新的现实也没有任何意义，这些新的现实是主人的私下关怀，是被殖民文化必须加以拒绝和拒斥的。因此，我们所寻求的是一种例外的环境，是这两种各不相容的现实，即主人的现实与奴仆的现实、宗主国的现实与殖民地的现实的重叠和共存。因此，我们的实验变体，如果可能的话，将成为一种民族环境的前提，这种民族环境——或许通过其语言与帝国语言的偶合——将再造第一世界社会现实和社会关系的表象，但其基础结构事实上非常接近第三世界或被殖民者日常生活的基础结构。在这些环境中产生的现代主义与宗主国和上面检验的作品之间存有形式和结构的差异，因此可以就此加以审视和质疑。但是，在我们全球体系的历史偶然性中至少存在着一种如此独特的空间：这就是爱尔兰，而爱尔兰环境的独特性现在仿佛实验性地证实了我们迄今的论点。它仿佛使我们**先验**地从我们假设的前提中推断，然后将这个推断与爱尔兰文化的历史现实加以比较。如果这一命题是正确的，那么，在某一可能抽象地存在的爱尔兰现代主义 *165*
中，我们就能发现一种形式，它一方面把福斯特神意的然而又似乎是偶然的人物遭遇与伍尔芙的审美封闭性联合起来，但在另一方面，又把这些遭遇投射到一个根本不同的空间里，在英国生活中已不再是中心的空间，而是被标识为类似于帝国体系的被殖民地区的边缘和离心的地区。可以指望那个被殖民化了的空间能够根本改造现代主义的形式规划，同时又能保持与其帝国变体的一种远亲的相似性。但这种“推断”可以得到直接的历史证实，因为我实际上是在描写《尤利西斯》。

但在《尤利西斯》中，空间并非是为了获得封闭性和意义而被赋予象征意义的：其封闭性是客观的，是由殖民环境本身所赋予的——于是便有了乔伊斯语言的非诗意性和非风格性。在福斯特的作品中，遭遇、偶然事件、决定性相遇或为阻止这些相遇的发生而故意拖延的 5 分钟，都是针对宗主国的，“在人们眼里，[宗主国] 是一条颤抖的灰暗地带，理智而没有目的，刺激而没有爱；是在被编入历史之前就已经改变了的一种精神；是跳动着但却没有人类脉搏的一颗心脏”（108）。在乔伊斯的作品中，是与都柏林本身的遭遇，其拥挤的空间里却允许现已过时的古代城邦的生活。因此，没有必要生产一种有别于城市的封闭的审美形式，在第一世界的现代主义中，暴力的形式必然被强加于城市以作为补偿。

事实上，人们甚至愿意更进一步，断言被视为现代主义本身的语言维度——即现代主义“风格”，即现代经典的一个绝对范畴——在乔伊斯作品中也不存在。在福斯特作品中窥见的那种空间诗歌在《尤利西斯》中找不到对等物。“我正在沿着桑迪山海峡走入永恒吗?”这个问题被强行塞入斯蒂芬的意识之中，而且被标志为主观的。在主观连续体的另一端，“夜城”一章中巨大的畸形空间仿佛就在眼皮底下发生，以至于不能用意象加以描写。具有现代倾向的一种个人风格可见于早期的乔伊斯，而且可以据瓦尔特·佩特的唯美主义踪迹来辨认：在《尤利西斯》中所剩下的一切只是自觉地放置关键的副词。不然的话，作为绝对主体的一个范畴，风格就会在这里消失，乔伊斯实际可触的语言游戏和实验就将被视作非个人的句子综合和变体，超越一切观点（“爱人就爱爱爱人。护士爱新来的药剂师。警官 14A 爱玛丽·
凯利。格蒂·麦克道维尔爱有自行车的男孩……”等等）：于是， 166
人们不时感到（如对革命的生产方式一样）乔伊斯跨越现代的舞台而直接进入了后现代主义。在“太阳的公牛”中，风格的拼凑（pastiche）不仅使这种风格不可信，而且罗列了无数的**英语**风格，无数的帝国占领军的风格。

实际上，甚至偶然事件的问题——在福斯特和伍尔芙的作品中非常重要——在乔伊斯那里也具有不同的意义。在后者的作品中，这种交叉随处可见，但几乎不具有在其他作品中投射的模糊的神性（这里需要指出父子主题的局部例外）。列奥纳多在故事高潮时在圣保罗大教堂看见了玛格丽特和威尔考科斯夫人；斯蒂芬在一个较模糊的但更据审美意义的时刻看见了布卢姆先生；但这与前者提出的问题并不相同。伦敦（或《曼哈顿转车》中的曼哈顿）都是集团（宗主国），在那里这种相遇**都是**纯粹的偶合；都柏林是一个古典城市，在此，这种相遇不仅是正常的，而且是预料之中的。这就是说，城市的概念在《尤利西斯》中出现，包含并促发了这些相遇和交叉，并予之以不同的反响，而这些相遇和交叉正是现代时期的关键。但如我们所说，都柏林仍然是古典的，因为它也是一座殖民城市：而乔伊斯叙述内容的这种“独特性”现在决定着一些其他形式结果。一方面，乔伊斯作品中的相遇已然（或可以说仍然）是语言上的：它们是故事，闲谈，在发生时就已经融入了言语和叙事，所以现代主义诗人或作家的创造性改造——为了表达现代生活中最新揭示的种种非语言的偶然性而发明一种新言语的需要——在乔伊斯的作品中走了捷径。同时，《尤利西斯》这种本质的语言性——如他自己所说这是关于

"最后几位伟大演说家"的一部书——本身就是帝国主义的结果，它把爱尔兰贬降到一个古老的修辞的过去和残存的（没有行为在场的）演说术，把都柏林僵化成一个未发达的盛行流言蜚语的村庄。

同时，在其他作品中强行引入的历史本身在这里已经是城市组织的组成部分：那里有占领军，我们非常自然地与其士兵遭遇，就如同将要观看总督的游行队伍一样；不时发生的军事行动——如常胜军的被暗杀——在集体记忆中仍然栩栩如生，幸存者的出现无疑是一种普鲁斯特式的惊奇，但却完全合乎道理。英国的知识分子造访这一有趣的文化的穷乡僻壤是正常的，在酒馆、酒吧和公共场所进行民族主义的争论（尤其是围绕民族语言
167 的争论）也是正常的；人们在酒馆和公共场所会面和谈话这一事实本身就是旧城市生活的令人愉快的残余，这在宗主国文学中没有等同物，不同人物的会面在宗主国文学中都是通过接待和避暑别墅而人为地安排的。

《尤利西斯》甚至有一部分采用了另一种现代主义手法来描写空间——即漂泊的岩石，多斯·帕索斯直接从这里获取了灵感，并使他断续地走上了文学捷径——这部分例外地证实了这条规则，因为这些实在的断续性已经成为纯粹的现象：我们事实上已经知道这些解体了的人物已经通过熟识和历史恢复了联系，视角的转变使外部机遇和偶然性的幻觉全部消失了。《奥德赛》在表面上作为一种审美设计和典故相似于伍尔芙《到灯塔去》中的那幅油画，在帝国主义的语境中也必须加以重新思考。这当然是一个很大的形式借口，其地点背景使得乔伊斯能够详尽描写各章的偶然事件，而不必揭示深刻的动机（平行事件、色彩、比喻、身体器官等其他层面与其说相似于象征主义，毋宁说相似于弗洛伊德的"次要描写"）：但所要强调的是，这里所利用的不是《奥

德赛》的意义，而是其空间属性。《奥德赛》被用作一张**地图**：就乔伊斯的阅读来说，这实际上是一个经典叙事，其封闭性就是地图的封闭性，这张地图描绘的是地球上一个完整的和同样封闭的区域，仿佛那些故事本身重又汇入空间之中，阅读这些故事已与阅读地图无从分别。现代文学中的其他经典平行都不具这种独特的空间范畴（比如希腊悲剧中的不同主体）；事实上，这种第三世界的现代主义仿佛诡谲地把帝国的关系颠倒了过来，为了组织殖民城市的空间，把城市里的甬道和小路变成一个形式的封闭，和一个宏大文化丰碑的封闭，而利用了地中海的大帝国空间。

（1990）

【注释】

［1］见 Martin Green，*Deeds of Empire*（New York，1979）；Philip D. Curtin，*The Image of Africa：British Ideas and Action 1780—1850*（Madison，1964）；Brian Z. Street，*The Savage in Literature：Representations of "Primitive" Society in English Fiction 1858—1920*（London，1972）；尤其是 Edward Said，"*Kim*：The Pleasure of Imperialism，" in *Raritan* VII：2（Fall，1987），pp. 27-64，重印于他的 *Culture and Imperialism*（New York，1993）。

［2］此后"metropolis"（宗主国）一词将指帝国民族—国家本身，因 168
此"宗主国的"用于指国内民族现实和日常生活（当然并不单指城市生活，虽然围绕着某种狭义的中心城市"大都会"组织这种现实）。

［3］我的另外两篇文章探讨现代主义诗学与我们今天可能称作第三世界的空间之间的联系；参见本书第九篇和第十一篇文章。

［4］我在这里主要借鉴了 Anthony Brewer 的杰作 *Marxist Theories of Imperialism：A Critical Survey*（London，1980）。

［5］Bill Warren 的 *Imperialism：Pioneer of Capitalism*（London，

1980）可以看做是当代对古典观点的重新阐述。

［6］这里指 Edward J. Dudley and Maximilian Novak 合编的 *The Wild-man Within*: *An Image in Western Thought from the Renaissance to Romanticism*（Pittsburgh，1973）。

［7］这里的例外当然是同一作者的《印度之行》（*A Passage to India*）。

［8］E. M. Foster，*Howards End*（London，1910；New York，1921），pp. 14–15；后面的参照均出于这一版本。

［9］我觉得这是 Terry Eagleton 令人激动的 *Exiles and Emigres*（New York，1970）的观点，他认为所有那些被视为**英国**经典的最重要的现代作家，事实上都是不同类型的社会边缘人物，虽然并不全是外国人。其探讨的与英国的类比显然是奥匈帝国，对于所有艺术（包括哲学）各种最重要的现代主义那是一个异常丰富的地域。雨果·冯·霍夫曼斯塔尔可以作为非种族的奥地利的典范，而现代主义都离开了那种典范：他的“Letter from Lord Chandos”是发现“现代”并随后否定“现代”的范本。

［10］Virginia Woolf，*To the Lighthouse*（London，1927），p. 236.

［11］非洲是 Charles Wilcox 思考的所在，他曾在乌干达他父亲的帝国和西非橡胶公司工作（参阅 pp. 195–196）。关于《印度之行》这里要说的是，（a）福斯特的幸运在于多种印度语言中有一种称作印度英语，他能够像学外语一样学习这种语言；（b）小说局限于英国和穆斯林的人物——（按照列维-斯特劳斯在 *Tristes Tropique* 里所说，伊斯兰在诸多西方一神论中是最后的也是最先进的）——印度人是特殊表示的他者，在西方的再现中是接触不到的。

［12］George Lukacs，*History and Class Consciousness*（Cambridge，MA，1971），p. 174（其中德文词“intention”被翻译成“aspiration”）。

［13］关于这一切我最早的想法受到 Gertrude Stein 的杰作“What Is English Literature?” in *Lectures in America*（Boston，1985）的激发。“如果你过着日常生活并且这种生活全是你的，如果你拥有你日常生活以外的东西并且那也全是你的，那么你自然会开始进行解释。你自然不断描写你
169 的日常生活，因为那全是你的；你自然开始解释你如何拥有另外所有的东

西。你自然开始对你自己解释那些，你也自然开始对过着你那种日常生活的人解释它，因为他们和你一起拥有那些东西，并且你自然会以友好的方式对你拥有的那些人解释它。”关于 Stein 这一作品更多的论述见本书第十七篇文章。

八　乔伊斯抑或普鲁斯特？

170 何谓经典，此类问题对现代主义来说，不仅难以避免，而且自相矛盾。只有把不同的（或独特的）作品并置，我们方能建构一种关于“现代主义”的更加宏大的概念；然而我们讨论的现代主义作品绝大多数之所以能够诞生，就是因为它们对其周围的艺术目标进行激烈的对抗，不管这些艺术目标属于大众文化，还是属于高雅美学。但不管怎样，我们以往还是通过一种让人畏惧的并置来建构现代主义，例如把不同语言的诗人并置，或把乔伊斯和普鲁斯特，与处于相同距离的托马斯·曼并置，直到托马斯·曼被更加难以同化的穆西尔所替代（对这些现代主义知识结构的设计者而言，卡夫卡总是难以进行归类，从而引发批评的困难）。现在，在后现代主义的灾难中，绝大多数当初选定的经典作品——就像19世纪或17世纪绘画中过时的场景描绘一样——都已不再成为经典作品，硕果仅存的人物——乔伊斯、普鲁斯特、卡夫卡——就像沙砾堆里的高楼一样，更加引人注目。然而这些作家的作品得以存留下来的方式，本身就提供了一些有趣而出乎意料的答案，而这些答案与标准的关于经典作品的陈词滥调很难切合，这些陈词滥调包括崇高性、天才的艺术或永恒的艺术等。

这些作品能够永葆魅力，至今仍然令人爱不释卷；与此同时，我认为，读者会发现那些传统的解释和意义已经完全消失，而这些解释和意义曾经像围绕在身边的不可或缺的护卫、司机和公关专家一样，时刻伴随着这些作品。现在没有人对玛德琳蛋糕或“非自觉记忆”（involuntary memory）感兴趣；没有人在乎

《尤利西斯》中的父子关系或《尤利西斯》与《奥德赛》的平行结构；总而言之，没有人再需要利用人文主义的概括性思想，赋予这些作品一些关于人生与体验的模糊、普遍、标准的概念。去除这些模式化的普遍教育课程、这一“思想的历史”，和这一更加“文学性的”书评行业，无疑是一件革故鼎新的好事；我们正处在一个文化多元化和碎片化的后原子环境中，已经很难利用以前令人乏味的任何手法，证明一件文学作品的合理性、标准性或权威性，对此我们拍手称快。但我们对这一新的自由欣喜不已额手称庆，仅仅因为其中存在一个明显的二难困境，因为现代主义 *171*
文化权威人士，和现代主义作家自己，都相信他们的阐释框架，并认真地对待身体器官的系统，或斯万和盖尔芒特“途径”的身份，而不是把它们仅仅当做结构的手段和组织的前文本（pre-texts）。在后现代状况和后现代解读中，当这些手段难以为人接受的时候，我们该怎么办？这些巨大的“文本”因此分裂成为众多纯粹文本性的不连续时刻。如此文本化之后，它们再也无法被阐释成为美学的统一体。同时，关于何者构成文本独特性的问题，通过维柯式的或其他的迂回原则，不可避免地使关于诗歌语言叙事本质的传统美学思想得以复活。

然而对普鲁斯特和乔伊斯，以及他们各自的独特性进行比较，并不能回答这些问题，但或许这种比较可以稍微触及文本建构问题。而我们应该时刻牢记，文本建构和文本阐释总是密不可分。很显然，接下来的讨论都将建立在一个前提之上，即普鲁斯特和乔伊斯之间没有任何共同之处，或许除了一种病理学的嫉妒[1]：这种病理学的嫉妒给他们两人的作品留下了深深的印迹，虽然乔伊斯给这种“手法”（俄国形式主义者会如此称呼）提供的动机，远比普鲁斯特成功；而普鲁斯特对这种手法的广泛使用，给《女囚》（*La Prisonnière*）未加修改的文本留下了重复性的缺陷，这种重复在这些文本的其他地方难以找到。然而即使仅仅对这一偏好（不管我们把它称为嫉妒或别的什么）进行命名，就已经采取了文本之外的立场。并不是因为这一立场具有临床的或诊断的特征，从而必须注意避免嫌疑，而是因为这种诊断实际上是另外一种阐释，这种阐释企图把这些文本以一种与上文我们列举的途径并无二致的方法连接成一个整体。因此，作品的“深层意义”是嫉妒。现在或许用海德格尔的方式来理解，我们可以将其看做我们在世界中的存在和我们与“他者”关系的根本表述。为什么不呢？这一观点比那些传统的观点新颖，或许能够引导我们做出一些全新的、别人尚未触及的文本发现。

然而对这种做法的反对意见依然存在。反对意见主要针对这一阐释的出发点，而不是它的准确性和有效性。试图把两部相去甚远的鸿篇巨制统一起来的做法，的确体现了卢卡奇所谓的“对整体性的渴望”。但科勒律治将其称为“想象”，用来指称这种文本接受和文本创作的统一性力量。正是“想象”把我们阅读的所有因素都纳入一个“具体的宇宙”，从而把对当前语言的具体理解，转化成为一个有意义的、在一定程度上相统一的过程，我们可以用一个理论模式或数元（matheme）来称呼这一过程。这些作品力图把自己塑造成为大写的“书”，或“世界之书”，这种强烈的欲望并没有错，而且这些作家自己也拥有这种强烈的欲望，这一点我们在上文已经提到了。

172 然而，科勒律治的思想之所以有用，并不是因为它为我们的判断提供了一个标准，而是因为它的具体结构具有非对称的二元对立性：与“想象”相对的欲望是具体化行为和想象的具体化。因为这种 18 世纪美学的表现和体现，对科勒律治而言，可以通过感觉的直接性和当下的细节来重新解释；当然对我们而言，这种做法也同样有效。在这一点上，科勒律治伟大的思想具有哲学性的高度，揭示出缺场的整体性与无意义的偶然性之间的，或形式与内容之间的、精神与物质之间的，或海德格尔称为“世界”与“地球”之间的、群众历史与个体存在之间的差异，这种差异关乎整个世界。伟大的现代主义者自己就处于这一情形之中，他们的创作都是一些独创性的、难以真正起作用的解决途径，用来克服整体性的组织“理念”和单独句子的具体意义之间存在的差异。这种差异在传统的讲故事和现实主义中处于隐蔽状态。现实主义在19世纪被看做一种理所应当的或自然而然的表达现实的方法：传统的讲故事选择“想象”方式，而19世纪的小说试图在叙事作品（récit）和小说（roman）之间、全景和单独场景之间、讲述和展示之间维持一种极不稳定的平衡。在我们逐渐拒绝相信以前理所应当的事物，例如故事类型、命运模式，以及“想象”自身的可靠性的时候，现代主义才得以诞生，它试图通过一些睿智的建构性模式来强化和恢复我们对这些事物的信仰。

但也有人对普鲁斯特或乔伊斯持这样的观点，认为他们的作品都是统一的语言过程，是一种语言创造模式，这种过程和模式不知疲倦地试图把外部世界的所有材料纳入一种具体的风格或语言媒介。用这一特征形容普鲁斯特，远比形容乔伊斯贴切，因为乔伊斯在很多方面都超越了风格本身，让自己的风格——沃尔特·佩特式的世纪末风格——像幻觉一般，消散在人物斯蒂芬周围。或许我们可以更加准确地强调两者的口语性：乔伊斯的文本，如他自己所说，是历史上最后几个伟大的聊天者的史诗；普鲁斯特的文本是一个睿智博学的沙龙评论者，压低了声音在你耳边发出的无休无止的独白。我们将会在下文看到，语言在建构整体性的过程中发挥的作用，与这里所隐含的积极作用完全不同。

1. 遗失的内容（一）：穿越缝隙

的确，任何整体性引起的问题不是包含内容的问题，而是必须删除内容的问题，以及对这些删除进行掩盖，从而使整体性效
173 果具有合理性的问题。既然整体性——不管这种整体性被看做“历史”或“存在”，看做资本主义或乌托邦——很显然，无法被直接感受，也不能被立即感知，那么用海德格尔的模式可以更好地理解。这样做是为了让不在场的整体性在昙花一现的事物中出现，让它进入我们的视野，而这种事物具有自己具体的存在条件。

普鲁斯特比较了解这种删除过程，他明白，成功的删除不仅仅关乎一个细节，而且是关乎作品的整个战略性表达维度。他对这一问题的讨论与一个文本相联系，我们可以说这一文本（以及最后一卷中对龚古尔兄弟描写维尔迪兰社交圈的华丽文笔的模仿）与他自己的文本相互竞争，这一文本就是他的一个小说人物留下的关于上流社会的回忆录。因为当一切水落石出之后——普鲁斯特的模式化的逆转——我们才发现，叙事者在海滨碰见的他祖母的老朋友，虽然显得平淡无奇，但其实她本人不仅是盖尔芒特家族成员，而且是当时声誉最隆的社交界女性之一，事实上欧洲战前几乎所有重要的政治人物都曾光顾过她的沙龙。虽然叙事者犯了一个很大的错误，忽视了德·维尔巴里西斯夫人的重要性，但任何一个阅读她的回忆录的读者绝对不会犯同样的错误，因为

> 作者的一些次要的朋友消失无踪，而回忆录也对他们绝口不提；但这些没有来拜访她的人的缺席，并没有留下空当，因为在作者严格控制的空间里，只有为数不

> 多的人才能够出场，如果是皇室成员或历史要人出现，他们则会受到最充分的强调，就如同任何回忆录的做法一样。(P II 491－492；SM I 854)[2]

这就是形式本身的肯定性原则，这种形式只记录在场，任何缺场本身都将从中删除：因此，事实上，证明德·维尔巴里西斯夫人的沙龙是二流沙龙的理由是，一些时尚人士蓄意地避免出席她的沙龙。这一理由对未来的读者来说没有任何意义，因为他们只会在历史书中发现那些伟大名字的出现。

在此，关于省略（其中被省略的是省略本身）引人注目的辩证过程，我们有必要提到它的另外一个原则；这一原则涉及我们
所谓的普鲁斯特当前时态的共时性特征，以及这种共时性特征在 174
后世读者的误解中所起的作用，主要涉及普鲁斯特对历史性过去的概念本身。就像最后一卷的美国人一样，后世的读者对那一时代上流社会的系统性毫无概念，根本无法辨认那些频频出现在各自上流社交圈的陌生名字：

> 在勒罗伊夫人看来，德·维尔巴里西斯夫人的晚会是第三流的；德·维尔巴里西斯夫人被勒罗伊夫人的观点深深地刺痛。但在今天，几乎没有人还记得勒罗伊夫人是何许人，她的观点也早已随风飘散，而德·维尔巴里西斯夫人的会客厅里，瑞典王后、奥马勒公爵、布罗伊公爵、提耶赫、蒙达朗贝尔、杜邦卢主教频频出入，她的沙龙将被后人作为19世纪最优秀的沙龙景仰……(P II 492；SM I 854)

在这里，我只想指出一点，即普鲁斯特自己并不仅仅将合适的价

值赋予他提及的各种贵族人物：他同时还在小说中插入和包含了对一种机制的描述，而后世通过该机制错误地理解和阐释了这些价值和这一体系。

这种省略可以采取更加实用的形式，例如塔迪埃（Tadié）1987—1989 四卷本以丰富的例子证明了这一点，因为它在注释中包含了大量重大却被刻意掩盖的事件，例如奥德特与戈达尔博士的恋情（拉乌·路易兹在其杰出的电影《重现的时光》［*Le Temps retrouvé*］中利用了这一事件）。然而不管这些事件和轶事本身具有何种价值，它们指出了普鲁斯特文本在结构上的更加重要的独特性，即他的文本可以无限扩张，或具体地说，可以无限地插入（或重新插入）大量此类的插入性事件和轶事，我们将在下文讨论这一点。

刻意掩盖，其实也是增加，只要被掩盖的事件能够恢复；对这些新材料的掩盖，就好像在这一文本中，记忆对遗忘的往事进行重现一样，被遗忘的往事本身在普鲁斯特笔下经常被喻为空间结构，如一个房子的组成部分——楼梯、楼上——它们突然被增加，并打上了灯光，等待作者对它们进行描述。[3]然而，此处的关键在于这些空间的其余部分消失得无影无踪：因此任何伊利耶
175 博物馆（对普鲁斯特而言，贡布雷博物馆是其原型）的参观者将会吃惊地发现大量的阿尔及利亚的艺术品、地毯和各种各样的纪念品。我们早已习惯于把乔伊斯看做一个后殖民作家，但我们依然很难这样称呼普鲁斯特。然而，尘埃落定，我们才发现，著名的丹特·利奥尼（Tante Léonie）（在家庭和村子里的独裁者路易十四）的丈夫，实际上是阿尔及利亚的一个官员，而阿尔及利亚将是 20 世纪主要民族解放战争（同样也是 19 世纪的民族解放战争）中的一个战场。很显然，在谈论到把一个人物，以及与这一人物有关的社会历史的原材料不留痕迹地抹掉的时候，弗洛伊

德的压抑概念非常适用，甚至难以避免；它就像黑夜中一只不叫的狗。

最后，作者战略性地从文本中删除的最重要的内容，是日常生活本身。这多少有点自相矛盾，而作者自己在叙事的几个关键地方曾明确地指出了这一点。对有些人来说，贡布雷的“重复性”[4]构成了对日常生活的表达，和叙事语言对日常生活的征服和驯化的精髓本身，对这些人而言，普鲁斯特删除日常生活的观点无异于痴人说梦。但事实上，普鲁斯特的作品中，日常生活和存在体验到处被改变和转化成为轶事，成为机智而往往流于残酷刻薄的故事中的流言和谈资，人们编织这些故事的目的就是为了向别人讲述（在这里，就是为了向作为读者的我们讲述）。我们将在下文回到这一根本性的删除上来，但在这里，我们只需举一个例子来说明这一问题，即叙事者认为他一生最低迷的时刻：

> 我发现自己身处美丽的大自然之中，沐浴在阳光中的树叶和处在阴影中的树干之间有条线，将两者区分开来，我虽然发现了这条线，但带着何等倦怠和无聊的心情……（P IV 433；SM II 983）

这种抱怨主要针对时间的特性本身、普鲁斯特作品中日常时间性的现实、一种能使自己长存不废的存在性的不满意状态，它破天荒地在普鲁斯特的作品中没有被转化成为轶事和讲故事，而成为机智的自我贬低或讥讽的描述，这无疑具有很重要的意义。可以肯定，普鲁斯特的作品中，没有任何东西具有哲学意义上的直接性，实际上，普鲁斯特的表达的使命就在于不遗余力地攻击这种直接性，我们将在下文看到这一点。流言与讲故事能够用一次性叙事掩盖这种直接性，但在这里这种一次性叙事被取缔，使我们

得以一窥隐藏在事物底下的无聊及其空白时间，对这一重要例外进行表述，具有相当大的难度。从这一角度来看，即使嫉妒导致
176 的痛苦（这种嫉妒的痛苦将在小说以后的内容中占据主导地位），实际上是对这种深层无聊感的掩盖和遮蔽：嫉妒凸现了删除这一事件，而且证明了痛苦的存在，普鲁斯特认为，痛苦对艺术创作和艺术内容本身必不可少。[5]然而在这里，作者为之痛惜的恰恰是这种当初能够成功创造叙事的“才能”的缺乏本身（不过，通过另外一个“叙事”的逆转，我们可以通过对孱弱的痛苦陈述，把即将爆发的欢乐与创造性转变成为一个事件。关于这一事件，我们可以具体地讲一个故事，就是普鲁斯特在作品最后一卷中讲述的故事）。

删除在乔伊斯作品中很显然更加直接：我曾经被休·肯纳（Hugh Kenner）的观点[6]吓了一大跳，他认为，对“市民”的失望和那个“开始把世界隐藏在自己隐秘的怀抱”[7]（284）的夏日夜晚的开始之间，发生了另外一件事情，这件事情微不足道很显然远不足以与这一章的情形相匹配（除非“重要性”仅限于寻找《尤利西斯》与《奥德赛》之间的平行关系。当然，如果这样的话，紧随其后的出生则显得毫无意义）。这件事情就是拜访迪格纳穆寡妇，其意图是给这个丧失亲人的家庭提供一点微薄的捐款，这件事情在格蒂·麦克道维尔一章中简略地提到：

> 守灵的家庭真让人心情压抑，因为你永远不明就里。不管怎样，她需要这笔钱。必须遵守诺言，去看望那苏格兰寡妇。(311)

我们“永远不明就里”的是什么？她们是否在真正哀伤？对这些丧失亲人的家人该说些什么（不管这些家人是否真诚）？一个人

对伤心（或同情）的表达是否真诚？迪格纳穆绝不是那种与简朴的布卢姆有很多共同点的人。小男孩的回忆强调了这种差异（即使这些回忆让人想起布卢姆先生的丧父之痛）：

> 那晚爸爸喝醉了他站在楼梯口在那里高声大嗓地要他的靴子他想出去到汤尼家继续喝酒他穿着衬衫看起来酩酊大醉身材矮小。再也没见过他。(207)

但布卢姆先生的确又见过他一次，那是在夜镇的幻觉效应中看到的：

> 小猎犬抬起了嘴巴，露出了帕狄·迪格纳穆患坏血病的灰色的脸。他把所有的东西都啃完了。他呼出的气有一股腐尸味道。他长成了人的大小和形状。他的达克斯猎犬外套变成了褐色的裹尸布。他绿色的眼睛布满了血丝。半只耳朵、整只鼻子、两个拇指都被食尸鬼吃掉了……他朝月亮抬起残缺不全的灰白色面孔，开始悲伤地吠鸣。(385)

但我们依然可以认为，即使这种噩梦般的情景也不能构成内容的空隙，即《尤利西斯》如实表达的事件之间的真正空白，因为这 177
一情景仍然确切地指向墓地一章中布卢姆先生的幻想和联想，或换句话说，指向文本自身中已存在的确定因素，指向关于地下世界和死者命运的幻想。这种幻想本身并不是一种缺场或空隙，它本身就是世界上存在的事物，它恰恰就是通过幻想或白日梦得以存在：

等待。然后他继续向前走去。
一只肥大的灰色老鼠步履蹒跚地
沿着地窖走着，行进中拨动了石子……
每当有事发生的时候，新闻以神奇的方式
向四方传递。地下通信系统。我们从它们身上
学到了这一点……（94）

很显然，这里并不存在实践的确定性，而是一种语言的确定性：乔伊斯预先假设，任何实体都已经转化成为他的人物的各种内心语言，其范围包括文学知识分子和新闻记者的内心语言，到地道的都柏林人、酒吧常客的内心语言。只有布卢姆的“风格”有点随心所欲；乔伊斯请我们把这些著名的“电报体”幻想视为正常。然而这种幻想，除了对科技发明的兴趣和快速致富计划（“我们从它们身上学到了这一点”），换句话说，除了《大众机械》或《读者文摘》的现代性版本之外，没有任何动机的驱使。但是这种语言人物形象并不如普鲁斯特的语言人物形象（沙龙的讲述者）那样可信，这倒不是因为他没有在语言方面充分展开，而是因为这一社会类型并没有在社会传统中真正得到证实：从这个意义上而言，如果模式化的描述还能够起作用的话，布卢姆先生与其说是一个犹太人或爱尔兰人，还不如说是一个美国人。

无论如何，布卢姆先生的联想以一种与柯勒律治所谓的幻想（Fancy）非常相似的程序，填补了我们确定在场的一些场景的空白；但是，除了他对迪格纳穆一家的看望之外，所有这些联想都没有投射在这些确定性之间的裂缝和空白中，而只要这些记忆和期待都是现在本体的组成部分，那么这些确定性把过去与未来也连接起来。但是这种存在于现在的假定性空隙，那种关于奥德修斯自己在回家途中曾在何处逗留，荷马没有记录下来的影影绰

绰的疑问，这些吹毛求疵的怀疑并不能转移我们对当下文本的注意，这一点如何成为可能，值得我们讨论。

2. 整体性效果

形式，换句话说，就是能够阻止上述删除问题出现的东西：因为文本显然不可能包含一切，而且形式会采取预防措施，以确保我们假设的那些删除不会为人察觉。就在此时，与《奥德赛》 *178* 的平行结构应运而生，而且我们在上文批判过的人文主义的阐释模式随之出现。因为一个整体性的阐释（作为历史传统的父子关系，或国家的统一，或这两者不可避免的破裂）至少能够表明作品的完整性（就如同乔伊斯自己所暗示的一样：在作品中囊括人体的所有器官，囊括所有的修辞手法，诸如此类）。《奥德赛》同时在另一种方式上表明了《尤利西斯》的完整性：总共有 17 个场景，不能另行增删，荷马通过这种方式建构了另一种特性，这种特性赋予了《尤利西斯》的现代性选择的理由，并赋予其存在的动机。

可以肯定，章节自身的完整性另有渊源，近于其滥觞：这一渊源是福楼拜在《情感教育》中赋予单个章节的开拓性结构，这种结构强调一种巨大的情感逻辑，把更加直接的历时性的内容和甚至主题性的单位联结在一起，形成一个不同类型的更大整体。后来左拉在“卢贡·马卡尔家族”（*Rougon-Macquart*）系列作品中把这种形式制度化，在这一系列作品中，每一个章节在长度和叙事功能方面被标准化，并在自然主义形式创造的庞大的规范中发挥相对应的功能。乔伊斯很显然放弃了这种统一性和作为其基础的对应性，也没有回到福楼拜的章节所包含的更长的时间节奏：在乔伊斯的作品中，这种早期的文学演变存留下来的，仅仅是对纯粹形式本身的认可。《尤利西斯》中的章节总是一个完善的整体，是完整性本身的体现，不仅接近柏拉图理念的光辉思想，而且开始预示一种辩证的整体性。然而在《尤利西斯》这个大集合中，任何一个“理念”与其他“理念”互不相同：任何一个准整体性（quasi-totality）都是一个单子，互不相同，但彼此又非常接近，其差别非常微弱、几不可辨，只是让它们逃脱被归入某一类别的命运。为什么文本中没有更多的此类章节？能否在作品中加入 12 章以外的内容，而不会影响我们的感觉，即这本书作为一个整体，让人无法接受再加入新内容的感觉？我们在此飞到了数据雷达板的正下方，没影点安放得很聪明，预先阻止我们看到更远的范围。

但我还是想换一种方式来解释这种独特的形式创新，这一方式在普鲁斯特对福楼拜使用简单过去时（或他轮换使用简单过去时、过去时、未完成过去时）的伟大评论中获得激励，普鲁斯特认为，福楼拜在这方面的成就与康德发明范畴一样，都是具有革命性的历史事件。[8]是的，我们恰恰需要范畴的概念（德里达会不屑一顾地称之为“范畴的范畴”）来揭示乔伊斯革新的重要意
179 义。因为我们就是应该把乔伊斯的形式创造当做组织人类经验的全新模式来欣赏，这样的看法比仅仅宣称乔伊斯在《尤利西斯》中发明了用一天作为生存体验的新范畴更加恰当。

其中隐含的意思是，在日常生活中，在平常或每天生活中，我们能够发现某种具有革命性的东西：除非我们想要把这种新的形式与现代性中日常生活的发明本身联系起来，同时宣称，不管在以前的生产方式下人们如何生活在当下，他们当时采取的方式都绝对不是我们现在所谓的日常性。这种日常性是一种现象学的本质，工业一都市的、工薪的、自我为中心的主体性，以及原子家庭都“参与”（participate，使用柏拉图的术语）到这种本质中

来。我们可以把日常性的出现和同时出现但相互没有联系的弗洛伊德的发现进行比较：他发现梦的材料必须经常在前一天的事件中寻找前文本和起始点；我们将开始欣赏这种新型的当下性的优越性和负担。

我们可以用拉康的术语，把它称为一个新能指的诞生，因为事实情况也的确如此。拉康的能指并没有不变性或永恒结构的含义，而是一种关于历史革新的范畴，不管这种革新具有何种地质学的速度：

> 白天与它包含和体现的事物全然不同，白天或许比所有这些事物都更加重要，更加具有当下性，即在最原始的人类体验中，我们也无法把白天当做一种简单的体验来对待。
>
> 我们只需要提出人生最初几个月中主要的睡眠模式，就可以有足够的理由相信，并不是出于实用性的考虑，人类在某一个特定的时间——我就是通过这种方式证明最初的象征性“虚无”(nihilations) ——与白天相分离。虽然万事万物都向我们证明动物生存在一种白昼与黑夜相互替换的现象之中，但人类绝对不是简单地身处其中。人类通过一种特殊的方式来理解白天，即白天是白天的在场——其相对的背景不是具体的黑夜构成的背景，而是白昼的缺场构成的背景，而黑夜居于其中，反之亦然。很久以前，白天与黑夜都是指示性的符号，而非体验。从一开始，从很久以来，它们都是隐含的意义，实践的和具体的白天只有作为一个想象性的相关事物才得以产生。[9]

然后，这个单独一天的范畴构成了人类时间性的终极统一体，使得乔伊斯避免了他不愿看到的、关于加入文本中尚未包含的材料的各种问题，从而成全了他作品的统一性效果。

我们也应该稍微关注一下乔伊斯结尾的形式创新：因为从表
180 面来看，我们不能把整体性置于时间之外进行终结，而夜晚很显然使得白昼自然而然地结束，从而永久性地阻止了这一问题的提出。然而一个文本的语言并不在时间之外，而乔伊斯在这里做出了一个非常重要的形式创新，即《尤利西斯》以两个结局结束全文。一方面，“夜镇”一章重新结合了此前章节的所有因素，并采用弗洛伊德在其《释梦》著作中称为“二次阐释”的谵语形式[10]，在它们之间形成各种各样新的联系。因此乔伊斯为另一种形式的现代主义时间性打开了一个空间，这一空间就是音乐“尾声”。在这一尾声中，如同在一个减压舱中一样，之前文本所有重要的发展都逐渐松弛、扩散、融合进文本之外的无形之中。然而就在此时，即使这种随意的尾声以一种戛然而止的、令人反感的方式结束，这一结束也是一个全然不同的时间性的体现。它伴随着性别上的突然变化，和莫莉无与伦比的独白所具有的非比寻常的述行声音。莫莉的独白取消了《尤利西斯》以前所有的男性语言，用否定的否定——著名的收梢“是的”——结束了全文，我们将继续讨论这点。

几种关于结束或结尾的“范畴”——或柏拉图的理念——在此需要展开讨论；我们完全可以这样认为，“夜镇”一章用一种纯粹的精神达到了一种效果，这是设计完美的情节想以各种手段达到的效果，这些手段包括结尾的程序性操作、最后所有悬而未决的事件的解决，所有精心埋下的线索和次要人物功能的实现以及重大的发现场景（妈妈！爸爸！我们的儿子！）——就如同一天的范畴使得整个形式多样的“整体性”历史传统得以升华，并把它带进了纯粹形式的殿堂。在乔伊斯的宏观文本中回响着一些精彩的语句，它们构成个别章节的结束语——“赞美圣灵”，“像用铁锹甩起来的土块”，它们语气的陡然转变标志本章的结束——我曾说过。

的确，对普鲁斯特而言，我们只能在一个微观的层面上，才能更加确定地发现相应的形式创造和一些机制的设计，设计这些机制的目的是为了避免涉及文本的添加和完整性的问题。很显然，普鲁斯特也有自己相应的外在框架手段（在乔伊斯那里，这种外部框架体现为章节系统）：它们就是约瑟夫·弗兰克所谓的空间形式，这些空间形式把这部巨著组织成为一些众所周知的固定形式，例如斯万和盖尔芒特两种“途径”（“ways”，英语表达在解释这一点上要更加有用）的最终汇聚，或那些几乎没完没了的日间音乐会、招待会、茶话会、宴会、晚会，这部作品的叙事性任务全部来自这些内容，它的轶事在主题上包含在这些单位之中：如果到贡布雷的星期六/星期天的一次性旅行不仅再现了夏天的习惯性活动，而且再现了叙事者的整个童年的话，那么这些时间上的独特事件（例如当斯万告诉盖尔芒特公爵夫人他快死了的时候）同时可以充当容器，用来容纳包括德雷福斯案件到第一 *181*
次世界大战以及其他的事件中的生命的所有传记性材料。

与此同时，我们必须指出，普鲁斯特最引人注目的创新在于对段落形式的阐释和发展，他把段落从一种方便排版的手段转变成为一种思考的习惯，以及冥想与评述的手段本身。我们只需审视这些段落——“我妈妈没有来”，“一杯茶里的整个世界”——独具特色的逐渐低落的调子，就可以认识到，这种戏法给思维本身提出修辞概括的要求，要求思想出人意料地回归自身，这一切都是通过对变幻莫测的事物的重复来实现的，而这种变幻莫测的事物在形式上的表现与对人物表现的要求极为相似，因为他的人物总是与他们一开始的形象截然不同。这些成形完整的段落，前后连缀，形成一个封闭体，然而这一封闭体允许各种新材料无节制地插入，我们研究普鲁斯特的任何一本笔记都会得出这一结论。因此与乔伊斯在宏观形式上的做法相反，这里出现了一个问题，即我们面临着这样一个文本，不仅能够在其中添加和插入新的内容，而且就像珊瑚礁一样，这一文本本身就是通过添加和插入形成的。在这种情况下，文本的完整性和统一性如何成为可能是个问题；或者，如何采用一种我们发现很有用并且在这里很有成效的模式，让此类问题预先通过这些程序，从形式上提前得以避免。

3. 独立化和语言

让美学完整性独立的先决条件，可以通过指涉问题，以一种完全不同的方式进行建构。我们应该清楚，现代主义的独立化，远远超越了传统意义上受到限制的哲学—美学问题，传统中这一问题被定义为美学的独立性：现在作品本身已经成为一个整体，从而成为黑格尔以哲学的名义提出的绝对理念（Absolute）（哲学上的绝对理念只有在“艺术死亡”之后，才能实现）。那么，难道指涉不是正好否定独立性的一种终极形式吗？难道指涉没有向我们提示，作品语言的目标必须在自身之外寻找，从而使得作品从本质上依赖他物，而非自身？

然而有点自相矛盾的是，美学整体性的非纯净性，和它因自己不可避免的与外部世界的相关性而受到的玷污，在它与语言命名和指称的事物的关系中，体现得并不是最为明显；通过说话者经常设定的一个外在的倾听者，通过语言行为经常设定的一个外在的接收者，这种非纯净性对语言本身的核心进行侵蚀，而上述的非纯净性和玷污在这种侵蚀中体现最为充分。由康德首次提出的这种普通的美学独立性因此而受到遏制，这种遏制经常会让这种交流中断或暂停（就像一个说话者塞到倾听话者手中的一枚硬币一样，马拉美如是说）。但这种语言行为的变形、美学惯例本 182
身对语言行为的改变与调整，在现代主义于大众文化状态中疯狂寻找独立性的行为中得到了加深和强化，而大众文化状态下的一切都受到交流性的威胁。

现代主义对这一问题的“解答”，通常（特别是阿多诺的解决途径）表现为一种新的物质化形式，在这种形式之中，作品拒绝周围世界的商品物质化，而作品把自己变成一种商品，因此遵循顺势疗法来破坏商品物质化本身，从而具备一种乌托邦功能。然而这是一种有悖常情的做法，因为作品必须同时避免沦为纯粹的废话和胡言乱语，或沦为纯粹客观的声音：虽然有一些艺术家，如赫列勃尼科夫和马列维奇好像情愿这样做，一些理论家也赞同这种做法（如德勒兹对谈话的批判和对废话的赞赏[11]，以及拉康提出的“牙牙学语”的概念[12]）。的确，这样做的结果提前阻止了消费，而消费才能使任何成功的艺术品得以实现其价值，从而（与市场和其他机构一道）确立了艺术作为商品的不可避免的命运。其实布卢姆先生就是一个广告经纪人，提供刺激商品消费的各种意象，以至于这些意象本身都成为商品。“普鲁斯特”也是一个商品制造者，因为他笔下的上流社会成功与否，取决于对一系列轶事、精神特质(trait d'esprit)、敏锐的见解和机智的应答等沙龙生活中必不可少因素的消费。

然而，我认为，乔伊斯和普鲁斯特两人都进行了语言独立化的技巧创新，这种语言独立化可以用一种完全不同的方式进行解释，此外这种方式或许比物质化理论，或把意象作为商品的理论的钻牛角尖更有效果。这一角度将回归到语言行为，将试图把握这些很明显地讲述的、口头的声音，研究它们无论在接受的一极还是在发出的一极均与言语行为本身的分离。事实上，对这两极中的任何一极的隔离，都足以使文本的存在成为一种自由漂浮和独立的整体。虽然对乔伊斯和普鲁斯特两个作家来说，各自的结果在美学上和结构上都呈现出一种对立的关系。我们可以在精神分析领域找到一个差可比拟的情形，即病人不停地对一个“他者”说话，而他者却没有做出任何回应；也就是说，他者没有在任何传统的交流方式中接受病人的谈话。其实，只要我们多加注
183 意，就会发现，我们经常被一些信息所包围，这些信息看起来没有发出者，是一个预先存在且一直持续的文本过程，进而形成整个世界，它总是在颐指气使地要求我们的关注。

无论如何，不管乔伊斯的情形如何，普鲁斯特把话语塑造成为没有接受者的决心看起来非常坚定，我们需要对他的做法提供理由。他的模仿天才经常受到人们的关注（如马尔罗所说，“沉寂之声”），但他模仿自己和无中生有地复制自己谈话天赋的才能鲜有人关注，而这种谈话天赋是他仓库里主要的存货，这在他的信件中得到充分的证实（在他的信件中，接受的一极非常强大，从而使得这些信件充斥了阿谀奉承和拍马谄媚）。为了亲眼观察这一过程，我们需要研究一个例子，他恰恰因为对制造谈话毫无兴趣，从而制造了一段谈话：毫不奇怪，这些语言产生于这样一些时刻，如上文所示，叙事者在此谈及日常生活本身和时间性的低迷时刻，关于这种时间性，叙事者无话可说，也不能利用这种时间性编织任何轶事，也不能从这种时间性提取任何有意思的观点：

“树木啊，”我对自己说，“你没有什么可以告诉我

的；我心如死灰，再也无法听见你的声音。我发现自己身处美丽的大自然之中，沐浴在阳光中的树叶和处在阴影中的树干之间有条线，将两者区分开来，我虽然发现了这条线，但带着何等倦怠和无聊的心情。曾几何时，我相信自己是一个诗人，但我现在知道不是。枯燥的生活翻开新的一页，在我的眼前展现，或许人类可以赋予我灵感，赋予我在大自然中无法发现的东西。但我可以为大自然高声赞美的时代已经一去不返了。”然而，甚至当我决定在对人类的可能的研究中寻求慰藉，来代替业已消失的大自然的启迪的时候，我知道，我在寻求一种我明明知道毫无价值的慰藉。如果我真的具有艺术家的灵魂，我将会从树木葱茏中获得无上的快乐，夕阳斜照在树木之上，沿着路基长着一些小花，它们昂着头，几乎与火车车厢的台阶一般高，它们距离我非常近，我甚至可以数它们的花瓣，但我必须告诫自己，不要描述它们的颜色，因为谁能指望向他人传递连他自己都无法感受的美？过了一小会，我带着同样无聊的心情发现，西下的夕阳在一个人家的窗户上映照出金色和橙色的光圈；最后，当时间继续前行，我看见了另外一幢房子， *184*
它好像由某种奇怪的玫瑰红的材料建造而成。但我都是带着完全无聊的心情观察这一切。当我同某位女士在公园中漫步，我也是带着这种无聊的心情，去发现一叶草，再走几步，发现一个很像雪花石膏材料制成的东西，它的奇怪颜色并不能把我从极度的倦怠和无聊中唤醒；最多，出于对女士的尊重，为了说些话，为了证明我发现了这种颜色，当我们经过的时候，我会提醒同伴关注翠绿的青草和那块灰泥。以同样的方式，而且只是为了澄

> 清自己的意识，我向自己指出——就好像向我旁边的一个人指出一样，旁边的这个人从中获得的乐趣应该远胜于我——窗玻璃上映出的火光和房子呈现出的透明的玫瑰色。我让我的同伴注意到这些奇特的景象，但与那些众多的看到这些景象会欣喜若狂的敏感的人们相比，我同伴的性情中好像缺乏激情的因素，因为他仅仅注意到这些颜色，而没有体现出丝毫的快乐。(SM II 983-984；P IV 433-434)

所以我们这里有了一个类似于哲学家所谓的自省或自我意识的现象：首先是对外部世界的感知（“为了证明我发现了这种颜色”），然后是我与之交流观察所得的幻影“同伴”，“出于对女士的尊重，为了说些话”。他与他的另一个自我交流观察到的东西——
185 “我向自己指出——就好像向我旁边的一个人指出一样”，但他的另一个自我“缺乏激情”，的确“注意到这些颜色，而没有体现出丝毫的快乐”。第一个自我承担双重的职责，感知事物，然后表述事物，第二个自我就是听话者，在原则上，第二个自我应该“无比开心”地接受第一个自我对事物的观察。但这种传递给听话者的开心，实际上是说话者开心的加倍，说话者分离出一个新的事物、一种新的颜色、一种新的触感或事物的表面，同时通过指涉把它们表达出来（当年轻的普鲁斯特面对一种感受，却无以言表的时候，他口齿不清地发出“见鬼！见鬼！”的声音，但对于这种感受，他没有听者和公众）。因此我们断定，普鲁斯特自己的语言创造，要求用一个模拟的内在接受者代替外在的接受者，或换句话说，他的语言创造要求一种话语情景，其中接受一极被完全斩断，只留下字面语言转向另一个自我，从而形成一种神奇的搁置状态。

我们同时还可以断定，普鲁斯特的时间，普鲁斯特的现在，只能是语言创造的时刻，在这一时刻里，有一个声音不知疲倦地、无休无止地把这些语言悄悄地讲述给一个虚无他者的缺场的耳朵听。这种独特的情形还可以解释普鲁斯特美学的最终失败，而他的美学本应该具有强大的力量（印象主义、陌生化效果），本应该能够号召读者去撰写自己的书，把自己的生活体验形成文字，但事实上，他的美学只能空洞地呼唤一种投射行为（“实际上任何一个读者只能读懂他内心的东西”如此等等。[P IV 610; SM II 1024]）。

但是如果这些时刻并不能为关注自我意识或自反的理论家提供一些慰藉，那么正好相反，它们为我们提供了一种极为重要的时间哲学，这一时间哲学通过无与伦比的独创性和力量，肯定了黑格尔奇怪地称为的“当前巨大的特权”。这就是为什么对普鲁斯特的传统理解发生了非常奇特的错位，因此难以产生有效的结果，传统理解总是强调过去与记忆，以及通过美学手段对记忆的成功获得：与其说在普鲁斯特，还不如说在柏格森中，过去在某种程度上存在于时间之外，并且，过去能够心平气和地历经时间的变迁而存在。然而，在普鲁斯特作品中，非自觉记忆（involuntary memory）的时刻仅仅是承接的手段和组织的枢纽：绝不是重新打开过去，而是把过去“首次”变成现在，就像在当下现在的空间中打开另外一个空间。不管普鲁斯特自己在何种程度上参与施放烟幕弹，我们必须坚持认为，在他的作品中存在一种完全不同的时间概念，这种时间概念别扭地与着眼于记忆、致力于过去的时间概念同时存在，我们可以在贯穿整部小说的体验观念中发现这一点，这种体验观念，即从来没有即刻性，也就是说，我们从来不能首次体验任何事物。但在写作的现在时刻，而且只 *186*
有在写作的现在时刻，我们才能真正体验事物。现在是写作句子的第二个时间，过去的体验，不管它刚刚发生，还是几十年前发生，它直到这个现在才真正发生（因此，可以说这种过去的体验从来没有存在过）。

我们必须继续探讨普鲁斯特的绝对现在观念发挥其独特功能的方式。任何现在只能通过其美学的重复“首次”被体验到，这种规则的设计是为了把某种首次感受的被动，替换成为制造其“本源”的纯粹活动过程：相对应的哲学理论可以是费希特的惊人之见，他认为，“我”必须从自身创造一个“非我”，从而通过它对物体的接受性思考，肯定自身的存在。然而我们必须对这一强调进行修正和调整，以避免其体现出理想主义、万能的主体性和外部世界在主体的奇思怪想下体现出的绝对的可塑性等含义。在普鲁斯特的作品中，这一点将通过系统地消解有关意志力的观点来实现（就好像重新体验系统本身的建构，需要对即刻性概念进行质疑）。在这种意义上而言，意志力与某种实践活动的原则相对应，这种实践活动原则试图介入现在之中，并根据某种目标对现在进行调整：的确，如果我们把自己仅仅局限于这一特征，这种建构将看似与柏格森的理想主义非常相像。后者认为，实践活动模糊了这些痕迹，并经常脱离纯粹感知的静止状态——这种观点甚至会重新强调对普鲁斯特的模式化评价，即他的非理性主义，以及他用纯粹感觉和直觉对理性思考和选择的替代。

然而，一旦现在通过某种第二次行动“首次”恢复为一种体验，这种对现在的重新获得便成为这一时刻的结果，而这一时刻也因这种结果而结束，此后，一切事物便发生变化。但即使这一点也只有在一种情况下才成为可能，即我们必须拒绝唯美主义的琐碎化、艺术与写作的奇妙性的琐碎化、生活向作品的转化、世界被载入书籍、艺术家的职业再次成功地发挥其功能，如此等等。这样做，并不是否定普鲁斯特作品中写作和艺术创造的无所不在的主题（这一主题对自己不是艺术家的读者来说并无多大意义），而是在一种象征层面上进一步强调，写作本身成为一种比喻，用来喻示纯粹活动和纯粹的制造。在普鲁斯特的作品中，真正赋予其力量的，的确不是通过某种神秘的内部活动，对自己的过去心醉神迷，也不是与一些孤独的现代主义画家和作曲家的世纪末美学相认同：而是歌德式的实践和纯粹活动的力量的解放，这种力量被忙于与自己的倾向相斗争的意志力所束缚。通过摆脱那种内在的紧张感，这种力量能够（"首次"）与自己的目标完全合而为一。

同时，这也就意味着意志力——即试图仅仅通过思想的能力，通过有意识的或理性的决定，通过情景的强制因素，把体验 187
据为己有——给过去的时刻增加了一种外在的因素，这一因素引进了一种外在的动机和此前尚未存在的另外一个自我的注视：的确，意志力试图把外在自我的关注重点和目标强加在一个世界的头上，而这个世界对此一无所知，根本不明白

> 在每一个时刻，构成我们人格的无数的卑微的"自我"中，总有一个"自我"还不知道阿尔贝蒂娜早已离去，从而需要有人告知这件事情；我不得不——这比面对一些不能与我的痛苦感同身受的陌生人还要更加残忍——向所有尚未知道该消息的人和所有尚未知道该消息的"自我"宣布这一刚刚发生的不幸事件；他们必须一个接一个首次听到这句话："阿尔贝蒂娜曾经索要她的盒子"——那些棺材一样的盒子，我曾经看到这些盒子同我妈妈的盒子装在巴尔贝克的火车上——"阿尔贝蒂娜已经走了"。我必须告诉他们每一个人我的哀伤，这种哀伤绝对不是从有害的环境积累中自由概括出的一

> 个悲观结论，而是一种具体感受的间歇的、不自觉的复苏，这种感受从外部降临到我们头上，而不是我们自己选择的结果。这些“自我”中一些我已好久未曾谋面了。比如说（我已经记不得理发师来拜访我的那一天）当我理发的时候我的自我。我已经忘记了这个“自我”，他的到来使我潸然泪下，就好像在一个葬礼上，没有忘记死者的退休的老仆人的露面一样。（P IV 14；SM II 683-684）

188 意志力无法重新获取以前的时刻，毫无疑问，会有一天，这种失败本身会被人们痛苦而委屈地记住，并且当做另外一种失败，另外一种证据，证明马塞尔没有能力承担这项工作（的确，我们已经引述过这样一段话）。

但至关重要的是，这种外在因素在一种像莱布尼兹的单子一样的时刻里，没有任何立足之地。这种时刻本身就是一种共时体系，其中所有的因素都遵循一个具体的逻辑（如同德·维尔巴里西斯夫人的回忆录一样），当任何因素被遗忘，或被抛弃之后，这一逻辑就被违反了。（因此当德雷福斯的追随者变成反德国的军国主义者和仇视外国者，以及反过来宣扬国家本身的爱国主义者的时候，德雷福斯的追随者的过去——反对军队、反对国家——逐渐被抹去。[13]）时间当前性的单子式逻辑（甚至在——特别在——这一时间处于过去的时候）具有几个重要的结果，对此我们必须在此多加关注。

首先，昔日时光的具体逻辑与此时此刻一种选择的相似性上形成共鸣，从而保证了昔日时光被重新发明和再生的可能。普鲁斯特所谓的非自觉记忆——受到波德莱尔的支持[14]——可以充当这种跨时转移的手段，如本雅明所说，这种跨时转移是

“年代性历史整体性的裂缝”，而本雅明本人在他对马克思的18世纪的雾月革命的政治论述[15]中，正好受到普鲁斯特这一结构的影响（就如同他从普鲁斯特作品的开篇中获得了他对“拱廊街”问题进行思考的动机：“从19世纪中醒来”）。正是我们日常生活的侧重倾向，导致了这种跨越时间的出人意料的接触：我们总是在做其他事情的时候，仅仅在闲暇之余用眼角瞥一眼“现在”：我们总是缺乏对它正面的、具有真正深度的、具有几乎照片式细节的关注，除非在立场和视角的神秘的斗转星移中，时间或历史突然允许我们对受到强调的本源进行盲目的揭露。

这种“非自觉记忆”（不是普鲁斯特的术语）只不过是这一过程的动机而已，这一点可以从另一种对某类错误和误解的完全辩证的批判和这种批判的似乎非理性的主题中推理出来，而这种错误和误解是指一种名副其实的关于感知时间的教育学，它试图（但似乎是“首次”）恢复对共时体系的正确思考，这种共时体系由时间的每一个现在构筑而成（也就是说，由现实本身构筑而成）。“非自觉记忆”也不仅仅是对时间性和体验的某种具体观点的肯定：它同时还是对经验主义的和常识性的模式化观念的彻底诊断和驳斥。因此普鲁斯特作品中的辩证因素不仅仅体现为对具体化的一阶逻辑思考的批驳（如同黑格尔的“理智”），同时还体 189
现在，第一，他认为这类错误具有必要性；第二，在追求真理的过程中，我们必须经历这种个别事物、事实或静止因素的不可避免的历时性，而我们所追求的真理仅仅是这些因素不可思议的重新建构：这是一种新的时间单子，它用共时性和理性替换常识性日常体验的必要错误。辩证性感知是对那些不可避免的盲点和结构误解的大力调整和校正，这些盲点和误解必须充当这一过程的起始时刻：普鲁斯特的效果同时是这种经常让人诧异的重新建构和重新阐释。

当这种“纠正”成为对未来的纠正（而不是对过去时间性的纠正）的时候，更显得昭然若揭。这里我认为，我们必须接受一种操作过程。在现今的理论环境下，这种操作过程可能显得具有还原的和意识形态的特征：即对欲望（desire）的遏制，和通过一种战略性的驯化和限制，把欲望纳入愿望（wish）的范畴之中，与其玄妙的、哲学的对立范畴（欲望）相比，愿望似乎适中和谦卑得多。因为不管今天的哲学环境或理论环境如何，“欲望”总是遵循福柯影响深远的权力理论，被塑造成为一个无孔不入的过程，它在这一过程中触及现实的每个角落，在我们所有的思想和行为中留下它微妙的痕迹。“欲望”是一个多元的象征，它渗透进各种不同的层面，通过自己的超定（overdetermination）、寄生性的决定和非理性因素，它赋予有意识的单纯愿望更多的内容。但是愿望——弗洛伊德在《释梦》中也曾经使用过这一词汇，从而给他的后现代读者造成了最大的麻烦——是倔犟的、一维的，它有一个目标和一个目的，它绝对不能容忍一种仅仅“象征性”的满足。

因此，愿望主要是适用于当前共时性时间的范畴，不可能溢出自己的边界，或污染其他的时间对外动向（ek-stases）。在普鲁斯特的作品中，愿望是“现在”的构成性特征，而且愿望的确定义了“现在”的结构；一种旧愿望的蒸发悄无声息地标志一个新现在的产生，这一旧的愿望消失得无影无踪，一个新愿望取而代之，而这种新愿望丝毫没有透露出，那里曾经存在着别的东西，而它自己是后来的替代者而已。

而且愿望是一种所谓互相抵消的或非此即彼的过程：它要么被同意，要么被拒绝，它的结果总是最直接的肯定或否定；当然这些结果往往会具有最奇妙的、最偶然的、最出人意料的各种变化。愿望是执著欲望的具体化，愿望不再是某种无处不在的物质或因素，而是对某种不可能实现的奇思异想的幼稚的盲目崇拜，而现实的所有存在都将依赖这种奇思异想。

这种新型的、人为的范畴，在普鲁斯特小说著名的开篇部分，其效果体现得最为明显，在小说开头，小孩在绝望中徒劳地等待母亲前来道晚安和吻别。这里，读者也可以想起来，作者以 190
高超的手段聚集了重复所产生的模糊性：每晚通常如此，但这一晚上的情况则全然不同。母亲总是亲吻我，向我道晚安，但那些我们有客人的晚上除外。因此我们确立了一种带有例外的规则，而如同黑格尔、马克思和拉康在很久以前曾经预见的那样（也如同齐泽克近来强调的那样），这种带有例外的规则结果成为“规则”本身。然而，这里真正具有代表性和重要性的，不是心理学的动力机制，而是这种愿望范畴把所有逻辑上可能的结果包含在叙事的列举之中的方式，这种叙事列举的穷尽性体现了时间单子自身的实现和封闭。我母亲经常来，但这晚没有来。我请求她例外一次——希望与希望相对：但这里的拒绝是范畴性的——“我妈妈没有来”。然而在这一否定之上，增加了一种出人意料的肯定因素：然而，她毕竟还是来了。通过援引父亲形象的权威和禁忌，现在的问题变成了对第一次否定的重新肯定，也就是对规则的肯定：父亲随着完全不可避免的否定而出现，而当时各方都把否定认为是一种定局。但在这个时候，他出人意料地否定了自己的否定，命令母亲留下来继续做客：“留下来与孩子在一起”。普鲁斯特的叙事带着这种真正卓越的管弦乐队的谵妄状态，迎接出人意料的对“规则”的超越——这种谵妄状态是父亲视觉手势的外在化，是对楼梯本身的利用，时间的相机可以在激动人心的时刻从楼梯逐渐抽身而去，其目的就是为此后整个房屋和村庄的完全再生做好准备，这种再生将在过去的完整单子的空间重现中才能实现[16]——这种谵妄状态，即瞬间的戏剧性凝固画面，需要普鲁斯特使出浑身解数才能完成，这种谵妄状态，或凝固画面，我认为绝不仅仅因为某种感情的或心理分析的因素而产生：而是单子已经完成的体现，其中——由于欲望的叙事范畴——所有可能的变数都被呈现出来，所有逻辑上的可能性都被穷尽。

这种时间的单子——这种普鲁斯特作品中的现实存在其中的绝对现在，同时也是文本的一个现在，在这一现在中引入了它不可避免的过去和将来，并在其中发生转变——我认为，本身是搁置了接受或听者的一极而产生的形式的结果，由于接受或听者的一极被搁置，普鲁斯特的语言获得了一种自身的绝对在场，而且悄声说出的语言含有的似乎转瞬即逝的信息，也因此获得了一种美学完整性的现代主义效果（“就像地球一样，没有任何支撑，漂浮在空气之中”）。[17]普鲁斯特作品中对接受者的搁置，赋予说话者一种幻觉形象，即超越所有个人性的超验的主体性，并创造出一种“主体应该知道的”第一人称美学，这种第一人称永远在场，永远在说话，永远不会枯竭，能够超越一切道德的风云变幻。普鲁斯特通过在写作小说之前先行设定结局，来煞费苦心地赋予第一人称一种永恒性。

*

191 在乔伊斯的作品中，对交流的搁置与普鲁斯特完全相反，在乔伊斯作品中，被搁置的是主体性自己一极。由于发送的一极受到压制，从而创造了一种幻觉，即语言完全在独立言说，没有受到来自人类主体性的干涉。在这里，语言的独立性通过以下途径得以保证：系统地拒绝此类表达，并战略性地利用那些从人类表达和交流、人类的意义的正常行为中抽象出来的语言特征和因素，利用那些似乎能够赋予语言以力量、并能使语言单独依靠自己的力量就可以延长自身存在的语言特征和因素。

“游动悬岩”这一章中的事件，实际上为这一过程提供了一种定义性象征。在这一过程中，是事物自己——而不是某个说话者话语的象征或符号——面向一个接受者。因此开始的几个事件让我们见识了这种有趣的语言变形：

> 教堂墓地的门向康尼神父展示了一畦畦卷心菜，这些卷心菜用茂密的叶子向他致敬。(184)

同时都柏林最出乎意料的物理特征最终也被纳入这一过程之中，使它们随着总督穿越城市的轨迹得以展示：

> 沿着伍德码头的泄洪道，在汤姆·迪文的办公室下面，普德尔河忠诚地悬挂出一条污水形成的舌头。(207)

最后这种实验以一种自相矛盾的结局收尾，其中对观察者的排斥，在最后的文本挥洒中，转变成为对观察者的在场的确认：

> 阿尔米达诺·阿尔蒂弗尼结实的裤子被合上的大门吞没了。(209)

著名的“赛壬”章节——这是实验性较强章节的第一章，从伊兹拉·庞德那里获得了这一很不耐烦的观点，“每一章都具有一种新的风格，但我们对此并没有做出要求！”——现在以一种新的方式实施其抽象性，它保留了以下叙事的纯粹物质性语言的例子，试图把这些叙事（声音和脚本）组织成为一种音乐乐谱：砰砰声、隐隐的隆隆声和（酒吧女招待和布卢姆之间的）碰撞声此起彼伏，中间杂以刺激的或搞笑的颤音（坚硬的拇指甲的声音、嘿嘿声、小风笛发出的呜呜声，诸如此类），至少音调和节拍在这些复杂的声音之中清晰可辨。这里制造了一种没有评价性意义的纯粹声音，这种做法本身因为对另外两件事情的强调而得到强化，后者分别是男高音的最高音调（“它冲霄而起，一只鸟儿，
192 它停止飞翔，一声轻快而纯粹的鸣叫”——226）和这一练习结束时的放屁，这一练习的深层逻辑不在于普遍的时间性，而在于等待的时间（“Pat 是一个你在等待的时候他也等待的等待者[①]”——230）。那么这一时间的实现（“时间最后的铅灰色火焰”）是否与等待时间的实现一样？在食物的味道中、在歌曲的高潮中、在调情引诱中或在身体的放松中，我们是否可以找到等待时间的实现？所有的章节组合起来，构成完整的一本书，而这一章在这些章节中间，作为一种以时间方式组织的声音，以抽象性表现出一种绝对的独立性和封闭性，这就是这一章最出格之处。甚至那些试图让这一叙事在平常意义上表情达意、试图重新引入交流情景的受到误导的、错误的企图，都被纳入文本，并被聋子侍者和瞎子调音师的残疾所消解：或许在另一种方式上，通过两名歌唱家西蒙·迪达勒斯和本·多拉尔德的现实生活的失败而获得一种象征意义，而这两位音乐家都是音乐极为成功的传递者。

我在一些近乎人格分裂的段落中，发现《尤利西斯》的脚本达到了某种零度，在这些段落中，这本书开始为自己说话，开始毫无意义地重复自己的内容，把这些内容以纯粹机械的方式排列组合，例如：“你等的时候他在等。在如果你想等的时候你就等的时候他就在你等的时候也在等”（230）。或更确切地说，就如同章节自己在“等”布卢姆先生露面：“布卢姆先生到达了埃塞克斯桥。是的，布卢姆先生穿过了耶塞克斯桥”（215）。很显然

---

① 等待者，英文为 waiter，即侍者，但乔伊斯很显然使用了双关语。

布卢姆先生自己没有在想这些事情（“我必须给马莎写信”，等等）。那么是谁在想这些事情呢？只能是书本自己，如同在下一章（“独眼巨人”一章）对布卢姆宣布的博爱信条的反应：

> 爱人就爱爱爱人。护士爱新来的药剂师。警官14A爱玛丽·凯利。格蒂·麦克道维尔爱有自行车的男孩。M. B. 爱一个英俊的绅士。李奇汉爱茶普州。大象强宝爱大象艾丽斯。等等。(273)

这一段话非常有用地揭示了戏仿和模仿之间的差异，或反讽与某种空白或盲目的模仿之间的差异：这种声音在完全不同的情况下似乎具有嘲讽和琐碎化的效果，然而在这里没有任何人成为这一声音的接受目标。不过在反讽缺场的情况下，文本中得以实现和期待的，是我们将在“夜镇”章节见到的文本的所有个别内容的展示和变化。在“夜镇”章节中，《尤利西斯》无数的因素、符号、象征都被统一到一起，但遵循一种非表达的、单维度的、梦一般的毫无意义的方式，在这一方式中，幻觉穿过人们的视野，却没有任何具有深度或语境的背景，就好像幻觉依靠的是自己本身的力量（使用这一手法的伟大先驱是福楼拜的《圣安东尼的诱惑》[18]）。

在下一章中，从一个酒馆到另一个酒馆的转移，不仅仅是从一种组织体系到另外一种组织体系的转变，同时也是从美学到政治，从音乐——当然，音乐作为对声音的赞美，必然具有自身的政治意义——到国家主义和到争论、辩论、政治激情的转变。它同时也是从作为一种独特身体体验和事件的、个人对声音的感知，到某种政治无意识，某种陈腔滥调总汇的转变，各种意识形态的语言——中世纪的语言、吟游诗人的语言、神职人员的语 193

言、乌托邦式的幻想语言、公共媒体诋毁的语言，甚至婴儿的牙牙学语——从爱尔兰过去的方方面面释放出来，在这一总汇中活动和发酵。因此，我们不应该继续以双重性观点来看待“独眼巨人”一章，把它解释成为爱尔兰当下的讽刺性蒙太奇，当下的爱尔兰在其中已经堕落成为鸡毛蒜皮的争吵、酗酒与流言蜚语，以及小资产阶级人物和小资产阶级关注的事情；同时还影射出爱尔兰典雅和侠义浪漫时代的虚假的高贵。而最后的影射本身被现代的琐碎化从内部破坏殆尽：

> 然后出现了一座灿烂辉煌的宫殿，水手们可以看见宫殿晶莹透亮的屋顶，这些水手们乘坐三桅帆船穿越广阔无垠的大海，而这些帆船是专门为航海这一目的而建造的。(242)

“目的”很显然是现代商业话语的主要词汇，在叙事者朝拜巴尼·吉尔南（我们正在讨论的宫殿）行进的描述中，这一词汇毫无任何语义功能：因为即使过去的景象因现代性而降格，整个这一章也陷入了一种对自然主义现实的独白性表达。在这一表达中，多种联系相互交叉形成的震惊效果——

> 他们看到了“他”，甚至“他”，儿子布卢姆·以利亚，在多如云彩一般的天使簇拥下，在小绿街的多诺霍亭的上方，以45度的角度，像用铁锹甩起来的土块一般升到灿烂的光辉中去。(283)

——丧失了其力量。不管怎样，这种独特的效果提醒我们，通过对耶稣和犹太人的讨论，在以前那些国家主义的语言上增加了一些新的语言，从而与旧的语言搅和在一起。独立性在这里恰好就是所有这些意识形态的和陈腔滥调的集体语言，在某种新的集体因素中的独立化，对这种集体因素而言，无名的叙事者仅仅是一个空间的提供者和框架。

格蒂·麦克道维尔以铺张豪奢的文笔重申了语言的表意功能，把情感和表情当做阅读与罗曼斯的包法利主义和流行媒体堕落的包法利主义揭示出来。从而这两章之间的张力产生了一种“风格”的概念。它把风格界定为自身能够自由飘浮的语言物体，它不同的历史性表现相互严重抵触，从而导致这一母性章节的自创生理论，一种可以与黑格尔的《逻辑学》相提并论的、名副其 *194* 实的、进化的幻灯片演示。然而在夜镇的幻觉效应中，一种完全不同的意象独立性得以产生，与风格独立性相呼应；而出租马车夫住所的干瘪乏味、毫无意义的官僚的、因循守旧的低劣新闻文体，与格蒂白日梦的感伤语言相对立。这里，好像传统的语言得以恢复，却鲜有活力。唯一的例外是关于复活节起义（我们将会看到，在这些章节的框架中，根本无法预料和想象这一事件）前夕都柏林最重要的政治性爆炸的难以磨灭的历史记忆。在实验性地使用语言的各种孤立特征的最后机会中，“问答集”一章通过对一些观点的生搬硬套及其在虚无中的回应，巧妙地恢复了纯粹的语言结构。我们应该注意，“问答集”一章是《尤利西斯》所有章节中唯一回到或重复前一章背景的章节：这里出现的布卢姆的寓所已经在第四章中出现过了。而且这种追求某种纯粹非叙事性表达的动机本身，同时也是为了避免地点和地点重复的熟悉性，或者，换句话说，是为了把布卢姆的生平包含在某种新的非个人性的方式中。

不管怎样，“问答集”的提问与回答——通过这些问答体现了对“现实”的态度——也必须以像理解极端的非个人性语言一样进行理解。不可言说的语言：安·班菲尔德奇妙的标题回响在现代主义美学中。但我们应该换种方式，而不是从写作或文本的角度，来理解这一标题。就“问答集”来说，这种提问与回答的来往呼应表明了一种非常具体的失语症模式，在这里体现为语言的消解模式，而语言是人类和人际间的表达因素。这种一般意义上的非个人化，不管其采用何种具体战略和形式，都是整个现代主义、整个现代艺术最根本的特征之一。我认为，它的出现缘于一种对历史的渐进认识，即我们无法表达此类意识，只能通过事物的迂回，曲折地对其进行呈现。

赋予这些思想以张力的矛盾对立可以通过下表来展示：

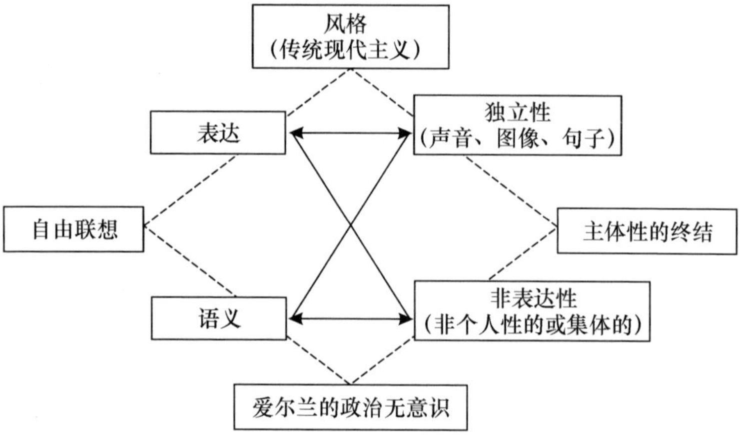

195 我们需要记住，通过这种辩证关系造成的音域的改变和章节的分割，与小说中其他类型的分割和组织模式，特别是三分法，相互交织，从而变得相对化；此外，还存在着一天的结构模式，对此我们在上文已经有过讨论。(《尤利西斯》的结构模式的多元化与本书中前面一篇文章中提出的《魔山》的结构模式的多元化相似。)

无论如何，我们在这里描述的这一体系极大的复杂性，很显然应归因于创造一种没有说话者的语言的尝试，它要比普鲁斯特建构一种没有接受者或听者的语言的尝试困难得多。

4. 遗失的内容（二）：真实性

那么未来是否能从这些裂缝中失落？这是这两个文本共同提出的问题，这两个文本虽然采用各自不同的独立化模式，但都企图把现在外在化。在某种程度上，普鲁斯特比较容易地实现了这一目标，因为他的随意离题和随意插入的形式使得他在操作上可以毫无限制地添加新的内容。最开始的情形众所周知：普鲁斯特的第一卷——《在斯万家那边》（*Le Côté de chez Swann*）——发表于 1913 年，然后普鲁斯特创作了两卷续集（《盖尔芒特家那边》[*Le Côté de Germantes*] 和《重现的时光》[*Le Temps retrouvé*]）等待出版，从而完成了整部作品。然而接下来的战争灾难导致纸张极度紧缺，这种紧缺将持续一段时间。因此续集的出版无限拖延，然而普鲁斯特并没有利用这段时间创作新的作品，而是给现有的几卷添加一些细节，甚至添加一些事件，同时他利用一些全新的和出人意料的材料填补了这几部续集之间的时间空隙，这些材料主要是与阿尔贝蒂娜的整个恋情和夏吕斯戏剧的一些枝节（很明确，《重现的时光》受到战时巴黎被困时的轰炸和灯火管制体验的启发，而路易兹认为这部续集应是一部战争小说）。因此，当纸张重新出现在市场上的时候，一部巨大的新小说取代了原先的两卷小说。当后续的一些章节发表之后（当然，最后几章都是在他去世后发表的），我们所熟悉的《追忆似水年华》便诞生了。我们会好奇地想，不仅普鲁斯特死时很年轻（终年 51 岁），而且他去世的时候，20 世纪 20 年代尚未成为一个明确的范畴；我们不禁会假设，因为他感觉到大限将至，因此设法为作为一个整体的文本提供一个结局，并且（主要通过贝戈特之死）对其进行描绘（一小块黄色的墙面）。但其实小说的结局在几年以前就已经设计并完成了，因此他最终的疾病与小说结局并没有必然的联系——大夫（包括他弟弟罗伯特）认为他只是放手让自己
196 离世——对此，我们不妨采用普鲁斯特惯用的列举手法：他或许出于无聊，或感觉自己已经完成了一生的作品，或出于一时的绝望，或由于漫不经心和计划失误，或仅仅出于疲惫，诸如此类。

我们可以追问，如果普鲁斯特活到 60 岁，会发生什么？或者还有一些更加大胆的假设。在一篇令人瞠目结舌的文章中[19]，米歇尔·布托（Michel Butor）设想，普鲁斯特不仅会继续写作和添加已经非常庞大的《追忆似水年华》——这非常有可能——而且他会为自己的作品设计一个新的结局，这个结局在我们现有的内容里已经有所暗示。的确，读者会记得，在最后一次招待会上，叙事者对迟到的“簪花少女”的兴趣，这个女孩结果是他的初恋情人吉尔贝特和他最好的朋友罗贝·圣卢的女儿。[20]布托然后大胆地假设，作品将会出现一个幸福结局：叙事者和圣卢小姐喜结连理。这是普鲁斯特所喜欢的那种出人意料的事件，同样也构成了最有意思的朝代和辈分的复杂性。不管这种假设可信与否，它都达到了目的：布托成功地打开了小说的各种真实性，并通过解放普鲁斯特的“现在”生产各种新的未来的能力，有效地打破了这部小说以前的令人乏味的循环理论的控制和它的假定的封闭性。从另一方面来说，正是由于这种黏合性形式的独特性质，没有什么能够阻止我们设想这一结尾之后可以继续添加哪些内容，因此，这一即使作为某种假设的结尾，也不能继续充当某种普鲁斯特“现实”的最后形式。

但我们不能期望《尤利西斯》的各种散落的变数为我们提供

这种类似的可能性：不仅《尤利西斯》一如既往地呈现出“完整性”，而且如前文所示，单独句子的视角本身也确立了某种肯定性，这种肯定性阻止了一些问题的提出：“接下来会发生什么”，“所有人物的命运如何”，甚至“斯蒂芬真的会离开爱尔兰吗”，“他会真正变成乔伊斯自己，或至少变成拥有乔伊斯的地位和成就的作家吗？”这就是为什么特里·伊格尔顿在《圣人与学者》（*Saints and Scholars*）中就布卢姆在未来内战中的命运所做的异想天开的猜测不能令人满意，具有一定的代表性意义。因为作为一个小说人物，布卢姆不能在那种叙事中存在，而只能在这种强烈的语言性现在中存在（但我们完全可以设想夏洛克·福尔摩斯后来怎么样了，而且巴尔扎克自己也赞成并鼓励我们对老年时的魏特琳进行设想，如此等等）。然而伊格尔顿对后来事情的稀奇古怪的设想具有一定真实性：一个严峻的未来在等待着这部小说，而没有任何小说人物注意到这一点。这一严峻的未来就是复活节起义和殖民时期的无能的都柏林的终结。如果真有现实存在的话，我们现在拥有了一个“现实”，它永远屹立在文本之外，甚至对老一辈战无不胜的政治记忆都不足以“打破”这种独特的历史连续统一体。然而这也不是文本在情感的最低点试图表达的“现实”。这种建构本身构成了我们最初的理论和形式问题：一旦涉及“现实”，就是在意识主体行将消失的时刻，在意识主体超越自身的时刻考察意识主体；研究情感意义，本身就相当于对不同于主体性感情的非个人状态的研究，而我们认为一个个体性自我或小说人物应该具备这种主体性感情。实际上，我们已经证明，乔伊斯的文本，乔伊斯的语言，变得越来越独立，我们再也不能认为它们具有表达性，或包含“具有”不同情绪或感情的“人物”。但如果情感不再是主体具有或经历的主观事物，那么情感到底在哪里产生？传统的答案（海德格尔的或萨特的存在主义答案）认为，情感在世界中产生；是世界本身体现出作为自我形态的感情："戈尔哥达①上空这道黄色的裂缝，丁托列托②并非特地用它喻示焦虑……黄色的天空本身即是焦虑……"[21]但这依然是一个比喻，只不过它的表达性意识形态在今天已经不再为我们服务。

197 当我们必须面对一种称作焦虑（anxiety，Angst，angoisse）的独特事物的时候，这种两难境地进一步加剧，而焦虑很显然已经不再是一种感情，也很难被称为一种情绪。拉康遵循了萨特的观点，不仅把焦虑看做一个像闪电掠过一样的时刻，而且把它看做我们与"现实"间歇性接触的模式本身。因此我们不惜一切代价试图避免焦虑，以及"现实"。正是焦虑体现了一种接近和观察"现实"的方法。然而萨特的人物依然"拥有"焦虑，他们的焦虑体现在存在体验的模式中和主体性事件的模式中。我们依然不清楚，乔伊斯的小说人物是否"拥有"此类被命名的感情，即使他们遭受着最剧烈的痛苦（斯蒂芬对垂死的母亲和被忽视的妹妹的记忆，布卢姆先生受到嫉妒的煎熬）。

拉康的确曾经从一个完全不同的角度解释了这一情形。他放弃了整个关于主体和主体性的讨论，转而关注语言本身，也就是说，转而关注"现实"要表达自己或至少指涉自己必须依仗的因素本身——想象的和象征的因素。他的著名论断是这样的（确切而言，这不是一个定义）："现实是完全拒绝象征的事物。"[22]由于"现实"处于"象征界"（Symbolic Order）之外，超越了用来组织我们思想（和我们在世界上的存在）的范畴体系，因此"现实"在这种意义上绝对无法进行阐释。的确，由于"想象界"（the Imaginary）是情感的因素本身，情感症状在这里寻求其存

① Golgotha，《圣经》中基督受刑之处，可能是古耶路撒冷城外的一座小山。
② le Tintoret，1518—1594，16世纪意大利威尼斯画派著名画家。

在的条件，似乎比在传统的语言范畴中寻找更加容易一点。（虽然不能解决问题，但我们还是应该强调，此类叙事在针对想象界 198
和象征界方面形成了第三类范畴，并不能很恰当地符合任何一个范畴：很显然，叙事是幻想的内在精髓本身，它在拉康关于主体的观点中发挥着根本的作用，同时它也在阿尔都塞对意识形态的相关定义中起着举足轻重的作用，这种作用隐含在意识形态的"对个人与他们存在的'现实'条件的想象性关系的'表达'"这一词汇中。[23]）

但是幻想和它多元的叙事恰恰就是这样一个名字，它是为了被乔伊斯独立性语言的非个人性所解放的事物而存在的，就如同在"夜镇"一节中，那些非指涉性的、非交流性的特征允许自我的整个爆发与增殖：都柏林的市长老爷布卢姆很显然在竭力抵抗焦虑，其用心程度同可怜地屈服于贝拉/贝洛控制之下的受虐狂布卢姆不相上下。很肯定，我们不再处于个人主体或自我的地盘上：把外部世界和背景排除在文本之外是幻想的机制本身，它确保了各种自我形象的可能性，所有这些自我被"问答集"一章的纯粹列举的和后叙事的框架约束和控制，在"问答集"一章中，"埃克尔斯街 7 号的布卢姆预见了弗劳尔维伊的布卢姆"，他的退休想象能够"以上升的权力等级顺序"排列他的各种"公民职能和社会地位"：

> 园丁、球场管理员、栽培者、饲养员；在他职业的巅峰时期，作为地方行政长官或治安法官，此时他拥有自己家族图饰和盾形纹章以及与之相称的拉丁文家训（时刻准备着），他的名字在宫廷名录上记录在案……（588）

天啦，布卢姆先生已经达到了“他职业的巅峰”，甚至他目前的情形（报纸《自由人》的广告销售商）似乎都不能持久，也不比斯蒂芬在当天辞去的工作更加可靠：“他应该解雇那个‘自由人’，”莫莉想，“从这份工作中仅仅获得微不足道的一点小钱，他应该进入一个办公室之类的地方，领取固定工资，或进入一家银行，让他坐在宝座上整天数钱，当然他喜欢在家里晃荡，让你动也不能动”（619）。（宝座对前面的都柏林未来市长来说当然是一个不错的词汇。）

然而甚至这些寓于现在中的未来幻想被进一步剥夺，一些终极的现实以毫无症状的方式被处理，而且“象征性”并没有完全被排除在外。这也是“问答集”一章的非个人化语言留给我们的东西：

> 通过命运逆转的交叉相乘法，使布卢姆从各种支持因素保护下的状态，沦落为剥夺了各种积极价值后的一个可以忽略不计的、消极的、非理性的、非现实的量。
>
> 依次下降到奴隶阶级的最底层。贫困者：沿街叫卖的人造宝石小贩，讨倒账、荒账的，济贫税、地方税代
> 199 理收税员。行乞者：欺诈成性的破产者，对每一英镑的欠款只有一先令四便士的微乎其微的偿还能力者，广告人，撒传单者，夜间的流浪汉，巴结求宠的谄媚者，缺胳膊短腿的水手，双目失明的青年，为法警跑腿的老朽，宴会乞丐，舔盘子的，专扫人兴的，马屁精，撑着一把捡来的、净是窟窿的伞，坐在公园的长凳上，成为公众笑料的怪人。潦倒者：位于吉尔曼哈姆的养老院（皇家医院）的住院患者。住在辛普森医院的病人：因患痛风病和失明永远丧失生活能力的落魄而有身份者。悲惨的最下层：老迈、无能、丧失了公民权、靠救济金

> 维持生活、奄奄一息、精神错乱的贫民。(596)

莫莉最后的“是的”所否定的正是这种“悲惨的最下层”，它肯定的并不是“生活”本身，而是排除了这种未来的纯粹现在。

现在我们想知道，对这种极端性的降格在普鲁斯特的作品中是否可能，在普鲁斯特的作品中，持续使用的第一人称（虽然在斯万事件中使用的第三人称具有独特效果）似乎提供了某种保证，可以抵抗乔伊斯式的彻底的非个人化。这是一种说话声音的保证，甚至连死神都不能对其构成威胁（可以参见祖母和贝戈特的最重要的死亡场景，这一声音对其构成了一定的威胁）。然而另外一种幻想叙事从开始的几页起就已经存在，这是对母亲慰藉性存在的幻想，只是在后来没有展开的事件之一中被打破和驱散，如果普鲁斯特活得更长的话，这一事件本身可以成为一本书，这件事就是期待已久的威尼斯之行。的确，我们可以发现，所有那些我们已经提到过的关于无聊和缺乏感情的抱怨，在这里达到了一个顶点；但我们也可以在这里发现，正是一些准理由，与母亲的争吵与分手，残忍地把叙事者变成了孤家寡人，他在以前从没有过类似的经历：

> 难以排遣的孤独，离我如此相近，就好像这种孤独不但已经开始，而且已经完成。因为我感觉孤零零的。事物 200
> 开始变得陌生。我心情颇不宁静，无法从跳动的心脏获取一种稳定的尺度衡量这些事物。我眼前看到的城市不再是威尼斯。它的个性，它的名字，对我而言，就像谎言和虚构一样，我再也没有勇气把它们印在它的石头上。我看见宫殿消解成各自的组成部件，成为毫无生命的一堆石头，从中挑选不出任何有意义的东西，而且水

> 也成为氢氧化合物，在威尼斯之外和之前存在，对威尼斯的存在熟视无睹，更不知有多格斯一家或特纳这个人。然而这一毫不起眼的地方就像我们刚刚抵达一样陌生，这一地方还不知道我们——而我们已经离开的地方早已忘记了我们。我无法告诉这一地方关于我的更多情况，我不能用我的任何东西给它留下印记，它让我自惭形秽，我仅仅是一颗跳动的心脏，竭尽全力理解“我的太阳”的发展。我会徒劳地绝望地全神贯注于利亚尔多桥的漂亮的、独具特色的拱形，对我而言，它明显很平庸，与我心目中对它的概念相比，它不仅要逊色得多，而且完全不同，就好像一个演员，他戴着假发，穿着黑袍，但我们很清楚地知道，从本质上而言，他不是哈姆雷特。(SM II 837-838)

这里我们的确可以真正讨论一番乔伊斯使用的不幸，某种终极要点，不是讨论其中的痛苦——对普鲁斯特而言，痛苦是一种积极的富有创造性的体验，这在对阿尔贝蒂娜的嫉妒的描述中有集中的体现——而是讨论剥离现象的表面之后，揭示底下某种死亡的延伸，一种关于世界和关于现实本身的零度的存在，一个寓言式的地名，而名字和意象、“地方”本身，都已经从这一地名中消失，留下的仅仅是纯粹的物质——“大理石的成分及其数量近似于其他物质，水是氢氧化合物。”这是一种没有特征的物质，与乔伊斯的“问答集”一章的干巴巴的科学性，具有某种奇特的相似性；问题依然存在，我们依然不知道这种否定的崇高，这种对语言寓意本身的剥离，是否就是曾经最接近“现实”本身的文学。

(2006)

【注释】

［1］参见 Brenda Maddox，*Nora*：*The Real Life of Molly Bloom* (NY，1998)；and Jean-Yves Tadié，*Marcel Proust*（2 vols，Paris，1966）。 201

［2］所有对普鲁斯特小说的引文来自四卷本 Jean-Yves Tadié edition of *A la recherche du temps perdu*（Paris，1987—1989），用字母 P 来表示；两卷本的 Scott Moncrieff 的译本（最后一卷由 F. A. Blossom 翻译），*Remembrance of Things Past*（New York，1932），用字母 SM 来表示。

［3］"我曾经看着他手里的蜡烛发出的亮光慢慢地爬上了楼梯，这楼梯很久以前就已经被拆除了……突然之间，这座临街的灰色老房子就像剧院的幕布一样，出现在她的房间所在的位置，与小亭子靠在一起，面朝花园，这座花园是当初为我父母建在屋后的……"（P I 36，47；SM I 28，36）

［4］Gerard Genette，*Narrative Discourse*（Ithaca，1980）.

［5］参见 P IV 484/ SM II 1020："当一种痛苦的研究仅仅被极为简略地描述，那么一种新的感情或新的痛苦将帮助我们确定这种研究……"

［6］参见 Hugh Kenner，*Joyce's Voices*（Berkeley，1978），pp. 91，117-118。Kenner 对这种删除的解释太过精巧，反而影响了他意思的表达；他通过发明两个，而不是一个全知叙事者，使他对"风格多元化"的解释陷入视角（"中心主体"）的泥沼中。

［7］《尤利西斯》的引文都来自 Gabler 一卷本（New York）。

［8］参见 Marcel Proust，"A propos du 'style' de Flaubert，" in *Essais et articles*（Paris，1994），p. 282。

［9］Jacques Lacan，*Le Séminaire II*（Paris，1981），pp. 148-149. 同时还可以参见 Martin Heidegger，*Sein und Zeit*，第 80 段："此在以慎重的关注等待着视觉的可能，它通过日常工作理解自身。太阳标注着时间，而 202
时间则受到关注和阐释。通过对时间的标注，产生了'最自然'的计时方式——天，因为必须从容不迫的此在的时间性是有限的，它的日子是早已定好的……"（*Being and Time*，trans. John Macquarrie and Edward Robinson [San Francisco，1962]，pp. 465-466）。

[10] Brill 对“Überdeterminierung”最初的翻译被后来新造的词语“过度阐释”（overdetermination）代替，在阿尔都塞的作品和他的追随者的作品中对这一词语的使用众所周知。弗洛伊德当初的意思是，梦境材料的因素在梦境中相互指涉，密不可分，其复杂性永远难以充分揭示；阿尔都塞对这一词语的使用，仅仅指历史事件的多种因果关系。

[11] Gilles Deleuze, see *Cinéma II* (Paris, 1983), p. 299; and *Logique du sens* (Paris, 1969).

[12] 在他关于乔伊斯的讲座 *Le Sinthome*（1975—1976）中对这一概念进行了阐释。

[13]“谁还会怪罪本唐女士呢，就因为她的丈夫在德雷福斯案中扮演的角色受到《巴黎之声》的严厉的批判？在某个时候，整个下议院变成了修正主义者，因此他们必然会在以前的修正主义者中，就如同在以前的社会主义者中一样，为‘法律和秩序、宗教宽容和军事备战’党派招募新人。以前人们真诚地痛恨着本唐先生，因为在那个时候反爱国者被标上德雷福斯护卫者的标签。但很快，这个名字被人忘却，取而代之的是‘三年服役法的反对者’的名字。而本唐先生恰好相反，是这一法律的撰写人之一，因此他摇身一变成为一名爱国者。在社会上（这种社会现象，我们必须牢记，仅仅是更普遍的心理规则的应用），任何新的思想，不管其是否应该受到指摘，只有它们被一些可靠的因素吸收和包围的时候，才能引起人们的警觉。对德雷福斯主义而言就是这样，同样圣卢与欧黛特女儿的婚姻也是如此，这一婚姻在当时曾引起轩然大波。既然现在作为‘任何人’的所有人都可以在圣卢家出现，吉尔贝特或许也可以具有欧黛特女士自己的道德，
203 当欧黛特女士像一个贵族寡妇一样，对尚未被公众接受的新的道德观点横加指责的时候，人们同样也可以到她面前，对她表示赞赏。德雷福斯主义现在已经在受人尊敬和人们习以为常的事物的整个范畴中占据一席之地。”（SM II 895）

[14] 例如在“La Chevelure”（No. XXIII of *Les Fleurs du mal* [1857; Paris, 1958]）：

l' alcôve obscure

Des souvenirs dormant dans cette chevelure…

《头发》

阴暗的卧房

沉睡在头发中的回忆

[15] Walter Benjamin, "These on the Philosophy of History," in *Illuminations* (NY, 1969), p. 261.

[16] 参见注释 [3]。

[17] 参见引言，注释 [7]。

[18] Flaubert, *La Tentation de Saint Anthoine*, in *Oeuvre I* (Paris, 1951), p. 69. "突然，在空荡荡的空气中穿过一个污水坑，然后是一个妓女、庙宇的墙角、一张士兵的面孔、两匹后腿直立的白马拉着的马车。这些图像突然地、急切地出现，好像乌木上的红漆，无法融入夜色。"

[19] Michel Butor, "Les Oeuvres d'art imaginaires chez Proust," in *Répertoire II* (Paris, 1964), p. 289.

[20] 参见普鲁斯特描述圣卢小姐核心地位的几页内容："很多是我生命中碰见圣卢小姐的道路和从她身上出发的道路。"(P IV 606; SM II 1110)

[21] Jean Paul Sartre, "Qu'est-ce que la Litterature?" *Situations II* (Paris, 1948), p. 6.

[22] Jacques Lacan, *Le Séminaire I* (Paris, 1975), p. 80.

[23] Louis Althusser, "Ideological State Apparatuses," in *Lenin and Philosophy* (NY, 2005), p. 162.

第四部分

九　华莱士·史蒂文斯的异域特色和结构主义

按照传统的以时代划分的言说方式，华莱士·史蒂文斯（Wallace Stevens）的作品乃现代主义语言风格的集大成者，这一风格形成于20世纪二三十年代，甚或包括“二战”之后的那一时期。因而，他的作品也就成为战后“现代主义意识形态”[1]所欲理论化的首选对象，同时也是60年代要与之划清界限的一切文学现象的样板。然而，60年代于此之外或许还有一些其他的发展，可以说史蒂文斯对此是有所预见的。

这绵长的精致诗行
展现了一种诗歌理论，
是生命的诗行。更严肃

苛刻的大师会信手拈来
更精微、更急迫的证明
诗的理论就是生命的理论……

《于纽黑文一个平淡的夜晚》(486)[2]

60年代的发展将赋予“理论”一词崭新而意蕴丰富的含义，使其已然成为超越了哲学、批评、纯文学、创造性写作等等旧的学科分类区隔的新的话语形式的一个称谓，如果我们要求史蒂文斯在此概念上使用这个词，那未免犯了年代错置的错误。尽管如此，史蒂文斯关于这一词的预见仍然可被视为一种先见之明。这个史蒂文斯现象无疑包含着取消“诗歌”与“理论”之间既有藩篱的创举，同时也包含着一种新的、但又尚难归类的话语形式。

事实上，弗兰克·兰特里夏（Frank Lentricchia）早已指出，华莱士·史蒂文斯被追奉为经典并不仅仅是对这位现代主义者审美取向的一个普泛的盖棺之论。尽管这重含义固然存在，但
208 是，他之所以在后来超越了同时代其他的现代主义者，如庞德、艾略特等人，是他被当做“新批评”诗歌和美学价值的完美体现在学院里被制度化的结果，这与亨利·詹姆斯被奉为经典并得以复兴的现象并无二致，后者则被视为现代主义反讽叙事的最佳典范。但倘若这已道尽了题中之义，那么上述与众不同的观点就已具有相当价值，即史蒂文斯的重要成就充其量也只能作如是理解：它是总结了20世纪50年代的具有权威性和支配性的价值观念，而60年代的诗歌和文化观念如欲存在并“别开生面”就必须决然弃之。但是，只有在将史蒂文斯诗歌中的理论成分弃之不顾的情况下，才会这样去思考。兰特里夏接着强调了作为理论家的史蒂文斯在当时的支配性地位。作为一位标新立异的文学“评论家”，他的广泛影响在诸多方面远胜以散文形式对其作品进行批评的评论家们或者“新批评”的奠基人。**这一位**史蒂文斯——仅在这一区分能够言之成理而言，作为诗歌理论家而非诗人的史蒂文斯——同样将逐渐取得对新的60年代初这一新时期的影响地位。在这种情况下，如果人们要说我们这里给予更多关注的是现在逐渐成为批评界偶像的华莱士·史蒂文斯的“思想”，而非诗歌“历史上的”华莱士·史蒂文斯，那么这种失之简单的表述未尝不可接受。尽管这样做忽视了史蒂文斯诗作的历时性转换

(出现了一位乍看清晰，然而也更加哲学的—存在主义的“后期的”史蒂文斯)，也忽略了辩证法本身，因为在主体和客体之间、在事物的“观念”和已经存在的“事物本身”之间必然发生着持续不断的互相影响。

对于史蒂文斯作品的任何评价都必须以一个基本的价值悖论为起点，较之于其他现代主义重镇，这一点在史蒂文斯这里表现得的确尤为突出。那叹为观止的华丽语言与贫乏甚至空洞的内容之间看似难以调和的效果必须得到调和。此二者相互之间始终存在着一种张力，在不同的阅读方式之中，二者（内容和形式）似乎都要把对方拉进自己的力场并改变对方。一方面，在这些诗歌里面，现代主义者常见的个人化或个性化的独特手法通过丰富的语汇和畅达的句式得以展现。这两点皆似完美（声韵和谐畅达，绝无佶屈聱牙之处)，但个人化的色彩反而不那么突出了，这种风格特点实际上仿佛倒与一种传统的修辞类似，都具备一种群体性的、前个人的能力，它先于作家个人而存在，居于其中的作家就好像处在自然环境当中一样。然而，现代主义者所欲着力体现的一个重要特点却因此而丧失了：那就是诞生这一狂飙式风格的必然性，一种个人化的声音对已经普遍异化的公众话语的竭力征服。正如格特鲁德·斯泰因常说的：“(即便是面对着西斯廷圣母像所体现出来的那中规中矩的精致，）作为批评家的我们，职责就是去再现那原初的粗陋，因为那是一种新的风格为其诞生所作 209
的斗争。”然而，史蒂文斯却与此迥然不同，也就是说，对史蒂文斯来说，或者说就他的作品而言，不管出于何种原因，已经毫无必要去创造一个不入流的话语的世界、一个散文的世界、一个异化和劳动、普遍工具化和商品化的世界。超越并与这样的一个世界相对立的是一种明显克服了异化的诗性语言的出现。

这非常生动和丰富的语言似乎经常以一种特别灵活和直接的

方式来描述对象。然而，我所说的史蒂文斯诗作的内在空洞时常反而会影响到对他作品语言的评价，让人对其语言的厚重和逼真产生疑问。此时，人们自然就会产生这样的看法，（突然间）明白了史蒂文斯作品的全部内容就是自然景物，其早期的力作《风琴》乃至遗作《岩石》概莫能外。而且，它不同于许多出色的自然诗人笔下那种带有幻象意义的自然之物，对这些诗人而言，空间客观世界的瞬间显现是弥足珍贵的事件，需要将其保留起来以与城市的异化特征或人造环境以及被侵害的大自然形成对照。然而，在史蒂文斯看来，自然不过是可以言说的被给予的、现成之物——只要是诗歌创作所需要的客观内容，不管是鸣禽与清风还是高山与太阳，皆可信手拈来。

这并不是说在史蒂文斯处这些内容没有历史特征，因为历史特征的存在总是必然的：不管是出于诗歌创作当中什么样的目的，即便是对这些抽象的自然景色所具有的看似非历史的实用性而言，都必然存在着一种历史的前提。实际上，史蒂文斯笔下的自然景色具有双重的历史特征，既是具有特定文化印记的地理概念，又是一个特定的、用以表达具有明确文化印记的地名的“词汇场”。但是，在第一个意义上，我认为史蒂文斯必须抑制这种特征，他的识见很快将自己的作品引向威廉斯（Williams）和奥尔森（Olson）一路，并涉及社会和历史问题，因而顷刻间破坏了他本人特色鲜明和自足的审美意象。

史蒂文斯诗歌创作实践当中的主—客结构强化了对于这些业已中性化了的自然景物社会根源的抑制，我们称其为严格的认识论。当然，这是在“认识论”最不堪的意义上来使用的。由此，这些中性化之后的自然景物被当成一种抽象的“语汇”，一系列诗歌语言实践的中性对立，但不同于诸如勒·柯布西耶（Le Corbusier）等现代主义建筑大师等人所言的形式的及几何学意义上的各种语汇单位。在史蒂文斯身上我们所能得到的全部，就是一个抽象的主体对于一个可以被理解为同样抽象的客体世界的沉思。（专业哲学意义上的）正统认识论那些显著的“例证”，均得自于外部世界意蕴贫乏的象征（比如，桌子）且完全被当做中性的“例子”。在史蒂文斯那里，这些外部世界之物的文化和社 *210*
会符号意义也被刷洗得一干二净，因为这个社会世界和他人的存在都必须被包括在内。但是就其自身而言，这一认识并非可以解决问题的方案，而是问题本身；它应该顺理成章地导向这样一种努力，为这种特别抽象的可能性确立历史的前提。

当然，在我们目前这个既有**坚持历史决定论者**又有历史化行为的语境中，不能草率地将关于史蒂文斯本人的泛泛之谈当做对其作品的批评，甚或当做一种意识形态批判（首先，在那个结构内我们甚至无法确知史蒂文斯作品的何指以及何为）。充其量，这些只可被当做矛盾，这些矛盾将为史蒂文斯的“成就”设定一个边界，而且这些将很快表明：所谓具有历史意义的作品不过就是这一边界内的作品。毫无疑问，那些诗都是属于前卫或精英之作，但是这样一种极端性的语言实验，它本身就告诉了我们有关历史可能性的很多东西，而这在别的文本那里是不可能得到的（后者或许可能以别的方式去表达，史蒂文斯或先锋的现代主义在这方面则无用武之地）。特别是，尽管这一限定或许有损于认识论的结构，但我们在此必须仍然不失时机地加上这样的限定，当然其具体的方式尚待确定，即史蒂文斯的诗歌在致力超越传统认识论的局限。随着语言主题在其作品中的逐渐凸显，说史蒂文斯记录了一个过程，而这个过程与我们在法国“结构主义”中的所见相类似，确切地说，就是消解了传统认识论当中的主—客结构，而这是以“语言”的具体化为代价的。如斯解读史蒂文斯可能是最为恰当的。

现在就面临着一个大家所知道的有关开端或者说起点的问题。我们将以前文已经提到的史蒂文斯自如的语言为开端。这样的起点并无什么新奇之处，以有关华兹华斯的批评家为例，他们以这样一个差异为契机找到了自己的起点，那就是诗歌语言可能源于其他语言风格，这种风格有些时候会以某种方式对诗歌语言造成障碍，迫使其返回自身并审视自身的生产条件。与此同时，在其他类型的诗人那里，特定诗歌情景（比如，个性化的语言特色、预言体或者戏剧性的独白）的任意性恰恰借助这种任意性立即显示出诗歌语言中更为普遍的障碍这一中心问题。关于史蒂文斯，我们所要解决的问题是去有意地重建一种特定的情景或者精神因素。这种因素一旦确定，它就能够解释那种看似不经意间拈得的词句及其内容。

这很可能是受到（同时代）与此截然相反的超现实主义诗歌的语言根源的激发而形成的。尽管超现实主义是与此截然不同的另外一种类型，但都同样强调自如流畅的风格。问题的根本在于
211 他们在遇到威胁或阻碍他们语言风格的因素时就会变得犹疑不定。超现实主义者通过系统地排斥有意识的、理性的、缜密的心理和学院化思维——或者说通过系统地延宕存在于弗洛伊德自由联想分析法序列中的"现实与绩效原则"的方式，就恰好发现了这样一个理想的自发性的所在。但是这种复杂的心理操作要求他们通过对那被压抑的现实原则的所有努力和关注，来有效地保留那曾被他们消除了的东西，以便使后者（或者尚处于常识性散文语言与诗歌语言初始的对立状态则更好）返回到诗歌语言，这样，原则上至少对于诗歌创作者而言是自如的，对读者而言则显得极不和谐，也带有其寓于其中的所有包容现实的印记。

正如我们已经说过的，那种从某个角度仍然可被称为自由联想的形式在史蒂文斯这里是根本就不存在的。如果真是如此，我

们便应该谈谈诸如史蒂文斯作品中**前意识**素材的自由想象这样的问题，以把他和超现实主义进行一个明确而根本的划分。正如我们所要看到的，关于史蒂文斯更为合适的一个参照点和在我们的时代使史蒂文斯的地位比以往任何时候都要牢固的东西就是列维-斯特劳斯的“发现”——《原始思维》，他发现了巨大的前意识网和联想系统。这就像一种语言或者几种语言体系支撑起了“原始”人或曰部落民族的思想，他们（先于古希腊“哲学”而出现），尚不明白现代或者“科学”意义上的抽象。列维-斯特劳斯的这种不确定性，在我们的符号系统当中将其表示为“像”语言的东西，它不只是存在于史蒂文斯的作品当中。它标注出一个模糊的空间，那便是史蒂文斯文本得以“自如灵活”的前提条件，确切地讲，就是一种词汇与图像尚未从根本上得以区分的人迹未至之境，正如经常可以看到的，不管怎么说，这种歧义性存在于“图像”这一虚假概念的核心。一个特定的词汇是否就标明了图像所代表的那个事物本身，或者图像本身，这一点从来都没有得到明确。“结构主义”自返性使作为独立系统的语言能够脱离它**所有的**内容——不管是图像还是事物，也不管是所指还是能指——这就是接下来的另一契机，它实际上消除了可能的原初契机。

这第二个契机之所以可能应具备这样的条件，即他们的系统层面与动力学的变化还没有区分，亦即一种词汇的系统关系，它还没有把自身从图像中脱离出来，自身仍然可以被当做一个客体的体系，一个自然世界的子系统，或者我们不妨将其称为史蒂文斯的自然景观：

清晨与黄昏紧紧相拥 212

北极与南极是天成的佳偶

> 而太阳与甘霖本非一体，却像情侣
> 在如茵的世界中共同前行。
>
> 《关于最高虚构的札记》(392)

我们还没有按照结构主义语言学二元对立的原则来对这些有差别的关系进行教条的系统化。如果在这种纯粹的状态下，“北极”与“南极”构成了这样一个二元对立，那么这种关系就不能适用于“清晨”与“黄昏”了——围绕着“清晨”与“黄昏”最终组成了一个更为庞大的自然环境体系，但是却离心于这一对立——而且更无法适用于“太阳”与“甘霖”，在此，这些或次级、或边缘、或不对称的对立已经被扩展到能够包括截然不同的意指的程度，而且在回到更为传统的性别对立（“情侣”）之前，通过形容词“如茵”显示出它们乃是生长的统一体。这里并没有将那些全然不同的内容归拢在一个超现实主义的图像之下，即对思维的活动穿过诸意指作用场似乎少有抵抗，这种重新的统一并未付出高昂的甚或是可见的代价。

这种从“静止点”出发的系统探究、这种前意识的自由联想是可能的，它将成为列维-斯特劳斯所讲的最初的文化系统或者集体联想（被制度化的集体**原始思维**）之一。或许将这一参照适用于“现代主义”文学另一颇具意义的发现也不无意义，确切地讲，就是福楼拜对意识当中一些物质性语言运作的突然觉悟，亦即由活跃在那些已经定型和具体化的习惯用语和部分物质性语言中的陈腐和平淡、陈词滥调以及**愚蠢**的形式所组成的、尚不具备完全的决定性和预言性的“精神”机构。只有在福楼拜那里这些异质的东西才立刻显现出它们是低下的语言（而且已经通过**包法利主义**预言性地与正在形成的媒介，也就是这些“虚假思想”的宣传工具相联系），在史蒂文斯这里，这些联想的途径无论如何都是不真实的（对列维-斯特劳斯也是如此，但是却有着不同的原因，即他的作品对“堕落之前”的部落民族的限定，用他所重振的卢梭思想来说，就是某种类似于“自然人”的仪式的对象）。而且，可以这样解释史蒂文斯诗作和想象中那种独特的冷静，即没有熔铸一种独特无二的个人化风格的急迫需要，也没有把个人的**原始思维**当做反叛那些围绕着真实之物的最后一片领地的一种手 213
段而加以滥用。史蒂文斯的想象将自身置于世界范围之内，从而丧失了作为厄运诗人、天才和独特的文体家的现代主义诗人所具有的奇异的魅惑：这种文体与其他所有歧义性和历史性的文体不同，这种风格，也就是高度现代主义时期，个体的独特性得以表达、显现和保存。这种对集体联想、对业已体系化了的文化的知识宝库很不现代的追求可以从另一方面说明我们所说的史蒂文斯作品内容的空洞或者贫乏。史蒂文斯的这种追求并不包括对个人和自我的放弃，因为从某种程度上说，它先于个体及其对立面的出现而出现。这样一个内在地坚持没有退化的文化原型、坚持其活力以及也许的确存在的与**自然**本身直接或者没有任何中介的关系的乌托邦，必然会以某种方式最终形成这样一个碎片化、粉末化了的**社会**的零度或者普泛的标准，由于这种物质对自然景物的策略化抑制，在这里那些特征或许是最不明显、最不具侵犯性的。

于此之外，在史蒂文斯的作品当中仍然存在着大量的文化物质，这些文化物质使得他比同时代其他的现代主义大家存在得更为久远，也使得阅读他的作品成为一种时尚，也给 20 世纪 20 年代光艳夺目的广告、艺术装饰、时装和室内设计，乃至给那个无声电影时代拍摄一流的影片带来了灵感。

公园中大象的耳朵
在严霜中委顿，

小径上的落叶
鼠般滚动，
这时你的灯光流泻在
我闪亮的枕边，
像海面的明暗以及天空的云翳
恰似爪哇的伞盖。

《茶》（112）

这些具有鲜明特色的内容其华美之处是史蒂文斯联想体系的变化当中一个重要的技巧，即这些素材能够入诗与其归因于史蒂文斯不同凡响地意识到它们的社会和阶级特征，还不如说是因为——由于明显的阶级原因——它们通过自身那像大自然的一个子集一样的典雅才被感知到。在当代的超级现实主义那里，一些人（初出茅庐者、爵士时代的浪荡子、纽波特的新贵之流）被排除在外，乌托邦的核心只是存在于这特别精致的生活空间（就好像在某些广告中一样）。事实上，这些意象当然并非是自然的，但是在史蒂文斯的其他想象当中构成了一个特别的意指作用场（这些其他的想象，通过不同的方式，包括了联想当中的“时尚美国”范围、惠特曼、“冰激凌皇帝”、美国鸟、印第安景象、那
214 与诸如“法语”等许多迥异的词汇场相交错的典型的“美国”词汇，等等）。

但是目前对我们来说重要的是，这和最为基本的自然底线看似相悖的内容的回归，是通过从图像到语言的转移来实现的。雅致的香闺、奢华的房间内人们随意而卧、女性的睡袍、密友的宴会，有关这一切的光鲜夺目的广告现在没有经过任何明显的断裂或者调整转换就以一种出乎意料的方式得以实现，那就是出现了这个地名：爪哇。对史蒂文斯（尽管他一生当中游历甚少，且以

此为荣）的作品而言，地名在自然系统或自然景物**图像**向更为严整的语言体系的转化过程当中发挥着重要的作用。一如那些专有名词，地名的神秘之处就在于将一个一般的文化体系（参看列维-斯特劳斯关于我们文化当中对于猫狗、鸟类以及马的命名的论说）与此时此地的具体指称协调起来，那些被命名的个体是独一无二且不大能够系统化的。对史蒂文斯而言，在图像的生产中，这些地名同时处于最核心的地点和时机：类似福楼拜的包法利主义、关于异邦的白日梦、关于爪哇的自由联想、特万特佩克、基韦斯特岛、俄克拉何马、田纳西、尤卡坦半岛、卡罗来纳，如此等等——以及语言自身另外一个水平上的系统性的出现（地名自身的相互生成、它们作为一个专有词汇场的联想），而在它后面是一个更为深刻的隐秘而活跃的体系。

由于史蒂文斯作品中的多数地名都是有据可查的，这一深层体系主要集中在南方以及更加引人注目的整个加勒比地区的异域色彩之上（另一个让史蒂文斯特别得意的事情就是他从未去过欧洲，我们马上看到的那么一串欧洲地名应该会让我们感到很突兀）。因此可以这样概括：这一新的、非常本能的“意指作用场”是与我们今天所称的第三世界素材相对应的。（此外，把史蒂文斯归入 20 世纪 60 年代早期的运动之中是另有深层逻辑的：在美国现代主义的重要人物当中只有克莱恩对这些素材——皇家棕榈或者海滨风光——的奇异性有着同样的敏感，但是克莱恩的审美情趣与此是大相径庭的，而且他对于加勒比的共鸣与史蒂文斯把第三世界当做一个地名系统以及一个可以做漫无边际的白日梦的机会也毫无共同之处。）

这显然是一个独特的有关第三世界的见解，我们或许可以通过在世界各地的游历、穿越岛屿以及悠闲奢侈、带着地图的旅行者对各个港口若有所思的接触等经历（人们或许会想起 20 世纪

215 20年代那些贵族的或者昂贵的旅行，这和我们今日已经普遍化的旅游自然是不可同日而语的）将其具体化。这种经历的贫乏确证了我们的这样一个看法，即史蒂文斯作品当中那些隐含的、纯粹的认识论立场——一个超然的主体思考着一个处在不变的甚至是根深蒂固的习俗当中的静止的客体——史蒂文斯在一部自传性质的“小说”或者说叙述《化身为字母C的丑角》当中证明了这种经历的贫乏。而且，如果这只是现象学的体验，是史蒂文斯对地名所具有的热情的“社会对应”，那么它同时也背离了一种更深层次的社会和经济根源，即在现代资本主义发展过程某一特定时期对于豪华产品和物质的消费，同时我们也可说它反映了一种奢侈的重商主义的**世界观**，对有着如此之多的昂贵的舶来品的“世界体系”的一种看法。换言之，在“爪哇的伞盖”——关于异国假日的想象——和“来自爪哇的伞盖”之间存在着一种隐秘的关系。这种遥远的地方和文化当中本身具有图像、白日梦和语义联想生成功能的物品就是这种关系的根源，而且第三世界工艺品制造业的短暂功能就是为第一世界生产消费品。

我们所言的史蒂文斯作品中的第三世界物质既不纯粹是他个人风格的偏离，也不纯粹是他所经历的某些事件、财产、游历以及时代文化的附属品，而是整个体系中更具根本性的部分，由此后者得以了解其他过程所依靠的全球的封闭性以及相应的广泛性（哈特福德和尤卡坦、第一世界和第三世界）。与此同时，通过第三世界的这种中介作用，在图像与语言（通过地名）之间架起了一座桥梁，而且纯粹的社会与文化的载体（室内装饰、家具、爵士时代的奢华的物品）回归自然和真正的自然景观的转换得以完成，原因就在于他们都和独具风情的域外产生了联系。

随着由第三世界的素材所搭建起来的“世界”的完成，于是一个自治或者半自治的空间似乎得以实现，现在我们可以感觉到它“代表”着一个根本上相反的真实世界（自然与文化，或换言之，自然景观与奢华的消费品；第一世界与第三世界）。我们下一步所要探究的是这一自治化的过程。通过这一过程，可以看到“表象”的“观念”世界本身脱离了经验世界。

我们首先得消除这样一种印象，那就是这个图像与词语的观念领域是一个巴门尼德式的没有变化的场所，或者是一个静止的存在。史蒂文斯的世界是空洞而贫乏的，这一概括指明了在史蒂文斯那里“观念”与“经验”之间联系的本质。另一方面，如果我们一旦完全进入这“诗歌”的王国，显而易见，其中不乏畅达，动感和精妙的细节，现在不得不说那是开风气之先的。我们已经指出，个人阅历中的事件或者偏好，史蒂文斯有关所有这些 *216*
的想象所凭以存在的可能性空间已经产生——这一空间仿佛出其不意地激发了诗歌语言无所羁绊的流动，行云流水、了无滞碍——不管是“结构主义”、符号秩序理论，还是从不同方面出发的黑格尔的“客观精神”以及涂尔干的“集体意识”都从本质上揭示了这一空间：那就是个体意识和主体必须居于其中的象征、象征体系以及不同层次（概念、图像、词语）的总体，而且这一时期的思想家们对此越来越怀疑，这整个系统，而不仅仅是一个可资思考的因素甚或只是一个浮现在脑海中的情意丛，实际上在一个我们迄今无法想象的程度上决定和规划着个体意识。这一“发现”，如果可以称之为“发现”的话，是与媒体社会（或曰**消费社会**）的形成相同步的，因此应该把那些受到质疑的新的文化空间中数量飞速增长的物质图像和各类象征至少是部分地记录下来。应该总是把象征秩序这一概念当做一个空间和超越了个别主体的动力来接受，但是我们并不一定非得赞同高度的结构主义为描述这一新的空间而设计出来的种种模式和假说，这些模式和假说实质上都从语言学体系延伸而来（二元独立、格雷玛斯的语义矩阵，甚至是基于列维-斯特劳斯或者福柯他们的处在不断转换过程当中的宏大的系统关系之上的更加多维的设计）。

至少，史蒂文斯作品在符号秩序理论之内运动的自由部分地得益于一些固定模式的缺席，这些模式往往事先就会束缚追问和探索。既然史蒂文斯的工作已经结束且已“完备”，那么想象一个广阔而复杂的结构分析方法，使其能够在事后描绘出他的工作，似乎的确是可能的：从根本上而言，在这里我们倒是情愿通过返回文本自身，这样我们除了看到相同秩序的内容之外，再没有任何其他的东西，从而去强调该观念空间之内子系统的多样性。如果该空间真是封闭的，那也仅仅是在爱因斯坦所说的宇宙是封闭的这个意义上说的，而不是像在一个传统的封闭空间之内那样，囿于它的限制而无法感知这些限制之外的来自该体系的激进的他者或差异。

于是，这些“子系统”，或者是我所称的“场”自身就具有无限的延展和组合：居于主导地位的那一个，在别的作家那里我们更乐于称其为伊丽莎白式英语的模仿（我早前曾将其基本上概括为，在**文体**不断现代化的世界里，一种修辞手法在史蒂文斯这
217 里的重新出现）——这个场具有像云一样（借用史蒂文斯的一个典型意象）丰富的多样性和变异性，而且如果必要的话，如果我们不是从永远挑剔的角度出发，认为它本身并不是一个世界，而不过是一种具体的语言，那么我们尽可永远流连其中。每一个这样具有自身对立面和自身丰富的歧异和矛盾可能性的场从根本上是完整的：比如，在这样的一个场中，“文法家”尽管有可能是“沮丧的”，但仍然穿着“金色的长袍”(55)。这样一个充满张力的场只有在其界限**之内**才会显现出异质：正如字母“G”提醒我们的那样，一旦我们走出那个特定的文体场，这种种的差异就会重新回到某种同质的状态。

然而，我们必须补充说明一点，那就是在各种场的**交叉地带**同样也存在着事件性、歧异、矛盾和变化的活动，或者异质的东西，如仿拟的伊丽莎白时期的遣词造句与仿拟的美国的、惠特曼式的、俗语词汇场即刻之间发生了冲突，就好像两个星系在它们贯穿宇宙的不同的轨道上发生碰撞和交叠，喧嚣与聒噪，还有“粗野的”声音比比皆是。……和一个特定的系统之内的结合相比，这类跨系统的结合显然会让人感觉到更为丰富的张力（我曾经指出，由于所涉及的系统本身就是迥然不同的，有图像系统、有概念系统，而有些就只是词汇或者“文体”，所以情况愈发如上面所述）。

当然，事情也未必总是如此，事实上，当一个子系统与另一个子系统或者场发生相遇时，通常就会形成一个括号或者产生距离，在此都会把对方仅仅理解为一个“场”，看做一个象征的观念系统而非一个“世界”。同时，结构主义的一支，或者结构主义的来源之一，由于也发现了与此相似的现象，因而对这一过程提出了一个相关的概念：这就是巴特早期提出的“意涵”概念，这一概念来源于叶尔姆斯列夫，但是在巴特结构主义发展的中期或曰“成熟期”被否定了。意涵指的是并非由“事物本身”，而是其象征符码所发出的一组信息；换言之，它是一个契机，利用这个契机（套用这一时期另一个典型的说法）媒介进入它自己的信息，或者可以说它开始传达自己的信息；在这一过程中，第一个“信息”或者说意指因而就仅仅是隐藏在或符号语言或文体或象征体系自身内的新的次一级信息的一个机会或者借口。但是，至少联系史蒂文斯的作品而言，需要对巴特的叙述作进一步的解释和限定：显而易见，我们在这里面对的不只是一个孤立的意涵，而是面对意涵“系统”彼此之间的作用，在这些系统内为了更加突出作为新的客体的文体或者象征，指涉就后退了（从这一

218 角度而言，要把史蒂文斯的这些系统的逐渐自治以及超越经验世界进入观念领域的重组理论化，意涵这一概念应该提供另外的模式）。因而，即便是系统之间作用（显然，这种作用也和这些系统一样，是开放性的）的这种形式最终经历了自我指涉的运动，在此过程当中它的内容，就其最大程度而言，到底还是显示了形式的作用。

至此，由于诗歌语言自治化的力量可以在一个小型的模式内或者实验室的情景里来观察，那么我们就不妨对此做一研究：

正如我的双手在琴键上
弹出乐曲，这相同音符
也在我灵魂里谱成乐曲。
《键盘上的彼得·昆士》(89)

这是一个典型的康德式的瞬间，由于当代中产阶级的主观性已经被迫退缩到头脑里面，在这一瞬间关于这件事情的观念脱离了“事件本身”，变得永远无法把握——确凿无疑的是，它更是一个无限退缩的“指涉物”，而非一个康德意义上的本体图像脱离事物、观念脱离图像、词汇脱离观念，如此一来随着这首诗系统地将自身越来越深地推进到符号秩序当中，其内容“不在场的原因”却显现在邈远的想象的宇宙中，显现在它的最终的象征形式，也就是德里达所言的“绝对指涉物”，太阳，就其终极精髓而言，成为自身的所有指涉都集中和简化为一个点，一个没有任何维度的纯粹的核心：

太阳不再分享我们的劳作……
不再是太阳的一部分？伫立

在远方请求它的仁慈?
吉他上是冰冷的弦。
《带蓝吉他的人》(168)

这一绝对的指涉物已经以各种面目出现在他早前的诗作里,让人印象最为深刻的莫过于在《十三种看乌鸫的方式》一诗中的运用了。在作为实在之物所投射的阴影的意识范围内,主题和诸变体的指涉物首先是"乌鸫眼睛"里那闪亮的黑点,然后以实际上是史蒂文斯为现代诗歌发明的形式,通过形式不同的停顿和穿插而得以回归。

这是史蒂文斯诗歌操作当中最为关键的一环,即整个系统都绝对依赖于这个无法解决的矛盾:在它被悬置、保证它永远不会显现并处在系统之外的同时,指涉物必须得以存在。整个系统自动成为一个微缩的世界、一个自足而逼真的乌托邦反射,同时还是"事物本身"的表征。但是,为了使这种自治得以继续,它必
须与黑格尔的那个"倒转的世界"或者那完全的景象反射的实存 219
保持一致。与此实存的联系——我们将其简单地概括为自治的**符号**(能指/所指)与指涉物之间的联系——在该系统内不能被理论化。于是,我们就得到了两个绝对的、不可通约的并自相矛盾的解读模式:就其一端而言,"蓝吉他并没有改变什么"(167);由于符号秩序的空间乃是图像、观念以及"事物本身"名称的空间,而后者安然地存在于自己的存在当中,并没有被符号表征所调节。

什么都没有改变,除了事物本身

存在的那地方且只有此处

在你弹奏之时，在蓝色的吉他上，

这样存在，超越变化之域；
在最后的气氛中感知……

然而，其另一端也同样成立，而且诗中的断言对这首诗的整个系统而言也同样是不可或缺的——具体而言就是，从乌托邦的某个角度而言，一切都被符号秩序的“最高虚构”而改变。那么这里就又面对着一个如此构思的符号秩序的吊诡：它既是意识形态的同时又是乌托邦的，都是实存及其所有矛盾的简单的反射或投射，都是实存的一个微小的范型或乌托邦的微缩世界，而且在实存那里后者可能被变革或者修正。由此我们可以想到肯尼斯·伯克有关“象征行为”的歧义性的描述，还有通常意义上的文化——一方面仅仅是并非实践且并不能使其他任何东西发生改变的**象征**行为，而另一方面却是真正的象征**行为**，因而至少具有真正实践的象征价值。

我的观点是，这两种相互抵牾的解读都服务于一个非理论化的功能，确切地讲，就是在半自治的象征空间与现实空间二者中间保持一种平行关系：对于史蒂文斯的系统而言，这是一种功能上的需要，正如我们马上要看到的，原因就在于，在后现代主义当所有的指涉物全部消失之时，属于史蒂文斯的那具体的主—客结构关系的严格意义上的象征的可能性也随之消失。但是这一必然（这就是史蒂文斯现在所坚持的，他也不允许这一必然随着真正的后现代消解的动力而继续发展下去）产生了一系列的后果——有些是意识形态，或者意识形态抑制的策略（目的在于掌握对这一矛盾系统的控制），而有些则是不可避免的结构性的后果和这一系统本身的局限。我们当做第一个问题所提出来的史蒂

文斯诗作的特质，明确地讲，就是既丰富又贫乏的模棱两可的感 220
觉，就存在于此。

首先我们应该明白，所总结的关于这个问题的辩证法不是意识形态的，也并不意味着对史蒂文斯的作品将要进行的分析是意识形态批判，然后我们将把这结构性的结果归结为三个方面。截至目前，我们所陈述的仅仅是一种特定语言或者符号系统能力的客观经验，不管出于什么个人的原因，这都是史蒂文斯自己认为不得不做的，同时他使自己成为了这一经验的客观工具或者记录仪。史蒂文斯作品所开启的这一符号空间，这个图像脱离事物、观念脱离图像、名称脱离观念的自治，究其本身而言，既不是真实的也不是虚假的，既非科学的也非意识形态的：它乃是一种经验，一种有关符号空间的历史经验，但不是一种有关语言的理论，也不是受到种族或者政治判断影响的选择。但是鉴于这种经验的不稳定性，需要对其通过不同的方式来进行保护和巩固，于是意识形态就使自己以形式主义或许会称的“手法的动机”这一面目出现。

在史蒂文斯的作品当中意识形态所呈现出来的最为强烈的形式就是我们已经证明了的、最广泛意义上的存在主义（其中包括尼采作品中的“杜撰”主题，它是尼采作品的原动力）。在此，为人熟知且已司空见惯的**疏离感**和荒谬感这些主题就如期而至：上帝的死亡、宗教的消失就决定了一个完全没有任何意义的世界，而就在这个世界当中，唯独诗歌和小说最起码使表面意义获得了复归，为现代人发挥了在更为传统的社会系统当中宗教所发挥的功能。

> 大地，在我们看来，单调而荒凉。
> 没有任何影子。诗

超越音乐，必然取代
空虚的天国和颂歌，

我们自己必须在诗中就位，
即便是在你吉他的低语中。

(167)

从早期的《星期天的早晨》开始，在这首我们今天看来史蒂文斯经典作品当中最无趣的、以死亡和艺术宗教为主题的诗中，意识形态得到了系统性地阐发和生产。

然而，这里必须明确的就是存在主义（这里要将其理解为意识形态，而非哲学论证的一种专业而严密的形式）天然的不稳定
221 性。因为我们一旦接受了意义的虚妄，那么整个操作过程将无足轻重；“好像”哲学就不能给人以满足，并自我消解。而且，这样一个意识形态消解之后，小说的核心概念也就随之消解。为了防止诗歌体系的消解，诸如**最高虚构**此类的东西就必须被努力地保留下来。

然而强加并非
发现。发现一个季节的
秩序，发现夏季并明了它，

发现冬季并明了它，发现
而并非去强加，也并非从虚无中，
推理出主要的天气。

它是可能的，可能的，可能的。它一定

是可能的。一定是及时地
真实将从它天然的混杂中析出，

一开始貌似，一头从嘴里喷出的野兽，并不像，
被疯狂的牛奶加热过。发现真实，
剥离掉每个想象，而唯有一个例外，

一个绝对的想象——天使，
就在你明亮的云朵里保持安静去倾听
和谐的声音中这明亮的旋律。

《关于最高虚构的札记》(403-404)

(吴雷　译)

于是，这个终极的“指涉物”就这样被否定了它的运动所确证，而且与其说是意识形态还不如说是一种彻头彻尾的概念魔术重新肯定了这不可能的、沉默的天使、缺席的原因、绝对的或者说是必要的虚构。

然而在最后的时刻，这个彻底的整体性再调整产生了实际的后果，这就仿佛是为它的持续存在所付出的代价。这就是我们开始所指出的自我指涉重要的横向运动，其中指出那个缺席的指涉物（乌鸫的眼睛、太阳本身、那不可能的天使）的行为最终皆是一个指出**象征**或者诗性空间的过程，而且它们是不是象征的或诗性的、抑或虚构的，尚处在悬疑之中，如此一来诗歌就转向自身，在其所有的循环当中，所能够表现出来的除了自身之外别无他物。因此就产生了我们所说的丰富与贫乏：作为整个世界的投射和一种整体性格局是无限丰富的，但是语言，仅仅是事物图像而非事物本身的语言，却通过吸引大家关注它的空洞，而使自己

变得空洞起来。即便是在这一点上，仍然不能将史蒂文斯与通常
222 意义上的高度现代主义的自我指涉区分开来，在此就发生了一个彻底的变化，一个新事物——理论本身——出现了。此前仅仅是诗歌话语，具有自身作为非实践、非认识的特定诗歌话语本性和美学本性所具有的传统和陈旧的问题，现在突然却向一种新的话语形式敞开，既是理论性的又是诗性的，在这种话语形式当中，"这诗歌理论"即刻获得了"诗歌的生命"。这一突变标志着史蒂文斯的独创性所在，今天认为那是20世纪60年代的一个瞬间，在这个瞬间"诗歌"在其传统意义上而言，死亡了，继而转化为某种历史性的新事物，它将逐渐地（与哲学、文学之类的相反）被称为理论。也许，从黑格尔哲学的角度而言，它就是艺术的终结，但是又未尝不是它的现实化，是它向广义的文化领域或者说**符号秩序**的转化。

（1975）

【注释】

［1］See my *A Singular Modernity*（London，2002），particularly pp. 197－200.

［2］括号内的页码指 *The Collected Poems of Wallace Stevens*（New York，1969）。

十　波德莱尔的现代主义和后现代主义身份

关于波德莱尔在西方诗歌史上最初的、传统的地位可说是角度各异、众说纷纭：经过现代主义传统发展和转化的关于诗歌价值的一种尊贵的理论也不过是一个历史化的理论罢了，对于每一个连续的时期或者瞬间——每一个连续的新的**现在**而言——在这个理论当中这位诗人新的精神光芒和挥之不去的身影都从那不竭的文本中剥落下来。因而存在着多个波德莱尔，但都的确具有独一无二的价值。比如，有一个二流的后浪漫主义的波德莱尔，还有一个妖魔的和廉价惊悚的波德莱尔，一个渎神的诗人，一个摇摇欲坠、发霉腐朽的宗教机器的诗人，这宗教即便是在19世纪中期也不见得就比今天能有趣味多少。这就是庞德和亨利·詹姆斯的波德莱尔，他们是这样评价的："《恶之花》？不，你太自夸了。你所说的**邪恶**只不过是绸缎沙发上的一棵腐烂的白菜而已。"这个波德莱尔无疑将会一直存在到**这个世纪末**。

然后还存在着一个最难把握的波德莱尔：作为波德莱尔本人（还包括福楼拜）同时代人的波德莱尔，一个"断裂的"、1857年的波德莱尔，一个通过具体化、通过将相异的语言进行陌生转换而使得自己的语言永远鲜活的波德莱尔。关于这个波德莱尔，我们这里也不会有什么深刻之论。

相反，我倒是愿意提出另外两个波德莱尔的拟像——其中每一个都和上述的吻合，但每一个都有微妙的不同：此二者是作为高度现代主义时期（我要补充的是，高度现代主义在今天已经消失）的诗人的波德莱尔，和后现代主义的、我们这个时代的、消费社会的波德莱尔，一个奇观或影像社会的波德莱尔。正如本文题目所指出的，我拟从机器与拟像、从类似于回归“崇高”的角度来对我们目前的社会（同时以合适的方式对波德莱尔）进行解读。因而这种解读也只能是一种推测性和预言性的行为。在更为牢靠的基础上，我与过去的那个时代有情感上的共鸣，关于那个
224 时代我们逐渐达成了比较一致的看法，这个时代确切地讲，就是高度现代主义的生命力和命运，关于这一问题我们完全可以这样讲，它所涉及的一个至关重要的问题就是我们今天所说的“指涉物”。所以，从“指涉物”的消失，即它的被遮蔽或者废除——更准确地说是，逐渐削弱乃至消失——出发，我们来分析这首诗。

秋歌一

不久我们将沦入森冷的黑暗；
再会罢，太短促的夏天的骄阳！
我已经听见，带着惨怆的震撼，
枯木槭槭地落在庭院的阶上。

整个冬天将窜入我的身；怨毒，
恼怒，寒噤，恐怖，惩役与苦工；
像寒日在北极的冰窖里瑟缩，
我的心只是一块冰冷的红冻。

我战兢地听每条残枝的倾坠；
建筑刑台的回响也难更暗哑。

我的心灵像一座城楼的崩溃，
在撞角的沉重迫切的冲击下。

我听见，给这单调的震撼所摇， 225
仿佛有人在匆促地钉着棺材。
为谁呀？——昨儿是夏天；秋又来了！
这神秘声响像是急迫的相催。[1]

（梁宗岱　译）

三种感受（清楚易懂的生活化语言使开端很平实）——在这一个文本当中同时出现了三种感受：其一就是一种强烈而明确，但又难以名状的情感（可以将其描述为“焦虑”，或者另一种完全不同的感受，“悲伤”，如果的确是这样，那么另一种难以理解的渴望、期盼和好奇的，它自始至终就和另外两种强烈的情感交织在一起，一直到诗的末尾非常独特的点题“出发”——起航、历险还有死亡，这又该作何解释呢?）。我并不想就诗中所蕴含的充沛的感情说什么，因为严格地讲，这一个能激发起我们兴趣的波德莱尔已非那一个**表现**美学角度上的波德莱尔：在这种美学那里某种既有的、可以确认的心理事件，通过表象以诗性的语言得到展现和表达。这首诗的作者已经从表现与表现性的残余范畴这一角度出发考虑过自己的创作。如果真是这样，那么他就成功地（甚至与自己的愿望相悖）削弱和颠覆了现在看来已经陈旧的范畴：我所关注的只是，当一个虚拟的“感受”或者“情感”通过单词和短语、诗行和诗篇逐渐呈现出来的时候，它变得让人们难以认识，迷失在过去的心理词典当中（充满了我们业已**了解**的描述心理状态的名词）；或者，当它转换成一种有声文本的时候，其实是我们以自己的日常俗语表述出来的，于是，不管从语言的哪个角度出发，它都不再具有心理的或者情感的作用，这样一来它仅仅是作为**别的什么东西**而存在的。

我们暂且把心理放在一边。然而，我已经说过，还有另外两种“感受”的素材也融入了这个文本，那么我们现在就必须研究它们平常而含义丰富的在场：显而易见，这是一个季节——秋天，冬天的到来甚至比夏天的死亡还要强烈；与此相伴的是感觉，一桩听得见的事情或者感受，往巴黎人居所的后院里运送木料和柴火时所发出的空洞的声音。一方面是自然，另一方面是城市以及具有城市特点的东西。就在这两个巨大的对立相互交织的关系中存在着这样一个契机，前者，也就是古老的农业和乡村里那过时的、循环的时间仍然能够穿透否定它的力量，确切地讲，就是城市本身的社会结构，那些倨傲的非自然或者反自然的力量。

面对乡村与城市之间的这种极端对立，即波德莱尔文本里前资本主义社会和已经出现的资本家的新的工业化的都会之间的内
226 在矛盾，使人对此产生兴趣，也催生了现代时期一个重要的美学模式，这也就是海德格尔在其《艺术作品的始源》中所论述的。在那本书里，海德格尔将“真实的”艺术品的影响与功能描述成他所说的**世界和大地**之间裂隙的出现：我所要重写的东西将从两个方面出发，一方面是历史的与社会的计划，另一方面则是**自然**与物质——涵盖了从地理或者生态局限一直到个体的整个范围。如此，海德格尔此说的力量就在于，这两个不可通约的维度之间的裂隙得以存在并显示出来：其隐含的意义就在于，我们都同时生活在两个维度之中，生活在某种不可调和的同时性中，它包括在诸如肉体与灵魂或者私人与公共等旧的意识形态对立当中。我们永远生活在历史和物质当中；既是历史的存在同时又是“自然的”存在，既生活在历史计划所赋予的社会意义当中又生活在有

机生命的无意义当中。难以想象在这两个分离的领域之间会存在任何的综合——不管是概念的还是经验的，至于象征的更不待说；或者更为恰当地说，来制造这样的概念的综合（比如说，把历史当做“自然”，或者自然在历史面前消失）其实恰恰就是制造意识形态，或者，如经常所说，是制造“形而上学”。所以，艺术品永远也不能“治疗”这种裂隙：所有的一切都束手无策。然而，它应该被治愈这一观点其实遭到了误解：这里我们确实有三种而非两种立场。这不是一个张力和消解的问题，而是压抑和遗忘的问题，是形而上学虚假的消解，然后才是第三种可能，那就是一个分裂的意识它把分离的各部分紧密地连接在一起，一个各种差异产生联系的觉醒的瞬间。对于海德格尔来说，这就是艺术作品的使命所在：展现**历史**与**自然**之间那不可调和的张力，其展现的方式就是，我们生活在这个张力**之内**，而且把这一现实**当做**张力、鸿沟、裂隙和距离而加以确认。继而海德格尔就把这种奠基性的“诗学的”行动和相似的哲学（生命的去蔽）以及政治革命（出现一种新的社会，创造一种新的关系）行动相类比。

《秋歌》有趣味、有力度，我们可以通过这样的方式来读这首诗，即要展现出生命消亡、自然循环和城市之间注定存在的鸿沟，而且它在这里还远远地超越了城市，而把普遍的社会压抑机制包括在内——死刑、战争、葬礼仪式，最后还包括那最为神秘的、有关游牧以及“远行”的隐隐约约的想象，它似乎标志着自然和人的社会之间的界面。我们可以以这种方法来解读这首诗，但是我们为此要付出的是什么呢？

现在必须说明，在海德格尔关于诗歌行动的论说中，他的这一重要的思考并不似在他关于其他的行动，即接受和阅读行动的隐含的意志论结果里那样多见。我们不妨推想，一位诗人——或者泛泛地讲，一位艺术家——总是能够以这种方式来展现**世界**和 227

大地（做出这样的推想并非难事，原因在于，在海德格尔看来，“真正的”诗歌毫无疑问地可以实现这一点，如果艺术无法实现这一点，那它首先就不是“本真的”艺术）。从读者的方面来考虑，而且在一个堕落的、世俗的、具体化的社会里去号召（不仅仅是海德格尔这样做）一种新的、几近仪式化的行动，就会出现这样一个问题。那就是，这可能吗？或者我们必须要考虑允许或者拒绝这样一种阅读的可能性的具体历史语境吗？我将忽略海德格尔本人对重要而又难以命名的时刻的历史可能性的理解。海德格尔就是在这样的时刻思考这一问题（1935）。毋庸置疑，在局限和情境的最乏味枯燥的意义上，这种思考现在必须使我们返回到历史情境，它限制了可能性并追踪着作为世界的历史的外边界，甚或其更为超验的图景。

我们现在回到这一个特定的波德莱尔的较为狭窄的历史语境中来，即新生的高度现代主义的语境。传统的思想就此已经从多方面给我们做出了界定：正如巴特在《写作的零度》里面所说，它就是从修辞到风格、从共有的集体话语向一个孤立的单子和孤立的个体的独有性和隐匿性转化的时期。众所周知，它也是这样一个时期，那就是既有的社会群体，特别是那些相对同质化的阅读群体的崩解的时期。从作者的角度出发，可以对这一群体发送相对稳定的信号。这两种描述都在强调这样一个社会的分化过程，强调群体和局部的原子化，以及强调通过资本逻辑特有的过程，我习惯上称这一过程为具体化，而使许多相异而又共存着的群体性构成发生缓慢而又隐蔽的消解：在这个市场等价性的过程中，慢慢生产出很多单元，而且就是通过这一过程制造出来的它们互相之间非常相似，同时又被永远地分离开来，就像坐标纸上那一个个相同的方格。

我可以用有所不同、但又不无关系的方法来描述这一语境，即诗人所处的语境，也就是波德莱尔在其局限和矛盾的基础上所要消解的语境，那就是把它当做一个指涉物同时生产和消解的过程。只有把后者当做语言之外的什么东西、某种具体的语言构造所指示的东西，并且在这个指示的时刻就像某种超越了自己的东西一样，投射到自己的范围之外时，我们才能够理解它。

《秋歌》中的指涉物并非神秘或者困难得难以理解：它不过就是身体本身，或者恰当地说，就是身体的感觉器官。更为恰当地说，它就是一种身体的感受——甚至还可以用一个中性的词这样说，**感觉**——它把身体当做感觉器官调动起来，并且使其成为一个与自己对立的存在。在这里指涉物不过就是一个熟悉的声音，木材磕碰着后院石板路的空洞的回响。然而，谁熟悉这些
呢？所有的东西，包括现代主义本身最为神秘的部分都反对这个 228
词，关于这个词，我们首先得承认，它确实已经不再适合当代的读者。然而，从另一个角度而言，比起把私人和个体身体从社会话语中的退出当做社会碎片化的一个原则来，我倒愿意无甚顾虑地提出一些方式，即便是对波德莱尔的同时代人而言，通过这些方式，这些指称就会变得越来越难以理解或者晦暗不明。

我们或许可以通过扩展实证心理学本身——严格地讲它与高度现代主义同期——以及想象对这种独特的声音进行视觉和图案的研究来使这一问题更加明朗。仅凭单纯审视它的空间图案，我们是永远无法推知这个声音的“真正的性质”——也就是说，它的**名字**。这种研究将昔日心理学当中的这种伪科学初现之时，类似纯粹的原子感觉那样的神话永久化了——在现在的语境下，我倒是愿意将这一神话理解为身体本身所发生的事情。

故此，那种“似曾相识”的声音现在重又回到波德莱尔的身体之内：所发生的这件事无疑是独一无二的，而且和我们所能回忆的“经验”彻底格格不入，它彻底失去了自己的名字，也没有

任何与其相类的东西存在：恰似一种难以名状的隐痛、嘴巴里特殊的余味，或者暂时发麻的手脚。符号学家研究最新的命名体系——比如，品酒行业的行话——或者精神分析医生把患者那词不达意的表述**转变**为疾病分类学的专业术语的方法，因而他们对身体与语言之间的裂痕有着透彻的了解。

但是我们现在必须将**其**历史化。我首先做一个很粗暴的（至少如他们所说，无法确证的）概括，确切地讲，在波德莱尔和福楼拜之前，身体感性并没有跻身于文学的行列。但是这绝不意味提出了这样一个过于浮泛的论断，那就是（拙劣地模仿一下弗吉尼亚·伍尔芙）大约就在 1857 年，我们发现了人性中所发生的突变。它，更为谨慎地说，同时也在这一客体（或曰文学的素材）之外，并不意味着那个尚无所依凭的身体感性并没有作为文学语言（你不妨将资料的范围扩大，把像焦虑之类的体验也包括进来，以获得一个更为广阔的历史感——克尔恺郭尔就一直在追寻这些作家的同代人）的一个恰当内容而被感知。在主体或曰文学语言本身之外，它意味着那些既有的修辞在根本上并不是感性的，因而也就没有“生产”出我们目前意义上的指涉物：也就是说即便是我们与很多貌似感官经验相邂逅——现成的一例或许就是巴尔扎克了，他那细致入微的描写，甚至都是我们嗅得出他房间那种特有的气味——那些显而易见的感官符号，细审之下，竟然是如此之多的**象征**。在原来的修辞手段当中，易言之，“身体
229 感性”并没有与身体的不透明性联系在一起，相反，而是隐蔽性地开放，而且总是**意味着**别的东西——道德品质、经济以及社会地位，如此等等。感官语言仅仅是出现在既有象征体系废墟之上的，原来那个与意义的透明性相类的对偶然的身体经验的同化体系。而问题，以及使这一论述更加复杂化的原因是，语言从来没有停止过对这种偶然性的再吸收和再包容；除此之外，它总是在

伺机将那些子虚乌有或者难以削弱的内容转化为类似意义之类的东西。现代主义仍然在继续着那样的努力，所不同的是它面对的是既有的修辞语言和传统文学意义体系的崩解，于是它将赋予自己一种新型的文学意义，我将其称为象征的重组。

但是现在必须关注在我们的诗行中发挥作用的这一过程。这难以削弱的、响亮的共鸣，以及它那空洞而压抑的特殊声音效果，是完全的肯定性，必须以某种方式对其进行处理或者安排。首先通过追索这个正面然而有几分不祥的声音与被界定为缺席、失败和死亡的联系，具体地讲就是这声音与夏天的终结之间的联系，来作一个转喻性的尝试。基于我后面将要交代的理由，提出这样一个特殊的轴心——肯定性/否定性——以作为这首诗两条主要的操作坐标之一，似乎是不无帮助的，而另一条坐标则是那清楚明白且众所周知的转喻和隐喻之间的运动。这后者则是诗歌过程的另一种选择：这个纯粹的感官将被按照类比和相似的方法进行隐喻性的归类：它是（类似）搭建绞架、猛烈的撞击声，还有钉棺材的声音。这里我们需要特别注意的是这种交替出现的方式，由此感觉得到了隐喻性的而非转喻性的加工，同时最终显示出否定性来，仿佛这种诗歌想象遇到了什么障碍或者圈套，使它完全不能得到解脱或者拯救。

当然，事情并非全是如此：完整地解读这首诗（此处这并非我的目的）需要强调在下一行当中将要神奇地重新出现的主体的地位——那懵懂无知和不可思议的“为谁呀?”，还有时间体系的彻底重构，即过去被抛弃了，而新的现在——不是从否定性的夏天的结束的角度，而是从肯定性的角度，现在界定为秋天——声音的感性材料本身变成了希望而非不幸，正是在这一点上得到了重新确认。

请允许我很快地对这一论点的两条重要线索做一个理论化的

概括，二者当中一者与“指涉物”的生产、另一者与现代主义的出现密切相关。至少在《秋歌》里——其实我并不打算对这一模式做一个非常不恰当的武断概括——从对感觉材料的转喻性解读
230 转换到对其进行某种新的象征性的或者隐喻性意义的再吸收——这是一种表示象征性意义、有别于原来的修辞符号透明性的新类型，对其我曾经提到过——的尝试中就可窥知高度现代主义的策略。决定这种高度现代主义或者说象征的变迁的是阅读群体的危机，以及后者由以产生的社会的碎片化，我对这一路径强调得尚嫌不足。鉴于这个危机的存在，以及随着曾经构成传统阅读群体的独立的个人呈现出的有个人偏好的个人化和单子化，对于那些神秘的感觉材料、那空洞的声音，即这个诗歌文本中的“指涉物”的普遍认同已经不再存有任何的信心。隐喻类比的增加当然是对碎片化的一种回应，而且还会向四处抛出许多不同的框架，形形色色的孤立的读者都可望在其中找到自己的位置。在这里有两个过程同时发生着作用：声音被赋予了可能接受的多样性，但是随着各种新的对碎片化的读者群的批评之声的出现（安伯托·艾柯在其《开放的作品》中描述了读者群碎片化的终极形式[2]），另一过程也与此同时发生，确切地讲，就是一种象征意义新形式的出现，这也是一种象征的恢复，它最终是作为一种传统的普遍话语和共同的修辞的替代，但这过于复杂，不能被简单地说成是“现实主义”的类型。

这一发生在读者群的危机后来在我们所面临的其他问题上给了我们以回报，具体地讲就是指涉物的生产。你或许会指出，这其实是一种自相矛盾的说法，因为我表面上的论题是“月食”或者“月亏”，就是指涉物的“消失”罢了。我不想在这个问题上过于纠缠，但是对我来说重要的一点就是要明确，其实这二者就是一回事。指涉物的“生产”——也就是，某种新的而又难以命

名的私人身体感觉，某种新的必然抵制各种语言，但又是语言寄予其上的“自在之物”——与给那个指涉物“加括号”并无两样，它的定位就是文本“之外”，或者“其他的”语言。整个现代主义的戏剧性全在于此，它自身特有的生命力和逻辑依赖于将指涉压缩到绝对最小的程度，同时也依赖于在原来指涉所在的地方，努力搭建往往非常复杂的象征的、往往不免神秘的框架和脚手架：尽管后者还要依靠语言和指涉之间最终张力的存续、依靠保留下指涉那已经缩至最小的最后一点，好似现代主义文本的地平线上一颗黯然的小星星。

随着那最后一点所指的彻底消失，出现了最后的、强烈的意识形态——存在主义——它力图对“指称”和“偶然性”进行理论化——这样我们就进入了后现代主义，处在了一个彻底文本化的社会，高度现代主义经验的所有悲伤都离这个社会而远去——
这是一个图像的世界、一个文本自由游戏的世界、一个由消费社 231
会及其拟像构成的世界。

我们现在必须转向这新的美学，因为正如我所指出的，它同样出现在波德莱尔作品不凡的期许之中。通向后现代主义的路径自然是多种多样，我们甚至都无暇对其做一个临时的清点。具体到波德莱尔，你或许会回想起一位我们曾提到过的哲学家的著名论断，“语言是存在的家”，受其鼓舞你或许会按照以下的路径而行。当语言仅仅是**存在**寓于其中的**房子**，那么由此所产生的疑问就可以说明后现代主义，或者更加具体地讲，体现在波德莱尔作品中的后现代成分所提出来的问题当中；当大量的城市素材和反自然的行为大行其道，并毁坏了“田间的小道”之时，那么这一空间以及与海德格尔式的存在论诗歌一致的那些东西就从根本上遭到了质疑。

我们不妨分析一下《痛苦之炼金术》中的两行诗：

我又在苍穹的岸边
建造了巨大的石棺。[3]

这整首诗实际上就是对波德莱尔诗歌创作中不同凡响的辩证法的展示或思考，也说明了这首诗的内在逻辑何以自我毁灭并将其优先地位予以颠覆的，这里所引的诗的末尾两行就清楚地说明了这一点。这就好似想象力在通向开端的路上，或者说通向一个肯定的、几乎所有的愿望都得到满足的皆大欢喜的路上，与类似于想象力或者白日梦本身的现实原则不期而遇。这与其说是心想事成的伊甸园多变的本性，毋宁说是棺材华丽、坚牢的物质现实：这里诗歌想象明白无误地批判了自身，并系统而无情地平息了自己最初的冲动，然后以别样的满足感来取而代之，这种满足感属于手艺一类，是一种构造有形工艺的愉悦。这种本质上具有怀旧色彩的手工劳作的角色在福楼拜和波德莱尔的作品当中往复出现；波德莱尔心向神往非自然或者反自然的物质，特别是玻璃，萨特曾将这不无道理地解读为整个 19 世纪资产阶级关于“身份”、生命物质的压抑和自然身体的压制的意识形态的一部分。但是，在这种根本上主观的象征性行为当中，在身体、自然、生命体受压抑的情况下，人的手工制造能力被激发起来。这种象征性行为不应当将对那些物质的社会历史更为“客观的”分析排除在外，特别是，19 世纪的建筑和家居陈设当中有一种视
232 角非常适合我们分析下面这首诗，《恋人之死》。

恋人之死

我俩的床上将会有清香围绕，
我俩的卧榻将会像坟茔深深，
在花木架上会有奇花和异草。

在晴空碧霄为我们五彩缤纷。

两颗心会像两座大烛台燃烧，
争着散发出最后的火光阵阵，
这一双明镜放进我们的头脑，
彼此既照亮对方，又映出自身。

某个玫瑰红又蓝晶晶的晚上，
你我会交换独一无二的闪光，
如呜咽悠长，倾诉着别离之情。

以后，有一位天使把宫门推开，
他走上前来，诚心诚意而高兴，
点亮暗淡的明镜，熄灭的烛台。[4]

（徐曾厚　译）

我想粗暴地让时光交错，以强调这古怪的室内陈设和现代超级现实主义的某些手法之间的契合。深得超级现实主义青睐的题材不仅仅是人工的产物——比如，流光溢彩、富丽堂皇的街市上新旧杂陈的汽车——首先就是没有人的室内陈设、家具，另外最 233
引人注目的就是卫生间，这是很少有神人同形的东西存在的屋子里尽人皆知的房间。

波德莱尔的这首十四行诗里同样没有人的影子：复数第一人称很明显被那个动词的将来时态从像坟茔般的房子里置换出去；即便是在那不再被轻易置换的地方，这个场面却仍然自然而然地充满了将来时态，此时，这两个主人公悄然间幻化成了器具——花枝形的大烛台和镜子，这种四方交互影响作用的复杂场面堪比雅克·拉康那繁复到极致的实物演示。

我不欲就此驻足，而是想再进一步，去指出这首诗结尾处明显的吊诡——甚或是严重的缺陷，末尾强烈的欣快感（以及文字本身所表达的意思）说明了这对恋人的复活，然而该诗有效的文本因素却恰恰制造了相反的效果，那就是这恋人就此彻底消失的空荡荡的屋子焕发了生机。好像该文本从其表面，或从那个明确指向复活这一圆满结局的叙事的明显的运动中已经得到了益处，然后通过对这个死寂的（尽管经过了重新整修）闺房的同化，去得到一个全然不同的、无意识的解决方案，确切地讲就是毁灭。这里“室内”见证了房间的神化，阿多诺论述克尔恺郭尔的手稿，其核心讲的就是对彼得迈耶尔风格的家具和封闭空间的酷爱成为那私人的、个性化的、主观的或者说精神生活新的领域的象征性实现。[5]

在这一历史性的方面，波德莱尔比克尔恺郭尔走得更远，不对这首诗内容让人震惊的特点做一分析，就无法对这首伟大的诗篇做出公允之论：在这首诗里以圆熟的手法表达出来的内容，的确被证明是和正滑向世纪末颓废状态的维多利亚时期的艺术品一样低俗，就像在真正的马拉美本色的花朵上可以清清楚楚看见的那样。关于这一点，我们最起码确信在“现实生活中”这些花朵或许会像埃桑迪斯用之将自己簇拥起来的花朵一样绚烂。甚至“某个玫瑰红又蓝晶晶的晚上”也会被大可值得怀疑的前拉斐尔派的品味调和，如果我可以用这样一个具有说教意味的词的话。

现在这就给我们提出了一个有关价值论的问题：在我们根深蒂固的笛卡儿式的思想当中，将很难想象一个东西的各组成部分毫无价值，而它本身却是有价值的；况且，我们的批评和美学传统一贯鼓励我们盲从的陋习，这样一来，面对一个很有价值的文本时，我们总是穿凿附会地伪饰其中大可质疑的部分，并编造出各种精巧的理由以证明它们所谓的巨大价值。但是文化却往往比这更为复杂和有趣；这里我不得不提到一部杰出的著作，《圣热内》，在我看来，它是让-保罗·萨特所有作品中极具价值的一部，但对它的丰富性我们还所知甚少：在最引人注目的部分，他表达了圣热内奢华做派下的精神空虚。萨特分析当中的一个重要范畴就是“华丽的赝品”这个概念——一切虚假的、浮华的东西，从宗教象征和巴黎歌剧院到那些比比皆是的低俗的恐怖小说、色情海报、低档的装饰品以及浓妆艳抹的男扮女装的演员概莫能外，这些东西从里到外乃至其本质都是低级趣味。正如萨特所展示的，在这本书里，那些自然形成的具有波舒哀风格和古典式的华词艳赋的心理习惯将那些崇高的光辉已经暗淡的俗丽的材料进行了重组，并打上它们的印记。这一作品运作的深层的内在逻辑就是对中产阶级所珍视的价值的**憎恨**和不易察觉的颠覆。 234

当然，波德莱尔代表了一种完全不同类型的优雅；他对品位低下的素材的把握要更加纯熟、含蓄，也更加精当；另外，我并不打算像萨特那样去分析作家个人及其生活经历中的动力。尽管如此，在萨特式的分析和这个本应被压抑的但却被异常神化了的奢华的房间陈设之间仍然存在着一种特殊的类比，它的艳丽却像灵堂一样让人窒息，它的空间就像维多利亚时期的艺术照片一样阴森可怖。显而易见，这些典型的选取并非随意之举：这里图像的逻辑恰恰以它的艳俗浮华传达了死亡和可怖，此外它的遣词造句也确证了这种欣快感和满怀希望的兴奋。

在当代同样也有此类的文体运作，这里必须给它一个准确的定位：这是一种典型的后结构主义的语言，苏珊·桑塔格第一个称其为“坎普”[6]，一种“歇斯底里的崇高”，从极地双子星和哈特·克莱恩到杰克·斯比塞和大卫·鲍威，这是单个主体的怪异的兴奋，它莫名其妙地产生于堕落的、不可救药的商品文化的垃圾素材之中。坎普的确是我们这垃圾堆上的消费社会的生活方式，而且在那里生长得异常繁茂：在超级现实主义那以光怪陆离的汽车残躯为内容的画作里就能看到它，以我们自己文化语言的超级能力、通过紧紧抓住其表面（从心理机制的角度而言，克里斯多夫·拉许以及其他人或毫不犹疑地将其界定为“自恋情结”）去恢复一个对象世界和文化空间。坎普比任何其他东西都更有力地强调了高度现代主义和后现代主义之间最根本的区别之一，我相信，这一区别同样在波德莱尔这首奇诡的诗篇中产生着作用：具体地讲，我所说的**情感**的消失，也就是伴随着高度现代的人生活在破碎和分裂的境况中的悲悯甚或悲剧性的情感的灭绝，甚至对焦虑本身的压抑——这是高度现代主义一种极端的心理体验——以及它被一种新的支配性的情感莫名其妙地颠倒和替换：
235 不管是兴奋的还是强烈的情感，愉悦、欣快，还是尼采酒神迷狂的最后形式都已经变得和你们当地的迪斯科一样平淡而程式化，或者就像添置一辆新款车所带给你的快感一样。[7]

这种陌生而新奇的——历史性的新奇——晚期资本主义的感觉与情感基调现在或许可以被看做与“崇高”的回归类似的事情，这是从艾德蒙·柏克在资本主义早期首先敏锐发现并加以理论化的那个角度上而言的。正像“崇高”（还有“焦虑”）一样，我们这里所言的愉悦确切地讲并不是一种情感或者情绪，也不是一个客体的生活方式，而更像是与自身的内容相分离——它与这样一个主体的意志比较类似，这个主体总是把某个特定的客体仅仅当成一个需要：德勒兹—瓜塔里正是在这个角度上论述了它的出现，一个个体心理主体的瞬间突然的出现总是非常重要：

> 与一个主体的秩序有关的东西能够在记录的表面被识别出来：一个奇异的主体，没有固定的特征，徘徊在

> 没有器官的身体之上，停留在欲望机器的边缘，界定它要通过它向自身提供的产品的份额，它可以在这里、那里和随便任何地方，以某种发生和具体化的形式得到回报，它从它所消耗的状态中出生，并且从每种新状态中再生："c'est donc moi，c'est donc *à* moi！……"（"这就是我，这就是我！……"）这个主体只是欲望机器旁的剩余物：以一种震惊形式对消耗的连接综合："c'était donc ç a！"（"这就是那个啊！"）[8]

这段叙述另外的价值就在于，它与一个拉康式的、有关"二次死亡"[9]的重要主题联系了起来，同时还表明了死亡与复活何以成为了白日梦的素材，让致力于捕捉主体性断续体验的欣快感和"崇高"感的诗人们兴奋不已的正是这种素材。如果这个主体总是并仅仅存在于重生的瞬间，那么这诗歌想象或者叙事过程肯定会与死亡结伴而行，以便与这独特的"额外快乐"相配，提前在一个空荡荡、灰蒙蒙，但又经过整理、摆满鲜花的房间里为这快乐精心准备了位置。对于作为读者的我们而言，后者，即诗歌本身——这个十四行诗的屋子，多恩"漂亮的房间"（同时也是马拉美的）——被期待着能够成为忠实而又愉快的所在，等待着作为主体的我们那短暂、突然而又如约而至的愉悦："这就是我，这与我有关！"

当柏克碰到一个类似的、从历史的角度而言也是一种情感——崇高——的新形式时，他的问题需要寻找一个解释——并不是在愉快的事情、在"美"、在一切以自己的尺度而言，似乎能够满足人的有机体的一切东西当中，寻找我们的审美愉悦，而是在奇观当中寻找我们的审美愉悦，这奇观似乎象征性地压垮了人的生活，把能使个体的人和个体的主体变得无助和空虚的一切

236 东西都戏剧化。柏克的解决之道就是在独特的体验之内去探寻一种关系，而且或许可以将它说成是认识论的或者甚至本体论的（同时还有这样一个逻辑，它和他的另外一个术语："美"是截然相反或相对的）：震惊、麻木、恐惧——这就是一些体验，通过它们个体得以窥见那些大大超越了人的生命的力量，柏克只能将其等同于上帝或者神性。那么，对于崇高的这样一种接受方式于是就成为类似在痛苦中、在肌肉的僵硬中、在处于自卫本能的肾上腺素的应激分泌时所得到的快感，我们以此来应对这些可怕的和的确是灾难性的情景。

从这段论述中，我们所能得到的就是这样一个有关崇高的概念，崇高在这里是个体主体和某些不稳定的或者断续可见的力量之间的关系，而这巨大的、系统化的力量则迫使个体变得孤独无助，或者出现主体的边缘化，结构主义和后结构主义称其为"去中心"，在此，自我只不过是"结构的一个结果"而已。但是，也就没有必要唤起神性去理解，这样一个超个人的体系会是什么呢？

自柏克那个时代以来，崇高所发生的变迁——尽管柏克明智地为一个在今天的语境中可能非常有用的概念，即"人为的无限性"，腾出了一块地方——就是这样一个从自然转向文化或者城市的过程。我们生活其中的生产的超个人模式的可见的表达是机械的、人工的、机器的；我们只能追忆昨天的"崇高"了，那些站在机器前——确切地说是汽车、蒸汽班轮、机枪、飞机——的未来主义者的愉悦只能发现柏克所描述的这种现象的当代简单的对应物了。或许有人要对人的自卫本能发表意见，并希望使这个心理机制变得更为敏感：我想要说，面对大规模屠杀的恐惧，改变人情感中的化合价，用正号来代替负号已经成为可能，通过尼采式的意志的努力将焦虑转化为与渴望、希冀和急切的肯定等一致的心理经验。的确，在一个根本上无计可施的境况下，除了确认那些压迫你的东西，并且在一个越来越很难感到满足的环境中努力提高自己获得满足的能力之外，我们其实很难有别的办法。

但是未来主义者仅仅是雷纳·班纳姆所说的“第一机械时代”的一个实验：我们现在则生活在另一个时代，这一时代的机械不再是堂皇的、最新型的触目可及的运输工具和楼宇雄姿——那是让勒·柯布西耶激动不已的。我们今天的机械更多的是计算机，它的外壳没有任何象征意义或者视觉冲击力。我们这个时代的机械是复制而来的，而本来应该依附其上的愉悦将不大可能成为那古老的发动机和涡轮的相对具有象征性的偶像崇拜了，但是 237
必须超越象征，开启通向过程本身的路径，而且在所有这些再生产的过程之上——摄像机、电视、磁带，满世界都是拟像和意象的生产和再生产，其中一流的后现代电影和建筑的那光怪陆离的灯光、交相辉映的玻璃则是前卫的**相像者**。当然，我不可能详尽追溯这种后现代主义理论，但是当我们最后再回到《恋人之死》的时候，我们应当看到在这个殡仪馆一样的屋子里灯光与镜子的活动当中，有些未来逻辑的明显而神秘的期许，这种逻辑，较之波德莱尔的那个时代，与我们的时代更和谐。彼时彼地，就和在别的地方一样，他是这个时代的人，而这或许是他的不幸吧。

（1985）

【注释】

[1] Charles Baudelaire，“Chant d’automne” I，in *Les Fleurs du mal* (1857；Paris，1958)，p. 61. 以后的引文全据此版。Translation by Richard Howard，“Autumnal I，” in *Les Fleur du Mal*：*The Complete Text of The Flowers of Evil in a New Translation* (Boston，1982)，pp. 61-62. 后面的引文全据此版。我的解释取消了 Howard 添加的伐木声；我也省略了以阈

下意识把砰砰声比做爱伦·坡似的跳动的心脏。

[2] 关于对神话和仪式的多重解释，亦见 Victor Turner，*The Forest of Symbols*。

[3] Baudelaire，*Les Fleurs du mal*，p. 82. Translation，p. 78.

[4] Baudelaire，*Les Fleurs du mal*，p. 149. Translation，p. 149.

[5] Theodor W. Adorno，*Kierkegaard*（Frankfurt，1974）.

[6] Susan Sontag，"Notes on Camp，" in *Against Interpretation and Other Essays*（New York，1966），pp. 275－292.

[7] 由于我对"情感"（affect）一词的用法（in *Postmodernism，or，The Cultural Logic of Late Capitalism*）受到 Brian Massumi（*Parables for the Virtual*）and Sianne Ngai（*Ugly Feelings*）等理论家的质疑，为了促进对后现代的有效的讨论而不只是简单的术语置换，我想特别说明我所用的"情感的消逝"指的是一种传统的、特定的情感体系，因此最好保留这个不太熟悉的词，代替旧的常用的"感情"（feeling）。

[8] Gilles Deleuze and Felix Guattari，*The Anti-Oedipus：Criticism and Schizophrenia*，tran. Robert Hurley，Mark Seem，and Helen R. Lane（New York，1977），p. 16；"c'était donc ç a!" is best translated "wow!"

[9] Jacques Lacan，"Kant avec Sade，" in *Ecrits*（Paris，1971），2：119－148.

十一　兰波与空间文本

我想尝试一下，看自己能否就我们通常所说的有关现代主义的特殊实现，具体地讲就是阿尔蒂尔·兰波的诗作，它的前提性问题和可能性的前提做一番提纲挈领式的研究。首先必须把我所关注的问题同对兰波诗作的分析和阐发从根本上区别开来。然而，同样也必须把这些文本的可能性的“客观”前提这一问题与传记式的研究以及已经成熟的当代心理传记研究做一区别，尽管后者使我们对过去视为个体心理或者主观性建构的非常复杂的决定性因素有了更为宽泛的理解。这里兰波的心理将被当做一个给定的对象，尚在探讨中的有关可能性的前提的诸因素当中，它是至关重要的。而且，我们肯定都知道自己处在一个多元性的环境当中，贴有各种标签，而且个性十足的诸多“方法”争领风骚，但是诚实使得我必须坦承，让-保罗·萨特晚期的作品，特别是他长期从事而终未完成的福楼拜研究，其所欲达到的目的与我的研究之间存在着某种亲缘关系。尽管如此，在细节以及历史阐释这一类问题上，我的判断就其精神实质而言和萨特在那些作品以及别处所表达的观点仍然大不相同，而这现在看来是能够做到的。 *238*

当我读着那三千页的文字，萨特的研究在现代世界的主体与客体之间设定了一种类似断裂的东西，从操作方法的层面而言，他想保留这个断裂，这样是为了在认识论的意义上将其超越。之所以这样说，我是为了说明：《家庭的白痴》（*The Family Idiot*）预设了两种截然不同的对“福楼拜”的解读：一者是主观的、遗传的、心理分析角度上的解读，这一方法将会用来解释福楼拜的神经病，即尽人皆知的1842年在蓬蒂维克的那次发作；另一者则是一套社会性的决定因素，它包括了从福楼拜时代资产阶级的意识形态战略构造到他的同时代人继承并加以修改的有关艺术观念的社会象征价值。这三卷完整的著作将会展示出，这两个巨环就像在主观与客观之间的有着预设的和谐的某件东西：一方面是造就了这一个，即神经机能病患者的福楼拜的不同寻常的
239 历史事件；另一方面则是那个集体的、“客观的神经机能病”，即19世纪中期资产阶级意识形态和日常生活实践的优秀代言人和形式创造者。最后一卷中的未竟之作都是这些方法针对《包法利夫人》的展开，它被认为是这两种截然不同的力量过度决定的结果，只可惜在这部作品中它们很独特地混合、并最终难辨彼此。

在一个大为缩小的范围内，我打算做一件与此类似的事情，那就是勾画出兰波的轮廓来。在主体之外，“兰波”将被理解为一个生理的、经验的和现象学意义上的独特的构成，一种我称之为“青春期身体的产物”的东西；而且我认为，这是一个历史的新颖和独特的意识，为此，许多独特的决定因素使得这一人物成为一个得天独厚的记录装置。在客体维度，或曰社会历史之外，“兰波”标志着这样一个时期——以一种早熟的、而且独一无二的前瞻性和预言性的方式——即市场资本主义向资本的垄断阶段（或者如列宁所称的“帝国主义阶段”）的转变，因而这是一个世界体系发生根本变化的时期，也是一个需要给予更为充分的解释的现象。换言之，我们对于文化和历史主体之间的关系较为了解；此外也了解这样的一种方式，即像广阔的地理和国际体系此类似乎相当抽象的因素，从某种程度上而言，启发和决定，乃至从结构上构建和影响着个体意识——这或许仍然是一个吊诡或神秘的思想。

在开始论证之前，我或许应该指出，我自己所使用的途径比萨特的更为一致。在萨特那里，我上面所提到的两种力量——主观的和客观的、人的和社会的体系——根本上就是**立体的**，因而在社会空间的历史构造和转型当中，这两种力量就是一目了然的两极。

然而，就全球和世界空间而言，一个更加有效的研究途径或许要求我们必须关注如乡村、城市之类的社会单元的可理解性。这一环节连同它的美学和形式的伴生物——确切地讲，就是经历了中产阶级艺术走过现实主义、现代主义以及后现代主义三个不同时期的形式生产和文化语言的阶段理论——会让我们的叙述变得复杂起来。但是，这种复杂化从根本上而言恰恰是与萨特的模式的另一分野。这些阶段大致上对应于资本主义的三个阶段——市场阶段、垄断或曰帝国主义阶段，最后是我们目前的阶段，跨国的或者所谓的晚近资本主义和全球化。只是对此我们无暇叙述了。

我们可以乐观地将兰波这一时期具有的更为重要的理论意义 *240*
作一厘清：关于它的分析应当能够告诉这一重要的转型阶段某些具有重大意义的事情，而现代主义也就在这一时期完全出现了。同时，在我所作的阐释当中，有些特别之处应当感谢卢卡奇有关于此的创见。不过，但愿其中的一些明显的教条式的训诫已被我剔除。

然而，正如我在别处已经说过的，我自己与众不同的卢卡奇是写出了《历史与阶级意识》的卢卡奇，也就是说，一个关于“总体性”的理论家；就以前的理论的学习而言，我深信研读为人所熟知的美学著作以及有关现实主义的论文是可行的。而且，我就是以这种方式走进我们目前所面临的空间和地理问题。这一观点就是，艺术上的风格统一与社会生活的内在可理解性，即与特定的地方社会总体性密切依存。于是，现实主义的可能性将与特定的社群存在密切关联，在这一时期，个体的生活经验还没有从社会—经济机制中完全脱离：当时人们还可以用透明的修辞来对这一社会进行不甚细致的描述。这里所谓的可理解性乃是指一个特定个体的经验仍然能够全面反映社会生活的结构：因此有关个体角色命运的“现实性”叙述保留了认识论的价值，而且按照叙事的规律和逻辑，它仍然能够传达有关社会生活内在真实的一些东西。

后革命时代的、重新统一的欧洲民族国家进入他们的垄断和帝国主义阶段，换言之，也就是当城市生活在结构上越发依赖于他们国境之外的，以及文化**他者**领域中的统治网络和殖民基地（原材料、市场、日益强化和残暴的过度榨取），我们把这些殖民基地和文化他者称为**第三世界**：从兰波创作的年代起，这个过程就以不可逆转的强度一路向前，而且实际上一直延续到第二次世界大战，并且进入一个去殖民化和新殖民主义的重要时期，这也标志着进入了第三阶段或者跨国阶段。在这样一个时候，上述的可理解性已经变得大可怀疑了。

所以，可通过下面的方式对现实主义的这一危机进行理论化和塑型：一个存在于个体还有现象学经验与结构可理解性之间的断裂。或简明扼要地说，在帝国主义体系去中心化的新情境中，如果你真切而实在地经历着某些事情，那是难以理解的，原因就在于它的最终的决定因素存在于你的经验场域之外。从另一个角度而言，如果你能够抽象而科学地理解某个现象，如果你的抽象思维能够调动所有适当的因素，不管是在场的还是不在场的，那么这种知识并不能丰富你具体的经验，它仍然是抽象的，并且被
241 封存在为纯粹的知识和概念而保留的思维中的特定功能区域里。

关于这一陈述需要说明的两点：首先，把人的思维区分为经

验和知识的这一思想仅仅是巨大的心理碎片的一部分，也是按照诸如感觉、性、理性、计算等功能的分离，把具有不同功能的思维活动进行专业化和区分。恰恰这种分裂（有些时候，我会按照卢卡奇的说法，称其为物化）本身就是我这里所欲说明的这一过程本来就有的一个部分，而且是同一时期劳动过程泰勒化在思维领域内的相似物。

其次，以回归整体性为目标的诸多美学和哲学运动，或者说，像柏格森和现象学家那样，预设了一个被日常生活中堕落的人类所误读的原初的整体性——所有这一切当然可以被理解为为了应对分裂本身的危机，而付出的虽然猛烈但不免等而下之的很多努力。在这些努力当中，肯定会有人要把最为尊贵的位子留给现代主义，一种同时记录和复制了物化的艺术语言。在别的地方，我已经从身体、感官或者感官系统的角度探讨了这些策略，以说明不同生理感官的互相分离也为这些现代主义的艺术家提供了许许多多封闭的间隔（纯粹的眼睛、纯粹的耳朵，甚至纯粹的“语言学装置”），他们可以在其中以纯粹的象征方式去重拾一致性。但是我肯定不会忘记告诫大家，这些策略的最大影响是一个非常有害的、意识形态的姿态，总体上而言，在这里主体性已经和僵死的、了无生气的客体隔离：生成了一个全新的场域，一种全新的心灵的、内省的文学可能在此繁盛。

兰波与众不同的伟大之处和原创性——至少部分地归因于他所创造的那先知的或者预言式的情境——就在于，在他的作品当中那些“策略”未及冻结伽达默尔所称的“方法”或者巴特的“一个业已确立的、规范的、制度化了的符号体系”。回到那与此时此地已经边缘化且本质上已经不可理解的身体经验相对立的有关地图的地缘的、抽象的观念问题上来，我一心想要展示异域因素——非洲、远东、让人头昏脑涨的热带，变幻莫测的德意志——更不用说他与伦敦，这个资本主义的超级大都会和通过殖民将把世界连接得更加紧密的航运网络的中心的接触所带给他身临其境的震惊等等，在兰波的诗歌生产中所发挥的作用。

在所提到的兰波的作品当中，最为重要的当然是《地狱中的一季》中“肮脏的血”那一部分：这不同凡响的一章——它描写
242 了希望在白日梦里梦到自我涉过历史而回归，这种想象在与随处可见的来自基督徒的负担进行着殊死搏斗——也描写了一系列的身份认同，他们包括了从雇佣兵、麻风病人到罪犯的社会底层，也包括详细铺陈的非洲部族海岸边那登陆上岸、络绎不绝的奴隶，基督徒殖民者，欧洲的殖民士兵——这一图景与惠特曼的奴隶市场系列可堪相比。只可惜我们无暇再进一步探讨《地狱中的一季》了。但是，我更担心的是这种殖民主义的地理无意识会被泛化式地理解：请大家关注我在本书第九篇文章中探讨的抽象的地理和异域幻想在华莱士·史蒂文斯的形式生产中所发挥的作用。在《放逐与流亡》一书中，特里·伊格尔顿的洞见为我们提供了一个迥异的角度，那就是，所有现代伟大的“英国”作家实际上不是异邦人、妇女便是精神的放逐者——英帝国的**他者**或者**外在者**（Outside）在他们主观经验的基础上能够赋予形式以洞见，而似乎英帝国主义既有的文化还无法做到这一点。我们也不能作如此的推想，那就是那些**他者**，通常是第三世界文化，并没有遭受这同一情境的类似然而颠倒的版本：在关于一些加勒比著名诗人作品的探讨中，苏珊·威利斯（Susan Willis）就通过对地图以及飘移不定的鸟瞰式总体性所起作用的探讨，说明了这一点。最后，有关于此的另外一个维度，爱德华·萨义德在其经典之作《东方主义》中已经做了清晰的阐述。

但是，我们显然已经走过头了，现在必须回到兰波空间文本的另外一极，即身体，他那特殊的性情和感觉系统就像一台记录

仪或者性欲机器去捕捉与这个殖民的世界体系的罕见的共鸣。为了交代得更加清楚一些，我要通过一个相当传统的“权威的”方法，对兰波作品中的身体进行层次分明的分析。确切地讲，这一不无荒谬的说法是伊妮德·斯塔克（Enid Starkie）在其经典传记中提出的，她认为，当兰波说“炼金术”的时候，他其实就是指炼金术本身，而且他的想象和形象明显受到了对“伟大的作品”或者说贱金属转变为黄金这一过程的传统想象的有意识理解的影响：

> 炼金的过程可以分为7个步骤，或者说程序：烧矿、腐蚀、溶解、蒸馏、升华、合成，以及定型。在这一过程中，如果按照正确的规程操作，他们就会生产出各种颜色来，这些颜色证明生产过程是令人满意的：颜色主要有三种。首先是黑色——它代表腐蚀与溶解——黑色出现说明生产进展正常，烧矿有适合自己的效果显示法，那就是将各种物质进行分解。接着就是白色，它表示纯度；最后就是红色了，代表着圆满成功。同时还有过渡色，包括了彩虹的所有色彩。灰色是从黑到白的过渡；黄色是从白到红。有些时候，即便是红色出现了，金子也不见得就能生产出来，这时，菲莱勒斯就说了，它首先会变为绿色，过一会儿就会变为蓝色。在这个时候就必须留心，别让其又变成黑色了，如果是那样，那就是彻底从头再来啦。如果成功了，那么金子就应该在蓝色之后出现，炼金术师的金豆豆。有些时候金子是颗粒状的，而有时也可能就是液态的，它被称为**金水**，是长生不老的药酒。这整个炼金过程有时被描述成四个时期，或者四季。[1] 243

我觉得这一段描写是有用的，那倒不是我相信像斯塔克所说，认为它对兰波很关键，而是因为这一炼金的过程为我们提供了一个有关人生理成长的简洁明了、印象深刻且具有象征意义的描述，我认为这在兰波身上表现得更为基本：确切地讲就是，对经历了外界变化而身份持久不变的一种理解、对某个物体或者元素，如莫奈笔下的草堆的一份情感，这理解、这情感因了光线明暗、外界环境、气象条件，如此等等的变化而发生了变形。

然而，这样的表述仍然只是为这一过程勾勒出了一个难免生硬、失之浮泛的静默的画面，但我要指出的是，这一过程，作为一种**骚动**的体验，恰恰是**生动活泼的**。在兰波身上，没有什么东西要比这种具体的、异常强烈的跌宕起伏更引人注目了，这种运动的元素是液态的，甚至基本上可以被理解为液体之中的液体潮起潮落的运动。我所能举出的例子必然是既小且少；现在，我将从“Les Chercheuses de poux”里面选取我要列举的重要文本，保罗·施密特将其翻译为《捉虱子的少女》（*The Ladies who look for lice*），请看：

捉虱子的少女

当孩子那充满红色风暴的脑海
恳求着白茫茫一片模糊的梦幻，
两个长着带有银白色指甲的柔弱的手指的又可爱
又高贵的姐姐来到他的床边。

她们让孩子坐向窗口，
透过敞开的窗子只见碧空笼罩着一堆鲜花，
她们伸出迷人而富于激情的纤手，
抚摸着他那落下露水的浓密的头发。

他谛听着她们惶恐的呼吸的歌声，
这呼吸久久发出来自植物的玫瑰红蜜的香味，
这呼吸有时因一阵嘘声而停顿，
这嘘声意味着渴望亲吻或唇上正收回口水。

他听见她们黑色的睫毛在香气袭人的宁静 *244*
瞎拍打着；她们那电流般的温柔的手指
迫使小虱子的死亡迎着她们无敌的指甲
在他毫无生气的麻木中劈啪作响，爆裂不止。

于是，也许会发狂的口琴的悲歌，
那怠情的酒涌上他的心头；
孩子感到，依据舒缓的抚摸，
哭泣的愿望不断地产生又化为乌有。[2]

（张秋红　译）

我将多费点笔墨，对这首诗作更为细致的解读，因为在我的论述当中，它是相当重要的一个部分。在我看来，这首诗有三个基本的阶段：在第一个阶段，这个身体还被想象成一个封闭的整体，一个基本自足的元素或者人，有着外在的四肢、轮廓、皮肤和赘疣，虫子的叮咬使他备受折磨，皮肤过敏或者浑身不适，除此之外这一段并没有传达出什么别的信息。这孩子想，睡觉——或者最好还是用兰波自己的话，“慵懒”——可以使他重新获得这种整体性。“安逸的梦”会渗入那奇痒的疙瘩，并将它们消弭。然而恰在此时，有东西从真实的外部，即那封闭的身体之外的确凿 *245*
无疑、实际存在的外部世界，不期而至。我无意牵扯低俗的心理分析，但这两姐妹分明就是**恐怖母亲**的形象，就是附体于兰波并戕害了他的食人女妖，她们的指甲给人以嗜血成性、媚惑而恐怖的感觉。

现在就进入了第二阶段，这时我们就要调动尚未活跃的感官，关注整个外部世界。在这一阶段，那个最初的整体在蓝天、“花丛”（此乃梦/痒痛的复现）以及后来顺着孩子的头发滚落的露水相映而成的统一体中安然无恙。但是就在此时，有了新的变化：触摸——离奇的、有金属之声的接触，它不是肌肤和指端的爱抚，而是犹如某个精细器械的指甲的探索。就在那一刻，还有声音：唇齿和呼吸制造的液体的响声，眼睑发出的电流声，接着还有虱子在细长的指甲间破碎的声音。所有这一切，还有香水或者香料散发的香味，都发生在这个整体之外，弥漫在表面，不过还是包括了具有穿透力的威胁，甚至它的精巧细致使其更具威胁，这引向了对封闭的青春期身体的威胁。

在这一部分，我还要指出两点：第一，嘴里发出的声音，不停咽着唾沫、屏住呼吸——这是对于我们马上要强调的起伏运动的第一次描写。然后就是无机物的滴答声本身：微妙、战栗、垂死、血腥，都微妙至极——我觉得自己还不至于夸张到读不出来这里有对一件新东西，即现代武器的期盼和预示，它就是机枪，在普法战争中首次亮相，后来兰波在处于彻底殖民统治下的非洲做生意的时候，它就是一个主要的物件。而这就是这一新式武器的身体变异、是在工业资本的支配下、一套崭新的、具有威胁性的身体感官系统的产物，并对远方那奇怪的、但并不对人造成伤害的刺耳的声音的伴生物造成了威胁，这声音就好似盘旋在你周围的蜜蜂所发出来的（左拉的《崩溃》中就有这个意象），它也在这里出现了。

这下我们算是到了最后一个阶段，也是水平发生的巨大变化，是一种新的**情绪**的彻底释放，但不要迫不及待地将其庸俗而浅薄地归结于尽人皆知的青春期性欲这一概念。至此，我们终于得到了我称之为骚动的那个概念的全部——“哭的冲动”就像潮涨潮落一样，奔涌而来，悄然而去，从未流溢到界限之外，再次确证了这个封闭的身体，还有液体永久的内在沉淀。我们把这液体认定为酒，认定为音乐的迷狂，最终，把这个实现了完全转换，但又处在完全放松状态的物质的单子称为——**慵懒**，懒惰、散淡，就好像生命存在终极的完整、骚动然而又自足的状态。

现在就让我通过我笨拙地从《醉舟》上砍下来的两个诗节，来强化一下我们对这一特殊的精神运动的认识。

从此，我沐浴在大海的诗境，　246
浸透了星光，饱含了乳汁，
吞服了绿色穹天，在这里苍白而逍遥，
有时，一具沉思的尸体顺水而去。

蓦地，大海的蔚蓝染上一片金色，
大潮的狂热和缓慢的节奏
比醇酒还烈，比琴声还辽阔，
在阳光下酿成爱之辛酸的棕红！[3]

（葛雷　梁栋　译）

这首诗版本很多而我们的时间太少，在以前的现象主义批评看来，这些各不相同的版本实际上都指出了处于这首诗最核心的虽然难以名状但却清楚明白的一种生理体验——我称其为骚动，这是循兰波的说法（施密特的英译本中省掉了这个词）——诗人的天职就在于，如兰波在《地狱中的一季》中所说，“首先，这是一种学习。我描写寂静与夜色，记录无可名状的事物。我注视缤纷的幻影。”[4]与这一天职相应的是一套让人耳目一新的行文规则，如全新的复数实词和很多省略手法运用，加之对自我限定的动词奇妙新颖的使用（“这梦幻般的花朵丁零作响，竞相绽放出夺目的光彩”[5]），对于我而言，与此相关的似乎是对韵律本身的一种新的理解，就如《守夜》Ⅰ[6]所表现的：

守夜Ⅰ

247 这是亮堂堂的睡眠，即不狂躁，也不颓废，躺在床上或躺在牧场。
这是朋友，既不偏激，也不软弱。朋友。
这是女友，既不折磨人，也不受人折磨。女友。
空气与世界不必找寻。生命
——这究竟是什么？
——睡梦清新。[7]

（王道乾　译）

我认为我们必须抵制这样的冲动，即不加区别地赋予韵律以一种永恒不变的、抽象的意义；另一方面，一种（由早期诗歌中的反复结构脱胎而来）特殊的韵律结构在兰波的创作实践中自有一种专属于他的意义，对此我亦深信不疑；而且，从一个虽历经变化而其特定身份的不变性出发，我将对这种意义进行论述。在这个变化过程中（如炼金的过程），一个实体的肉体、眼色以及结构在经历了一系列的有机变化之后，仍然能够在纷扰与困惑中保持一种存在的连续性（“彩虹、草木、大海给她的赤裸涂上阴影，越过它，给它穿上纱衣”[8]①）：现在我们就可以更好地理解莫奈

① 《兰波诗全集》，《童年》，葛雷、梁栋译，194页，杭州，浙江文艺出版社，1997。

笔下干草堆和大教堂所蕴含的现象学了。

简单地讲，这种骚动可以理解为是围绕着一个实体的一系列语境结构的变易性的结果；而且你还可以明白，那些缺席的、想象的同时也是漂移的“结构”是与一个新的全球化地理体系保持一致的。上文曾提及过。不过，就目前以及个体身体层面而言，这种骚动可以归结于青春期，同时对它的美学探讨可以理解为对青春期身体的想象性“生产”。

同时，类似兰波身体或者感官系统的符号体系的一些东西构成一个格局，而骚动只是其中特殊的、象征性的身体现象。而且我要继续通过精当的例证使表述更加明确。在我看来，这一体系当中的另外其他三个关键词是愤怒、平淡，以及，用兰波特有的语言来说，就是“le bonheur”（幸福）。愤怒，狂风暴雨般的愤怒，此时的身体好像一触即发的炸药：

> 我的心呵，血与炭火之台布， *248*
> 千百次地屠杀疯狂长声的呐喊，
> 呜咽啼泣之声将地狱搅得地覆天翻，
> 这有什么关系，鹰徽旗依然在残骸上飞卷。[9]①
> （葛雷　梁栋　译）

我认为这是兰波身上政治革命的那一极，是反抗的时代——包括社会的和身体的——随着对巴黎公社的血腥镇压已经彻底烟消云散了。

所谓平淡（法语词“fade”更具表现力）或许如您所想的，这样一种状态的反面就是平淡了：一种精神上的停滞或者静止，

① 《兰波诗全集》，《晕》，147页。

在这种状态下，一种精神上的色彩和基调已经给定，不需要再进行感官的确认，原因在于骚动在那一刻已经停止，而且在不可能变易为他物的情况下，何以可能去定位或划界、去确定或命名呢？所以，理解和判断都已成为问题。

这年轻的瓦兹河如何让我解渴，
无声的榆树，无花的青草，沉闷的天。
我能从这葫芦里汲取什么？
几滴发汗的金汁，淡而无味。[10]

（王以培　译）

平淡（“le fade”）连同对于身体的封闭行为的玄妙是，在兰波看来，往往伴随着外表面的汗水。我无法进一步地维护这一假设，仅想直接指出，兰波作品中的素材与劳动和劳动者的特殊主题[11]，拂晓与正午，与工作状态的城市世俗世界的融合，以及与高居云端的太阳的融合，以上诸方面紧密而重要的关系这一问题。

最后，也是最为神秘的，就是“le bonheur”（幸福），在我看来，它标志着身体内部感觉悄然缺席时的那么一种释然状态，一种更多消极而非积极的不同寻常的平静。在这种状态下，各种其他的感官冲动立即宁静下来或者延宕下去。可以再次通过《守夜》Ⅰ来证明这样的一种状态。就像在《美丽》或者《精灵》中一样，这种状态会投射到那些想象的、含混的、超级的、全新的乃至完美的幻想上去，我们使用这样一些非常典型的词去标示这些我们必须明白是幻象的东西：这种状态全新的预言式的神谕，仅仅是一个极度
249 贫乏和失落的时刻，是一种空虚而非出现之时的圆满。

如果我们把以下各项和因素两两成对地排列起来，即停滞与

变化相对，封闭/圆满与空虚相对，就会得到这样一个系统：

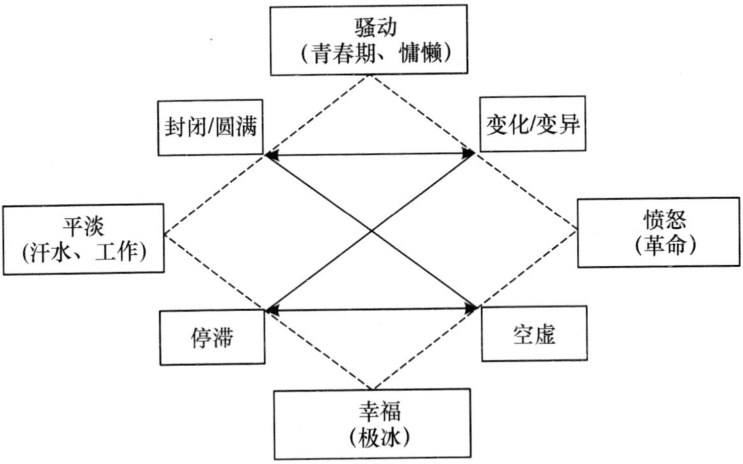

你会看到，在中间那一项，“幸福”，我列举了前面没有提到过的例证，确切地讲，就是北极的冰雪——这一意象来自爱伦·坡的《戈登·皮姆》或者来自凡尔纳，不断地出现在《灵光集》中，而且有可能就此成为我们转向其他主题的一个调整途径，明确地讲，就是随着全球范围内的、地缘殖民的世界一体系本身，因为它已进入诗歌，并且形成了与上面概括的个体主体的感觉或身体的共鸣。

从韵文诗向散文诗的这种运动可以在很大程度，但绝非全部意义上，将其理解为身体的骚动或变异活动向文化和地缘体系的变异活动的位移。较之于更为纯粹的身体经验，这种活动，即符号体系的转动，在努力地超越自身，从而实现一种全新的、真正的转换，成为一个新属[①]，最终构成一种新的，而不仅仅是在封

① 原文是 Novum（拉丁语），这是一个生物学术语，表示新的属种，一般翻译为“新属”。

闭的组合型范围内的重新排列。因此，这个由散文诗所引发的问题可以作如下的概括：不是**如何**去发现或者发明一个全新的身体？而是这个世界**如何**终结？（可以通过 1871 年 5 月**公社**的失败来认识这个问题，此外没有任何社会和革命转换的图景对这政治无意识是有意义的）只有毁灭和天启，然后还有世界的末日，作为一种想象的可能性和这些诗歌结尾的一条形式原则而存在。

250 不！烈日的蒸腾，大海的沸滚，地下焰浆的炽燃，日月如梭的奔驰，最后造就了这些犹如《圣经》记载中被诺尔纳斯女神的真诚点化的千真万确的佳话美闻：它属于一个严肃的守护神。但这又非是传奇的荒诞不经。[12]①

（葛雷　梁栋　译）

然而，我这里要申明的是，对于世界末日的这种新的想象本身就包括了一个项从我们所说的“愤怒”的位置向另外一个、远非动态的且代表着静止和延宕的项的位移（这些散文诗里最为优秀的一篇，《洪水过后》中有一个奇异的颠倒，它以世界的末日开头，然后才渐次倒叙至文明和青春期的苦闷）。对于《大都会》这个至为重要的文本的分析就证明了这一点。

大都会

从靛蓝的海峡到莪相的大海，
经香醇的天空洗涤过的玫瑰红和橙黄的沙滩上，
刚刚升起相互交叉着的水晶般的林荫大道，

① 《兰波诗全集》，《历史性的黄昏》，30～31 页。

那里立即住上了贫穷的年轻家庭，　*251*
他们靠水果养活——没有一点财富。
这就是城市。

从沥青的沙漠仓惶逃窜，
连同空中层层可怕的带状雾幕，
而天空弯折，后退，沉降，弥漫着极凶险的黑烟，
只有服丧的大西洋才有这样的
黑烟，头盔，车轮，船艇，马臀在逃窜——
这就是战斗。

抬起头：这座拱形木桥；
萨马里最后的菜园；
这些被寒夜鞭策的提灯下着色的面具；
河底，矮小的水妖穿着哗哗作响的裙袍；这些豌豆田里光亮的头
还有别的幻影——
这就是乡村。

大道两旁是栅栏和墙，
围裹着些小树丛，
被称作“心肝”和“姐妹”的残酷的花朵，
因其道路极长而直入地狱的大马士革，
——外莱茵河，日本，古阿拉尼神仙般的贵族财产，
还洁净得能够接收到先人的音乐。
还有已永不再开张的客栈

——那里有公主们，如果你承受得了，
还有天体研究——
　　　　　　　　这就是天空。

和她一起的早晨，你们在雪片中搏斗，
绿唇，冰块，黑旗，
蓝光，极地太阳鲜红的芬芳——
　　　　　　　　这就是你的力量。[13]①

显然，这首诗的最后一个诗节呈现了我们前面涉及的满目冰雪的场景；同样明确的是，这样做是为了给地缘和文化的主旨关系问题提供一个答案。所以，我们首先要提出的问题就是：给什么的答案？如何陈述这种关系当中本质性的张力和矛盾？

城市、战斗、乡村和天堂：这些分别是最后这个中性的冰雪
252 世界之前四个诗节的主题。我认为，这个世界幽灵般的历史、还有对历史及其悖论的无意识、但却基本上是集体的思考将这一运动包裹起来，而这一思考现在似乎关键性地吸收了早期诗歌当中那些个体的主题。但是，我必须对这一观点做出进一步的限定：我当然不是说早期的一些主观的、个人化的主题已经被客观的主题所取代。和德勒兹等人一样，我肯定意识到在主观的与客观的、心理分析的与社会的，在欲望的与政治的之间的分离实际上是人为的，而且，欲望及其想象永远是社会的和政治的，同时政治想象，不管它在什么地方激烈地存在着，也必须总是被看做一个欲望的形式，或许还是强烈的形式。那么，这首诗清晰的历史和政治因素并非是转向其他的主题的标志，而仅仅是兰波早期诗

① 根据何家炜译本做了些微改动。

歌激情的扩展。

我认为，当时的法国尚处在向工业化世界迈进的过程当中，与此同时，法国历史上第一个真正意义上的资产阶级政权也正在确立自己的地位，从兰波的散文诗当中我们可以发现，他在思考这两种生产方式之间的断裂。这两者虽暂有重叠，但终归是处在新旧交替的过程当中。第一诗节指向了那个**城市**，在兰波的历史经历当中对这种工商业都会的经历不是通过巴黎，这个政治和革命的空间，而是通过伦敦，这个世界殖民体系的最核心，以及在兰波后来的散文诗当中留下很深印记的难以想象的、未来的城市现象而体现出来的。

第二诗节招来了魅影迷离的城市以及城市文明的**他者**——具体而言就是野蛮的游牧人群，也就是德勒兹所说的游牧部落，这些面目不清的城市的敌人云集在城墙和城堡之外，但仍然被新生的文明打得四散而逃。

然而，及至第三和第四诗节，我们看到的是全然不同的历史和社会图景，具体讲，有封建的，有农业文明和日本武士贵族，还有田野和封建军阀。我们既可以从社会阶级的角度，又可以从基础与上层建筑的角度来概括这两个诗节的不同。第三节的确勾画出一个前资本主义农业和农民为主导，连同与之相应的优势文化的图景。它那神秘的、童话般的因素现在只能在儿童读物中去寻觅了。

第四节揭示的是一个封建统治阶级天地，一个只有在其隐秘的不在场状态当中才可得以窥见的空间，高墙和篱笆把统治阶级的领地与外界隔离开来了。甚至让人印象至为深刻的是时间飞逝还有历史在时间的飞逝中消失的感觉。在此，兰波一个重大的主题，像一个预言式的、泄露天机的症状，突然再次出现：“还有 253
已永不再开张的客栈”。在这个正在衰落的世界的背景之下，我们返回开始的几个诗节，那是一个新的世界在为自身的新生（也为求得理解）而斗争的象征。

最后一节满目冰雪的景象以一种断然的方式将这一切掩盖：对于重返童年时代嬉戏和情愫的暗示——就像公民凯恩的“玫瑰花蕾①”——赋予一个新的、有力的中性元素——北极——以一举吞没新生的资本世界和陈腐的封建世界的能力。

在整个《灵光集》这个大的语境当中来看，最初的两个成对出现的诗节在我看来似乎和兰波后来诗歌当中挥之不去的一个梦魇相呼应，这最有力地体现在《洪水过后》的倒叙当中：“哦，那些宝石已经躲藏，——而花朵已经在张望。”[14]矿物与植物相对，工业之都与前资本主义时代的农业世界相对：正是从这个角度，兰波关于城市的想象——有威尔斯②或儒勒·凡尔纳式铺就的道路，晶莹剔透，充满未来的希望，或者有像皮拉内西③式的天际，有让人目眩头晕的建筑的集合迷宫——与贫苦的民众——方正而劳碌着的穷人——联系了起来，后者是其人性的目标。

不是为了批评的目的而是为了历史叙述的具体性，对帝国主义图景中任何不完整的、扭曲的、意识形态的乃至魅影迷离的东西再作一些说明还是有用的。作为一个局外人和异己的兰波，他不大可能理解一切现实的或“科学的”新的社会形式：因而他只能从外部按照从凡尔纳那里得来的图景来想象这个社会。恰恰是这个想象的失败、这感觉的分裂在野蛮的游牧部落更为广阔的图

---

① 美国电影《公民凯恩》（*Citizen Kane*）中的主角，凯恩，临终前只说了一个词：“玫瑰花蕾”（rosebud），众人皆不解其意，几经波折，才知道那是凯恩幼年时所玩的雪橇的名字。

② 赫伯特·乔治·威尔斯（H. G. Wells，1866—1946），英国作家，著有科幻小说《时间机器》、《星际战争》等。

③ 皮拉内西（Piranesi，1720—1778），意大利建筑学家、艺术家。

景那里得到了一种辩证的补偿，它似乎在回答这样一个问题：**这**，这未来的城市如何结束？

但是这首诗似乎恰恰对这种历史图景采取了含蓄的批评——循着这种原始主题和野蛮的背面进入了一个与之相关的前资本主义的封建主义图景——它的确曾经存在，就是这最后的一个给那个古老的社会画上了一个历史的终结，让那“客栈”空空如也。

在最后的冰雪的启示却又正好重建了第一诗节中的主题，具体地讲，就是一个水晶世界的完整图景：大都市的那种非自然性、非有机性和非人性——它与玻璃、金属还有水晶这些材料之间的契合——至此在一个冰雪的时代到来之时，生成了它们最终的强有力的形式。

但是如果仅仅将兰波定位于此，那么这位预言式的作家身上 *254*
一切最富生机和诗意的东西都将消失殆尽：因为——尽管极为吊诡——在诗的高潮部分，这个世界在冰雪中的终结突然被转换为兰波最为执著的梦魇——身体的转换，那**新**的出现，那乌托邦冲动本身在最后的时刻用一个极富象征意义的词，“你的力量”，致意。欲理解历史的障碍的想象何以被以这样的方式，无视一切希望，赋予一种强大的推动世界变形的驱力，那么你就必须站在这个矛盾的复合体的最中心，它就是阿尔蒂尔·兰波。

（1981）

【注释】

［1］Enid Starkie, *Rimbaud* (New York, 1961), pp. 162-163.

［2］所有引自兰波的法文均出自兰波的 Pléiade 版本：*Oeuvres Complètes*, ed. Antoine Adam (Paris, 1972)。当前的引文见 pp. 65-66。参见 Paul Schmidt, *Arthur Rimbaud: Complete Works* (New York, 1976), pp. 76-77。

［3］Rimbaud，p. 67；Schmidt，p. 120.

［4］Rimbaud，p. 106.

［5］Rimbaud，p. 122.

［6］但亦见“Départ” and “A une raison”。

［7］Rimbaud，pp. 138－139；Schmidt，p. 161. 英文很难表达兰波这里的非格律效果。

［8］Rimbaud，p. 122.

［9］Rimbaud，p. 71；Schmidt，p. 85.

［10］Rimbaud，p. 72；Schmidt，p. 139.

［11］See，in particular，“Bonne pensée du matin”.

［12］Rimbaud，p. 150；Schmidt，p. 169.

［13］Rimbaud，pp. 143－144；Schmidt，pp. 233－234.

［14］Rimbaud，p. 121；Schmidt，p. 219.

十二　走近三位现代画家的力比多结构

1

当有人问她“对现代艺术的态度”时，格特鲁德·斯泰因曾 255
这样说：“我喜欢看现代艺术。也就是说，我喜欢它的绘画；至于其他我并不怎么感兴趣。”在德·库宁[①]的画作中，我最喜欢看的就是黄色。对于我并不怎么喜欢的作品中的黄色，我都喜欢看。除了黄色，我喜欢粉色。最后就是灰色了。对于我而言，德·库宁这个名字意味着可以凝神静观画面上颜色的机会，而并非什么艺术作品或者形式经验，当然更非各种象征手法，尽管那些妇女脸部的其余部分肯定是避之不及的。

所以我就对这些“画作”采取一种不负责任的欣赏法，只看我所喜欢的部分，其他则视而不见。画布给了我现代感官和现代身体分裂的证据。在我思想的思辨部分，我知道这种分裂从何而来：谢林、马克思、卢卡奇还有韦伯告诉我，资本的发展如何造成了人精神的“劳动分工”，其高级形式我们可以在各感官彼此的异化和自治中观察到。站在画作前，我只知道眼睛发现的纯粹只是涂满有色颜料的空间，在这个空间里眼睛摆脱了听觉和味觉，也摆脱了日常生活的钟表时间，它是自由的。

这些画作让我环览四周，同时也发挥着一些让我难免生疑的

---

① 德·库宁（Willem De Kooning，1904—　），荷兰籍美国画家，抽象表现主义的灵魂人物之一。

作用。如果你的目光穿过古根海姆现代艺术博物馆的螺旋状楼梯，远远地看着这些画作，你所得到的是完全不同的启示：每一张画布上都是耀眼夺目、肆无忌惮的纯色的狂欢，彻底的色彩和“快乐”的感官主义，像雷诺阿的任何一幅作品一样，让人不可接受。迈步向前，你就会忘记这种从头到尾组织起来的形式的“启示”，你就可以专注于它的枝节，专注于将带给你不同感受的意外之物。

256 这何以可能呢？只有通过一则神话或者一个谱系式的语言才能回答这个问题。开始之时，你认为，它们是**线条**。它没有颜色，也无所谓浓淡，就好像素描呈现给我们的那样。但是传统所要把这一项与之连接的并不是雕塑的轮廓。既非线条也非轮廓、技艺或边际，更非直线的意识形态可以变得松弛易弯，足以勾画出雕塑的剪影来；更像是强制性地卷起来，就像一个往复绞结的线团。就拿线条本身来说，这种线性的冲动使德·库宁对雕塑产生了失望，使罗丹对曲线也丧失信心，似乎被贾柯梅蒂[①]的力场消解在斑驳的画布上。

你必须明白对于**线条**的冲动不是充分的，只是必要的。如果你一任它引领你阅读画作，那么你很快就会发现那些画作被降格到无异于涂鸦的地步：它不是行动绘画，或者如果是杰克逊·波洛克们，波洛克他的画笔过于沉重，而颜料又顺着笔端滴滴答答，行动自然无法快起来了。说得直接明白一些：这里有趣的根本不是**线条**本身，而是可以出现在线条之间的东西，也就是你称其为“平面”的东西。在德·库宁的作品中，这是一个隐秘的张力，其叙事的线索是：它们不是情景喜剧当中人物与背景之间的

---

① 贾柯梅蒂（Albert Giacometti，1901—1966），瑞士雕刻家、画家、超现实主义者。

竞争，甚至也不是线条与颜色之间的竞争，而是平面就这样以神秘而难以言说的方式出现了，顺着颜色的延伸，视线款款而过，连眼皮都不会动一下的。

那它是从何而来呢？我认为，你必须想象出这么一个侵犯的过程，首先抓住了线条，将它缠绕纠结，就好像在素描里一样，让它哆嗦、颤抖，将它有节奏地分解在铅笔的每一条影线里，就好像很多的折光色一样。这里线条的某些内在的冲动，某些原发的神经质，驱使它要去颠覆二维的限制，从自己的精神本体出发，去创造能够对抗它最基本的敌人，即技法本身，并占得先机。

就是现代"天才"那独特的、无与伦比的个性化特征，那像个人指纹一样独特的风格在技法上的偏移。像沃霍尔那样的后个人主义的艺术不仅仅是为了大众复制的目的（尽管这种艺术标志着绘画已经进入了本雅明所讲的"可以复制的作品"一类），更是象征着个体的主观性是不靠谱的，我们现在已经远远超越了所有那一切，到达不同的地方。所以，发生这样的事情毫不足奇。

所以你可以把德·库宁看做是后技巧的，同时也是大技巧的，是现实生活中寻常画笔下的细微的艺术特点经过放大后，在同样也是放大后的空间展出，这就像在博物馆募集款项的活动中，你所看到的悬挂于博物馆办公室之外的巨幅照片一样：把经典之作的细部放大以证明创作过程的真实，或者以显示 X 光这样的作用，即把人们所熟悉的定稿还原为它原来的草图。这里也是一样的道理，如果你有这样的愿望，你完全可以把这些画作当做德·库宁无与伦比的体态表达的某种个人化的浪漫主义的绝唱，或者某种伟大的天才和人格偶像的庆典，通过这些形式，而 257
且以这样一种宏阔的、同时又是个人化和无可挑剔的画面表现出来。

显然，我并不想以这种方式来看待这个问题：德·库宁的风格是无可指责的，但是我倒愿意把作品尺幅的增大看做是一个驱使个人超越自身的过程，这与心理分析中的X光透视过程极其相似，将你的隐秘的思想和幻想无限放大到不再是隐私的地步，而仅仅是无意识的代数或者句法学。我不妨再为这种倾向做一点辩护：对于具有个性化风格作品原来的认同是发生在色彩与线条、浪漫与古典的对立当中的。在此，线条是客观的，是物质的抵抗，是笛卡儿哲学外延的直观的描画；色彩标志着“次要的性质”的地位，标志着个体感性理解的主观投射。

然而，在德·库宁这里线条现在已经自动转换为运笔本身，颜料挥洒而出，呈扇形幻化为各不相同却又起伏有致的色彩之流，有些如层峦叠嶂、高拔危峻，有些则如眼泪沿画布慢慢滑落，而且你并不认为那是**莽夫蠢汉**搞得画布斑驳刺目。线条现在就是运笔和色彩；它新的结构上的对立面，即平面，是和色彩发生关系的一个因素，而不是一个自足的表达自由、个性、个人的所在。

通过这些描述，我们可以回想一下德·库宁早期的优秀作品，包含着那些成熟的、巨大的表意符号，即几个纯色的乌托邦所投射出的克兰①式风格。直立的三脚架，大块的褐色与绿色的色块，辅以数笔浓重的蓝白，旁边就是更深的蓝色，整个上部都是能让人产生幻觉的德·库宁式的黄色：在《作品1959》中，平面是以一个繁复的、经过层层点染的空间的面目而出现的，于此我们已经能捕捉到他那新的特性。

随着画笔的挥洒和出现于画布之上的颜料留下的轨迹，我们不妨想象一下一个全然不同的手法，一种侧向地处理比较稀薄的

① 克兰（F. J. Kline，1910—1962），美国抽象表现主义画家，其作品以白色背景上的几抹醒目而压抑的黑色为特征。

颜料的方法，它不再是被向上运动的笔触带出，现在是以一种全新的、出奇的力量来处理，用力将颜料在画布上拖曳而过，要使交叉部分光滑、平直，要使笔触的自然起伏显得圆融，要横向层层点染，使基本色交叠起来。

我们可以通过评说作为画布上的造物主一样的两样工具或者设备的办法，总结一下这种敷色的新法，还有对原来笔法中线条多样性的抵制。现在，平面在由基本的**画笔**所构成的铺陈而成、斑驳多态的起伏中，背叛了中性的、出乎意料的工具即**调色刀**的干涉：这些没有象征意义的画布倒可以被解读为某种原始的二元论的寓言，比如空间与时间，大地与天空，雄性与雌性，工业与农业，为了在这些二元结构当中寻找永恒，画笔和调色刀在进行着它们永远的、永不复归的战斗。但是这眼睛的地方神话，这纯粹空间的刚被物化了的宇宙原型，它们有什么普遍的可理解 258
性吗？

今天（但也或许只是今天），我愿意将它解读为：画笔是通过某种线条的凝滞来给我们多色混合的色块。调色刀现在决定了这种瞬间灰飞烟灭的乌托邦之梦，或者迫使一切物质返回到自身，压榨出所有结构的相似性，使其成为一个单一的同质的物质，使所有着色的表面都恢复到最初的你可以在上面重新开始创作的油灰，早先涂上的颜料被狠狠挤压着它们的灰色、黄色所覆盖。这是一个残酷的过程，这一点我们从那些女性的面部表情、那些像鹦鹉张嘴笑又带点章鱼特征的拙劣笑脸就可以判断出来，这些把你的注意力从那些绞结在一起的、没有任何象征意义的颜色上引开。在这些调色刀将其无情地抹平、挤进一个坚硬的表面之前，这有生命的女性面部无情的以及性欲的痕迹的微缩使得这些“肖像”成为平面本身不折不扣的形象，从而背叛了最后的某些必要的同质、在色彩与形象之间的最后的强制性的区别。看着这些坚硬的表面，你会回想起那远去的多样性，如今也被一种具有光亮色系的同质化的物质的胜利所永久静止了。

2

然而，你不能以上面的方式来理解塞尚，他的制度化有效地抵消了这样的随意性，就好像亨利·詹姆斯的小说一样，对具体的作品和孤立的画布的结构布局之间的统一，有着一种近乎义务的尊重。正是因为这一原因，从另外一个角度而言——由于塞尚的价值已经成为现代主义意识形态得以确立的一个功能性成分——对于今天是否还有人可以不通过中介来直接体验塞尚的作品，我不免心存疑惑。这有点类似于在今天的话语当中，印刷品所发挥的作用；我们固然在说在听，但是潜意识里我们仍然在阅读印刷形式的文字。我们从视觉角度研究一种塞尚的图景，但是那个隐在的潜意识的“文本”仍然是塞尚的“观念”，我们所研究的情感也只是一种全面的文化制度。我们如何能够走出这一怪圈。

布莱希特（还有其他的俄国形式主义者）告诉我们，为了恢复对事物历史功能的感觉，我们就必须将那些看似“自然而然”
259 的事物**陌生化**。要对塞尚进行陌生化，我们首先假设他的这些各不相同的画作——从肖像、静物到风景甚至偶尔为之的裸体画，如《沐浴者》，都以很多体系化的风格呈现出来——都是一种单一叙事的“现实的”版本或者变体，也就是对塞尚的画作讲了无数遍的那个故事的再现方式，尽管每幅作品都有不同的内容。“读者”显然也是积极地参与到这个“故事”的重建当中去，而画布只不过是没有生命力的视觉材料的收集者，它们自己肯定不能“讲述”了。所以从一开始，就形成了这样一种定式，当我们一旦决定我要“阅读”了，我们的眼睛就会在这被当做第一叙事文本的彩色画面上来回往复了。

但这并不是一个武断的定式，它与这些画作当中的某些客观因素对应，特别是与一种特殊的立体透视的“双重标准”相对应，这是每一个欣赏过塞尚不少画作的人都知道的。我正在讨论的就是你与画作之间的欣赏距离的问题，特别是，它要求你凑近作品，仔细端详一个作品的各个细部，这样就会失去对画面所表达的对象，如房舍、树木、岩石、桌布以及人脸的整体感觉。你如果要认出它们，就必须离远一些。文艺复兴时期的透视法，其经典模式就是只要求一个理想的视点，由此出发整个画作会集中在一个点上，可塞尚的作品与此不同，它要求有两个完全不同的“视点”，一个是鼻子跟前，另一个就是十英尺之外。这两个视点是不通约、不连续的，而且它们从来都不会在某种同一层次的视觉经验中重叠。

我们所理解的塞尚作品这种结构上的特殊的不连续性，在文字或曰文学领域有其对应。在阅读福楼拜的作品时，你只需将欣赏距离置换成阅读速度，就会重新制造出这种效果。福楼拜的小说仍然还是故事；如果你把自己内在的那个电影放映机调整到合适的速度上，你仍然可以看到那些可以辨识的角色构成可以理解的欲望，并忙于各种我们所熟悉的活动。在巴尔扎克、德莱塞、左拉或者狄更斯的作品中，我们都可以想象到这种场景。但是有一件事情你可以在福楼拜这里实现，而在刚才提到的其他“现实主义”小说家那里则不能，那就是把你的阅读速度降低到能够看到全然不同的可理解性的地步。这些由各不相同的短语堆砌而成的单个句子的可理解性，加之它们以这样一种断裂的方式拼在一起，就产生了一种意想不到的形式整体、一个完整的段落。如果你认可的话，这种分析仍然是对叙事的分析，仍然只是一种句子结构变化的叙事。另外，它的角色不是人神同体的形象，而是动词的时态、正在演化为专有名字的代词、名词的分类诸如此类的东西，其中名词的复数形式将名词强化为大众心理或者群体行为的细致而微的语言对应。正如音乐、绘画是可以理解的一样，词
260 汇的这些细致而微的变化也是可以理解的。但是与更有具体性的讲故事层面上的文本不同，微观层面上的叙事统一性不能通过日常语言来传达。我们必须建立一套复杂的、专业的后语言，以公平地处理单个词语之间的关系模式，这种模式也是我们的阅读经验能够感觉到的。

我们也可以很容易地从反面说明这一问题。总有人站出来提醒我们说，巴尔扎克和狄更斯、左拉和德莱塞也可以被这样解读。我们可以像阅读福楼拜的作品那样，慢慢地阅读他们的句子，慢慢地这些新的“对象”就会出现在我们的眼前。我只能说，在那个被放大的微观的层面上，那些作家的语言本身并不能投射出特殊的、自发的可理解性来。在这个大的叙事的流程中，它们仍然只是工具性的，会不断地迫使我们不得不返回到内容层面，以理解它们彼此间的关系。福楼拜则不然，你可以停留在微观的层面，虽然生活在一页之内，但是其丰富性就像生活在整个小说的“统一情节”之中一样。让我们暂且回到绘画，福楼拜和这些现实主义者在这方面的分野与塞尚和其他印象主义者之间的分野并不相同。在后者这里，你可以实验性地走近画布，注意你的感觉系统分解为细小的感觉，就好像初始状态的格式塔回归到被认为是它的组成部分的感觉材料。在这个层面上，问题的关键在于，那些作为印象主义素材的斑斑点点的色彩并不具备他们自身的可理解性。那些自身与生俱来就具有意义的东西在这里并不存在；这里有的只是流动，你只能后退并辨识出真正依凭着它的那个象征，这样你才能把握它组织的力学原则。

福楼拜的个案，亦即塞尚的个案具有历史示范意义，在此可

以明确地看到，两个截然不同的维度分离开来各奔东西，正如我们在巨大的地理漂移现象中所看到的，它们似乎都获得了截然不同的存在。关于这两个维度，德勒兹和瓜塔里在他们的《反俄狄浦斯》中不乏创见地称之为**分子**和**克分子**（那些比较大的形式的统一体，其中分子的微观材料被“组织”并重新包容进来）。这其实就是现代主义和大众文化这一对双胞胎诞生的时刻，就好像某种历史性的新的“劳动分工”，那些原来克分子的叙事或者象征的统一体现在被划入“等而下之”的畅销书或电影一类，然而语言或者纯绘画的分子体验成为新的“高雅艺术”的感性中心，这些“高雅艺术”或指无情节小说，或指现代派的诗歌，或指抽象派绘画。处在最后这个较长而且不稳定的时期，在福楼拜、在塞尚这里，二者都很不自如地共存于双重标准或者中心断裂当中，对此我们前面已有论述。在那个决定性的历史断裂之前，我们时代的美学只能继续在这种断裂中存在。

因此，在分子层面上，把塞尚的画作当做一个连贯的、近乎 *261*
叙事性质的对抗机制，它完全不同于另一层面，即意味着象征行为的克分子层面上的风景、家具或者人体。对塞尚的画作作如斯解读，并非穿凿曲解。把它视为一种叙事行为的分子层面上的改写有方法论上的优势，它可以给我们提供一个明确的追求目标，启发我们去追问这些陌生化的、微观的叙事行为的“角色”何在，它们之间会发生什么样的作用，人们会怎样描述它们所介入的情节或纠葛，诸如此类的问题。

我要说，这个故事的“角色”就是色彩，正像你漫步于博物馆之内，一幅幅的画看过去，最终发现主要的人物无非就是蓝、绿、赭三色。而且，我还要指出，这三种色彩被置于一场彼此之间的冲突当中；从这个角度而言，塞尚的构思是夸张的情景剧式的，剧中有“好汉”有“坏蛋”，那皆大欢喜的结局也可以轻而易举地被转换成悲剧式的，而且这还可能是更具特点的一个结果。情节就这样一直发展下去，我最后要申明的就是，在这个矛盾的空间内最大的邪恶非赭色莫属，那黄褐色则艰难地脱离出来作为塞尚大量作品的背景色而存在，而且这些作品当中所展示的赭石色的胜利可以被解读为本能压抑的胜利。

你一间屋子又一间屋子地看过塞尚的作品，会发现他最为典型的色彩设计都散发着枯燥沉闷，那为什么就没有人肯公开地指出来呢？关于塞尚的意识形态地位我已经有过论述，它有助于说明即便有这种在喋喋不休地指责大家的审美取向的印象，人们为什么还是不愿说出来。也或许是这些印象遇到了别的一些障碍，意识到了来自其他介质的前意识压抑力量。比如，在我看来北部的工业化国家的居民（如巴黎、纽约、伦敦、柏林）可能乐于将这介于橘黄色和褐色之间的特殊的浅褐色系解读为亚热带、地中海以及普罗旺斯这些地方的符号和象征性表达，把塞尚的风景画，那些表现太阳以及外来游客有关**他者**的幻想解读为工业资本主义都市的日常生活程式。在我看来，这些观者可能在竭力压抑塞尚所用的这种赭色所具有的沉闷的视觉直接性与作品中亚热带内容的观念的或者意识形态编码之间的鸿沟，而后者是他们对乌托邦之旅发出邀请的“幸福承诺”。

确切地讲，他们这样理解并不为过，因为赭色确实就是亚热带的背景色，虽然和他们愿意接受的方式相比可能会有些微区别。在现实世界里，赭色的确是一种表示干涸枯竭和黄尘弥漫，以及贫穷与酷热的颜色；它是南加利福尼亚的亚文本和隐在的现实，当你穿过墨西哥边界，南加利福尼亚的形象已不在眼前时，
262 它很快会重新出现在你的脑海里。除了那些豪宅庞大的灌溉设施制造出郁郁葱葱的春天景象，目光所及尽是无所不在的赭色。靠近干旱尘暴区的海水都不是那么蓝，塞尚视觉世界的“主要角

色”是给定了的。

就此而言，它似乎和塞尚的色彩设计并无什么不同。如果把我们的解读建立在感性意义或者色彩象征的广泛体系这样一个假设的基础之上，不论它是社会学意义上的还是“自然”意义上的，那都将是一个错误。不管赭色有什么样的阶级内容，对我们而言，它肯定是历史性获得的，同时也是由这个中性元素象征性生产的；它并非“科学的”意识形态，就像塞尚本人似乎相信的视觉心理学（他在 1886 年 5 月 11 日写给维克托·肖凯的信中说“绿色，以其鲜艳的色调，是一种最令人赏心悦目的颜色”或“最富明亮色调之一的绿色是最能给人以视觉享受的”）非常有助于我们理解画作是如何在各种理论的操纵之下再次发现并真正生产出属于它的象征价值。

换言之，赭色不能被看做一个静止的符号，而是由绘画本身的结构所进行的运作而产生的结果。在我们的解读中，它不是一种色彩，而是一个压抑的空间，在那里更真实、积极和基本的颜色被以某种方式抵消了。甚至这一抵消的过程是一个需要诸多特定前提条件的对抗机制，最重要的前提肯定就是那些首先作为“压迫”对象的基本色彩的真正的“正面”价值。换言之，绿色和蓝色也不是静止的符号；为了在那个重要的过程中取得它们的象征的地位，一开始就要赋予它们某种正面的价值。

力比多分析不是心理的或者心理分析的解释；但是通过深层心理中的这种偏离有助于这些对抗机制的厘清。压迫本身总是一个过程，这一点应该是清楚的。它不是一个稳定的没有感情的状态，或者情感的寂然空白，而总是一种应对由某些先在的欲望所激发的焦虑。用萨特的模式来表述，压抑总是**某物的**压抑，而且，即便是在精神分裂症所指责的可怕的空虚当中，或者在那引发了歇斯底里的、强烈“欲望的欲望”的让人不得安宁的失败那里，都是如此。并不是在我们不得不应对初级的主体的精神生活状况时，而是在我们应对更高一级的审美体验范围的状况时，这一问题才变得复杂起来。在某些初级的层面上而言，视觉压抑可能涵盖了从简单的生理上的迟钝一直到眼睛本身的病理学紊乱等各种情况。无论如何，它都将通向画作审美经验之类的通道提前排除在外了。为了将压抑理解为画作本身与生俱来的一种机制，而且这种机制构成了一个特殊的审美和视觉经验，就好像在塞尚
263 的作品当中，我们应当必须说明眼睛是如何被那些高度视觉回报的许诺吸引到纯粹的视觉领域来的，因而使对压抑和视觉否定的学习更为确定。在外部限制方面，我们也应当假设一种情境，在此压抑的视觉经验自身就能够提供某种审美愉悦。

这样的情境反映了一种“越界”结构，在此当中被压抑的对象——我们现在称其为**紧张**——必须在画作被当做用来满足它们天定的仪式的最高祭献之前，由画作的力比多机器生成。我认为，在目前纯粹的视觉文本当中，我们可以从那种刺激强化产生的渐变作用的角度来理解这种紧张由以产生的机制。（这并非我自己的观点，而是来自于皮埃尔·克罗索斯基的《论尼采》。）简而言之，我们可以这样讲，纯色，假设是纯而又纯的颜色（但是永远不要想着有纯而又纯的颜色），既不是紧张也不是它的缺席。把紧张看做一个需要把自己记录在物质刻度或者渐变体系之上的一个暂时的过程，则是合理的。那些印象主义者通过不同颜色之间活跃的相互影响来构建他们的“力比多机器”，生成他们具有代表性的紧张。同时，塞尚的原创性在于，他在单色的范围之内建立了一种渐变的抵抗机制，每一种色彩——蓝色、绿色、赭色——都经历了由淡到浓的逐渐强化过程，由此它们自身特有的紧张关系因而就被生产出来了。力比多能量给这种强烈的兴奋注入蓝色或者绿色不断扩展的渐变；与这种兴奋相对，赭色不断缩

小的反作用力使这种兴奋冷却下来，并有效地重新吸纳了它们的能量，把色彩的显现和紧张转化为一种全然不同的伪色彩，它们也就此消失了。

这种视觉故事或者叙事母本在激发塞尚及其评论家的思维的同时，也厘清了**体积**的意识形态，同时还在水彩速写的那种特殊的碎片化流派中找到了表达的方式——也许，这是塞尚个人关于碎片化实践的观点，还有在他同时代人当中的名言——在那种情况下纸张是空白的，在其上各种各样的紧张都可以描绘出来，在此或者以此为起点，体积大概就这样出现了。不过塞尚关于这个问题的描述是模棱两可的："只有自然可以帮助我们进步，眼睛在与它的接触中得到了教育。视线通过观察和使用变得集中起来。我所要表达的意思就是，在橘子、苹果、天体、头颅那里，都有一个极致；而这个极致——尽管有光与影带来的困难和色感——总是离我们的眼睛最近的；物体的表面将消散于位于我们视线的中心。"（摘自 1904 年 7 月 25 日给埃米尔·伯拉德的信）体积就被这样引入了紧张的概念；在我们对这些画作的阅读当中，只有当我们转身离开这个色彩的力比多世界，转向那个全然 264
不同的、克分子的形式时，它才会出现。可以利用体积的意识形态来生成类似赭色的神话的东西；赭色不是负面的，不是贫乏的形式，而就是一种色彩，一种和蓝色或者绿色一样的刚刚形成的紧张，它明白自己特有的浓淡度。体积的出现总是代表着赭色的胜利，然而，也说明这一"事件"也是力比多压抑的庆典——用特定时期的话来说就是"拒绝承认"——与塞尚一样，同样使用过这个词的其他的 19 世纪晚期的艺术家还有亨利·詹姆斯、冯塔纳、马拉美、易卜生，还有年长的托尔斯泰或者马克·吐温，就是在这些人中间，这一概念得以形成。

于是这个原型叙事在塞尚尝试过的各个流派的实践当中都得

到了体现，其中最为重要的也许就是风景画了。当然这一说法对于这些主题各异的作品来说，不免过于笼统，这些画作主要以村庄或田野、屋舍或山峰为题材，其中不乏大量的赭色风景，比如强调那勾勒出街道和村庄的醒目的赭色的墙垣，从那没有人烟的一片葱绿中拔地而起的赭色的屋舍，有时用湛蓝的圣维多利亚山与之相对，在这些作品当中，山脉和天空以自由奔放之势奔突而出，使那蓝色的空气更加自由地流动（他在 1904 年 4 月 15 日写给埃米尔·贝尔纳的信中说："自然，对于人类来说，更多地表现在深度而非表面，因此有必要在由红色和黄色所呈现出的光线颤动中加入一抹淡蓝色，从而使人感到空气之气息"）。

这种解放的对抗机制是暂时的、不稳定的，它仍然有可能在其对手逼迫下退回原位，所以这一吊诡就类似于他在 1898 年的作品《从采石场远眺圣维克多山》中所表现的。在这幅画当中，赭色从一大片压抑性的绿色中爆发出来。在这里就出现了一个突出的模仿。在这幅作品中，真正的压迫者被从离心的角度编码为自由的爆炸式释放——似乎压抑就其本身而言是某种正面的紧张——同时作品的克分子结构鼓励我们把这种绿色的植物解读成眼睛所欲摆脱的对象。

而静物画则呈现出对这一叙事模式的显著改变，而这应归之于突兀而出的白色在其中发挥的重要作用——首先是一尊白瓷雕像，然后是台布的皱褶，水果的彩色阴影投射其上。白色现在标志的是压迫行为基本紧张的暂时延宕，它创造了视觉空间宁静寂然的效果，它既非紧张也非伪彩色，而且，它本身作为一种视觉经验阻止了乌托邦逃离那个激烈化的奇怪的恶魔机器，还有自身不可避免的倒转。

至此，我们还没有涉及塞尚力比多机器表达的最高形式，那就是肖像画。在这里我们首先要具备某种在这种色彩紧张关系的布局中，人体所表现出来的奇特的不稳定性。它那令人反感的异质成分或许就最好地体现于我们在裸体面前所感到的尴尬，特别是塞尚所创作的各种《沐浴者》。 265

身体代表着对这种叙事体系的最高挑战，而且它比其他任何东西都要优越的结构性位置或许有助于我们去认识后者作为象征行为的终极价值。对于欲望而言，人体，这个在所有事物的传统格局当中力比多紧张的支撑，在塞尚这里却已经走向了它的反面：赭色本身得天独厚的位置，压抑原则，或者如果你愿意，这种求死愿望得以表达的终极空间。这些肖像，这些少见的裸体，使力比多机器中固有的倾向得以实现；阻止风景或者开阔空间的瞬间兴奋和扩张，它们很快就消失了，此刻把各种颜色妥协的整个黄色的世界拖回了压抑的中心，那就是人的脸庞、人的身体。啊，可怕的19世纪呀，它的《美丽年代》就这样充满了许多代表着放弃的符号，就好像里维拉在他《星期天下午奥拉美达公园之梦》中，所画的那个把手伸向小小艺术家的骷髅。

3

在20世纪的晚期，最好的事情莫过于意外地碰上了让你震惊的画面，在平时的生活和客观世界里，你已经不知不觉地为此做好了准备。你想随便看看那些永久性的藏品（在柏林，它被集中在美术博物馆的下面一层），就像霍夫曼笔下的人物一样，你忠实地追溯着时光之流，从浪漫主义风格的室内景物，经过中产阶级时期那不朽的巨幅画作，然后被一些古怪的象征主义和表现主义的作品挡住，在你穿越历史之旅的终点，等待你的只有一半都是空荡荡的门厅和纪念品柜台。疲倦、漠然、受到过度刺激的眼睛目前这种极度虚弱的状态其实也是最佳的接受状态。你似乎感觉到身后有什么东西，蓦然转身，发现在门厅的墙上有一幅让你眼前一亮的画面，这是刚才进来时被你鬼使神差般地忽略了的，这可真是无法解释。画名和落款——*Barbara und Gaby*，弗朗茨·格尔奇，1974 年 3 月——和这幅 10 英尺×15 英尺足以引起人幻觉的画面毫无关系，这画面使你周围的一切顿然失色。

画面上的两位女性背对我们，一位站在门口，这也是我们得以观察这个扩大、浮动空间的角度，她正在把一把梳子递给站在盥洗室化妆台前的另一位，她面对着装有化妆品和香水的瓶瓶罐罐正不知如何取舍。这幅超现实主义的作品显然是要与维米尔一比高下。包括了现代文明所创造的所有样式的材质和
266 外观，从浴巾到一位人物身上穿的天鹅绒，从斜纹粗棉布到浴帘的塑料面。在如此多的可触可感的诱惑当中，不是身体，而是作为一种真实存在的头发扑面而来；而那个隔着盥洗室的空间递过去的梳子也隐约表明了画作者本人的动作，插进凌乱的头发，一缕缕地梳顺，让它在空气和阳光里自由飘逸，这与他仔细拾起那可以触摸的记忆的痕迹，并让它在此大放光彩何其相似。

有一种无形的东西阻碍我们提及维米尔，同时也不许我们表达对这光洁闪亮、毫无瑕疵的画面的印象。这是一种缺席的存在，它是我们永远都看不见，也是我们无从推知的，简单地讲，**照片**本来就是在想象中画出来的，而且从某种程度而言，构成了它所表现的一个基本对象。为什么这种抽象的知识闯入了我们的视觉范围，而且通过削弱眼睛显著的直接性，悄悄地给这个了不起的人造物打上低级和商品的印记？显然，摄影的对象并不比塞尚的风景或者维米尔的“真实的”房间甚至只是他们所做的草图，更具决定作用。因为它不能提供任何捷径或

者代替画家灵巧的手和画笔，而后者能描绘出具有华丽光泽的织物，金光闪闪的瓶子，还有盥洗室里微微泛着白光的瓷器。这些介入完全不同于那些不幸的错觉——在电影里出现的山谷日落不过是一张画的幕布，或者街上的房子只不过是摄影棚罢了。

因此，哪里有“机械的复制品”，哪里就无须再有使“自然”、真实的生活不经意间流露的艺术技巧了。正相反，绘画使我们确信这种“自然”已消失得无影无踪；这或许就是当我们和对“自然”的怀旧情愫不期而遇时感到不安的根源，因为它被复制品彻底破坏了。要是这种“自然”只存在于彼时彼刻彼地德·库宁挥动的画笔下，或者塞尚的风景画中，我们还会执著于对它的复制品的偏爱吗?

为什么照片非但没有增强这种保障，却反而削弱了它呢?如果照片有所谓原作的话，那么它就记录和永久悬置了这一真正的梳子在一个真正的房子里易手的时刻。然而，照片的翻版以料想不到的方式，即通过强调人的主体的速朽而破坏了这种真实的感觉。不是本体性指涉物的让人宽慰的信念——即它不是一个纯粹生命世界让人放心的幻想，而这一幻想也超越了艺术的表现能力，画作本身的存在强调了这一指涉物——而是历史和时间才是那个超级现实主义的室内景物让我们突然面对的不甚愉悦的“事实”，而塞尚、德·库宁、艾克斯周围的自然风光、 267
画家的工作室，以及他们声誉和画作本身都被这历史和时间之流无情地带走了。

与此同时，还有一个绝对是属于这种表现的形式，它像一个电影银幕，产生的效果和它所表现的对象完全不成比例。在它所呈现出来的房间里，没有任何便于摆放的、像你平常悬挂的镜子一般的架上画；也没有那种尺寸超大、清晰地足以将望远镜另一端的一切井然显现出来的作品。这种被放大了的空间和物体让我们得以窥见另一个维度，在那里一切卑贱和陈腐的、琐屑的和程式化的都在悄然之间改变了形象，仿佛在一个异度空间的消费社会所进行的丝毫不动脑子的复制。

如果说这样的家庭景象还真的在自然之外的什么地方存在，那它就是现代的盥洗室。布洛赫曾经以生花之笔描写过这一充满人工机巧的空间，在这里一切东西都是抽象的和不可再现的（原因就是在别的房间，连椅子都像人一样伸出手臂，桌子“站立”着，床平铺着做“欢迎状”）。任何要逃避神人同性说的人都可躲进盥洗室；去别的像巴尔扎克所描写的那个地方，又有太多的人的活动和闲散。即便是借助于摄影器材也不可能完成这一彻底的非人化，它需要的是特定的分隔以及特定的侧面镜头，以避免那些仍然温热的、能够让你回想到人的生活的物体闯入画面。超级现实主义对人的生活的反应不可避免地将非自然的转化成感性的，弗洛伊德的“诡异”结果不是别的什么东西，而只是安德鲁·维斯（Andrew Wyeth）。

除此之外，还有那些瓶瓶罐罐，以及代表商品文明最先进成就的花鸟虫鱼仿制品，还有现代杂货店的货架。这些复制的过程明显在别的地方，如织物、管道甚至现代年轻女性苗条的身材，此刻都同样地集中显现出来。这些玻璃—塑料的物件为宗教的，甚或是神秘的思考提供了对象，为大众设置了一个圣坛，这两个妇女正在弯腰向它走去。那带塞子的瓶子使我们遥想到那装着魔法的瓶子，还有那装着被人遗忘已久的古老神话的罐子。“commodity”① 一词在这里不要轻读，因为这些产品已经从那个影

① commodity 兼有“物品”和“商品”之意，作者在此处强调它的非商品性，故将原文保留。

像—幻想的体系中脱离了出来，这一体系提供了许多持久但未经系统阐述的愿望的实现。人去屋空，或许你会在盥洗室的柜子里发现当年的主人毕生积攒下来的处方药品、过时的化妆品等，当然，我们这里所讲的并不适用于所有的这些破东烂西。它们也不会转化为超现实主义者所钟情的古怪神奇的东西，转化成马格利特那著名的刀片，或者是比图那邪恶而面无表情的模特。它们在继续散发着消费社会的乌托邦诺言，变形并投射到某些不可想象 *268*
的后人类空间。

我们已经隐约提到了那个机制，通过它我们这个社会的超级市场和广告意象所蕴含的华丽的暗示和诺言被转换并得到了视觉上的“实现”。这恰恰就是“被压抑的回归”，弗洛伊德将其称为“诡异”，用来描述“被压抑的”美学实现。这种奇特的效果，通过一个再现的事件，从而带有作为一种感官的标记，该标记是一种古老陈旧的想象的重复，这一想象在文本当中没有留下任何的痕迹。这个被压抑者的回归于是就使它的在场通过浮华艳丽和摄影的再现而被感知。这种再现就是我们所知道的给一个冷静的黑白色的存在或者人物涂脂抹粉，就像在狂欢中一样，用非常丰富的感官存在使客体不再真实。这样，这种纯粹的感官体验被当做一种幻想而摘掉了面具。肯·罗素（Ken Russell）的电影《冲破黑暗谷》（*Tommy*）生动地佐证了这一过程，在那里彩色电影那常见的和几乎是必需的再现设备被一套像卡通一样高强度的二流人工彩色系统所取代。如果真是这样，那么原版照片的充满悖论的重要意义就可以得到解释了，原版照片必须首先以枯燥的最初文本而存在，是平淡的日常所见的黑白静态图片，它们将被转换，从而超越于超级现实主义的认识之外。

因此超级现实主义是一种审美意识形态，也是对存在于消费者资本主义或者消费社会的苍白无力的事情最具生气的表达。毫无疑问，它投射出了后者关于自己的观点，同时将其合法化。那么我们自己也要被那在我们身上产生作用的可以引起幻觉的想象暗暗地诅咒吗？也许会吧。这种商品想象隐隐约约的非人格化对有关它自己的基本冲动却保持着沉默，在物化的眼睛中冷淡的中立性看来，这就是不置可否。

（1979）

十三　关于《幻象》的札记

今天如果我想就《幻象》谈一些自己的观点，那肯定不会是要对这一神秘的作品进行新的理论探讨，甚至也不会是利用它来分析诗歌或者其他的文学作品。当然，对叶芝来说这是他在哲学上最为远大的理想。后一项任务对某些专门的学者是极其适合的，而我则不具备这方面的条件。至于第一种可能性，我同样对神秘主义回潮不以为然，它主要体现在当前对于本雅明早期作品的研究当中。但是我也要说明，对于那些热衷于大量收集对立、矛盾、冲突的人来说，他们再也找不到比叶芝那个谵妄的螺旋与周期的结构类型学更丰富的素材来源了，它内容日渐增多、组成不断繁复，足以让人对结构主义心生厌恶。现代主义者的书架上藏有很多这样成套的隐秘之书，这些是对于已经泛化的个人启示和论说的特殊记录，这也就是 T. S. 艾略特所说的布莱克的自制家具，而不管是出于什么原因，有些时候我们确实还得在那些家什里待一待。有时——一般也是暂时——我们身处其中、怡然自得，仿佛我们已经适应了这个其实大可怀疑的体系。叶芝的《幻象》会知道这种倾向今天重又出现了吗？我怀疑而且不希望如此，但是，如果我们真的仍然有意于此，我倒确实希望能有一套新的解读方法。

我就先从使我重又回到这个话题的那本书说起，它就是布伦达·马多克斯所著的可以说是叶芝，也可以说是叶芝夫人乔治的传记，因为那本书原来的名字是《乔治的幽灵》，现在（或许因为大家都明白的原因）又改名为《叶芝的幽灵》。[1]布伦达·马多克斯以几位作家强势的夫人为传主，已经写了多部传记，在此，我仍然想谈谈我对她的一点看法。D. H. 劳伦斯是一个当然的选择，而且他已经是个被众人践踏的花园。但是，与之齐名的乔伊斯的夫人诺拉的传记才是一个巨大的启示。首先，是因为从未有人就她写过这么长的东西；其次，她自己的生活和《尤利西斯》的作者的创作被紧紧地联系在一起。尽管这部传记已经取代了艾曼（Richard Ellman）的那本，但是我们不能认为布伦达·马多克斯的作品在这方面已经完全取代了艾曼。人们肯定会说，在读了布伦达·马多克斯写的传记之后，没有人再继续按照以前
270 的那个路子来解读乔伊斯了。而我所要避免的就是那个明显的结论，即诺拉·乔伊斯在每一个可能的方面都是莫莉·布卢姆的原型。这其实就是原型、根源以及真实故事的颠倒，诸如此类人们应该摒弃的一种观念。

在这个作者已经死亡的时代，当然也是传记这种形式复兴的时代，我们需要有新的观念来应对诸如此类的现象。这些新的观念必须取代那些流传甚广的陈腐思想，而且这种思想经常被有关剽窃之事所利用，就好像数年前围绕布莱希特的女助理所编造的丑闻，言之凿凿地说，她才是那些优秀戏剧的真正作者。我认为，在这个情境中我们重新发现了一个对集体、对共同创作的新的看法，那就是一部作品不可能只是依靠一个个体的想象而完成。歌德曾经说过，我们大脑中的一切都来自外部，但是除了我们自己的能量。正是从这个意义上，有人就认为《尤利西斯》是乔伊斯夫妇的合著，是他们共同创作的，而非乔伊斯个人主观性的孤独之作。

叶芝的情况更是如此，这件事情已经成为大家关注的一个焦点。尽管在《幻象》后来的版本中（1928 年版）有一些草率的

启示的内容，在 1992 年《幻象》的手稿出版之前，对于叶芝夫人乔治在这本书的缘起和构思中所发挥的巨大作用大家都是不甚了了。我引马多克斯的一段文字：

> **自动生成的手稿**部分……共有 3 600 余页，涉及 20 多个月内的 450 个场景。其中有些条目是叶芝想象中“被别人抓着手”从后往前倒写的，其中还辅有粗略的图表和模糊的符号。就在这稿子写不下去的时候，睡梦中的她滔滔不绝地说了很多的内容。叶芝尽其所能把这些内容都写在一个专门记录梦中呓语的笔记本，即**睡梦录**上。后来的那三卷就是由此转录而成。[2]

马多克斯主要的故事情节（还有其他的）涵盖了幽灵口授叶芝写作的那几年，即“对从 1917 年底到 1922 年间的自动生成的文本，以及它与叶芝两个孩子孕育和出生的巧合进行了缜密的研究”[3]。这句话确实让马多克斯的演绎露出了破绽，因为我觉得她虽未直陈其观点，但暗示说乔治就是通过口授神谕而使似有旁骛的叶芝在这段时期专情于她，而且还（假借神灵之命）迫使叶芝在情非得已的情况下使其两度怀孕。这些精灵的确对日常琐事也指指点点，与《可兰经》中的一些情节并无不同（我觉得这是他们的家常便饭），天使加百利教导穆罕默德如何解决各种各样棘手的政治乃至家庭问题。

我的这个比较是有意为之的，如果我们有充裕的时间，我本 271
想在此语境中进一步探讨布朗（N. O. Brown）（在《启示录和/或变形记》[*Apocalypse and /or Metamorphosis*] 中）[4]，关于与伟大的启示妥协，关于《可兰经》与布莱克、《芬尼根的苏醒》之间联系等问题上的观点（我不记得他是否论说过关于叶芝的这个问题)。这是一个关于诗歌而非精神世界、关于预言文本中的政治角色的讨论,而且这一讨论还隐含着另外一个问题,即个人主义和中心的主体的时代的结束。天使曾给叶芝一句著名的教导,“我们来告诉你诗歌的隐喻”。但是现在清楚了,那个散文的《幻象》(那首诗就是由此而出)只不过是合作和集体劳动的结果。那么,《幻象》中所蕴含的预言还要等以后才能知晓。

我把叶芝的书和别人的书,主要是和他同时代的人的书,放在一起。我觉得,惟其如此这些书才有可以比较的目标。然而在我谈及这些书之前,我首先要消除关于叶芝的意识形态的一个很不相同的解释。这一观点与他的政治有关系,叶芝最具代表性的几个时刻包括他对墨索里尼的短暂崇拜、对暴民与群氓与日俱增的憎恶(有人这样理解,叶芝是爱尔兰日渐衰落的新教优先运动的真正的思想家和楷模,而这些所谓的“暴民”则大多是天主教徒),最后还有他对于受到质疑的某些人种学观点所表现出来的热情(那些传记作家们就迫不及待地跳将出来,让我们相信叶芝与他的朋友伊兹拉·庞德不同,根本就没有任何的反犹倾向)。这些意识形态立场就导致了一种循环论的历史哲学,在这种哲学看来,历史的车轮总是在文明与野蛮、专制与民主之间往复循环。我们不仅容易以这种循环论的眼光去读《幻象》,而且这整本书的后半部分就将这种解读强加给我们,的确也找不到任何另外的解读方法。这些章节——往往都是对过去场景栩栩如生的回忆——可以归于一个难以把握的名词“历史主义”之下。我觉得这些章节至少包括了这一名词可能的含义之一。即是说,历史主义作为关于历史的一个基本美学观点,为我们再现了过往的以及其他文明的所有场景,以供我们最基本的美学消费和享受。叶芝曾经提到过这种历史主义的具有纪念性的文本之一,斯宾格勒在同一时期的著作《西方的没落》,他那悦耳的悲音激起了叶芝的共鸣（叶芝说，他们二人都在恶当中找到了他们的根源）。在马尔罗，特别是在他的《寂静的声音》那里，我们或许会找到一个更加现代或许也是意识形态上更能令我们满意的版本。尽管我想作为一条普遍的法则，我们应该找到更能令人满意的对待历史的方法，由于我们大家的确都时常从美学的角度消费着历史，我更想坚持这些作品的美学成就。

在我看来，尽管《幻象》精巧的文学手段呼唤一种循环的历史构型，但是，它的意义远不止于此。我倒是想把它和别的一些书相提并论，我这里只说其中的两本，一是卡尔·荣格的《心理类型学》和格特鲁德·斯泰因的《美国人的形成》。这两本书各 272
不相同（也与《幻象》不同），但是我想它们共有一个不可能的目标，那就是“真正描述每一个人过去曾经的、现在拥有的以及将来可能的生活”[5]。

荣格对于心理类型的兴趣从思想上来说受惠于席勒所谓的天真的和感性的诗歌理论，这一理论最好从两方面去解释，一方面是出乎本心的，或者自然的；另一方面则是反应的，甚至是现代的。席勒构建自己的这一理论是为了给他自己解释，他和邻居歌德在风格、操作方法、形式结构等方面何以存在着如此深刻的差异。正如歌德的天才震慑了很多人一样，也让他望而却步。席勒最初那二元的心理类型理论——后来荣格将其扩展为四重结构——并非确切地反映了对于权威的焦虑，而更多的是对于对手和竞争者的焦虑，以及一种自卑心理。通过在**他者**的形式旁边，或者在**他者**的一系列形式旁边为主体腾出一个位置，来使这种焦虑或自卑如果不能得到解决，也能够显现出来。我所不明白的只是，不管是格特鲁德还是叶芝在他们这一系列的形式当中，是否给主导主体性找到一个位置。叶芝的体系所包括的循环和暂时性都在那个所谓的月相的框架之内，它统御着这些多样的人格星座。人们或许会想象，叶芝或许愿意使自己处在从一个类型到另一个类型的流动当中。我们也不能排除这种可能，他们二人设计的都是一个整体的体系，就意味着他们本身就是将自己完全置于这个体系之外。

就格特鲁德·斯泰因而言，她告诉我们她的人格类型的动机来自于发生在威廉·詹姆斯实验室的一次实验。我们同样可以从文章的话语当中推知她的思想，并且能够采取行动去梳理和探索一个民粹主义民主越来越强大的移民美国；一个因她 1903 年移居法国而变得更加强烈的愿望——众所周知，异国生活会助长你的一种情绪，那就是对你而言似乎人人都似曾相识，因此在这些参差多态之后肯定存在着一个体系。无论如何，如果**他者**是本源意义上可鄙的主体性存在，那么关于他者纯粹人口统计学意义上的经验就是一种被强化后的幻象，这种幻象是格特鲁德·斯泰因和叶芝按照他俩不同的历史经验、以迥异的方式感受到的。按照叶芝的性格类型，他为改变灾难与内战时期爱尔兰人性混乱状态而做出的努力是不应受到怀疑的。然而，《幻象》显然回溯得比这更为久远，一直回溯到爱尔兰现代社会的形成时期，也适逢他风华正茂，他要着力描绘那一时期巨大而多样的创造性能量的图景。同时，我还要补充的是，在我看来那所谓的西方个人主义实际上经常被夸大了，而且因为各不相同的原因，真正的个人主义在臣属的状态下反倒要更为生动活泼，就好像那一时期的爱尔兰或者印度。于是，性格类型理论就成为一种方法，被用来应对那
273 种多样性，特别像叶芝那样有着深刻的政治思想和真正的集体精神的人。他的传记作家已经注意到，他“要建立组织并在其内部发挥他的权威作用”[6]。

但是我们现在没有时间来讨论叶芝分类体系的具体细节了，从某些视角出发，它可以被看做是权衡政治与诗歌之道，或者，

毋宁说是为政治斗士和知识分子的区分寻找一个公分母（这两种类型的名字和指称在《幻象》中后来多次出现）。然后，所有的人物肖像都具有非常戏剧化的色彩，或者甚至可以说是莎士比亚式的（全诗共有 28 个人物，包括两个全景式的人物，仿佛不可能存在着纯粹客观或者纯粹主观的情景），叶芝诗歌最为突出的主旨就是一个词“激情”，它在全诗中起决定性地反复出现，就是为了刻画个体的欲望对一个特定的历史和结构的情景绝对的投入。如果在这个系统中还存在着空缺的契机，意识迟疑与不确定、厌倦、空虚的向往以及正如弗洛伊德的“歇斯底里”所说的“欲望的欲望”，所有这些也都体现出强烈或者“激情”的形式。所有的这些月相，叶芝就这么称他的心理和性格类型，都是一种本体性的选择，或者更进一步说是（用他自己的语言），一个宿命与命运（此两者分别指主观性与客观性）的结合。

贯穿整个月相的循环运动也是相当简单，这也就是为什么它那么适合我曾提到的意识形态历史主义。但是这个系统却复杂得可怕，同时包括了贯穿矛盾和变化的顺时针和逆时针的转动。在此当中，它们互相限定。

这里有六个术语需要我们厘清（这些术语的选择有些时候仍然带有神秘性和随意性）：基本的和对立的；意志和面具；创造性的心智和命运的主体。所谓基本的和对立的似乎意味着某种像客观的与主观的一样触目可及的事物：它们辨识“酊剂”[①]（这一术语显然来自雅各比·布莫），或者换句话说，它俩各包括整个循环过程的一半，或者其中的 13 个月相或者可能的位置。如果我们以历史论者的方法来理解这些月相，我们就会认为第一个相从客观性开始——这并非完全不同于席勒所说的天真的或者原

① 神秘主义认为这是一种可以引起人幻觉的水剂。

始的或者自然的存在——然后通过征服或者构建一定的人格而经过主观性（席勒所说的感性的或者反应的或者自我意识的存在）——只有在这个时候才在返回客观性的过程当中固化到行为程式或者性格当中去。然而那是通过意识形态的方法来理解月相，即历时性的方法。我认为对每个相都应该进行共时性的解读，而且正是通过这种方法，每一个相都可（根据兰克关于历史时刻的著名论断）"直接面对上帝"。从共时性的角度来看，所有的相位都不涉及伦理判断或者性格划分，因为每一个从根本上说
274 都是矛盾的，按照惠特曼式的说法，没有人比别人更好。叶芝对其中的每一个都进行了展示，由此这个奇怪文本的丰富性得以产生，它展现了某个前叙事阶段的所有因素，而在这个前叙事阶段所有存在论的可能性都在一种流俗时间的延宕中共存。

但是我们现在需要去看看另一个关键的术语。这里我将把**意志**（will）翻译为一个更为现代的术语**欲望**（desire）。这样一来**面具**（mask）就类似于欲望的对象，甚或像我们将要看到的，是拉康所说的"欲望客体"（也就是客体小写的 a）。[7] 至于**创造性的心智**，其实就是指理性或者智力之类的意思。倘若我们在每个不同的相位上来理解它，那么这智力就有了不同的类型——这里或许是计算的智力，那里也可能就是运筹的智力，这里可能就是被简化到最为简单、粗暴的理解形式，那儿可能就是精妙无比、高度知识化到了自设迷局的地步。这样就会在欲望的形式和知识的形式之间自然而然地形成了一种辩证法，借助这个辩证法，世界——或曰**命运的主体**——被人们所感知。对于外部世界而言，它的情境和限制都是足够真实的，但又由于来自相位的不同而被不同地塑型和感知，这里被排列成一个个性与之冲突的痛苦磕绊的障碍物，到了那里又可以重新排列为自我的天才可以解决或者化解的问题；此处是邪恶的，别处则又蕴含着无限的机

会。而现在所有这些变量都要按照它们异常复杂的可组合性在多种可能性中被组合起来。

其实截至目前我们还没有抓住这个体系当中最为突出的特点，这一特点是叶芝顽固地坚持冲突与矛盾的结果。显而易见，在这样的一个体系当中，所有的各类冲突都是与之俱来的，就像各种变量之间的冲突一样，而且毫无疑问，它们都可以用过时的语言来表达，在那里**意志**和**创造性的心智**之间的冲突就变成了**欲望**和**理智**之间的冲突。或者面具与命运主体之间、宿命与命运之间的冲突变成了内部的邪恶与外部的限制之间的冲突。

但是这里仍然有很多更有趣的东西在发挥作用，它就是每一个结构对**他者**和**他者意识**都出乎意料地依靠。这种对于每一个相的积极描述用别的词语来表述，就好像是黑格尔语言中的“为我们”（“for us”）。现在，我们以第 17 个月相，即**邪恶的人**为例，他被从**面具**的角度描述成天真，从**创造性的心智**的角度描述成主观性的真理，然而他的**命运的主体**被描述成“除了非个人的行为，别无其他”[8]。我们仍然处在一个从主观性向客观性回返的相位上；但是当我们现在阅读关于这个相位的描述时，我们发现这些条件——**面具、创造性的心智、命运的主体**——都来自于与其相反的相位之轮。**面具**来自于相位 3，而且被描述成“通过强化而实现的简化”；而**创造性的心智**被描述成“从相反的感情而来的创造性想象”，而**命运的主体**则一言以蔽之“迷失”。[9]我们 275
可以看到这三个现象是如何被推衍归结到它们早先一个相位的，这样对于归于简单的这种努力因而恢复了一种天真，然而外部世界巨大的损失就会离开这个相的行动者，这和非个人的行为没什么两样。

对我来说颇不寻常的是他者给这个方案中的术语和限制以影响的途径。除了叶芝自己的经验之外，正如在拉康的大写的 A

和大写的他者一样[10]，在这里父母与弗洛伊德体系中的原始动力没有任何的关系。此外，对立相中的他者意识在很大程度上预示了拉康的重点所在，他者的引力在持续不断地排斥心理的完整和想象中的不安，这就导致了一种全新的结构和能量的出现，因为自我同时也在努力想把他者的这些自己没有并嫉妒的特点包容进来，以一种会被证明是全新的、原创性的方式来再造它们。

所有这些都有助于形成一个别具一格、精妙明了的“主观性结构”，因此叶芝就得以去创造一种语言，它可以塑造一种内蕴丰富的心理结构。现在我所能做的莫过于直接引用能够体现这种特点的材料，它同样摘自相位 17（在这部分论述了但丁和雪莱）：

> 由于综合的习惯，也由于精力变得愈加复杂（这引起很多兴趣），还由于对事物重量与体积仍旧模糊的感知，此相位的人几乎总是党徒、宣传家和爱交往的人。但由于简单的面具把猎人、渔夫空寂的生活以及“恬淡的情感所至爱的树林”举到他们面前，他们厌恨党派、宣传以及人群。雪莱出于此相位，他写小册子，梦想改变这个世界，或是梦想鼓动群众推翻政府，然后一次次回复到那两个孤寂的意象；一位由于思想负担白了头的年轻人；一位在满是贝壳的山洞里的老人，当他向苏丹演说时，可以说“他像上帝或你一样难以接近”。[11]①
>
> （西蒙　译）

① 威廉·巴特勒·叶芝：《幻象》，西蒙译，77～78 页，北京，作家出版社，2006。

这是一段敏锐而且复杂的心理描述，它集中体现了叶芝的识见和语言自身最完美的力量，但同时，作为对读者的回报，也使想尽可能多地了解这些月相的他们不堪重负。

我现在需要回过头去，为我的观点，即这里的一切都是正面的，做一些补充说明。首先，这些连续的形象可以在相位“之内”也可以在相位“之外”。也就是说，他们或者与其心理星座搏斗并将自己削弱，或者“享受他们的症状”并选择自己的命运。因此，一个标准的判断——一种类似于心理分析伦理的判断——被重新引入了。同时，对于自己的工作所提出的要求叶芝也并不总是游刃有余。例如，在遇到萧或者威尔斯的相位时，他 276
的描述就不是那么高明，与缺乏感情或者感情封闭的形式之间存在抵触。因此，驼背的形象（26 号）似乎缺乏积极的品格和能量（这同样得益于尼采的心理刻画，在此同样也应该说明，它是叶芝的思想来源之一）。

然而，最后还存在着一个无法回避的事实，那就是相位和位置的转换总是比其本身要更为复杂和有趣。而且，在这个转换当中，比较的力量以一种修辞手段的形式显现出来，除非情感的和本体的公正性在保留其张力和准确性的同时也得以保留，否则判断和描述之间的重叠就是一个永久的威胁。这里所谓的描述就是一个相位比另一个相位“更好”或者“更妙”之类的。即便每一个心理刻画都是建立在历时性的因素之上，而且时刻威胁到对重返历时性的消解，但是历时性仍然处在这些刻画的重心，原因就在于此。

但是，这对于平等的本体论价值所做的这一系列不连续的共时性刻画，对我们有何意义呢？难道我们就是要在其中的一个相位当中确认自己，并依照它行事？而且叶芝在何处确认并定位他自己呢？如果这不是一个可以回答的问题，也似乎应当是一个可能的、前提性的问题。这一套占星术，但愿你不介意我这么说，它（除了月相）没有星星、以历史中一个生命的可能性、以知识分子以及政治实践的作用为目标的唯物主义占星术，恐怕会被阿多诺的反对逼上绝路。阿多诺很久前就反对与此相类似的观点，具体说，这些观点认为你可以在整个体系中确认你自己。从那个角度而言，心智不是一个物质，而是一种语言学习的能力：除非在某种伦理的标示以及种种非恶即善的二元体系的禁忌与规定的警告之下才退缩，否则它就会采用那种风格，并使自己与其极具灵活性的描述相适应。于是，《幻象》的结构有自己的障碍，也成为自己的障碍。这其实是一种对于历史的想象，它高蹈于历史之上，但又希望与历史所有的积极因素相认同，也正是从这个角度而言，它只是一种行动的悬置，它所谓的具体的干涉或许只能在诗歌里面才能发现，也只是为诗歌提供了一个隐喻。

（2004）

【注释】

277 ［1］Brenda Maddox, *Yeats' Ghosts* (New York, 1999). See also *D. H. Lawrence: The Story of a Marriage* (New York, 1994) and *Nora: The Real Life of Molly Bloom* (Boston, 1998).

［2］Op. cit., p. xiv.

［3］Ibid., p. xvi.

［4］N. O. Brown, *Apocalypse and/or Metamorphosis* (Berkeley, 1991).

［5］Gertrude Stein, *Lectures in America* (Boston, 1985), p. 142.

［6］R. F. Foster, *W. B. Yeats: A Life*, vol. I (Oxford, 1997), p. 33.

［7］拉康关于欲望客体的理论。

［8］William Butler Yeats, *A Vision* (New York, 1965), p. 98.

［9］Ibid., pp. 96-99.

［10］拉康关于权威人物或超我的理论。

［11］Op. cit., p. 143.

第五部分

十四　在可选择的现代性镜像里

柄谷行人先生的这一部作品[1]可谓不可多得，它是一位杰出的、具有思辨性的知识分子从民族和历史的角度对这一时期所做的完整叙述，我深信该作的出版同样也会对西方文学批评界产生根本性的影响；而且在两个方面有别于它对于日本文学的影响。《日本现代文学的起源》其基本内容足以引发我们对现代性本身这一既旧且新的问题进行思考，于此之外关于批评的多元主义亦给我们诸多启示。 281

现代性的问题与有关自我、语言的本质等问题有一定的相似之处，当你置身其内时就对外部的世界无法进行想象。在我看来，任何对于现代性的反思都经历了三次不同的起点、经历了三段强烈而不乏思辨性质疑的时期。首先就是其方兴之时，我们称其为“启蒙时期”、西方科学时期以及工业化时期，而且我们还可以称它是上帝病入膏肓或世俗市场形成之际，或者资本主义和商品化时期。其时，对于科学的界说与对它的辩护是一致的。启蒙时代的遗老们，比如奥登笔下的伏尔泰就一直警惕着退回到神话时代的骇人的可能性：

> 放眼欧洲尽是可怖的奶妈，
> 渴望着蒸煮婴儿。

于是，哲学家们沉浸在对于自然战无不胜的必胜信念当中，这对于自然的征服同时也预示着对自我的征服，预示着按照人的形象和人的尺度对社会秩序进行重建。

当启蒙英雄们的雕像已寥若晨星之时，对于现代性之本质进行质疑的第二个时期到来了：时值世纪末，这是一个实证主义的
282 时代、是西美尔和涂尔干的时代，它标志着**创建期**的结束，也标志着建立资产阶级共和国的英雄时代的结束，同时也是一个不可确知的漫长未来的开始，拱卫着它的是劳工阶层聚居的广阔市郊，期间还可见歇斯底里症、恐惧症的明灭星光。正如弗洛伊德和尼采向自己提出了那难以回答的问题，即所谓“文明”究竟需要人们付出多少压抑和拒绝本能的代价一样，灰暗的斯多葛派学者也从中“看到他们承受着多重的负担”（马克斯·韦伯语）。

这个二次启蒙或者说是怀疑和祛魅的时期，其特征在于帝国主义的出现和技术发明浪潮来袭两个方面，其大有不可逆转之势，因而与此有关的理论家必须直面在他们的经验当中所发生的根本性变化，他们曾经开始怀疑这所谓的进步，而后来却又无法想象它会就此重又消失。当然，未来仍旧是他们思考的对象，因为在（“西方”或“发达”国家）大城市之外，从社会整体而言，新的科学技术仍处于劣势地位，在很大程度上，“现代的”工业孤岛和飞地（即波德莱尔和左拉的空间）还处于贵族政治、农村、前资本主义殖民地的重围当中。

在第三个时期——也就是我们所处的这个时代——即使上述这些异质性的非资本主义残余部分没有完全销声匿迹，也只剩下可供追忆的流风余韵了。因而，今天我们经历了一个已经全面“现代化”了的生命——世界，并且可以将此想象为一个已经实现了的事实，我们称其为“后现代”，如此称呼的部分原因在于全新的技术以及与之相伴的全球的标准化，但是我认为更为主要的原因在于，那我们曾经认为的现代性及其各色现代主义的东西，跟我们今天这个时代相比只不过是一个老旧而过时的历史阶

段罢了（因而现代主义到底也只不过是未完成的现代化的结果）。然而，旧的现代性可以成为先锋派激动和肯定的目标（正如早期的西方科学之于启蒙时代的哲学家）：在工业化的后起地区（如意大利），未来主义者从同样给葛兰西以启迪的角度出发，将其戏剧化；然而，关于现代化的现实和现代本身，葛兰西深刻的文化悲观主义提供了另外一种选择，另外一种情感或力比多的投入。后现代已经将热情和对自身的肯定托付给科学和技术（也就是说，托付给通讯时代对于奇技淫巧的消费），但它除了对原子能、地域性饥荒、艾滋病以及全球变暖等现象明确的了解之外，对于瓦格纳式的或者形而上的全球悲观主义却懵懂无知。然而，后现代的理论化浪潮似乎已经推向了一个新的阶段，这就是“近代的超克”（overcoming of the modern），它是日本人在20世纪40年代
率先构想并提出来的（毫无疑问，对他们中间的某些人来说，它 283
意味着一个就像与“征服”美国和西方一样简单的一个概念）。

这在西方经历了200年的三个阶段，在日本却被压缩为一个世纪。这便是柄谷行人对现代令人炫目的洞见让我们瞩目的原因。众所周知，在科学领域“局外人原理”说明了为什么票友式的或者对某一专业偶尔为之的人却能够预见到即将发生的范式转换的能力这一现象。在艺术领域也是如此，在英国这个工业核心地带，对艺术上的现代主义并没有任何构想，而在一些后起的“发达”地区却新声先试，甚至在诸如尼加拉瓜、乌拉圭、圣·路易斯、爱达荷、里斯本或者亚历山大港那样的“半边缘”地区反而表现得更为强烈（大都市的灼热的玻璃幕墙聚焦并强化了这一类体验）。

然而，柄谷行人用“颠倒”（tentō）这一概念变幻出一系列让人眼花缭乱的修辞戏法，仿佛比这一概念本身更具不无矛盾的科幻色彩的是，这部写就于日本19世纪七八十年代、曾经似乎

消失并被人遗忘了的著作却超越了有关现代性的早期理论，对于这些理论的评说在今天也是众声喧哗。柄谷行人的著作对于我们的意义首先在于，那个通过对现代自我、书写、文学以及科学的客观性之构成所进行的“后现代”分析而呈现给我们的“可替代的历史”，并不是由明治维新构建并强加给我们的。毋宁说，日本的现代化类似一个规模浩大的在实验室进行的实验，它以一种新颖的方式（大概这一方式之于更为古老的传统历史学或社会学相比，正如电影之于小说，或者动画片之于纪录片）使我们能够在慢镜头里看到我们自己发展的特点。

尽管柄谷行人清晰地阐述了像夏目漱石（1867—1916）那样的大家本应（与泰戈尔或者鲁迅那样的巨人一起）列入世界意义的文学生产版图上，然而他的论述仍然是本土的、对我们来说也不免陌生。我发现，就像某种音乐批评或理论一样，对于那种有着自己的素材和特定形式问题的生产本身原初状态的描述，可以让人更纯粹、更抽象地去设想作品的结构，这是任何虽专门为之但却心绪纷乱的试演所不能及的。也就是说，如果某种分析能够提出一种图式，然后读者的任务便是将其排列并投射到心灵之眼的天幕上去，就此而言，这种分析——如柄谷行人的分析那样——就与具有创造性的作品相类。实际上，我相信这是艺术家阅读许多当代理论的方法，他们之所以阅读这些著作并非为这些或那些熟悉的艺术分析提供有见地的帮助，那是爱好纯文学的读者所阅读的旧式文学批评所采用的一种方法。按照我的理解，年轻的“后现代”读者，则着眼于后当代（post-contemporary）著
284 作的理论概括，以想象可适用这些概括的具体的指涉物，而无论这些东西是艺术语言还是日常生活的经历。在此，分析与其说是跟在已经存在、且有颇多评说的杰作后面亦步亦趋，倒不如说是要生产出那有待发明的缺席的文本。这仿佛是——请允许我再一

次使用这一说法——科幻小说似的（它适用于像我们这样的文化，不仅要在内容上而且还要在形式上与其并驾齐驱）：新的概括框范着一种现实的形式，尽管这一形式尚未存在，但体验这一过程将会非常有趣。

但是，在日本文学和文化中恰恰就存在着这样一种现实。不管我们是否对夏目漱石及柄谷行人论文中涉及的其他名字，甚或对（已翻译过来的）有血有肉的书写（écriture）是否熟悉，关于这一方面的问题，仅去想象日本文学的状况以及（如柄谷行人所说的那样）夏目漱石所代表的多样的形式问题，就是一种让人愉悦的体验。

现在让我们近距离地考察柄谷行人的现代性，这也意味着考察我们自己以及我们的现代化中其他难以看到的伤痕，这些问题就像在红外线照射下一样瞬间就明朗起来：毫无疑问是主观与客观；旧的“中心化的自我”与旧的科学的客观性下的“真实世界”。不仅如此，让人拍案惊奇的是，还有（文中涉及的——译者注）小说（且不说它的重要的社会意义，它真是现代的吗?）、自然景观乃至（你在报纸上所写的那类）疾病、儿童以及“深度”（因为儿童就不具备某种深度吗?）——这是一种与弗洛伊德的潜意识和马克思的经济基础非常不同的“深度”，柄谷行人将其统统定位于现代性的表层之上。

如果不戴上柄谷行人的“颠倒”概念这一副眼镜，仅仅借助一双肉眼，将完全看不到这些症候。就像如布莱希特、罗兰·巴特以及其他的形式主义者们所欲告诉我们的那样，将历史转化为自然，创造一个前所未有的有着短暂的深度和连续性的幻象——一个过去！一个过去的幻象！在这里，尼采/福柯谱系学的教导也有可能只是一种误导，似乎它往往在重建特定的历史，而祛魅却本该是它的使命。于是，借用柄谷行人的主要例子，看似成熟圆满、光环耀目、实则编造身世的西方意义上的小说，它的突然出现不仅让学者们去探寻其“谱系”，即可以在进化之树上将其确认为尚处在幼虫时代的小说，而且更有甚者，这使得一些学者去寻找一种“前小说形式”，一种完全非小说的叙事，借此作为明治时期之前的（或者用西方的说法，前资本主义）的“文类”符号。但是，恐怕从来没有过这种意义上的“文类”吧？而且，如果加上这个关键的前缀词（pre），大概就会在某种程度上不可避免地扭曲作为这一定义支点的“领先”吧？这样就破坏了最基
285 本的法则，也就是混淆了历时与共时之分，而在这一意义上，这个区分则正是为了防止两种现实的混淆：“颠倒”是一出共时性的戏剧，它具有相当的重要性和趣味性（起源、显现、重新洗牌、重组世界），而且只有在我们不带任何历时性的反思或者参照的前提下，才能看到。（这种现象还可以在别处看到：就好像部落禁忌一样，有些巫师对植物作法，而另外的完全不同，针对的却是血污和活物。）

所谓“小说”归根结底代表的还是一个新奇，只不过这个新奇我们或许熟悉或许不那么熟悉。而柄谷行人首先将风景当做一种更有启发性的、能够传递“无我之境”奇特感和新鲜感的方式。它的好处在于强调了经验与艺术（或形式）之间的不可分割性，因为被质疑的风景并不是一个事物而是一种范式，这一范式被称为“西洋的风景”；这是一个能够确证下述问题的例证：富有冥想色彩而展现于眼前的大自然的经验，被再现（representation）的范畴所媒介化，这一表象的范畴是在艺术的（或者，如果你更喜欢，形式的或类属的）生产的精神内部形成的。“无人的西洋风景”的出现一直是西方艺术史研究者最津津乐道的故事（如约翰·巴威尔［John Barrell］的作品[2]），但是在柄谷行人这里，其分析更迅速敏捷，比起西方的同行他将此更明显地与叙

事方式相对应。

同时，“风景”作为一个独立和自治的现实——正如我们将要看到的，不再只是一个符号，而是一丝偶然性——辩证地使一种没有联系的关联物得以存在，具体地说，就是人的面部（德勒兹与瓜塔里在其著作《千高原》中专门予以论述的灼见）。柄谷行人解释说：“我并不是说以前并不存在风景和人脸。但是，由于它们只是被看做‘单纯的风景’或者‘单纯的人脸’，而非一个感性的转换，只是一个处于优越地位的风景或者人脸概念的颠倒。”这一感性化的告诫具有重要的意义，因为这是一个共时性的非常强烈的诱惑，它诱惑人们着眼于新的身体类型出现而重写这一切（我自己曾做过这样的尝试）。柄谷行人在抽象提炼的层面并不尽如人意，原因在于这种抽象往往将某种因果性归于这一类的身体和麦克卢汉式的感觉中枢，而他这种分析的力量在于将新的身体以及新的知觉和感觉归因于一种更根本的重构（或“颠倒”），而这一重构（或“颠倒”）涉及先于这个意义上的经验范畴。在德里达主义已成为一种方法论及哲学思潮的情况下，姑且不论柄谷行人自己谨慎的暗示，将新的共时性事件从整个书写符码以及书写中取掉也许会更好（于是它自己往往会重新组成一种“原因”）：即便在这部著作中其有关文学的最基本因素是一种书 286
写的美学，即“言文一致”的问题，或者说是一种日本式的废除修辞、令书写更接近大众语言或俗语的描述，我们可以看到这一描述也存在于同一时期的欧洲。但是由于日文假名中夹杂着汉字，在日语中这一努力显而易见更是一个高度的意识形态问题，它（正如在华兹华斯那里已经存在的那样看来）意味着某种更重大的真实性和真诚性，同时也意味着具有比各种西方现实主义和自然主义更为根本的表现和表现性的具体性。

这是一种理想，它要将某种类似“文学”那样的概念完全重组后投射到日本的社会空间：从因果性是一种形式和叙事结构（尽管我们想在事实之后将其剔除，但是没有它我们有关于此的思考将不能进行）这个程度上而言，我们也可以用这种方式叙述故事，并暗示（正如柄谷行人有时似乎做的那样）文学——那种文学新的结构——**使得**“明治维新”这一重组得以到位。或者我们可以谨慎地保持作为特殊对象的文学，从中我们可以通过类比的方法来审视明治维新，这样就会发现叙述的形式在自我意识这一点上并非那么重要（尽管我们很快会重新论及它的政治后果）。

我们可以肯定还有另外一种形式的叙事，如三好将夫的经典性作品《沉默的同谋》标志着日本的社会经验素材和西方小说架构之抽象形式间是存在着某种难以完全融合的鸿沟。同时我们还可以在穆克吉（Menakshee Mukerjee）有关印度小说起源研究的《现实主义与现实》一书中看到另外一种叙述，这种叙述检验了在非西方的输入国内容或者社会经验的背景之下从西方舶来的技巧（西方小说的形式），因而也使我们去估量在后者的语境当中，前者所具有的系统性局限，或曰**功能转换**（umfunktionierung）。西方读者既不会忘记雷蒙·威廉斯在其《关键词》一书中对“文学”这一词缓慢出现过程的研究，也不会忘记福柯对称为“人文主义”的相关事物的缓慢形成过程的揭示，“缓慢”在此是一个相关经验的口令，检测的时间是如此之长，在显示实验过程变化的图表上也有太多的空白阶段。新的实验与新的实验设备可以让我们按照更严密的反应式去再生产相同的事物，而这可以被看做是一件更为生动的事情。

而在柄谷行人的描述（Darstellung）中，却有着一个更为基本的因果性颠倒，它之所以重要就是迄今为止仍冲击着我们社会和精神幻象中最基本的层面（准确地说，是这种意义的文学应该
287 为之负责的那些客观幻象）：这便是内化、中心化主体、心理现

象以及西方意义上极端的自我概念（柄谷行人曾经在别处提及，日本人从来不需要解构，因为他们本来就从未有过一个中心化的主体，但是这里他至少记录了这样一种趋势和某种形成过程）。尽管如此，我们所称之为“内化”以及从心理体验的角度（并辅以多种意象）进行思考的东西，即便“简单”，也仍然是这一类文学构成的结果。通过发明一种“口头不能言说的句子”（这是安·班菲尔德对自由间接引语相关现象的命名），逐渐引起一种句子所要“表达的”新“经验”的出现（或者是这种句子首先在可能言说的条件下所欲表达的）。在有关日本小说、特别是有关夏目漱石的章节中，柄谷行人分析了夏目漱石捕捉到西方小说与日本小说的重大差异后，便以一种接近西方小说但又旋即避开的方式开始尝试创作一些非常独特的作品。这些精彩的分析与西方的批评甚少对应性，只有罗兰·巴特《写作的零度》中巧妙而有高密度的部分可以与之相提并论（诚然，如果罗兰·巴特的那些警句式的断言循着社会和精神分析的方向发展，其结果将会接近于柄谷行人对西方而言的那个维度的表述）。

现在，我们可以把论述转向两个方面：假设不将其浪漫化为“前……”，或者将其作为一种更真正的富有原始性和原创性的经验的写作，一种比较接近于被文学所毁掉的东西还是可望得到的——它仅仅是一种**图形**（figure），正如汉字（也包括中国以及日本山水画与之相关的一些形式）具有夸张的效果一样：

> 我所关注的……一直是在思考这符号群的某种颠倒，它使得这种文字记录成为可能。事物本已存在，艺术家不过是在观察它、模写它，为了说明此乃自然而然之事，我们就必须首先发现“事物”。但是，这就要求对先于“事物”的意指或形象化语言（汉字），以及我

> 们原以为透明的语言的存在进行压抑，而内化正是在此刻得以建构。[3]

可是，一旦内化被建构起来，我们便可以在另外一个方向上进行研究，并得到一些更为令人意外的结果：比如说“疾病”及治疗。柄谷行人给人留下深刻印象的关于文学中的结核病的分析，事实上是通过对作为“意识形态”的日本基督教的一系列考察而展开的。也就是说，这是一种“多神教的多元性压抑”，因而也是一种“自然身体”的生产（或曰“发现”），一种与西方的性和性原罪相统一的发现。

288 另一方面，医学建立在那种新的身体的生产之上，以取得一系列新的效果：的的确确，在大多数的非西方国家，西方科学最初和最为基本的形式，一种“现代化的动因”，其象征价值向来不可低估。比如说，任何鲁迅的读者都记得他（在日本）选择学医这一决定所蕴含的发自内心的个人及民族意义，同时他要把生理医学实践转化为文化生产的实践这一决心所具有的更为强烈的意义（参见《呐喊》序言）。因此，医学是西方科学的全部，同时作为一门科学：它是“彻底政治性的，是一种被中心化的权力建构”。既然如此，医学以其各种各样的理论不仅生产了医学性的身体，同时也生产了“疾病”本身。柄谷行人所言恰似詹姆斯-兰格情绪理论的医学版，依据这类理论，我们有时认为的疾病只不过是疾病理论的产物而已（在这本书中指的是“细菌”理论）。正因为如此，出于社会以及意识形态目的，对疾病概念的挪用（如苏珊·桑塔格《作为隐喻的病》那样），不是一个恰当的意识形态批评的对象。这就意味着的确存在着客观的、非意识形态化的“疾病”的现实，而那种挪用使其非自然化和畸形化。但对柄谷行人来说，疾病总是被文学“传染”：“科学”和“医学”被认为可以将其非意识形态的注意力转向一个客观的自然的现实，这一幻想本身正是意识形态的组成部分。因此“儿童”、同时也是“原始人”的生产（或者是人类学的对象以及人种学的审视——在此指被内在地殖民化了的日本式“西方”居民，抑或北海道边缘地区的居民）都是一种内在化过程在不同方向上的延伸。

随着柄谷行人关于“深度”的分析，我们的这种调查方法达到了高潮，这个“深度”即为意识形态生产或者行为建构的一种抽象范式。西方的读者，在经受了各种各样后马克思主义和对弗洛伊德理论的各种修正等理论的冲击之后，将会通过思考被柄谷行人所颠倒的那些符号原型而获益颇多：

> 马克思和弗洛伊德的理论……常常被描述为一种根基或者基础的发现，他们所真正成就的恰恰是对那个意识形态和超验的视域指涉结构的分解，而这一结构生产了机构和阶层形成的概念：引起他们关注的恰恰是那个处于表面的层面。[4]

结构与表层问题的文学争论为这些探讨提供了手段，通过民族主义和美学建构的符码和主题，柄谷行人将讨论引回本书借以开始的文学制度上来并展开对其具有洞察力的分析，进而把关于 289
这些问题的讨论延伸至自己写作的现在（他的写作对应于战后富裕发达的整个日本的后现代自我意识，并将这些结构的命运和疑问向未来开放，其中也包括柄谷自己的著作）。我曾受到亨利·列斐伏尔新的空间辩证法的提示，这一空间辩证法是对黑格尔旧时间辩证法不同意义的重构，这一意义更与当代思想的共时性相通。[5]柄谷行人的论述也反映出当代的局限（像每一个人都可能会有的那样），而且关于下面这一问题并不总是清楚的，即对于深层和表面这一对子的最小象征的选择，即便是在其内容的最后一个碎片上，是否会重新使你陷入你曾寻求去分析的认识中去（至少你幻想着自己瞬间地漂浮于其上）。当读者——他们已经开始借“颠倒”这一概念来观察日本——现在却发现日本的理论也正在观察着自己，并等待着自己观察的结果。与此同时，一些问题开始若隐若现。在西方的语境里，你将如何做一些类似的事？我们将如何把这一类的思想和阅读“运用”到我们自己的（更“现代”，现代化的和现代主义的）文本之中呢？在我看来，这是一个绝妙而正常的地缘政治意义上的颠倒；但是，有关它的任何讨论都需在关于柄谷行人自己的政治议题的评论之后才能进行。

现在，我们必须通过此类分析（作为形式的因果性等）方法，将关于历史再现的讨论复杂化，尤其是要修订我们的这一思想，即这些小说或文学与明治时代是统一的，而且其对作为历史叙事的具有寓言意义的共鸣和浓缩作用的选择是具有一定余地的。由于柄谷行人也同时显示了在这种叙事之外的一类历史叙事，而且它的这种叙事有着明确的政治后果：这便是我们称为“明治”的概念——也就是说，现代化与现代性、文学、内化、“西化”——其本身正是失败和挫折所造成的结果。也正是在这一点上存在着两个不同的明治维新：一者成功，一者失败。成功的明治维新是众所周知的现代民族国家的建立；失败的明治维新与巴黎公社仿佛同时代，在千年轮回之际，民众在新时代的“黎明气息”隐约可见、旧的结构摇摇欲坠之时奋起反抗（正如巴赫金对中世纪末期拉伯雷时代的分析，或者如今村昌平启示录式的乌托邦电影《不是挺好吗?》［1981］所揭示的时代）。为了巩固亲近新天皇的派系的权力，需要对这些因素进行压制；但正是这些压制和失败引起了大众的幻灭感，而它足以令新的极权结构的建立成为可能。“模仿弗洛伊德的说法，可以说当被引向政治小说及自由民权运动的力比多失掉其对象而内向化时，‘内化’、 290
‘风景’等便出现了。”

让我们站在自己的历史世界，快速扫视这个可选择的世界：这是现代性这一现代所创造的新词语还尚未出现之时的世界，一个我们不能清楚地分辨出这个已对等地替代前资本主义形式和关系的世界的轮廓。但是，这一可选择的世界存在于我们自身的历史之外，它超越了我们的解释和叙述的限界。尽管如此，列维-斯特劳斯仍认为它是一个迥然不同的视野。对他来说，西方（希腊哲学、抽象理性、科学）似乎从未发生。列维-斯特劳斯不乏魅力的怀旧情绪根植于对“冷社会”或部落社会的经历以及对它的心向神往。它引发了一个具有偶然性的时期，一个历史分子重组而造成的偶然的效果，它注定导向了我们称为“现代性”或“资本主义”的邪恶机器；历史发展的不可避免性是一个宿命论的观点，即历史像骰子旋转或偶然的闪电，然后就是不可逆转的停滞（这并不表明历史不是现行的样子……）。

然而，在柄谷行人这里，群众斗争的概念并非经过怀旧而存留下来，因为所谓大众斗争早以失败而告终了，但是这也并不意味着任何对日本现有条件所持的乐观主义。在这些现有条件中，所有的激进动机显然已在他们的**经济奇迹**（70年代初期的经济奇迹）出现多年之后烟消云散了。同样，我们必须记住应当去思考可以支配制度的集体创造力，特别是在今天美国的民族性停滞与幻灭的时期，这一民族性的停滞与幻灭因几乎是全球性的停滞与幻灭而更加严重。决定论意义上的叙事范式（narrative paradigm）——缓慢的、致命的、不可抵抗的福柯式的对体系和制度的蚕食——我们无法想象其他叙事范式，可能是一种历史性的症状，也可能是一种认识论的问题。

但是，我想就思想和幻灭的关系作一些补充。显然，这似乎与冷漠地回望因错失良机而半途而废的一项工程不无一致之处。其实我们对一种思想体系与其阶级分化的社会命运间的表述性关系不仅仅是熟悉：卢西恩·戈德曼在《隐藏的上帝》（*The Hidden God*）中对詹森教派奥古斯丁式悲观主义的描写，说明了“穿袍贵族”（noblesse de robe）想成为中国清朝式的统治阶级的失败过程，这对于其他的一系列历史阶段也不无启示。但是我们有必要将这一静止关系的概念推到历史的运动之中，但愿以一种过时的方式，以使这种漫长枯燥的阶级失败能够重新获得对机会的新鲜感，甚至包括那些错过了的机会。这是一种思维方式，它可以使我们以不同的眼光审视我们的这个时代，而关于这个时代，很多人似乎倾向于如斯解读，即它如果不是民族主义或者原教旨主义征服了社会主义，那就是一个市场征服了社会主义的时
291 代。然而，如果它是另外的一种情形呢？如果是社会主义的失败，甚或是社会主义者和共产主义者的失败，这一失败在他们清醒之后留下的只是无边的幻灭感，而在这幻灭感当中只有消费和狭隘的狂热主义，至少在目前阶段似乎才是可能的，那又如何呢？

现在，我将循着这一民族问题得出自己的结论，这一结论与柄谷行人的著作给处于融合时刻的美国文学理论及批评界的启发亦不无关联。我曾经说过，对于陌生的文学作品，一种形式上的、具有启迪性的解读方法是可能的，这种方法虽然不能总是甚至经常使用，但是偶尔为之很有必要。现在我们应当看到，对于陌生的批评和理论此说依然成立，比如对尽人皆知的有关日本经典的论争竟然没有关注过任何一本著作。对于形式与内容、理论论争、批评的动向及反动，也存在着一些解读方法：实际上，对称为“测绘”的这一程序有兴趣的任何人而言，目前的科学风尚

表明，电脑的使用并非是为了解决实质性的问题，而是通过一种被称为“相位空间”的方法，使不同的科学假设和抽象外形的律动模式得以合成，并且将抽象律动模式测定成一种似乎可以分解的运动的复合形式。我们无须揣测形而上学的标语口号（人文主义者曾经对爱因斯坦的相对论用过的方法），“测绘”程序的本质富有启发性，这既不是一种以预测性为目的也非为了识别循环范式的东西。柄谷行人提出的实例为我们树立了一种批评的榜样，一种对理论的理论化方法，尽管这种方法像在测定速度和反应性的模式，但它尊重那些干预的激昂陈词，尤其是，意识形态上产生的各种分歧翔实而精确地提供了可发觉的缺席的症候，他将那可发觉的缺席的不可再现原因称之为颠倒。

这里预示着双重的运动，也是一种双重的阅读，在这一过程中可以同时把批评文本作为它是什么和它代表着什么来解读，既作为一种主张，也作为一种症候，若容许我借用老套的术语来表达，这既是内容的也是形式的阅读。只有付出这样的代价，今天的批评和理论才能恢复到数年前似乎曾经有过的那种紧迫感。那么，这就成了一个为寻求理论的多元主义而斗争的问题了：这就像议会斗争，姑且这么说吧，那些被压抑、被噤声、被忽略的批评倾向提出他们的抗议，光天化日之下在喧嚣的大众论坛上侃侃而谈。批评理论也发生了类似议会斗争的这种情况：多元主义和再现（然而是边缘的）的成就于是就要让位给具有海明威特色的阶段（这绝非玩笑），很多行内之人发现，但凡让你去听听自己的作品，它自然就会变得兴味索然。当然，这种情况也普遍地发 292
生于欧洲。社会民主党（一般是与极少数的残余的老共产党人联合）执政，被授权代表所有党派的利益公正地管理资本主义（像史丹利·阿洛诺维兹［Stanley Aronowitz］所说的那样）。这一独特的经历不独欧洲有之：台湾朋友描述了一幅关于一些反对党派合法后类似的（在一个对立状态和充满希望的动荡期之后的）非政治化图画。这种疲态（按照标准的亚里士多德式的风格，它甚至都不是美妙的交媾所能导致的）正是以“意识形态的终结”之名预测并描述的，它最终以所谓“历史的终结”而到来。并不怎么有趣的是，像丹尼尔·贝尔（Danicl Bell）那样，将此归因于那个疲倦的资产阶级的叙事范式和信念的消失、“价值”的衰落和信仰的终结（或以“上帝之死”而为人所知）。

现在让我们转向另外一个方向，即当作为北美人的我们打开《日本现代文学的起源》这本标志着当代日本理论的杰出成就的著作时，肯定已经明了的方向。在中心往往存在着非常特殊的盲点，边缘尽管有其不满，但也无须去应对这盲点。我在别处描述过这个超级大国的知识分子所感受到的震惊，这一震惊不是关于其他国家和文化区域的民族主义——设想如果只是冲着民族主义大放厥词，将是肤浅和自私的观点——而是关于他们对民族性格和国家境遇的关注，关于他们的知识阶层抨击民族苦难的永久的和寓言性天职的关注。这更是一个涉及结构的可能性的问题：依赖激发意识，不管它有多么不受欢迎；但是那些不依赖他人的人——为了准确起见，我们还是不要用“独立”或者“自由”这些词——却不大可能有那种意识，而且也不想有。从某种另外的角度而言，人依赖于依赖着他的人，这是毫无疑问的：但是主人从来不会像奴隶或者仆人关注自己那样去关注那些奴隶和仆人们（在这种臣属的性格特点的发展过程中，葛兰西和法农式的分析丰富了黑格尔的基本范式）。美国哀怨也只是在摆脱英国文化监护的过程中转瞬即逝的文化自卑；一个没有文化、商业本位的超级大国本质上的不安全感在今天乃是一种无意识的东西。只有在沙文主义、男性中心式的幻想以及古典体制的舶来时尚（就像美国公共广播［PBS］中的英国崇拜以及高级理论方面对法国的膜拜）中，它才能实现其被压抑的回归。

如果我们是第一个真正的世俗国家，一个真正没有神祇的国家，而且是没有任何旧有阶级体系残存、没有在某些方面承受光辉已经死寂的文化遗产之重负的国家，那么，我们应该把自己的不安全感当做特殊的历史特权和独特的民族礼物来接受。我们需要培养一种新的“民族”自卑情结——一个超级大国的自卑情结。从某种崭新且具有创造性的意义上而言，我们需要使自己变 293
得敏感一些，能被动地接受，能示弱且不那么美国，敏于接受来自异邦和遥远文化那无远弗届的影响（真正像我们的大众文化之于国内少数族裔那样）。一个集体性精神分析、集体性自我分析的漫长过程可能随着这些壁垒的拆除和对新的地缘政治的浓厚兴趣而开始。如果这将成为美国知识分子的任务，我相信我们可望重新获得在柄谷行人该作中看到的使命和忠诚，在这本书当中他不无纪念意义地谈到了日本明治时期现代化过程当中传统的历史和文化形象。

（1993）

【注释】

［1］此文首次发表时是为柄谷行人的 *The Origins of Japanese Literature*（Durham，NC 1993）写的前言。

［2］*The Dark Side of the Landscape*：*The Rural Poor in English Painting 1730—1840*（Cambridge，1980）.

［3］Karatani，op. cit.，p. 61.

［4］Ibid.，p. 143.

［5］Henri Lefebvre，*La production de l'espace*（Paris，1974），p. 382.

十五　夏目漱石与西方现代主义

294 即便是在这个误解（或严重或轻微）的时代，对于翻译的分析可能就将你引入一个滑稽的情景当中，在这个情景当中译者（仅就这篇文章而言，是维列尔莫［V. H. Viglielmo］）实际上在他理解夏目漱石的整个过程中，一直将其比做亨利·詹姆斯。这样失去的不仅仅是原文语言的抵抗性结构（即它不可译的句子结构，或者反过来说，作为众多语言当中的一个独特个体，它在结构上所无法实现的目标），而且首先是历史的真实性。并非只有阿多诺这样认为，文学作品所承载的直接的历史经验正好就在于它的语言结构。但是译文无法生长出任何日本读者在面对1916年所写成的文本时，所产生的那种逝者如斯的感觉。再者，夏目漱石的未竟遗作《明暗》[1]当中那些时过境迁的所有的一切都是它当时所处历史语境的索引，达到了那些文体的、语言的因素所能够达到的最为丰富的程度。不管是出于什么原因，这是同样使用这种语言的后来者所无法企及的。最后，一位翻译批评家所出的洋相还不算太甚，算是所有这些洋相当中比较枯燥、毫无趣味的一个，也就是对于一个简单的姿势和语境的错误理解。对此，母语读者即便是没有受到冒犯，也会不以为然地耸肩，比如，那些星星表示该到圣诞购物的时节了（季节的标志），而在课堂上举手则表示要去卫生间（文化符码）。然而，外国的批评家却为前者发明了一整套的宇宙论，而把最简单的这么一个打断讲课的手势理解为抵抗和颠覆。然而，这些经常显得无趣的差异却是文学批评家一直关注的现象的正面，这种现象确切地讲就是反讽。在这种翻译的语境下，非母语读者就好像是外面的、不熟悉的，是内在的熟稔所要彻底归化的对象；然而，现代反讽却好像包括了这种反面的情景：在里面，每一个人都对自己习以为常的舒适和熟悉感到满意；自我就好像我们在家里所穿的一件旧衣服——在外面看来则显得不同而陌生，甚至有几分惊异。夏目漱 295
石的小说就与这种反讽情景的结构相类似，而且就是在其小说的形式上相类似。同时，整个这一文化阶段都对反讽情有独钟，把它当做了一个普通的写作技巧，现代主义认为在反讽当中可以窥见一种形而上学还有哲学的以及道德的价值。《明暗》这部作品对应的就是这一阶段，也就是高级现代主义阶段，而在东亚却似乎与现实主义巧合（按照西方的年代，这算是迟到了），而非是在现实主义之后，去取代并诟病现实主义，因而，对反讽的强调在这部特殊的作品当中，似乎并不像在对别的地方、别的时代作品的研究中错位的那样明显了。

同时，这个特定叙事，即津田暗藏不露的怨愤，它如果不是指痔疮，就应该是某种性病和对小林投身社会主义运动的隐晦再现，关于这个叙事的解释学、这种（叙述上的）节制以及要求于读者的共谋，恰恰相反，有点与我们预料当中的语境盲点相类似。

熟稔，这一概念自波德莱尔以来现代主义普遍热衷的一个主题，却提醒我们翻译往往会将最让我们迷惑、也是最生动的我们关于他者的经验，确切地说，就是把似乎不能阐释的、难以估算，也是最能表示性格和文化深层差异的陌生性本身给排除了。在很多情况下，些许的“熟稔”会消解差异的幻象，同时表明极其陌生的语言风格（或者是各种各样浮浅的对应的混合语表达）都是再普通不过的思想和表达，对内而言，为每一位母语读者所熟悉，那么也应该用外语读者同样熟悉的表达法来代替它。这种根本性的差异不仅仅体现在人的方面，而且也体现在环境方面。从另一方面而言，为害翻译最甚的莫过于想用俗语来翻译俗语。然而，不使用俗语也是不可能的。刻意避免使用俗语会导致文本中出现一种很新古典主义的冷漠，这冷漠会演变成一种文本内涵和文体意识形态（文体作为文体自身独立存在的缺席），这无论从文化上、还是历史意义上讲都是不合适的。

但是，差异的缺席却制造了另一种喜剧效果，这是因为读者在竭力想搞清楚这个他们所不知道的、但是却又不是外域的对象到底是什么。它其实就是一种心理喜剧，正如你经常嘲笑那些对于新的经验毫无所知、但又不得不首先将其与他们久已熟知、分类明确的经验相类比的人。而且，普鲁斯特曾极尽其详地描述过这种**新者**所带来的焦虑，我们通过类比来缓解这种焦虑，只有在长时间之后新的熟悉性才会取代它在我们习惯中的位置，正是在这一点上，夏目漱石这个曾经陌生的名字才成为代表一个独立客
296 体的词，成为一个因为本身而存在的事物，一个不需要和别的参照相类比的风格和作品。

当然，它或许仍然还是“有联系的”，但是我必须坦率地讲，我一直认为维特根斯坦过度使用的家族相似性概念是非常单薄的、没有解释力的，尽管这一概念曾令人耳目一新，让人忘记那个更为陈旧的概念：“影响”。夏目漱石与亨利·詹姆斯那一代以及其后的讽刺作家们之间的相似性是一个纯粹的历史问题吗？我们需要调动多学科的力量一方面去避免影响的浮浅概念，而另一方面去避免一种形而上学的、宇宙论的翻译代际变化的概念吗？现代化标志着一个特点、一个非常鲜明的对处在特定的历史世界（globe-in-history）两边的作家所在的社会语境具有普遍意义的特点，那么，仅就此而言，现代化会是一个有用的线索吗？这些相距甚远的作品所具有的相似性的踪迹、这共同的成分在每一个

作品中都被以不同的方式组合起来，因而这样就方便了对作品的认同，原因在于我们就不大可能将结构的部分与单个作品的经验性特征混淆起来。在我看来，这一点似乎是确定的。

同时，正在形成的对这两种态度的抽象，认为《明暗》基本可以等同于欧洲的反讽作家的作品，似乎在批评方法上留下了它们的痕迹。这些方法出现于现代主义的形成期，而且特别关注可以与内容的现象学悬置和延宕相比较的形式问题。在某些情况下，或者说，在形式的成就和构造成为批评家最重要的兴趣所在，并在最基本的社会文本的支持下被统合起来（就好像在卢卡奇的《小说理论》及其他作品当中一样）的情况下——内容往往就被降格到形式成就前文本的地位。在此我就不再进一步探讨。我之所以谈及这个问题，是因为日本评论界关于《明暗》的争论，让我有所感触，进而从根本上引发了我所认为的内容问题，也就是津田的精神状态以及他的想象性再生，这（未完成的）整部小说越来越像一个原型配比的心理戏剧，关于它这样说或许更为准确，即它或许是被某个原初的心理内容所抛下的幻象或者可以被解释的意义。

也许，这一具有教化功能和原型意义的文本，其真正的魅力来自简单明了的情节本身，故事详细描述了一个小手术之后来到乡间疗养的男子一系列的交往和对话。通过这一情景或者说叙事的前文本，表现了他与妻子阿延、与他妹妹、与其他或富裕或拮据的亲朋之间的问题。故事本身的微妙使得那些远离文本的评论家不得不走进津田的性格，以便首先确定其中是否隐含着什么把
这些互相影响的作用展示给我们的理由。然而在逐行阅读这部小 297
说的过程中，那些较为重大的问题被关于这个纯叙事文本的想象给抵消了。

无论如何，我自己对于这部小说的阅读经验与上面所述的阐

释全然不同，似乎意义的缺席，或者说发现意义甚至重新发明意义的需要并不是那么迫切。我的阅读可能也算是一种阐释，而且从根本上而言是一种乌托邦解读，但这种解读可以被归结为一种非常纯粹的（就其专业化而非精神品质的角度而言）规范的经验，这种规范的经验同时也与对格外微妙的人际关系的记录有关，它暗示了一种独特的叙事体系，这种叙事体系是在对诸如娜塔莉·萨洛特（Nathalie Sarraute）的**潜对话**[2]等事实讨论之后很久对其进行的理论化，同时指出好则表现为时代错置、坏则表现为文化上的普遍的不相称的文学上的相似现象。谨举一例，仅就能够确证的拉辛的作品，比如他的第一部悲剧、以亚历山大体写就的那一千五百页的《安德罗玛克》而论，我觉得也就是一部传达了独特信息的难以对付的作品；可以看到其他的作品是由多种因素决定的，不管作品意欲表达的别的意思，它同时也是说话人用以战胜对话对手的一个工具（这种场景通常只有两个演员，在唇枪舌剑的交锋对白中，如果不是他们的外在形式，他们深刻的真理就得到展现），可能是恶语相向、颐指气使，也可能是巧言令色、卑躬屈膝。戏剧性的手段、统一性的美学以及可能性的前提既是精彩作品得以出现的原因，也是手段。在这样的作品当中，恰当的角色在恰当的时刻在台上爆发，因此华丽的片段（它在推动着情节）总是在激发着下一个而且是最为恰当的配戏的搭档出现在台上。（在另一出戏里，所有的故事都超越了日常生活的空间或者堂皇的殿堂这一类地方，发生在一个大厅里，舞台指令似乎涉及每一个细节，将舞台提高到一个超绝人寰的地方，在这里最为激烈的人际影响都可能独自发生。）夏目漱石笔下人物的活动有时就会给我们留下这样的印象（故事发生在一个远离尘世的地方，即津田那特殊的高处就是“病房”）；同时他们特殊的动机（告诉某某人今天不要来、没完没了的传话和打电话、两个客人不大可能、很不凑巧的不期而遇，等等）都被巧妙地融入了人物之间的对话当中，这与拉辛的情节体系相似。在超越了资产阶级城市戏剧的世俗痕迹之外，他们之间的差异是客观世界在小说中肯定出现了，而这在戏剧中是可以被排除的，拉辛就成功地做到了这一点。然而在戏剧史上也有另外的情况出现，比如某个非常显著的东西慢慢地回归而成为一个象征，比如易卜生笔下的 298
鸭子和枪。然而，在这一部小说中，却正是客观世界的缺席吸引了读者的目光（就好像伍尔芙和纪德的美学观点，尽力将外在描写压缩到最低限度，从而立即产生一种特殊的效果）。这是形式本身所留下的痕迹：

> 他出门走在路上，与吉野家渐行渐远。但是这并不能说明他的心也能像他的身体一样很快地从刚才所在的客厅抽身而去。当他走过傍晚时分略显冷清的街道，他仍然可以看见那明亮的屋里。
>
> 那景泰蓝花瓶泛着清光、它那平滑的表面上是精美的图案，色彩流泻而下，端上桌来的圆圆的镀银盘子，以及色彩一样的放着方糖和奶油的小罐儿，印着精巧图案的蓝黑色厚帘、三角托放在金叶之上的唱片——甚至当他从明亮的灯光下走进了暗夜的时候，这一切生动的图景仍然在他脑海中凌乱地浮现。(20)

也许这个对象的缓冲垫和留存在脑海中的物件能够解释拉辛的狂暴（贵族的优雅从根源上与这种狂暴是一致的，然而资产阶级的优雅实际上有抑制它的反作用）和夏目漱石的室内乐之间不可比拟的距离。肯定的是，夏目漱石的室内乐可以达到非常强烈的程度，但是它似乎也使外在世界去物质化和风格化，它的一切似乎都被玷污而且打上了纯粹需求的标记。它之所以如此是因为包括了激情、需求、社会阶层和金钱，而不是将这些排除在外；把所有那些事情翻译成俗语——人际的语言交流——就好像在严酷的事实、事件与叙事（récit）之间总是存在着一定的距离，正是通过这个叙事，所发生的事情都转化为语言。小林下层阶级的卑劣以及顽固的精神上的丑恶（“津田夫人，我过着被人厌恶的生活。我的一言一行都是为了招人厌恶。”[154]）进入了叙事中继。难以想象，陀思妥耶夫斯基笔下的人物会以这样的方式进入亨利·詹姆斯小说中的乡间别墅。至于金钱，尽管偏离常规，但那是构成情节的至关重要的素材：津田的父亲让他推迟付给自己每月都有的生活费，此外津田因病休假，要去乡间疗养一段时间（他会向谁借钱呢？或者说谁能影响他的父亲呢?）。但是事实上，金钱——在很多情况下，往往如西美尔的教条所说的那样，和这样的抽象相联系——可以为我们正在讨论中的叙事的稀释（rarefaction of narrative）提供一种前文本；给人物们提供可资谈论的话题，为他们的互相影响打开一个空间。金钱在这里与人际性，而不是与从它中间抽象出来或者与从精妙的人际关系之网上
299 扯下来的什么东西结盟。非常出乎意料的是，从西美尔在其那篇名作[3]中未曾提及的角度而论，它为那个处在不断编织过程中非常精美的图案的抽象提供了一个形式的基础，这个图案由对话以及由这样的回答构成：“一个线绳结成的蕾丝”，科克托（Jean Cocteau）曾这样描述自己的戏剧（他曾很精心地为其命名“戏剧化的诗”）。在夏目漱石作品中的一些情景当中，我们或许也可以发现一些与此相类似的东西，从任何可以想象的普遍的角度，没有什么东西可能比这离实际的剧院或者戏剧更远。尽管如此，戈尔·韦多曾经说过，对话不是散文，所以这部小说连篇累牍地呈献给我们的文字根本就不是诗意的，当然也不受一

般的故事读物规矩的约束。

尽管这样，这部小说语言当中有一个特殊的方面，它的语言极其含蓄，由此生发出一种辩证法，因而读者就会形成这样的感觉，在那还是一个小城市的地震之前的东京，那滔滔不绝、语气沉静的低语总是会被来来回回主人公所乘坐的宁静的有轨电车连接或者打断。然而，关键在于这个城市交通手段出现在很醒目的位置，但是它在静默中表明了一个空间维度的出现——它并不总是可以感觉到，这一空间给这个从众声喧哗中梳理出来的特殊的去物质化叙事以支持。然而，这个对稀释的会话叙事的过分强调引出了它在新出现的空间格局中的辩证法对立。这一格局串联起对话发生的不同场景——屋舍和房间。这些不同的场景处在一个具有日本城市空间和乡村景观建设独具特色的体系当中，这些建筑兀立在最后的情节中，我们把这些建筑空间留给了乡村、酒店和温泉，而小说也大概就是在这样的场景中结束。稍后我将重新回到这个特别而意外的有关空间经验的话题上来。

但是小说中这种独立的对话因素的构造要求的不仅仅是它被各种不同类型的外部空间所限定，而且还要求一种内在的形式来使它具备这种能力，而这种内在的形式不仅仅是通过提供一种潜对话的隐在的哲学来“驱动这种装置”，而且它应该通过使叙事具体化而使这些契机发挥像故事一样的功能。

在夏目漱石这里，我们似乎确实惊讶于在西方显而易见的两种截然不同、表面上又呈现出对立变形的叙事素材同时共存的事实。一者是不厌其烦、极尽其详的悬设；另一者则是趋于倏忽而逝的极端简约。连续和中断各自都是一个绝对的类型，这每一端都呈现出一种根本的风格化，这是现代主义脱离通常的现实主义以及对诸种文学的逼真性的隐蔽地位的认可。因此，在音乐领域，我们可以看到马勒交响乐雄伟的乐章，它颠覆了听众记忆和

300 注意的广度，以期将从粗俗的俚曲到神秘的迷狂、从黄钟大吕到田园牧歌、从意大利情愫及宣叙调到威尼斯的悲喜交织的各种突出的风格和经验整合在一个庞大的体系之内。但是，由于过度延长阻碍了视域秩序的建立，以及在一个整体之内的单个部分和细节的定位，因而延续与短暂的辩证法在此得以厘清。换句话说，超过了一定的限度，长度就不再是永久的了，而是返回到听众对于一个绝对现在的准确的时间体验。这一关于绝对现在的美学或许只是明显地背离了无限长度美学的内在真理而已。比如说，勋伯格的表现主义就将音乐作品内部的单元压缩到 3 到 5 分钟的长度。

此外，人们觉得在西方还存在着在美学和哲学方面截然不同的两类风格（它们在普鲁斯特那里最终从根本上得到了融合），贝克特的断裂和沉默似乎与普鲁斯特那长达三百多页的对宴饮餐会的冗长的描写有着一个同样的动机，那就是扭曲资产阶级正常的感觉（以及与此相伴随的阅读习惯）。所以，对于夏目漱石的任何思考都应该考虑到在这一时期的日本是否存在着同样的资产阶级日常生活的原型。在西方，这一原型建立在现实主义时期，到了现代时期，它已经遭遇危机并成为讽刺的对象，或者乌托邦格局。上面我曾经提及，这里所暗示的阶段的事件是纯粹理想的（同时也是本土的），而且我们可以想象这样一个情景，在经历着现代化的东方，正在形成的资产阶级的日常生活（在其刚开始的阶段）是与它的现代阶段同步发生的。的确，夏目漱石笔下人物不同寻常的日常生活节奏在这里似乎与短暂性的现代膨胀取得了一致，因而主要人物之间的对话和晤面膨胀一直充塞了整部小说。贝克特将其称为反复，而普鲁斯特正是在这种不同寻常的节奏上首先建立起单调重复和日常生活的观点。将其捧到眼前，并进行细致而微的解读，夏目漱石似乎并不比普鲁斯特显得更为简练或灵活，只是除了这样一个事实，与普鲁斯特式在解释性的段落中夹杂着对话形成对照的是，《明暗》当中全部都是对话。

但是，在夏目漱石这里，这种程式化的长度（可以推动故事达到高潮的重要对话会长达50多页）是与更具极简抽象主义特点的系统性的碎片和自主作用相伴而行的。布莱希特将他笔下的场景拆分成完全的微缩姿态，并给每一个姿态贴上一个称谓或者寓意的标签。如果我们不把这种特点看做是布莱希特式的，那么它就是极简抽象主义的特点了。对于夏目漱石这种由标号的细部所组成的叙事之流的分析对于感知有着类似的作用，微妙与无限融为一体。这样的结构布局得益于新闻体裁和报刊连载的说法并 301
不是一种可以解释其原因的说法，原因在于报纸的形式最终还是回返到资产阶级文化本身的普遍意志，然而这种似乎是外部的经济需要，如果被拉回到艺术作品本身，却是由多种因素决定的，并最终转换为其形式创新的一个前文本。

但是，一旦当对话成为一切，那么叙事中传统的、非对话的成分现在就容易发生内爆并在口头对话的单向度之内寻求它的对应物。由此，这些表面看似平静而散漫的对话的不同寻常的戏剧现在就加入了一场规模更大的、曾经标明了生活本身及其史诗叙事特点的斗争和历险。由此而来的所有这些骚动和紧张都将会被微缩并重新转化回对话交流本身，其占主导地位的内在形式会成为人物之间的冲突（agon），或者成为人物之间的生死之争或决斗（这些变化和转换贯穿小说全篇，但是更深层次上的所有这些对话作为一个终极的冲突一直存在于所有这些场景当中）。实际上，在这部小说中，一个非常熟悉的本土指涉经常出现："从某种程度上而言，当（阿延）和津田私下里想想他们的关系，感觉与天天在绳圈内面面相对的相扑手一样，感觉她似乎总是他的对手，甚至敌人。”（80－81）这里千万不要错失这个目标，而仅仅认为男女主人公之间的关系仅仅是夫妻关系的写照。实际上，这种关系把小说中所有的遭遇都以不同的方式连接起来了。

那么，不可避免的是，关于这一类对话的描述肯定要通过战争术语表达出来，特别是那些诸如战术或者战略的输赢成败、前进或者撤退的表达并不需要通过宏阔的画面来完成，从当前就可以感知它，就像篮球比赛比分。因此，这个军事冲突就与叙事永久的现在高度一致，原因在于，战争中只有现在才是最重要的，然而在此之下存在着一系列的步骤：“阿延不明白自己究竟应该怎么办，既然她的叔叔就这样把她当做孩子看待，以便让她从目前的这种窘境中逃脱。”（123）在这样的情况下，重要的不是与她叔叔的长期关系，也不是阿延显露出自己性格中的决定性部分，没有什么可以让她做出根本的抉择、做出从基本上改变性格或者影响一生的决定，毋宁说，只是她是输还是赢，是就此认输、及时逃脱，还是继续忍受强势的摆布。

复杂而且往往是传统情景，其简化为简单的非输即赢的形式是韦伯理性化的一个叙事学变体，当然也是资本主义或者金钱经
302 济的一个特点（早在巴尔扎克的作品当中就可以看到这一点）。这样一个零-和逻辑怎样与更为传统的社会交往的要求（正如在家族的和等级的情况下，提取前面的符号）在一段时间之内共同存在，然而最终使其一切有意义的内容和价值都消失殆尽。

然而，这并非个人的或者集体的心理问题。比如，以下的策略评价既与民族的“侵略性”也与什么“好辩的性格”无关，而与阿延本人有关：“她鲁莽得冲上前去。她决定抛开所有这些与出于个人的考虑而纠缠不清、拐弯抹角的谈话，直接去见秀。”（241）出于同样的原因，在另一种情况下的一场冲突中，与此有很大不同的戏剧性评价并不必然代表消极性：

> 阿延很快就做出了决断。其实很简单，为了让这件事情有意义，那么她就必须牺牲秀或者是她自己，如果她谁也不牺牲，那么这个协商就永远不会有什么意义。牺牲自己的对手并非什么难事。如果她选准秀的某个软肋下手，一切就都解决了。那个所谓的弱点到底是真实的还是想象的，那并不是阿延此刻所要关心的。与她努力想从秀的自然反应中得到的结果相比，根本就没有必要考虑去追究秀的弱点是真还是假。但是她还是从对方的反应当中分明感觉到一定的危险。毫无疑问，秀肯定会发火。但是，让她发火还是不让她发火，都不是阿延的目的。所以，阿延当然就不知道如何是好了。最后，她催促自己一定要抓住这一次机会，其实就在那个时候她已经决定牺牲自己了。(238-239)

这种结构确实经常产生一种对于小说家而言的形式问题，它是迄今为止从现实或者读者的叙事习惯中缺席的东西，类似于它所意味的“赢”与“输”的这些斗争：“吉川太太以确凿的证据说明，津田仍然心仪着和田，似乎以这种方式已经将津田击败。他的态度与一个刚刚忏悔之后的人相似，这就使吉川太太更强硬，似乎她已经给两人之间的争斗画上了一个阶段性的句号。”(264) 除了在小说及其批评家当中随处可见的“自我主义”的主位化，这一类情节并不能意指一个倾心于权力欲望的主人公的世界，甚至正如在普鲁斯特那里一样，它也并非个体主体最为深刻而根本的无法抹杀的自私的力量。自尊心的满足在这里并不是最重要的，重要的是一个几乎是无限的可以掌握未来的链条的展开。这只能强化我们那些终极性的问题，即它们将通往何处？它们将会给这一系列相互连接的“手段”构建或者生产出什么样的

303 最终“目的”？幸运的是，那个未完成的结尾将使这一问题永远处在开放的状态。毫无疑问，夏目漱石本人也不会给出任何让人满意的答案（而那些评论家的猜度看似有理，即与和田的最后一面应当标志着他性格当中一种深刻的再生。从美学的角度而言，这种说法并不能让我满意——以一种伤感的方式结束这部小说肯定会削弱我们这里正在讨论的特殊的影响的力量）。

从另一个角度而言，这些战争语言允许一个更大的缺席的形式从目前这些冲突的瞬间当中产生，而形式与前文本泾渭分明的现实主义描述方式则无法传达它的产生。因而，这就是我们所能够感觉到的，冲突在急转直下过程中即将发生的捩转：“阿延意识到她比丈夫更为恐慌。意识到在这样的心境下继续争吵下去，是不可能制服他的，她就不再争吵，并立即转过脸去，以免暴露了自己的顾虑。”（281）此外，类似这样对于整个冲突变化的一瞥同样也会带来问题，即制服他究竟意味着什么？那些与虚荣和屈服有关的答案同样有将事情庸常化的危险。只有在戏剧的内容、人际关系本身的内容可以被延宕，而且终极性的问题最终被悬置起来的情况下，才可对其进行形式抽象。

同时，形式迫使语言本身面对表达的极限，仿佛要语言本身和从那些已经不再能够说话的语言材料当中去创造一种新的、语言的，然而同时也是物质的表达模式，我们应当记下此处的形式并不包括散文在内。这是有关人匆匆一瞥的一个非常突出的问题，就在一瞥之间获得了一种强化之后的力量，仿佛眼睛通过某种内在的强化之后，完全是目光如炬、炯炯有神了。不光是阿延那似乎总是盯着丈夫而使他感到害怕的眼神，而且在社会生活各种各样的决斗与冲突当中，眼神似乎都能说出一定的意思。的确，在下面的这一情节当中，我们更多的是从内心不寻常地感觉到那种眼神，而不是被它的对手或者受害者看到：“此时，阿延看了秀一眼，阿延觉得对方已经从这一瞥当中感觉到自己此时的心境。但是这也只是在这一瞥从自己充满机心的深潭中闪过之后，她才意识到这一点，而这是她所不能控制的。由于她无力去控制这从她生命中深不可测的某处突然冒出来的小小的行为，她只能腼腆地等着它的结果，此外她毫无办法。”（233）我们不能接受，看只是一种心理行为的观点；相反，它们必须被视为一种叙事结构，从其遣词造句当中，这个交流的空阔的空间以及语言的行为在本质上是缺乏的。于是，看成为一种叙事空间，对此小 304
说家可以用数页功能性的描述来加以掩饰，有关于此的最极端的例证则是来自普鲁斯特的经典性段落，这对任何紧扣字面的解读来说都是荒谬的，但是却可以作为一个微观的系统至少是作为现代主义别具一格的语言策略的象征而存在（这个为我们所熟知的人，他的问题在于：一方面他以贺拉斯的方式，在不遗余力地抨击这个城市、上层社会和社会的媚俗与势利，但是，下面这一段显示，他突然变成了一个势利小人，原因就在于他并不愿意将马塞尔的资产阶级家庭引见给这位他偶然与之相伴的贵族女士）：

我们在教堂附近同勒格朗丹迎面相遇。他用自己的马车载着刚才的那位女士朝我们来的方向驶去，经过我们的身旁时他并没有中止同那位女士的谈话，而只用他的蓝眼睛的眼角瞟了我们一眼，仿佛在眼皮底下同我们打了一个小小的招呼，脸上的肌肉却纹丝未动，车上的那位夫人很可能根本没有发觉他的这一举动，但是，他设法以感情的密度来补偿向我们表达友情所用的仅占他蓝眼睛小小的一角的狭小的地盘，他让这一瞟闪烁出他的全部风采，这已不止是活泼的闪光，而近乎狡黠了。他使友好的细微表现达到了极限：心照不宣的一瞥明眼

> 人心领神会，总之凡灵犀相通的种种途径他都熟门熟路；他把友谊的保证提高到披露柔情甚至宣告爱慕的高度。当时，他以对女庄园主的隐而不露的厌烦和纹丝不动的脸上那多情的一瞥来向我们表明心迹，也只有我们才能心领神会。[4]①

不管我们一直称为冲突模式的弹性和局限是什么，重要的是，我们应该注意到夏目漱石取消了其他的、更具戏剧性的、可与之保持其对话张力的内在形式。最为明显的就是神秘、谨慎、对于秘密的期盼或者说启示（罗兰·巴特在《S/Z》中称其为“阐释（疑问）语码”）。首先，他自己就保守了关于津田前女友和田的秘密，这样关于这一早前秘密的（来自小林和吉川夫人的）暗示就仍然处在黑暗和神秘当中。这同时也说明，发生在谈话者中间的冲突会以为这秘密、声明、神秘、告发、忏悔而进行斗争的形式体现出来，仿佛这个神秘故事的情节早已内化，而且对于其大的动向的关注现在已经适应了对观察和反应的躲避，这观察与反应是语言交流局限之内的自身形式的微型再生产。

最后，我们必须注意到一种形式理性化的形成，它与类似于人际关系的哲学（或者语言本身）很接近。在这些情境之下，对
305 话——仍然具有冲突性的对话——似乎不再被战胜对方的欲望所驱使，而更是出于表达和描述的需要：“秀和津田都为如何尽可能妥善地解决这实际问题而苦恼，然而他们谁也没有勇气去把这问题谈透。”（176）在这种唇枪舌剑的交锋中，有一种比兄妹间的亲密和敌意更为根本的东西似乎非常危险：“他们现在都不可

① 该引文来自《追忆逝水年华》，李恒基、徐继曾、桂裕芳、袁树人译，75页，南京，译林出版社，1994。

避免地对对方心存芥蒂。除非他们能够通过谈话，能消除彼此心中那明显的隔膜，否则他们谁也不可能满意”（183）。我认为，这并非黑格尔式的为认同所做出的努力，在这位德国哲学家看来，这标志着人际关系的本性（“每个意识都意欲别的意识的死亡”）。更恰当地说，在夏目漱石的世界里，一个更大的力量之网似乎将这些个体主体紧紧地掌控着，并决定着它们并非出自个体本愿的骤发的力量[5]：

> 他们三人现在都陷入了一个奇怪的困境。由于环境的力量，他们因为一种特殊的关系而被连接到了一起，对于他们而言，现在要转换话题已经愈发困难；当然他们也不能转身离去。于是，既然待在原地，他们总得想办法解决问题。
>
> 而且，客观地看，它并非什么重要的问题，对于任何能够不带任何感情色彩看待这一问题的局外人而言，它其实毫无意义。其实不用提醒，他们对此也是心知肚明。然而，他们还是不得不争吵。似乎有某种控制力从一个无法确知的、遥远的过去伸出手来，任意摆布着他们。(197)

的确，这位小说家最终的评说似乎要将这一切都投射到形而上本身。

> 在这种情势之下，她只能被迫以自己生命的全部力量、在自己的思想和判断的最大可能之内坚持这一点。她天性使然。但可悲的是，包括她自己在内的整个自然要比她强大多了。笼罩在她之上、弥漫在她的周围，毫

> 不犹豫地将公正的光芒投射到这对夫妇身上，甚至却要将她毁灭在这可怜的境地当中。(283)

但是从我们目前的正式的立场出发，这段文字的哲学意味超出了我们的理解能力，而且这段文字本身说明，小说本身的结构以修辞的方式反映了夏目漱石个人的世界观以及对生命的认识。一方面，这些哲学的观点最终促进了这种我们一直在研究的形式的发展，仅在此范围之内，我们必须说，这些哲学观点是有意义的；另一方面，对它们自身的哲学的思考必须让位于对这一时期意识
306 形态和社会语境的思考，在此当中这样一种形而上学才首先能被接受，并且得以独立地显示它终极的个人和社会功能。因而，在这种对文学形式的辩证法分析当中，有关哲学内容和表述的问题不是太大就是太小；不是因为提出有关人生意义的有悖常理的问题而错失形式的标靶，就是他们的探索还没有达到这样的高度，即他们的探索成为对这一时期所进行的更具普遍意义的社会和历史研究的一部分。

可以肯定的是，对于形而上学这种苛刻的看法是与夏目漱石自己的叙事程序一致的。比如说，后者对于心理问题抱一种完全拒斥的态度，而心理问题在现代主义的余响当中是应该得到强调的。在此情况下，关于现代主义的传统观点仍然将其视为一个基本的主观性的运动，而这一运动的新颖之处就在于内省和对于深层心理扭曲和变态的揭示。然而，在这些现代主义者身上能够真正看到的正是对这个意义上的心理的远离，以及对这些感情和情感的具体化。它们对心理通过新的方式来命名，让我们能够围绕着它们，并对如此之多的对象进行思考。可以肯定的是，劳伦斯对传统人物以及自我本身的经典性批评（“它是一种让我感兴趣的……非人的意愿”［1914 年 7 月 5 日给爱德华·加内特的

信]），其实也是打着形象表达的客观化模式这一旗号来抨击心理和主观性。在夏目漱石这里，则感情鲜明而生动地显现出来，但只是因为它们是如此之少才实际上构成了可以预见的事件：

> 这些围观者的确很奇怪，他们对于这长时间让他们无所事事的中断竟然没有丝毫的抱怨。没有表露丝毫的厌倦的痕迹，他们空白的心在平和地吸取着这古怪的感觉，随着正在流逝的瞬间飘荡。从他们短促的呼吸中可以看出他们喝醉了，但是当他们稍稍清醒一点，就会左顾右盼、察言观色；他们很快就会发现一种让人陶醉的东西。他们似乎能很快让自己适应同伴的感情。(84)

这种异常强烈的情感是与剧院和它的空间紧密联系在一起的，这一事实使它离得更远，并影响着这些情感的形成，离它越来越远并表明，正是那种与叙事的空白和非人格化形成对照的物化的情感才和美学有一种构成性的关系，并呈现出自身。

甚至反讽本身都可以被视为一种外部向表面看来封闭的内部的一种侵入。这种封闭的内部是对话的非人格性，原因在于反讽可以从根本上被描述成一个唐突的运动，在这个运动当中内部逐渐意识到（正如萨特或许会说的，在骄傲或者羞耻当中）它自己首先还有一个外部存在。从这个角度而言，阿延对津田的看法 307
（“阿延突然觉得津田是非常以自我为中心的”）会和津田对自己的某种看法具有同样的反讽性，因为通过他们亲密的对话交流，他自己的“性格”也同时属于她。这确实像发现了某种像“性格”一样的东西，反讽应当既被当做心理的又被当做社会的，或曰美学的事物来理解。而这种像“性格”一样的东西是一个别人可以看见的、与亲密意识迥然有别的外部存在，而这种亲密意识又是不能用这种性格学的语言来概括的。19 世纪晚期的欧洲文化当中，现代反讽肇始于福楼拜和波德莱尔，盛于从亨利·詹姆斯到纪德的一大批小说家，更不消说像以皮蓝德娄为代表的相对主义新戏剧家，或者像费尔南多·佩索亚那样的观点派诗人，以及他们所创造的形形色色的人物，汇成了一个潮流。这成为一个社会事件，同时不管是在民族国家之内、以怀有敌意的次一阶层的形式，或者在它之外、以殖民的形式，它都标志着中产阶级对于他者的穿透性。这戏剧性的事件以道德或者伦理的有限的形式走到了自己的尽头，此时一个单个的独立意识突然感到了自己的降格，就好像具有原型意义的卡夫卡的《审判》。这一过程是现代文化和社会，以及对美学形式的字面解读的警告，是所有这一切差异所具有的复杂性的索引。没有什么地方比这症状结构（在学院版的现代主义者的“经典”当中，它已经被扭曲和教条化）更需要内容和文化文本本身所要求的阐释学和解释性的操作，或确凿地说，理解的辩证模式。然而，在这里夏目漱石展现了我们主要得自于欧洲的跨现代现象的一个重要的变体，这个与众不同的非欧洲的文本可望给我们以新的教益。

我还要说的是，“自我中心主义”这个主题（前面的引文中出现过），同时还有那些批评家们感到亲切的道德的堕落和再生的主题都类似于“结构动机”。保罗·德曼过去一直使用这一俄国形式主义的基本逻辑，来说明罪恶以及道德堕落的内容来自于忏悔的形式，而不是别的什么根源（这时我也想到了詹姆斯-朗情感理论的怪论，在那一理论看来，“情感”延续着心理的症状，愤怒缘于身体的发热和紧张，等等）。然而，在这个具体的例子当中，形式，就好像在实验室的实验一样，以一种完全纯粹的、自我悬置的方式展现在我们面前，为我们描绘出一个广阔的内部空间，对此我们只能由其内部出发，说它有一个外部，尽管我们无从知道这个外部会是什么样子，原因在于我们不知道津田具有反讽意味的去掉面具、被揭露之后的本质是什么（尽管小林和吉川太太让我们不明就里的私语让我们更加觉得应该最终会揭露， 308
故事的结尾就会揭露的）。这个空间令人无法忍受，而它正是我在这里描述为乌托邦的东西。

我们在谈及这一点之前，首先应该把这最后的而且也是对话内化的重大影响放置到一个恰当的地位，在小说的最后部分我一直不大愿意说的“自然”突然出现了，因为我担心这一概念在与此相对的日本的意识形态结构里面发挥着不同的作用。而且，当津田离开这个城市的时候，我们可以在叙事当中看到一个根本性的转变，以及存在论的经验，在这中间，城市的酒店发挥着一个基础性的作用，这与其说是因为它与乡间和农民的关系，还不如说是因为它自身的原因，在此一个迷宫渐次呈现。我已经评说过《明暗》所呈现出来的城市图景的独特性。它更像是由节点和具有鲜明特色的内部空间，加上纵横交错的纪念碑和建筑立面所构成的一个网络，而非一套关系、或街道布局、或城市轮廓。当对话的内容从我们的记忆中逐渐淡去的时候，读者所能留下的就是这些空间——诊所高处那独具特色的房间、津田和小林谈论下层阶级时所在的那个破败的小酒馆、可以称得上富足的中产阶级的聚居区、更为宽裕的主人公生活的地方，以及次一级的小资产阶级的生活。这里确实有很可宝贵的经验，小说极其经济地传达出了城市的图景，这一成就不可低估，似乎它只是从侧面顺带地描写，但是一点都没有描述或者空间的笨拙的美学痕迹。

但是现在，在这个酒店里，像这样的内部空间变得异常纷乱，吵吵嚷嚷，津田于是就沿着它裂开的地面和凹凸不平的台阶像在迷宫一样走来走去，并没有放过一个陌生人向他走来的关键时刻，实际上，那就是镜中的他（345）。但是，这个现在较为详细地构成叙事历险、并提供了不同于对话（小说的其余部分）的特别的阅读感受的特殊经历或许只是早先叙事本身的遗留物或者外在轮廓。同样，外部的感觉居于主导地位。在此之外，其他人的存在是神秘的，也是难以理解的。从墙外或者窗外传来的声音、在街角或者听到脚步声时的那种担心，所有这些都使得迷宫一样的屋子里面的经历成为对于他者存在的永久的臆想，并超越了分隔。然而，这现在已经辩证地强化到这种程度，即从以前的暗示了他者存在的形式当中获得了一种新的语言方式：从主体间性到地方、从语言到事物和视觉、从谈话到活动。这是一个非同
309 寻常的转变，然后在一切正式的意义（大概得自于现在消失而且将永远静默的“作者意图”吧）变得明朗或者有线索之前就突然中断了。

我把这本书里的故事称为乌托邦并不是因为它是美好的、让人满意的。的确，一如很多欧洲现代主义者的“观点”的反讽，《明暗》所逐渐构建起来的对话因素对于读者而言极有可能变得越来越压抑乃至窒息，仅仅因为未曾断裂的主体性的存在得以确立，对此我们从未感觉到轻松。可以肯定的是，我们从未过多考虑过津田本人（尽管我们或许从来都不会确知其中的原因），但是甚至是最尊贵的主体性或者有意识的观点这里最终都将变得难以容忍。纯粹的主体间性作为一个哲学“体系”是错误的、意识形态的，原因在于它抑制了全知现在的异化和物化的生活事实。当纯粹的主体间性再次成为乌托邦，正好达到它的确不仅想象过，而且也事实上象征性地构建和投射了一个世界，异化和物化就是从这个世界中而来，然而这个世界被最终粗暴地或者在授权之下被排除了。这是通向人类世纪的途径，通向一个物质被人的实践所改变的环境，以致它永远不可能被直面。而在它偶然的、反人类的状态下，毫无疑问，这里的某些事物只是反讽地实现

了，因为当金钱通过进入仍然被其折磨得痛苦不堪的人们的对话，而变得“人化”和“精神化”了。永远不能将文学或者文化作品的乌托邦维度与它的意识形态存在分开，而且它在一个生产体系之内的共谋必须建立在痛苦和鲜血的罪孽之上。此时我们已经得到了某种东西，只要它在一瞬间像海市蜃楼一样能够被投射并看见。然而，乌托邦成就这一维度必须通过取代它必须克服的一切事物中的文本来衡量，同时还要使这种特别的叙事音乐返回到那为了谱成曲调必须通过提炼和转换的社会素材去。

（1990）

【注释】

［1］Natsume Sōseki，*Meian*（Light and Darkness），trans. V. H. Viglielmo（London，1971）；本文以下所引只标注页码。除了该作译者全面多益的介绍之外，我还参阅了以下著作：Kathryn Sparling，“*Meian*: Another Reading，” *Harvard Journal of Asiatic Studies* 42（June 1982）：139－176；and Masao Miyoshi's chapter on Sōseki in his *Accomplices of Silence: The Modern Japanese Novel*（Berkeley，1974）。此外，我还有幸聆听大江健三郎对这部未竟文本的阐释。同时，Ted Fowler 对这部作品敏锐的反应和不无帮助的建议亦使我受益良多。

［2］See my *Fables of Aggression: Wyndham Lewis, the* 310
Modernist as Fascist（Berkeley，1979），pp. 50－61.

［3］引自西美尔的名篇“Metropolis and Mental Life”（translated in *On Individuality and Social Forms* ［Chicago，1971］），在此作者将大都市生活紧张的特性、城市心态与金钱及其抽象相联系。三好将夫（Miyoshi）以其与众不同且更具社会批判性的解读，尤其是通过与吉川夫人（Mrs Yoshikawa）的密切关系，强调了金钱这一主题（see Miyoshi，*Accomplices of Silence*，90）。

［4］Marcel Proust，*The Guermantes Way*，trans. C. K. Scott-Moncrieff, in *Remembrance of Things Past*, vol. II (New York, 1983), pp. 136-137.

[5] 在一种不同的含义或影像中，这种更强烈的确定感会以更个人的方式呈现："但是阿延更加关注另一个问题。她甚至走得更远，竟认为有人正在秘密地策划阴谋对付她"(273)。即使多疑症以最温和的形式呈现时也是认知图式的歪曲投射和宗教意义上上帝的世俗降格。

第六部分

十六　唯物主义者马拉美

我们的需要所通向的两条路只对思想研究开放，确切地说，就是美学以及政治经济…… 313

对于这样一位作家[1]，他的（精心）之作（《漫思》）以阶级斗争开头，而其结尾则是讽刺性地呼吁法兰西学院把物质的书从它所面临的经济危机中拯救出来，能做出以上的概括就不足为奇了。对于马拉美来说，那一直都是深层社会危机的寓言，即所谓的“诗之危机”——也就是“民族韵律”（362）的中断，亚历山大体或者说六音步诗体（现在就好像国旗一样，只是为一些适当的国家假日保留的），而自由诗（vers libre）的出现是法国民主和平等的个人主义一个严重的症状，这一症状比英语里称为“free verse”的自由诗更为严重。[2]除了“诗歌”（le Vers）（以下都翻译为**诗歌**——译者注），另外还有一种集体的形式，马拉美对此倾注了毕生的兴趣，这就是看戏和听音乐会。这种集体形式与书的形式形成了鲜明的对照，然而在最终的美学意义上又与书（le Livre）相联系。稍后我们将论及这本书（它与那种诗歌与散文的两分法并不对应，正如我们将要看到的，二者皆包括在诗歌或曰 le Vers 当中）。无论如何，作为我们出发点的这“两条途径”同样也了解炼金术中那神奇的合成，那政治经济的“光荣的、早产的而且是声名狼藉的先兆”（400），这就像它神奇的过程同样在这“神秘的相同”上标上了**诗歌**的印记：“在一个巧妙的影子里，通过暗示的词语——从不直接道出，把一个缄默状态

的事物魔法般地再现出来，而它重新龟缩到与原来的缄默相等的沉寂中去，这本身就包含着近乎创造的企图”（400）（而且马拉
314 美也为坚持这种经济的维度而自豪，“他的才华让人敬仰，得到了与我同时代的人的认可”，他们不愿意听见这些外在的、多余的审美的事物）。因此很多的二元论虽然组成了“辩证的诗学”（332），而且最终显示要比“难以确定的语言的物理振动”更为复杂。传统的马克思主义者的唯物主义因将文学与后者相比拟而自豪。

印刷书的物质动力更有前途，也似乎同样不干政治，它作为“精神工具”得到应用并依靠于印刷术和能够折叠的书页（那扇形折页，更不用说古老法国的刀式折页了，就像屠宰家禽的伙夫——381）。只是随着报纸进入原来的文学图景，对于印刷物和印刷术的强调才在社会学的角度成为**诗歌**以及当代共和政体的资本主义世界的《一千零一夜》的强劲对手，而马拉美在这方面是第一个世俗美学家和理论家。

> 我的时代的一种不可否认的愿望是像为了有区别地给予一样，把语言的双重状态分离开来：这里是粗糙和一时的，那里是本质的。

> 叙事，教育，甚至描写这些都过时了，况且对每个人来说为了交流思想只要在另一个人的手里默默地拿走或放上一枚硬币就够了，词语的基本使用是综合报道，而作为例外的文学报道则加入到所有类型的现代作品之中。（368）

因此正是“交流”（我们将会看到，马拉美对此有更深层次的形

而上的保留）使我们回到了政治经济，原因就在于，像马拉美塑造的所有形象一样，从小的角度而言，货币几乎就不是比喻性的（或许有人要做另外的表述，坚持认为这个比喻性的表达在马拉美这里是一个比简单的文字交流更为重要的过程）。也许这就是提出这篇文章题目所示的问题的契机，那就是唯心主义的问题，至少从列宁主义以来这是一个比唯美主义（或曰“为艺术而艺术”）的社会问题甚至更具政治性的哲学问题。对于黑格尔来说，唯心主义是一个理论问题，因此如果说数学的首要性已是唯心主义的必要性论证，除非它能简单地证明所有纯粹的哲学都是唯心主义的。在马拉美这里，从缺席及其辩证功能的角度来理解唯心主义将会更好：象征主义暗示下的朦胧面纱已经过时，人们在体 315
验美丽年代资产阶级品味的独特风格。我们最好将其忽略或者对其进行重新阐释，就好像把它的形式的功能与 T. S. 艾略特对其保守的理解进行区分会更为明智一样。艾略特的理解具有强烈盎格鲁内涵，且在今天已经教条化。

物质的书（马拉美曾经有一句著名的话“我把阅读理解为绝望的实践”——647）与《开学》中所展示的景观之间饶有趣味的对立面或许可以提供一种后当代的重新创造，而马拉美是有功于此的。在马拉美的思想当中，的确没有什么比秋季的角色更具有巴黎特色。这角色最初是真正季节性意义上的，展现了自然之死和万木肃杀的壮阔图景——“在远方那常新的火焰映照之下，森林和天空被祭献了出去”……“时光在庄严的迟疑中消逝，而那焚尸的薪柴被自然点燃”（402）。这大自然痛楚与死亡的季节被法国人非常典型地社会化了，如“社会和使用的而非美学的倾向”（390），而且还被吸收到《开学》里去了。在这里它好似乐队指挥手中的指挥棒，点燃了这个死亡季节的第一堆火。

现在我们来看其他更具集体性的艺术：戏剧、哑剧、芭蕾舞以及交响乐团，这更是群体的而非纯粹个人的仪式了。可以想见，这些艺术将把我们带回到宗教以及 T. S. 艾略特的群体。但是当我们面对马拉美所说的“宗教的原罪”（397）时，我们必须仔细而审慎。今天的艺术应当从古代的资源当中汲取养分，这是一个经过仔细限定的宣称。瓦格纳就因为依赖于一种幼稚的信仰（以及其后原始的民族主义）而受到批评：“那些被称为过时的戏剧，乃是因为它们的诉求直接而武断，命令我们要对角色以及故事的存在深信不疑——而且除了相信别无其他”（542）。至于罗马教会和“对于未来游乐的干扰”（392），它的直接性已经被历史的逻辑所消灭，确切地说就是，“在历史中，实际上一切事物都被打断，根本没有什么足够的灌输；否则由于与精神的冲突，这种关系只能依赖于两种状态将来已然的独立存在了。永恒的事物，或者说一切看似永恒的事物，并未获得重生，而是坠入了洞中并陷入停滞的状态。自此之后，不会有什么事物，也没有什么新的事物产生，除非发自本身的根源和源泉”（394）。按照马拉美的历史观，他甚至不认同那种具有争议性的本雅明式认为的与历史重获新生和活力的契合。然而，他必须充满激情地相信，**新生**是可能的而且正在迫近，这是现代性和“诗歌”本身的危机早已经准备妥当的。

这个地方或许应该引用他那著名的论断，这是有关后瓦格纳时代即将产生的“未来艺术”或者作品，是他由于过早去世而未能实现的夙愿，如果你认为他本可以实现自己的这一愿望。然而
316 我这里引用它，是为了按照我们所得到的新的文本对它进行重新阐释。这是他对魏仑所做的自我剖析，而魏仑也是当时为数不多的能够让他敞开心扉的人。前面，他讲了自己的婚姻以及他作为大学英语教授的烦琐的俗务：

到今天，弹指二十多年了，尽管失去了这么多时光，我惆怅地相信，我做得对。除了我青年时期的散文片段和诗以外，后来的东西到处得以发表并产生了反响，每次一个文学杂志的头几期出现时，我总是梦想和试图另外的东西，怀着炼丹术士的耐心，准备为此而牺牲一切虚荣和愉快，就像过去人们劈了家具和房梁来生炉子一样地喂养着我的大著作的火炉。怎么？这是一言难尽的：一部书，一部多卷本的地地道道的书，一部事先构思好的讲求建筑艺术的书，而不是偶然灵感——即使这些灵感是美妙绝伦的——的集子……我会走得更远，我要说：书，使人相信实质上只有一本书，被某人甚至是天才不由自主地写成的书。对大地做出神秘教理般的解释是诗人的唯一使命，是杰出的文学技巧：因为书的节奏本身是客观地、活生生地一直伸入到书页里，叠合成梦幻或颂歌的方程。(662-663)

（葛雷　译）

这个诱人的想象预示了所有现代主义者关于世界之书的想象，但现在留下来的只是它的平面图和沉闷单调的神话碎片[3]，我们所能从中得到的也只是它的一二个特点而已。可以肯定，关于这一段著名的论述还有另外一个版本，“世界上的万事万物最终都存在于书中”（378）；而且其中蕴含了克服偶然性（或曰机会，偶然［le hazard］——366）的向往——它在福楼拜那封著名的关于无内容之书[4]（原因恰好在于内容的任何可以想象的形式都是偶然性的标志）的信件中得到了更有力的表达。对客观性，对自我或者诗人的消失（诗人的陈述消失——366）[5]的坚持，以及对不计其数的创作者的坚持则并不那么明确。这些创作者在同一时间写着相同的书，那么这本书——这个诗歌的唯心主义的“理想”——本身就是另一种方式的公共领域或文化。

但是我们现在必须返回到集体仪式的意象，它与那本独特的书一样一直存在于马拉美的想象当中，这本书作为一种仪式是被读者公众激发并支配的，而且以其内容组合的多种可能性而被重组，以激发多种神秘的叙事线索，而这也许是列维-斯特劳斯为人所嫉妒之处。马拉美告诉我们，大众有三个特点：教堂的中殿，缺席的英雄（不要与教士主祭混淆），还有管风琴，他们“被推到门口，拥向外面，像是巨大的断断续续的阴影，或者他们被
317 逐出庇护所的情景，但他们还没有激动地或平静地涌出，因此深化了它与整个世界，并赋予居民无比的自豪和安全感”(396)。

多种多样的集体艺术表达了所有这些根本性的特征的风貌，其中芭蕾舞（或者现代舞）也许是最生动的化身：“舞台、枝形吊灯、似真似幻的纱缦，还有朦朦胧胧的镜子如实景般排列，我们的形象也发生了巨大的变化，阳刚的身躯挺立于眼前，一个空间就呈现在眼前。一个场景，每个人的眼前都是强烈的自我的景象”(370)。这个讽喻（“阳刚的”身材）就在于宣示着男性的出现。如果是女演员则肯定要表达这个场景中心的缺席：“在节日的晚会或者地方的演出中，当大幕升起，就好像狂风裹挟着的雪花，但是不知道它来自何处，舞者出现。舞台躲闪着她的跳跃，在她的足尖下变得坚硬起来，显现出超乎想象的童真。演员将它分离出来，表现它并使它绽放。布景隐藏起来，潜伏在乐队里，那想象的瑰宝；为了爆发式的整齐地显现出来，主祭按照分散的想象，或前或后、或左或右，从想象到舞台”(308)。他说，洛依·富勒（Loïe Fuller）“构成了空间本身”(309)；而我们的诗性技艺提供了节奏：“除了空间，没有什么事情发生”，一个和弦般的长句子给这壮丽的史诗作结，它就是《骰子一掷……》。

因为对于马拉美来说，这的确就是这一类奇观的教益和经验：正是这种生产、空荡荡的空间的仪式或者是肯尼斯·伯克所说的类似于这样的**场景**，即事件发生的空间，是从未发生、曾经发生或者将要发生的。同时现在时间的空间："并非一个有效的行为，在欲望与成就女神的邪恶和神圣当中：此处的想象，彼处的记忆，未来以及过去，都在现在的假面之下"（310）。哑剧的激发使我们想起了格特鲁德·斯泰因那神秘的感觉，她说剧院里的时间永远都是被"切分的"，永远都"不是在你所看的戏之前就是在它之后"[6]。它就是不确定的现在的存在，正如我们所看到的，它也是奇观的庄严的功能所要传达的，同时还有我们观者自己与此相关的虚无感。

这个角色的非在是场景和空间首要位置的另一面。或者我们应该更为辩证地说，他的根本的**缺席**。但是关于这一缺席的诗性言说包括了很多相关的层次。它清楚地说明了关于人的主体的本性问题，同时也包括文学人物及其叙事的本性，包括有关诸如此类的象征，以及我们业已谈到的诗人"雄辩的消失"等问题，最后还涉及有关神话或者它的缺席，涉及马拉美式的人物之死，它往往是作为神话和失败，或者是沉船中的人物，最难忘的就是他 318
在波涛中的消失（让人回想起《白鲸》中的灾难场景）。

在超心理学的范围内，马拉美显然预见到了存在主义和拉康式的精神分析的重要主题：分裂的主体、意识和自我之间的鸿沟、贡布罗维奇的"幼稚"，以及我们明显的存在的核心当中的非在……因此，是马拉美抚慰了激进的同仁——当然那也是另一个自我——他渴望"能够对很多人创造一个情节，它可以让你在追忆中激动地感知到自己是存在的，那是我们都不能真正预先明确感知的事情"（369）。

但是相信自我和人的"虚无"明显会对体裁产生直接的结

果，并通过舞台上的人物形式展现给大家，对这些各种各样的舞台和小说中的现实主义，马拉美一直是谨慎而警惕的。对于左拉在这两个艺术形式方面的创新的推崇和这一不可动摇的信念一样确凿无疑，那就是现代性给舞台人物的塑造造成了难以解决的问题（他对于现代舞台剧的关注则有另外的根源，我们稍后再说）。不具有象征性的冲动与本能的非人格生活，它作为自然主义暴力的一个符号是可以接受的[7]；从而重新回到舞台**情节**的普遍缺席当中去。至于人物问题，“每个人每天都有一件最为紧迫的事情，取代了关于过去的种种符码，而它既没有做也没有说任何可以在剧院中精确复制的东西”（343），在这种情况下现代个体给过去那些程式化的至理名言的确带来了困难。因而，所谓的逼真也就被压缩为一声呐喊：从自然主义向表现主义的转变将会证实这一预测。那么我们这里可以探究一下有关镜子反射的奇妙活动：以情节见长的书，

> 在矛盾中回避着由其他人的经常性而引起的厌倦，同时，它愈加警告我们要小心，以免发现自己面临着或者接近具有双重危险性的自我。这种体裁明显地混合了脱节和混乱，而且通过在混乱和空洞之间巧妙地摆动，提供了“逼真性”。这些小说展示了在呈现满是虚构的同代人的环境时所具有的娴熟技巧，除了提出一种对生活统一性的依赖外，这些同代人对于读者而言并没有什么陌生之处。换句话说，除了像我们一样的人之外，并不存在任何东西，甚至是在其他的生命当中，它也只是我们阅读当中一个想象性的事物。字母表中最基本的字母，它们微妙的组合总是与对**神秘之物**的态度有着这样或那样的对应，这种机巧的活动当然会永远激发人们去

> 想，若非把它们组合成词的补偿，或者为它们借来人的心智的思考的禀赋，它们也就没有力量来烦扰我们。这些让人生厌的人物（我们还得时时为他们打开心底的大门）从他们那开放的书中出来，进入我们的心扉，现身并自我吹捧；**此时我们蓦然间明白了他们竟然就是我们自己**。(374-375) 319

但是，这个意料之外的萨特式的结尾[8]使叙事问题留下了重重疑问，我倒愿意使用“疑问”这个词而非“危机”，在后者的意义上——它与**诗歌**是有关系的——对于马拉美则隐含了一个在故事形式中明显缺乏的答案。

也许除了他那个在其过去以及未来都是全知全能的神话概念，毫无疑问，关于沉船的神话、关于那个遭受巨大失败且肉体消失了的英雄——先是根本就没有出现，后来也将不能重现或者实现——的这类神话，这种特殊而独特的马拉美式的神话为我们提供了一个寓言，这个寓言就是诗人在他无人称性的词语以及语言非个人的力度之后消失了。这让我们理解了寓言解决内容困境和偶然性危险的途径。现代个体提供了这样一些素材，它只是或这样或那样的特殊的此时此地，并不具有普遍性，是永远都不可能给我们提供意义、规律、真理或者任何集体性信仰或者信念的纯粹的事实而已。除非语言的神话性方案被包括在内，否则它只是象征着挫败（以及激怒福楼拜关于“纯粹”内容的文学的梦想）。这一方案可以将这种特定的不可避免的失败转化为戏剧性的成功，于是在语言本身的胜利的存在之后，问题变成了自身的答案、个体死亡的世俗局限和无意义性被神奇地转换为诗人（“巨匠已逝”……）所淡忘的符号。

但这绝不是神话这一概念在马拉美这里的唯一价值。实际上，它的其他意义以及它的热切的想象的另一个来源在于它所唤起的集体性，同时后者也受到它对于神话的向往这一类的限制。这就是必须在这一文本中使用“仪式”的原因，它只能意味着人们对于这么一个并不存在的“仪式”的向往，正如德勒兹在几乎完全相同的意义上告诉我们的，只有在一个人要被编造、并引入存在[9]的时候，人才是一个有活力的概念。由此，我们看到马拉美对于这些集体性的实体所持有的审慎的态度——我们已经看到了对于“社会”一词的拒绝，这个词似乎只有与“国家”这个词的反讽相匹配。“群众”（La Foule），这一它最常用来表示公众和群体的词并非指革命的暴民也非指现代世俗的共和国的全体公民，其实它的所指更接近那些林荫大道上的过往行人，指衣帽整齐、能够欣赏音乐厅高雅音乐的我们将要论及的资产阶级群体（“许多羽饰闪着预言的光亮”——390）。他们既非群众也非百
320 姓，“而是这样一群人，他们是让我们不免惊讶的一些原始状态的因素，或者就是我们自己，更重要的是，他们使神秘守护者的嘹亮乐声的功能得以实现。它就是自己本身！它以自己丰富的沉默与乐队相遇，此时那种集体性的宏大被埋葬。这就是目前在这个语境中个体正在经历和接受的普通的外在的代价，而这也是我们所不知道的”（390）。

我们暂且将音乐会的话题搁置一边，关于资产阶级和大众景观之类的想象造就了马拉美现今文化研究先行者的地位。“为艺术而艺术”的意识形态是戈蒂耶（Gautier）仅在粗糙的纨绔主义（dandyism）当中提出，波德莱尔对此也有更为深刻但又是无意识的表现，马拉美具有这种意识形态，他是一个与自己的文学精英主义非但不相悖反而存在着深层共谋关系的流行文化主义者。对于一个与俗世保持距离的诗人的神秘，或者更为准确地说，在**诗歌**自身的意义上的神秘而言，在今天这个世俗的民主时

代，诗歌还可以在我们称为大众文化的乌托邦冲动中找到，而不管它是否意识到这一点。

“时代知晓诗人的职能和存在”（377）：“每一个时代都惯常在它关于诗人、关于诗人所经历的地方的知识之内而延续”。这位诗人好像一位缺席的中心，或者像一个轴心，围绕着它社会的秩序在运转，而且甚至是在对这位诗人及其活动闻所未闻的情况下，通过关于平衡的内在感觉，这一秩序本身肯定隐晦地理解，然而也有可能贬低了这一中心。这是一个我们所熟知的原政治立场，叶芝和庞德曾以各自不同的方式对此进行过详细的阐述。如果我们不考虑席勒的话，施特凡·格奥尔格也以不同的方式予以阐发。这一想象从后现代性及其文化中彻底销声匿迹比其他特点更加可靠地定义了后者。我们这里可以确定先锋派的根源，就是那些急不可待地、以装潢的方式将其付诸实施的人（也许不仅如此，可能也是现代主义政治先锋派的根源）。从这个悲观的历史视角来看，马拉美关于那本作为集体仪式的书的想象可能极其尴尬；而他的伟大的社会诗学——

赋予部族词语更纯粹的意思

——已经成为社会本身的语言早前形态的一个老生常谈或者美学原型。但是上面所谈及的“天才”或者运动（movement）没有一个是以如此紧张、具有生产性、且创造性的方式生活在孤独与群体的张力当中，而我们现在就是要转向那个音乐中的隐秘的张力。

我已附带说过，马拉美根本就不是瓦格纳式的（仅就这个词在他那个时代的疯狂含义而言），尽管时时引用，但那是适用于“未来完全的艺术作品”的全然不同的实践者。在马拉美阅历中

心并时时给他以灵感的是交响乐（未经作曲家印证），这是清楚
321 的事实，连同那个引人注目的时期，诗人把这一切都普遍地归因于音乐（在他的时代，音乐已摆脱了这一特点）。与其说那是一个时代分期的问题（尽管作为莫奈的挚友，马拉美似乎从未想把这个诗歌语言上的变革与同时代更为激烈的油画变革加以联系），还不如说它是对于晦涩（音乐上则体现为无歌词）的容忍问题，以及印刷革命可能带来的问题，即追随音乐所引导的节奏变革和异质性，模仿发生在空白书页上的激烈与沉默之间的作用。因此，媒介似乎仍然是那种集体性的接受，它通过音乐厅的制度化方式使公众能够接触到更新、更多的抽象形式，而且最终也影响到诗歌本身的实践。

对于音乐的描写于是就成为唤起诗歌形式的一个得天独厚的空间："在昨日的精心之作之后是无数支离破碎的作品，它们丰富了结构，但却没有留下显著的韵律节奏"（867）。开头的变化很多，比如"胜利之光"（éclat triomphal）就让位给出乎意料的回响和余韵（384），或者开头那重重的疑云缺乏形式感，使"简单而肯定的辉煌"与力度一同出现（385）。这些多样的可能性让我们去关注作为形式的句子的多变性，给刚获解放的"自由诗"以充分的自由；同时管弦乐队演奏的多样性同样也激起了诗人的嫉妒，并使得诗人在语词当中寻找相应形式的愿望更加强烈，"通过各种变化的冲突，它们的多样性被激发出来；犹如映照在宝石上的火光，它们在互相的反射中灿烂夺目，因而取代了原来抒情的声音中那细微的感觉或者是句子中那热情的个人倾向"（366）。

然而，矛盾的是，利用语言相对于管弦乐中洪亮的乐音的缺陷，诗歌的优势才得到维护。即便在内容的逐渐淡出中也可以发现诗歌的现代主义的可能性，语言广为人知的"双重书写"（这

是语言学家所看重的）被简化为了单个能指作用。而且，语言的自然缺陷又赋予了诗人的天职更深层的意义，下面就是有关于此的著名论述：

> 由于它们自身的多样性，语言并非尽善尽美，它们所缺失的最重要的东西是，如果思考本身就是不需要任何辅助的写作，没有低语只有遮蔽的不朽词汇，俗语的多样性最终还是会阻碍每个人的表达，由于它们独特的印记和来源，这些词语本质上终究还是真实的。这一阻碍仍然产生着效力，确切地讲，在实质上（但是作为一个障碍物，对它只能一笑置之）不能把自己看做上帝； 322
> 然而现在，我的思想转向了美学发现本身。当话语欲通过可能与它们的色彩和魅力相呼应的点线和笔触、通过存在于语言的声音工具，以及单个的个体当中的笔触来表现对象时，这一美学发现为话语的陶醉而遗憾。与阴影（ombre）及其不透明性比肩而立，也就难言黑暗（ténébres）之黑了；当发现有悖常理地给白天和夜晚赋予矛盾的音质，此模糊彼清晰的时候，是何等失望。一个辉煌的字眼希望闪光或许它适得其反地熄灭了；至于那简单的灿烂的替代物——只能这样，否则诗就不存在了，因为它以哲学的方式补偿了语言的缺陷，完全优越于它们。(363-364)

这一段著名的论述标志着通向马拉美美学理念内在循环的第一条途径，然而它需按照它们所欲正式化的词语之间互相作用的上光和反射，要从多角度进行剖析。但是这段论述未能强调这一结论，即“从许多无意词中而来的诗歌重写一个完全的词、一个新词，它外在于语言，好似魔咒一样”（368）的互补价值。我们马上将会看到，这一结论就是结尾句自身。马拉美把这一句肯定为绝对的形式，这和乔伊斯把喧嚣嘈杂的尘世密封在短短的一天之内一样，是具有革命性的、不可磨灭的。

但是这种音乐性的类比提醒我们，这样的结论应该包括更加有力的裂变和异质性：“在短暂的螺旋的结果当中，这种发挥着重大作用的裂隙在一个内在的平面上爆发，在这个以光亮作比的论述中，它比所进行的任何推理都要可靠”（385）。我们现在来分析一下这一有着更为深刻、含蓄的范畴体系的概念，这些范畴之间的互相作用限定了要比其表面意义更加真实的抽象层面。因此，哲学的类比就慢慢取代了这一音乐类比。

然而，这一“系统”的本质，也就是它的系统性机制，或者说是支配着它选择和局限的规律，仍然有待明确地指出来。这是马拉美一个更为根本性的问题，而且这一问题的答案将使我们深入到问题的核心：

> 我所理解的保持这些对比的可知性的关键是什么呢？这就需要一些保证：
>
> 句法如下——
>
> 它生动的、春天般的措辞不单像包含在对话体系中的那些一样；尽管这种技巧在雄辩当中非常突出。的确，一个法国人口头上的俗语，即便是穿着便装也能保持它的优雅；历史见证了这一品质，作为我们种族最重要的一个高贵特点，它从一开始就已确立，而且，我们
> 323 的文学，不管是传记还是书信，都超越了“体裁”的界
> 限。此外那高天之上羽翼的煽动也互相凝望，借着最原始的逻辑闪电，控制着它们的任何人都可以理解对那清

> 晰结构的异乎寻常的占有。这些压缩在从句当中的看似磕磕绊绊的句子增殖并集中起来，出现在更高的平衡当中，在可见的倒转中来回晃动。(385-386)

这一段的字里行间已经暗示着逻辑，我们可以归结到马拉美所推崇的黑格尔那里，黑格尔的自我生成范畴与内在的“诗的辩证法”(332) 有着诸多相似之处。这一特点是 19 世纪晚期黑格尔对作为必然性论证的哲学的定义的理解，而黑格尔的这一定义有着更多的斯宾诺莎的色彩（阿多诺曾经确认过贝多芬和交响乐形式中的正在发挥其作用的类似论证）。区别在于，在那个资产阶级革命取得胜利的时期，这个过程被一个试图囊括一切的尝试所证明：在它最后的、试图纠正的堕落中，正是通过省略、裂隙和空白才将这一技巧倒转：

> 把一个人的创造性应用到这个空白的空间，这一空间给每一文章以不同的开头，甚至忘记了它那高声喧哗的题目，而且当偶然性，它会被逐词克服，与轻微的裂隙或者分散开的裂缝相一致的时候，这种此时已没有必要、且被打上确定性的印记的空白空间就会返回，告诉我们除了自身的存在之外别无他物，而且让我们去证明静默（的存在）也是如此。(387)

此外，对于每一个词当中的“偶然性”费尽心力的克服与黑格尔的“消极的劳作和苦难”产生了英雄般的共鸣。

关于形而上学，现在所强调的是所有的关联性，并不非常强调个体客体，即过时的亚里士多德式的、实实在在存在着的、有着自己毫不含混的名称的实体，而且这一实体与其表象清楚而确凿地融为一体。现在的形而上学所强调的是一个多元决定的关系的多样性，客体名称不仅与其语言中的其他词而且还与它所有的内涵进入这一关系当中，而前者就会消解在这个复杂的过程当中，这一过程就在自己的异质性和倒转中被塑型，并最终成为自己的结论，就好像咬着自己的尾巴一样。然后，结论和关联性一起构成了这一诗性的总体，它同时既是一个总体的名称，又是一个根本性的缺席，请看这著名的玫瑰："我说：一朵花！超越了遗忘，我的声音把每一个真切的轮廓交给了它，就好像除了此时此刻所知道的花萼之外的某种东西，乐音声中，温婉地，出现了一个纯粹的理念，是所有花束中都没有"（368）。这应当是湮没于虚无当中的世界上最后一朵灿烂的花朵；但是在我们目前的语
324 境当中，它只是一个机器，生产了短暂的柏拉图式的意象，在那必须予以重视的斑驳模糊的黑白表面似真似幻的意象。

从瓶颈里悄悄地冒出
那幻幻蹦跳的玲珑，
也没有繁华辛酸的清醒
无知无觉的瓶口像哑然严封。[10]

（葛雷　译）

语言就恰似这个空空的花瓶，它那优雅的、被巧妙地遮蔽着的瓶口，对着空荡荡的空间追溯和延长了那缺席的花朵，它巧妙地宣称："一枝玫瑰在幽暗里。"就好像空荡荡的屋子生产了它不在场的主人，或者空荡荡的舞台生产了主角本身，甚至还有他的演员和肖像（哈姆雷特："不能改变的隐性上帝"），机械的电池、精神的手段都在本民族的缺陷和特质中展开，泄露了重要仪式的神秘。马拉美将乐于称其为 l'idée，或者 l'idéal，同时不是真实的，

也不是虚无的。因为“我们知道，一个绝对结构（formula）的囚犯，那里空无一物但是那里有……自然已经发生，它并没有被添加到……”(647)。然而“由于一些和虚无一样有力的极度的诱惑，我们确实有权利在我们自身当中，在已经确立了自己可靠性和优越性的事物的枯燥当中，充满激情地去析分和占有它们，而且通过空阔的空间，在恣意和孤独的节日当中赋予它们以辉煌”(647)。如果你希望一个形而上学能够完成这一诗学，那么，它将是存在于死气沉沉、机械的宇宙中一个僵死的空间的生命的无神论者。

> 仿佛这由于自决的个人宇宙，
> 流动在火花幽煜的烦恼中，
> 证明着这天空属于天才点燃的节日星宿。(67)[11]
>
> （葛雷　译）

在没有意义的牛顿体系当中，这一人类的唯心主义是一个反抗的姿态；但是如果你想要的并不是如此的英雄气概（马拉美总是讽刺性地认识到在这些宏大的、神话般的英雄姿态与冷静的资产阶级刻板之间的断裂，就这点的“这方面来说”要求帽子要倾斜， 325
以示尊敬，虽然还有些讽刺：“极其得体地举帽致意——不管多么地冷淡，不论赞同什么——”（416））；如果谦逊一点更为恰当，那它或许就应该是这样的：“可以称之为创造的东西：一个远离我们而去、现在所缺乏的概念”(647)。

对于世界的“简化”可分为两类，即失败的高级辩证法和对直接性的低级禁令，而这简化取代了对客体的所有直接的努力，比如大海（“最好保持沉默”——403）或“森林的恐惧、沉默的雷散在树叶上”(365)，除非它是像木头这样真正的、可以直接送去造纸的物质；甚或更有趣的是，除非拒绝从摄影直接走向电影[12]（在马拉美过早离世的时候才刚刚出现）——这种双重的简化还尚未涉及对我们这里肯定很重要的一个对立，不仅是在以前很多的论文中通过引述马拉美自己的话而论及这一点，而且主要是在他自己的文章中也有论及。那么，还有另外的一个“双向”吗？是否还有另外一个更为关键的二元结构我们未及关注，而它甚至可能就是开始消解诗歌与散文之分的自由诗的现代性？

不明之处在于：“起先，在语言的范围之内为了表达一种崇高庄严的思想，就必须直达其根源：这根源就在**诗歌**本身、在其诗行当中，对文字进行布局排列，作品的主人就是这样。而其完整性则直观地出现于作品的天地留白当中。否则的话，它就是在伪饰遮掩自己——于是你就称其为**散文**——但是如果其中没有话语的储备，却还保留着对音乐感的某种隐秘的追求，那么这仍然是诗”（375）。我认为，这里的“根源”代表的就是文体及其身份特征，它必然先于阅读活动并使其得以实现，在一个今天已经逐渐消解的境遇当中（“音乐已消解了这种遭遇”——384）为阅读活动指引方向，在话语以前的两种类型当中都留下了纯粹的关系作用。

我们所能够申明和确定的就是，对于马拉美的诗歌和散文而言，这两个文体的隐晦是通过完全不同的方式体现出来的，而正是这方式上的差异界定了它们。从马拉美以及新闻从业者的意义上而言，诗歌与散文这两者的“隐晦”就在于音乐性，甚至在访谈中，记者都要以请求的语气告诉他并不耐心的同事：“等一等，这太露骨了！我插一句话，至少要隐晦一点。”

二者都涉及一个更为基础的语言情境，这一情境是省略的，而且它的特点就在于某种中心现象的省略，而我们得到的只不过是这种中心现象的枝节、外表和症状，因此它急需重建。最为理想的就是将这一情境建立在那一时期的社会现实及其语言状况的基础之上，原因在于在对历史发展的反应而非把历史发展当做一个似乎有些神秘（或者永恒）的道德律令的理解当中，去追溯对 326 直接性的怀疑，以及对它的批判似乎不无道理。然而，肯定要从马拉美自己的诊断（我们在结论部分将对其进行论述）而非浮泛的印象和臆测来重构“时代所要求的”东西。

于是我们就遇到一个语言的内容，它要求新的再现策略，以及相应的新的阅读过程。我这里反复使用的“重构”一词，所要真正表达的是：它传达了某种省略的构成主义，或者，用当代的术语来说，就是互动情境，在此情境中，读者在暗示和引导下重新建立了新的总体性，而这些暗示和引导则是利用孤立的片段、由诗人“意味深长地”定位并巧妙提供的。但是，我们必须警惕，并不能去追求过去那种浪漫的无所不包的一定语境下的“碎片”，因为这里的片段并不真的就是当做碎片而给予我们的。他们是非常多的孤立的客体，漂浮在虚空当中，并没有什么背景和语境。比如说，在 *ptyx* 十四行诗当中，就像摄像机缓慢扫过一个空旷的沙龙，它所记录的就是一组小工艺品和维多利亚时代的古董——以灯的形式呈现出来的雕塑，烟碟中的烟灰、餐具、残缺的物件（不妨设想就是某个样式的小瓶子），窗户和窗框，闪烁的星座，映着裸体的镜子。

纯洁的指甲高高地献上自己的玛瑙
深夜的焦虑，支撑着这高擎火炬的人
拿住被金风点燃、骨灰瓮
不予欢迎的夜梦。

空荡荡沙龙的祭器桌上，

神号发出空幻的嘹亮，
（主人用这虚无感到光荣的器皿
到忘川去淘汲泠泠清泪。）

327 在空虚的北方的窗子跟前，
一缕金色沿着隐约的背景闪着暗淡之光，
背景里独角兽们在一只水怪对面炮着蹶子踢出火花

它赤裸地消溶在镜中，
被框子封闭在遗忘里，
点点星光早早地演起了七重奏。[13]

（葛雷　译）

我们不能说这些零零碎碎的东西就是这个房间的片段或者碎片，这个房间虽然是空的，但是房间本身只能由住在里面的人，也就是主人来命名和确认，而这个主人如果曾经在这里待过，那么他现在不在或者是不再在这里了。的确，也就是在刚刚确定窗外的夜空中的点点星光是北斗七星（而北斗七星本身就是由各自独立的物体组成的，它们当然不能说是碎片，而且从任何有意义的有机层面而言，都不能说是“片段”了）的形状时，我们便离开了这间屋子（和这首诗）。这个完整的对象——即这个可以叫得出名称的星座——则反映了由“完全的”新词写就的这首诗的封闭。在其寓言即将显现出来时，它戛然而止。

这些各不相同的物体无机的组合并非意味着马拉美诗歌的现象学世界是非典型性的：一只花瓶、一朵玫瑰、窗帘、孤零零的窗户，所有这一切都返回到“世界”的现象学概念上，并对这一作为先在的总体性的概念提出质疑。

这个总体性是由这首诗，或者更准确地说，是由这些句子构建起来的。这一总体性是将这些单个的对象，即来自跳蚤市场的一堆散乱的低劣工艺品重新联系在一起的最为有力的黏合剂。的确，句子的力量非常巨大，而且它迫使我们不得不关注它本身的黏合力所具有的力度和必然性，以至于我们在这一过程中都未能注意它内容的异质性和它们在一定关系中的任意性。所有这些或许可以称为拼贴，在此当中如此众多各不相同的项（这个术语或许比“对象”这一术语更恰当一些，也比“符号”之类的符号学词汇更能让人满意）在虚空中并肩漂浮；所不同的只是，拼贴往往涉及的都是零零碎碎的东西，而且是以视觉的同时性呈现出来的（这也是马拉美在其美学建构中似乎在有意回避绘画词汇的另一个原因）。然而，“项”往往暗示着列举，这是 19 世纪诗歌语言中的一个伟大形式：德勒兹用“协同的综合”将惠特曼的列举恰当地理论化了（以及……以及……以及……）[14]。惠特曼的列举能够打开作品以及它的冗长性，这一冗长性展示了进一步命名及其对象的无限可能性（这些小的集合的有限性可与艾米莉·迪金森相比较，她也在做这些孤立的项，而非整组的交易）：

是的，在和风吹展的历历在目 328
绝非海市蜃楼的小岛上
盛开的白花使原野更加绚丽，
我们的言语难以企及。

如此烂漫绚丽的大地
千花万卉争艳斗奇，
每一朵花的清晰轮廓，
都是开向一片崭新天地的窗子。

《为戴泽特所赋短章》【56】[15]

（葛雷　译）

但同样重要的是，要认识到这种重新组合的缺陷：把这样一个非常主动的过程寄托于阅读——“绝望的实践”——本身就是将一种无法完成或者实现的可能性悬置起来，各项之间的鸿沟和断裂将会说明这一点，关系及其综合的总体将只是一封无法送达的信。诚然，对于这首诗来说，为了使其代表首先有待统一的一组符号，从某种并不十分清晰的角度而言，总体性必须是这样的一封信。阅读就必须存在于符号和其激活状态之间的刀锋之上：这首诗的成功同时也是它的失败，就在它成为一个单一的、具有总体性意义的词时，它必须作为一个异质成分而出现，就像只有在我们离开那间屋子的那一时刻，它才能被看做是一个整体。

那么是什么在操纵这个具有内在矛盾的神秘过程？正在讨论的这首十四行诗，乍看之下赫然可见的是：在前八行我们必须理解那有名的“附属的”或者说是从句，即便是在这里，同位语通常取代了没有出现的关系代词。“句法”！在这里我们发现是句法关系在操纵着提炼与抽象的最高级的形式，而且这种句法关系的力量就好像无形的引力一样足以将这些从句集合在一起。然后，在后面的六行当中，连词似乎接过了这一任务：虽然尽可能地不引人注目（也就是说，作为一个并不陌生的连词，在一定程度上保持一种隐蔽的状态），在其微末然而可见的存在当中，“尽管”这一类词开始背离了纯粹并列的逻辑——这里有一个现象，即反映，但是与之并列的还另有一个；“尽管”一词，暗含有所保留之义，背叛了空泛的句法，即便是不能说它没有任何意义，最起码没有任何明显的目的——这就是因为如果没有内容，句法本身就是没有意义的。

但是我们现在可以看到，连词只是不同词性当中最弱的一种形式，就像介词一样，只是介词的一个替身而已。毫无疑问，“相邻”（Proche）很快便被一带而过：它表示空间并列的这一字 329
面意思往往会将其表示将事物并排置放的比喻性操作的意思给消解了。最后，我们来看具有马拉美特点的词性尤其是最能体现他诗歌和语言效果的最重要的介词和功能词，确切地讲就是这个奇怪的“按照”（selon），它实际上表示不包含任何实际内容的关系的最纯粹的形式。如果它只是意味着，“按照”（according to），那么显而易见，在这一诗行中，意思不可能得到尊重，甚至还称不上一张期票，它的符号说明了没有任何的可行操作，就好像来自外层空间的无法破解的密码。

将马拉美这些空洞的介词汇编起来应该是饶有趣味的[16]，在这些词当中“avec”是另外一个虽不引人注目但却很有特点的例子，此外还有“parmi”以及难以确定其用法的“*à*”。这些都是具有马拉美特点的句子的构成工具，现在说是他的虚构句法、他虚假的或者说是仿冒的句子，或许更为恰当，这些句子（就像现今阿什伯利的作品一样）以一种特别合乎语法规范的方式展开，而且给这个思想中合乎句法规范的部分进行了一套操作，而这些操作没有任何其他的可以确知的目的，而只是出乎意料地表明自身只是一个纯粹的操作，正如一个有待完成的纯粹的合乎句法的过程。

在继续往下论述之前，我看到了这个过程的最终结果：它是这种句法的模仿对否定词所造成的影响，在所有的语法功能当中，它因为句子的幻想性而最难确定，这些句子中的短语、从句并肩漂浮着，以致削弱了符合逻辑的决定性判断。这在法语中表现得尤其明显，它的否定行为一般分为两个部分，它们使一个否定性判断有明确的开始和结束——即宣告性的“ne”和总结性的

"pas"（或"guère"或"point"还有"que"，以及其他任何的不管是弱化的、强化的，还是限定性的都是所需要的）。这一语言当中同样还有一个某些特定的结构所需要的不受限制的"ne"（称为重复的"ne"），在此当中我们仍然不清楚它到底是不是纯形式的（亦即没有任何否定的结果）还只是一个否定的简略表达。马拉美的语言以这样一种让我们对它的力量和直接的意思感到困惑的方式，使这些不确定的否定词成倍扩大，这种现象在散文当中表现更甚，这明显使它的结果显得模棱两可，在诗歌中情况不似那样严重，它对诗歌意义不确定的悬置是一种支持。诗歌通常而言，不过在马拉美这里表现得特别突出，更多地涉及形象（phanopeia）和诗性思想的体现或其意象，而非本体性的肯定或者否定：而且，无论如何，马拉美式的缺席恰恰是这样一种状况，在此当中，肯定与否定同时进行，而且那个"ne"的歧义性，表示的远非只是一种不确定性，而是这一诗歌过程当中一个根本性的、能动的维度。于是，这种被弱化和模糊了的否定进一步强调了马拉美美学和黑格尔辩证法之间的亲缘关系，这种辩证
330 法并非意在质疑否定的功能或者判断行为，而更在于深入否定的实质，以发现通过否定的方式得到肯定的对象。于是这一辩证法表达了它的内容中的这一过程，即我们在前面已简略论及的成功与失败的特点以及失败主义与悲观主义的反面。在不可避免地通过人、有限、时间以及物种的灭亡加以描述的失败这样一个给定的前提下，它的效果实际上是将这种不可避免性转化为一种新的辩证法的成功或者胜利，它和传统意义上的神人一体或者道德之类的骄矜和个人主义的自我主义已经没有什么联系，却和这里不能深究的斯宾诺莎的斯多葛主义有某种亲缘关系。但有一点是肯定的，即马拉美式的否定反映了黑格尔式的精神当中的某些东西，在此，我们还不能够分辨出一个事物是肯定的还是否定的，

即使在意义消失的那一刻，我们也不能作此分辨，诗人将这种意义的消失戏剧化地描述为一个空荡荡的舞台，否则就是屏着呼吸等着它的事件发生的一场戏。

然而，正如我们在上文中看到的，这一系统向散文的转移仅就词类方面而言给自身造成了新的问题。这些操作了诗歌的并列，也因此完成了诗歌总体性的词类，介词和连词，以及否定词都更加明确地应用到了散文当中。马拉美的散文对这些解决方案或者方法都将不予考虑，还要去掉那些印刷上的空白、段间距甚至是逗号本身。原因是，在这种往往让人不胜其烦的造作的话语当中，逗号不再是为了让读者换口气，而让人这个阅读的主题重新回到文本：首先重要的是构建一个大的文本，同时要求一种比诗歌更有力的认知投射，哪怕这种操作更是在类型上（总是一种自我描述）而非程度上存在着差异。

这种结构给允许存在一定“偏离”的翻译也带来了问题，有关于此的评说也同样说明了上述的一些特点。读者想必都已经知道，眼前的文章不是说明性的文字，而是从散文中精选而来的、几近于诗集或者作品选的东西，并在法语和英语这两种语言中都能适用。此外，其翻译还仍然是难说满意的字面义与解释义的混合，仅就其处于诗歌与散文的分界点而言，它可望给我们提供一个理解马拉美诗学的契机。我想说的只是，既然英译本的别扭是可以解释的，那么除非“不可译的”这一概念具有生产性，否则我们就不应该在这个问题上白白浪费时间。首先，本雅明认为(得自于已经被遗忘的鲁道夫·潘维茨［Rudolf Pannwitz］的思想)，为了将另外一种语言的独特及其内涵传达出来，翻译可以 331
不那么流畅[17]，其实这一思想与我们此处并没有关系，在这里法语已经被有意地加以改变，并因而有几分特殊：除非这种变形是非常法语化的，否则它们的译文就不能相应地传达出法语的这种特殊性。

此外，还有另外两种变形在马拉美的散文中发挥着作用，它可以说明上文所讲到的字面义与解释义的交替出现。一方面，他要将通常法语中的句法分解为一连串孤立的实词，他用无数的逗号分隔开那些总会出现的本源化的视角。口头法语与高雅的书面法语之间的区别就在于前者频繁使用同位语[18]，这个区别在这位“语言天才”这里仍然存在，而且还或许被认为是其特点之一，但是要将其转换为英语同样不容易：尽管它的最终效果——也是它隐秘的意向性——就是要将句中的每一个成分孤立开来——采用词语或者实词之间的空白处来实现，这样就不会对句法破坏过大，且更能实现其缺席状态下的可见性——这是马拉美很钟爱的、大量出现在他的《骰子一掷……》中的一种印刷排版的手段。逗号于是在这里就成了穿插在这些文章中的段落的一种次要形式，这些段落奇特而夸张；而且我所说的字面义是想表示大部分和英语同源的单个词的孤立。这些像孤岛一样的词语时常和可以理解的、流畅的句子联系在一起：在这种抑扬顿挫的交替之间它与音乐的关系、那伟大的和弦以及更易理解的主题的发展的效果也被戏剧化了。由此可以看出，马拉美极其看重这种不对称和节奏的特殊性，而这则意味着导向句法的关系的重建。

然而在这些相互影响当中，时常会插入不同类型的短语：更加浓缩甚至省略，而且时常还会有不无夸张的俚语土话，也就是说，在书面语当中夹杂着恼人的口头语，或者是抽象概念当中夹杂着对话（说它恼人是因为后面指出这个说话的知识分子和他的辩白）。我发现很有必要用较长的段落去代替这些片段的对话，用意就在于解释这些短语形式的隐喻，并给困惑不解的读者以必要的解释。因而，如果我对字面意思的坚持引起了读者的反感，而这些读者对这些法语词很了解，他们会把相应的英语同根词当做一个毫无趣味、平淡无奇的误读，而插入那些解释性的部分也会引起那些时有创见的聪明读者的异议。然而，仅就通常意义上，翻译所面临的双重的隐忧与危险而论——过分拘泥于字面意思和过度的、模糊的解释——就像其他一些恰当的翻译一样，我在这里所提出的这些观点或许也没有人满意（要消除马拉美式的否定的歧异，就这样解释为“一个的确无法翻译的”命题）。

*

现在既已回到我们的时代，这样就可以从另一种语言优越的 332
角度去审视这个问题（马拉美曾在高中教过这门外语，他为此还编写过语法书，对此或许值得思考一下这段经历作为一个外在的、异质的事物在他自己的语言当中发挥了什么样的作用[19]，这就好像拉丁语之于福楼拜、法语之于亨利·詹姆斯、那已经僵死的神圣的语言之于中东的宗教仪式一样），那么，有关语言的这一段独特的经历对于这一个时期而言具有什么样的特点，现在提出这样的问题就不仅仅是出于好奇，而是源于兴趣了：可以肯定的是，后来就有了那些经常朝觐他的“战神”的“门徒”了；当然还有他所推崇的同行，像维里埃或者魏仑（以及他所想起来的别的一些人，不过那些人和他之间并无多少相似之处）以及前辈，首先就是爱伦·坡和波德莱尔。以上当中没有什么——甚至包括他诗歌中的“坟茔”或者散文中的人物特写——都不能告诉我们关于美学意识形态的很多东西，当然这只是在目前这个从诗歌形式及其变体角度进行简单讨论的文本当中而言的。

所以从他这样的一个语言观来看，我们必须回返到马拉美与他人，然后特别是与这些人——诗人——最后是与“大众”、（法兰西）共和国、公众、报纸读者、报纸访谈的读者各色人等的关系中来。然而我们知道，马拉美的交流功能很容易确定：那就是沉默，最起码涉及话语时就是如此：把一枚硬币放到对方手里，这就是意义和交换的表示——“况且对每个人来说为了交流思想只要在另一个人的手里默默地拿走或放上一枚硬币就够了”（368）。这句话有多重含义，特别是我们首先会想到对当时各样经济丑闻的抨击以及他对于金钱的蔑视——“人们推崇上帝，并不是为了使它与保险柜或钱袋的影子为邻”（398）……“由于手中没有金币的炬然光彩可以欣赏，作家却有自己得天独厚的礼赠：那就是他们用诸如（真）和（美）这些词来营造自己光彩夺目的篇章”（399）……语言，特别是诗歌语言就这样和别的物质竞争，在古时候语言的命运是和这些物质交织在一起的（在炼金术和炼金石里）；关于经济的指涉贯穿始终，不管是在高级的金融和商业层面上（左拉的《金钱》）还是在通过诗歌的竞争对手，报纸，而传递的丑闻这一层面上。

同样需要注意的是，那被比做交流的沉默和句子或交响乐之后的沉默完全不同，那“完全的词语”，它实际上在“鉴别”这不同类型的沉默，在此当中，偶然性被逐词逐声地压缩：直到这新的沉默脱离了偶然，自此成为必然的沉默，一种根本的而非偶然的空白页面——此外，它似乎成了从交流和意义当中被成功地抹去的沉默。

333　这样的一个观念则预示着不正常的个体联系：马拉美承认不同诗歌世代间断断续续的联系，但它更是一种仪式或礼节，并非是观念、技巧或秘诀的交流：“表示出一种毕恭毕敬的亲近；而经常光顾某地的安详是来自迈着多年来一如既往的步子漫步中的闲适的话语的。”（406）

但是的确没有任何关于艺术的论述：这个诗人将尽力做到“他会表示对一种神圣的规矩的蔑视……但愿人们不必总是一成不变地以为永恒比提供的永恒的机会更重要”（406）。你可以将你的诗作送给同时代的人，但那只是“向着活着的人们递上名片，献出格言或商籁体诗，以免被他们攻击，假如他们懂得他们自己没有立锥之地而怀疑诗人的行为时，会这样干的”(664)。仅就我所看到的，诗人在将“先机让给”他的语言的行为中，是怎样遁形于无的，而这不管怎么说都和人类及其意识无所不在的虚无相对应，由此可见，这里的狂妄只不过是一种反讽而已。既然这样，他在这里究竟要表达什么呢？究其根本而言，马拉美的观点和德勒兹关于交流的不可能性以及作为形式的对话之荒谬的观点可谓心气相通的。[20]

归根结底正是内容的荒谬、观念、意见及其表达行为的荒谬导致了关于对话的清醒而具有斯多葛色彩的根本性立场：

> 我把这种情况比诸这样一种意识：在两个人交谈时，尽管是不相情愿的交谈，他们的话题集中在某一具体事物上，而由于这种限制，两个交谈者都不讲自己内心里的东西，也不显得那么专注；然而他们却通过带着假装知心话和专注的狡黠而互相吸引，以往这种精神的激烈而奇特的斗争的委曲迤逦或并行于世界便是直接而细腻的文学（文学的魅力就在于如上的情况）：一个在显示其思想时竭力隐蔽，另一个则执拗地企图抓住它显示出思想背后的另外的东西。——二者各自保持着自己原本的世界，而由于一种友好的需要却又把他们引向相互接触。(408-409)

在虚伪的人群当中所发生的个人之间的邂逅，像这样的交往不会出现：交往的总体性并不在于个人，也不在于他所经历的邂逅，而是在于作为整体的交往秩序，而与之相对应的就是作为一个整体世界的这些诗歌或者炼金石。我们或许时而会认为其中一方是另一方的表达（“原因在于（重要的是），我们的思想要求大地的模拟物”——654——比如，它表明国家的关系本身应该模仿诗的关系），但是，不论如何，他们是唯物主义者或者是理想主义者，不管二者当中哪一个在先，它们肯定都是对方的寓言：

334 在近几个世纪内，地球上的联系已遭严重破坏，其原因就在于没能使公民认识到这样的一个事实，即城市（cité）或都市，它的政府以及法律体系的残酷幻影事实上只是一种象征而已，或者就我们自己情况而言，之于他们逐渐在那消失的天堂，坟茔就是：大地的作品，几乎谈不上邪恶。钟声、选举以及一切都看似要概括为这样一个指涉——所有在场的人并没有真正经历过当法律的代言人被禁闭在它的透明、赤裸和奇迹中时所发生的那些狂热崇拜的场面。当模糊扰乱了你对它们的正确判断时，就探究这些下层结构吧，如果仍没改善，那就借助灯照亮它们以标记下它们的轮廓：因为你的思想要求大地自身的模拟物。（653-654）

他在脚注里悄悄地重复着这个至为关键的信念（“这可以概括为美学和政治经济”——656），同时他又感到自己说得太多，而且不管是这个寓言式教育的内容还是它过于直白的表述都几近于直接而密切的慰藉，因而他就突然停止了自己的讲述（这就是在牛津大学的著名演讲），他这样做的道理或许就在于此吧。

在结束这篇文章的时候，更为恰当的是去思考一下他所处的时代特点，比起他的诗作或者预言，以及他生活中的人际交往还有当时他在巴黎的知识和艺术生活，这能更加有力而中肯地说明知识分子的境遇，从而将马拉美重新放回到他自己的生活经历当中去，使这一段生活经历以及他本人对我们而言重新变得可感可触：

> 感情就像空间自身的呼喊一样被表达了出来，旅行者感知到了痛苦的呼号。“毫无疑问，”他使自己相信：“我们正在通过一条隧道——时代本身——……”地铁，这迫不及待的地铁，将与你为臣服于正义之战的高大玻璃塔的精心准备同在。
>
> 自杀与弃权，也不能产生任何效果，为什么？——在世界历史中，我将解释的一个事件就是没有现在，不——现在是不存在的……在集体自我肯定的缺席下，在一切事物的缺席下。同样粗鲁的逃兵和篡位者都差强人意地宣称是自己的同代人，但当这段或那段过去突然中断，未来也被悬置时，为了隐藏他们之间的鸿沟两者又被迷惑不解地重组。除了以承认他们对日常虚无的信仰为己任的报纸页面，如果灾害通过世纪的某一片段来衡量它所处的阶段，不管这一片段重要与否，他们同样是蹩脚的。(371-372)

（1963—2006）

【注释】

［1］我在此主要引用了马拉美于1895年的题为“围绕一个主题”的散文集，后又（部分地）被收录在名为《漫思》（1897）的卷本中。文中的页码引自七星文库精装本《马拉美全集》，由H. 蒙多尔和G. 让-奥布里出版（巴黎，1945）。引文被附在注释后，括号里的数字指的是引文在本文中的页码，第二个数字是引文在1945年法语版中的页码（或在需要时提供了一 *335*

些翻译)。

[2] “Le remarquable est que, pour la première fois, au cours de l'histoire littéraire d'aucun peuple, concurremment aux grandes orgues générales et séculaires, où s'exalte, d'après un latent clavier; l'orthodoxie; quiconque avec son jeu et son ouïe individuels se peut composer un instrument, des qu'il souffle, le frôle ou frappe avec science: en userà part et le dédier aussi à la Langue.” (363)

[3] See Jacques Scherer, *Le “Livre” de Mallarmé* (Paris, 1957). 更多的片段收集在新出版的两卷本 Mallarmé edition (Paris, 2003)。

[4] 见前面导言的注释 [7]。

[5] And see also pp. 370, 372.

[6] Gertrude Stein, *Lectures in America* (Boston, 1985), p. 93; and see also Essay 17.

[7] Gilles Deleuze, *Cinéma I* (Paris, 1983), pp. 173ff. 亦见 Mallarmé 关于 *La Curée* 的有意思的注释 (op. cit., p. 321)。

[8] “对于观众来说,布莱希特戏剧中的思想就像一组人种志研究者突然遇见一个野蛮部落,在他们接近这个部落后,却发现事实上这些人和他们极其地相似。” Jean-Paul Sartre, *Sartre on Theater* (New York, 1976), p. 74.

[9] Gilles Deleuze, *Cinéma II* (Paris, 1985), pp. 281-283.

[10] Mallarmé, *The Poems*, trans. Keith Bosley (Harmondsworth, 1977), p. 185.

[11] Ibid., p. 167.

[12] “Si vous remplacez la photographie, que n'allez-vous droit au cinématographe, dont le déroulement remplacera, images et texte, maint volume, avantageusement” (878).

[13] Translation by William Rees, ed., in *Penguin Book of French Poetry* (London, 1990), p. 212.

[14] Gilles Deleuze and Felix Guattari, *L'Anti-Oedipe* (Paris, 1972), pp. 80ff.

［15］ Mallarmé，*The Poems*，trans. C. F. Maclntyre（Berkeley，1957），p. 63.

［16］ 事实上，Jacques Scherer 在 *L'Expression littéraire dans l' œuvre de Mallarmé*（Paris，1947）已经这么做了。

［17］ Walter Benjamin，"The Task of the Translator，" in *Illuminations*（New York，1969），pp. 69－82.

［18］ Raymond Queneau 的第一句"生命的节日"（*Dimanche de la vie*）提供了一种实质的教科书式的说明："他并不怀疑，每次他经过她的商店，她都注视他，她是个商人，他是个士兵。"（Paris，1952）p. 15。

［19］ V. N. Voloshinov（Bakhtin），*Marxism and the Philosophy of Language*（New York，1973）.

［20］ Deleuze，*Cinéma II*，p. 299.

十七　格特鲁德·斯泰因和词性

342 要谈论斯泰因，首先要解决的就是一个信任问题。这一问题先于并决定了我们所要表达的其他所有的观点和感想，而且这一问题的解决于她显得更为迫切。她值得我们信赖或者只是一个江湖骗子？如果我们都认为她是可以信赖的，那么我们是否同意她对自己是“天才”的评价？或者换一种说法，我们是否认可她的睿智？用她自己的话来说，我们是否接受她认为自己是有知识的这一说法，是否真正地理解她所谓的知识？她本人坚持这一问题，也坚定地坚持有关这一问题的答案：

> 哦，是的，你确实知道。
> 你确实知道那一切。(34)[1]

以她惯常的说话方式，那就是：当我告诉你我的所知，你肯定理解我的意思。

> 因为我已经说过知识就是我所知道的，因为我确实从根本上相信知识。(10)

> 当你提出疑问的时候，你并不是在回答，但是或许你会说，自己正在判定知识。寻求知识就是你的所知，而且当你提出疑问的时候，尽管没有人能够回答这些问题，然而知识就在提问当中。知识即是你所知道的。(102)

刚开始读者/听众肯定会认为这种知识其实就是应该和知识加以区分的那种知识，明确地说，就是意见；他们是要把斯泰因所强调的问题当做这一问题的另外一个形式来听，你认为是这样吗？你赞同我关于这一问题的观点吗？

在表面或者讲故事、趣闻轶事的层面上，把这个显然情绪化、个人化的知识一词等同于那种普遍意义上的意见，无疑就确认了说话者的本来形象就是固执己见、刚愎自用和言辞夸张的，而非一个传道解惑的人物。她自己把听者扭曲为说者（“正如我自己所公开表明的，我似乎在不停地谈论，但是谈论有可能就是 343
一种倾听的方式。如果一个人迫切地要听见和看见什么，那么倾听也就是每个人都在言说”——135）只能证明这个“意见”的读者心怀芥蒂。

但是，当我们一旦决定要相信斯泰因，我们必须从一开始就摒弃这种观点，即她在《美国讲演录》(*Lectures in America*)[①]里作为告诫的第一句话（“你不能总是去思考什么是知识及其回答，即所谓知识就是你我所知道的，这样的问题”——1），并从柏拉图的知识（episteme）（而不是意见“doxa”或“opinion”）序列出发，把“知识”当做一个更为深刻的、非个人的事物来理解。这是一个顺着矿井通道直达目的地的过程，这一目的地即便不是理念，最起码应该是范畴，即在其中你看不到个人的、经验性的东西。格特鲁德关于她自己的第一个剧本、第一幅油画、她早期阅读的书籍明显都是些饶有趣味的传记性和趣闻轶事类的东西。事实上，这些就限定了“知识”（或者episteme）空间中那一特定的部分，这是她主观的运思途径所

① 本文作者交替使用《美国讲演录》和《讲演录》，其所指都是 *Lectures in America*，译文统一译作《美国讲演录》，特此说明。

决定的。因而，在开始探讨关于“标点符号、句号、冒号、分号以及大小写字母这一类实际问题”的时候，她非常明确地告诉我们：

> 我截至目前漫长而复杂的生活都和所有这些有关。(216)

她的权威、她的“知识”就是得自这个长期而复杂的（构造新词的）终生事业；它并没有自称是全知全能的：

> 我经常不明白我是如何逐渐理解了我欲理解的关于叙事的一切。叙事对我而言是一个问题。最近以来，我很为此而忧虑，以致目前还不能就这个问题写下感想或者发表见解，原因就在于我还在为此而忧虑，忧虑怎么知道它是什么，何以如此，以及来自何方，如何而来，还有它将来又如何保持目前的样态。(232)

然而，有关于此她已经知道得足够多了，以致知道 20 世纪三部小说力作“没有一部当中有故事”(184)。所以，以否定或者缺席的手段，对知识隐秘空间的测量，即通过树立标准来衡量，亦即你通过自身经验，也就是具体而特殊知识的前提条件所激活的东西，这种测量同样可能具有生产性。然而，斯泰因根本就不讲辩证法，的确存在这样一种判断，即斯泰因的现代主义和她的美学（《美国讲演录》中有关知识的论题）显然是反辩证法的，而她的这一个论题把我们引向了写作本身，或者说，引向了一个难以理解的斯泰因。

你至少得高声朗读，而且没有标点符号（除了几个句号之外；参见217-218页）使得你无法一目十行或者走马观花地读过去，只能为“思想”并非为文字而阅读，或者如果你认可的话，为内容而阅读。毫无疑问，斯泰因的其他著作比这一本（你或许会借助温迪·斯泰纳［Wendy Steiner］所著的有关这些深 344
奥的作家们读本，以求得对这些文本所要求和传达的完全、彻底的意义的界说）更加难以理解。

然而，更加让人难以理解的是，她本人费尽心机要用另一套语言来代替原先的、也比较清楚的那一套，正如斯泰因自己所说：“那难以理解的表面是……因为句式、时间—地点的所知以及思考的明显断裂、字词的用韵与语义关系的脱节、连环的否定，以及时有所见而指意不明的委婉表达和用典等因素所造成的。”[2]这样说吧，这些过程可能意味着伦敦当地有韵律的俗语，或者是某个小团体内部的行话；但是我们在这里并不必面对斯泰因的全部作品，而只是面对其可读性更强的《美国讲演录》（而且也只是在这个角度上而言，后者可能会给我们理解前者提供一些有意义的线索和暗示）。

在《美国讲演录》的中间部分，就有一个这样的线索和暗示，它指的是另外一个文本：

> 正如我在“作为阐释的构成”当中所想表达的，艺术的要务就是生活在真正的现在，一个完整的真正的现在，同时去完整地表达那个真正的现在。(104-105)

仅就其字面意思来看，除非我们能够搜集到这一美学思想在这个系列演讲中（这里所指涉的文本并没有任何帮助）所带来的衍生后果，否则它似乎并不甚具体。因而，对于目前生活所涉及的真正意义的理解，以出乎意料的发展方向，成为对有关记忆（同时也包括那些坚持认为不存在什么重复的观点）的诸多抨击所对准的焦点。与此同时，对于剧院中“被省略的时间”的分析，以及绘画中的“指涉”问题都使得由记忆所引起的这些混乱泛化了；另一方面，她将肖像（画）这一古老的形式予以再造并赋予它独特的含义。在具有雄伟的类型学计划（“把所有那些我或知道、或看到、或接触、或记得的人用图表的形式表示出来”——141）特点的《美国人的形成》一文以及她关于这一形式的论述中，斯泰因都对肖像这一问题进行了探讨，而这一探讨继而引出了不同形式的身份确认这一问题。从当代关于历时性和共时性的区分这个角度而言，这个问题是一个潜在的问题。

生活在真正的现在就逐渐地不再仅仅是一个形式的策略（如果它的确没有具备德勒兹所言的“唯心的精神分裂症患者”[ideal schizophrenic］这一概念的哲学和伦理维度）[3]；它开始通过叙事来厘清斯泰因的问题，有关于此我们在前面已经指出了。然而，它同时也提出了另外一个有关语言的根本性问题，特别是对所有言说者而言，都一定需要记住他所使用的词语意义的这一
345 问题。难道与记忆无涉的努力只会将演说者置于一个失语的或者沉默的不利境地？

然而，这一类问题正是斯泰因为自己所提出的，而且她为这一问题在语言的层面上提供了不同寻常的答案，而这个答案则对最终理解她为何以这样一种难以理解的方式写作预先设定了一个固定的、让大家感到普遍满意的解释。这些答案一开始就完全融入了语言结构本身，以及诸如此类的句法和词性；同时，有关（我们自己的）特定语言和那些深层结构之间关系的完整的历史在另外一个共时性的层面上得到了细致的阐述，这一历史则被自称与政治无关的斯泰因与帝国主义本身以及美国例外论联系在一起了。

因而《美国讲演录》既是有关历史的讲义又是有关语言的论文，而且对于一开始我们关于意见和个性范畴的告诫是值得反复说明的，它强调了 D. H. 劳伦斯[4]的心理和文化的研究途径与这种排除了任何心理分析维度的、客观的“语言”之间的差异。而且，对这种“语言”而言，它是一个具体的社会—经济结构——对于英格兰来说，就是她所说的“岛国的日常生活”——这一结构能够解释一个国家文学及其语言的实践和可能性，而且也开启了一个美学地缘政治的更具普遍性的视角。即便在 19 世纪末帝国主义与其殖民地的状况与今日之全球化的状况迥然不同，日渐明确的是，斯泰因的视角与当代需求，而不是与“两战”以及冷战时期大行其道的心理主义与形式主义有着更多的契合之处。

现在我们就摘取第一讲中的部分字句来简要地说明这个含义丰富的历史分期：

> 一个世纪有了词语、另一个世纪选择词语、再有一个世纪就使用这些词语，然后使用这些词语的世纪已经没有了它们。(27)

我们可以这样确定这些“世纪”或者时期：第一个仅仅“有了”词语的时期就是乔叟的时期，她认为这一个时期的文学是名词和命名的文学。

> 名词就是一切事物的称谓。只需想一想所有早期的诗歌，想一想荷马，想一想乔叟，想一想《圣经》，你就会明白我的意思，你就会真正地认识到他们醉心于命名，命名就是了解，了解如何命名大地长天瀚海以及寓

于其中的所有东西就足以使他们在称谓当中生活和爱恋…… (233)

346 我们稍后再来感受这名词的美学发挥所带来的震惊（她在第六讲中的诗学理论不仅仅是建立在对名词的风格拒绝上，同时也是构造一种特殊的精致语言来替代她所描绘的这个“词性”）；与此同时，当我们理解了在帝国主义时期，它将要构成的不仅仅是个人财产而且也是殖民占有仪式的活动的第一个形式之后，就会有疑云笼罩在这个最早的时期之上。下面就是 19 世纪，它的特点被归结为“物质的生活”：

在日常生活中他们封闭起来，而且彻底和那些所有的东西封闭起来通过列举写诗，他们能够而且确实在列举而且他们能够而且确实在写诗，这个列举。(18)

但是在这一点上，这个观点显而易见地简单重复，就好像一些为孩子们写的英国文学史一样，实际上已经被三两个所关切的题目复杂化了。那些居间的世纪（伊丽莎白的世纪、18 世纪）被打上了意义选择（正如我们所看到的，同时也是“犯错误”）之可能性的印记。伊丽莎白时期的丰富性就在于其选择的丰富性，而 18 世纪的明晰性就在于对多义性的拒绝，它首先将意义与词语加以区别，并提前指向了 19 世纪帝国的分裂。

重要的是，不能将这一词语规定的财产的思想序列与文学中“上帝与财神”的短暂唤醒相混淆，后者最终将一种并非受惠于过去的、新的（现代的）语言应用与传统的语言区分开来，在这个传统的语言当中“你是按照已经写过的方式来书写”(54)——一种并非私人财产的而是一种早已被公开抨击的致力于记忆的罪恶。

然而在这个说明性的章节中，还有另外一个问题需要解决（而且关于这一问题，在她关于认知的评论中已经有所涉及，虽然这些评论至今仍不乏神秘：使关于英国文学的一切“皆备于你皆备于心”——11）；而且这个有关内与外的辩证法在有关英帝国的讨论——岛内的日常生活与岛外的无所不有——以及在对文本的忧虑和特殊的肖像中再次出现，即当这种被表现的个性特征只能在长时间之后才能被揭示和估量，那么如何才能使一切立即进入我们的内心。于是“内部”在这里就代表着现在的一种新形式，哪怕是一种不无问题的形式，同时还造成了一个我们后面将称之为（与经验或者文本的历时的或者叙事的形式相对的）共时性的问题。

同时我们还应看到，这个内与外的辩证法与完成性的辩证法 347
紧密相关，在整本书中，这一问题一直伴随着斯泰因，而且很明显地体现在这样一个信念当中，即《美国人的形成》（假定它描写的是每一类活着的人）肯定是会被完成的。然而，这两套相对立的系统在互相斗争，也以意想不到的方式在结合，于是，作为一个岛屿的英格兰在自身之内完成了，同时还拥有了它自身之外的一切东西。同时，这种由结构性的抵牾与矛盾——被描述为使用语言然而并不拥有语言——所决定的文学危机就具有了“短语”而非“句子”（43-44）书写的形式，这使我们认识到一个句子可以是这样一个东西，它可以是完整的，也可以是不完整的，它可以是包容性的也可以是排他性的。正如我们将要看到的，对于斯泰因而言，这一危机会通过美国全新的空间得以解决，在此美国语言非常独特的可能性成为现代主义本身的集中体现。

但是，我们首先要恢复“真实的现在”这一美学线索，并且以斯泰因最为钟情的绘画（“我喜欢欣赏画作。因为我确确实实是喜欢欣赏画作，这本身就是真正的原因所在，这个答案就在于现代艺术的绘画部分，其他的部分我并不大感兴趣。”——59）为起点，经过一系列其他的体裁和艺术形式来追寻它对于回忆与记忆的特殊否定。

关于自己所接受的审美教育，她有两篇自述，上面是其中之一。另外一篇讲的是她在剧院中的经历。她那有绘画和戏剧的“长期而复杂的生活”并非没有必要，也非放纵不羁；它们对记忆加以生产性的利用，利用它对这些艺术的结构进行现象学的探索，就其重要性而言，她具有独特风格的唤醒绝非主观性的。此外，它们记录了一些我们无暇驻足深思的特点，例如，通过油画所体现出来的绘画的具体性（“不管什么地方在任何一个平面上用油画颜料所作的画都能够引起我的注意，我都会去欣赏它”——60），或者她在剧院短暂经历的切分特点。

对于她自己的外貌，即她独特的长相特征与油画所要求的必要条件之间的隐秘联系，她并没有给以解释。但是我们可以做这样的推测，即油画本身要求人们关注作为媒介的它，这完全区别于画上的各种物体（即便那些物体自身没有任何象征意义，或者如马列维奇的画作一样完全是纯粹色彩的存在）。如此一来，就为油画保留了衍生的审美自治的可能性，这对水彩画或者银尖画都是不可想象的。

通过强调“所画之物和画它的行为之间的关系”（79），斯泰因以不同的语言走向这为人所熟知的现代主义的程式。这种关系其实也是一种深刻困扰的根源所在。人们认为这种困扰来自于象征问题和有关相似性的判断：

> 348　然而我本人并不这样认为。我认为这一困扰来自于这样一个事实，一幅油画是因为油画中所呈现的物体才

> 存在的，而且坚定地认为它不应该是这个样子，油画这样想，看着油画的人也这样想。在每个人的心中的确都有一个困扰，一个关于与所画的对象相关的油画的存在的困扰。(84)

这比对现代主义绘画中非象征性的辩护更加复杂；比那为维护“图画部分”而只是对一幅画当中的“其余部分”（它的叙事，它的对象）进行的批判要复杂得多。我相信格特鲁德·斯泰因此时并不知道至少并没有思考过诸如马列维奇或康定斯基（Kandinsky）或后来的表现主义的绝对的非象征性艺术；但同时我也相信，即便是在那些（截然不同的）个案当中，她应该也在确定绘画的“主题”——不管是几何图像、纯粹的色彩还是作为所谓的行为艺术先天特点的运动——由于它与油画本身的共存而给上述的“图画部分”带来“困扰”。需要说明的是，这两个层面，即油画和它所“表现的”，总是在场的。

> 我不知道我是否给你一个油画的概念。即使它的确有些混乱，我仍然希望我做到了。但是关于油画的概念，混乱是不可避免的。(87)

这是一个很重要的观点，它似乎应该可以消除一切从非象征性或者对于象征的背离等角度对现代主义艺术的论述。这个混乱是这两个层面的永久存在，即作为媒介的油画和它的“主题”。而且，不管媒介如何认为“不应该如此”，这一“主题”总是与媒介如影随形。因此，从不存在对这种艺术任何纯粹的接受，不存在对此真正成功的观察和审美欣赏，有关于此的任何尝试都会造成“混乱”，它会要求在对相似性的解读和仅仅是静观毫无生机的画作这两种失败之间存在一种永久的张力。确凿无疑的是，这种张力的永久性为这种特定的画作欣赏方式提出了一个具体的测试，但是这又是一个特殊的测验，它既要求我们成功又要求我们失败。于是，批评和审美的结果是确定的，即将艺术定义为纯粹实践的尝试，以及提供一种方法，借此观者可以在他与艺术对象的关系中最终取得成功，而这些所有积极的、肯定性的审美模式都完全是一种误导，它们不仅是实证主义和经验主义的，而且也是天真的，恕我冒昧地说，也是学院式的。它们在无意识中竭力逃避一切对辩证法感到不安的东西，而辩证法则忠实于在场，这与纯粹的理论（仅从第 180 页她对这个词的使用出发）形成对照。

349 然而，这个向暂存性的回返提醒我们，在我们目前的论题“真实的现在”的美学这一框架之内，还尚未给此处关于视觉艺术的探讨重新定位。如果记忆和回忆是坏的，那么它们在这里发挥着什么样的作用？这一问题的语境会立即提出它自身关于这一问题的明确答案，因为答案只能是对所画物体，即画作“混乱”主题的再认，它通过对所画物体的确认将记忆和回忆激活，它的再认、名称或曰名词先于将象征层面与那个努力专注于纯粹油彩本身的观看行为分离开来的任何行为。于是，回忆的主题是标示内在的或者象征特点的另外一种途径，与此同时，它警告我们没有回忆是根本不可能的（你或许会想，和在其他的经验中相比，记忆、熟悉性、确认以及过去的暂存性有着更大的影响）。

所有这一切都将从那个暂时省略的角度为戏剧的媒介而重新戏剧化，在这种情况下，作为观众的我们总会稍微先于或者滞后于舞台上的情节。但是这和我们可能“在真实生活中”所经历的同样的情节是相反的：“在真实的情况下，它是兴奋处在完成状态，而在剧院里它是从兴奋中的解脱，而且，在这个不同之处，兴奋与解脱之间的差异就是对舞台上所见之物的情感与对呈现出来的真实之事的情感，这二者之间的差异”(96-97)。这个有关完成的主题信号性表象警示我们去注意这一问题与我们一直探讨的《美国讲演录》之间的关系；它还提示我们，由于格特鲁德·斯泰因既无绘画的经历又无英国文学创作的经历，因而这个独特的理解所产生的不同寻常的结果即将显现出来。但是，她不仅能够创作戏剧，而且也创作过戏剧；再现之物（真实的情节，它提供了完成）和再现（它只提供解脱）之间，或者说，媒介和它所再现的“主题”之间，这两类困境的解决会有不同的形式而且还会导致某种发明或者创造性，至此我们或许就不难理解了。

当然，在剧中记忆本身完全可以以新奇和意外的形式出现，确切地讲，以确认身份的必要性形式出现，在真实的生活中，你已经了解了他们，他们是熟悉的（然而当这种熟悉性在刻画一个形象的时候，或许会及时地决定一个形式上的转化）；在分析一出戏的时候，她提醒我们“反复观察角色以便对号入座，然后对其进行正确理解的必要性”(110)；然而，在舞台上（暂且不考虑演员扮演自己并不熟悉的角色使问题变得更加复杂这一因素），我们必须从我们眼前的人和角色身上获取熟悉性，也就是说，随着剧情的展开，我们必须形成非常迫切和强烈的记忆—感觉。（我们不妨回想一下，读小说的时候所必须具有的类比活动，一种我们称为“宽慰”而非激动的理解和形式。）所有这一切最终都暗示和指向与回忆而非某种“真实的现在”有共谋关系的故事 350
讲述形式本身。

对于戏剧中这些形式矛盾的解决办法很快就会有一个交代，而且它还会促使我们往前一步走向斯泰因所偏爱的两种形式，即肖像画与诗歌的完整的形式。把戏剧当做一个纯粹的场景，也就是说把它当做静物，就可使我们重返剧院中真实的现在；而且，首先让角色融入场景，然后将在那一场景中难以命名的、可再认、可确认的情节予以替换，这样传统剧院中回忆的缺陷就可得以避免：

> 于是自然而然，我要在戏剧中所表现的就是为大家所不知道、不谈论的……如果一个人什么都没有说，我就要说那可以被言说的……而且已发生的事情无须通过直白讲述就可以在一出戏中得以表达，简而言之，就是让其表达出所发生事情的实质。(119)

于是，我们发现替代在斯泰因的其他审美对象中也发挥着同样的逻辑作用，但是与此同时我们也注意到重点发生了转移。此处不再强调与内容或“主题”的外在定位和干预相对立的媒介的自治。更恰当地说，它就是在主题本身之中的要求被置换的一个东西，而且我们还不完全清楚它为什么是必要的或者必需的。而这一转移就是她后面的几篇文章所要着力探讨的，在那些文章里一个首要的方法就是强调置换物比原物（也就是现实，是真正的情节或者对象）更有力、更生动。

于是，我们不妨设想，就好像从包括俄国形式主义的“陌生化”到普鲁斯特的隐喻象征等诸多其他的现代主义美学一样，这一系列现象的基本原理就在于这样一种认识，即现代生活对于感觉已经是熟视无睹、麻木不仁了，于是就设定现代艺术的“去熟悉化”能够发挥刺激因素的作用，而在斯泰因的“英国文学史”以及关于“生动”这一概念当中，肯定蕴含着与此同类的思想。正如画家一样，她的创作得自于景物，并仍然生活在一般人的日常生活当中；而这些情景为手的操作、为工作室或者在画室中所进行的技术以及感性的复活提供材料。

但是特别是当我们去研究这种被称为肖像画的特殊艺术形式

时，对象的理解开始进入我们的视野，这对象乃是指端坐着被画的人、那些个体，而首先是他们所具有的互不相同的差异使其成 351
为被画的对象。肖像画归根结底还是斯泰因最青睐的媒介（包括以物为对象的肖像画），而且这一媒介标志着一场与众不同的艺术门类的革命，以及一个古老艺术形式的现代重构，这其实也是斯泰因对现代主义文学的独特贡献。这一转移是以“力度”为信号的，而且它立即将我们引向了斯泰因特殊的信念之一，此外，毫无疑问，不管这一信念的宗旨看起来是多么无足轻重和荒唐，它仍然是影响人们对她最初的信任的一块最大的绊脚石。但是，它毕竟是一件复杂的事情，一开始我们相信其并非笃定是荒唐的，具体点说，个体——就是斯泰因说的“每个人性格的节奏”（174）——的存在就在于一遍遍地重复着相同的事情。这是对“每个人是怎样不停地说着他们心里每一件使他们成为独特的那一个的发现”（136）。“我于是又开始思考人的最为根本的本性，我抱着浓厚的兴趣倾听一个人如何一遍又一遍地以无限多的版本说着同一件事情，而且如果你专注倾听，最终会听到它起起落落，把他们内心的所有一切都说了出来……”（138）这相同的事到底是什么？“你对自己所拥有的一切满意吗？”（171）我想，这就是关于她这一特殊问题的答案。“你的欲望满足了吗？”正是这一拉康式的问题将斯泰因关于占有和所有权的想象、将一个人的周围并包含在其日常生活中的事物结合了起来。欲望与个人财产——也许这就是一个人喋喋不休的事情；而且如果我们再加上那必然会有的诸多不满，那么这些套话倒不显得有多么陈腐——我对自己的所有都不满意，我对自己拥有的都不满意，我喜欢你所拥有的，我只是喜欢我拥有的一部分，那就是我自己，如此等等。的确，毫无疑问我们有关他人性格的认识部分地来自于几近潜意识的对另一个自我及其或喜或怨的生存模式的满意或者不满意。人们不由自主地将这些情绪在斯泰因所谓的不断重复，而我们则称其为执著的行为中表达了出来。

肖像画家倾听这种执著并将其准确表达出来就成了肖像画本身。但是，关于这种倾听存在一个问题，或许它会被我们的执著，也就是我们自己的喋喋不休所淹没。我们如何能够将这两种互不相容，然而又不可避免的、同时发生的言说与倾听的模式结合起来呢？还有，我们如何去解释倾听者同时又是一个滔滔不绝的倾诉者这一情况呢？关于这一问题，斯泰因的解释非常滑稽。她自己实际上清楚地看到了这一问题："首先，不管我走到哪里，似乎都在说个不停……我自己也承认，我似乎总是在说呀说……而且我是从很小的时候就这样说个不停……"（135-136）

那么如何来解释这似乎不可解释的事呢？正如夏洛克·福尔摩斯所说，留下的最后一种解释，即便是看起来荒谬至极，它恰恰有可能就是那个正确的解释，正如"如果一个人很想听到或者看到任何他人所说的，那么倾诉也有可能是一种倾听的方式"（135）。但是，它不仅仅是一个荒唐至极却又千真万确的解释，
352 它同时也可用来解释别的事情，这别的事情即便不一定是格特鲁德·斯泰因那样荒唐的观点，但也不乏神秘和惊奇：

> 如果是一个人既听且说为什么越是全神贯注就越发精彩呢。或许有人的的确确会说那是天才的本质所在，也是活力四射的本质所在，那就是做一个同时倾诉和倾听的人。的确是这一点使得一个人成为天才，而且如果你想真的生机勃发，那就有必要真的有必要立即又说又听……（170）

后来观看这一行为将会使这有趣的画面更加复杂。即便是承认其

前提——尤其是承认其前提——再现的问题重新返回复仇，将这两个子范畴转化为一个真正的问题。这里存在一个强度的问题——每个倾诉者不是对所重复的，而是对一再坚持的内容的执著——而且，还存在一个内部与外部的问题，即这些内容何以留存在已经完成的画作内部，而不是变成历时性的且转化为类似于叙事的东西？这个问题正好被运动的发生给强化了，因为这种执著本身已经存在于运动之内，而且在这一运动当中的每一个新的运动都与它前面的运动稍有不同，那么如何将其整合在一个单一的形式或者框架之内呢？

> 于是我将尽可能告诉你画肖像画于我到底有何意义，我必须搞清楚在任何一部作品的内部究竟有什么，此处我用任何一部作品表示每一部作品的意思，我必须在每一部作品内部找出那内在的、让人激动的东西是什么，而且我不是通过它们所说的所做的以及它们与另外的作品是多么像或者多么不像，而是通过强化它们每一个当中就有的运动来找寻。(183)

然而，说到重复，它带给过去和记忆的是同样的东西，即通过时间对一个人进行身份确认，以及因此对“重复和混乱”的回忆，这些都与通过执著所坚持的真正的现在有所不同：

> 慢慢地我认识到这个混乱，当你在写故事的时候必须铭记在心的一种真正的混乱，另外小说之所以能够抚慰人，或许有人会说因为这么多的人每个人都能记住几乎所有的事情……但是我渐渐明白了的事情就是倾听和倾诉是同时的，同时它也认识到真正存在着的生命的存

在，在其内部并没有任何回忆的成分，因而存在的时间与能够给人以抚慰的小说时间并不一样。(181)

353 这就是为什么肖像画（像其他绘画一样）不能是再认的，或者说不能呈现那些已经为我们所熟悉的以及可以确认的东西，它抓住了那“真实的现在”当中每一个的实质，而且我们发现这“真实的现在”就是斯泰因美学中不可替代的要求。(那么在这个完成的事物之内以及这个真实的现在当中，如何抓住运动这一问题将在可能性的另外一个条件下进行解释，本篇文章的最后部分将会涉及。)

于是，我们又一次回到了语言和替代，同时我们也到达本文的最终论题，即词性的问题，因为这最后一篇讲演将要把词性问题与使这一普遍的体系得以完整的诗歌的定义进行协调，而且还有两个尚未完成的循环——一者是与诗歌相对的散文，另一者是各种艺术或者说媒介，包括了从绘画和小说经过肖像画最后达至诗歌本身。

为了达到这一目的，我们自然必须以回顾的方式——审视所有不同的词性，并针对它们的逼真性对它们进行价值判断。名词与动词之间的对立并不是特别新奇和令人惊讶，的确，在亚里士多德的实体论和现代的朝着关联性和意义生产发展的注重过程的趋势，这两者之间的历史过渡阶段，就会有这样一个不可避免的偏见：斯泰因经常轻视并歪曲动词和副词，将其转变为动名词，并将我们的注意力引向一直被忽视的和次一级的词性，我们将马上会看到这一点。

但是名词仅仅是名称而已，然而正如我们从英国文学史当中了解到的，曾经有一个时期——语言的形成期——名称仍然是能够让我们激动的，原因在于我们是第一个使用它，并将这些能够统驭事物和人的名称或者名字组织起来。这种能力、这种经验是绝对不能被忽视的；然而，我们已经失去了能够让我们意识到这一点的那种语言，而且我们发现，如果你喜欢名称或者名词，你今天就必须借助于其他的东西，我们可以简单地将其界定为诗歌："一个名词就是一个事物的名称，所以当你逐渐明白了那件事物的内在之物是什么，你就无须再用那为人所知的名称来称呼它了"（210），而这种替代恰恰就是诗歌的定义。但是它却能够统驭其他的策略，而且在这里谈及那本处在斯泰因创作核心地位、且鲜为人知的力作《美国四杰》（*Four in America*）并无什么不妥，这本书的价值就在于具有一个历史性的式样，而这一式样恰恰是这四位美国人的本质所在，并通过用不同的名字来替换原有之名实现了对他们身份的转换。这种对于诗歌界说问题的回答方式也算是出乎人们的意料之外，"没有一种不发明名称而能为事物命名的方法，但是却可以不用命名而知其名"（236）。这种名字的变易（"尤利塞斯"变成"海勒姆"）是一种实验性的变体，它可以使我们如此理解历史：

> 如果尤利塞斯·格兰特将军是有可能成为圣徒的宗教领袖他会怎么办。
>
> 如果怀特兄弟是画画的艺术家他们会怎么办。 354
>
> 如果亨利·詹姆斯是将军他会怎么办。
>
> 如果华盛顿将军是写小说的作家他会怎么办。[5]

在《美国讲演录》中这种实验性的变易被称为错误。那些名词并无错误可言，因而必须通过更为彻底的替代或者限定其属性的方法来处理它。然而，"动词和副词则更为有趣。首先，它们具备一种非常良好的品质，而这一品质就是它们是错误的。绝妙的是，一个动词所犯错误的多少，与它的副词所犯错误的多少是相同的”（211）。错误大概指的就是理论批评家们所谓的歧义性、多义性，或者干脆就是象征主义者所称的“含蓄”吧。马拉美式的风格也是对于词性的证明，证明“在所有的事物中最容易犯错误的是介词。介词终其一生只是个错误，而不是别的什么东西，绝对不是”（212）。

为什么？还有，介词的这种出乎意料的向心性告诉了我们有关斯泰因美学的什么东西呢？在马拉美那里，介词实际上是一个颇受青睐的词性，正是这个空洞的功能词将不同的项以一种纯形式的东西连接在一起，在连接中，或者准确地说，在将这些单独的对象组合为蒙太奇的过程中发挥着纯粹的规则作用。因而，当你想把“按照……”（selon，according to）等的句法功能转换为任何有条理的解释时，你发现这些介词毫无意义。为了产生出完整的句子，介词在这个统一的整体策略中仍然发挥着作用（不妨说，在《骰子一掷……》中老道的句子就是如此）；它以一种紧密的、形式的连续性将句子中不同的词性连接在一起，而这种连续性除了句法之外，什么都不代表。

对斯泰因而言，在语言已经断裂为短语的情况下，就赋予介词以使命：在她生活的 19 世纪，她（以及像她一样的）现代主义的天职就是去质疑并改变这一现象。我认为，介词（以及此前与之相关的次一级的词性）正是发挥着在所有这些散落的短语中（这与英帝国在世界各地的殖民地分崩离析的状态可堪相比）重建句子的作用。但是正如我们已经看到的，句子本身属于过去，属于英国文学的历史，就其本身以及与其相关的因素而言，不足以重建一种生动的（用她的话来说是，活泼的）语言。看起来我们似乎用尽了或挥霍了所有的可能性：先是单词（名词），其次是在单词之间进行选择，然后再是 18 世纪的单词与意义（按照我的解读，它们就意味着句子)，最后是19世纪的短语。我们现在已经不可能重新回到那一切。我们所能做的就是，而且我相信她也有此信念，赋予我们的语言实践不是一个而是两个绝对的准则，此二者的协调互动将会产生一种具有历史意义的新文本。 355

其中一个准则就是重建句子，然而，另一准则就是重建段落，即所有实在的句子存在于其中的缺席的统一体。它应该是一系列句子真实的现在，所有的句子不用回忆便汇聚于此。这种结合产生了一个意料之外的引申："句子和段落。句子不是感情化的，而段落却是。我要一直强调我的这一观点，而且它将永远保持它原来的面目，保持它之所是"(223)。这种实质上是一种象征性的对立，对于文学而言，具有弗雷格（Frege）在概念的领域将**意义**（Sinn）与**指称**（Bedeutung）所作区分而引起的所有一切丰富性和结果。

如下的夫子自道并不能降低其价值："在听我的狗巴斯克特喝水时我第一次想到了这个问题。任何听过狗喝水的人都会明白我的意思。"这并不是全无道理、甚至也不是一个浅薄的传达抽象之中所蕴含的节奏的方式。

"段落之所以是有感情的，并不是因为它表达了感情，而是因为它记录或者限制了感情"(48)。因此，我们又被引回了完整性的问题、一个关于内与外的新问题。它并非确切地指向框架(总是因为她那极富装饰性的优雅，就好像置身罗浮宫一样)，而是一个与我们前面已经涉及的帝国的崩溃全然不同的内在的凝聚力：

> 正如我所说，由于不再每天都积极地生活着生活，而且它们也不再是确实地拥有外部一切的它们，解释和表达感情也不是一件不可避免的事情，而且短语也就不

> 一定包含着短语应该包含的东西，而且它们也不再说它们所想的，不再考虑它们所考虑的。
>
> 这导致的结果使词语不再为自身而存在，句子如此，意义的选择也是如此，这就创造了分段的需要，整个段落得以产生整个段落也失去了它的意义。(47-48)

因为这种新的组合（而且它是一个即刻膨胀又可收缩的二元结构，一个句子完全可以扩大成一个段落，而一个段落也可以缩减为一个句子，但是二者在文本当中都必须是在场的、活跃的——223—224)，我们不但出现在具有历史意义的新的事物当中，也就是我们现在称为现代主义的东西，也出现在后者可能性的地缘政治状况之中。

显而易见，这不可能是大英帝国；毫不为奇，对于斯泰因而言，它就是美国的现实以及美国的空间状况。毫无疑问，她对于这种新的可能性的最早觉醒来自于美国正在真正地进入它的帝国时代这样一个时期，这和英帝国刚好相反：菲律宾的法理
356 制和古巴的实际制——她的老师亨利·詹姆斯早已深刻意识到了这点（康拉德在其《诺斯特洛莫》中也有记述)。但是也许会有人坚持说，那是建立在不同类型空间之内的完全不同类型的帝国。

不管怎么说，毋庸置疑的是，在格特鲁德·斯泰因（以及其他很多人）看来，现代主义是美国的东西，正是通过美国独特的空间性它才得以形成。它真正的现在是空间的，它是一种“时间的空间感”(160)。但是，对此首先要做否定性的理解：

> 正如我过去常说的，在美国日常的一切并非日常的生活，而且概而言之，就不存在日常的一切。他们不是

天天都在生活。正是由于他们不是天天都在生活，他们才没有日常的生活，进而言之他们并没有拥有像他们所讲的那样的东西。(50)

话说到此，看似有理，但是如果我们把这关于日常生活的论述往前推进一步，那又会如何呢："如果他们还有日常生活的话，那么任何东西都将与之毫无联系"(50)，而下面就是对美国现实当中情节和效果分离的确认：

想一想所有那些美国持久的著作。在其内部有一种分离，所选之物和被选之物之间的分离……一种分离更大的已选之物和正在选择的分离……这就造就了美国文学今日的面目，它以自己的方式成为某种孤独的东西。正如它必须如此，因为在它的选择当中它就必然如此，如果它不必如此，它必须和自身由之所来的那些所选之物没有任何联系。(51)

(如果你对介词的意义还心存疑虑，那么上面引文中的"in"、"from"、"between"以及"without"应该使你理解了它们的意义。)但是我们需要更多一些的因素抓住分离的含义所在，我们可以将这种分离想象为在我们称为或语境、或根源、或大地本身，甚至如果我们要将其归结为一种俗套，那就是传统之间的一种根本的距离。

但是这一点现在可以有更积极的表述，它就是，一个语境的抽象之物可以使人重新聚焦于任何你可以重新填写的文本，也就是一种你可以把它当做框架而在里面工作的东西。于是，那个空间就变成了时间：

> 于此之外，还有一件重要的事情而且是人人皆知的非常美国的东西，他们知道对于一个美国人而言做一件完整的事情需要多少秒多少分多少小时。在时间中给定的空间存在这一概念之内，它是一种对组合的异乎寻常的感觉，它使得美国之物真正成其为美国之物，而这种对于时间的空间感肯定就在于这个完整的事物同时也是在这个完成的完整的事物之内。(160)

357 我认为所谓“时间的空间”就是在她早期的一篇题为“作为阐释的构成”那一讲稿中，借助“构成”（composition）一词所要表达的意思（在那篇文章中，此词同时也意味着世代的时间或者时期，同时也指我们普通的或者文化的语境）。但是，这仍然只是一种相对形式化的描述，它还至少需要具有这种形式的一个具体内容（或者用另外的话来说就是内容的形式）。我们已经说过，第三个项逐渐使得绘画的两个维度，即绘画本身和所画的“主题”，变得复杂起来，它就是运动的可能性。现代绘画当中的某个元素已经在画面之内创造了运动的可能性，或者至少可以说画家的兴趣在于捕捉这种新的元素（“问题总是在于，是画中的人在运动，抑或是画本身在运动，如果它可以运动的话”——86)。

在文学里，运动似乎提供了一条有别于传统欧洲写作的有用界限，因为就已经记录的运动而言，运动总是与某物相对的，总是与某个障碍物相抵触的运动。这个障碍可能会是传统的障碍，也有可能是社会阶级或者阶级对抗的障碍。在斯泰因的那个时代，似乎存在着一种诱惑，要么否定美国社会具有压迫性的传统，要么否定在英格兰仍然存在的森严的阶级界限。然而，对于她而言，美国的时间的空间似乎使这种运动没有任何的摩擦和障碍。那么存在于美国语境之内，或者与美国语境相分离的运动所遇到的抵制并不相同："这是一件需要了解的事情，如果身在美国的我们已经努力要将这种事情变为现实，如果这运动，包括任何的运动，具有充分的活力，或许它就可能知道自己是运动着的，即便是它并没有逆任何东西而动"（165）。"这一代人已经认识到运动的力度是如此之大，我们似乎还没有看到为我们所知的什么东西阻碍了它的运动，所以，这一代人没有将其与别的任何东西联系在一起，这也就是成就了这一代是其所是的原因，也是它之所以是美国的原因……"（166）最后，继续描述："一个美国人可以填满一个有着自己运动的时间的空间，通过出其不意地填进任何东西，而且在这个内藏的（included）空间之内获得他想获得的一切东西"（224）。

这可能是对美国空间的描述（最起码是斯泰因和他的同代人在 20 世纪之初所感受到的美国空间）。也可能是对那些年作为抽象和分离的现代主义的描述，当时现代主义还籍籍无名，然而已经形成且生机勃勃。也可能是关于那些流落异国者无根感的描述，他们没有任何语境、没有任何社会摩擦需要应对，也没有任何的收入，这使得他们与有所作为的生活产生了分离。但是也许正是这种分离使得新的、美国的东西得以命名和概念化，并最终发现自身不可或缺的、独特的语言。否则也许这一切都不可能。我们或许可以以一种与众不同且不乏冷峻的反思作结："我确信， *358*
正是美国式的失败成就了美国式的成功。我确信这一点。"（172）

（2005）

【注释】

［1］文中所有关于 Gertrude Stein 的参照页码都是指她的 *Lectures in America*（Boston，1985［1935］）。

［2］Wendy Steiner，*Exact Resemblance to Exact Resemblance*（New

Haven，1978），p. 101.

［3］Gilles Deleuze and Félix Guattari，*L'Anti-Oedipe*（Paris，1972）.

［4］D. H. Lawrence，*Studies in Classic American Literature*（London，1923）.

［5］Gertrude Stein，*Four in America*（New Haven，1947）.

第七部分

十八 “国王一样的狂人”

重要的在于研究那些长期的和短期的集体意志究竟是怎样形成的，它们怎样给自己提出了直接和间接的具体目标，也就是集体行动的路线。 361

——葛兰西

诺贝尔奖的获得者似乎可以分为两类：一类是人因奖而荣，另一类是奖因人而荣。那么有些被归于第一类的，最终却证明他们一直都是第二类。比如，“《圣殿》(*Sanctuary*)[1] 那部肮脏小说的作者”不出所料地被证明是世界上最伟大的小说家。无独有偶，我认为大江健三郎也是如此，他最新出版的一部小说表明美国人对他的刻板印象（甚至也许还包括他本人对自己的刻板印象）是多么的错误。

当格罗夫出版社（Grove Press）自 20 世纪 60 年代后期（大江出生于 1935 年）陆续译介他的作品起，有关这位作家最起码有两件事情是大家都应该知道的。第一，他是一个反核主义的积极分子（西方世界可能由于对日本政治了解有限，因而无法理解日本 1960 年的 AMPO 运动的复杂性）。第二，他有一个智障儿子，出生时大脑里就有一个奇怪的肉瘤，这个儿子长大后成了音乐家、作曲家。即便不知道第一件事的人，也不大可能对第二

① 《圣殿》(*Sanctuary*) 是美国小说家威廉·福克纳（Willian Faulkner，1897—1962）的作品。

件事情闻所未闻，因为大江的每一本书中都会将此事再现。

一如大江作品中所有的主题和心结，当它再次出现的时候就发生了变体。有人曾经有如是的评说，即便是这样一位趣味盎然的作家也在一遍又一遍地写着同一本书；但是，具体到大江的情况，我们不能对其作心理学的理解，不能将其当做一个前文本，据此推演出不断重复自己的最原始的白日梦或者原型，就像一个人无休无止的自言自语的永远的回返一样。我倒倾向于将其理解为一个有限构成要素下的无限的建构和重构的过程，就像以悲惨的、滑稽的、神秘的等种种方式将其组合起来；具体到《空
362 翻》[1]这部作品，它具有一种素朴的“晚期风格”，就像布鲁克纳交响乐的建筑结构。此外，似乎在这里还有新的东西出现（就是题目《空翻》所暗含的否定和再生）。大江自己曾说，他叙事中的自己所谓的“傻儿子”循环已经结束了。但是事实并非全然如此；只不过这个退隐到幕后的父—子主题变得似乎难以辨认，让位给对群体构成的殷切关注，这一主题虽也总是出现在大江早期的作品当中，但是从未像在这部作品中如此直截了当。《空翻》（*Chugaeri*，1999 年在日本出版）讲述了一个人要使自己曾怀疑并最终破坏的宗教团体重新复活的故事。那是一个让人感到奇怪的形式活动，在这个过程中群体构成的纯粹的技术性活动——汇编通讯地址、安排会议、租赁开会地点以及确定会议议程——似乎抢了这个特殊宗教内容的风头。倒不是说这个中心全然没有任何兴趣，由此人们会联想到自然主义的小说家，他们把社会现象当做机器一样拆解开来，津津乐道地描述着其中的每一个步骤和潜藏的缺陷，全然不顾其精神性。大江的小说和自然主义毫无共同之处，但也绝对是非精神性的、非心理性的；他与陀思妥耶夫斯基之间的确存在的共同之处（文学评论中常见这一方面的比较）就是那没有止歇的哲理性对话，这使得后者的小说逃脱了一

种“独白式”的视角，这一视角或许是作者在现实生活中真正持有的意识形态，或者一套意见或信仰。对于大江也是如此，最好能使作者与他所认可的思想脱钩（我们后面将要对这个“祭献”和宗教稍作论述）；自然主义的作家或许已经给我们展示了一个角色类型的豪华阵容，如领导和官僚、狂热分子、时尚粉丝、秘书、旅伴等等，与此同时，配角阵容也让人印象深刻，二者不是机械刻板（就是我已经说过的积木系统）和实际存在的，就是全然与众不同的。

但是我们不应忽视在这一切后面既有《群魔》的影子；同时也有陀思妥耶夫斯基笔下的卑贱，扭曲的人物自甘于他们的耻辱和卑下（大江最最著名的一部作品的开头就是叙事者蹲在一个新化粪池泥污的蹲坑上，在大便的时候怀里还抱着一只臭气熏人的狗）。可以肯定的是，设若在维多利亚女王时代绝对不允许这位俄国小说家恣肆的淫亵描写在大江的作品中再次出现（沃尔斯法官或许会宣判他们是“让人作呕的”而非“教人淫荡的”[①]）而且特别明显的是在《空翻》中的出现；让我怀疑的是，他们是否经常在这样的文字中含蓄地反映对于身体的仇视，但是同时我也非常希望能够排除文化主义及其神话（比如像某些“日本人的”性行为这样的观点）。

对于我来说，偶然性或许是理解所有这一切的一个更为稳妥的方法：它完全主宰着这些变态的细节以及各色的身体性功能，而且恰如其分地将大江置于一个存在主义的传统当中，作 363
为一个法国的门徒，他从这一传统获益颇多（然而日本批评界对其美国风格的叙事比较重视，这其中包括他日语句子中的“美国

① 1933年，美国联邦大法官约翰·M·沃尔斯裁决詹姆斯·乔伊斯的小说《尤利西斯》并非淫秽猥亵品。

主义”［Americanism］）。于是，如果大江不是一个严格意义上的现实主义者，那他也不是一个真正的现代主义者（除了他早期作品中光艳夺目的篇章：“他那有深浅相间的褐色条纹毛料夹克尽管穿得一丝不苟，但不一会就可能变得皱皱巴巴、松松垮垮，像一只肥大的死猫。”（《沉默的呼喊》，1974， p. 24））。这些作品回避了诸如自我指涉等现代主义的标准结构，而且，尽管在这里它通常只是一个艺术问题——《沉默的呼喊》中伟大的约拿书，关于密宗地狱的绘画——我的理解是，就好像在黑格尔那里一样，对于大江而言，美学的重心经历了一个不易察觉的向仪式而不是向自治的艺术作品的位移。然而，后现代主义只是《空翻》的内容，其中对于小群体的关注则与西方的族群和身份的政治有平行关系。

的确，现在似乎最好将“傻儿子”这一主题理解为对于群体构成的第一次尝试。尽管它不是“个人的事情”（这是大江有关这一主题的一篇名作的题目），因而就不能按照通常的人文主义误解，比如“罪恶”的角度去解读，甚至也不能依照存在主义的方法去解读，如保罗·马歇尔的“生命之痛”[2]，或者萨特所说的不可抹去的过去行为，但是这一尝试却是失败的。更恰当地说，这个关系多样组合的结果就是那可悲而不无滑稽的戏剧性结构，即贝克特所说的虚拟的双重自我，那是一个神经性依赖症让人眼花缭乱的系统，在这个系统之内两个有着不同残疾和发育不全的主体性让对方得到暂时的完善。这也不完全是一个家庭结构，比如，在家庭结构这样的一个情景中有时会引入妻子的角色——睚眦必报、盛气凌人（如《代跑者调查记》中的人物）或者就是酗酒成性、哭笑无常以及神经紧张（就像其扛鼎之作《沉默的呼喊》中的人物），但是我们同样也可以看到兄弟之间的这种虚拟的双重自我，在《沉默的呼喊》中视若仇敌的兄弟争斗使那个畸形婴儿黯然失色；然而在《代跑者调查记》当中，那变化多端、滑稽好笑的梦魇更像是莱姆《机器人大师历险记》的回放，而与菲利普·K·迪克没有什么联系，在这个梦境当中父亲与儿子交换了位置（这部小说或许应该叫《转换》），父亲变成了十多岁的少年，而儿子则假定到了父亲的年龄（38 岁），这整个关系就被投射到父亲—智障儿子这一组合上来，叙事者（我们可以推测是大江本人）通过这个错位的父亲讲述了这个故事，这里这个错位的父亲就是故事中十多岁的儿子，与他聪明的父亲，即过去的儿子，已成为哥们儿。

这种虚拟的双重自我在《空翻》中并没有完全消失，在作品当中那个智障的男孩（就像大江自己的儿子，后来成为能够独立作曲的音乐家）只是一个配角，与他同时出现的还有一位“正常的”姐姐；这种虚拟的双重自我在这个叙事的中心框架当中可以 364
得到重新确认，在此它被一个有着明显同性恋取向、饱受癌症折磨的艺术教师（木津）的形象所激活，而“狗脸男孩”（育雄），一个沉默寡言、执拗倔犟的少年对木津意乱情迷，很早以前大家看到的他还是一个笨手笨脚抱着一个巨大的建筑模型的小不点（这两个人数年后都被吸引到这个重新组织的宗教团体周围）。即便是这个古怪的青春少年形象在《沉默的呼喊》这个截然不同的叙事语境中已经得到预示，在那里他是大江家乡四国森林山谷中一个少年群体的头目（在《空翻》中当这个宗教团体迁移到那同一条山谷中时，育雄这一角色再次出现，而这个山谷也是大江诸多作品中的一个常量）。

在这些多样的组合当中，同一件事情每次都是以不同的方式回归，我们该如何看待这多样的组合呢？毫无疑问，这种虚拟的双重自我有着显赫的（虽然也是荒唐的）身世，可以（通过福楼拜）一直追溯到《堂吉诃德》，然而，贝克特这位第一个为此命名的人（我记得是在《林西埃与卡米埃》中）同样也给我们在

《等待戈多》中提供了也许是最具生产性的线索。贝克特的这个剧本牵扯到不是一个，而是两个这样的虚拟的双重自我的结构，一个相对平等的流浪汉组合（两人的差异只是体现在身体的病患上）与另一个截然不同的、绝对不平等的组合穿插并列在一起，这一组合就是主人波佐（Pozzo），大概代表的就是英格兰，和奴隶拉科（Lucky），大概代表的就是爱尔兰及其知识阶层。第一对组合给我们传达的只是日常生活、生存的经历和厌倦的无尽重复，而第二对组合则将权力和历史引入其中（即使有人说贝克特后来也对自己早期这种寓言性的和世界历史性的努力不以为然，在《结局》中这两对组合的异文合并也未能克服这种神秘的不可通约性）。

我们尚未论及《空翻》中也同样存在着这种双重结构，在这部作品当中，第一对由病恹恹的画家和处在青春期的反叛者组成（这一结构本身就包含有我们已经提及的父亲和智障儿子这一最基本的虚拟双重结构的呼应），这一结构与或许可以称为政治的虚拟的双重自我结构遭遇，这一遭遇有两个方向，一是那个宗教团体，二是那名字奇怪的两个人，一个叫**师傅**（Patron），一个叫**向导**（Guide）。但是这两个（由某记者发明的）诨名是对他们分别扮演的救世主和先知这两个重要角色的恰如其分的婉称。我们不妨顺便注意一下，在宗教运动史上像这样劳动的精神分工并不鲜见：摩西和亚伦，耶稣和圣保罗，沙巴蒂·萨维（Sabbatai Zevi）和加沙的拿单（Nathan of Gaza），这只是我们所能想到的一部分联系在一起的宗教领袖。（同时，在《伦敦书评》的一篇文章里，佩里·安德森曾经指出，至少在拉丁美洲的政治当中，经常有这样颠倒的事情，一个公众的领导人被笼罩在一位绝不抛头露面的灰衣主教［eminence grise］的阴影里，莫非这一理论就是以这个有趣的倒置为基础而炮制的？）

无论如何，类似于《等待戈多》中那种悲惨的颠倒之事在《空翻》中也可以看到，因为在这场复兴的初期向导就被原来信徒中的所谓激进的小团伙所杀。他的消失完全暴露了师傅的孤立无助。不仅这位“救世主”从原来团体的末期以来就没有提出什么新思想，在向导看来，大家对于原来那些思想的阐释归根结底还是虚幻的，按照向导个人对于未来发展方向的设想，策划了很多幻想（的的确确，我们将会看到，这个由科学家和技术人员组成的小团伙应该对这个宗教团体的分崩离析负责、为后来向导的死负责，而这个小团伙其实就是在他的操纵之下）。 365

向导之死让师傅重振团体的决定更加清楚，《空翻》最为关注的问题就是形成一个团体的可能性，它意味着一场政治运动、一个活跃的集体性、经过现代的暴行和后现代的个人主义之后以新的形式向社群的回归，而且它并不认为暴力是其必然的伴生物或者结果。这个根本性的悖论就在于，姑且不论它的表面，这部作品是一部政治小说而非宗教小说；在像我们这样的不关心政治的时代，宗教是政治的“历史策略”的一个特殊形式。但是政治或政治理论在这里并不是一个经验兴趣的问题，甚至也不是意识形态和党派、阶级斗争本身的问题，它所构成的是一种本体论的探索，探索在生物学上分开的人类形成能够发挥历史动力作用的群体的可能性问题。而师傅对于暴力的偏见也不应该仅仅被理解为是和平主义或者人道主义的“价值”，就好像西方认为大江早期的经历就是一个反核主义者一样，更恰当地讲，它反映的是在这样的群体存在中至为关键的两难困境。与这些问题的哲学交锋大多都是零散的；在现代时期人们所想到的是卡尔·施密特或者萨特的《辩证理性批判》，然而在人类的其他历史时期，群体的形成已经作为一个问题而产生了，而且这一问题已经逃出了自由主义或者人道主义及其强制性宽容的各种不同形式的视域，以上这些主要是围绕着宗教的建立（以及它们后来的分裂）而进行的。由于对于群体或者集体的概念化总是要面对这样一个令人不快的事实（如果它必须是事实的话），即为了能够将自己区分出来，以及实现那个我们今天从意识形态的角度宽泛地称为“身份”的集体性实践的模式，这个正在形成之中的集体性似乎必须通过划分界限和边界、通过某种疏离的形式来定义自己。换句话说，按照施密特的著名论断，它必须总是设想一个敌人出来。于是，对作为整体的人性来说，为了见证人道主义者所憧憬的永久的和平与和谐，也可以说，为了享受那个放之全球而皆准的集体身份，按照萨特所说的，我们需要将那个外层空间的敌人纳入我们的群体（这是一个合乎逻辑的必然推论，厄休拉·勒奎
366 恩［Ursula LeGuin］在她的小说《天堂的车工》［*The Lathe of Heaven*］中对此有过美丽的想象，那是一个普世的和平得以实现的时刻）。

但是这不仅仅是一个哲学的或者本体论的问题，而且日本近几十年来的历史也可以说明大江在《空翻》中为什么要使用这种表现方式，同时还可以说明表现过程中的相关的形式主义。毫无疑问，由于日本——一个既崇尚暴力又讲究礼仪的国度——已经有过大规模的共产主义和法西斯主义群众运动的经历，所以日本比欧洲或者美国都更早一些地接触到了集体行动的当代形式，比如大规模的 AMPO 运动或新左派运动，1960 年反《安保条约》示威运动，以及由此而引发的反核总动员和成田机场运动，后者或许是战后时期一切激进行动中持续时间最长的（大约 20 年）。[3]由新左派和议会外左派运动——即 1968 年法国所称的小集团——所引起的共产党的位移和替换不仅意味着冷战时期主要的意识形态冲突渐渐偃旗息鼓（特别是因为众多小集团更加不遗余力地反共，而不是反资本主义），它同时还意味着一种新政治

力量的出现，大江在《代跑者调查记》中通过兄弟冲突对此进行了集中体现，此处革命集团和攻击它的反革命集团已很难区分了。

这并不是说作为右翼和民族主义分子以及保皇派暴力目标的大江，他相信在今天的左派与右派之间可能发生的合流，更不用说去比较光头党和各种左派小集团了，但可以肯定的是，左派小集团之间最擅长的就是不用右派援手的自相残杀。大江的确反对民族主义，但是我们很快就可以看到，他还可以被看做一个政治上的地域主义者，用地域的问题性取代了应受到责难的民族的和爱国的修辞。在《空翻》当中，的确在这场运动的宗教框架的屋檐下，各个敌对的派别艰难共处。然而，我们在此也不能过于草率或机械地用保守或者反动来总结这种宗教的政治，而在美国或者欧洲，一个人对待与此相类的运动，却极有可能有权这样去做。大江的宗教或许可以说成是布莱克式的（首先请参看《新人啊，醒来吧》，1983），布莱克，还有萨特和陀思妥耶夫斯基，是他作品当中涉及最多的（总是伴随着很多的暗示，比如在目前这本小说当中，对 R. S. 托马斯诗歌以及他奉为圭臬的“悄然出现”的冗长赏析）。

在近几十年里，我们的确了解到，每当公开的政治或者社会—经济被怀疑或者击败的时候，宗教（不管悄然与否）就会以政治内容的意识形态形式而出现：事实上就是由于斯大林主义漫长的历史，在中东则是一个接一个国家的共产党被大规模屠杀， 367
最后只会剩下伊斯兰教作为唯一可用的反抗和抵制结构。

但是这一切因发生在日本近几十年来历史中的一个特殊转向而被复杂化了，我们将其当做《空翻》的一个智力资源而予以思考。“9·11”事件打破了第一世界的志得意满，其带来的政治结果尚难确知，在日本“9·11”事件却发生在另外一个重要的日子，1994 年 6 月 27 日，在西方世界并非普遍了解这一天。就是在这一天，一个叫“奥姆真理教”的“宗教组织”在东京地铁站释放沙林毒气，导致7人死亡，数百人受伤。[4]只是在“基地组织”之后西方世界才认识到加于日本的集体性创伤，这是缘于其早前政治暴力的一种不同类型的创伤。旷日持久的成田机场运动的经历不仅仅是受到地理上的限制，被局限在当时正在搭建的环绕机场的“团结小屋中”；它同时也受到公共领域的压抑，它不再是公共领域报道和谈论的对象，而且同时被至今还装点在旗帜上的各种左派的意识形态口号所放弃。然而，奥姆真理教介入的这种侵略性力量因而不能被遮掩和伪饰。下面就是《空翻》对于这一历史运动的总结，它的这段叙事更像是含蓄的评论：

> 但是，就是这个奥姆真理教，当他的教主在印度修行之后，宣称自己已成了最终的解脱者时，其膝下的信徒也不过只有35人。可就在第二年却壮大为1 500人。以后作为现行犯参与了多起犯罪活动的骨干分子也加入了教会。在接下来的年头里，即富士山总部建成的那一年，信徒更是突破了3 500人，并成立了宗教法人。两年后参加选举，尽管花费了10亿日圆的巨资，但对其经营状态却毫毛未伤。由此可见其雄厚的财力。不久又进军处于混乱状态的俄罗斯，购买了大型直升机。另一方面，还拥有了可以开发70万吨毒气的实力。
>
> 从35个人开始，在不到10年的时间里便发展壮大为如此规模的教会组织了。如果他们主张的所谓世界末日大决战得以实现了的话，那么，在地铁车站里因毒气引起的死伤者将决不可能仅仅只有4 000人。① (173)

---

① 大江健三郎：《空翻》，杨伟译，243页，南京，译林出版社，2001。

师傅的“新人教堂”事实上也在鼓吹世界的终结，晚期资本主义将在生物灾难、大规模饥饿和各种形式的以暴制暴当中走向反面乌托邦的崩解。可以预见的是，它同时还包括了一个倾心于奥姆暴力的“激进的小团伙”，对此《空翻》还有师傅在他的第二次或者说经过修正的运动当中提出的一个可选择的方案。

然而，这两个运动，不管是现实的还是虚构的类比，都将会在一个方面让西方的政治观察家们吓一跳，确切地说就是，在他 368
们当中出现了受过良好教育的科学家和技术人员（这已经被奥姆真理教让人望而生畏的强大武库所验证）。我们肯定都已经听多了什么武装组织的支持者通过互联网以得到他们的技术秘密，但是这样的边缘群体之内居然包括了追随他们的目标和信仰、且为数不少的医生和学院中的研究人员，对此还是鲜有耳闻吧。但是师傅的教堂包括了科学家（他们中间的“激进的小团伙”杀了向导）；同时还包括了其他很多的社会组合：女性主义团体，比如（“安静的女人们”）小说结尾她们在思考琼斯镇那样的解决方案；一群十多岁甚至不足十岁的男孩儿组织，他们叫做“孩童的萤火虫”，最终还是由育雄来领导（这个情节在大江早期小说《摘嫩菜打孩子》当中已经有所体现，这是一部关于少年犯的、有索尔仁尼琴风格的小说）；那个另有深意的叫“莫斯布鲁格委员会”的组织（得名于穆西尔《没有个性的人》当中那个连环杀手，这部小说是所有文学当中精彩地描述了心理病态意识的佳作之一）；还有原来教堂留下来的分为不同帮派的信徒，他们在师傅“空翻”之后就离他而去，各自寻找自己独立的道路；甚至也没有将那些处于醒目位置的性格古怪、智力障碍和不合时宜的角色排除在外。在我看来，这里如此众多的社会背景就是为了用对集体实践和群体参与的积极诉求来取代关于异化与骚乱的标准式西方诊断；这部作品就是鼓励人们以有关其动机的心理—社会理论为代价，去关注群体的建构。

这些同样无知的西方自由主义读者在所有这些评论当中都已经被很便捷地当做一个假想敌，此外，他们还将为这种不无裨益的批评提供另外一种误读，确切地说就是这样一种印象，师傅的“空翻”是为了躲开独裁和极权主义的陷阱，为了躲开各式各样的个人以及魅力型权威的偶像崇拜；但是我认为对平均主义或者激进民主持有的这种自由主义或者无政府主义的先入之见根本就与这里的问题无关。师傅和向导都不是无可挑剔的人物，他们的过去就大可怀疑（尽管他们二人都远非 1976 年师傅在《代跑者调查记》中所预想的那样可怖，在那部作品中他是腐败权力的一个漫画像，在一切可能的幕后操纵着可能的一切，他适合成为一切想象得到的政治抗议的对象，包括暗杀）。这部小说将这一切原封不动地摆在我们面前，没有揭露那些使命和天职，那些并不怎么成功的人士突然发现他们受到了这些天职和使命的召唤。或许是心理分析已经消解了这种心理揭露的批判性力量（或者也有可能是犬儒理性将目前的这种政体视为当然）。不管怎么说，师傅作为一个可以预见的救世主的资格似乎全在于他若隐若现的精神分裂症的想象，关于这一点我要引用《代跑者调查记》中的一段：

369 我自己是这样想的：地球是一个庞大无比的宇宙构造的一部分，它就好像在传送带上一样，将要被送往在这个构造中属于它的位置。而我们的银河就是那个将地球送往图纸上所标注的预定位置的传送带。而在这个过程的最后一个阶段，银河所发挥的就是发射平台和为地球发射提供动力和推进的能源中心的作用。这个近乎完美的星体，这人类长久以来借以栖身的所在，在猛烈的

> 发射之后便将到达指定位置，使这个设计好的宇宙构造得以完成。然而，就在这一过程的准备阶段，当所有有待装配的零部件刚**被创造出来的太初之时**，在这个被称为地球的星体上发现微小的缺陷。最后，为了弥补这个小小的缺陷，就需要将飞禽走兽花鸟虫鱼以及我们人类，这些在浩瀚宇宙中无比渺小的东西引入地球……我认为那些——在沙漠里或珊瑚礁上——已经发生过的核爆炸是地球得以完成的最后一笔，是对那个缺陷的修饰或者校正——随便你怎么叫吧。下一个目标就是大城市，当然不包括那两座已经被摧毁的城市，当地球成为符合宇宙规格的完美的星体，它将从银河的发射平台上呼啸而去，进入它在这个构造当中准确的位置！(141)

但是师傅的想象只是群体构成的一个必须然而并不充分的条件：向导总是在那里给他们提供适当的满足。的确，有人可能会有这样的感觉，在这部小说中，如果有人公开宣布自己组织一个新的群体或者教派以便把大家聚拢起来的打算，这就足够了。但是，可怜的傅里叶所登的广告没有任何结果（他每周二的早晨 11 点都会忠实地在家等待那个从未驾临过的米西奈斯的驾临）；对于一个美国人来说，更熟悉这一过程，在此当中一组既存的碎片不断地分化为越来越小的派别和教派，而不是新群体的形成。

但是，如果没有将以前的信徒信众号召起来去“炮轰司令部”的这样一种分裂（比如对于拉康来说），那么这个“空翻”会是什么样子呢？在这个激进的行为中，师傅当众和他的教义断绝关系，并忏悔说他和向导都没有任何可信的见识，所谓的预言只不过是精心编造的谎言，他们都是牛皮大王，以此师傅解除了这个军事小集团的武装（他们打算通过对东京进行核打击来实现早就预言过的世界的终结）。于是，这场运动在极大的程度上就此崩溃，那些激进的科学家被警察围捕，而师傅和向导都“进了地狱”，在那里他们待了整整十年，直到（这部小说的开头）他们重新出现要在以前运动的废墟上重振旗鼓。这个空翻因此就已经是一个自我毁灭的形式了，因而由此就可以预见到在故事最
370 后，师傅以自杀的方式离开了他自己重又发起的运动。但是我并不想将其归结为牺牲，更不愿意堕落为文化主义者，而认为关于自杀有某种特别日本性的东西一直贯穿在大江的作品当中，在这本书中则达到无以复加的地步。在这里自杀被看做是某种历史的动力也是反抗的重复，但是，我们不能理解它是由于（在结尾中）没有延伸到“地方的权力”、“土地的权力”。

在几乎所有大江的作品当中，我至今还未看到对其在故乡四国山谷的回归（可以预测，在这本小说中，师傅要将他的教堂迁往那里）。在全球化的时代，出现这种新的地方主义不足为奇，以此地方（性）往往会对由农业综合企业引起的城市标准化以及自然、农民（牧民）的破坏构成抵抗；它同样也会形成为一种意识形态和补偿性幻想，而非一种政治计划。然而，《沉默的呼喊》告诉我们必须将“土地的权力”理解为历史的回归；甚至师傅最后的牺牲行为也明白无误地与发生在一代人之前相同地点、相似情节的事情相呼应（在尚未翻译过来的 1993 年出版的《燃烧的绿树》三部曲里赞美过的事件）。但是，大江的作品当中包含了比这个更多的历史层面，而《空翻》只是在一系列的历史层面之上又加上了一层新的后奥姆层面，而原来那些层面一直回溯到前明治时代的四国农民起义，然后经过新的帝国体制一直到第二次世界大战末的农村的动荡。在 20 世纪 60 年代，新的资本主义超级市场的掠夺（在《沉默的呼喊》中）又一次重演了这个反抗的循环，大江的作品对此有过呼应，在《沉默的呼喊》中是以神秘

的形式（在《M/T与森林里奇异的故事》中）和阴森血腥的绝望体现出来的。《空翻》仍然是以一种新的形式，让我更好地理解“这些像国王一样的疯子不定什么时候就来了”（SC，54）。

（2003）

【注释】

[1] Kenzaburo Oe, *Somersault*, tran. Philip Gabriel (New York, 2003).

[2] See Susan Willis, *Specifying* (Wisconsin, 1987), chapter 3.

[3] 关于这一突出的政治现象，见 David Apter and Sawa Nagayo, *Against the State*（Cambridge MA, 1984）。

[4] 关于奥姆教，见 Haruki Murakami, *Underground*（New York, 2001）。

十九　置换的欣快感

371 （从嗜血以及性欲这两个角度而言）射击即写作，写作即射击：正是这种象征性的异质合并使得于贝尔·阿坎的小说《下一支曲子》（*Prochain épisode*，1965）发生了结构和叙事的滑动，意义的显现和遮蔽。这部小说虽然远不能说是新魁北克文学的开山之作（甚至没有它的任何特点），但是无异于在魁北克平静革命运动（Quiet Revolution）中激进的知识界引爆了一枚重磅炸弹。阿坎很快就成为一个传奇性的人物，在“第一次”魁北克解放阵线（FLQ）时期，他由于携带武器被拘（1964），在法庭宣布其无罪之前，被短时羁押在精神病监号中。20 世纪 60 年代末期，阿坎一边作为一个军事分裂分子在继续活动，一边为加拿大的电台和电视台撰稿（成为魁北克知识界的重镇），在“魁人党”（Parti Québécois）1976 年获得胜利之后的那几年，他由于自杀而引起的生死真相变得扑朔迷离，因而被形象地描述为“革命的浪荡子”。

我们必须抵制这样的想法，即将他的四部作品归于法国“新小说”的形式“实验”（杰勒德·贝塞特后期的作品除了萨特式的根源之外，其实和“新小说”这种美学的亲缘关系已经很远了）。通常来说，寻找互相影响和彼此相似确实是一种毫无意义的学术消遣和痼疾，然而我们却也有普鲁斯特的有关于此的论断，即面对具有崭新的风格或者语言特色的作品，我们并没有做好阅读的准备，最早阅读这类作品的人往往会将其与自己已经熟悉的语言进行多方比较，以借此来保护自己，直到这个新的文本转化为自己本身之时。[1]

不管怎么说，简单交代一下我与这些小说结缘的始末，且作为我对其进行思考的理由，这可能对美国读者有所裨益。尽管《下一支曲子》已有英语译本，但是作为新生的，然而又是丰富而充满活力的新魁北克文学生产不可抵抗的整体，它又是陌生 372
的。实际上，《下一支曲子》是我阅读的第一本魁北克小说（这得感谢一位加拿大裔的美国朋友的推介），而且也是在相当长的一段时期之内我最不想读的一本书。我觉得它太业余、不亲近，无节制、太自恋，不管从小说的哪个角度而言都乏善可陈。之所以这么说，主要因为这本小说以及作者后来的三部作品，对我来说逐渐变得妙趣无穷了。我现在能在任何情况下都以前所未有的愉悦一遍遍地阅读这些文本。如此让人惊讶和感到意外的转变之所以成为可能（尽管这其中可能会有我个人兴趣的转变），这一转变过程或许可以作为普鲁斯特这一发现理论的佐证。

实际上，这并不是因为阿坎的文本发生了变化，而是我和作品之间的距离发生了变化。我之所以这样说，原因在于以上我所使用的所有这些形容词，说明了我对这一特殊文本对象的第一印象，而且对我来说它们仍然有效；但我现在只是对所有那些“客观的”缺陷有了不同的认识。而且，往往打动或者迷惑我们的首先就是作者的风格，那么我就从挑剔阿坎句子的特点开始，这一特点与“新小说”的客观冷静截然不同，确切地讲就是对第一人称过分而让人难以接受的颂扬、空洞的主观性随处可见的不屑一顾和虚张声势，模仿主观表达的美学，而这一美学模式沦落到无异于呼号和宣泄的不堪境地，而一连串的惊叹号似乎泄露了自身的贫乏。这和普鲁斯特的“自我崇高”或者克劳德·西蒙（Claude Simon）不同，后者那思辨的句式慢慢地探索复杂的客观世界的轮廓，他们以感觉和体验为手段，把仅仅作为起点的纯粹主观性留在了身后。但是，我们从福楼拜那里得知，第一人称的句子鲜有美学密度，而那发乎于心的“抒情性”应该被统统抹掉，以让那实际的、现代的风格的巨大的坚实性在恰当的地方慢慢升起。我把第一人称这种让人难以容忍的自我表现的怪相与一个确定的俄国传统联系在了一起，与“一种发端于俄国资产阶级落后状况的……地域性的自我缺陷和身份失败”联系在了一起。[2]这一或许会以截然不同的方式适用于魁北克状况的诊断至少可以让我们追寻到阿坎身份明确的前辈和文学上的知音：纳博科夫。我们将马上看到，他的流亡文学以其人物的双重性、过度的自动自反性与阿坎的作品构成了很多不乏启迪的相似。

关于“第一人称的放纵”以及这种语言的丑陋，我的观点并没有发生变化。我的发现就是（数年前当我读梅勒的《美国梦》时就有类似的经历），就好像面对一个张开的伤口上的血污和刀
373 口，当我们接近其炫目的表面，各种只有显微镜下才可看见的颜色立现眼前，一个晶莹润泽的彩虹，它由这精妙的、不同寻常的皮下组织构成，密密麻麻、猩红雪白，这是在词语之下的语言微妙的分子生命。甚至此时感叹号在我看来都有一种“内在的张力”，像一张绷紧的弓弦，急欲表达被压抑的“情感”：“我要过着雷电一样的生活，毫不停歇，不要一刻的安宁。”[3]这个句子像布列松对于美就是“决定性瞬间”这样的概括。（无论如何，与纪德的《帕吕德》一样，阿坎以及纳博科夫的作品似乎就是在不停地催促我们赶紧从作品当中，把各人自己钟爱的句子挑选并汇集起来……）如果写作如射击，那么最起码，有些句子就正中读者的心脏，所有的人都眼睛大睁、立刻毙命。

我对于《下一支曲子》“情节设置”的看法也没有变：如果和罗布-格里耶任何一部小说精巧布局相比较，它的确是笨拙、低劣的随意之作（就好像和任何职业的侦探小说家相比，纳博科

夫的“别出心裁”一样)。这种固有的双重性和镜像多重性将这部作品有效地变为一个三声部的乐谱，即第一人称的无名叙事者、受害者，以及他那名字叫 K 的情人和同伙。作品中主人公遍布世界各地的秘密网络组织转移资金，而他的至交是一个反革命间谍，他的银行网络使得他有条件追踪这些资金的流向并可随心所欲地对其进行阻挠。一旦败露，他肯定会被镇压的。事实上，他至少有**两个**公开身份，即作为罗马史专家的 H. de. 休兹，和银行家的卡尔·冯·瑞德特。最为震撼的一个情节就是，叙事者驾车拼命地跑遍了瑞士一半多的地方，结果发现那家银行关门了，不见踪影了，而那个猜测中的对象则以另外的名义正在讲授瑞士抵御恺撒军队的入侵。那场战争发生在联盟的另一段，这种几乎是同样疯狂地列举地名，只不过是另一个方向而已。然而，在这部作品中有一个奇怪的现实原则在产生作用，仿佛你完全可以将这种想象的双重性不断翻番而只需要付出一个代价，那就不辞辛苦、实实在在地（不管是在书中还是在路上）把这两个虚幻实体分开的每一个时空单元都经历一遭。

这场预料当中的遭遇发生在一座富丽堂皇的城堡里，它的叙事曲线和布局在颠倒和犹疑当中（先是手持武器的休兹，然后是叙事者，尽管他对暗杀进行了深情的赞美，但还是延宕以至于错过了机会）慢慢地围绕着一个裸体武士的雕像，从高卢之战到 20 世纪 60 年代的魁北克组织起来，而这座雕像是该作当中三重 374
经历（情人、作家、战士）的一个自恋的意象。然而，任何对其超出装饰性封闭形象的解读都是错误的；在这个只是作为象征性传播和永久的象征错位的精神错乱当中去寻找任何稳定的象征意义也是错误的。

这一类双重性戏剧的传统高潮——在这一时刻，物质的一般性在震颤中接触到它在反物质的一般性中的镜像，在此两个世界都骤然消失，主角向其镜像的心脏开了一枪，却发现自己血流如注、奄奄一息（或者，像纳博科夫《失望》中的第二变体一样发现被成功处死的自己的“第二重”看着和自己完全不一样）——这一时刻随着阿坎在 1964 年 7 月因携带武器被捕（正如我们将会看到的，这一事件也被写入了这一文本当中）而被不确定地推迟、越过乃至停滞。

在这个作品的结尾，叙事者终于明白，有人看见他的至交和一个金发女郎在一起，而那个人除了 K 就不可能是别人，而他们多处的幽会之所也开始巧合并冲突，此时，对于这一可见结果逐渐的理解过程就形成了。至少从兰克（Rank）以来双重性就是文学批评的一个主要对象，从 E. T. A. 霍夫曼以来它也成为文学创作的主要对象；然而，拉康对于想象的和象征的（对此我不再赘述[4]）此二者的区分表明，从任何一个重要的角度而言，像此类镜像的无限增殖的逻辑本身并没有意义，也不是可以象征性阐释的，它只是无限空洞的纯粹的形式运动。

于是，我所要说的是，这种阐释的诱惑是虚幻的，是最根本的叙事积木，也就是最基本的情节的幻影，而这个基本的情节就是：自我、他者以及二者共有的欲望对象。这是一个笛卡儿式的幻象，在此寻找可以打开一切叙事的“万能钥匙”。心智想象地认为，复杂的小说当中已经形成了这样一把钥匙，而且小说自身就具备了这种“最小单位的统一体”，即冲突和欲望的真实而最终的状况，这种状况既是“真理”又是“秘密”。但是这恰恰使象征的和想象的相混淆了（后者只不过是前者在辩证地生产不同种类的文本时所要处理的原材料而已）。

阿坎的小说已经让我们相信，我们必须把这出有着三个人物和立场的戏理解为一个不可能的努力，即从极端孤独的、被禁闭的个体自我或者客体当中生成叙事本身。这种双重性的戏剧不是叙事性的，而且也永远不可能是；但它是在一种完全非叙事的情景下——他人与外部世界的缺席——所做出的义无反顾的努力，即通过意志的力量来想象叙事的形成，从而去制造一个完全实在的世界，这个世界具有与他人邂逅的偶然性以及事件和命运的不可逆性，而此二者则来自于隔绝状态中的贫乏的个体。这样一个身体，一个实际上处在囚禁状态的单子，就很容易投射出一个与 *375*
自身相对的至交。具体到K，甚至是这个似乎与众不同、具有不同性欲特点的色情对象，由于瓦解为民族寓言，她的贫乏性也被暴露了，K（Kébec）径直成为魁北克，在该文本一些色情性描写部分被赞美的肉体也立刻清楚地转化为缺席的祖国或者民族的地理状况、转化为自然景观以及政治事业的语言，而阿坎（以及他的第一人称的叙事者）将被囚禁于蒙特利尔的阿尔伯特-普雷沃斯特精神病院的高墙之内，在这高墙之外，这个省缺席的、不可见的抽象的总体性就像一个幻影在这个囚犯的心中延伸着。

于是在这里就可以察觉到创造真正的叙事这一努力失败的标志，它的失败就在于神经症的强制性反复发作，它的失败就在于未能达成新的、不可预见的东西，未能达成事件、偶然性，以及虚假叙事幻想向漫无目的的循环节奏的关键性返回，也正是后者再次生产了最初的冲动。于是这里存在与色情文学本身的特殊关系，色情文学想通过个体阅读身体而实现某些真正的对象满足，但却最终以手淫结束（而且正如萨特对让·热内小说的研究表明，色情文学同时和被囚禁的空间也有联系）。阿坎本人的作品，特别是在《白色的黑人》（*Neige noire*，1974）中所反映的神经错乱的色情杀人的神秘思想（以及其中对巴尔扎克《色拉皮它》［*Séraphita*］的暗指），通过对高级的色情语汇的发展、通过没有任何创造性的色情语句和色情风格背叛了这些默契；在纳博科夫的作品，特别是在《阿达》游刃有余的语言当中，也可以发现同样的情形。

但是，最终来说《下一支曲子》不是色情文学，它是完全不同的，是一个有着自己文本具体性的色情冲动的结构性变体。不是愿望的实现，而是它的失败；不是影像的催眠术，而是影像投射于其上的斑驳的墙——这就是那个抵抗的基础结构，其上华丽悦目的外表互相影响和袪除对方。这部小说是一个关于房子的故事：从见证了疯狂爱情的洛桑（或者蒙特利尔）华丽的宾馆客房，到与他的敌人在此互相追逐的孤独城堡里堂皇的房间，甚至隐藏在这两者后面的这部小说得以完成的牢房，甚至更进一层，对我们而言，还继续存在着一个我们置身其中正在阅读这部作品的屋子，所有这些屋子都是相同的。是又在寂静的城堡中等待着他以前的猎人、现在想象中的猎物再次出现的主人公设计了这个精妙的圈套，这一回返不能被单单理解为悬念的背景，而是像在倒转的格式塔当中一样，只是一个空洞的形式，通过这一形式，让人瞠目结舌的20世纪60年代以及空空如也的空间一点点地将
376 自己写在迷惘四顾的眼睛上。房间既是孤独的自我或者单子的外在表现形式、是资产阶级的精神主体，又是后者的物质限定；它们同时也包含了与特殊的如阅读和写作这样高度专业化的、人为的现代活动之间的联系。这些活动不像口口相传，似乎不可避免地不仅与印刷出版、正在形成的产业系统以及生产的技术性再生产捆绑在一起，同时，从某个更散乱的、外在的、让人反感的角度而言，也与家具捆绑在一起了。

然而，这个最为重要的房间从未直接地呈现给我们，而总是如我们所看到的，通过阿坎所说的“置换的欣快感”以富有启示性的语言传达给我们；而这正是形成阿坎作品最具结构的原创性的契机。通过将那种水平的关注（等待身份的回归，即那个主人公与他的另一重突然间实现了融合和一致的时刻）置换为一种截

然不同、完全无限的垂直叠加，它补偿了想象性文本将自身与纳博科夫式的扭曲和封闭空间恰当地联系在一起的这一尝试的失败。

我们将要对这些作为众多短暂的寓言性框架的“置换”进行一番描述，它似乎以随意和偶然的方式出现和消失，从来不会僵化为堂皇而教条的东西，而总是将文本对众多阐释的诱惑敞开，而这些阐释的诱惑都具有幻想或者白日梦短暂的非实在性。日期和编年这些在文学文本当中似乎是最为坚固、不可分解的外在的东西，但是对于这些混乱的变形来说却是最具戏剧化的中心——“在 1792 年 7 月 26 日至 8 月 4 日之间”：这可能就是如下事件的聚变：袭击蒙卡达军营，古巴革命运动因此而得名，魁北克平静革命运动发端之年，在那个晚上随着封建特权阶级的投降，在大革命期间的法国（1789 年），中世纪走到了尽头，加上另外一个关键的年份，1792 年，在那一年瓦尔米战役标志着一个全新的人民的时代[5]，这被追认为革命纪年开端的元年——所有这些指涉和阐释性框架在差异甚至矛盾中连接在一起，然后开始扩散、生产其他的、相关的然而又是截然不同的短暂系统，比如，1964 年 7 月，阿坎被拘并身陷囹圄；在此期间，《下一支曲子》开始构思了；或者 6 月 24 日，是魁北克省守护神圣让-勒-巴蒂斯塔的欢宴日，在魁人党取得胜利后，这一天已经被规定为这个突然出现的政治实体的官方假日了。

然而不仅仅是时间的而且还有空间的对等也在相同的逻辑和运动下被动摇：“古巴燃烧着沉入日内瓦湖的湖心”——这《下一支曲子》开头部分的一句仅仅是这一大堆地理置换中最让人难忘的一个，这其中瑞士地名与魁北克地名难以察觉的交感或许是 377
最重要的一种。这种随意的寓言框架的伸缩使得瑞士官方位置的喻义得以显现：瑞士的中立让人联想到独立的魁北克可能的乌托邦想象，它以其丰富的水电资源，可以理想地远离世界体系围绕着能量资源进行的争夺。但是这一想象受到了古巴框架的质疑：魁北克的独立会是一方有群山作为屏障的受到尊重的飞地，抑或只是一个被敌人封锁的革命的岛屿？这种寓言性的犹疑就勾画出了魁北克 20 世纪 60 年代斗争的政治解读：是第一世界最不济的一个国家，还是属于第三世界的最繁荣的一个殖民地？或者，正如魁北克政治和文化界一位领袖所说的，蒙特利尔是从哈瓦那的角度还是从日内瓦的角度来理解自己的身份？我在别处所讲的“民族寓言”[6]的这一作用在阿坎的作品中仍然处于中心地位：在《记忆的黑洞》（在这部作品中爱的对象和牺牲品显然是以英语为母语者的“伙伴”的寓言）中揭露与英属加拿大的殖民关系；在《对经唱谱》中揭露了美国在圣地亚哥的殖民，一直到《白色的黑人》中挪威炫目的寒冬景象当中，这种民族语言才变为稀薄和形而上的（然而，在这部作品中瑞士寒冬景象中的某些东西——以及圣劳伦斯盆地——完成了一次象征性的回归）。

最后，我们必须注意同一暂时的和寓言的类型所具有的一整套文学隐喻：于是拜伦在这一类的文字中时来时往，创作了《锡隆的囚徒》（与阿坎的《下一支曲子》形成应和），同时散发出投身于希腊独立斗争的明显的喻义；另外就是巴尔扎克，他在同一个湖畔遇见了韩斯卡夫人，释放出这位《十三个人的故事》的作者以及阴谋与恐怖主义史诗诗人的强烈余象。

由于《下一支曲子》也是特定的 20 世纪 60 年代“恐怖主义”直接的美学表达，以及第一次魁北克解放阵线（据说阿坎和这一组织有联系）[7]不朽的文学纪念。所以，在结论部分我们不能省略了对这一现象的评说。有关于此，首先必须坚持，它是一种**意识形态素**，即一种发端于右派又被其加以宣传的意识形态幻象，里根时期这种口号的虚弱的复活以及公共活动家克莱尔·斯特林（Clair Sterling）[8]可以解释其目的。但这并不是说，与这一现实相应的、意识形态素所称的“恐怖主义”并不存在，并不是说根本没有任何爆炸和暗杀，也并不是说在许多民族的或者殖民的情况下，存在于特定时期的特定的政治斗士没有试图从这一类“恐怖主义者”战略、战术的角度明确地将政治行动理论化， 378
对此马克思、列宁、托洛茨基以及整个马克思主义传统一直在给予谴责。但是如果你要用那个词而且称其为**那个**，你终未能免为整个右翼精密的文化和意识形态攻击张目，它立竿见影的成功可以从大众文化中无所不在的“恐怖分子”的角色即可推知，“恐怖分子”就像旧的社会时期那嗜血的狂人，被右翼用来塑造彻头彻尾的恶魔形象，而且通过解释那无法解释的、通过将动机和意义的幻象程式化来生产形式总体性的幻象，以达到巩固其阴谋的目的。（我们还应该考虑在这所谓的“恐怖主义”和国际媒体社会之间的某种关系：被如此定义的政治活动往往是指一些处于困境的、没有力量的团体为了在庞大的世界公众面前展示他们的事业内容而做出的努力，因为垄断的媒体已经将他们与公众隔开。所谓的恐怖主义的“教育功能”就这样与由荷兰的普罗沃党所开创的挑衅的左的策略发生了亲缘关系。）

然而，从那个意义上而言，阿坎的小说将“恐怖主义的”冲动去神秘化，揭露了阴谋小集团的贫困，由于被孤立地封闭起来，就产生了很多关于它的幻想，也揭露了与外界隔绝的贫困，甚至革命知识阶层的阶级孤立也像封闭的囚牢那样彻底。如果写作是射击（从嗜血以及性欲这两个角度而言），在《下一支曲子》最后可怜的颠倒中，最终说明射击和写作没有什么两样，虽然写作很幸运地可以在写作之后，该文本的句子可得以保留。

（1982）

【注释】

[1] 例如，见 *Le Côté de Guermantes*（*A la recherché du temps perdu* [Paris，1954] vol. II，pp. 325ff.）里关于 Claudel 的评论。

[2] *Fables of Aggression*：*Wyndham Lewis*，*The Modernist as Fascist*（Berkeley，1979），p. 40.

[3] Hubert Aquin，*Prochain épisode*（Montréal，1965），p. 138. Penny Williams 翻译的该小说的同名英文本由 McClelland and Stewart（Toronto）于 1967 年出版。

[4] But see my "Imaginary and Symbolic in Lacan," in *The Ideologies of Theory*：*Essays*，*1971—1986*（Minnesota，1988），vol. I.

[5] 然而，瓦尔米战役是一场全民入伍的战役，第一人民军队与古代政权下的雇佣兵相比具有明显的优势——关于这场战役，歌德曾说到彼时彼地开创了人类历史新纪元——对于其政治是有关 Blanquiste 的阴谋小集团的小说而言，瓦尔米战役无疑是一个极具讽刺性和问题性的引用。

[6] *Fables of Aggression*，op. cit.，chapter 5.

[7] 对魁北克"两次"解放阵线的区分已成为一种惯例：第一次魁北克解放阵线集中于阿坎被捕的 20 世纪 60 年代的初期；第二次魁北克解放
379 阵线始于 60 年代末，并随着至今仍悬而未决的皮埃尔·拉波特（Pierre Laporte）首相的暗杀和 1970 年的十月危机而告终，在十月危机期间，由特鲁多（Trudeau）领导的军队占领了魁北克省。第二次解放阵线时期存在着一个更为广阔丰富的文学，包括如布莱恩·摩尔（Brain Moore）的 *The Revolution Script* 之类的小说。在第一次解放阵线时期，可以看到蕴含在古斯塔夫·毛夫（Gustav Morf）的 *Terror in Quebec* 以及 *Case Studies of the FLQ*（Toronto，1970）里的有关个人经验和参与者的构成的有趣创作素材。由毛夫指出的第一次阵线和第二次世界大战时期的欧洲反抗运动之间，以及与前（法国）越南战争之间的联系发人深省；依我看，精神分析的结论的启迪性就不免相形见绌起来。

[8] 今天（2007）对它的运用更加成功！

二十　“极端时刻的纪念”

1

彼得·魏斯（Peter Weiss）三卷本的历史小说《抵抗的美 380
学》反映了从1937年到第二次世界大战结束这一时期，德国共产党反希特勒组织所开展的斗争。它标志着对于编史学，或者更直接地说，对于历史感以及关于特定时期的历史构建的强力介入。那一特定时期乃是指德国民众和左派所生活期间的“冷战”的最后十年。这一介入在联邦德国和民主德国均可感受得到（此书在当时的两国均有出版），它超越，同时也关注到了那一时期仍然大行其道的关于斯大林主义枯燥乏味的争辩。这部身后出版的作品（当此书最后一卷出齐之时，魏斯已去世半年），现在对历史的真实性发挥着重要的作用。一个统一的德国现在必须构建有关那一时期的历史真实性，以达到统合民主德国（DDR）那一阶段经历的目的。这一问题似乎可以与美国内战之后，对被征服的南方复杂的、千差万别的生活世界所进行的思想和编史方面的统合遥相比较。在历史要将德国及其邻居吸纳进某种新的、更大的跨国统一体的这一时刻（与此同时，甚至这新统一体的自治也会面临被废除，从而进入一个更大的、无所不包的晚期资本主义的全球化网络的危险），新的德国必须寻求一种新的视角，以审视自己的过去。在这一个时刻，历史并不会停止对黑格尔所说的追忆和集体身份的重建所做的努力。

但是，这并不只是德国人亟待解决的问题，这样的难题也摆在了当今世界所有左派的面前；在这样一个看似后革命的世界形势下，普遍感到资本主义以及自由市场无孔不入的渗透此后无人能敌，在这样的状况下德国对其激进和革命冲动的理解所作的修正必然有利于在世界范围内重建左派对自己使命和可能性的理
381 解。但是民主德国重建的失败意味着将来德国的激进主义会以突然的形式从那些被征服的省份冒出来，而且是没有任何先兆的出现，所有重大的革命时刻都是如此，与本雅明关于弥赛亚的比喻极其相似："分分秒秒都是一扇狭窄的门，弥赛亚会由此进来。"[1]于是在这里，德国左派重生的弥赛亚准备，同时也是来自其过去的革命传统，对于所有的左派而言都是作为一个寓言而存在的。它说明，斯大林、苏维埃共产主义的文化和策略，以及列宁主义本身的维度都将不可能重生，即便（如彼得·魏斯在小说描述的）这一重生对革命冲动不无益处，也是不可能发生的，而这革命冲动就是对与苏联有关的很多事情表示痛惜、恐惧和憎恨。但是，只有对过去进行不懈的思考、**承认**它（用斯坦利·卡维尔的这个关键词来说），一种关于新的政治和革命运动的激进的新约才能以一种陌生的面孔横空出世。但是，这种思考并不是"为了吸取历史的经验教训，以免重蹈覆辙"这样再愚蠢不过的思想所能给予的；它也不是为了"修正"和忏悔斯大林时期的罪恶——由于罪恶既是一个可致麻痹的冲动，又是一项任务，如果仔细想想，可能这个世界上无人能置身事外。正如为我们所熟悉的在共产主义运动时期的辩证法所说的那样（《抵抗的美学》从前到后都在通过无休无止的探讨和辩驳对其进行一遍遍地反思），苏联对那一段时期的历史进行的辩护既不可能然而又不可避免，所以现在对于苏联时期的理解，对于那个丰富的历史经验的记忆，容不下任何的歧见，哪怕并不存在任何"和他们妥协"的可能途径。与这段历史的冲突肯定会包含对它的抵抗，今天的德国，

特别是原联邦德国读者会以一种厌恶的心态来对待德国统一之前**联邦德国四七社**作家的政治文学作品。[2]同时，还有广大的后现代读者对两次世界大战之间以及“二战”时期那段已经死去的历史所怀有的感情——一种有时交织着深切怀旧之情的厌倦，这种情感又因消费主义的气质而变得更加强烈，对于消费主义的这一特点而言，这个已是明日黄花的情感会比那些真正属于当代的明显等而下之的东西要更让人无法容忍。对待过去没有什么所谓的正确方法——要抚平长久的创伤，遗忘并不比催眠会更有效。然而，历史也并不是由那些你可以任意抛弃和替代的过时的东西拼凑而成。在这个不同于 80 年代之初德国那骚动的政治形势下，魏斯这一遗作的价值可以通过它在这个后冷战的新时期所发挥的受到历史限定的作用来认识。在关于魏斯这一作品的评论已经是连篇累牍的情况下[3]，现在还要再一次地直面这部作品，原因或在于此（同时也考虑到在德国和瑞典之外的读者对此著并不熟悉）。

然而对那段历史的这一积极介入，对我们已经再熟悉不过的希特勒时期——这次介入超越了乏味的辩解和刺耳的反共喧器——全球左派政治维度的回归，并非这本“小说”的全部使命，它也不仅仅是一个知识的语境，其中可以感受到创见和力量。对那已经成为集体的或者个体记忆不可避免的论说，无论其好坏，都使我们回想起前些年对历史记忆（包括自传）的热切之情，这期间包含着悲伤和忧郁，特别是关于奥斯维辛本身的记忆。[4]《抵抗的美学》是对于政治失败和挫折的纪念，但是它并没有忽略与这挫折相伴而生的痛苦和殉难；它同样希望能够为此提供一种手段，而非诸如此类的墓碑（墓碑的问题同样也是我们这一时代的重要问题），以重新体验那种痛彻肺腑的肉体痛苦。这也不是亲历者忠实记录并保存的一份证词[5]，而是一种我们意欲通过阅读而唤起的身体和痛苦心灵的直接性。这是一系列材 382

料奇怪的杂陈：有寥寥然而不乏生动的自然景观和功能不同的内景和房屋，有很多画作的直观教益，有那种原始的性欲（已经从书中圣洁得缺席了）已经被痛苦所取代的纯粹的身体折磨。彼得·魏斯为目前的身体理论做出了他的贡献，同时也对那可以用来理解奥斯维辛大屠杀一类事情的或形象、或思辨，或者有时干脆就是无言的和不可能的模式做出了自己的贡献。尽管为大屠杀留出了篇幅，但是，我认为这部著作并不是为大屠杀而写。此外，我们只需要想一想那些关于他以奥斯维辛为主题的戏剧《调查》(*The Investigation*）的批评，剧中似乎不可接受的是，犹太人被等同于其他的受难者，特别是共产党，因而这个事件所独有的犹太意义[6]就被剥夺了，而且这一批评可以被引申为对整个《抵抗的美学》的批评（尽管彼得·魏斯有一半犹太血统），就足以证明我们不能将这部著作归于那场大屠杀的文学或者那一文学传统。然而，这部作品显然仍处在这所有的主题和理论难点的中心，这些主题和理论难点就是在从再现的不可能性直到记忆的利用等这些有关大屠杀文学的争辩中所提出来的。

对于历史以及某些未来左派的重建、对于那些殉难者所遭受的痛苦的纪念，在此书的这些计划之外，还应该加上它的题目中已经有所体现的另一个主题，尽管《抵抗的美学》在探索美学教育方面的贡献要比对美学理论的贡献大。在这部小说当中一个年轻的德国工人从历史的风雨沧桑中学到了抵抗的政治，但同时也理解了完整的美学文化，它也算是一部**成长教育小说**（Bildungsroman），计划首先要完成那重要的、政治的教育，而且在很多方面它甚至先于这一教育，而首先为那些更实用的教育和难题培养文化（或许有人甚至会说是“精神的”[geistig]，以便与德语
383 语境保持一致）的感受力。这是一个著名的情节，小说以三个朋友瞻仰帕加马大祭坛为开端。这部小说中第一个肉体受难的形式

就是那个扭曲的雕像——被奥林匹斯神所击垮的愤怒的巨人；第一堂政治课就是神话的、美学的和想象的——一个失败的图景，奥林匹斯统治者打败了胆敢犯上的半神。在这个美学的教育，或曰在这个主体的美学形式中，它的第一步就是一个“解放的思想难以理解的大屠杀”[7]，似乎是失败和具有破坏性的第一步。

而且，这是一部有关无产阶级的成长教育小说，一个社会下层人物的教育过程。值得注意的是，这部作品成百上千的人物当中，只有三个人物是虚构的，即那个无名的叙述者和他的父母。其他所有的都是魏斯做过大量调查的真实历史人物。同时我们也不能忘记，从严格的起居间作用的角度而言，这三个虚构的重要人物也不过是具有自传色彩的身份认同的对象：魏斯是资产阶级，其父是一家公司的经理。说魏斯可以毫不费力地将自己的经历移植到这个虚构的小伙子身上，他只不过碰巧是成长在工人阶级环境中的工人阶级的人物，无疑是一种曲解。如果我们假定这些有关的表述就是对业已存在的事物以及精神状态的经验性描写，那么有关普鲁斯特从一个假定的同性恋的角度对于异性爱情的虚构描写的种种争论[8]，就可以在这里找到共鸣和相似之处了。

如果这一教育的框架有什么意义的话，那么它就意味着，我们必须面对的不是事物的状态，而是所有这类以前“状态”的产生和演变。这其实是一个自我塑造，一个主体性的建构，在此当中主体想去控制和重新利用那些通常认为他力不能及的、来自外界的打击。他通过艺术和文化来达到这一目的，另外，与他的朋友和老师（布莱希特以及心理分析学家惠德恩［Hodann］）一道来为自己也为他们构建一个新的教育。当然，从政治和理论上来说，这种教育的模式采取了一种哲学的立场，明显可以看出，那是属于新马克思主义或者反马克思主义的，他们强调意识和文化的不可或缺，以此对抗来自经济主义以及狭隘的政治—意识形态实践主流的压缩。

此外，这不仅仅是一个哲学的或者知识的立场问题，在具体的阅读过程中，它有其自身贯穿始终的象征意义。不管此类教育的范例对于真正的工人阶级或者下层大众而言有什么价值（或许这样说并不为过，《抵抗的美学》的余生在民主德国比在原来的
384 联邦州更安全一些）——而且对于这个社会主义国家来说，这些为了遗产和新的文化传统，尤其是对于正在激烈辩论的对资产阶级，更不用说前资本主义的艺术传统利用与否的问题所提出的方案某一新的阅读实践有何意义——必须牢记我们这一新的、当代的读者群体多属于中产阶级，且形成于资本主义之下。彼得·魏斯把想象性的自我投射置入一个出身工人阶级的主人公自 20 世纪 30 年代以来的成长环境，他的这一努力本身就是一个寓言，一个关于我们，作为这一文本的读者，自身的想象性同情之可能性的寓言。正是他的这一中介使得我们的阅读成为可能；尽管也有人希望再次强调萨特广为人知的对加于文本和叙事之上的无与伦比的丰富性的坚持，即它不能不面对两类不同的公众，也是两类不同的读者。[9]

2

然而在所有这些程序之外，还应该加上重要的一项，那就是形式的规划，它的问题和障碍与我们已经涉及的全然不同。由于该作也属历史小说，那么它就应该以新的方式来面对和解决一些困境，这些困境至少是作为一种新生文类的历史小说在瓦尔特·司各特那里首次形成之后就必须与之斗争的。然而，除了这一值得尊重的类属的表面之外，为这本书而辩护的人是特别的雄辩。

于是，对于《抵抗的美学》的探讨首先应该从其形式的独特性开始，这已成为一个传统。曼弗雷德·哈伊杜克（Manfred Haiduk）曾称其为“怪物”；罗伯特·科恩说，三卷当中，只有最后一卷才真的像小说，此外还有其他的说法。[10] 毫无疑问，形式的创新总是会给阅读带来问题和困难，但是，形式的创新很少是因为某一新的阅读实践的要求而发生的。这就是与新小说（*nouveau roman*）[11] 的支持者有关的一个例子，它们关于媒体所称“真实时间”的实验在这里得到了暗示；形式的创新在彼得·魏斯这里同样也成为一个不同凡响的范例，尽管在其著作中所体现出来的创新在意义和精神上与其他有着截然的不同。

据说，勋伯格在完成其小提琴协奏曲之后，激动地高喊：“现在他们就不得不发明新的小提琴演奏法了。”但是，我认为真正先锋派的特点不仅仅体现在构建和实施作品的方式发生了改变，而且还体现在它的接受程序发生了变化（诚然，一部已经创作完成的乐曲其演奏就在于两极之间，这就是通常被分别认为积极的和消极的）。随着备受质疑的“文本”的新材料和内容、新形式结构的出现，会明显地要求与之相适应的新的感受类型、侧耳倾听的新形式。于是这些程序就寓言性地投射出一个以它们为 385
中心的新群体的图景，然而为了标识出这样一个特定的美学阶段，特定先锋派至为关键的集体生产就是必要的，但在这里恰恰是不充分的。从这个态度而言，新小说作为一个“流派”的集体特征相对来说不管怎样都是不确定的，充其量只是略具雏形。

毫无疑问，彼得·魏斯的整个生活和创作都在对艺术的、政治的先锋派存在的可能性进行反思；有人也许会说，按照德勒兹在其有关电影的论述中所体现出来的思想（对他而言，像这样的群体和实践的缺席就足以定义政治电影），这部问世之时相对有点孤单的作品，即便是有合作的和集体活动的特点，但仍是在凭吊先锋派可能性的丧失，而非努力地去恢复它。[12]可与那部作品相比较的可能只有《哥普拉》了，从根本上而言，魏斯的晚期现代主义想努力重复早期的、现在被视为经典的形式之一，但是在这一生产的大多数在“伟大的现代主义者”那里找到了与自己相呼应的作品的地方——非先锋派，像乔伊斯和马拉美那样写出孤独的世界之书的作家[13]——魏斯的思考仍然是从像超现实主义、实验电影的运动出发的。战后有伟大而难以分类的人物，他试图“调和”艺术与政治、马克思与弗洛伊德、性革命与社会革命，实际上，魏斯和他之间的类似是值得强调的。如果说帕索里尼和魏斯有什么区别的话，那就是他比魏斯更孤独，他将自己对于群体性的想象转而投射到前现代村庄和部落的神话与仪式当中去，其绝佳的体现就是电影《美狄亚》(*Media*，1970)，其中有食人的景象和法术，还有他对于这个现代世界“去神圣化”的哀悼（那个半人半马的智者喀戎先是以怪物的本来面目亮相，后来则是着现代衣装、两腿直立——因为我们现代人已经丧失了那个可以相信怪物存在的思想框架）。但是我所要强调的是帕索里尼和魏斯之间更为基本的一个相似点，即他们都与“垮掉的一代”处在同一时代，但是其实这里也没有什么真正的相似之处，我也再想不出他们之间可以进行比较的特点。他们二者确实没有可比性，而魏斯自己实际上没有任何的民族传统。在我刚才谈到的主题之外，他们之间形式上的共同点在于，都有开创了新形式的学究所具有的粗暴的、被切割的简单性；他们对于连续的形式操作和创新没有任何特别的尊重，而是为了表达形式上具有某个哲学的立场实质上却很简单的、纲领性的观点[14]——就好像《马哈/萨德》的杂然并列一样，或者像我刚才在谈到帕索里尼的《美狄亚》时顺便提到的法术主题。除此之外，对于先在文本的依赖，具体到魏斯大多时候是书面的材料，而非像帕索里尼作品中的《十日谈》或者《一千零一夜》那样的神话或传说。

我在此一味地进行这种比较就是为了在战后那一时期，在比德国稍微宽泛一点的框架内给魏斯定位。这两位人物的政治—— 386 从根本上而言还属于20世纪50年代的人——值得我们关注，然而对我们而言，它之所以值得关注，原因在于除了终生致力于政治和先锋艺术的再创造之外，他们都热切地关注着20世纪六七十年代的性解放。与《抵抗的美学》的节制相比较（这部著作应该与魏斯早期以性为主题的作品，以及萨德本人具有象征性的形象并置），帕索里尼的著作从一开始就沉溺于性欲。

然而，在帕索里尼的作品当中，就好像《哥普拉》一样，对历史的关注采取了古老的、神话的形式，表达了这样一种信念，即只有通过回归到从美狄亚部落社会那让人震惊的仪式直到薄伽丘或者《一千零一夜》的前资本主义社会，才能看到集体生命的惊鸿一瞥，至于重新捕捉更是无从谈起。现代作品，如《定理》（*Theorema*，1968）是一种政治性的框架——这个工厂老板自己的礼物——然而其形式却是纲领性的或乌托邦的；即便是罗马下层社会生活的早期形象和帕索里尼所喜欢的《流浪者》（*Lumpens*）也排除了历史阐释的视角和晚近兴起的因果分析。

因而，在晚期的现代主义作家当中（当然更不用说那些明显的后现代作家），魏斯独自面对着作为一种形式的历史小说所面临的困境；而且还以毫不妥协的姿态要求对传统叙事和再现技巧进行彻底的（对某些批评家而言，也是难以理解的）改造。这并不是要忽略早先的现代主义风格的优秀的叙事技巧，比如第一卷结尾部分时空交错的蒙太奇手法。在这一部分，走过场的审判、处决布哈林的场面与希特勒占领并进而吞并奥地利，外国参战者激动地讨论共和军在前线的迅速溃败等场面以萨特式的戏剧化形式交错出现（I，270－286/288－304）。同时我们也别忘了，在

第二卷的结尾布莱希特逃离瑞士的情景："他瘫软在上船的踏板上，左边是德国大使馆所在的建筑，右边是高扬着十字旗的德国货船，他最后不得不被人抬上船去"（II，331）。而在这一幕之前，是一个极具喜剧性的情节，瑞典秘密警察登门搜查他的书房离去之后，他把埃德加·华莱士（Edgar Wallace）和阿加莎·克里斯蒂（Agatha Christie）作品的平装本从二楼的窗户砸向他们。然而，这种叙事的经典模式肯定是用于开头和结尾，其独特的节奏具有建筑术的特点，而那些堂皇的图饰既是结构又是装饰。

此外，这些第二次世界大战爆发之际丰富而戏剧化事件的表面故事，是通过无休止的关于政治立场和策略的谈话与辩论的形式传达出来的，它们被包容在一个奇怪的抽象空间之内，该作充
387 满感情的开头，比如瓦伦西亚的橘子园，立即就转入了对这一地区历史、经济以及农业特点的专门论述。这并不是关于历史经验的生动再现，而后者恰恰是我们所接受的教育使得我们希望从历史小说中得到的东西。当然也有象征性的例外，比如，对于1919年不来梅起义画卷般的描述，更不用说在勃洛琛斯对最后的抵抗组织成员进行处决的场面所进行的让人毛骨悚然的细节描述，关于这一点，肯定有人会说，这种具体的逼真正是通过它与那讨论和争辩的阶段形成的对照才实现的。这是等待的、不得不服从的阶段，在这一阶段，历史是通过新闻和谣言的形式而体现出来的。这里，历史事件在很大程度上得到了过渡，以及最多是通过对证据的权衡和对细节的取舍而得到了再一次的"再现"。然而，特别是因为在上文中对**新小说**这一问题匆匆掠过，这里就有必要对彼得·魏斯小说中历史时间过程与对阅读时间的记录与流失之间的相似性进行研究。关于阅读时间，我曾经在关于克劳德·西蒙[15]的（非历史的）小说中有过论述。毫无疑问，克劳德·西蒙同样也是一个醉心于历史的小说家，但是他的方式则具

有实验性质，而且深入到深层的记忆和重复当中去。在魏斯那里，构建了一个叙事的工具，通过这样一种方式阅读时间已经断裂为两个完全不同的域。一方面是单个句子和单词的时间，我们接收的是一个接一个的微观的、碎片式的感受，逐渐接近最近的图景和夸大的理解。书页或书本身的时间不顾词语本身目前所传达的微妙内容，不可逆转然又准确无误地流失了。有人要说，钟表在滴答作响，或准确地说，计数器在运转，页数在不断变化，越来越多，不管是多么不可容忍地停滞或者延宕，我们似乎都处在一个没有终点的阅读的现在。在魏斯这里也是同样的，尽管这些无休无止的延宕下去的争论和对话很不合拍，但是历史的时间仍然在继续着。西班牙缓慢地但又是不可挽回地失败了；德国军队无情地奴役着欧洲，这场战争本身最终也走向结束——尽管还有这些人物的争论和困惑痛苦的定格、他们的意识形态冲突、他们对于具体环境要求的审问、那肯定还处在抽象状态的诘难以及思考和辩论的问题，然而那困境是急迫而特殊的，不管怎么样，他们注定会被事件所取代，并最终转化为一种完全不同的新的东西贯穿这部长达 900 多页的著作的叙事策略的明显优势就在于它超越了这样一个合乎情理的意图，即提出并阐明战争期间那危如累卵的意识形态和哲学问题。那么对这激进的，看似反常的叙事策略的选择该作如何的解释?

毫无疑问的是，如果有这种必要，《马哈/萨德》会提醒我们注意彼得·魏斯观念想象中的两分性的特点。在他整个的作品当中，力量和立场总是通过对立而得到明确地表述，而从这种对立 388
出发，“第三阶段”和人民阵线之间巨大的政治分歧就很难得到避免。在人们的想象当中，严肃的历史学家总是公允的，即便是那些站在“错误”一边（这里主要指的是斯大林分子和那些保守的党员，原因在于，就像马尔罗一样，那些法西斯主义者和纳粹分子是被严格排除在外的）的思考和动机都会公正地对待。然而，或许如巴赫金所说，历史学家的言说都是自说自话；对于斯大林主义的任何同情的重建都注定是一种结构，在此当中，对于所要发生的历史的失败和启示的预知必然会影响到历史的潮流和结果。魏斯对这种冲突并非不屑，正如已经说过的，教育学的焦点保证了对于文化政治的一种选择，这种文化政治就被融入了威利·穆岑伯格这个天生的而又高于生活的人物身上。在人民阵线时期，他是一位在世界范围内从事共产主义鼓动和宣传的绝佳天才，然而在战争的头几年里却被逼得穷途末路，最后尸体被发现吊在法国某森林的一棵树上。那位强调在任何忠诚的政治活动中都有性欲的空间和日常生活的转换的赖希派精神分析学家惠德恩，提出了一个存在于叙事者个人经历当中的一个显示的、可以理解的类比。然而，即便是没有与对立一方进行辩论，这种激情的投入因而（毫无疑问就是彼得·魏斯本人所具有的）无法得以表达，更不用说在付诸实施的情况下，它们肯定还会在与雄辩的对手的斗争中出现。他们的对手清醒而理智地坚持，在个人和社会的完全解放这一奢望得到满足之前，首先必须面对来自一系列危险和敌人的威胁，以保卫和挽救革命。最终，任何一方都不可能赢得这场意识形态之战；然而双方都需要对方的存在以充分表达自己并实现历史的再现。

我们或许可以列举一些这样互有关联但不尽相同的对立。显而易见，在德国社会民主党和共产主义运动之间的巨大分歧和对立是最为突出的一个：在 20 世纪 30 年代巴黎的一条长凳上发生了这样一幕，叙事者的父亲站在清醒的社会主义者的立场上，而赫伯尔特·温纳则为共产主义立场而辩（叙事者本人则使这场辩论更加激烈，因为他与共产党走得很近）。可以肯定的是，在西班牙无政府主义则成为共产主义在意识形态上的敌人，其领导及其辩护者则一个接一个地被从肉体上消灭了。

此外，在一部其明显的美学主张还未完全被勾勒出来的作品当中，同样也会存在艺术上的对立面，他们在美学思想上的论争也会和在政治上的论争一样得到充分体现，这在现代主义和现实主义的纷争中尤为明显。在一场声势浩大的运动当中，对于现代艺术所包含的乌托邦和社会冲动的解释就和那些被完全忽略的纯粹社会的或者社会主义者的现实主义的纪念性作品形成了对立。 *389*
稍后，我们将返回来对叙事者的美学教育进行详细的分析。

然而，这一对立就不可避免地造成了我们已经谈到的另一对立，它们互有联系但并不相同，那就是穆岑伯格在文化政治上的立场，它与共产主义运动当中的另外的更加军事化，或者说纯粹政治化、绝非美学的策略相矛盾。然而，惠德恩则把这经过调节之后的主题纳入到赖希派的欲望政治当中，以免遭保守的左派的侵害。

最后，在一个完全不同的范围之内，存在着他父母之间的对立。他的父亲是有关工人阶级历史记忆（不来梅起义）的核心，但远离目前的斗争；母亲则陷入了精神分裂的幻想和噩梦当中，陷入到永久的寂静和沉默当中，而这是因为纳粹军队使他们遭受了集体性痛苦和错位，而这种痛苦和错位给他们造成的创伤以及后来关于死亡集中营的种种传闻使她到了这种地步；与此相反，他的父亲则为这个社会的“机器”所困扰。就这样，两者都生活在过去当中，但分别处在积极的和消极的不同语域当中。一个在反思着实践的失败；另一个则在一次又一次复活的剧痛控制之下不得动弹。而叙事者则要以新的、面向未来的方法克服它们之间的区隔，将二者合二为一，对将力量与哀伤富有成效地合并起来的可能性赋予希望，如果不仅仅是想象和象征的话。

在上述之外，我们还要加上一条，作为读者的我们所参与的对立，确切地说，就是在资产阶级和无产阶级经验之间的对立。在这一对立当中，整个臣属的概念是必然相关的；通往各种主流文化途径的缺乏，通过这一方式，主流（或曰资产阶级的）文化被打上了专属于其他的和无法靠近的上层阶级或者特权精英的标识；最后，就是工人阶级获得文化的纯粹有形的障碍，工人阶级没有任何闲暇去获得文化，或者甚至是得到获得文化的前提条件。这一切都是通过叙事者的**成长**而呈现给我们，而且在其家庭和朋友对异质文化强烈的反应之下，如果不是像在作品的一开始，在帕加马大祭坛对奥林匹斯征服之神的赞颂一样，公开地体现出压迫与被压迫的关系，他明显的意识形态不是被个人化就是被美学化。我们将会看到，这是一个可以通向阐释学之阐释的问题，而后者比这个在排他的资产阶级语境之内所展开的内容要复杂得多。

要将所有这些问题的对立的特异性削平，以便在政治与艺术的巨大对立下重新开始，这虽然在该作的标题中没有过多提及，但它的确是根本性的主题之一，在此之下，这部著作才得以完成。然而，我们需要永远牢记阿多诺的话（这句话被这样理解，
390 在20世纪艺术本身是和先锋派捆绑在一起的），今天的人们难以想象在20世纪30年代斯大林的社会主义的现实主义崩溃之前，这两种先锋派是如何绝对地联系在一起的，而且从来不觉得先锋艺术的命运与先锋政治的命运有须臾的分离（佩里·安德森也在其有关艺术现代性的著名文章中指出了这一点）。[16]对于我们而言，至少是直到最近，先锋政治似乎消失了，它所表现出来的是相反的情况；各类西方传统（特别是英美传统）似乎都在强调这样一种途径，通过这一途径主要被理解为现代诗歌的先锋艺术，在与政治或者“社会问题”的绝对分离中找到了自己的前提。但是彼得·魏斯是为数不多的拒绝这种分离的后期现代主义艺术

家；而且也是实际上在信念和意志力量的驱使下，要将两种先锋派结合在一起的艺术家（早在《马哈/萨德》中就开始了这一尝试），他的创造性就在于认为，困境与矛盾是与分离一样紧密相关的，而且提出两种先锋的问题至少也是部分地解决了这一问题。

3

但是，我们仍然未能在历史小说的问题框架之内取代这些形式和内容，这一困境——在历史小说作为一种文类形式诞生之初就已出现，后经卢卡奇在其《历史小说》[17]中作了系统阐述——在现代性里由于人口增长和技术创新只能得到强化。然而，甚至“传统的”历史小说当时也是处在两种难以解决的对立和冲突当中，只有一些权宜之计（像卢卡奇的“平庸的英雄”或者旁观者）才能削弱这些冲突与矛盾，从而首先使历史小说的书写成为可能。

第一个核心自然就是个体与集体的对立，或者更为恰当地说，是个体或者生存的经验与体现在机构之中的集体现实之间的对立，也就是萨特所说的实践—惰性；同时也是体现在经济状况和市场当中，并最终超越了所有的个体范畴。[18]重要的是，要将这个问题与此类的见证行为脱钩[19]，即便是在那个更加有限的、专门的经验形式之内，仍然是相同的不可能性居于主导地位：是谁目睹了那场大萧条，或者市场体系，或者民族国家？谁看见了这样的战争？——没有什么东西仅仅局限于目睹了这场战争（即使在作为形式的历史小说创作生涯中早负盛名的司汤达在他关于滑铁卢战役的“经历”的历史叙事当中也记录了这种不可能性[20]）。也有人或许要说这是一个空间困境的问题，在同样 391
超越了共时性的个体生物生命周期当中与真正的历史变迁的伟大

浪潮和节奏有着时间上的相似性。

然而，在现代历史上很少有这样的时期，存在和集体之间的对立如果没有得到克服，似乎也被超越了。尽管对于资产阶级读者而言，战争的场面总是给他们提供了一个便于理解的比拟，其他的景象都被以意识形态的方式包容在这一个群体性暴力的刻板印象之下，但是在这个过程中却是没有任何战争场面的。然而，在强硬的时期仍然通过大罢工和群众集会游行的方式保留了革命的经历。如果现在我们是从存在论的角度来言说的，那我就要明确地指出，在这样的时期单个主体孤立的存在被强化、拆解、消散并进而变形为飞逝或者短暂的集体性存在，而这就是左派政治理论一直努力想在概念上创造的，或者在新的制度安排上所要加以延伸的（比如，是作为一个短暂过程的社会主义“建设”而非一个已经得以实现的社会主义的实际制度）。毫无疑问，彼得·魏斯对这样的时期是心向神往的，这样的时期是为他父亲关于不来梅起义的描述（I，92－97/100－106）所证明，也是在两本具有象征性的小说中得到体现的，这两本小说中的叙事者都对这一问题进行了详细的思考。一本是卡夫卡的《城堡》，另一本则是克劳斯·诺伊克汉茨（Klaus Neukrantz）名声稍逊的《婚礼上的工事》（*Barricades in Wedding*），这是20世纪20年代一部描述注定要遭到失败的柏林起义的无产阶级作品。这两部对于资产阶级读者而言具有不同价值的小说描述了历史领域内正在形成之物和已经形成之物之间典型的哲学对立：具体来说，就是从外部将结构具体化，从内部将斗争和集体抵抗的动态的历史过程具体化。

但是，他们也将当代重新创造宏阔集体场景的一切努力难题化，通过这一方式先是司各特或者曼佐尼，后来是雨果或者福楼拜致力于历史的戏剧化，以使个体的读者/见证者能够看到。这些历史当中弥足珍贵的场景也通常是（正如我们上面所评说的）

被包含在经过黎朋（LeBon）和弗洛伊德体系化之后的各种群体的意识形态当中，它们将赌注压在一种集体性叙事的可能性之上，确切地讲，这种叙事不是客观的或者全知的，而是从已经绝迹的或者不存在的语法和语言范畴当中推断而来的。这种语法和语言范畴是双数格一类的，如“man”或者“on”（英语中没有与之对应的词，要在海德格尔的德文或者法文本著作中去理解），它绝不是真实的领域，当它在瞬时间展示我们称之为历史的决定性力量时，也给我们提供了一个真正集体性本身的瞬间。

但是人口统计和全球化则意味着在今天这种真正集体叙事的小说，或者至少一个真正的集体叙事时期的小说，再也不可能继续下去了，而认为这样那样的街头战斗（或者如果你愿意，不妨 392
使我们相信在目前的情况下真正的革命仍然是可以想象的，姑且不管是否可能）可以真正作为那一集体过程的替身，这种想法只不过是一种拙劣的寓言罢了。所以并不是在语言学创新或者语言实验的层面上，彼得·魏斯可以解决集体性再现的形式问题。在个体战士身体的分离和孤独当中，在非他们所能及的、在莫斯科或者柏林正发挥作用的强大的集体力量当中，孤立的个体和集体历史的对立将会被一遍遍地书写。但正是这本书整体上的形式在竭力传达这一困境（因此同时也在否定性地提供了它的再现）。

然而，历史小说的形式矛盾同样可以通过另外的方式，在权利及其效果的对立当中体现出来：但是，由于一般情况下权力核心并非一目了然，因而难以人格化，这已经是一个体系，它意味着一个框架，一种像战争或者革命那样的极端情况。国王和王后、总统、领导和老板，这些角色在和平时期仍然存在，在他们和一个既定的社会体系运转的关系之外，他们对于事件的真正的控制有着不平等性、特权的不均衡性等特点，有机会也有牺牲，因而并非那么可靠，当然也就更难以进行戏剧化的体现了。甚至黑格尔的“世界历史性的个人”也并非一个连贯的概念，它的出现有赖于内在于体系本身特定时期的变化能力。此外，当受到形式紧张性的诘难之时，对和平时期权力进行再现的难点就顽固地存在这些危情自身当中。

如果我们真得更加仔细地审视一下决策的，或者今天并不非常严格地称为权力的存在现实，确凿无疑地是，它已经处在一个被贬低的或者说空洞的状况下，这一状况在其外部限制之下，已经分解为一个布置了一排排的电话，以及难以计数的传令员—官僚的进出口的房间或者说交流中心。处在这个网络中心地位的独裁者，基本没有什么直接性的体验；一切事情都是经过中转之后才到达他那里（比如，据说在斯大林掌权初期，他依靠当时尚是学生的第一任夫人，向他汇报外面世界所发生的事情，以及他的臣民的思想和言论[21]）。远不是一个霍布斯所说的由无数的平民百姓所组成的国家实在的权利中心，更不必说博尔赫斯所说的阿莱夫（aleph）或者但丁所言的集大成的**书本**（ingathered Book）了，权力的中心是空洞的，所以要将其表现出来的努力也就不得不依靠推测心理了，这就好像我们所目睹的关于希特勒真实动机和意图的无数争论一样——这些辩论如果不是循着精神或者童年创伤的路子，就是（最令人难忘的是在 A. J. P. 泰勒的作品中[22]）干脆将这个人物描述成一个传统的德国政治家，有非常理性的计划、方案和战争目标。于是，在卢卡奇看来，“世界历史性的个人”永远都不可能成为历史小说的角色，而只是
393 由这些一般的或者普通的见证者远远地看着（在卢卡奇看来，这样的人物从另一方面来说，却可能处在历史戏剧的中心，此说可以通过这样的事实来解释，即在这种情况下，恰恰是我们这些旁观者是见证者，而且从外部继续观察着世界历史性的姿态和言论）。

在《第一圈》中，索尔仁尼琴以其创见抓住了这一点，通过那让人难以忘怀的一幕，给我们描绘出那不同寻常的离群索居的独裁者形象。

> 可他只不过是一个眼球发黄的矮小的老头子，头发是浅棕色（被画成乌黑油亮），已经变得稀疏（被画成浓密的）；发灰的脸上布着些麻斑，脖子上枯皱的皮肤已经耷拉下来（画上根本没有）；不整齐的黑牙，有的朝着散发着烟叶味的嘴里斜着长，肥腻潮湿的手指总在纸上和书里留下痕迹。加之，他今天觉得不舒服：室温很暖和，但他觉得背部和肩部有一股凉气，便用棕色的驼绒披肩捂了起来。
>
> 现在他正翻着一本褐色硬皮的小书。他满意地看着书中的照片，读了几段差不多背熟了的正文，然后又翻下去。此书方便之处在于不用折弯就可以放进大衣口袋，可以在人们的生活中到处伴随。书有两百五十页，但是用少有的大号黑体字排印，使得识字不多的人和老人都能不费劲地阅读。封面上用金字压印着：《约瑟夫·维萨里昂诺维奇传略》。
>
> 这本书的平易诚实的话语稳稳地、不可抗拒地使人铭记在心上。战略的天才。他的英明的洞察力。他的坚强意志。他的钢铁意志。从1918年起成为列宁事实上的副手。（不错，不错，的确如此！）革命统帅在前线见到一片混乱、张皇失措。斯大林的指示成了**伏龙芝**作战计划的基础（对。对）。在卫国战争的困难年代有英明的久经考验的领袖——伟大的斯大林领导我们——这是我们的幸福。（是的，老百姓真走运。）尽人皆知斯大林

> 逻辑无坚不摧的威力，他的智慧像水晶般清澈（用不着虚伪的谦虚，这一切都是事实）。他对人民的爱。他对人的体贴入微的关怀。他对冠冕堂皇的空谈的厌恶。他的惊人的谦逊。（谦逊——这个词用得好。）[23]

于是，通向这一中心的这一方法的最后形式使我们直接面对着一个镜子作用，在最后静止的运动中，现实在其倒影之间晃动。斯大林自己仿佛变成了读者，在寻找着终极的再现；似乎他自己意识的空洞、他的**自为**（pour-soi）（与其他人的现实所共有的空洞）也在鼓动他用自己的影响来取代迷失的自我。这个书中的根本之书于是被证明只是一本儿童传记而已，在此当中，斯大
394 林已经变成了他自己的刻板印象，权利也毫无气力地在它自身所能呈现出来的一切当中去寻找自己的乐趣。这一不同寻常的场面标志着理解历史小说的一个巅峰，这里历史小说是作为一个指向其局限和再现性美学的不可能性的形式。自此以后，这个经典性的历史小说最终和它的世界历史的个人肯定都成为了反英雄。

正是从这一点上来说，这一更大的形式其最彻底和最具有生产性的重新编码已经成为描写大独裁者的新的文体形式，这一文体形式在拉丁美洲得到了广泛的实践。在这些小说里，显露出来的是人物丰富的矛盾心理，他所向往的也是自己所拒斥的东西。但正是这种本质上的矛盾，反映了拉丁美洲国家可以被再现的权力形式的地缘政治结构。因为在这里，大独裁者仍然是一头巨兽，但是统治状况本身的特点又要求这头巨兽非人性的一面，也就是说，只有这样的一个独裁者才能够抵抗一个同样残暴和难以抵抗的权力的存在，即美国。因而这类人物就激发起读者憧憬与憎恨相交织的感情。然而，从结构的视角来看，就等于说这个特殊的权力中心并不是真正的中心，因为它所具有的权力是应激性

的，而在别处、在北方的权力中心并没有被表现出来。

于是，我们必须从这个思想和语境出发，去评价马尔罗在选择表现对象上的智慧，在其描写西班牙内战的《希望》当中，他没有去描写敌人，甚至都没有表现这类法西斯者的形象和人物，原因就在于读者并不能真正地去了解敌人的他者性，这样就极有可能冒被催眠的外在想象的危险。(加缪在《瘟疫》中的表现对象，就是从疾病的角度表现纳粹的占领，这不无怀疑之处。) 正如我们所说，《抵抗的美学》也是这种情况，它那众多的（真实的、历史的）人物都仅限于左派，或者说仅限于反法西斯运动中的各色左派。

然而，如果权力的这一极并不能得到真正的表现，那么为什么代表着普通群众、权力统治的对象以及权力影响的承受者的另外一极也同样得不到表现呢？为什么在特定的关键时期对日常生活进行真正的历史再现也是无法实现的？我认为，这是一个恰当的问题，它使我们认识到了卢卡奇那个宽泛的概念“典型性”所具有的缺陷的核心。但是，不妨让我先行一步，跳跃到我们所处的这一时期，以通过我在别处详细论述过的形式[24]来表现在这一历史文体早期文本就已经隐含的形式的最终结果和结构困境。

但是，“怀旧电影”让我们看到了历史、各个不同的历史时期和阶段的历史真实性，已经沦落为它自身的视觉影像，如生活方式、器具、服饰、发型以及某个时期的家居陈设，因此，有关历史事件的“知识”和历史真实性的内容也就同样降格为学校里 395
简化的历史手册当中（或者后来又在各种“即时再现”的电视节目中重又出现）的教条。这就意味着，我们现在当做某一历史时期“典型的”东西，如它的意识形态偏见和斗争、标志性事件、生活在那一社会空间的各色人等，都只不过是从童年的阅读中所获得的教条，就像我们看到的斯大林那样。这也就是“怀旧电影”所既不能解决历史再现（然而他们必然要处理的历史材料就构成了这一“文类”，如果可以如此称呼它的话）中的新问题，也不能解决它的旧问题的原因之所在。这种创作当中毫无新意而言，我们根本不能从这些再现当中有可能的或者意外的发现；那么从这个角度而言它们并未能够提供这种叙事模式应有的最基本的乐趣。之所以如此的原因就在于我们已经知道了其中的内容，也就是说它们的人物和事件总已经是先在的历史知识（或者虚假的知识）的一个例子。由于它们的有效性仅仅依赖于读者的认可，就好像读者会说，没错，这就是在那一特定时期（愤怒的20年代或者是大萧条）所发生的事情，它们于是肯定是以早被我们所熟知的熟悉性来到我们跟前——我承认我认出了那些角色的“原型”，那些事件的“原型”。

这就是为什么在（与权力和国家的一极相对的）集体再现的一极，历史小说这种经典文类也遇到了根本性的悖论的深层原因所在。（仅就其作为小说而言）它必须提供有关个人生活的经历的叙事，但是又因为那些故事都具有完全个人化（也就是私人化）的特点，于是就打开了一个完全任意性的王国，在这个范围之内小说家自己的想象君临一切。这也就是说，那些个人的故事可以是关于任何东西的故事，它完全与其公认的历史语境相分离，他们完全可以把一部现代小说当做任意一个东西置入过去的背景当中（如果你剥掉它的历史伪饰、剧装、空间布局等等这些东西，就会发现这一点）。但是，由于那些故事声称包含了与真正的历史状况有机的或者本质性的联系，它们的动机和内容将总是反映出一个特定时期经过预加工的教条化的知识，关于它我们业已发现很接近于后现代性的表面。由此而言，“典型性”是存在于叙事的特定性和概念的（历史编纂的）普遍性之间的一个不合理的综合；后者不可避免地要将前者转化为纯粹的例证，因而就剥夺了它叙事的直接性。

只有以一种更具活力的、足以生发出一种形式上具有创新性（哪怕只是暂时的）方案的方式，去直面这些冲突和形式困境，当代的历史小说才会是真实的。《抵抗的美学》根本不可能成为未来历史再现的一个范本，但是也没有哪部作品会是那样的范本。此外，从这点出发我们才能对它结构上的新奇性 396
（我们发现它经常被视为笨拙、形式的缺陷或者越界）进行鉴赏和评价。

4

彼得·魏斯对这一困境的“解决方案”，也就是说他对此的更为清楚的表述，所采取的形式是去个人化的集体声音，我将称其为对话的冲突。这个概念是我模仿去个人化的个体主体的概念而来的，我们可以在整个当代文学中发现这一概念的形式，因为它被应用于一个超越了所有个体身份和主体性的、完全去个人化的意识的理论和实践当中去，即众所周知的“去中心主题”或者“无我的意识”（布朗肖），有些时候在“主题死亡”的修辞当中，或者被当做唯心的精神分裂（德勒兹）而被不恰当地展现出来。在现代文学所有那些难以理解的第三人称中都会发现这一概念，人们常说，它比所有的第一人称人物更加神秘，这是仅就我们所看到的和观察的而言，但是我们肯定是被限制了，只能从这个叙事的角度去看，于是它就具有了康德物自体的实体的不可知性，当它处在一种不可知和不可理解的状态时，总是要加上一句“在其所有意识行为范围之内的自我”。然而这些对于某个匿名的个体主体性的理解仍然只是局限在“意识哲学”的范围之内。由于历史的运动，这个匿名的个体主体性都已经被去个人化而且变得难以理解，有关于此，永远都无法搞清楚的是，现代哲学要去除主体性幻象的种种努力是否会复制晚期资本主义社会的趋势，或者从另一方面来说，对其构成一个有活力的反应。关于单子已经有很多的描述，他们都以不同的方式抨击笛卡儿或者利用一些关于他的新的阐释，就是为了削弱他得自主观主义和唯心主义的遗产。如果情况如下面一样，也不足为奇，即我们不能通过简单的思考行为而打破单子性的孤立；我们也不可能通过法令而生产出集体的形式和经验。

无论如何，由于同样的原因，我们发现除非通过将集体模仿为个体，否则很难对其进行思考。“集体无意识”这一备受诟病的提法仍然是合理的，然而如我们希望能够以完全不同于对待个体意识的方式对集体动力进行分析。希腊合唱、去个人化的历史叙事、“历史的主体”、神话和原型以及已经过时的集体力量的寓言性“代表”——这些圈套和障碍都等着对集体性的任何叙事努力（它们的踪迹在这部作品中同样没有消失）。

复兴后机构主义对个体意识的冲击这一计划，特别是要将其基本主题转移到新的集体性计划上去的努力之所以看似合理，原因就在于此，而个体意识最终还是旧的个人主义的资产阶级主体性的另一个化身。这些基本的主题就是，去中心化、非人格化，
397 以及“身份”是意识的客体而非它的“主体”，现在是语言的物质性“对我们说”而非相反，意图的客体化，主体性分析消解为刻板原型的很多层次、消解为多层次的包含超越了个人信息和意象的公共领域的非真实声音。

彼得·魏斯占用了三卷小说中不少篇幅的对话和辩驳，它标志着这样一种形式的创新。如果我们将其理解为一种外在性论证——政治评论、哲学论证、历史信息——的介入，而且如果我

们将不同的对话者当做作者或者是作者想代表的意识形态立场的传声筒，那么我们就已经将一种本质性的张力排除在阅读之外了，它也就因而弱化为单纯的细枝末节。然而，一种新的文本并不能将新的阅读形式强加于我们（正如柏拉图所说，当文本的父亲不在了，文本并不能回答，它对我们的问题和臆想只能报以无言的沉默）；而读者现在就必须在集体性当中恢复这种实验的不可能的美学规则，同时还必须理解作为一种绝对运动的不可解决之冲突的每一个瞬间。这就是说，在历史的不断重复当中——错误、错失的机会、不可避免的罪恶或者偶然的失算——以及与之相伴的，通过战略和战术、评估、知识和信息的完全缺失所造成的无助等形式，还有在整个这些变化（其中，历史的事实和未来的不可预测性对语言本身造成了质疑）当中，读者必须在每一点上都重新组成一个现在。

在上文中我曾说过，这个文本的暂时性特征在于不可逆转的历史运动，这一历史运动超越了那固定的对子之间毫无意义的对立，而且这些对子似乎从未能摆脱这一记号。现在，我们必须在那瞬时性之上再补充与之相关的另外一点，那就是历史从来就没有存在于超越了现在困境的过去，也不会存在于完全超越这些困境的将来，它只是存在于一个分歧日炽的纯粹的现在，这些分歧是关于或然的环境看起来是什么以及特殊的内容。于是，这些对话当中难以容忍的恰恰就是它的真理，包括美学的以及政治的，即一个永久的论争和分歧，一个意识形态激情和政治化意识的永久现在。读者则被训练得习惯于生活在这一现在之内，即小说传统的瞬时性以及读者期待的限制之内。所以，看看彼得·魏斯给这个叙事画上一个句号（它是以非常传统的主人公的生理幼年为开头的）将会很有趣。毫无疑问的是，历史会将其终结，只不过是以一种我们知道的其他的、外在的方式，只不过是在文本之外而已——就好像它在文本之外，在人物以及他们的论争之外。

398 此外，从另一个角度上而言，像这样的叙事的解决方案，或者说这样一个不可能的叙事的解决方案的幻象，因为它通常主导着我们称为小说的东西，是得自于文本内部，得自于它人物之间的辩论和论争的内容。由于它被称为一致，于是所有这些语言的和意识形态的斗争都以这样或那样的方式攻击它：由于一致，或统一，必然是所有政治理论当中最为重要的问题。这些政治理论以行动和实践为目标，而非以简单的权力规则或者在特定现状下对权力运作模式的分析。正是这种对集体行动（不管是像卡尔·施密特或者霍布斯那样的右派，还是像马基雅维利或者列宁那样的左派）的关注将出现于 20 世纪的新政治学与传统的资产阶级政治哲学区分开来，而后者似乎又一次处在不曾留下任何痕迹的消失的过程中。显而易见的是，它的前提或者最根本的出发点肯定是这个统一的问题。关于这个问题发生在社会主义者和共产主义者之间的论争仅仅是提供了一个经验性的“例证”和戏剧化的改编。这是因为目的或者目标只能出现于行动本身的过程当中；但是在一个统一的机构（如葛兰西对于“历史集团”的思考、拉克劳和墨菲对于某种暂时性的领导权联盟的理论化）构成之前，行动是不能开始的。在通往统一的不可避免的第一步或者统一自身的原则上就出现了如此众多不同的当代反射。

所以正是这种对于那不可能存在的统一的激情刺激了对话的紧迫性，关于这一点我在别的文章中指出其肯定是冲突的和对立的。然而，巴赫金的绝佳的例证不管在什么时候都是陀思妥耶夫斯基，他的关于世界观之间冲突的激烈争论毫无疑问地提供了建立在这一超越了个体和单子性层面上的叙事模式。我们必须创造一种解读这种文本特别是这些无休止的对话的方法，尽管政治占据了陀思妥耶夫斯基形而上学激情的位置，而且似乎每个对话者都成了这个绝对真理的工具，而这个绝对真理与陀思妥耶夫斯基的人物是类似的。

5

但是有一个辩证法在这些素材当中发挥着作用，这样一个承担着对话角色的基本的形式局限以及对话先于叙事事件的方式，不可能对其他的小说工具不造成影响。如果在这里这样的对话本身经常或变成事件，或者在狂热的期待与挫折、理性化与希望的交织当中成为一个独特的历史事件，我们倒希望传统小说当中其他固有的特征能够得到相应的改变。最为突出的就是空间的问题， 399
我们现在必须对它在彼得·魏斯作品中所发挥的作用进行归纳了。

这一空间的性质自然而然地要取决于发生在空间当中的事件的性质——有关意识形态的争论—探讨，而空间则如一个抽象的容器一样存在着。这个空间已经隐喻性地指出：在很大程度上正是房间本身将小说中的事件联系在一起，在房间被替代的地方——第一次鉴赏和探讨帕加马大祭坛带饰的博物馆所在的岛，还有叙事者的父亲和赫尔博特·温纳坐在上面探讨未来政治可能性的巴黎公园的长凳——正好是这些相对而言更加开放的，或者最起码是开放着的空间标志着向更广阔的、我们随后将要确认的世界迈进了一步。

另外，房间本身成为了一种绝对真理：在小说的开始部分，着重强调它的根本形式是抽象的，完全没有任何的掩饰，在这里厨房扮演了传统的角色，工人阶级家庭一般都在厨房谈话、斟酌他们所面临的危机并制定对策。然而在这个开放的部分（在那里叙事者准备去西班牙参加内战），而他的父母就是从那里带着全部家当去捷克斯洛伐克避祸，好像就是通过叙事者屋子的空洞性，模仿了一个更为根本的脱离的过程，以及一个抽象到空间延伸的集合特征程度的过程。的确，在这种充满了焦虑和烦躁的徒劳等待的时刻，一个生命已经结束，另一个生命尚待开始，这一时刻证明是一个更具启迪意义的形式、一个更能接受小说经验范畴具体潜力的容器：在希特勒统治下的德国的最后的夜晚，叙事者梦见了这个屋子的倒塌——他父亲（现实中还活着）正在腐烂的尸体毁坏了地板，而做梦的人则在梦幻一般的延宕中漂浮，就像夏加尔所创作的那些飞越柏林夜空的人物。稍后我们再探讨这梦境对于彼得·魏斯的意义：只要说这个纯粹的对话矛盾是一个有力的形式或者经验范畴（把抽象的屋子当做它可能性的相关空间）这就足够了，然后就产生了这样一个角度，由此观之，梦是它的另一个项，是它的对立也是它的补充。

或许可以问这样一个问题，这个梦境是否具有任何作为它叙事操作特点的特定的空间工具或容器，或者它实际上并不是以任何空间容器的完全缺席为特色的，不是所有空间的完全开放。然而一般而言，在彼得·魏斯的生产当中存在着一个替代的空间，那就是绘画，最起码绘画是他曾经构思和实践过的。仅就彼得·魏斯而言，把这些宏大的比喻性的和噩梦般的作品归结为超现实
400 主义是错误的，彼得·魏斯脱胎于德国表现主义传统，曾经在一个时期之内对法国运动持怀疑态度，也只是在二次世界大战之后才开始欣赏它，在那个时期他作为一个画家已经完成了他的作品；此外，他后来所创作的马克斯·恩斯特风格的拼贴画显然属于现代主义的第二种传统，与此同时他提供了梦境再现的第二种模式，其更接近于构成戏剧之一大部分的文字材料的拼贴（即便我们无法看到，他的这一探索无疑给《抵抗的美学》奠定了基

础)。彼得·魏斯将其第一步象征性的画作与卡夫卡相联系，但是我们后面会看到，这一看似传统的指涉其实有一种意想不到的具体性，它经常将其从刻板教条的噩梦中去除。

这里显然不是谈论作为视觉艺术家的彼得·魏斯骄人成绩的地方，然而在这个特殊的文本当中，一个更为深刻的特点却让我们不得不谈及此事。有一个事实，那就是他把自己一生当中所住过的每一间屋子都画了下来（而且大部分都保留下来了）。对于房子的描绘因此在作品的框架之内成为一个事实上的风格，与其他相比，它的原创性就在于以一种异质性的、意蕴丰富的方式改变了很多传统的风格。通过房子来纪念你自己的日常生活，肯定会表达出你日常生活的特殊意义来；正如我在上文中已经说过的，这是在创造一种新的范畴——而且这种新颖之处肯定远胜于传统自传文体或者回忆录的价值了。没有为了将来描述生活而收集新的素材，于是就强调对于生活的新的感受，就像强调对从一个屋子搬到另一个屋子这种经历的感受一样；而我们在《抵抗的美学》当中发现的正是这样的感受——经过历史危机和战乱强化之后的感受。

这种新的空间范畴一旦确立，其空洞或者抽象的框架就开始发展，并受到其内容变化和发展的制约。好像小说穿越空间和历史的变化提供了某种继发的，也可以说是哲学的优点，那就是使从不同角度出发的房间范畴的探问成为可能，从而总结出其可能性并将其局限予以戏剧化，这种局限不仅内在于它，而且也是作为其内容而存在。如果我们按照德勒兹思路去思考这样的问题，即电影人或者画家也像哲学家一样在制造概念，只不过是通过他们各自媒介所决定的特殊而不同的非概念形式罢了[25]，于是我们可以认为这一连串的房间暗含着哲理性的深意。在叙述者离开那个仍然能够称之为“他的”最后的空间时，他在思考着这种种的可能性："所有权框范了你对［在资产阶级小说及其描述当中的］事物的态度，然而对于我们来说，那个客厅从来就不属于任何人，而谁住在那里也完全是偶然的事情，唯一重要的因素就是
401 空缺、匮乏和贫困"（I，124-125/133-134；其实整个作品都充满着对此的兴趣）。

于是，房间的实质将在私密性中得到改变，或者恰当地说，房间的深层特点并非一般法律的、资产阶级的或者和平时期的体会所能理解，它将在新的危机中显现出来。比如，或许会有人想到罗斯纳（Rosner）在斯德哥尔摩的房间（II，176）。这个形似侏儒的斗士（由于属于非法移民，他绝对不能被瑞典官方看见）住在从房东家正式的房间后面隔出来的一间斗室里，实际上和囚犯几乎没有什么两样。然而矛盾的是，在这样的屋子里（我们后面还要谈到）他的政治任务竟然是给世界各地的共产主义运动传播情报，他的秘密刊物是世界各地情报的汇聚处和散发地，这和他少有走动有密切的关联。

当一个人想到纳粹德国的私密性，被囚禁的形象甚至就变得更加强烈。毕肖夫（Bischoff）就是在这样的空间里，从瑞典返回了德国：她在船上被囚禁了三天三夜，这是像房间一样的藏身之处的一种空间变形，它居然产生了意料之外的结果，她的感觉有了一种新的、陌生的本体性强化。

> 她观察着整个船的情况，辨别着脚步声的方向，看看门是开着还是关着。在什么东西敲击的时候，她辨别出机械电报机操纵杆的运动。她随着船的晃动而适时做出反应。她在船舱里复活了，成为船的一部分，耳朵和指尖都听见船的脉搏和战栗，她的皮肤则与颤动的金属圆盘一样了。（III，73）

从这个角度而言，这是为整部小说所作的美学辩解：私密性导致了强迫性的知识缺乏以及感觉丧失，而处在这样一种囚禁状态下的作品，它何以能够给我们以普遍化的美学兴趣？然而，在这样的境地里，外界信号被放大了，而信号的接收者则接受着解读信号和辨别危险的训练。这就是《抵抗的美学》的感性世界；在更为广阔的成长的画卷之内，在小说意欲提出的对无产阶级文化形成的解释之内，我们现在要看看这部小说能够在多大程度上让我们理解了这同时存在的匮乏和感觉得以强化的形象。

当然，关于房间的终极形式可能就是囚牢，特别是在死囚牢里，这一空间的唯一出口通向覆有天棚的后院，在那里囚犯不是被绞死就是被送上了断头台。而这部小说本身也希望自己是别样的出口，通过这一出口他们的抵抗和苦难能够被记住，同时会有孕育充满活力的子孙的积极潜能。

这些封闭的空间自有其特殊的辩证法：由于从其外部进行的 402
感觉体验或者探索性的阅读，就好像一张盲目的认知地图，可以在一个更大的坐标系内被组织并投射出来；就好像秘密从一个房间转移到另一个房间需要有事先计划和空间远见。因而这种封闭空间的另外一极就是城市地图：当他们秘密穿过柏林（I，80/87-88），当他们回忆起不来梅的地理格局（I，89/97），或者像毕肖夫在临时囚禁期间，被格外开恩地带到斯德哥尔摩走了一遭（II，78-87）。叙事者随着自己的走动可以将从西班牙到巴黎然后到瑞典的这样巨大的地理空间并列起来；然而，在第三卷（III，64、158）当中，让我们陪伴这个只是底下人物的毕肖夫以这样的路线穿越城市的坐标系，首先是第一次返回不来梅，然后在战争期间到了柏林。

于是我们就有了这样一个真正的体系，图示如下：

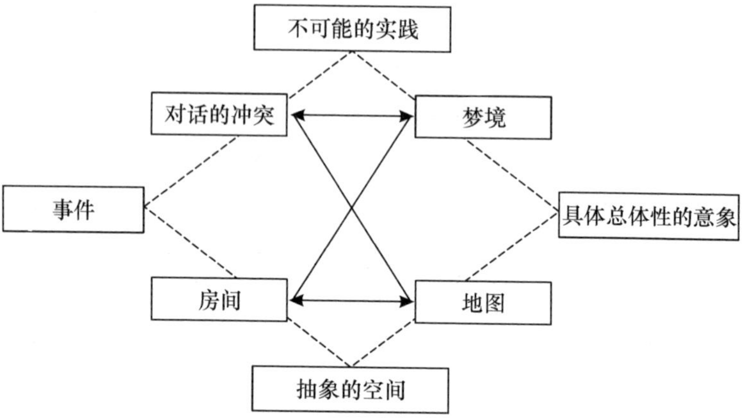

但是，我们在没有指出一个更深刻的潜力之前不能就此结束关于空间问题的探讨，而且在集体行动瘫痪和生存经历窒息当中，能有美学之花的绽放更显弥足珍贵。我们现在重新回到一个房间，罗斯纳的房间。除了叙事者的造访（他的秘密任务就是传递消息，并从这个受到重重阻隔的“交流中心”拿走材料），在这个房间，宝贵的一个时刻就是另外两个斗士——斯塔尔曼和阿恩特/冯科来找他就在德国的地下活动和行动的可能性召开一个真正的秘密会议，其时关于大屠杀以及犹太人命运的传言才开始在欧洲大陆之外流传：

> 这间屋子长约三米半，宽两米，有矛柄那么高，薄暮渐渐地笼罩了绿色的灯罩（百叶窗已经无法打
> 403 开）——这个坟墓就是地下党的司令部，只是几个小时的临时司令部。当参加会议的人各自返回自己的“坟墓”后，它又受到了打击。（III，114）

没有达成任何一致，也没有设想任何前景，这场不可能的会谈就

这样结束了，三人各自离开并开始了自己的沉思，斯塔尔曼回想着自己在吴哥窟的经历（小说中有长长一章都在描述这段经历），阿恩特想着自己所好的园艺，而罗斯纳则一边听着收音机，喃喃自语地沉迷于意大利歌剧：

> 于是，当我在破晓时分走向火车站的路上，我带着这三位同志的照片，这是从他们其他的物件中挑出来的，共产国际坚定的发言人在向歌唱艺术致敬，这个阴郁的党的组织者专心于芬芳悦目的花朵，那个战士向带饰上的石雕舞者投降了。(III，127)

我们也不应该忘记叙事者的美学成就，这个未来的作家，又一次将这个让人沮丧的辩论和散发着霉味的空间转化为一个美的意象——就是想象本身的意象。

6

然而，在这些抽象当中，人物仍然存在而且继续顽强地存在着。他们是历史人物，而且都有真名实姓，这与对他们的诗学或者小说的再现并无多少关系，在这一点上它与但丁《神曲》中人物的得名没有什么不同。但是也并非没有联系：两部作品（从某种程度上而言，但丁是后者学习的范本）都是对于历史进行的预言式研究，但是他们所借助的叙事技巧和一般小说中的技巧并无大的不同。同时在但丁这里，那些因为曾经存在于真实的历史当中这一纯粹经验性的事实而出现在作品中的人物，不都仅仅是历史人物。两部作品都是在经验的历史同样承载着超验的意义这一前提下构思的，于是这些人物身上都体现着那些我难免踟蹰

(hesitate) 地（因为这个词既常用又不常用）称之为寓言式的意义。《抵抗的美学》同样也想揭示一个无产阶级的学生、战士和未来的作家的**成长**经历，他们在作品中都发挥着作用，我将就这三个具有支撑作用的人物或者角色进行简单的勾勒。

在这部作品的开头和结尾惠德恩都出现了：他召唤叙事者去
404 西班牙前线他的诊所里工作，而作品与其说是在他脱离共产党后，随着他 1946 年在挪威的死亡而结束，还不如说是在他于战争结束之际所发表的著名演讲之后结束的。在那个演讲中，他再一次呼唤团结并且提出了新型的文化政治（III，258），用“文化革命”来代替“文化政治”我想是并不会错的。在这部小说当中，正是惠德恩“代表着”这一根本性的文化政治，在惠德恩之后，穆岑伯格的古板的身影或隐或现，穆岑伯格是这部作品赞颂的唯一一位世界历史人物，他在扩大文化人民阵线的政治宣传和团结左派知识分子和作家方面的功绩和惠德恩的工作相比有更强的哲学上的针对性。

作为一个医生和心理分析学家，惠德恩把对治疗的最基本关注引入了内战和阶级斗争的双重动力当中。像赖希一样，他强调性压抑的意识形态的邪恶作用，以及把政治事业和性解放联系起来的必要性。更为谨慎地说，在西班牙内战的这一语境下，他一再强调政治忧伤——那些在西班牙和更大范围的国际环境中，被围困的战败者接近崩落的沮丧——和性缺失之间的本质性关系。（绝非偶然，在战争结束之后以及战后的新形势下的政治著作同样都是以战士开头：在瑞典的德国战俘将成为第一个新的空间，在这个空间之内，必须展开一个严格的德国激进政治的再教育［III，254、262］。）

性是文化或者意识革命的本质的组成部分，正如党内一部分狭隘分子忽视和延宕真正的文化问题，因此在普遍性的左派清教主义的语境中（那些革命家本身并没有受益于业已取得成功的文化革命)，对性的强调似乎更加为人所不齿，甚至带来了分裂的危险：斯塔尔曼“带了一本《健康之声》(*La Voz de la Sanidad*)，其中有一篇惠德恩关于战争期间战士性问题的文章。他说，是小资产阶级提出要讨论这样的问题，在像正在进行的西班牙战争这样的解放斗争中，性需求必须要被放在最后，在目前这样的时期，处理这些私人的事情不是医生的职责”(I，243、260)。但是斯塔尔曼所说的“私人的事情”其实是公共的事情，或者是惠德恩自己的意见。这一个讨论的框架是围绕着斯大林发起的审判和处死马克思主义联合工党(POUM)的领导人所引发的焦虑和争论而搭建起来的。在后者当中，尤其突出的就是一位叫马考尔的女战士对男性至上主义和政治局的家长制偏见的激烈抨击，她后来也被抓起来了(I，274、293)。

惠德恩毫无疑问同时也是叙事者的父亲形象，我们不能说叙事者有一个坏父亲，但只是一个不称职的父亲；他自己的疾病以及长期病弱使他的身体状况通过政治上的软弱和战略上的浅薄(“知识分子的悲观主义”)的形式体现了出来：“尽管惠德恩把一切希望都寄托在让那已经播撒在德国土壤中的民主的种子变为现实上，他也是一个预言家和一个洞悉了人的弱点和迷狂的人，而正是这一点使他突然就停止了”(III，256)——不是一阵急促的咳嗽，而是从东方回来的党员对战后政治纲领的冷静思考，以及他必须予以谴责的对过去错误的延续。惠德恩的这一形象于是恰当地显示了文化的物质性和身体性，同时也是战后左派未来(现在对我们而言则是过去)要面临的让人无法忍受的困境的前兆。 *405*

我曾经说过，彼得·魏斯这一小说的框架当中排除了法西斯主义和纳粹的“观点”；而现在我要通过确认这一曾对纳粹群众运动抱有短暂同情之心的主要人物的身份，来修正我以前的那个观点。睿智而彻底的文化政治策略的任务就是要去把握群众对法西斯主义的狂热，以便利用它的能量和乌托邦冲动。但是瑞典作家凯琳·博伊（Karin Boye）通过女同性恋的欲望这一事实同样恰当地提出了性政治的另外一个维度，在那个时候这是与左派政治不相容的，在它的语境当中也是不可想象的。1942 年她的自杀同样也为政治运动造成了一个另类的丑闻。确切地讲，那一丑闻是多元决定的，有政治的挫折、无法忍受的世界局势，同时还有性痛苦以及个人的罪恶感。而这种多元决定又为当时狭隘的政治心理学造成了一个困境，小说本身也难以超越这一局限：

> ［惠德恩说］或许有些人的的确确被艺术和政治生活之间存在着不可逾越的鸿沟这样的思想所支配，然而对另外一些人而言，艺术则是政治不可分割的一部分。或许这些只是对相同的基本问题所持有的不同理解罢了，而那些认为她并没有因为外界现实加于艺术的压力，而是因为那种能够使艺术对那看似不可动摇的外部现实本身施加压力并将其改变的力量的破坏和削弱而失败的，这一思想具有独立性——为了能够待在表面上，那些人或许只是将自己看做一个生命的保护者，而博伊却无法不让自己潜得尽可能的深。(III，48)

难道这只是说，和制订了关于未来和政治的，而不管其在战后时期的直接命运和如此这般的共产主义运动一整套方案的惠德恩不同，博伊被恰当地当做一个无法解决的矛盾，留待将来解决？确定的一点是，彼得·魏斯自己的方案在明确地呼唤艺术与政治新的联合，这正如我们前面所说，但是失败和成功都可满足在艺术作品之内的这样一个方案和文化政治的地位。已经显示了这些实践和价值论领域的矛盾，已经阐明了以矛盾形式出现的紧张，在某种程度上而言，这同样也是对其通过艺术方式的解决，有人或许会回想起黑格尔有关局限性的权威之论（他正在思考康德的理 406
性不可知的实体和理性所谓的局限），任何画出了这一边界的人，实际上已经超越了这一边界，而且开始与它融为一体。同样，在特定的条件下，差异可以像同一一样充分地统一或者联系起来。所有这一切其实都是忽视了凯琳·博伊的艺术，这一艺术同样被这部小说的成长过程所利用。毫无疑问，《卡洛甘》（*Kallocain*）[1] 和《1984》是同一类的作品，或许也与《我们》一类，只是少了几分时代错置，它们都属于政治反乌托邦小说。但是它是一部并不多见的建立在纳粹而非共产主义运动之上的反乌托邦作品。这部作品（在瑞典之外并不广为人知）清晰地表明了一种精神上的清算，清算了她 20 世纪 30 年代对于纳粹主义的憧憬（惠德恩的诊断是，她在寻找精神上的父亲——III，41）。这部科幻小说，描写了一位科学家，发明了一种真理血浆以帮助极权国家将真理全部消灭。然而这还是一个跳进噩梦的一步，它使博伊面对着两次国家恐怖之后的后意识形态冲突的图景。随着叙事者母亲精神分裂的噩梦，这里又出现了有关未来的另一幅图景，与之相伴的是另外一个截然不同的论证或者这样一个未来的再现模式：要真正唤醒有关未来的问题，我们必须同时涉及两个东西、两个维度——形式或者这一图景的语言，以及它的内容。无论如何，这一结尾，还有博伊的作品，都能够引起一个与惠德恩的治疗所引起的同样愚蠢的、现实的，又是不可回避的问题，即：在危机和斗争当中，这是有活力的文化生产吗？在一个被围困的政治文化当中，哪里是否定的位置？

---

① 《卡洛甘》（*Kallocain*）是瑞典作家凯琳·博伊创作于 1940 年的反乌托邦小说，作者在苏联和纳粹德国的随见所闻，构想了一个极端恐怖的未来。

而且这些问题同样适用于我们具有决定性的人物，布莱希特，与其他任何人物相比，他与自身所具有的疑惑和沮丧的关系众所周知是非常战术性的、马基雅维利式的。在我们很多人看来，在与布莱希特冗长的遭遇当中，我们无疑得到了巨大的历史和文学满足（布莱希特在瑞典短暂的停留期间，彼得·魏斯自己也只是对其有过远远的一瞥）；对其描绘的准确性到底如何，小说的这一部分是与作为一个文类的历史小说所承载的传统乐趣关系最为密切的。小说中是将其当做一个并不友善的对象来描述的。除了布莱希特对莫斯科审判的讳莫如深，对各色女性的出现以及与之相关的风言风语也给予了强调；而叙事者自己作为一个虚构出来的助手这一角色清楚地描述了布莱希特怎样使用一个幼稚的美国习语“利用人民”（use people）。同时，我们已经看到了他身体的怯懦，以及在这一卷的结尾纳粹军队兵临城下，他从瑞典仓皇而逃的狼狈景象。没有人要将人物的那些弱点最小化，
407 因为这些实际上恰恰是布莱希特能够勾起我们兴趣的地方，稍微具有一点刺激性，这会使人物在我们看来更为亲切一些。然而，这里所展示给我们的这一个布莱希特并非是进行讽刺性描绘的对象，而是文学和戏剧生产本身的一个空间。彼得·魏斯利用这一前文本描写或者至少是想象了一个布莱希特本人也曾思考但并未实现的方案。毫无疑问，这是一个机会主义的方案，为了让其作品在流放中得以完成，布莱希特总是在民族传统的基础上构思新的作品（有些已经完成，比如有关芬兰的《潘蒂拉老爷》[*Herr Puntila*]；有些是未竟之作，如有关美国的《面包店》）。而他在瑞典的这一时期知道了一个不能发生在瑞典的革命事件，我们不能草率地将这一故事发生的时代称为瑞典的中世纪（因为瑞典是欧洲唯一没有经历封建制的国家），我们可以称其为1434年反贵族的资产阶级起义，偶然发现领导者的名字是伊戈尔博瑞科特

(Engelbrekt）的人。描写这一起义的短剧似乎更像是彼得·魏斯而非布莱希特的作品：其舞台造型、站在意识形态立场上所说的了无生气的语言，似乎还缺少了布莱希特常将民间智慧和常识化入其中的精妙复杂、充满机锋的对话，在歌页或者无声电影的字幕中不无嘲讽地将那些总结性的格言具体化。即便是对布莱希特本人，我们也可以从这些结果当中总结出某些美学结论来，（然而对于众多的布莱希特研究者而言，布莱希特的问题比该作品中的叙事者对某些事情的总括还要布莱希特化，而那些事情以前未有任何人写过)。

但是，我们还得花一点时间去了解伊戈尔博瑞科特。如果回溯 80 年，必须首先对瑞典政治局势的前历史有一个认识，那就是反对丹麦觊觎茵芬忒·玛格丽特的王位的斗争经历。这一斗争已经通过中世纪戏剧的风格得到体现，但是在我看来，它对我们的教益在于彼得·魏斯的动力，即在正式创作开始之前，他在其繁盛的萌芽期的前历史当中寻找时间的种子，在浩繁的历史文献当中去爬梳有意义的细节以及他与布莱希特分享的经验性的灵感。一般而言，正是这种冲动才可以解释在其小说当中交叉出现的不厌其烦的历史描写和事实陈述，比如说，将瓦伦西亚海岸的历史一直追溯到腓尼基人（以及并非巧合地涉及帕加马大祭坛的建造者)；在现代时期瑞典社会民主党的历史（其中还包括当列宁 10 月份去彼得堡途中，它的奠基人与其短暂的接触——II，277)；以及有关吴哥窟的历史。彼得·魏斯在其关于美学和成长的理解当中对这些看似偏离主题的其他（“非虚构”）类型的话语做了深刻的辩解，即它们标志着对形式和内容进行区分的否定，也标志着对艺术及其非艺术的或者说历史的前文本之间区分的否定。这一艺术作品的素材有其自身半自治的历史，但是那一历史本身只是素材的一部分，而且你必须将其挑选出来，这就好像鉴 408

别作为建筑和雕像材质的石头——石英、花岗岩、大理石、斑岩——的物理以及化学性能一样。这一鉴别必须通过知识来实现，在这种情况下所需要的知识和其自身被包括在内的美学是不可区分的。

然而伊戈尔博瑞科特的出现——在历史需要之时就从天而降（II，204）——就给这部有待完成的作品提出了一个与历史发生革命性断裂的形式问题，于是除了拒绝之外，再无其他用处。那么这些准备工作都白做了？宝贵的时间都浪费了吗？不管怎么说，这部作品的创作数度中断，原因倒不只是因为布莱希特自己的病体，还因为他沉重的心情以及他的合作者得到的消息所带来的纷扰。先是德国入侵波兰，然后是东线的另一个苏维埃国家（也是另外一个交错地区）。也许并未完全停工，但是最起码有一点是清楚的，即完成的只是这个作为一个过程的艺术品生产的构思，而这过程本身是让人满意的，而且也是一个集体的过程。在现代时期，把作品当做一个过程的观点已是多次出现，从瓦勒里到《原样》（*Tel quel*）都是这样的，但是除了在先锋派，特别是超现实主义那里，这种过程的集体性构成不常见（这是“很少”的一种委婉说法）有系统明确的陈述过。于是，布莱希特的名字就不仅仅象征着一个艺术家，而是一个群体，从而体现的不仅仅是必然的、没有言明的关于一切戏剧生产的集体性特点，而且也体现着有关生产与实践的马克思主义观点的核心内容。（从《马哈/萨德》开始，彼得·魏斯的所有作品都有妻子格尼拉·帕姆斯蒂娜-魏斯的参与，对这并不广为人知的合作在这里是应该指出的。）

此外，这部未竟之作对于它的形式困境以及它对历史的短暂一瞥有诸多价值，正如我们已经看到的，不仅仅是它瞬时性结构的问题性问题，其中最为重要的就是对于革命的戏剧化；仅就伊戈尔博瑞科特的时代而言，那是一个群情激荡的时代，他个人作为“世界性历史人物”的实质就在于集体性灌注于他的希望，而这种集体性是不能在舞台上再现的（II，222），从任何一个左派的视角来看，这个“再现”系统都是存在疑问和问题的。对于很多左派的作品而言（请看上文），伊戈尔博瑞科特的政治难题是在有着自己的目标、心怀不满情绪的各个阶级之间达成联合；而他的垮台和被杀则是当时局势的结果。在他效忠于一个党（大贵族）的利益这种局面下，当不再需要他的时候，他就可以被扔到一边了。他只不过是一个消失了的中介，他身上体现了革命和民粹主义修辞的真义，这种修辞和“人民阵线”中那些特权成分的意识形态面具并无什么不同。于是，这里其实是重要的形式问题，这一问题也是一个政治问题，即被布莱希特及其伙伴认为是 409
真正的革命时期最终却证明只不过是资产阶级的革命。这个所谓的资产阶级革命是不是马克思主义意义上的真正的革命，关于这个问题有很多的有趣的争论。倘若我们把这两类不同的历史事件截然分开，这个名目其实并不重要。在那种情况下，前者或者资产阶级革命，以其必然失败的结果，可以成为各种不同类型的再现的对象，比如从马克思充满反讽—揶揄的《路易·波拿巴的雾月十八日》到米什莱（Michelet）关于大革命的悲剧性的叙事莫不如此。因为它的目标就是挑战从政治和美学角度而言的“再现”，那么就出现了这样一个问题，即社会主义或者无产阶级革命能否被完全再现。

这格外清楚地标明，布莱希特热衷于这些素材的最大动力来自于这样一个契机，在兵临首都斯德哥尔摩城下之时，伊戈尔博瑞科特被命令去开凿一条重要的河漕以加强围城之势。“布莱希特认为，开凿河漕这一情节的价值抵得上整整这出戏了。这里我们可以将集体工作的原则与自我主义和利益的力量分离开来……一个奴隶，手推肩扛，然而又是自愿地干着，其意义堪比一场革命的胜利”（II，250）（归根结底，这就是马格尼托哥尔斯克的史诗性事件，第聂伯河上的水电工程，还有白海—波罗的海运河）。于是生产本身的再现就详细地完成了，毫无疑问这是一个不可能的再现，这已经为很多社会主义现实主义小说家所证明，此外在这里——在《抵抗的美学》当中——也被当做不可再现之物记录下来，然而也是所有努力和价值必然的、却又缺席的中心。

7

毫无疑问，这种劳动首先是身体性的，然而在目前，对作为物质主义中心的个人身体的理论性的赞美，在作为特权主题的欲望和苦难之外很少包括劳动。把苦难、创伤和身体与魏斯关于梦境的文本放在一起讨论似乎有些吊诡，然而后者是前者的一个辩证法补充，就是因为它构成了一个奇怪的逆转，以及对那“挖掘出来的”感性体验的完成，我们把这种感性体验归于那些幽禁于斗室或者囚牢里的人物。这种“过度觉醒”的感觉被该被诅咒的赫尔曼（Heilmann）在临死之前所唤醒，而且在其最后一封长信中将其体现在梦境当中：“关于那个深渊，我有很多话要说，我们每个人都已经坠入其中，关于那个我们品尝过的石头我也有很多话要说，似乎通过我们意识之外的努力，它似乎已经变得像面团一样湿润柔软，我们的手指可以插入并穿透它，而我们的手
410 却感觉到了它的坚硬，多么让人糊涂的新感觉”（III，211）。

因此《抵抗的美学》从根本上在呼唤临刑之前浅尝辄止的这种“做梦的理论”，而且它最为尖锐的地方来自于这个事实，即他再也不可能做梦了，“再也不可能睡着了”（III，216）。而对于彼得·魏斯本人来说，在其一生当中，梦的意义可以通过画作，也可以通过在其早期的小说当中梦所承担的广泛的角色记录

下来。由于他对荣格的欣赏，所有这一切从而得到了理论上的强化，而对于荣格的了解则是受益于他年轻时过从甚密的赫尔曼·黑塞（我们也不妨假设它与弗洛伊德对“魅力”的分析性解构和对做梦经历所抱有的兴趣这一意图之间的距离）。与此同时，我们还可以发现存在于彼得·魏斯与这一材料的关系当中的张力，他不愿在荣格浮浅的神话艺术，或者在超现实主义同样浮浅的“自动写作”中自暴自弃。

我们在《抵抗的美学》当中所要追寻的恰恰就是这个张力，而非在梦境当中任何最终的概念的“立场”。“在梦里，我是一具拒绝学习思想的**身体**”（III，214）。同时，正如那些年轻的同志们在讨论兰波和荷尔德林似的思考一样，梦也是在世界面前包含了无限可能性的空间。

> 我们谈论着梦中所见。问自己在这种绝对的黑暗当中怎么能够在我们的脑海中形成如此强烈的色彩。它们产生于我们关于光明的知识。知识知道。光亮的刺激不再出现，仅仅存在于记忆当中。我们看到这梦里有很早很早之前的景象，每一个细节都是那么清晰和准确。然后在多端的变化当中，发射彼此之间交相重叠，出于本能地命令着，似乎它们属于一个特定的经验群体；它们成群结队，更准确地说它们游来游去，在各种的情感中心之间游荡，它们互相寻找着，就好像精子和卵子一样，引起了持续不断的受精，每一个情感细胞似乎都具有接受性，释放出由不断的撞击而产生的幽灵，相似性和统一性从不存在，由于这些永久的流动本身从未发生，而又总是将意象与这个或者那个区域相连，按照为了寻找自身基本形式的冲动所具有的目标导向的强度，

> 有些时候会发生这样的事情，真正的意象本身突然出现，每一个遮蔽着它的东西瞬间无影无踪。（III，211）

于是，在其早期这种关于“梦的阐释”略显年轻的版本当中，梦境那巨大的、具有创造性和生产能力的生产性受到了真正的欲望对象和弗洛伊德式的急躁的“愿望”（wish）的挑战，这
411 一“愿望”正在急切地寻求着满足。而现在赫尔曼思考的却是另外一个不同的问题，也是一个不同的张力，具体说就是“在梦里我们为什么没有经历我们作为旁观者时所受的痛苦”（III，215）。他将那个不同的、觉醒的，然而也同样强烈的想象与这个梦境并置，在那个想象当中，他以深切的同情重新体验了他的同志利波塔斯在走向另一个相邻监号时的经历、耻辱和痛苦。这是另外一个不同的形象体验的模式，在这个想象当中，因无助、无能而无法改变她的命运所带给他的痛苦与利波塔斯自己的苦难一样多。

我认为，我们现在必须对作品中母亲精神分裂的幻觉进行定位，它和死刑一道构成了第三卷当中情感表达的另一极。在这里，彼得·魏斯面临着一个技术上的难题，那就是如何在叙事中整合东欧以及纳粹集中营，即后来的死亡集中营的经历。这一叙事的轨迹把我们从1937年的柏林带到了西班牙，然后又从西班牙到了巴黎和瑞典，只是为了体现从事地下活动的毕肖夫如何重新进入战时的德国（不来梅和柏林），与此同时体现叙事者在远处将自己的老同志们在普勒岑塞监狱的遇难拼合在一起。这个（略显笨拙）的方案主要在于他的父母在战争之初逃离捷克斯洛伐克的经历。在闪电战的威胁之下，他们随着大批包括了很多波兰犹太人的仓皇而逃的难民，穿过波兰，经过奥斯维辛附近的重要的铁路枢纽，绕道白俄罗斯和立陶宛，最终到达里加的瑞典领事馆，这才获得了安全。然而，即便是这样艰辛的旅程也被打断

了，当他母亲的犹太人身份被确认后，她与丈夫分开了，以一个犹太人的身份，跟随难民队伍上路了，和他们挤在一起，没有话语、休戚与共：

> 她感觉到浓浓的暖意，她属于这个汗涔涔的人群，抓住一只发烫的手，紧紧地攥着他的手指。伸出手互相握着的同时，她将自己的脸贴着一个湿漉漉的脸颊。臂膀、胸脯、屁股还有乱蓬蓬的胡须，这是一个由肢体、跳动的心脏、急促的呼吸所组成的群体，在这里她感觉到了力量。那污浊的空气对她而言就像是鲜花的芬芳，她深深地呼吸着，她生活在这个有机体当中，她从不想离开这个封闭的空间，离开就意味自己的毁灭和崩溃。（III，12）

这就证明，逃亡的经历使她陷入了心理的退缩和沉默，自此再也没有从中解脱（只有一次打破了沉默，那就是在大家当着她的面议论死亡集中营最早的传言的时候——III，134）。从主题上来说，这种统一与他父亲关于机器，特别是广泛的战争机器的妄想性的白日梦形成了辩证对立。这种对立从两个维度完成了关于死 412
亡集中营的形象——艾希曼组织的屠杀活动，还有殉难者的苦难。然而，他母亲命运当中的另外两个特点似乎更有深意。

一个就是，他母亲的同情和统一是失败的，就好像赫尔曼力图从他所爱的人的角度，设身处地地去想象和感受，但这种努力是徒劳的。按照最后几个月里接近她的博耶（Boye）观点，她已经“不是我们所能想象的了”（III，25）。在她最后的几次言谈当中，她讲到自己置身其中的坟茔，在那里她和那些余温尚存、扭曲变形的已死和将死的人躺在一起（III，128）。然而她没有说以及不可说的幻想说明，即便是极端至此的统一也不能与他人身体的苦难达到一致的程度。即便是叙事者将自己的母亲与丢勒《忧郁》中的著名的形象联系在一起，画中的无法行动的天使处在沉默和紧张性精神病患者的迟钝当中，丧失了生产和创造的能力(III，136-137)，但是至少在我看来，这并不是关于创伤的写照。

毫无疑问，正是这一联想使得惠德恩提出了艺术表达的另外一个途径：在这样的一个时刻，叙事者的职责以未来条件的方式显现出来，它将主导着这部作品的最后部分（“总有一天总有可能将我母亲的经历描述出来”——III，139）。原因在于，关于创伤（或者是肖夏纳·菲尔曼［Shoshana Felman］所称的“见证”）的真正问题正是被定位于这一语言创造的层面上，即语言的失败和表达的不可能性——这与其说是纯粹想象的失败，还不如说是与历史关系的一个真正问题，它更是一个如何对待历史的问题，而非一个重新体验历史的问题：

> 我们之所以无法理解我母亲并不是受到任何形而上的或者神秘之物的限制，它只是因为我们没有掌握任何超越平凡的语域，我们的无助只是暂时的，难道我们全面的发展还没有证明确凿的判断是通过模模糊糊的模仿和暗中探索而逐步建立起来的……？我觉得我们现在所面对的只能通过一种新的语言来表达。但惠德恩的回答是，对于我们来说没有什么别的语言，只有尽人皆知的这一种，而且为了让它难以理解，我们所要表达的就必须通过那种同样老旧的、疲惫不堪的词语来传递。(III，139-140)

413 所有这些材料相互之间的关系可以通过这个图表表示：

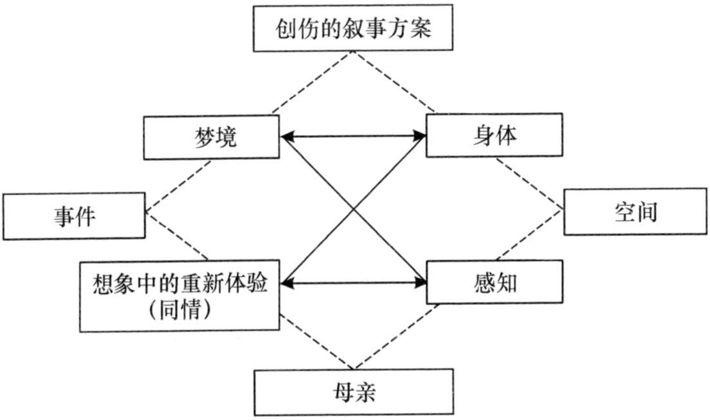

8

我们现在终于回到了终极主题，这至关重要的和中心的主题，教育。实际上，通过前面所说的“创伤的叙事方案”我们已经到达了这一主题。如果新的文化革命、新的无产阶级教育如这部小说旨在描述和体现的，是一种美学教育，那么它同样也是对臣属的消除，对历史失败、阶级压迫、异化劳动以及无知所导致的对耻辱的麻木所造成的创伤的超越。这些伟大的作品——这些“极端时刻的纪念”——毫无疑问是痛苦和苦难的记忆：帕加马大祭坛带饰上那正在进行屠杀的巨人、席里柯之筏上那饥饿、孱弱和人吃人的幸存者，《格尔尼卡》中那无声的呼号，以及卡夫卡笔下人物日常微妙的恐惧和焦虑；但问题在于如何从这无尽的恐惧景象中汲取能量，如何通过这停尸房的惨相、这“历史的噩梦”来加强实践和提高生产？

开篇部分关于帕加马大祭坛的著名段落仍然是这种美学思想最为充分的表达，用“批评方法”这一简化的术语来构建它基本上说是有益的，此外作品后面部分的那些关于毕加索，还有门采尔和科勒已成定式的论述，还有在下一卷当中对席里柯那同样具有纪念意义的探讨都对其形成了补充（这就足够了，第三卷当中和任何这些美学展品、文字都没有关系了）。

围绕着帕加马大祭坛而发生的主题的发散和偏移使我们明确了这一点，任何形势与内容之间的简单对立都需要为一个更为复杂的多重调转和倒置的运动让路。因而，举例说，在西班牙共和国漫长的痛苦当中，文中的叙事者和惠德恩在田野中的橘子园里开始谈论“两千多年以前发生在这个海岸上的事情”（I，302/321）。已经发现帕加马大祭坛所处的那个古代社会在今天的瓦伦西亚有了自己的前哨部队，西班牙农民阶级以及西
414 班牙农工的历史显示出自身与在作品开头所思考的公共艺术作品之间邈远的连续性，至于西班牙农工的故事则在内战时期得到了至为详细的描述。对暴力和死亡、对世世代代的人们克服痛苦过程中的失败的强调，足以将这种历史观从唯心主义的幻觉中解救出来，而且这些幻觉总是在关于跨越时间的文化连续性的文章中或隐或现地出现。但是这种唯物主义同样也受到了一种观念倒转的强化，而控制这种倒转的是这样一个观念：我们一般并不将西班牙内战与古典的过去联系起来，甚至更为根本的是，我们并不认为被压迫阶级的历史是连续的：连续性总是在“文化”一边，也就是说在统治阶级的生活方式一边。要将这种意识形态的优越性倒转过来并不一定要去复活对于历史的理想的理解，甚至给这些范畴和刻板印象以唯物主义的一击。于是，本雅明提出了一个二元程序：“对于那些唯物主义的辩证家来说，不连续性肯定是统治阶级（主要是资产阶级）传统的一个调节性观念，而连续性则是被统治阶级（无产阶级）传统的一个调节性观念。”[26]神话中赫尔克里斯的旅行承载了地中海东西两岸间不同类型的联系，在这个时候就要对赫尔克里斯的形象进行探讨。

实际上，正是这一方法论上的倒转将会给我们提供一个理解彼得·魏斯迂回曲折的美学分析的钥匙，即在他这一特定的辩证思想的由冲突组成的结构当中，关于一个特定美学立场富有同情的思考突然且没有任何先兆地生发出一种并不一定可以预测的对立，这一方式丝毫不足为奇。

然而，最初的几个步骤具有足够的逻辑性：奥林匹斯诸神对于这个巨人血腥的征服是一个庆典也是一个警告，转化并表达了委托建造这一带饰的阿塔利德王朝的权力。正是因为这个从人间的统治者到神圣的统治者的转化，用彻底的权力永恒的想象抹杀了历史，于是雕刻家也就必须把这个带饰制作成超越人类的制品，它上面所有生产的痕迹都要被消除：风格的完美于是也必须服务于统治者的意识形态。在建造者和雕刻大师的指导下并不熟练的工匠们手拉肩扛，对于作品生产的关注所产生的转移告诉我们，在这种场面里同样可以发现阶级斗争。这个带饰训诫式的效果同样不仅仅是“历史的”，今天的观众可以通过纯粹审美体验的名义从中抽象出那个效果：“我们听到了棍棒的撞击声、尖叫、呻吟，以及飞溅的鲜血。我们回望这史前的过去，而且一时间未来的景象同样充满了解放的思想难以理解的大屠杀”（I，9/14）。但是，一般来说对这一段历史记忆的激活开启了一条道路，它通 415
往亚历山大时期，特别是帕加马自己那场未能成功的革命，即亚里斯特尼克斯（Aristonikos）起义（I，43/49），具有讽刺意味的是，甚至又回返到 19 世纪，回返到一个意识形态理由，刚刚统一的德国正是以此理由“买”了这个刚挖掘出土的祭坛，并将其运回柏林（I，45/51）。这些看似无关紧要的历史注脚不仅仅是我们再阐释的重要部分：“经过了长时间的沉默，赫尔曼说那些来源于帕加马的作品必须被一遍遍地阐释，直到发生逆转，那些生于大地的东西从黑暗和奴役的状态中觉醒，显现出它们真实的面目”（I，47/53）。不仅如此，基于以下的分析，我认为我们必须这样总结，形式与内容之间、本质与外在之间、审美与其语境之间的分裂其实尚未发生。只是对于资产阶级的观者或读者而言，存在着这样的分裂，也正是在这里它才要被斗争和征服。正是资产阶级日常生活和主体性的结构以及劳动和特权的集体区分逃脱了资产阶级感知与接受的范畴，更不用说分析了。不言而喻，资产阶级的特权巩固了这一结构，而且它排除了作为不能再被感知或理解的艺术作品的社会统一性。所以，真正抵抗的“美学”不会去“纠正”资产阶级美学，或者去解决它的悖论与困境，它将只会寻找别的、首先不会产生那些困境的社会立场。然而，进行别的、无产阶级美学教育所面临的则是不同类型的困难：没有形式与内容之间在哲学上和概念上的悖论，而是那种臣属——下班后的疲倦、缺少获得知识与信息的途径、否认作为阶级特权的美学、不发达、最终还否认自己有一个顽固的愿望，即建设一个新的社会秩序而欣赏统治阶级的成果，包括美学的以及科学和技术成果。在目前的情况下，或许会有人说无产阶级美学教育计划的存在是一个符号，而且是已存在了的符号。

这也就是说，从苦难和挫折的立场出发，审美经验并没有被贬值，而是以一种新的统一出现了，它是内在的也是超越的。苦难的问题为艺术纯粹形式的一面增加了紧迫性，也就是说为再现的困境和展开的符号系统增加了紧迫性，否则的话，它将会对这种终极的沉默和难以言表的经历保持麻木。同时，通过揭露在历史语境下各阶级“外在的”处境和艺术作品本身所包含的“内在的”劳动之间的团结，阶级从属的本质使旧的（资产阶级的）关
416 键问题得以蒸发，围绕着某种“特异性”、某种诗性和文学性，还有美学对象本身的症结无休无止、毫无结果地兜圈子。于是，小说中对于苦难的投入不能被理解为某些病态的幻想或者纪念历

史和逝者的心愿；而应被理解为一种开放的历史视角——准确地说就是从属与抵抗的视角——它使实践成为可能。目前关于忧郁与悲伤的探讨以后者的沉默与迟钝为开端（就好像从叙事者的母亲开始一样），只是在逐渐走向对于一种方式的理解，通过这种方式这样的经历（政治术语是“失败的经历”）也可以构成充满活力的行动的前提。至少可以颠倒这一观点，即只有在这一视角成为可能的情况下，彼得·魏斯的作品才可被阅读和理解。

现在已经没有多少时间来详述这部小说中所包含的其他美学例证了，有人或许要在但丁和伊森海姆的受难像之间挑出一个高度浓缩的作品来取代席里柯的《梅杜萨之筏》这一当之无愧的作品，通过将真实的下层法国殖民地状况——非洲这一据点被英国人作为敷衍之物扔给了滑铁卢战役的失败者们——复原到那些贯穿于这个灾难当中的既令人不屑一顾又无关痛痒的环境中去（II，7-34）。另一方面，在《格尔尼卡》中，毕加索早期作品中长着双翼的佩加索斯在这里的出现使得我们重新确认这个阴郁的具有原型意义的作品所包含的乌托邦要素（I，312-317/332-336）。将门采尔伟大的表现工厂的画作与科勒的《罢工》（1868——北美第一幅社会主义的现实主义作品！）并置让读者去确定在画家不可避免的阶级立场和他的技巧以及再现能力之间无法逃避的联系（I，332-339/352-360）。最后，把卡夫卡的《城堡》当做无产阶级小说来阅读，本身就有力地颠覆了经典的刻板印象，同时也提供了进入这噩梦般的魔幻现实主义的新路，它的姿态上的陌生化是被剥夺了权力的、臣属的大众麻木的结果。

现在还有赫尔克里斯这一形象的问题，从帕加马残件中这一传说人物的缺席到小说结尾它的重新出现，它是一个在作品中反复出现的主题。我认为，通过赫尔克里斯意在表示来自象征或者神话的英雄诱惑：这个英雄、“世界历史的个人”注定要实现一个完整的人的梦想：没有一个历史人物是这个意义上的英雄（即便是列宁最后疾病的痛苦也被归结为“内萨斯的衬衣”）。难道赫尔克里斯是要表现对正面英雄，或者退一步，对具有超凡魅力的领袖的叛逆性向往？在下层阶级的政治运动当中，他难道不是统治阶级领导者所处的旧有困境的一个焦点吗？无论如何，在这个带饰上，它所空出来的位置是在奥林匹斯诸神而非巨人中间；然而在颇费周折的思考当中，赫尔曼想把这个神话作品的重写解读为抵抗以及对下层阶级进行鼓励的隐蔽形式（I，17－20/23－25）。
417 我认为，应当将赫尔克里斯理解为一个寓言的而非象征的主题，即一个再现问题的地点标志，而非意识形态内容的书写。舍勃（Scherpe）对这一功能进行了精当的总结：

> 从现存的带饰碎片上消失是它最重要的象征：赫尔克里斯的狮爪——按照小说的象征主义是被压迫者获得解放的最终和最完美的历史行为。这部小说的最后一句话不可能是历史的陈述……彼得·魏斯《抵抗的美学》想成为一个象征，那还尚未成为历史的关于解放的历史著作的象征。带饰上空缺的部位，在刻有赫尔克里斯狮爪的地方，恰恰指出了缺席的、尚未实现的东西。文学不能也不应该通过弥补来填补这个空缺，而是要将它的轮廓变得清晰可见。[27]

资产阶级的最后一个对立被《抵抗的美学》的视角取代并消除了：它就是批评家和作者之间的对立。由于叙事者的美学教育、在利用不同阶级文化方面所接受的训练同样也是为其作为作家的责任所做的准备，他对于历史的观察既是见证同时又是介入。这种叙事方式上的迂回——成长教育小说最后总会落脚在自己的产品上——是熟悉的；而归结为未来条件的结尾则是我们不熟悉的。对于战后希望破灭的预测——冷战、社会主义—共产主义分裂的重新出现所导致的团结的丧失、东方的斯大林化——似乎被一种紧张局势所动摇，这一局势剥夺了他们纯粹的经验性，而且也使得一种完美的存在于未来的东西出现在它的旁边。这里作为似乎不可撼动的真实的历史被转化为——用哈贝马斯著名的论断来说——一种未完成的方案：一切似乎已经结束和完成的东西现在向一种新的开端、新的延续开放了。这当然是彼得·魏斯这部小说给我们的最终的、也是最为重要的启示，一个关于对历史和过去进行生产性利用的启示。历史和过去不仅是被简单呈现或者纪念的，同时也是要被我们自己现在的新的未来所利用的：

> 一次次当我努力想就 1945 年 5 月之前的那一时期说点什么的时候，它的这些结局总会将它们自己强加于我。穿过浸透了死亡的经历，本应给自己一个色彩艳丽的未来，然而却又充满了折磨、破坏和谋杀。一次次地，仿佛因为迷失和忘记的意图，先前所有的希望都归于虚无。然而即便它不是我们所想象的那样，关于那些希望则不会有任何的改变。希望永存。乌托邦仍有必要。甚至以后那些希望之火会无数次地重新燃烧，然后 418
> 被强大的敌人熄灭，然后重又燃起。希望的王国将会比在我们这个时代更广阔，将会延伸到地球之上的每一片陆地。这被苦苦压抑的种种不满将会长大，而驳斥和抵抗的动力将不会减弱。正如历史不能改变，希望也永不改变，而它们——我们曾经、在年轻时沉痛经历过的一切——将会因为我们的记忆而得到尊敬。(III，274-275)

(2003)

【注释】

[1] Walter Benjamin, "Theses on the Philosophy of History," in *Illuminations*, trans. H. Zohn (New York, 1969), p. 264.

[2] 见 Martin Walser 如今已臭名昭著的"Friedenspreis"演讲，重印于 *Erfahrungen beim Verfassen einer Sonntagsrede* (Frankfurt, 1998)。

[3] 我广泛借鉴了 Robert Cohen 的重要著作，见 *Understanding Peter Weiss* (S. Carolina, 1993)，这部著作包含大量参考文献，包括他在这一领域的其他作品。

[4] 关于更多的参考文献信息，见 Dominic LaCapra, *History and Memory after Auschwitz* (Cornell, 1998)。

[5] See Shoshona Felman and Mori Laub, *Testimony* (New York, 1992).

[6] See James E. Young, *Writing and Rewriting the Holocaust* (Bloomington, 1988)；关于对这一问题更均衡的一般研究，见 Robert Cohen, "The Political Aesthetics of Holocaust Literature," in *History and Memory*, X, 2 (1998), pp. 43-67。

[7] 参考书目将会附注在《抵抗的美学》民主德国版的三卷本中，由 Henschelverlag、Kunst 和 Gesellschaft 出版（柏林，1987）；一卷本的英文版由 Duck 出版，2005。书卷编号由罗马数字注明，在第一卷中，英语书目将注在最前面。（我偶尔修改了这个翻译，但没有明确地标注；后两卷本的翻译是由我自己来完成的。）因此，目前的书目是 I，9/14。

[8] 但可参见 Peter Weiss 对这点的否认，载 Klaus R. Scherpe, "Reading the Aesthetics of Resistance: Ten Working Theses," in *New German Critique*, 30 (Fall, 1983)。Scherpe 的选集 "*Aesthetik des Widerstands*" Lesen (Argument, 1981) 仍然非常有用。

[9] Sartre, "Qu'est-ce que la litérature?," pp. 143-150, in *Situations II* (Paris, 1948).

[10] "A difficult book." Critic Heinrich Vormweg called *The Aesthetics of Resistance* "monstrous..." —Cohen, op. cit., p. 160. "Ein unbequemes

Buch..." —Manfred Haiduk, "Nachwort," *Aesthetik des Widerstands*, vol. III, p. 278. "this uncooperative work..." —Scherpe, op. cit., p. 100. Etc.

[11] 见注释 [18]。

[12] Gilles Deleuze, *Cinéma II* (Paris, 1985), pp. 281 – 291. Deleuze 采取一种与 Jean-Luc Nancy 完全不同的立场，后者的 *Inoperative Community* (Minnesota, 1991) 论证说，在实际存在的社会主义结束之后，任何 419
群体的团结都是不可能的。

[13] See the work of Franco Moretti translated as *The Modern Epic* (London, 1998).

[14] "为了那种真正的原因，他必须立刻开始，不论什么情况，也不深究开始、中间或结束，他必须开始行动。" Hegel, *Phenomenology of Spirit*, trans. A. V. Miller (Oxford, 1977), p. 240.

[15] See *Postmodernism, or, The Cultural Logic of Late Capitalism* (Durham & London, 1991), chapter 5.

[16] T. W. Adorno, *Aesthetische Theorie* (Frankfurt, 1970), pp. 376–377; and Perry Anderson, "Modernity and Revolution," *New Left Review* 144 (March/April 1984), pp. 96–113.

[17] Georg Lukács, *The Historical Novel* (Lincoln, NE, 1983).

[18] Sartre, *Critique of Dialectical Reason*, two volumes (London, 2002).

[19] 见注释 [6]。

[20] *The Charterhouse of Parma*, chapter 3.

[21] N. S. Khrushchev, *Khrushchev Remembers*, trans. Strobe Talbott (Boston, 1970), pp. 42–44.

[22] A. J. P. Taylor, *Origins of the Second World War* (London, 1961).

[23] Alexander Solzhenitsyn, *The First Circle*, translated by Thomas P. Whitney (New York, 1968), pp. 86–87.

[24] Fredric Jameson, *The Cultural Turn* (London, 1998), pp. 7–8, 82.

［25］Gilles Deleuze，*Cinéma I*（Paris，1983).

［26］Walter Benjamin，*Gesammelte Schriften*（Frankfurt，1982)，vol. V，pp. 459－460.

［27］Scherpe，op. cit.，p. 105.

致　谢

以下杂志和出版社允许本书作者及出版者再版本书收录的相关论文，特致谢意。本书收录的各篇文章原出版信息详列如下：420

"Céline and Innocence," *South Atlantic Quarterly*, 93：2, 1994, pp. 311－319.

"*Ulysses* in History," *James Joyce and Modern Literature*, eds W. J. McCormack and Alistair Stead, Routledge and Kegan Paul, 1982, pp. 126－141.

"Modernism and Imperialism," *Nationalism, Colonialism and Literature*, ed. Seamus Deane, Field Day Press, 1990, pp. 43－66.

"Exoticism and Structuralism in Wallace Stevens," *New Orleans Review*, V：11, No. 1, 1984, pp. 10－19.

"Baudelaire as Modernist and Postmodernist," *Lyric Poetry: Beyond the New Criticism*, eds C. Hosek and P. Barker, Cornell University Press, 1985, pp. 247－263.

"Rimbaud and the Spatial Text," *Rewriting Literary History*, eds Tak-Wai Wong and M. A. Abbas, Hong Kong University Press, 1984, pp. 66－88.

"Towards a Libidinal Economy of Three Modern Painters," *Social Text*, No. 1, 1979, pp. 189－199.

"In the Mirror of Alternate Modernities: Introductions to Kojin Karatani's *The Origins of Japanese Literature*," *South*

Atlantic Quarterly, 92: 2, 1993, pp. 295-310.

"Sōseki and Western Modernism," *Boundary 2* , 18: 3, 1991, pp. 123-141.

421 "Madmen Like Kings," *London Review of Books*, 25 : 22, November 20, 2003, pp. 21-23.

"Euphorias of Substitution," *Yale French Studies*, No. 65, 1983, pp. 214-223.

"A Monument to Radical Instants," Introduction to *The Aesthetics of Resistance*, Peter Weiss, Duke University Press, 2005.

人名索引

The Modernist Papers by Fredric Jameson

First published in 2007 by Verso, London and New York.

图书在版编目（CIP）数据

论现代主义文学/（美）詹姆逊著；王逢振主编；苏仲乐，陈广兴，王逢振译. —北京：中国人民大学出版社，2018.5
（詹姆逊作品系列）
ISBN 978-7-300-21608-9

Ⅰ.①论… Ⅱ.①詹…②王…③苏…④陈… Ⅲ.①现代主义-文学研究-西方国家 Ⅳ.①I109.9

中国版本图书馆 CIP 数据核字（2015）第 152495 号

詹姆逊作品系列
王逢振 主编
论现代主义文学
［美］弗雷德里克·詹姆逊（Fredric Jameson）著
苏仲乐 陈广兴 王逢振 译
Lun Xiandai Zhuyi Wenxue

出版发行	中国人民大学出版社		
社　　址	北京中关村大街 31 号	**邮政编码**	100080
电　　话	010－62511242（总编室）		010－62511770（出版部）
	010－82501766（邮购部）		010－62514148（门市部）
网　　址	http://www.crup.com.cn		
	http://www.ttrnet.com（人大教研网）		
经　　销	新华书店		
印　　刷	涿州市星河印刷有限公司		
规　　格	150 mm×228 mm　16 开本	**版　　次**	2018 年 5 月第 1 版
印　　张	39.25 插页 2	**印　　次**	2018 年 5 月第 1 次印刷
字　　数	460 000	**定　　价**	119.80 元